講談社文庫

モンスター

臨床心理医アレックス

ジョナサン・ケラーマン｜北澤和彦 訳

講談社

目次

ケネス・ミラーの思い出に

モンスター

臨床心理医アレックス

ドクター・スペンサー・エスとドクター・ショーバ・シュリニヴァサンに
特別の感謝を

●主な登場人物〈モンスター〉

アレックス・デラウェア　LAの小児臨床心理医
マイロ・スタージス　LA市警刑事、アレックスの親友
ロビン・カスターニャ　アレックスの恋人
エミール・スタークウェザー　元州議会議員
クレア・アージェント　スタークウェザー州立病院の心理医
ウィリアム・スウィッグ　同病院の院長
フランク・ダラード　同病院のスタッフ
ハイディ・オット　同病院のスタッフ
チェット・ボダイン　同病院の被収容者
アーディス・ピーク　同病院の被収容者
リチャード・ダダ　俳優の卵
ジョゼフ・スタージル　クレアの前夫
マイロン・シアボウルド　クレアの元上司、郡立総合病院のドクター
ジェイコブ・ハース　保安官
ワンダ・ヘツラー　地元紙編集主任
スコット・アーデュロ　農場主
カースン・クリミンズ　農場主
クリフ・クリミンズ　カースンの息子
デリック・クリミンズ　カースンの息子、クリフの弟
リロイ・ビーティ　ホームレス、双子の兄
エルロイ・ビーティ　ホームレス、双子の弟
ロバート・レイ・アージェント　クレアの父
アーネスティン・アージェント　クレアの母
デントン・レイ・アージェント　クレアの兄

1

その大男はリチャード・ニクソンを知っていた。

雲突くような長身で、黄色い髪には白髪がまじり、傾いた山そっくりの体をカーキ色の綾織りの服につつんでいる。彼が足をひきずるように近づくと、マイロは体を緊張させた。ぼくは手掛かりを求めてフランク・ダラードのほうを見た。ダラードは当惑したふうもなく、肉づきのいい両腕をわきにたらし、煙草で灰色になったひげの下にある口もとは落ちついていた。眼をほそめているが、メイン・ゲートにいたときからそんなふうだった。

大男は低い笑い声をもらし、眼にかかっている脂ぎった髪をはらった。ひげは淡黄色の廃墟だ。強烈なホルモンを放っていて、酸っぱいにおいが漂ってくる。六フィート八インチ、三百ポンドはあるにちがいない。地面に投げかけている影は灰色で、アメーバ状にひろがっていて、ぼくたちをすっぽりおおい隠せるくらい大きかった。

彼がふらつきながらさらに一歩踏みだすと、こんどはフランク・ダラードの右腕がさっとまえに伸びた。

大男は気づいていないらしく、ダラードの腕を腰にあてたままその場に立ちつくした。庭にはカーキ色の服を着た男たちが十数人いて、そのほとんどがじっと佇んでいた。ゆっくり歩いたり、体をゆらしたり、金網に顔を押しつけたりしている者も何人かいた。ぼくが見るかぎり、グループになっている連中はいなかった。全員がひとりだ。頭上の空は真っ青で、雲はじりじりと執念ぶかく照りつける太陽に我慢できずに逃げてしまっていた。ぼくのスーツのなかはうだっていた。

大男の顔は乾いていた。彼がため息をついて肩を落とすと、ダラードは腕をさげた。大男は指で銃のかたちをつくり、ぼくたちに向けて笑った。瞳は暗褐色で、眼の隅はひきつり、白目は不健康そうに黄ばんでいる。

「シークレット・サーヴィス」彼は胸をどんとたたいた。「ヴィクトリアのシークレット・サーヴィスは、いつもクローゼットに隠れて、おとり捜査でニクソンRMNリミンの野郎を見張ってて、リミンはいつもホワイトハウスで四六時中、カート・ヴォネガット・J・D・サリンジャー、グラス家といっしょにパーティをやるんだが、みんな政治のことなんかどうでもよくって、おれは『猫のゆりかご』を書いてヴォネガットに十ドルで売ったんだけど、『ビリー・バスゲイト』が原稿を一度タイプしてから、正面のドアからでて、はるばるラスヴェガスまで歩いていったら、スロット・マシンでヘルズ・エンジェルズと大げんかになって、ヴォネガットはリミンが同意した国債を両替しようとしたら、エンジェルズが怒って、おれたちは彼をひきはなさなければならなかったけど、おれとカート・ヴォネガット・サリンジャーはそこにいなかったから、ドクトロウは『猫のゆりかご』を縫っていて、やつらは悪い猫なんで、その週のいつでも彼を暗殺できたんだ、オズワルド・ハーヴィーは」

彼はかがみこみ、左脚のズボンをまくりあげた。膝の下の骨は光沢のある白い瘢痕組織におおわれており、ふくらはぎの肉はほとんどなかった。体の一部が義足になったようなものだ。

「リミンじいさんを護衛してたときに撃たれたのさ」彼はズボンのすそを放した。

「彼はとにかく死んでしまって、暦のないかわいそうなリチャードはなにが起きたのかわからなくて、おれは止められなかった」

「チェット」ダラードは背伸びをして大男の肩をかるくたたいた。

大男は身をふるわせた。マイロの下あごの線にそって、小さなサクランボのような筋肉がゆれた。手は、ゲートで預けてきた銃があった位置におかれている。

ダラードが、「きょうはテレビ室へ行くだろ、チェット?」といった。

大男はわずかにふらついた。「ああ……」

「テレビ室へ行ったほうがいいと思うぜ、チェット。民主主義に関する映画をやるんだ。『星条旗』を歌うから、声のいいやつがいるとありがたい」

「ああ、パヴァロッティだ」といって、大男は急に上機嫌になった。「彼とドミンゴはシーザーズ・パレスにいたんだけど、リミンが卵黄で気管をなめらかにして、リーリーリーローローローっていう発声練習をしなかったのが気に入らなくて、パヴァロッティは怒ってしまい、官職に立候補したがらなかったのさ」

「ああ、そうだ」と、ダラードはいった。マイロとぼくにウインクを投げる。

大男はぼくたち三人に背を向け、庭にある日に灼けたテーブルをじっと見おろした。背が低くてずんぐりした黒髪の男が、ズボンをおろして土のうえに小便をしはじめると、ささやかな土ぼこりが舞いあがった。カーキ色の服を着たほかの男たちは、だれも気づいていないようだった。が、大男はけわしい表情になっていた。

「濡れてる」と、彼はいった。

「心配しなくていい、チェット」ダラードは穏やかにいった。「シャルブノとやつの膀胱のことはわかってるだろ」

大男は答えなかったが、ダラードはメッセージを送ったにちがいなかった。というのも、遠い庭の隅から二人の精神科専門職員が小走りにやってきたのだ。黒人と白人で、ダラードのように筋肉質だったが、ずっと若く、おなじ制服を着ていた。半袖のスポーツ・シャツ、ジーンズ、スニーカー。写真つきのバッジが、クリップで襟にとまっている。熱気のなかを走ってきたので、専門職員の顔は汗で濡れていた。マイロのスポーツ・コートは、わきの下までぐっしょり濡れていたが、大男は汗ひとつかいていなかった。

小便をしている男がぶるっと身をふるわせるのを見ていた大男は、さらに顔をこわばらせた。男は足首にズボンをからみつかせたまま、アヒルそっくりの外股歩きで庭を横ぎっていった。

「濡れてる」

「おれたちが始末するよ、チェット」ダラードがなだめた。

黒人の専門職員がいった。「わたしがズボンをあげさせてきます」

彼はシャルブノのほうへぶらぶらと歩いていった。白人の専門職員はチェットのもとにとどまった。ダラードがまたチェットの体をかるくたたき、ぼくたちは歩きはじめた。

十ヤードすすんだところで、ぼくは振り返った。二人の専門職員がチェットの両わきをかためている。大男は姿勢を変えていた――肩をさらにいからせ、首を伸ばしながら、シャルブノがいた場所をじっと見つめている。

マイロがいった。「あれだけの大男を、どうやってコントロールするんです？」

「おれたちがコントロールするんじゃない」と、ダラードはいった。「鎮静剤のクロザピンがやってくれるのさ。先月、彼がべつの患者をたたきのめしたあとで、投薬量をあげたよ。十数ヵ所を骨折させたんだ」

「もっと必要なのかもしれないな」と、マイロはいった。

「どうして？」

「まともに話ができてない」

ダラードはくすくす笑った。「まともね」彼はぼくのほうをちらっと見た。「彼の一日の投薬量を知ってるかい、ドクター？　千四百ミリグラム。あの体重といえども、そうとうな量だろ？」

「ふつう、どんなに多くても九百ぐらいなんだ」ぼくはマイロにいった。「たいていの人間はその三分の一ですむ」

ダラードがいった。「べつの被収容者の顔を骨折させたとき、彼は千百ミリグラムをのんでいた」ダラードの胸がわずかにふくらんだ。「うちの場合は、いつも最大勧告量を超えている。精神科医は問題ないといってるよ」彼は肩をすくめた。「チェットはもっとふえるかもしれないな。ほかにまた悪さをすれば」

ぼくたちはさらに歩き、被収容者たちのそばを通りすぎた。刈りこんでない髪、だらんとした口、うつろな眼、汚れた制服。刑務所でよく見かけるボディビルダー・タイプの巨体はいない。やわらかで、ねじまがり、しぼんだ体。ぼくはうなじに視線を感じた。さっと横に眼をやると、苦悩にさいなまれた予言者さながらの眼をして、大量の黒いあごひげをたくわえた男が、じっとぼくを見つめていた。ひげのうえの頬は落ちくぼみ、黒く汚れている。ぼくたちは眼を凝らした。彼はぼくのほうへやってきた。両腕はこわばり、首が小刻みに動いている。彼は口をあけた。歯はなかった。

彼はぼくのことを知らないのに、その眼には憎悪があふれていた。

ぼくは両手のこぶしをかためた。足どりをはやめる。ダラードが気づき、首をかしげた。あごひげ男はいきなり足をとめ、低木さながら、太陽を浴びたままその場に立ちつくした。遠くのゲートについている赤い出口標示までは、まだ五百フィートあった。ダラードのキー・リングがジャラジャラと鳴った。ほかの専門職員の姿は見えなかった。ぼくたちは歩きつづけた。きれいな空だったが、鳥は飛んでいない。機械がなにかをみがく音が聞こえはじめた。

ぼくはいった。「チェットの話はとりとめがなかった。それでも、知性があるように思えたな」

「やつが本の話をしていたからかい？」と、ダラードはいった。「頭がおかしくなるまえ、彼はどこかの大学にいたんじゃなかったかな。教育のある家族だったと思うよ」

「彼はなんでここに入ったんです？」振りかえりながら、マイロがいった。

「みんなとおなじさ」ダラードは口ひげをこすり、おなじペースで歩きつづけた。庭はとてつもなく広かった。半分くらいまできていたが、死んだ眼、凍りついた顔、凶暴なようすを見ると、ぼくのうなじの毛はさかだった。

「カーキ色や褐色を着てくるなよ」と、マイロはいっていた。「被収容者はその色を着てるし、おたくが出られなくなると困るからな――だけど、おもしろいかもしれない。おれは頭がおかしいわけじゃないと連中に信じこませようとしている臨床心理医ってのは」

「みんなとおなじ?」と、ぼくはいった。

「裁判に耐える能力がないということさ」と、ダラードはいった。「ごく基本的な州刑法1026の例だよ」

「ここには何人くらいいるんです?」と、マイロ。

「千二百人くらいかな。チェットの場合はちょっと悲しい事件だ。彼はメキシコ国境に近い山のうえで暮らしていた――まあ、一種の世捨て人で、洞窟で寝起きし、雑草とかなんとか、体にいいものを食っていたんだ。たまたま、不運にも、二人のハイカーがまずい洞窟をまずい時間に見つけて、彼を起こしてしまった。彼は彼女たちを引き裂いた――じっさい、素手で襲いかかったんだ。二人の娘の腕をひっこぬいて、脚にとりかかっていたとき、彼らはやつを発見した。パーク・レインジャーか保安官がチェットの脚をショットガンで撃ったから、さっき見たような状態になったのさ。逮捕されるときには抵抗せず、ばらばら死体の横にすわって、だれかに殴られるんじゃないかと脅えていた。そういった件は、問題なく１０２６になるんだろうな。彼はここに三年いる。最初の半年間は、ひたすら泣いて親指をしゃぶり、体をまるくしているだけだった。点滴で栄養をとらせるしかなかったよ」

「いまはみんなをたたきのめしている」と、マイロはいった。「進歩だな」

ダラードは指の関節をまげた。五十代後半、がっしりした体格で、よく日に灼けており、見たところ脂肪はついていない。口ひげの下の唇はうすく、乾いていて、おもしろがっているようにみえる。「おれたちはどうしたらいいんだと思う？　彼をひきずりだして、撃つのかい？」

マイロはうなり声をあげた。

ダラードはいった。「ああ、あんたの考えてることはわかるよ。いい厄介払いだから、喜んで銃殺隊に参加するんだろ」彼はしのび笑いをもらした。「おまわりの発想だな。おれはヘメットで十年間、パトロール警官をしてたから、ここにくるまえだったら、まったくおなじことをいってただろうな。病棟で二年働いたから、いまは現実がわかっている。彼らの何人かはほんとに病気なんだ」彼は口ひげに手をやった。「チェットはテッド・バンディじゃない。おしめにうんちをする赤ん坊とおなじで、自分ではどうにもならないんだ。シャルブノとおなじさ、あそこの土のところで小便をしてた」彼はこめかみをかるくたたいた。「配線がおかしくなると、ごみ同然になってしまう人間もいる。ここは大型ごみ容器なのさ」

「だからここにきたんです」と、マイロはいった。

ダラードは片方の眉をつりあげた。「そこがわからないんだ。うちのごみが外にもちだされることはない。ドクター・アージェントの件に関して、どうしておれたちが役に立てるのかわからないんだ」

彼はふたたび指をまげた。爪は黄色い角のようだった。「おれはドクター・アージェントが好きだった。ほんとにいい女性だったよ。だけど、彼女はあっちで最後を迎えた」適当に指さす。「文明世界でね」

「彼女といっしょに仕事をしてたんですか？」

「いつもというわけじゃなかったけどね。おれたちはときどき患者の話をして、彼女は患者になにか必要かどうかを教えてくれた。でも、見ればわかる。すばらしい女性だ。ちょっと愚直だったけど、まだきたばかりだった」

「愚直って、どんなふうに？」

「彼女がこのグループを始めたんだ。日常生活の技術。毎週、討論をしていたよ。建前としては、彼らが世の中に対応するのを手助けするということで。だれかが外に出られる、とでもいうようにね」

「彼女はそれをひとりでやっていた」

「彼女とひとりの専門職員」

「その専門職員とは？」

「ハイディ・オットという名前の娘だ」

「殺人者のグループを、二人の女性であつかっていた？」

ダラードはにやっと笑った。「州は安全だといっている」

「あなたはそうじゃないと考えている」

「おれは考えるために給料をもらってるわけじゃない」

ぼくたちが金網の壁に近づくと、マイロがいった。「文明世界のだれかがドクター・アージェントを殺す理由に関して、なにか心あたりは？　もと警官の立場で」

ダラードはいった。「あんたの話を聞くかぎり――彼女はあの車のトランクで発見され、すべてきちんと始末されていた――社会病質者じゃないのか？　自分がなにをしてるかをしっかり心得ていて、しかもそれを楽しんでいた。１０２６というより、１３６８だな――基本的に卑劣な犯罪者で、頭がおかしいふりをすれば、刑務所じゃなくてここにこられると誤解している。五階にはそういった連中が二、三百人はいるよ。三振アウト法（重罪を三度犯すと自動的に終身刑とする法律）があるから、もう少し多いかな。わめいたり涎をたらしたりしながらここにやってきて、壁にくそをなすりつけるけど、ここのドクターたちを騙せないことにすぐに気づく。成功率は一パーセント以下だ。正式な鑑定期間は九十日だが、多くの連中はもっとはやく出たがる」

「ドクター・アージェントは五階で働いていたんですか?」

「いや。彼女の患者はすべて1026だった」

「完全な精神障害者と九十日の負け犬をのぞいて、ここにはほかにどんな連中がいるんです?」と、マイロはいった。

「精神的に混乱した性犯罪者が少しばかりいる」と、ダラードはいった。「小児性愛者みたいなくずどもさ。三十人くらいかな。昔はもっといたんだが、法律はしょっちゅう変わっている——やつらをここに入れろ、いや、刑務所だ、おっと、やっぱりここだ、うーん、刑務所だな。少なくともおれの知るかぎり、ドクター・アージェントは彼らとも関わっていなかった」

「ということは、あなたの見るかぎり、彼女の身に起きたことはここの仕事とは関係なかったわけですね」

「そういうことだ。たとえ、だれかひとりが外に出ても——出なかったけど——彼女を殺して、トランクに隠すことはできなかっただろう。だれもそんなにうまく計画を立てられやしない」

ぼくたちはゲートに着いた。日灼けした男たちが、チェスの駒よろしくじっと佇んでいる。遠くでは、機械があいかわらず何かをみがいていた。

ダラードは庭のほうへさっと手を振った。「うちで投与している薬の量を考えれば、ああいった連中が無害だといってるわけじゃない。あの哀れな連中がそれなりの妄想を抱けば、やつらはなんでもできる。だけど、おもしろがっては殺さないな――おれが思うに、やつらは人生からあまり楽しみを得ていない。そういうことさ。やつらがしていることを人生を呼べるとしてもね」

ダラードは咳払いをし、痰をのみこんだ。「神はなんでわざわざこんな混乱を生みだしたんだろうな」

目だった。

2

それぞれ車のトランクで発見された、ふたつの死体。クレア・アージェントは二番目だった。

最初の死体は八ヵ月まえに見つかったもので、リチャード・ダダという二十五歳の俳優の卵だった。センティネラ・アヴェニューとピコ・ストリートが交差する北にある工業地区——工具・金型店、車の清掃業者、スペア・パーツのディーラーなどがひしめきあっている——で愛車のフォルクスワーゲン・ビートルの前部トランクに押しこめられていた。ダダの車は三日にわたって放置されていて、整備工がようやくにおいに気づいたのだった。犯行現場はウェスト・ロスアンジェルス署から歩いていける距離だったが、マイロは車で現場に向かった。

生きていたときのダダは、長身で色の浅黒いハンサムな男だった。殺人者は彼の服を脱がせ、のこぎり状の凶器で腰からまっぷたつに切って、それぞれを芝用の丈夫な袋に入れて口をしばり、おそらく深夜であろうが、フォルクスワーゲンにひそかに積みこんで現場まで運転し、だれにも気づかれることなく逃走した。死因は、喉をざっくり切り裂かれたことによる失血だった。袋のなかと車内には血糊が少なかったので、切断はどこかほかの場所でおこなわれたらしかった。まっぷたつにされたときダダはすでに死んでいた、と検屍官は確信していた。

「長い脚だったから」と、マイロはいった。事件に関してはじめて話してくれたときだった。「切らなければトランクに入らなかったのかもしれない。あるいは、それもスリルの一部だったのか」

「あるいは、その両方」と、ぼくはいった。

彼は眉をひそめた。「ダダも眼をえぐりとられていたが、ほかに切断はなかった。なにか思いあたる節は？」

「殺人者はダダの車を現場まで運転していった。だから、歩いて帰ったんだとしたら、近くに住んでいるんだろうな。あるいは、バスを利用したのなら、あの晩、変わった乗客がいなかったかどうか、バスの運転手にきいてみることもできる」

「バスの運転手とはもう話したよ。これといって不気味な客を見たおぼえはない。タクシーの運転手もおなじだった。夜遅く、あの付近では客を乗せていない」

「〝変わった〟というのは、〝不気味〟という意味じゃないんだ」と、ぼくはいった。「たぶん、殺人者は奇抜な格好はしていなかっただろう。その反対じゃないかな。落ちついていて、計画性に富んだ、中流階級。だとしても、フォルクスワーゲンを捨てたばかりだから、彼は神経を高ぶらせていたかもしれない。そんな時間にバスに乗るのはだれか。遅番のウェイター助手、オフィスの清掃人、浮浪者というところだろう。中流階級の人間なら目立っていたかもしれない」

「なるほどね」と、マイロはいった。「だけど、運転手たちの記憶に残ってる人物はひとりもいないんだ」

「オーケイ、じゃあ、第三の可能性だ。殺人者を運ぶために、もう一台の車が用意されていた。きわめて周到な計画だ。もしくは、共犯者がいた」

水なしで洗顔するように、マイロはごしごしと顔をこすった。ぼくたちはウェスト・ロスアンジェルス署の強盗・殺人課で、彼のデスクのまえにすわり、明るいオレンジ色のロッカーを見つめながらコーヒーを飲んでいた。ほかに二、三人の刑事が、タイプを打ちながら軽食をとっていた。ぼくは二時間まえに児童監護権の件でダウンタウンの法廷に行き、ランチでもいっしょにと思って寄ってみたのだが、マイロは食べることよりダグの話をしたがった。

「共犯者の話はおもしろいな」と、彼はいった。「地元署もそう考えているんだ——よーし、だれかサン・クエンティンでフリーランスで肉切りを学んだやつが仮釈放になってるかどうか、歩きまわって確かめてみる時期だな。かわいそうな坊やのことも、もっと知っておかないと——彼自身が問題に巻きこまれていたかどうかを」

三ヵ月後、マイロの聞き込みはリチャード・ダダの人生をことこまかに暴きだしたが、事件の解決にはいたらなかった。

半年経過の印をつけられ、ファイルは引き出しの奥に押しこまれた。

そのことで、マイロの神経が逆なでされたのはわかっていた。彼の得意分野は迷宮入り事件をつくりだすことではなく、それらを解決することだった。彼はウェスト・ロスアンジェルス署の殺人課刑事のなかで最高の解決率を誇っており、ことによると今年の全刑事のなかで最高かもしれなかった。といって、彼の人気がさらに上昇したわけではない。ただひとり、警察内でゲイの刑事であることを公言していたために、彼は警官仲間のバーベキュー・パーティには招かれなかった。だが、それは保険になっていたし、ぼくは彼が失敗を職業的な脅威と考えているのもわかっていた。

個人的な罪でもある、と考えていた。殺人のファイルをしまいこむ直前、マイロはこんなことをいっていた。「こいつはもっと捜査すべきなんだ。どこかの重罪犯がビリヤードのキューでぶちのめされたのなら話はべつだが、これは……。この坊やの切られかた——脊椎が一刀両断されているんだぜ、アレックス。検屍官は、帯鋸だろうといっている。肉を切り分けるみたいに手ぎわよく、だれかが彼を切断したんだ」

「ほかに法医学的な証拠は？」

「ない。他人の髪もなければ、体液の交換もない……おれにいえるかぎりでは、ダダにはいかなるトラブル、ドラッグ・コネクション、悪い仲間、犯罪歴もなかった。金を稼いで有名になりたかった、愚かな坊やたちのひとりさ。昼間と週末はちびっこジムで働いていた。さて、夜はなにをしていたか」

「ウェイター」

彼は人さし指をチョークがわりにして正解の印を描いた。「トルカ・レイクのバー・アンド・グリルでな。口にしていた台詞は、〝どんなドレッシングになさいますか？〟というところだろう」

ぼくたちはバーにいて、ふたりきりだった。ベヴァリー・ヒルズの西端、ルクス・ホテルの奥にあるすばらしいバーである。ビリヤードのキューはないし、すべての重罪犯はイタリア製のスーツを身につけている。オレンジ色のゆらめきにまで明るさを落としてあるシャンデリア、ふかふかしたカーペット、子宮さながらにあたたかくて重厚な安楽椅子。大理石を貼ったドリンク・テーブルには、シーヴァス・ゴールドを注いだ重いタンブラーがふたつと、氷入りの湧水がはいっているクリスタルのピッチャーがおいてあった。隅の仕切り席では高級なコヒバとチャーチルをふかしている客がいるのに、マイロの安物のパナテラは不作法にも存在を主張していた。数ヵ月後、市はバーを禁煙にするのだが、当時、ニコチンの煙は夕刻の儀式だった。

こぎれいな雰囲気にもかかわらず、そこにいる理由はアルコールの摂取であり、その点、マイロはなかなかよくやっていた。

　ぼくが一杯目のスコッチをちびちび飲んでいるとき、彼は三杯目を飲みおえて、グラス一杯の水を飲んだ。「おれにその件がまわってきたのは、警部補がダダはゲイと考えたからさ。切断――ホモセクシュアルが自制を失うと、とことんやるからな、とかなんとか。だけど、ダダは絶対にゲイ・コミュニティとはつながってなかったし、同僚は、彼は故郷に三人のガールフレンドがいたといっている」

「こっちにガールフレンドは？」

「見つからなかった。彼はひとり暮らしで、ラ・ブレアとサンセットがまじわったあたりの小さなワン・ルームに住んでいた。せまいけど、きれいにしていたよ」

「けっこう危ない地区かもしれないな」

「ああ。だけど、建物にはキー・カード式の駐車場がついていて、入口にもセキュリティがある。敷地内に女大家が住んでいて、まともな入居者を選ぶようにしているんだ。彼女がいうには、ダダはおとなしい坊やで、来客もいっさいなかったらしい。それに、不法侵入や強盗の形跡はなかった。財布は見つからなかったけど、彼がもっていたクレジット・カード――限度額が四百ドルのディスカヴァー――に債務はなかった。アパートメントからドラッグはでてこなかった。ダダがやっていたとしたら、彼かだれかさんが跡形もなくきれいに掃除したんだろう」

「殺人者かい？」と、ぼくはいった。「すぱっと切断したことや計画性とぴったり符合するな」

「かもしれないが、さっきもいったように、ダダはきれいに暮らしていた。家賃は七百ドルで、彼はふたつの仕事をしてたからその二倍の手取りがあったし、金はほとんど実家に送って、普通預金に入れていた」彼は広い肩を落とした。「ただたんに、彼は邪悪な反社会性人格障害を持つ人物に出会ってしまったのかもしれないな」

「FBIにいわせれば、眼をえぐりだすのはちょっとした関係以上のものを暗示しているらしい」

「FBIに犯行現場のデータの質問表を送ったら、ちんぷんかんぷんの答えと、既知の友人を探せという忠告が返ってきたよ。問題は、彼の友人がひとりも見つからないことなんだ。彼はカリフォルニアにきてたったの九ヵ月だった。ふたつの仕事をしてたから、社交生活ができなかったのかもしれんな」

「あるいは、秘密の生活をもっていたか」

「なんだよ、彼はゲイだったってか？　その点はきっちり調べあげたつもりだぜ、アレックス」

「かならずしもゲイというわけじゃない」と、ぼくはいった。「あらゆる種類の秘密の生活だよ」

「なんでそんなことをいうんだ?」

「模範的な入居者は、いきなり通りにでていって、まっぷたつに切られたりしない」

彼はうなり声をあげた。ぼくたちは飲んだ。ウェイトレスは全員ゴージャスなブロンドで、田舎娘ふうの白いブラウスとロング・スカートを身につけていた。ぼくたちを担当しているウェイトレスには訛りがあった。マイロが出身地をきくと、チェコスロヴァキアという答えが返ってきた。やがて彼女は、葉巻の先を切りましょうと申しでたが、マイロはすでに嚙みきっていた。盛夏だというのに、石灰岩のマントルピースの下ではガスの火が勢いよく燃えていた。エア・コンディショナーのせいで部屋は氷のように冷えきっている。バーにいるほかの二人の美女は、まちがいなく娼婦だ。彼女たちの連れの男たちはいらいらしているようだった。

「トルカ・レイクはハリウッドから車でひとっ走りだ」と、ぼくはいった。「バーバンクのスタジオ群にも近い。ということは、ダダは俳優になるコネクションをつくろうとしていたのかもしれない」

「おれもそう考えたよ。でも、彼が仕事をもらったとしても、それはスタジオの仕事じゃなかった。彼のジャケットのポケットから、『ウィークリー』の求人広告が見つかったんだ。ちっぽけなやつで、『ブラッド・ウォーク』という映画のオーディションさ。日付は、彼が殺されるひと月まえ。広告をだした会社をたどってみたよ。電話はつながらなかったけど、そのときはシン・ライン・プロダクションズという会社のものだった。さらにたどると応答サーヴィスにたどりついたんだが、シン・ラインとはもう契約していなかった。彼らのところにあった住所はヴェニスの私書箱のもので、とっくに使われなくなっていたし、転送先はなかった。ハリウッド署のだれもシン・ラインという名前を聞いたことがなかったし、脚本は組合に登録されてないし、映画がつくられた形跡もない。おれはハリウッド署のペトラ・コナーと話した。あたりまえでしょ、いい加減な業界だし、ほとんどのオーディションなんてあてにならないわ、といわれたよ」

「『ブラッド・ウォーク』か」と、ぼくはいった。

「ああ、わかってるよ。だけど、たっぷり一ヵ月まえの話だし、もっと押しすすめて考えられないんだ」

「リチャードのほかの仕事に関してはどうなんだい？　そのちびっこジムとやらはどこにあるんだ？」

「ピコとドヘニーの交差したあたり」

「そこで何をしてたんだ？」

「よちよち歩きの子どもとゲームをして遊んでいたのさ。不定期な仕事で、だいたいは誕生日パーティだった。ジムのオーナーは、彼はすばらしい人物だといっていた

――我慢強くて、身だしなみがよくて、礼儀正しい」彼はスコッチを飲んだ。「ボーイスカウトの坊やがいて、切断された。もっと何かあるはずだ」

「ムーン・バウンス（空気でふくらませる玩具の家などで、なかに入って跳ねて遊ぶ）にならんで待つことに怒った、殺人癖のあるよちよち歩きの子ども」

マイロは笑い、グラスの底をじっとのぞきこんだ。

「実家に送金していたといってたけど」と、ぼくはいった。「どこなんだい？」

「デンヴァー。パパは大工で、ママは学校の教師。彼が殺された数日後、でてきたよ。地の塩みたいな夫婦で、ひどく心を痛めていたけど、役には立ってくれなかった。リチャードはスポーツ好きで、成績はBとC、学校の劇にはすべて参加していた。短期大学に二年間行ったけど、勉強がいやで、父親のもとで働きはじめた」

「ということは、彼は大工の技術を身につけていた――どこかの木工クラスで殺人者と出会ったのかもしれない」

「おれが調べたかぎり、彼はいかなるタイプのクラスにも行ってない」

「大工の息子が帯鋸で切断されたのか」と、ぼくはいった。

彼は音をたてないようにそっと注意ぶかくグラスをおいた。ぼくに視線を釘づけにする。ふだんははっとするくらい緑色の眼だが、煙ごしの光で灰褐色にみえる。悲しげな顔はタルカム・パウダーをかけたように蒼白く、もみあげとおなじくらい白い。

頬とあごにはにきびのあとがあり、額の傷跡はもっと深くてひどそうだった。

彼は額にかかった髪をはらい、「オーケイ」と、非常におだやかな声でいった。「魅力たっぷりの皮肉はべつにして、どういう意味だ?」

「わからない」と、ぼくはいった。「あまりにできすぎた話だな、と思って」

彼は眉をひそめ、テーブルの縁に腕をあてると、かゆいところをこするようにころがした。グラスをかかげておかわりを頼み、運ばれてくるとウェイトレスに礼をいって、半分くらいまで飲み、唇をなめた。「おれたちはなんでこんな話をしてるのか。おれはこの件をすぐには放りださないだろう。そんな気がするんだ」

ぼくはあえて黙っていた。彼の虫の知らせはだいたいいつも信頼できるから。


二ヵ月後、彼はクレア・アージェント殺しを担当することになり、すぐにぼくに電話をかけてきた。怒りのこもった声だったが、熱意がひしひしと伝わってきた。

「あらたな事件で、ダダの件と興味ぶかい類似点があるんだ。だが、ちがう点もある。犠牲者は女性。三十九歳の心理医で、名前はクレア・アージェント――ひょっとして、彼女を知ってるか?」

「いや」

「自宅の住所はハリウッド・ヒルズで、ウッドロウ・ウィルスン・ドライヴをちょっとはずれたところなんだが、ウェスト・ロスアンジェルス署の管轄内で発見された。裸にされて、愛車のビュイック・リーガルのトランクに押しこまれ、ステレオズ・ガロールの裏にある荷積みドックに置き去りにされていた。ソイヤーの近く、ラ・シエネーガに面した、あのでっかいショッピング・センターのなかにある店だ」

ラ・シエネーガのあちら側はウェスト・ロスアンジェルスの東の境界だ。「かろうじてきみたちの管轄だな」

「ああ、サンタはおれを愛してるのさ。いままでにわかっているのは以下のとおりだ。ショッピング・センターは十一時に閉まるが、ドックにフェンスはない。その気になれば、だれでも侵入できる。すぐ裏に路地が一本あるから、いとも簡単に入れるんだ。路地の西側は立体式の屋内駐車場になっているんだが、夜は閉鎖される。あとはみんな住宅だ。個人の家やアパートメントさ。だれもなにも聞いてないし、見てもいない。発送係は朝の六時に車を発見して、電話でレッカー車を呼んだんだが、運転手がウインチで巻きあげたときに何かがなかでころがる音を聞きつけ、賢くもなんだろうと思ったのさ」

「彼女は半分に切断されていたのかい？」

「いや、まっぷたつにはなってなかったけど、ダダみたいに二枚のごみ袋に包まれていた。彼女も喉を切り裂かれていて、眼はめちゃくちゃにされていた」

「めちゃくちゃって、どんなふうに？」

「切り刻まれてハンバーガーみたいになっていた」

「でも、えぐりだされてはいなかった」

「ああ」彼は腹立たしそうにいった。「脚が長かったからというダダに関するおれの理論が正しければ、彼女がまっぷたつにされなかったことの説明がつく。ドクター・アージェントは五フィート五インチで、折りまげれば簡単にビュイックにおさまる。で、彼女がどこで働いていたかわかるか、アレックス。スタークウェザー病院さ」

「なんとね」

「悪霊センター。行ったことはあるか？」

「いや」と、ぼくはいった。「行く理由がないからね。ぼくの患者はだれも人を殺したことがない」

3

一九八一年の春、エミール・ルドルフ・スタークウェザーは、アズーサの自宅のベッドで死んだ。享年七十六歳、独身で、相続人はひとりもいなかった。彼は五十年にわたって公務に身をささげた。十年を水と電気のエンジニアとして、四十年を州議会議員として。

ほかのことにはまったく熱心ではなかったのに、スタークウェザーは精神衛生に関する財政援助を執拗に追い求め、全州にわたって数多くのコミュニティ治療センターの建設を推しすすめた。精神を病んだ妹を抱えて面倒をみていたから、その点だけに関してはヒューマニストになったのさ、という者も何人かいた。スタークウェザーが夜間に大きな心臓発作を起こす五ヵ月まえ、その妹は亡くなった。彼女を埋葬した直後、スタークウェザーの健康は悪化しはじめたようだった。

彼の葬儀が終わってほどなく、州の会計検査官たちは、彼が四十年にわたり一貫して選挙資金を着服してきたことを発見した。金の一部は妹の二十四時間看護態勢と医療費に使われていたが、大半は不動産に注ぎこまれていた。スタークウェザーはカリフォルニアに一万一千エーカーを超す領土をたくわえたものの、その大部分は荒廃した地区の空き地で、いっこうに開発しようとはしなかった。

競走馬も、スイスの銀行口座も、秘密の愛人も、いっさい存在しなかった。利益をあげるという動機はなかったようだった。人びとはエミール・スタークウェザーの精神衛生状態を疑いはじめた。

噂が噂を呼びはじめたとき、彼の遺書がおおやけになった。スタークウェザーは、ひとつだけ条件をつけて、すべてをカリフォルニア州に遺贈していた。〝彼〟の土地のうち、少なくとも百エーカーは、〝精神医学および同系研究分野の最新の研究と発展を考慮する、重要な精神衛生施設〟の建設に使うこと。

法律の専門家たちは、遺書にはおそらくなんの効力もないだろうという見解を述べたが、スタークウェザーが複雑にもつれさせた結び目をほどくには、法廷で何年もかかるかもしれなかった。だが、ある意味では、選挙であらたに選ばれた州知事にとっては願ったりかなったりのタイミングだった。スタークウェザーの崇拝者ではない彼は――長いあいだ、迷惑で風変わりなくそじじいと思っていた――犯罪撲滅論者として選挙運動を展開し、頭のおかしい危険な連中を通りにもどしてしまう回転ドアのような司法をはげしく糾弾した。立法府のお偉方と丁々発止の協議がおこなわれた結果、泥沼状態を収拾するひとつの案が生まれた。サクラメントから補佐官たちが派遣され、価値のない公有地の調査に向かった。ただちに申し分のない解決策が浮上した。ロスアンジェルス市境界線のはるか東にある長く使われていなかった郡の土地は、かつてはガス会社の燃料補給所で、やがてごみ投棄場になり、いまは有毒な沼地と化していた。土壌は汚染され、岩盤からは汚染物質がしみだしていた。広さは八十九エーカーしかなかったが、まともに計測したりする者がいるはずもなかった。

行政命令と強引な立法措置が組み合わさって、スタークウェザーが盗んだ土地はふたたび州のものになり、裁判に耐えるだけの能力がないと判断された犯罪者たちのための〝重要な精神衛生施設〟の建設が認められた。殺しまくる殺人者、血が大好きな連中、食人鬼、獣姦者、子ども専門の強姦魔、ぶつぶついうゾンビーたちのための安全な施設。サン・クエンティンやフォルサムやペリカン・ベイに収容するには頭がいかれすぎていて、危険すぎる連中。

新しい病院をつくるには奇妙な時期だった。知的障害があって無害な精神病患者を入れる州の保護施設は、つぎつぎに閉鎖されていた。金を使いたくない右翼の守銭奴たちと、精神病患者は政治犯で、釈放されるべきであると信じている無知な左翼が、奇妙で無情な協定を結んだおかげだった。数年後、〝ホームレス問題〟がもちあがって、倹約家と社会事業家たちにショックをあたえたが、その時点では、もどかしいシステムを壊すことが賢明に思えたのだ。

それでも、知事は頭がおかしな連中の収納箱を二年で建てた。

そして、そこにくそじじいの名前をつけた。

触法精神障害者のためのスタークウェザー州立病院は、本館しかない建物だった——コンクリート・ブロックと灰色の漆喰でできた五階建てのタワーで、電気を通した高さ二十フィートの有刺鉄線網でかこまれていた。鉱物が堆積して縞状の筋がつき、有害な汚れがきざみこまれている。罰をうけているような醜さだ。

ぼくたちはインターステイト一〇号線をおりると、スピードをあげてボイル・ハイツと数マイルにわたる工業団地のまえを通りすぎて、巨大なカマキリの標本よろしく凍りついている休止中の油井、脂で灰色になった食肉処理場と缶詰工場、見捨てられた貨物置き場、見込みのない事業の爪痕がのこる虚しい数マイルを走った。

「さあ、あそこだな」といって、マイロはスタークウェザー・ドライヴと書いてあるせまいアスファルト道路を指さした。もうひとつの標示には、〈この先に州施設あり〉と書いてあった。

覆面パトカーは、七十本くらいはある灰緑色のユーカリ樹の並木にはいった。メントールで清めてくれるその木陰を抜けると、ふたたび八月の太陽があらわれ、サングラスが役に立たないくらいの白い光がぎらぎら照りつけてきた。

前方に高いフェンスがあった。水蛇さながら、太くて黒い電気のケーブルがのたくっている。ガラス張りの小屋には、英語とスペイン語の警告が州の指定した色で書かれていて、金属の遮断棒がおりている。警備員は態度のはっきりしないずんぐりした若者で、窓をひきあけてマイロの説明を聞くと、のろのろと時間をかけて小屋の外にでてきた。彼は面倒くさそうにぼくたちの身分証明書をじっくり調べ、すべての書類をガラスの小屋にもち帰り、またもどってきて、小火器やナイフをいくつもっているかときいてから、マイロの勤務用リヴォルヴァーとぼくのスイス・アーミー・ナイフを没収した。

数分後、ゲートがきわめてゆっくり開くと、マイロは車を乗り入れた。ドライヴのあいだじゅう、彼はいつになく寡黙だった。いまは不安そうな表情だった。

「心配することはないよ」と、ぼくはいった。「きみはカーキ色を着てないから、彼らは外にだしてくれるって。あまりいいすぎなければね」

彼は鼻を鳴らした。彼が身につけているのは、えび茶色の古くて生地が粗いブレザー、グレーのコール天のズボン、グレーのシャツ、しわになった黒いポリエステルのネクタイ、消しゴム色の底がすり減ったベージュのデザート・ブーツだった。髪は切ったほうがいいくらい伸びていた。大きな頭のてっぺんで、黒い逆毛が立っている。いまは白くなったもみあげとのコントラストは強烈だった。きのう、彼はスカンクみたいになってしまったことについてあれこれ意見をいっていた。

道路はのぼり坂になり、やがて平坦になった。屋外駐車場に着いてみると、ほとんど満車状態だった。さらなる金網があって、ひろがっている広大な土地は黄色がかった硫黄色だった。フェンスの向こうにはがっしりした体格の男が立っており、格子縞のスポーツ・シャツを着て、ジーンズをはいていた。覆面パトカーの音を聞きつけると、彼は振りかえってこちらに眼を凝らした。

マイロは、「歓迎団だ」といって、車を駐める場所を探しはじめた。「人はなんでここで働きたがるんだろう」

「一般的な意味で？　それとも、ドクター・アージェントのこと？」

「両方さ。だけど、ああ、彼女に関してだ。どうしてまた、彼女はこの場所を選んだんだろう」

彼から電話があったのは昨日で、ぼくはまだアージェントのファイルを見ていなかった。「だれにでもなにか理由はあるさ」と、ぼくはいった。「それに、管理医療というのはいろいろ締めつけがきびしい。彼女には選択肢がなかったのかもしれない」

「選択肢はたくさんあったよ。彼女は郡立総合病院の研究者の地位を捨てている。神経かなにかの研究だ」

「ここでも研究をしていたのかもしれない」

「かもな」と、彼はいった。「だが、彼女の仕事上の肩書きは二種心理医だから、純然たる公務員だし、責任者――スウィッグとかいう名前の男だ――は研究のことはいってなかった。彼女はなんで郡立総合病院をやめてここにきたんだろう」

「クビになってないのは確かかい？」

「郡立病院の彼女の元ボスは、彼女はみずから辞めたといっていた。ドクター・シアボウルドだ」

「マイロン・シアボウルドか」

「知ってるのか？」

「教授会で何回か会ったことがある。彼はほかになんといっていた？」

「あんまりいってなかったな。彼女のことはよく知らない、とかなんとか。あるいは、隠しているのかもしれない。おたくが彼と話してくれるとありがたい」

「いいとも」

マイロは空いている場所を見つけると、鋭くハンドルをきって車を入れ、ブレーキを勢いよく踏んだ。シート・ベルトをぐいっとひっぱってはずし、フロントガラスごしにのぞきこむ。格子縞のシャツを着た男は二番目のフェンスの錠をはずし、こちらに近づいてきた。彼が手を振ると、マイロは手を振りかえした。白髪まじりの五十代の男で、口ひげを生やしている。

マイロは後部シートからジャケットを引き寄せ、ポケットにキーを入れた。格子縞のシャツを着た男の向こう、金網でかこまれた不毛の地に眼を凝らす。

「彼女は一日のうち八時間をここですごしていた。混乱した、凶悪なやつらといっしょに。で、いま、彼女は死んでしまった——この場所は、刑事の楽しい猟場と呼んでもいいんじゃないか？」

4

ダラードは裏のゲートの錠をあけ、ぼくたちを庭の外にだして、コンクリートの短い小道を横ぎった。嵐雲よろしく、灰色の建物があらわれた――巨大で、平屋根、コンクリートの厚板でおおわれている。階段や傾斜路はいっさいなく、地面とおなじ高さのブロックに褐色の金属ドアがあるだけだった。小さな鋭角の文字で、〈スタークウェザー・本館〉と書いてある。小さな窓の列が、コンクリートに市松模様をつけていた。窓枠に格子は入っていない。ガラスはかなりどんよりした色で、フィルムが貼ってあった。ガラスではない。プラスティックだ。分厚くて、飛散しないようになっており、風にさらされて不透明になっている。

ドアに錠はおりていなかった。ダラードは右のドアを押しあけた。受付エリアはせまく、ひんやりしていて、焼いた肉のにおいがたちこめていた。ピンクがかったベージュの壁と黒いリノリウムは、蒼白い蛍光灯の下で白っぽくみえる。頭上のエア・コンディショナーの配管が、ささやきを思わせる音を放っていた。

眼鏡をかけた体格のいい三十代の女性が、L字型におかれた二台の古い木製デスクの奥で電話をかけていた。ノースリーヴの黄色いニットのトップを着て、ダラードとおなじような写真入りのバッジをつけている。二枚のデスク用プレート。〈ルール1わたしはいつも正しい。2ルール1を参照〉。そして、〈L・シュミッツ〉。二枚のプレートのあいだにはパンフレットが山積みされていた。

彼女の電話からは十数本の線が伸びていた。四つのライトが点滅している。デスクの奥の壁にはエミール・スタークウェザーのカラー写真が貼ってあり、彼は歯のブリッジをたっぷりみせながらキャンペーン用の笑みをひけらかしていた。そのうえには、〈子どもたちにおもちゃを（トイズ・フォー・トッツ）〉と慈善福祉団体〈ユナイテッド・ウェイ〉への従業員拠出を呼びかける横断幕がかかっていた。左側には小さな棚があって、スポーツのトロフィーや勝利を誇示するグループ写真の重さでたわんでいた。〈ハーラーズ。スタークウェザー病院。スタッフ・ボウリング・チーム〉。十年で七回の優勝をかぞえている。右側には長くて明るい廊下が延びており、掲示板とさらなる褐色のドアで区切られていた。

ダラードはデスクに近づいた。L・シュミッツはいましばらく話を続け、ようやく電話をきった。「おはよう、フランク」

「おはよう、リンディーン。こちらの方々は、ミスター・スウィッグと十時に会う約束があるんだ」

「彼はまだ電話中ですけど、すぐに会えるでしょう。コーヒーは？」

「いや、けっこう」といって、ダラードは腕時計をちらっと見た。

「もうすぐです、フランク」

マイロはパンフレットを二冊とりあげ、一冊をぼくによこした。リンディーンはマイロをじっと見守り、やがてまた電話をかけて、「ええ、ええ」をくりかえした。つぎに受話器をおくと、彼女は、「あなたがたは警察で、ドクター・アージェントのことできたんでしょ？」といった。

「ええ、マーム」といって、マイロはデスクのそばをうろついた。「彼女を知っていたんですか？」

「こんにちはとさよならの挨拶をするくらいだったわ。おそろしい事件ね」彼女はまた電話にもどった。

さらに二、三分、マイロはその場にとどまった。一度、リンディーンは顔をあげて彼ににっこり笑いかけたが、会話を中断しようとはしなかった。マイロとぼくはパンフレットを読んだ。

スタークウェザー州立病院の短い歴史が書かれていて、そのあとに太い活字で〈目的報告〉とある。数多くの写真。横領犯エミールの写真がさらに数枚。知事が、先端が金のシャベルを地面に刺して、そのまわりを匿名の高官たちがとりかこんでいる。穴掘りから完成までの建設年表。クレーン、土工機械、ヘルメットをかぶった労働者。最後に建物の遠景写真がのっていたが、背景の澄みわたった空は、スタークウェザーの歯とおなじくらい偽物っぽくみえた。ブロックの壁はすでに汚れていた。病院は生誕の日から疲れきっているような印象だった。

綱領は、公衆衛生学修士で院長であるウィリアム・T・スウィッグが書いており、国民を守るいっぽうで、被収容者に対する人間的な治療をおこなうことを強調していた。目的、指令、目標、意思疎通に関する話だらけである。役人たちに文章作法を教えたのは、いったいどこのだれだ？

パンフレットをたたんでポケットにすべりこませたとき、リンディーンがいった。

「オーケイ、彼はあいたわ」

ダラードのあとにしたがい、ぼくたちは廊下をすすんだ。二、三の褐色のドアには、スライド式のスロットに名札が入っていた。ほとんどはからっぽだ。掲示板は重なりあった州の書類でおおわれている。通達、条例、立法措置。廊下はぼくたちのほかにだれも歩いていなかった。ぼくはふと気づいたが、頭上の配管がたてるシューッという音をのぞけば、この施設は静まりかえっていた。

スウィッグの部屋のドアはほかのドアと変わりなく、彼の名札も永久のものではないスライド式だった。ダラードは一度だけノックして、返事を待たずにドアをあけた。外側のオフィス。もうひとり受付がいて、リンディーンより年上でがっしりしている――「入って、フランク」彼女のデスクには三つの花瓶がおいてあって、活けてある黄色いバラの大輪はどうやら家で育てたものらしかった。パソコンのモニターには、モナリザのスクリーン・セイヴァーが映っていた。にっこり笑って、眉をひそめて、にっこり笑って、眉をひそめて……。

ダラードは内なる聖所のドアを押しあけた。ぼくたちがなかに入ったとき、スウィッグは立って手をさしだしていた。

彼は思っていたより若く、三十五歳くらいかもしれない。貧弱な体、禿げた頭の下の顔はおだやかでまるいベビー・フェイスで、頰とあごにほくろがいくつかある。半袖の青いシャツ、格子縞のネクタイ、ネイヴィブルーのスラックス、モカシンのローファーという格好だ。

「ビル・スウィッグです」全員で自己紹介をした。スウィッグの手はひんやりしていて、こぶりだった。彼のデスクは秘書のものより少し大きかったが、それほど大きなものではなかった。ここにはジョークを書いたデスク用プレートはなく、ペンと鉛筆のセット、本とフォルダー、写真立て数個があるだけだった。写真立ての裏のフエルトはぼくたちのほうを向いている。右側の壁にはダーク・スーツを着たスウィッグの写真が掛かっていて、あごのとがったカーリー・ヘアの女性と、どちらもアジア人の、四歳と六歳くらいのかわいい女の子がいっしょに写っていた。ひとつだけあるケースには、数冊の本と輪ゴムでとめた大量の書類がはいっている。スウィッグの部屋のプラスティックの窓からは、油でよごれたような庭の景色が見えた。

ダラードがいった。「ほかになにか?」

スウィッグが、「いや、ありがとう、フランク」というと、ダラードはさっさと部屋をあとにした。

「すわってください。お待たせしてすみませんでした。悲劇ですね、ドクター・アージェントの件は。わたしはいまだにショックがおさまってません」

「あなたがたはショックを受けにくいのかと思ってました、サー」と、マイロはいった。

スウィッグは戸惑った表情を浮かべた。

「ここで仕事をしていると」と、マイロはいった。「いろいろなことを眼にするんでしょうね」

「ああ。いや、それほどでもありませんよ、スタージス刑事。ここはおおむね平和な場所です。おそらく、ロスアンジェルスの通りより安全でしょう。とりわけ、エア・コンディショナーが設置されてからはね。いや、みんなとおなじく、わたしはショックを受けやすいのです」

「エア・コンディショナー?」

「問題があって」と、スウィッグはいった。「数年まえにコンデンサーが壊れてしまったのです。わたしが着任するまえの話ですが」手のひらを上に向けて両手をあげる。「わたしの前任者は修理できませんでした。想像にかたくないかもしれませんが、この患者たちの快適さは、州都サクラメントにおける優先事項ではありません。スタッフの自然減でようやく実現したようなものです。みんな、辞めはじめたんです。わたしは報告書を提出し、やっと新しいシステムが導入されました。きょうがいい例です——エア・コンディショナーなしなんて、想像できますか？」

「被収容者たちはどう対処したんです？」

スウィッグは深くすわりなおした。「ちょっとした……挑戦でしたよ。ところで……どういったご用件でしょう」

「ドクター・アージェントが殺されたことに関して、なにか心あたりは？」

スウィッグは首を振った。「仕事がらみとお考えになっているのはわかりますが、それはありえないでしょう。というのも、単純な事実がありますからね。ドクター・アージェントの患者たちはここにいて、彼女は外の世界で殺されたんです」彼は窓を指さした。「それに加えて、彼女の終身在職権はなんら問題がなかったんですから、話しあうことはなにもないでしょ？」

「模範的な従業員だったんですか？」

「彼女はたいしたものでした。冷静で、ものに動じなくて、思いやりがあった。みんな、彼女が好きでしたよ。患者たちもふくめて」

「ということは、患者たちは理性的であるように聞こえますね」

「えっ？」

「患者たちは彼女が好きで、彼女を傷つけたりしなかった。ここにいる男たちは、論理的な行動パターンでは動かないのかと思ってました。ということは、彼らのひとりが、ドクター・アージェントの喉を切り裂けと命じる声を聞いたわけではなかった、ということですね？」

マイロは眼のことにはふれなかった。

スウィッグは唇をこわばらせた。「ええ。内密にしている。まあ、彼らは精神を病んでいますが、ほとんどの人たちはきちんと面倒をみてもらっています。でも、どんな違いがあるんです？　重要な点は、彼らがここを離れていないということです」

マイロはメモ・パッドをとりだし、しばらくのあいだ走り書きをした。だいたいいつも、それでなんらかの反応が返ってくる。スウィッグは両方の眉をつりあげた。眉は淡いブロンドなのでほとんど見えず、澄んだ青い眼のうえにふたつの三日月形のしわが寄っただけのようにみえた。

マイロの手が動きをとめた。「だれも出ていないんですか？」

スウィッグは椅子のなかで居ずまいを正した。「一度もないとはいいません。でも、めったにないですね」

「めったにとは？」

「釈放してもらおうとするのはわずか二パーセントで、そのほとんどは再検討委員会すら通りません。再検討された人びとでも、条件つきの釈放に成功するのはたぶん五パーセントくらいでしょう。つまり、監視態勢がととのった食事つきの場所に入れられ、定期的に外来の治療をうけ、投薬治療が遵守されているかどうかをモニターするために、任意で尿検査がおこなわれるのです。それに加えて、危険な代償行動の喪失のきざしが絶対にないことを示しつづけなければなりません。どんなささいな違反を犯しても、ここにつれもどされます。そうやって釈放された人びとに関して、取り消し率はいまだ八十パーセントです。わたしがここにきてから、暴力的な重罪犯の患者はひとりも釈放していません。ですから、事実上はたいした問題ではないのです」

「あなたはここにきてどのくらいです？」

「五年です」

「そのまえは？」

「そのまえは、ちょっといろいろありまして」

「では」マイロはメモにざっと眼をとおした。「釈放された人数がそれだけ少ないなら、出た人間のあとをたどるのは簡単ですね」

スウィッグは非常に静かに手のひらをぱんと合わせた。「そうですが、それには裁判所命令が必要です。ここに収容されている患者といえども、権利はあります——たとえば、はっきりした違反の証拠がなければ、彼らの郵便物を調べることはできません」

「薬は投与できるが、詮索はできないんですね？」

「なにがちがうのかといえば、投薬は彼ら自身のためなのです」スウィッグは椅子を前にころがした。「いいですか、わたしはあなたがたの仕事をむずかしくしようとしているわけじゃありません、刑事さん。でも、こういった一連の質問は理解できませんね。あなたの当初の推定はわかります。ドクター・アージェントは危険な人びとと仕事をしていて、その彼女はいまは殺されてしまった。一見したところ論理的に思えます。ですが、さっきもいったように、スタークウェザーはおそらく警官がパトロールしている地域より安全でしょう」

「ということは、だれが釈放されたかを知るためには、書類を申請する必要があるということですね？」

「残念ながら、そういうことです。信じてください、明らかな危険がある場合、わたしがあなたがたに知らせないと思いますか？　われわれ自身のためにも。われわれに誤りは許されないのです」

「わかりました」マイロが落ちついた声でいったので、ぼくは彼にちらっと眼をやった。「先にすすみましょう。ドクター・アージェントの性格に関しては、どんなことを話していただけますか？」

「彼女のことは、あまりよく知りませんでした」と、スウィッグはいった。「でも、有能で、静かで、ビジネスライクでしたね。スタッフや患者ともめたことはありません」彼はフォルダーをとりあげ、中身にざっと眼をとおした。「これならさしあげられます。彼女の個人的なファイルです」

「ありがとうございます、サー」マイロは受けとってぼくに手わたし、またメモをとりはじめた。中身は、クレア・アージェントの就職申込書、簡単な履歴書、顔写真だった。履歴書は五ページにわたっていた。発表された研究論文が数点。神経心理学。アルコール中毒患者における反応時間。まじめな機関誌だ。講師としての臨床的な地位。なぜ、彼女は辞めてここにきたのだろう？

　写真うつりはかわいく、ちょっと大きめの顔がはにかんだ笑みで輝いている。肩までとどく豊かな黒髪は毛先が跳ねていて、羽のような前髪は白いヘアバンドでとめてあり、ごく淡いブルーのクルーネックのトップを着ている。きれいな肌で、化粧はほとんどしておらず、つぶらな黒い瞳だ。最初にぼくの心に浮かんだ形容詞は〝健康そうな"だった。彼女の年齢にしてはちょっと純情すぎる感じで、生年月日が立証している三十九歳というより、三十歳にちかくみえる。

写真に日付は入っていないので、何年かまえに撮ったものかもしれなかった。彼女は十年まえに博士号をとっていた。卒業写真だろうか？ ぼくは彼女の顔をさらにまじまじと見つめた。眼は輝いていて、ぬくもりがある——造作のなかでは眼が最高だ。

それがいまはだいなしになっている。だれかの戦利品になったのだろうか？

「残念ながら、あまりお話しできることはありませんね」と、スウィッグはいった。「ここには百人を超えるスタッフがいて、そのなかには二十人以上の臨床心理医と精神科医がいるんです」

「あとはミスター・ダラードのような精神科専門職員ですか？」

「専門職員、精神科医ではない医者、ナース、薬剤師、秘書、コック、配管工、電気工、守衛ですね」

「で、彼らのだれかがドクター・アージェントと仕事をはなれた関係をもっていたかどうか、あなたはご存じないんですね？」

「残念ながら」

「彼女がつねにいっしょに仕事をしていたスタッフはいますか？」

「調べてみないとわかりません」

「お願いします」

「もちろん。二、三日かかるでしょう」

マイロはぼくからファイルをうけとり、開いてページを繰った。「これをいただいて、ありがとうございます、ミスター・スウィッグ。彼女を発見したときとはだいぶちがって見えますね」

その意見をかわすように、スウィッグはぼくのほうを見た。「あなたは心理学者なんですよね、ドクター・デラウェア？　法医学ですか？」

「臨床医です。たまにコンサルタントの仕事もやっています」

「危険な精神病患者たちと仕事をする機会は多かったですか？」

「インターンとしてアタスカデロでいろいろまわりましたけど、そんなところかな」

「当時のアタスカデロはかなりタフだったでしょうね」

「十分にね」と、ぼくはいった。

「そう」と、彼はいった。「ここができるまえは、あそこが最高にタフな場所でした。いま、彼らはおもにMDSO――性犯罪者をあつかっています」いかにも軽蔑するような口調だった。

「ここにも何人かいますよね？」と、マイロはいった。

「二、三人」と、スウィッグ。「当時の法律が入院加療しなさいといっているときに、たまたま刑を宣告をされた手に負えない連中がね。いまでは刑務所に直行です。われわれはここ何年も受けいれてません」

病院というより、大学の話をしているような響きがあった。ぼくはいった。「性犯罪者は通常の人びとといっしょに収容されているんですか？　それとも、1368といっしょに最上階ですか？」

スウィッグはほくろのひとつに手をふれた。「通常の人びとといっしょです。1368は完全にことなる状況にあります。彼らは間借り人で、住人ではありません。裁判所は、彼らを選別するように命じます。完全に隔離して、五階に収容しています」

「1026に悪影響は？」と、マイロがいった。

スウィッグは声をあげて笑った。「1026がそう簡単に影響を受けるとは思えませんね。いいえ、収容者の数と逃亡のおそれの問題だけです。彼らは保安官事務所のバスで出入りしています——彼らがほんとに望んでいるのは治療ではなく、外にでたいだけです」彼はまた椅子に深くすわりなおし、顔のあちこちにあるほくろに手をふれた。ブライユ点字を読む盲人さながら、注意ぶかくさわっている。「仮病を使う犯罪者というのは、たわごとをいっていればサン・クエンティンに行かずにすむと思っているんです。われわれは彼らを鑑定して、送り返します」

彼の声は大きくなり、肌はピンクがかってきた。

「やっかいそうだな」と、ぼくはいった。

「われわれがめざす本来のゴールにとってはじゃまです」

マイロがいった。「1026を管理することですね」

「精神に異常をきたした殺人者を治療し、世間に知られないようにする。一般市民に知られないようにする。ここにいる患者たちは全員、広く知られている〝意味のない犯罪〟をおこなったんです。世間では、〝殺すような連中は頭がおかしいにちがいない〟といったナンセンスをよく聞きます。ドクター、それがばかげたことであるのは、もちろんご存じですよね。ほとんどの殺人者は完全に正気です。ここにいる患者たちは例外なのです。彼らは一般市民をおびやかします――彼らの犯罪はどう見ても行きあたりばったりですから。彼らには動機があるのですが、一般市民と結びつく類のものではありません。おわかりですね、ドクター・デラウェア」

「頭のなかの声」と、ぼくはいった。

「そのとおり。ソーセージづくりのようなものです。一般市民がわれわれのしていることを知らなければ知らないほど、われわれにとっても一般市民にとっても都合がいいのです。というわけで、クレアが殺されたことでスポットライトを浴びなければばいいと願っているしだいです」

「その心配はないでしょう」と、マイロはいった。「事件の解決がはやければはやいほど、わたしはそれだけすみやかにあなたのまえから姿を消せます」

スウィッグはうなずき、こんどはべつのほくろを心配しはじめた。「ほかに何かありますか？」

「ここで、ドクター・アージェントはなにを専門にやっていたんですか？」

「どの心理医もやることです。患者個人の行動改良計画、コンサルティング、グループ・ワーク――正直いって、こまかい点はわかりません」

「彼女は〝日常生活の技術〟というグループを運営していたと聞いていますが」

「ええ」と、スウィッグはいった。「二、三ヵ月まえ、彼女はそれを始める許可を求めてきました」

「患者たちは外にでられないのに、なぜ？」

「スタークウェザーもひとつの生活環境です。ですから、あれこれ対処していく必要があるのです」

「そのグループには何人いたんですか？」

「わかりません。臨床的な判断は彼女がしていましたから」

「彼らに会いたいんですが」

「なぜです？」

「彼らがなにか知っているかもしれないので」

「知らないですよ」と、スウィッグはいった。「どうして知ることができるんです──いえ、残念ながら、会わせるわけにはいきませんね。混乱させてしまう。だれも、彼女になにが起きたのかさえわかっていないはずです」

「彼らに話すんですか？」

「臨床的な判断になるでしょう」

「だれが判断するんです？」

「担当の臨床医です──おそらく、先任の精神科医のひとりでしょうね。さて、これでよろしければ──」

「あとひとつ」と、マイロはいった。「ドクター・アージェントは郡立病院でそこそこの地位についていました。仕事を変わった理由に関して、なにか心あたりは？」

スウィッグは小さく笑みを浮かべた。「アカデミックな医学の輝かしい世界を捨てて、なぜこういったいかがわしい病院にきたのか、という意味ですね。就職面談のとき、彼女は気分転換がしたいといっていました。わたしはあえてそれ以上はききませんでした。彼女のような能力のある人間が参加してくれるのは大歓迎でしたから」

「その面談のとき、彼女はほかになにかわたしの役に立ちそうなことをいっていませんでしたか？」

スウィッグはかたく口をすぼめた。鉛筆を手にとって、デスクトップをこつこつとたたく。「彼女はとても物静かでした——内気だったわけではありません。冷静だったというべきかな。でも、愛想はよかったです——とてもね。彼女の身に起きたのは、じつに恐ろしいことです」

彼が立ちあがったので、ぼくたちも立った。マイロは彼に礼をいった。

「もっとお役に立てればよかったのですが、刑事さん」

「ところで」と、マイロはいった。「ちょっと見てまわりたいんですが——ここの感触を得ておきたいだけです。だれかを混乱させたりしないとお約束しますが、できればドクター・アージェントと働いていたスタッフと話をしてみたいのです」

白っぽい眉がふたたびつりあがった。「もちろん、いいですとも」

スウィッグが正面の部屋に通じるドアをあけると、秘書はバラをととのえていた。

「レティ」と、彼はいった。「フィル・ハタースンを呼んでくれないか。スタージス刑事とドクター・デラウエアがちょっと見学をなさるんだ」

5

フィル・ハタースン、梨のような体形をした小柄な中年男で、合成ゴム粘土そっくりの顔だちと薄くなりつつある褐色の髪をしていた。ネズミ色の口ひげは羽のようにふわふわで、ぼてっとした黒ずんだ唇を隠してはいなかった。

「はじめまして」彼はクラブの責任者のようにしっかりした握手をした。

用心ぶかい眼ははしばみ色で、好奇心が強そうだったが、穏やかだった――人になれた鹿そっくりだ。

彼のシャツとズボンはカーキ色だった。

ぼくたちは距離をおいて彼のあとにしたがった。

「一階はすべてオフィスです」彼は威勢のいい声でいった。妙な歩きかただ――小刻みにダンスのようなステップを踏むので、ぼくたちはゆっくり歩かなければならなかった。「ドクのオフィスじゃなくて、管理部門。ドクたちは病棟のオフィスをぐるぐるまわっているんです」

彼の笑みは賛同を求めていた。ぼくはなんとか唇の両端をもちあげた。マイロは参加しなかった。

廊下の奥の右側に、幅がふつうの倍あるエレヴェーターが二基あって、キーで操作するほうには〈職員専用〉と書いてあった。もう一基には呼び出しボタンがあって、ハタースンはそれを押した。マイロはしっかりとハタースンを観察していた。彼がなにを考えているか、ぼくにははっきりわかった。〝被収容者たちが病院を運営しているのか〟。

エレヴェーターは反応しなかったが、ハタースンは気にするふうもなく、デザートを待つ子どものようにジャンプしながら待った。扉のうえには階数の標示がなかったし、歯ぎしりするように動く装置もなかった。やがて、壁から声が聞こえてきた——ボタンをかこんでいる小さな四角い鋼鉄の網からだ。

「はい？」男性の声で、電子的な超然とした声だ。

「ハタースン、フィリップ・ドゥエイン」

「ＩＤ番号を」

「５２１６８。さっきスウィッグ院長のところまでおろしてくれたばかりじゃないですか。スウィッグ院長が階上にもどることを認めてくれたんです」

「待って」三拍。「どこへ行くんだ？」

「二階まで。二人の紳士を案内するんです——警察官とドクターを」

「待って」と、声はくりかえした。

数秒後、エレヴェーターの扉がすべるようにすーっとあいた。ハタースンがいった。「お先にどうぞ」

だれに背中を向けるのかを考えながら、ぼくはことばに従った。エレヴェーターの内部は分厚いウレタンでおおわれていた。内側にキー・ロック。ウレタンにはあまったるい消毒薬のにおいがしみこんでいた。

扉が閉まった。上昇しながら、ハタースンがいった。「どんどんあがる」彼は箱の中央に立っていた。ぼくは片隅に体を押しつけ、マイロもおなじ格好をしていた。

エレヴェーターをおりると、ふたたびピンクがかったベージュの廊下があらわれた。プラスティックの窓がついている褐色のダブル・ドア。キー・ロック。壁のスピーカーは、エレヴェーターのそばにあったものと似ていた。ドアのうえの標示には〈病棟〉とあった。ハタースンがボタンを押してだれかと話すと、カシャッという音がしてドアがあいた。

最初にちらっと見たかぎりでは、二階はどの病院にもありそうな病棟にみえた。ナース・ステーションが完全にプラスティックで包みこまれている以外は。標示には〈ここからは、関係者以外立ち入り禁止〉とあった。なかには白衣姿の三人の女性がいて、話をしていた。そのそばに車輪つき担架が一台、壁に押しつけられている。白いコットンのシーツには褐色のしみがついていた。

一階とおなじように、黒いリノリウムと褐色のドアがあった。天井はきわめて低い——せいぜい七フィートしかないだろう。カーキ色を着た人びとが廊下をうろついていた。背が高い被収容者の多くは身をかがめていた。小柄な連中のなかにも、おなじ姿勢になっている者が何人かいた。二、三人は白いプラスティックのベンチに腰をおろしていた。ほかの連中はおなじ場所で前後にゆれていた。ただその場に立っている者もいた。椅子の腕木には、ドリルで直径一インチの穴があけられている。手錠を通すためだ。

ぼくは目立たないようにあたりを見まわした。

黒人、白人、褐色人種、黄色人種。

サーファーそっくりのブロンドの髪をして、男性ホルモンを誇るような姿勢をとっている若者たちは、にきびができるほどの青二才なのに、眼のまわりはすっかり老けこんでいた。歯がなく、やせこけた顔の老人たちが、躁病的にしゃべりまくっている。口をぽかんとあけている緊張病患者たち。亡霊たちがみすぼらしい格好でぶつぶついっている姿は、ウエストサイドの街路の光景とさほど変わらない。何人かは、ハタースンのように比較的まともそうにみえた。

彼らの全員が人間の命を破壊したのだ。

精神を病んだ人びとの列に耐え、フルコースの視線を浴びながら、ぼくたちは彼らのまえを通りすぎた。ハタースンはまったく注意をはらわず、あいかわらずダンスのステップを踏むようにぼくたちのまえを歩きつづけた。

若者のひとりがにやっと笑い、一歩まえに踏みだした。まばらな髪で、あごひげを生やし、前腕に鉤十字の刺青をいれている。両手首には白いみみず腫れのあとがあった。体をゆらしながら笑みを浮かべ、なにか調子っぱずれな歌をうたいながら前進する。編んだ髪をベルトの下までたらしたヒスパニックの男が、紙コップでなにかを飲み、ぼくたちが近づくと咳をしてピンクの液体を吹きだした。だれかが風のごとく追い越していった。だれかが大声で笑った。ハタースンはわずかにスピードをあげた。数多くの褐色のドアがあるが、番号がふられているだけだった。そのほとんどに、小さな、かんぬきのおりた長方形のものがついている。のぞき穴のカヴァーだ。

廊下のなかほどまで行くと、からみあった髪――いい加減なドレッドロック――をした二人の黒人男性が、廊下の両側で向きあっていた。遠くから見ると会話をしているようにみえるのだが、近づいてみると、彼らの顔は動いておらず、眼は死んだようにうつろであることがわかった。

右側の男は、ズボンのジッパーのなかに手を突っこんでいた。カーキ色の下ですばやく動かしているのが見える。ハタースンもそれに気づき、神経質そうな表情を浮かべた。少しはなれたところでは、やさしそうなタイプの男が――七十代、エミール・スタークウェザーのような白髪で、縁なしの眼鏡をかけ、ベージュのシャツのうえに白いカーディガンを着ている――壁に寄りかかって『クリスチャン・サイエンス・モニター』紙を読んでいた。

だれかが叫び声をあげた。

だれかが笑った。

空気はひんやりしていて、階下のスウィッグのオフィスよりかなり寒かった。ぼくたちは、ベンチにすわっている白髪まじりの男のまえを通りすぎた。かなりの肥満体で、ぶよぶよした腕はぼくのふとももとおなじくらい太い。赤ら顔はゆがんでいて、さながら熟しすぎたメロンだ。彼は立ちあがり、いきなりぼくの眼のまえに顔を近づけてきて、熱くてくさい息を吹きかけた。

「道に迷ったんだったら、あれが出口だ」彼は褐色のドアのひとつを指さした。

ぼくが答えるまえに、若い女性があらわれて彼の肘をつかんだ。

彼はいった。「道に迷ったんだったら――」

その女性がいった。「いいのよ、ラルフ、だれも道に迷ってないの」

「道に迷ったんだったら――」

「いい加減にしなさい、ラルフ」けわしい声になっていた。

ラルフはうなだれた。

その女性は緑色のストライプがはいったバッジをつけていて、〈H・オット、PT－1〉と書かれていた。

クレアが主催していたグループ・セラピーの専門職員だ。長袖のシャンブレーのシャツは肘までまくりあげてあり、ふとももの輪郭がわかるくらいぴっちりしたジーンズのなかにたくしこまれている。大柄な女性ではない——五フィート六インチくらいで、こづくりだ。二十五歳くらいだろう、権威をふるってにらみをきかすには若すぎる。薄茶色の髪をきつく束ねているので、長い顔があらわになっている。あごが少し重そうだが、くっきりした目鼻だちは釣り合いがとれている。間隔があいている青い眼、田舎娘のようにきれいなばら色の肌。ラルフは彼女より六インチ高く、少なくとも百五十ポンドは重いだろう。彼女につかまれたまま、深く後悔しているようにみえた。

「さーてと」彼女は彼にいった。「向こうへ行って休みましょ」彼を向きなおらせる。彼女の体の動きはなめらかだった。ひきしまった曲線、小さなバスト、長くてすべすべした首。彼女がビーチでバレーボールをしている姿が思い浮かんだ。カーキ色の男たちはどんな姿を思い浮かべたのだろう？

ラルフがまた口をひらいた。「道に迷ったんだったら、あれが出口……」彼は最後のことばでつかまってしまった。

ハイディ・オットはいった。「だれも道に迷ってないのよ」さっきより声が大きくなり、断固とした口調になっている。

ラルフの眼から涙がこぼれ落ちた。ハイディ・オットがそっと背中を押すと、彼は足をひきずるようにしてその場をあとにした。ほかに数人の男が見ていたが、ほとんど眼中にないようだった。

「ごめんなさいね」彼女はぼくたちに向かっていった。「彼は自分がツアー・ガイドだって思いこんでいるんです」青い瞳がハタースンに向けられた。「あいかわらず忙しいの、フィル？」

ハタースンは背筋をまっすぐに伸ばした。「この人たちを案内してるんですよ、ミス・オット。こちらはロスアンジェルス市警のスタージス刑事で、こちらはドクター――すみません、名前を忘れてしまって」

「デラウエア」

ハイディ・オットは、「はじめまして」といった。

ハタースンがいった。「ラルフの問題は、彼はむかしフリーウェイを流していて、車のトラブルを起こした人たちを乗せていた。彼らを助けてやって、それから――」

「フィル」と、ハイディ・オットはいった。「あたしたちがおたがいのプライヴァシーを尊重してるのは知ってるでしょ」

　ハタースンは小さく吠えるような声をだした。唇をすぼめる。いらだっているが、後悔しているふうはない。「すみません」

　ハイディ・オットはマイロのほうを向いた。「ドクター・アージェントの件でいらしたんですか？」唇をかたく結んでいるので、色がうすくなっている。肌は若いのだが、緊張でしわが寄っていた。

「そうです、マーム」と、マイロはいった。「あなたは彼女といっしょに仕事をしていましたね？」

「彼女が主催していたグループの仕事をしていました。ほかに数人の患者の件で接触がありました」青い眼が二度、瞬いた。声に力がなくなっている。ようやく年相応にみえるようになった。

　マイロはいった。「よろしければ、ちょっと――」

　背後で悲鳴と大音響があがった。ぼくはさっと振りむいた。

　髪をドレッドロックにした男が二人、床をころげまわりながら取っ組みあっていた。パンチをくりだし、爪をたて、噛みついている。動きはのろのろと緩慢で、静かだった。闘犬さながらに。

　ほかの男たちがはやしたてはじめた。『クリスチャン・サイエンス・モニター』を読んでいた老人は、膝をたたいて大笑いした。フィル・ハタースンだけが脅えているようだった。真っ青になり、どこか隠れる場所を探している。

ハイディ・オットはポケットからさっとホイッスルをとりだし、思いきり吹きながらけんかをしている二人のほうへむかった。突然、二人の男性専門職員が彼女の両わきについた。三人はものの数秒でけんかをとめた。

ドレッドロックの男たちはひっぱりあげられた。ひとりは左頬から血を流していた。もうひとりは前腕にかすり傷があった。どちらも呼吸は荒くない。冷静で、落ちついているようにみえた。

新聞を読んでいた老人が、「ええい、ちくしょう！」といった。

ハイディは血を流している男の腕をとり、ナース・ステーションのほうへつれていった。ボタンを押すと、カシャッという音がして、彼女は正面の窓にあいているスロットからなにかを受けとった。綿棒と抗生物質のクリームだ。彼女が血を流している男の手当てをはじめると、カーキ色を着た男たちの何人かが活気づいてきた。位置を変えたり、腕をまげたり、ありとあらゆる方向を見たり。

廊下には攻撃のにおいがたちこめた。フィル・ハタースンはマイロににじり寄った。マイロは彼をじっと見つめた。両手をこぶしにかためている。

男性専門職員のひとり、小柄でたくましいフィリピン人がいった。「よーし、みんな。さあ、落ちつくんだ」

　廊下は静かになった。

　ハタースンは大きな音をたてて、長く息を吐きだした。「おればばかなことが起きるのは大きらいだ。なんでそんな必要があるんだ？」

　ハイディは血を流している男をせっつき、ナース・ステーションをまわりこんで姿を消した。

　ハタースンが、「お二人さん？」と声をかけてきたので、ぼくたちはツアーを再開した。彼は顔色をほぼとりもどしていた。ぼくが彼の症状を診るとしたら、口が達者な追従的性格という診断がせいぜいだろう。精神を病んだ人びとのなかに誤ってまぎれこんでしまったエディ・ハスケルという観があり、いらだってはいるが首尾一貫している。ぼくは、多くの精神病患者が薬で劇的に回復することを知っていた。彼の場合、化学作用が最良の結果をもたらしたのだろうか？

　彼は、「これがわたしのお気に入りの場所なんです。テレビ・ルーム」といった。

　病棟は終わり、ぼくたちはプラスティックの椅子がずらりとならんでいる、明るくて広いスペースの入口のまえに立っていた。ドアはない。正面には、大型テレビが祭壇さながらに鎮座していた。

　ハタースンはいった。「なにを見るかは民主的に決めるんです――みんなで、なにを見たいかを投票してね。多数決。とっても平和ですよ━番組選びという意味ですけど。わたしはニュースが好きなんですけど、あんまり見られなくってね。でも、スポーツも好きで、ほとんど全員がスポーツに投票するから問題ありません。あれが郵便箱」

彼は壁にとりつけられている硬いプラスティックの箱を指さした。角はまるくなっていて、チェーン錠がおりている。「考慮すべき事由がないかぎり、われわれの郵便物はプライヴェートなんです」

「たとえばどんな？」

その質問は彼を驚かせた。「だれかが抑圧された感情を行動化するとか」

「そういったことはよく起きるのかな？」

「いや、そんなことはないですよ」まぶたがひくひくと動いた。「ドクたちはちゃんと仕事をしてるから」

「ドクター・アージェントも？」と、マイロはいった。

「ええ、もちろん」

「ということは、彼女を知っていたんだ」

ハタースンは両手で小さな円をえがいた。唇をなめると、生のレヴァーのような色になった。「いっしょにカウンセリングをやったことはないけど、彼女がだれかは知ってましたよ。とてもすばらしい女性だった」また唇をなめる。「つまり、すごく頭がよさそうだった――すばらしかった」

「彼女の身になにが起きたか、知ってるね？」

ハタースンはじっと床を見おろした。「もちろん」

「みんなは？」

「だれかを代表した意見はいえませんね、サー。新聞に書いてあったんです」

「新聞は読ませてもらえるんだ」と、マイロはいった。

「もちろん、なんだって読めますよ。わたしは『タイム』誌が好きなんです。小さくてこぎれいなパッケージに、ニュースがぎっしりつまっているから。とにかく、Aはそうです。BとCもほとんどおなじです。Cには女性が二、三人います。彼女たちは問題を起こしたりしません」

「彼女たちは隔離されているのかい？」と、ぼくはいった。

「いや、混じらざるをえません。あまり数がいないんです。われわれは彼女たちと問題は起こしてませんよ」

「五階は？」と、マイロがいった。

「ああ」と、ハタースン。「１３６８ですか。いや、保安官事務所のバスが彼らをつれてくるとき、窓から見えるだけで、あとは会いませんね。彼らは青い囚人服を着てるし、専用のエレヴェーターでまっすぐ階上へあがります。彼らは……」

彼は肩をすくめた。

「なんです？」と、ぼくはいった。

「ペテン師ですよ。ここには定住しません。とにかく、きれいな部屋がいくつかありますから、おみせします——空いている部屋があって、なかをのぞけるんです」

そのスペースは広くて、全体的にがらんとしており、海兵隊の兵舎とおなじくらいきれいだった。四隅にベッドが一台ずつおかれていた。床に固定された白い成型プラスティックの枠に、マットレスがはめこまれている。それぞれのベッドの横には、おなじ材質のナイトスタンドがそなわっていた。

ひとつしかない曇った窓が、数平方フィートのやわらかな光を提供している。ベッドのうち三台はきちんとメイクされていて、上部のシーツもしっかり折りこまれていた。一台は乱雑だった。クローゼットはない。ドアのない入口の向こうは、せまいトイレになっていた。ふたのない白い便器、白い流し。薬戸棚、洗面用具、歯ブラシはない。武器になるようなものは何ひとつない。

「使い捨てのものをくれるんです」こちらの考えを見抜いたかのように、ハタースンがいった。「アフターシェイヴ、ブラシ、シェイヴィング・クリーム、安全剃刀は監視のもとでしか使えません。ひげを剃りたい者は、電気剃刀を殺菌消毒して再利用します」彼はととのえられていないベッドを不満そうにながめた。「だれかさんはいやなことがあったにちがいない……火がつくおそれがあるので、壁にはなにも掛けられません。だから、家族写真とかなんとかがないんです。でも、悪くないでしょ？」

マイロはうなり声をあげた。

たじろいだものの、ハタースンはあくまでいいはった。「三度の食事はでてくるし、味もけっこういけますよ」

スタークウェザー商工会議所の支部長。スウィッグがなぜ彼を選んだのかわかった。彼はぼくたちの先にたって部屋をあとにした。「で、彼女が書いていたのはせいぜいそんなところです」

「どの部屋にも複数の住人がいるんですか？」ルームメイトはどうやって選んでいるのだろうと思いながら、ぼくはいった。

「S&R——抑制(サプレッション)と拘束(リストレイント)——の患者をのぞいてね。彼らにはひとり部屋があてがわれます。数字のあとにSがついているから、どの部屋かわかりますよ」彼は指さした。「基本的にはおなじで、ちょっとせまいだけです。患者はひとりだけですから」

「抑制と拘束の場合は拘束服を着るのかな？」と、マイロがいった。「エレヴェーターみたいに、壁には詰め物がしてあって」

ハタースンの口ひげが小刻みにゆれた。「詰め物はしてありませんけど、ええ、拘束服が必要な場合は着せます。でも、抑制と拘束になったあとで行儀よくしていれば、うまくいけば、すぐに解放してもらえます。そういった経験をしたわけじゃないけど、そうなんじゃないかな」

運営者であることの誇り。彼は否認にあらたな意味をあたえた。ぼくはマイロの眼に嫌悪を見てとった。

ぼくたちが空っぽの部屋に立っているあいだ、ハタースンは食べ物についてべらべらしゃべった。ローマ法王が肉を食べてもいいといっているのに、金曜日はあいかわらず魚である。ビタミンの錠剤も。患者たちは大事にされている。

運営者という意識が、あらゆる場面に顔をだしている。ゴシップに関しても然りで、ラルフの犯罪歴についてしきりにしゃべりたがった。彼はスウィッグのスパイなののだろうか？　殺人者であふれかえった病棟では、危険なビジネスである。

利用したほうがよさそうだ。ぼくはいった。「ドクター・アージェントはどの病棟で働いていたんですか？」

ハタースンは足をとめた。「全病棟で働いていたと思いますよ。ドクたちはみんなそうです——動きまわってますから。ほとんどの人はきまったオフィスがなくて、交替でデスクを使ってカルテを書いているんです」

「カルテはどこに保管してあります？」

「ナース・ステーションです」

「正確にいって、ドクター・アージェントはここでなにをしていたんです？」

「カウンセリングじゃないかな」

「彼女のグループ――日常生活の技術について、なにか知っていることは？」

「彼女が二、三ヵ月まえにそれを始めた、ということだけ。何人か、妙な連中を選んでましたね」

「妙って、どんなふうに？」

「混乱してる連中です」と、ハタースンはいった。こめかみをこんこんとたたく。

「ほら、機能が低下してしまった男たち」

マイロがいった。「目的はいったいなんだったんだろう？　だれもここから出られないんでしょ？」

ハタースンは青ざめた。うなだれ、信じがたい重さにひっぱられているかのように、そのまま顔をあげなかった。肉づきのいい唇をさかんに動かしている。

「ええ」と、彼はいった。

「そうじゃないんですか？」

「いえ、そうです」

「ドクター・アージェントのグループに参加すると、釈放されるんですか？」

「そうは聞いてません」

「グループのメンバーで出た人は？」

ハタースンは首を振った。「いえ、あれはただ――ひとりでいろいろやるのを学んでいただけです。ドクター・アージェントは、彼らに向上しているという自覚をもたせたかったんです」

「自尊心を向上させる」と、マイロはいった。

ハタースンは顔をぱっと輝かせた。「そのとおりです。自分自身を愛せなければ、他人を愛することはできません。彼女は万事心得ていましたし、ここのドクたちは頭がいいです。さあ、連絡してから階上のB病棟に行きましょう」

階上のふたつの病棟の配置はA病棟とおなじだった。C病棟の廊下は人であふれかえっていたが、女性の被収容者の姿は見あたらなかった。ぼくたちは足ばやに歩いた。けんかはないし、面倒なことは何ひとつなかった。ここでもおなじように、退化した筋肉、知覚麻痺と自己陶酔、パラノイアでたまに暗くなる視線、蛇のようにちろちろとつきだされる舌と筋肉の痙攣――精神安定剤フェノチアジンの副作用――がいりまじっている。陽気な早口はすっかり影をひそめ、ハタースンは足ばやに案内していた。すっかりくじけているようで、不機嫌といってもいいくらいだ。彼のしゃべる声がやむと、廊下から会話が消えた。被収容者同士は、まったく話していなかった。

ここでは、全員が孤立した島と化している。

スウィッグは正しい、とぼくは思った。彼が預かっている患者は、たんなる犯罪者をコントロールするより楽だろう。というのも、いったん暴力的な衝動をくいとめてしまえば、重症の精神障害は管理者の友人となるのだ。神経化学的に鎮圧されて抑えこまれると、病気はイニシアティヴをとれなくなり、生きのよさや目新しさの輝きは失われる。

投薬治療も役に立っていた。暴力的な精神病患者をあつかう秘訣は、たまにおかしくなるシナプスをやわらげ、怒りを鎮め、暴力を命じるささやきを黙らせる薬を見つけることである。

しかし、暴力を排除したからといって、落ちつきが手にはいるわけではない。精神科医が精神病の陰性症状と呼んでいるものが残されている。無関心(アパシー)、単調なムード、気の抜けた声、にぶい動き、お粗末な思考、ニュアンスやユーモアの欠落した言語。驚きや喜びのない存在。

それでここの静寂の説明がつく。騒音がないということは、かならずしも平穏を意味しているわけではない。病棟は地下室のようだった。

精神科専門職員がひとり、食事のカートを押しながら通りすぎた。ぼくはガチャガチャいう音を歓迎している自分に気づいた。

ハタースンはぼくたちをC病棟のエレヴェーターのほうへ案内した。

「五階へ行こう」と、マイロがいった。

「すみません」と、ハタースンはいった。「わたしにはその権限がないんです。だれも、ドクたちでさえ、1368を鑑定する命令がなければ権限はありません」

「この施設のことにずいぶんくわしいんだね」と、ぼくはいった。

ハタースンは肩をすくめた。

エレヴェーターがくるのを待っているあいだ、ぼくはドアについているプラスティックのパネルごしにのぞきこみ、病棟の動きを見守った。武器をもっていない専門職員たちが、大胆に動きまわっている。クリップボードを手にした黒人のナースがひとり、ナース・ステーションからあらわれて、腰を振りながら廊下を歩いていった。被収容者たちはほとんど何もしていない。

ハイディ・オットがフルフやけんかをしていた二人をどうあつかっていたかに、ぼくは思いをはせた。刑務所であれば、ああいった小競りあいは大規模な暴動に発展する可能性がある。

ということは、スタークウェザーは秩序や統制がきちんととれている施設なのだ。正直で礼儀正しい客たち。

となると、クレア・アージェントの仕事が殺人となんらかの関係があったという可能性はうすくなる。

だが、どういうわけか、システムが崩壊したとしたら？　釈放された男が、最悪のかたちで〝抑圧された感情を行動化した〟のだろうか？

ハイディからなにか聞きだせるかもしれない。彼女は日常生活の技術のグループでクレア・アージェントといっしょに働いていた……ハタースンにいわせれば、機能が低下してしまった男たちと。そういったセッションを立ちあげたとき、クレアは心のなかでなにを考えていたのだろう。

彼女はなぜここにきたのだろう？

ハタースンがいった。「ドクたちです」

三人の男がドアからはいってきた。シャツとネクタイ姿で、白衣は着ておらず、黄色い横棒入りのバッジをつけている。見たところ、同僚が切り殺され、車のトランクにつめこまれていたことを知っているそぶりはない。

マイロが、「失礼」といってバッジをみせ、事情を説明した。まんなかにいる男は背が高く、砂色の髪で、風雪に耐えてきたような顔をしており、おそらく六十代だろう。緑色の格子縞のシャツ、黄色いニット・タイ。

「恐ろしい事件でした。幸運を祈ります」と、彼はいった。V・N・アルドリッチ、医学博士、三種精神科医。

マイロは、「なにか話していただけると、とても助かるのですが……」といった。

答えは返ってこなかった。やがて、黒いあごひげを生やした禿げた男が、「クレアはとてもすばらしい女性のようでしたが、わたしは彼女のことをよく知っていたとはいえません」といった。C・スティーンバーグ、哲学博士。

三人目の男は小柄で、血色がよかった。D・スウェンスン、医学博士。彼は首を振った。「彼女は比較的新しかったんですよね、ヴァーン?」

アルドリッチは、「二、三ヵ月じゃなかったかな。二、三人の患者に関して、わたしは名義上の監督者になったことがある。すばらしい仕事ぶりだった」といった。

「名義上?」と、ぼくはいった。

「わたしは日勤の先任精神科医だから、公式には、彼女はわたしに報告していたんですよ。でも、彼女には監督はほとんど必要なかったですね。とても聡明だった。あんなことになって、ほんとうに残念です。みんな、そう思っています」

全員がうなずいた。

「彼女はここでどういった仕事をしていたんですか?」と、ぼくはいった。

「もっぱら行動修正で——偶発的なスケジュールを組むんです——礼儀正しいふるまいには報酬をあたえ、違反があれば特権をとりあげる。そういったことです」アルドリッチはにっこり笑った。「彼女の仕事の成果に関して、わたしはくわしいとはいえないいな。ここでは、みんな独立しているんです。クレアはとてもよく訓練されていて、郡の総合病院で仕事をしていたんですよ」

「どうして仕事を変わったのか、なにか心あたりは？」と、ぼくはいった。

「変化が欲しかった、といってましたね。あまり話したくなさそうな感じだったな。たんにそれまでの仕事に飽きた、という感触でした。わたしは開業していたんですが、引退して、ゴルフに飽きたからここにきたんですよ」

「彼女には神経心理学が提供するものより人間的な接触が必要だ、という印象はありましたか？」と、ぼくはきいた。

それは心理学者の質問で、警官がするようなものではなかったから、アルドリッチはぼくをまじまじと見た。

「でしょうね」と、彼はいった。「いずれにしても、それが彼女の身に起きたことと関係あるとは思えませんね」

「どうしてです？」と、マイロはいった。

「彼女は外で殺されたんです」アルドリッチは塀のほうを指さした。「すばらしい、民主的な、ふつうの世界でね」ハタースンがそこにいることにはじめて気づいたかのように、小柄な男に眼をやり、背中にまわした手を組みながら、ハタースンを頭のてっぺんからつまさきまでじっくりながめた。「巡回しているのかい、フィル？」

「ミスター・スウィッグからたのまれて、この人たちを案内しているんです、ドクター・アルドリッチ」

「なるほど。まあ、だったら、続けてくれ」アルドリッチはマイロのほうを向いた。「お力になりたいのはやまやまですが、刑事さん、わたしたちはみんなのっぴきならない状況にあるんです」

「ということは、事件について話しあったんですね？」

三人は視線をかわした。

「ええ、もちろん」と、アルドリッチはいった。「みんな動揺しました。わかったのは、われわれはだれもドクター・アージェントのことをよく知らなかった、ということです。もっとおたがいを知らなければいけない、という刺激にはなりました。真相が解明されることを祈っています」

「あとひとつ」と、マイロはいった。「ドクター・アージェントがやっていた、日常生活の技術というグループなんですが。患者さんたちと会えますか？」

「その件については、管理責任者に問い合わせてみないとわかりませんね」と、アルドリッチはいった。

「なにか問題がありそうですか？　医学的にいって」

アルドリッチはネクタイをひっぱった。「調べてみましょう。なにかを……混乱させないことを確認しないと」

「ありがとうございます、ドクター」マイロは彼とほかの二人に名刺をわたした。

エレヴェーターが到着した。アルドリッチは、「どうぞ三人で先に降りてください。われわれはつぎに乗りますから」

降下しているとき、ハタースンがいった。「ドクター・アルドリッチは、ものすごく頭がいいんです」

マイロはいった。「きみはどのくらい長くここにいるんだい、フィル？」

棒でつつかれたカメよろしく、ハタースンはさっと頭をひいた。彼の答えはほとんど聞きとれなかった。

「なんだい、フィル？」

ハタースンは口ひげをなではじめた。上の歯で下唇を噛んでいる。「ずっと」

彼はエレヴェーターのなかにとどまり、手を振ってぼくたちをおくりだした。

「いまいましいチビめ」受付エリアのほうへもどりながら、マイロはいった。「オットと話をする機会を失ってしまった――自宅の電話番号を手に入れて、追いかけたほうがいいな。ここにいるだれもが、おなじ台詞を吐きやがる。〝ここは安全そのものです〟。信じられるか？」

「彼らはあのけんかをきわめてすみやかに仲裁した」

「ああ、わかったよ、彼らは頭のおかしな連中をうまくコントロールしていると仮定しよう。クレアを郡から誘いだすような何かがあったか？」

「組織全体じゃないかな」と、ぼくはいった。「もう助成金を申請しなくていいし、アカデミックなゲームをやる必要もない。彼女は変化が欲しかったといっていた、とアルドリッチはいってたじゃないか」

「組織であろうがなかろうが、ここはぞっとするよ……。上っ面をなでることすらできなかったじゃないか」

「上っ面の下にはなにもないのかもしれない」

マイロは答えなかった。ぼくたちはスウィッグのオフィスのまえを通りすぎた。ドアは閉ざされていた。「オーケイ、ミズ・オットの電話番号を手に入れて、とっととここを出よう。時間があるんだったら、アージェントの家へ案内することもできるぜ。邪悪で、めちゃくちゃで、ふつうの世界にある家へ。ここに長居をすればするほど、外の狂気が恋しくなってくるよ」

リンディーン・シュミッツはまた電話をかけていて、ほとんど顔をあげなかった。マイロは彼女のデスクのまえに立ち、身をのりだして彼女のスペースに割りこんだ。欲求不満を抱えている、六フィート三インチ、二百四十ポンドの警官は、どこに立つか？　好きなところに立つのだ。

彼女が、「ええ、ええ」といいながら続けている会話はあきらかに私用だった。ようやく、「きらなくちゃ」といって、彼女は電話を終えた。

「なにか？」

マイロはにやっと笑って彼女を見おろした。「おたくのスタッフのひとりを追いかけなくてはならないんです。ハイディ・オット。自宅の電話番号を教えてもらえませんか」

「うーん、許可なくそんなまねをしていいのかどうか、わからないわ。それに、スウィッグもいないし——ああ、そうか、あなたは警察だったわね。どうせ、いつだって手に入れられるんでしょ。逆にたどるかなにかして」彼女はまつげをぱちぱちさせながらデスクを離れ、いちばん近い褐色のドアのほうへ廊下を歩いていって、メッセージ用紙をもってもどってくると、それをマイロに手わたした。きれいな活字体で、名前と、２１３の市外局番ではじまる電話番号が書かれていた。

マイロは小さくお辞儀をした。「ありがとう、マーム」

「どういたしまして、サー」さらにまつげをぱちぱちさせる。「犯人を見つけてくれることを願っているわ」

マイロはもういちど彼女に礼をいい、ぼくたちは正面のドアに向かった。

リンディーンがいった。「どうしてハイディと話したいの？」

「彼女はドクター・アージェントといっしょに仕事をしていた」

リンディーンは鉛筆を手にとり、デスクの縁をこつこつとたたいた。「彼女たちは友だちとかいうんじゃなかったと思うわ。あたしが見るかぎり、ドクター・アージェントには友だちがぜんぜんいなかった。ほんとにおとなしかったの。あたしたちがみんなでマルガリータとかなにかを飲んで、彼女に勧めても、いつも断るから、そのうちにきくのをやめてしまったわ。彼女、はにかみ屋だったんでしょうね。でも、信じられなかったわ、毎日会っていた人が、いきなり……」彼女は指をぱちんと鳴らした。「毎朝八時きっかりに、おはようといって、あたしのまえを歩いていったのよ。本日の大いなる計画があるみたいな足どりで。すごく……恐ろしいわ」

　「そうですね」と、マイロはいった。「ということは、彼女にはまったく友人がいなかったということですか？」

「あたしの見るかぎりは。いつも、仕事、仕事、仕事という感じだった。いい人なんだけど、仕事、仕事、仕事。ぜひとも解決してもらいたいわ」

　彼女は電話に手を伸ばした。

　マイロは、「すみません、マーム。もうひとつだけ、ぜひともおききしたいんですが」といった。

　彼女の手は受話器のうえでとまった。「なんでしょう？」

「われわれを案内してくれた人物――ハタースンのことで。彼はなんでここに入っているんですか？」

「ああ、彼ね」と、彼女はいった。「どうして？　なにか問題があったの？」

「いや。彼は問題を起こすんですか？」

　彼女は鼻を鳴らした。「そんなことはないけど」

「おききしているのは、彼がおかしいとは思えないからです。どんな人がツアー・ガイドをやるのかな、と思って」

「フィルは」彼女は嫌悪感たっぷりにその名前を発音した。「フィルは子どもをめちゃくちゃにレイプしたから、その娘は再建外科手術をしなければならなかったのよ」

6

フランク・ダラードが外で待っていた。彼はなにもいわずに、ぼくたちといっしょに庭を横ぎった。巨人チェットは隅に立ち、金網をじっと見つめていた。立ち小便をしていたシャルブノは姿を消していた。麻痺している者もいれば、泥のなかに腰をおろしている者もいる。太陽の熱気は増していた。

マイロの銃とぼくのリイフを返してもらうあいだ、ダラードは待っていた。外側のゲートがさっとあいた。

マイロが、「ひとつ質問があるんです、フランク。ハタースンのような男は——刑務所ではいいカモにされる」といった。

ダラードはほほえんだ。「で、彼のここでの地位はってかい？　低いね。みんなとおなじさ。おれの知るかぎり、ほかの連中は彼がなにをやらかしたかすら知らない。たがいにあまり注意をはらわない——そこが問題だな。彼らはつながっていない」

ユーカリ樹の並木ぞいに走っているとき、マイロは声をあげて笑いはじめた。

「どうしたんだい？」と、ぼくはいった。

「こういう筋書きはどうだ。おれたちは悪者をつかまえる。彼はまちがって釈放された男だった。彼は心神喪失を訴え、ここにもどってきて、おしまい」

「ハリウッドに売り込むといい――いや、それほどばかばかしくはないな」

並木を抜けると、白い光のなかに入った。「しかしまた、おたくがその坊やは狂ったふりや演技をしているんじゃないといえば、おれはこの場所のことを忘れるほうがいいのかもしれないな」

「思うに、その坊やはどちらかというと五階の住人に近いのかもしれない」

「てことは、最近になって釈放されたスタークウェザーの卒業生を捜しだすのか？　それに、クレアが集めていたあのグループはなんなんだ？　機能が低下している連中に、なんで日常生活の技術が必要なのかな？　そのうちの何人かがいずれ外に出られると思ってないかぎり」

「愛他主義かもしれない」と、ぼくはいった。「見当ちがいにしろ、そうでないにしろ。ハイディ・オットがなにか光明を投げかけてくれるかもしれないよ。それに、クレアの患者が最近釈放されたのであれば、彼女はそのことも話してくれるだろう」

「ああ、たしかに、彼女はおれのリストの上位を占めてるよ。あのラルフのあつかいを見てもわかるけど、じつにタフな娘だ。女が明けても暮れてもここに通ってくるなんて、想像できるか？」

彼はスタークウェザー・ドライヴをはずれ、連絡道路にはいった。灰色のむきだしの地面があらわれ、やがて最初の缶詰工場群が姿をみせた。巨大で、すすで汚れている。ぼんやりとした柱の背後にひろがっている青空は、まるで侮辱しているようにみえた。

マイロはいった。「おれは基本的な刑事の原則を無視している。基礎をきずけ。犠牲者を知れ。問題は、クレアに関して、おれはダダとおなじように感じはじめているということなんだ。雲をつかむようなものさ。彼女はひとりで暮らしていて、いまのところ明らかにおかしな点はなく、友だちも見つかっていなくて、地元に家族はいない。スタークウェザーでみんなが彼女のことをどういっていたか、聞いただろ。いい人で、仕事をこなし、ひとりが多かった。だれかを傷つけたことはない。リチャードの精神的な姉だな。で、犯人はだれか？ 害にならない人びとを追いかける反社会的な統合失調症の人物か？」

「ふたつの事件になにか関連があるとすれば、さみしい人びとを追いかけている人物かもしれない」

「となると、ロスアンジェルスの半数が危険にさらされるな」

「クレアの家族はどこにいるんだい？」

「ピッツバーグ。両親だけさ――彼女はひとり娘だった」マイロは頬の内側を嚙んだ。「おれが通知の電話をかけたんだ。手順は知ってるだろ。おれは彼らの生活をだいなしにして、彼らは泣き、おれはひたすら耳を傾ける。今週、彼らはやってくるよ。電話で話を聞くより、もっとわかるかもしれない。クレアには敵がいなかったし、いい娘で、すばらしい娘だった、といってたな。いつだってすばらしい娘たちなんだ」

ぼくたちは不毛な工業地帯を通りぬけた。腐りかけた機械の山、堆積したスラグ、ぬかるんだ溝、脂ぎった土の平面。灰色の空の下にいると、地獄さながらだ。きょうは、有権者の眼にふれないようにしているなにかにみえた。

マイロはそういった光景に気づいていなかった。両手をハンドルにもどし、指のつけねが白くなるくらいかたく握りしめている。

「さみしい人びとね」と、彼はいった。「彼女の家に案内するよ」


フリーウェイまでずっと、マイロはあまりにとばしすぎた。猛スピードで入口ランプをあがっているとき、彼はいった。「きのうはほとんど一日じゅうそこにいて、通りを調べたり、近所の人たちから話を聞いたりしていたんだ。女性は家で殺されることが多いから、犯行現場班の連中には時間をかけて調べてくれといったよ。残念ながら、時間のむだだったらしい。けさ、予備的な結果がでたんだ。血液や精液はなし、不法侵入や混乱の形跡もなし。どの家でもそうであるように、そこらじゅうに指紋がついていたんだが、クレアのものしかなかった。運がよくて、途中でドライヴ－バイ（走行中の車からの銃撃による殺人）などが起こらなければ、最終検屍は明日に予定されている」

「近所の人たちはなんといっていた？」

「あててみな」

「〝人づきあいをさけていて、問題は起こさなかった〟」

「おれはアンサー・マンと親しいわけだ」彼はアクセルを踏みこんだ。「だれも彼女とふたこと以上ことばをかわしていなかった。だれも彼女の名前すら知らない」

「訪問者は？」

「だれも見ていない」と、彼はいった。「リチャードみたいにな。だが、彼女には前夫がいた。ジョゼフ・スターギルという名前の男だ。弁護士で、いまはサン・ディエゴに住んでいる。彼には電話をした」

「どうやって見つけたんだ？」

「彼女の自宅兼オフィスにあった離婚書類を、たまたま見つけたのさ。けさ、ドクター・シアボウルドに電話したよ。おたくと臨床心理医同士の話ができたら、彼は喜ぶんじゃないか。彼はクレアが離婚したことをなんとなくおぼえていた。というのも、毎年、スタッフは履歴書を更新するんだ。過去、彼女は結婚歴の欄に〝既婚〟と書いていた。今年はそれを修正液で消して、〝離婚〟とタイプしたのさ」

「ということは、最近なんだ」と、ぼくはいった。「シアボウルドは彼女にそのことをきかなかったのかな？」

「彼女は個人的に立ち入りたいタイプじゃなかった、と彼はいっていた」

「だから、彼女はスタークウェザーでの仕事を選んだのかもしれない」

「どういう意味だ？」

「大いなる逃亡。時間どおりにあらわれて、よけいな波風を立てなければ、だれもうるさく悩ませてこない。ドクター・アルドリッチがいっていたように、スタッフは自由裁量にまかされている。彼女は臨床的な仕事をしたかったけど、患者と折りあわなければならないのを恐れていたのかもしれない。精神病患者たちにかこまれているとプレッシャーがなくなるし、患者が暴力的にならないかぎり、彼女はやりたいことができた。申し分のない逃亡だよ」

「なにからの逃亡だ？」

「学究的な世界。感情的な混乱。彼女は最近になって離婚した。そのことを話さなかったからといって、まだ傷ついてないとはいえないよ。生活を変えざるをえない人びとは、単純にしようとするときもある」

「スタークウェザーは単純だと思っているわけか」

「ある意味では、そうだよ」

彼は答えず、さらにスピードをあげた。

二、三マイル走ると、ぼくはいった。「そのいっぽうで、彼女はだれかと深くかかわりあっていた。彼女の喉を切り裂いた人物と」

その家はほかの多くの家と似ていた。

白い化粧漆喰を塗った平屋建てで、歳月とともに腐ったミルクのような灰色になっており、屋根は黒い合成屋根板だった。一台用のガレージがついていて、前庭のかわりに二重駐車できるスペースがある。五〇年代後半にはやった、丘の中腹に建つ簡素なにわか造りの家を意図的に現代ふうにしたものだが、実際はきびしい建築予算で建てられたものだった。通りの名前はケープ・ホーン・ドライヴ――ウッドロー・ウィルスンの北側に切り込みのように付け足された、短くてまっすぐな道路で、一本の巨大なティプの木で行き止まりになっていた。舗装道路のうえに同じ木々せりだしている。枝が伸びていないところは、歩道が色あせて乾いていた。

二番目の区画で、奥から三番目。全部で八軒あり、だいたいクレア・アージェントの家とおなじで、ちょっとした変化があるだけだった。縁石に車はほとんど駐まっていなかったが、ガレージのドアが閉まっているので、それがなにを意味するのか判断するのはむずかしかった。大きな交差点や近所に商業地区はない。用がなければ、だれもここまであがってはこないだろう。

　これぐらい高くなると、空気が動いていた。夏の光のなかでティプの木々はかすみ、シダのようなかたちをした葉が微風にそよいで音をたてている。正反対の生き物。ティプは、ほかのすべてが栄える春に葉を落とす。ほかの枝の葉が落ちはじめると、ティプの黄色い花が咲きほこる。まだ咲いていない。わずかにある色は、フラワー・ボックスと鉢植えのものだけだった。ただしほかの家のもので、クレアの家のものではない。

　ぼくたちは正面のドアまで行った。あたりはすばらしい眺望だった。フリーウェイは何マイルもかなたにあるのに、車の音は聞こえてくる。このごろは、いつでも聞こえるような気がする。

　ドアにはロスアンジェルス市警のシールが貼られていた。マイロは鍵をもっていて、ぼくたちはなかに入った。彼のあとから、玄関ホールと呼ぶにはせますぎる、窮屈でむきだしのスペースに足を踏みいれた。ふたつの白い壁が直角になっていて、リヴィング・ルームに通じている。

　人が住んでいた部屋とは思えなかった。

　傷跡ひとつない壁、からっぽの硬材の床で、家具はひとつもおいてない。

　マイロは足音を響かせて三歩すすみ、部屋のまんなかで立ちどまった。頭上には照明器具。安っぽいつや消しのドーム形で、もともとついているもののようだ。シュニール織物の厚いカーテンが、窓を褐色におおっている。壁はきれいそうだったが、外とおなじ灰色がかった白に変色していた。

床がぼくの注意をひいた――ラッカーを塗った床はきらめいていて、すり傷、へこみ、ひきずった跡はいっさいなかった。住人たちは歩くというより、宙を漂っていたかのようだった。

ぼくは息ぎれをおぼえた。家にはにおいがなかった――死の悪臭も、借家の香りも。食べ物、汗、香水、切り花、エア・フレッシュナーのにおいもなかった。人が住んでいない黴くさいにおいも。

からっぽの場所。空気がなく、生命を維持することはできないように思えた。

ぼくはなんとか大きくひと息ついた。マイロはまだ部屋のまんなかに立っており、指でふとももをたたいていた。

「こぢんまりして居心地がいいところだな」彼がなぜこの部屋をみせたかったのかを理解しながら、ぼくはいった。

彼はゆっくりと向きを変え、小さなキッチンに通じる左側の空きスペースをながめた。食事用のカウンターのまえには、オークのスツールが一脚おいてあった。金の糸のようなデザインになっている白いフォーマイカにも、指紋採取用の黒い粉で汚れているところをのぞけば何もおいていなかった。ほかのカウンターやキャビネットもおなじだ。奥の壁には、からっぽの木のスパイス・ラックがとりつけられている。コンロの口が四つある白いガス・レンジは少なくとも二十年まえのもので、おなじ色の冷蔵庫は年代物だった。ほかの電気器具はいっさいなかった。

マイロは冷蔵庫をあけた。「ヨーグルト、ブドウ、リンゴが二個、重曹……重曹は賞味期限内だ。彼女はなんでもきちんとしておくのが好きだった。リチャードとおなじように……単純にしていた」

彼はキャビネットを開閉しはじめた。「白い硬質陶器の皿、ノリタケ、四組……そろいのステンレスの器具……どれも指紋採取用の粉がついている……フライパンがひとつ、ソースパンがひとつ、塩と胡椒の容器、ほかのスパイスはない……刺激のない生活をおくっていたのかな？」

彼はガス・レンジのほうへ移動した。グリルをもちあげる。「きれいだ。彼女は料理をしなかったか、強迫観念に支配されていたかのどちらかだな。あるいはほかのだれかさんがそうだったか」

ぼくはからっぽの正面の部屋にもどりかけた。「犯行現場班は家具を研究所に持ち帰ったのかい？」

「いや、衣類だけだ。ここは発見したときのままさ。最初は、だれかがきれいに掃除したのかと思ったよ。あるいは、彼女は引っ越してきたばかりか、これから引っ越そうとしていたのか、とな。だけど、引っ越そうとしていた形跡は見つからなかったし、不動産権利証書では、彼女は二年以上ここに住んでいたことになっている」ぼくは傷のない床を指さした。「彼女は改装しようと計画していたのか、家具をおかないようにしていたかのどちらかだ」

「さっきもいったけど、雲をつかむような話だろ。さあ、ほかの場所も見てみようじゃないか」

左の廊下をすすむと、バスルームがひとつと小さなベッドルームがふたつあらわれた。ひとつはオフィスになっていた。カーペットは敷いてなく、おなじく無傷の硬材の床になっていて、足音が耳ざわりな響きをたてた。

マイロは廊下に膝をつき、なめらかできれいなオークに指を走らせた。「たぶん、彼女は靴を脱いでいたんだろう。日本の家みたいに」

ぼくたちはベッドルームから始めた。床にボックス・スプリングとマットレスがおいてあって、天板はなかった。引き出しが四つある、ペカン材の合板のドレッサーと、おそろいのナイトスタンド。スタンドのうえには、ティシューの箱、陶磁器のランプ、白い卵形で、巨大な繭のような花瓶がおいてある。白い指紋採取用の粉が渦を巻いていて、潜在指紋の同心円の存在を告げている。

「下着類は研究所にある」と、マイロはいった。「衣類といっしょに」

彼はマットレスを動かし、ボックス・スプリングの下に片手をつっこんで、クローゼットをあけた。からっぽだ。ドレッサーとおなじく。

「おれは彼らが下着類をつめこむのを見ていた」と、彼はいった。「隠してあるきわどいものはなくて、ごくふつうの白いコットンだけだったよ。小さな衣装だんすだ。ドレス、セーター、スカート、趣味のいいもの、メーシーズのもの、安売り店のものばかりで、高級なものはなかった」

彼はマットレスをもどし、天井を見あげてから、からっぽのクローゼットにまた視線をやった。「彼女は引っ越そうとしていたんじゃないな、アレックス。ここは彼女が住んでいた場所だ。まあ、住んでいたといえるなら」

オフィスに入ると、マイロは祈るように手を組んだ。「なにか役に立つものをあたえたまえ、神よ」

「それはもうすんだのかと思ってたよ」

「完全にはすんでないんだ。できなかったのさ、犯罪学者たちがざわざわしてて。あの箱だ」彼は床においてある厚紙のファイルを指さした。「あのなかに離婚のファイルが入っていたんだ。上のほうにあったよ」

彼はデスクに近づき、一面の壁をおおっている安っぽい合板の書架をじっくりながめた。棚はいっぱいで、たわんでいる。心理学、精神医学、神経学、生物学、社会学の書物、年代順に綴じてある機関誌の山。いたるところが、白い粉と指紋でおおわれていた。

マイロは最上段の引き出しに入っていたホッチキス、ペーパー・クリップ、紙片、糸くずをとりだして空にし、二番目の引き出しをひっかきまわしていた。「オーケイ、あったぞ」彼は赤い合成皮革の普通預金通帳を振った。「センチュリー・バンク、サンセットとカーウェンガの……ほう、ほう、ほう——彼女は申し分なくやってたみたいだな」

ぼくは近づき、彼がひらいているページをのぞきこんだ。二十四万ドルと数セントの残高。彼は通帳を冒頭のページまで繰った。最初の取引がおこなわれたのは三年まえ、まえの通帳からの繰り越しで、残高は現在より九万八千ドル少なかった。

三年間で十万ドルちかく増えている。預け入れのパターンはくりかえしだった。引き出しはなく、毎月月末に三千ドルの預け入れがおこなわれていた。

「おそらく、サラリーの一部だな」と、ぼくはいった。

「シアボウルドは、彼女の手取りは四千くらいといっていたから、三千を銀行に預けて、千を出費としてとっておいたんだろうな。スタークウェザーで働いていたあいだ、そのパターンは変わってないみたいだ。つじつまは合う。彼女の公務の職務分類は、見合うだけのサラリーをもたらしていた」

「つましいな」と、ぼくはいった。「彼女はどうやって請求書を払っていたんだろう？　当座預金はあったのかい？」

数秒後、マイロはおなじ引き出しに入っていたそれを見つけだした。「毎月五百ドルの預け入れ……月末の金曜日——おなじ日に普通預金口座に預けている。時計みたいな女性だな……ほとんどが少額の小切手をきっているようだ——たぶん、日用品だろう……彼女はクレジット・カードをもっていて、あとの請求書は現金で払っていたのかもしれない。となると、家のなかに五百ドルかそこらをおいていた。あるいは、財布のなかに。どこかの麻薬常習者にとっては、大きな理由になる。それに、財布はまだ見つかっていない。だけど、これは強盗という感じじゃない」

「ああ。でも、もっとはるかに少ない額で殺される人びともいる。財布がないのに、どうして彼女の身元がわかったんだい？」

「車の登録証明書で名前がわかったのさ。指紋を照合したら、彼女の臨床心理医のライセンスのものと一致した……ばかな麻薬常習者の強盗ってのはどうだい？　彼女は買い物にでかけ、強盗に現金をねらわれる。だけど、どこの麻薬常習者の強盗が、彼女をわざわざごみ袋に隠して、半公共的な場所まで車で運び、彼女の車を乗り捨てていく？　どこか暗い場所に捨てて、その車を手に入れることもできたのに。しかしまた、ほとんどの犯罪者はおかしなピルをのんでいるし……オーケイ、彼女がほかになにを残しているか見てみよう」

彼はデスクの残りにとりかかった。ふつうの白い封筒にはいった金が、左のいちばん下の引き出しの奥に押しこまれていた。製薬会社がプレゼントとしてつくった黒い模造皮革のスケジュール表の下から、九枚の五十ドル紙幣がでてきた。カレンダーは三年まえのもので、なかのページは空白だった。

「ということは、彼女は五十ドルくらいを身につけていた」と、彼はいった。「大した浪費家だな。これは強盗という感じじゃない」

ぼくは彼から預金通帳をうけとり、すべてのページを調べた。

「どうした？」と、彼はいった。

「すごく機械的だな。まったくおなじパターンで、毎週毎週。大きく引き出されていないということは、ヴァケーションや気まぐれな散財がなかったことも意味している。それに、サラリー以外の預け入れがないことは、扶養料をもらっていなかったことも暗示している。べつの預金口座に入れていなければね。それに、結婚しているあいだ、彼女は自分の預金口座をずっと維持していた。所得税申告書はどうなっていたんだろう？　共同で提出していたのかな？」

マイロは部屋を横ぎり、厚紙のファイル・ボックスまで行った。二年分の州と連邦の所得税申告書が、順序よくきちんとおさまっていた。「サラリーのほかに収入はないし、本人以外に扶養家族はいない……いや、別々に申告している。なにか変だな。彼女は結婚していることを否定していたみたいじゃないか」

「あるいは、最初から不信を抱いていたか」

彼はホッチキスでとめた書類の束をもって引き返してくると、すばやく繰りはじめた。「公共料金の請求書……ああ、ここにクレジット・カードがあったよ……VISA……食料品、衣類、ビュイックのガソリン、本を買うのに使っている……そんなに頻繁じゃない――せいぜい月に三、四回だ……遅れずにきっちり払っている。利息はついてない」

書類の束のいちばん下に車の保険の領収書があった。非喫煙と良好な運転歴のおかげで、保険料は低い。ビュイックへの融資がないということは、車は所有していたのだろう。車輪つきの棺になるとは、夢にも思っていなかったにちがいない。

マイロはメモをなぐり書きし、書類を箱のなかにもどした。

ぼくは彼がまだ見つけていないものに思いをはせた。記念品、写真、手紙、グリーティング・カード。なにか個人的なもの。

固定資産税の領収書はなかったし、固定資産税の控除もなかった。部屋を借りていたのだとしたら、どうして家賃小切手の記録がないのだろう？

ぼくは疑問を口にだした。

マイロはいった。「前夫が住宅ローンと税金を払っていたんじゃないのか。それが扶養料がわりだったのかもしれない」

「で、彼女が死んだいま、彼は解放された。そして、彼が家の所有権を維持しているんだとしたら、わずかながら動機はある。二十四万ドルはだれが受けとるのか、心あたりは？　遺書は見つかったのかい？」

「いや、まだだ。てことは、おたくは夫がお気に入りなのか？」

「いつもきみにいわれていることを考えているんだよ。金を追え」

彼はうなり声をあげた。ぼくは書架にもどり、本を二、三冊ひっぱりだした。ページは黄褐色に変色していて、余白にはきれいな活字体で書き込みがあった。五年分の『脳』誌のとなりには、機関誌の掲載記事をあつめたものがある。

クレア・アージェントが書いた記事だ。十を超える研究は、すべてアルコール依存症の神経心理学に関するもので、資金は国立保健研究所から提供されていた。文章はわかりやすく、研究の題材はくりかえしが多かった。専門用語が頻出しているが、要点はなんとか理解することができた。

大学院とその後の五年間、彼女はさまざまな酩酊レヴェルにおける人間の運動系と視力の測定に時間をついやしてきた。題材にはなんなくたどりつける。緊急治療室を私立クリニックとして使っているアルコール漬けの虚弱な貧困者にとって、郡立総合病院は、最後の頼みの綱となる治療センターだった。緊急治療室のドクターたちは彼らをGOMERと呼んでいた——おれの緊急治療室から出ていってくれ（ゲット・アウト・オブ・マイ・エマージェンシー・ルーム）。

彼女の成果は首尾一貫していた。酒は動きをにぶくする。統計的にはそれなりに意味があるが、けっして深遠なものとはいえない。数多くの学者たちが、そういった類の可もなく不可もない仕事にこつこつと精をだしているのだ。彼女は助成金ゲームに飽きたのかもしれない。

おもしろい事実がひとつあった。彼女はいつもひとりで論文を発表していた——それはアカデミックな医学界では異例なことである。その世界では、責任者が部下たちの生みだしたあらゆるものに名前を書くのがあたりまえなのだ。

マイロン・シアボウルドは誠実な人物なのかもしれない。

クレアに自分のことをやらせていた。

クレアは最初からそれをひとりでやっていた。

カタッという音がしたので、ぼくは振り返った。マイロがデスクのうえのものをいじっていて、ペンが落ちたのだ。彼は拾いあげ、緑色のプラスティック・フレームに入っている小さなカレンダーのとなりにおいた。製薬会社の景品がまたひとつ。空白のメモ・パッド。パッドには約束が書かれていなかったし、なにかが書かれてつぎの紙に写っているあともなかった。

なんという暇な生活。

最近、落ちついた質素さの美徳を吹聴する本が数冊、ベストセラーになっていた。あらたに金持ちになった著者たちは、説き勧めている暮らしを実践しているのだろうか、とぼくは思った。

この家はとても落ちついてはみえず、ひたすら無味乾燥で、うつろで、つまらなかった。

ぼくたちはオフィスを離れ、バスルームに移動した。シャンプー、石鹸、歯ブラシ、おびただしいビタミン剤、生理用ナプキン、鎮痛剤のアドヴィル。経口避妊薬、ペッサリーはなかった。バスタブのまわりの石灰華の台には、優雅さを演出するものがなかった。バス・ビーズや泡立て入浴剤やヘチマ・スポンジがない――女性がたまに欲するひとりの楽しみがいっさいないのだ。磁器は黄褐色に汚れていた。

マイロはいった。「ルミノールだ。バスタブや排水管から血液の反応はでなかった。タオルやシーツに精液はいっさいついてなくて、クレアの血液型と一致する汗が採取できただけだった」

クレア以外のだれかがこの家に足を踏みいれたこともあるのだろうかと考えながら、ぼくは彼女がみずから選んだ仕事のパターンに思いをはせた。酔っぱらいたちとの五年間、危険な精神病患者たちとの六ヵ月。妄想とゆがみに浸りきった日々のあとで、彼女は静寂を、彼女なりの禅を必要としていたのかもしれない。

だが、それでは実家からの手紙がないことの説明がつかない。両親、甥、姪たちとのスナップショットすらないのだ。なんの接触も。

禅の究極の勝利は、アイデンティティをなくす能力、無をめざしてすすむ能力である。だが、この家はいかなる種類の勝利も示していなかった。こういった悲しい小さな箱が……それとも、ぼくはなにか見落としているのだろうか？　ぼくが愛情に飢えていることを投影しているのだろうか？

ぼくはクレアが秘蔵していたものについて考えた。本と彼女が書いた論文。彼女にとっては仕事がすべてで、それで満足していたのかもしれない。

だが、彼女は最初の仕事を衝動的に捨てて、助成金を放棄し、無味乾燥だが永続性のある科学研究を、頭のおかしな殺人者たちに日常生活の技術を教える機会と交換した。

どんな目的があって？

ぼくは彼女が郡立病院とスタークウェザーを交換した理由を探しつづけたが、その変化はどうしても理解できなかった。サラリーがさほど変わらないとしても、彼女が郡で白衣を着てやっていた仕事にくらべれば、公務員の地位はどうみても零落である。それに、統合失調症患者たちと接触したかったのだとしても、郡立病院には山ほどいる。危険な患者たちを望んでいたのか？　刑務所の病棟があるではないか。論文を書かない学者は消滅するというわずらわしい世界にうんざりしていたのだとしたら、なぜ個人で開業しなかったのだろう。神経心理学の技術は高く評価されていたのだし、よく訓練された神経心理学者なら法医学の仕事もできて、傷害事件では弁護士のコンサルタントとして働けるし、保険維持機構（ＨＭＯ）を迂回して、スタークウェザーからもらう五倍や十倍は稼げただろう。

たとえ彼女にとって金銭は重要ではなかったとしても、仕事の満足度はどうだったのだろう？　醜い灰色の建物のなかで、どうしてシフトにつぐシフトに身をおいていたのだろう？　それに、スタークウェザーまで車を運転していくこと——毎日のように堆積したスラグのまえを通らなければならないのだ。

自己降格としか思えないことには、なにかほかの理由があるにちがいない。

彼女はみずからを罰しているといってもよかった。

なんのために？

それとも、彼女はなにかから逃げていたのだろうか？

それは彼女をつかまえてしまったのか？

7

午後二時ちょっとすぎ、ぼくたちはその家をはなれた。外にでると、空気が生きかえったように感じられた。

マイロはローレル・キャニオン・ブールヴァードにのって、南のサンセットに向かい、サンセット・ストリップを西に走った。ホロウェイのそばで事故があり、いつものように物見高い野次馬があつまっていたので、ベヴァリー・ヒルズを抜けてベヴァリー・グレンに着いたときは三時ちかくなっていた。マイロもぼくもほとんどしゃべらなかった。話しつくしてしまったのだ。彼はぼくの家に通じる乗馬道に乗り入れた。ロビンのトラックはカーポートに駐まっていた。

「時間をさいてくれて、どうも」

「どこへ行くんだい？」

「記録課に行って不動産の書類をさがし、ミスター・スターギルに関してほかになにがでてくるか調べてみるよ。それから、ハイディ・オットに電話してみる」

マイロは疲れているようだったし、その口調は、楽観主義は重罪だぜ、と語っていた。

ぼくは、「幸運を祈ってるよ」といって、猛スピードで走り去っていくマイロをじっと見送った。

ぼくは新しい家のほうへ歩いていった。三年たつが、いまだにちょっと侵入者の気分になってしまう。古い家、最初の実収入で買った家は、さまざまな風変わりな特徴が混じりあっていた。ぼくを殺そうとしたある統合失調症を患った人物が、その家に火を放って消し炭にしてしまった。ロビンが建築工事を管理した結果、白く、風通しがよく、かなりゆったりして実用的で、申し分なく魅力的なものができあがった。すごく気に入ったよ、とぼくは彼女にいった。おおむね、気に入っていた。ある日、ぼくは退屈な返事をするのをやめるだろう。

ロビンは裏のスタジオにいると思っていたが、キッチンで朝刊を読んでいた。スパイクは彼女の足もとでまるくなっていた。ポット・ローストのような黒いまだらの体はいびきをかくたびに上下し、あごは床のうえにだらんと伸びている。彼はフレンチ・ブルドッグで、イギリスの品種のミニチュア版だった。コウモリのように直立した耳と、オペラ団全員分をあわせたくらいのうぬぼれをもっている。ぼくが入っていくと、彼は片方のまぶたをあけ――〝ああ、またおまえか〟――すぐに閉じるにまかせた。そのあとのため息は倦怠感に満ちあふれていた。

　ロビンは立ちあがって両腕をひろげ、ぼくの腰をぎゅっと抱きしめた。ぼくの胸に頭を押しつける。硬材と香水のにおいがして、カールした髪がぼくのあごをくすぐった。ぼくは鳶色の巻き毛をちょっともちあげ、うなじにキスをした。思いやりがある彼女は五フィート三インチしかないが、ファッション・モデルなみに長い白鳥のような首をしていた。肌がほてっていて、すこし湿っている。

「どうだったの？」といって、彼女はぼくの髪に手をあてた。

「順調だったよ」

「被収容者からの問題はなかったのね」

「なにも」ぼくは彼女をさらに抱き寄せると、ひきしまった肩の筋肉をなでて、デリケートな脊椎、魅惑的なカーヴへと手をおろし、あごのきれいなラインと絹のようなまぶたへとまたあげていった。

　彼女は身をひき、片手をぼくのあごにあてた。「あの場所へ行ったら、ロマンティックな気分になったの？」

「あそこを出たらロマンティックな気分になったよ」

「まあ、無事に帰ってこられてよかったわ」

「危険じゃなかったんだ」と、ぼくはいった。「これっぽっちも」

「五千人も殺人者がいて、危険じゃないの？」

「千二百人だけど、だれも数えたわけじゃない」

「千二百人」と、彼女はいった。「ばかみたい、心配したりして」最後のことばは声がわずかに大きくなっていた。

「ごめん」と、ぼくはいった。「でも、じっさいはなんでもなかった。毎日、人びとはそこへ働きにいって、なにも起こっていない。みんな、街の通りより病棟のほうが安全だと思ってるみたいだったよ」

「こじつけに聞こえるわ。それなのに、あの心理学者は車のトランクに押しこまれていたんでしょ」

「いまのところ、彼女の仕事と関連していたという徴候はないんだ」

「よかったわね。肝心なのは、あなたが帰ってきたことよ。もう食べたの？」

「いや。きみは？」

「朝にジュースを飲んだだけ」

「忙しかったのかい？」

「とっても忙しくて、あのマンドリンの仕上げをしていたの」彼女はめいっぱい背伸びをした。赤いTシャツ、デニムのオーヴァーオール、6サイズのスケッチャーズをはいている。小さなフープ・イヤリングがきらめいた。仕事をするときはいつもはずしているので、もうスタジオにもどる気はないということだ。

「お腹がすいてるわ。ちょっと」

「外に食べにいこう」

「あなた、読心術師ね！」

「アンサー・マンと呼んでくれるかい」

ぼくたちはスパイクにチュウ・ボーンをあたえ、午後じゅうずっとあいているサンタモニカにあるインド料理のブッフェまで車をとばした。ライスとレンズマメ、オニオンをつめたクルチャ・ブレッド、柔らかなチーズをそえたカレー味のホウレンソウ、スパイシーな茄子、熱いミルク・ティ。バックグラウンドではなにか単調な旋律が流れている——ひとりの男性が泣きさけぶような声をあげており、おそらく祈りをささげているのだろう。となりのブースにいたやせて弱々しい二人が席を立って帰ると、客はぼくたちだけになってしまった。ウェイターはそっとしておいてくれた。

皿の半分くらい食べたところで、ロビンがいった。「くどいのはわかっているけど、こんどああいった場所に行くときは、外にでたらすぐに電話してね」

「ほんとにそんなに心配してたのかい？」

「あそこにはどんな人がいても不思議じゃないんでしょ？」

ぼくは彼女の手をとった。「ロブ、きょう会った連中はみんなおとなしかったよ」

庭でぼくのほうへやってきたひげ面の男をのぞけば。廊下でのけんか。プラスティックの窓、抑制と拘束室。

「どうやっておとなしくさせているの？」

「投薬とスケジュールに基づいた環境だな」

ロビンはほっとしたようにはみえなかった。「それで、向こうでは何ひとつ学べなかったの？」

「いまのところは。あとで、クレア・アージェントの家に行ってみたんだ」ぼくはその家のことを話した。「どう思う？」

「なにが？」

「彼女の暮らしかたさ」

ロビンは紅茶を飲み、カップをわきにおいてしばらく考えた。「あたしはそんなふうに暮らしたいか、ということ？　永久にはいやだけど、短いあいだならね。ありとあらゆる面倒から遠ざかって、すてきなヴァケーションをとるの」

「面倒か」

ロビンはにっこり笑った。「あなたのことじゃないわ、ハニー。ただの……状況よ。義務、締切——人生はどんどん積み重なっていく。家を建てるときに、あたしが何もかも仕切っていたようにね。あるいはいまみたいに、オーダーが立ち往生してしまって、みんながすぐに結果を求めるとき。ときどき、人生には宿題が多すぎるような気がしてくるから、ちょっと質素な暮らしも悪くないわね」

「あれは質素なんてもんじゃなかったよ、ロビン。あれは……荒涼としていた。悲しい」

「彼女は落ちこんでいたといってるの？」

「診断をくだせるほど彼女のことを知らない」と、ぼくはいった。「でも、あの家で感じたのは――無機的なものだった。うつろなんだ」

「彼女が自分をおろそかにしていた形跡があったの？」と、ロビンはいった。

「いや。それに、だれもが口をそろえて、彼女は感じがよかった、信頼できた、というんだ。よそよそしいけど、あきらかな病状じゃない」

「ということは、彼女は内面的にもすばらしかった」

「かもしれない」と、ぼくはいった。「彼女が貯めこんでいた唯一のものは本だった。彼女を興奮させたのは、知的刺激だったのかもしれないな」

「そういうことなんでしょうね。彼女はあれこれきりつめて、自分にとって重要なことに集中するようにした」

ぼくは答えなかった。

「そうは思ってないのね」と、彼女はいった。

「かなり容赦なくきりつめたんだな」と、ぼくはいった。「家のなかのどこにも、私的なものはいっさいなかった。家族写真の一枚すらね」

「家族とは仲がよくなかったんじゃないかしら。あるいは、家族となにか問題を抱えていたか。でも、たとえそうだとしても、彼女はほかの何百万人とどうちがうの、アレックス？　あたしが聞いているかぎり、どちらかというと……知的な女性に思えるわ。知的に生きていた。プライヴァシーを楽しんでいた。たとえ社会的な問題を抱えていたとしても、彼女が殺されたこととどういう関係があるの？」

「ないかもしれない」ぼくはスプーンで自分の皿にライスをとって、バズマティ米の粒をもてあそび、パンをひと口かじった。「知的な刺激がほしかったのなら、どうして研究の仕事からスタークウエザーに移ったんだろう？」

「彼女、どんな研究をしていたの？」

「アルコール依存症と、それが反応時間にどう影響するか」

「すごく重要なことなの？」

「ぼくには重要じゃないね」ぼくは研究内容について手短に話した。「じっさい、きわめて平凡なものさ」

「彼女は悟ったのかもしれない。彼女はいい娘で、大学院のときから期待されていたとおりにやってきた。それを切りひらいていくことにうんざりしてしまった。じっさいにだれかを助けたくなった」

「そう簡単に助けられるグループを選んではいなかった」

「だから、挑戦が彼女の動機づけになっていたのよ。それと、なにか新しいものに取り組むことが」

「スタークウェザーの男たちは治らないんだ」

「だったら、あたしにはわからないわ。みんな推測だから」

「論争したいわけじゃないんだ」と、ぼくはいった。「どうにも彼女のことが不可解なだけさ。それに、きみのいっていることには少なからぬ真実がふくまれているだろうな。去年かそこら、彼女は離婚している。彼女はいくつかのレヴェルで自由になりたかったのかもしれない。毎年のように研究を続けていた人物にとって、スタークウェザーは目新しく思えたのかもしれない」

ロビンはほほえみ、ぼくの顔をなでた。「ひそめた眉がなんらかの尺度になるなら、マイロは支払ったお金に見合うものをあなたから得ているわね」

「もうひとつ不思議なのは、最初の事件なんだ――リチャード・ダダ、俳優志望者さ。表面的には、彼とクレアにはほとんど共通点がない。でも、二人は否定的な姿勢を共有していたみたいなんだ――友人、敵、気まぐれがない。二人とも非常にきちんとしていた。もつれた関係はなし。孤独と、その空隙を埋めようとする努力ということなのかな。ある種の孤独な人びとが、とんでもない人物と結びついてしまう」

「男と女に?」と、彼女はいった。「バイセクシャルの殺人者ってこと?」

「となると、ダダはゲイということになるけど、マイロはそういったきざしを見つけていないんだ。あるいは、性とはいっさい関係ないのかもしれない——たんなる仲間づきあいで、共通の利害があるなにかのクラブだった。いっぽう、ふたつの事件はまったく無関係という可能性もある」

ぼくはロビンの手を唇までもちあげ、一本ずつ指先にキスをした。「ミスター・ロマンティックだな。きみを孤立させてしまわないうちに、ギアを切り換えたほうがいいみたいだ」

彼女はにやっと笑うと、けだるそうに手を振り、キスのまねをしてから、ベティ・デイヴィスそっくりの声をだした。「ホウレンソウをとって、ダーリン。それから、支払いをすませ、あたしを抱きあげて最寄りのバスキン・ロビンズまでつれていって、ジャモカ・アーモンド・ファッジを買って。そのあとは、家までずっとハイホーよ。あなたは、あたしの人生をちょっと混乱させるために招待されているの」

8

午後八時、マイロが電話をかけてきた。「おじゃまか？」

じゃまをするには一時間遅かった。ロビンはベッドで本を読んでいたし、ぼくはすでに峡谷までスパイクを短い散歩につれていっていた。電話が鳴ったとき、ぼくはテラスに腰をおろし、頭のなかから疑問符を追いはらおうとしながら、池に落ちている滝の音に必死に集中していた。フリーウェイの音が聞こえないのがありがたかった。

「ぜんぜん。どうしたんだい？」

「クレアとスターギルに関する情報が手に入ったんだ。結婚していたのは二年間で、別れて二年ちかくになり、子どもはいない。スターギルをつかまえたのさ。友好的な別れだった、といっている。彼は十人いる法律事務所のパートナーで、三ヵ月まえに再婚している。クレアのことは知ったばかりだった。サン・ディエゴの新聞にはのらなかったんだが、パートナーのひとりがこっちにいて、記事を読んでいたんだ」

「彼の態度は？」

「電話ではえらく動揺してるように聞こえたけど、それがいったいどうしたっていうんだ。なにか付け加えることがあるとは思えないといったけど、おれと会って話してくれることになった。あすの朝十時に約束をした」

「サン・ディエゴで？」

「いや、彼が車でくる」

「ずいぶん協力的なんだな」

「いずれにしろ、こっちで仕事があるんだ。どこかの商業地が閉鎖になる——彼、不動産弁護士でな」

「ということは、ロスアンジェルスには定期的にきているわけだ」

「ああ、書きとめたよ。じかに会って、どんな男か見てみよう。クレアの家で会うんだ。家は彼女のものだ。彼が独身のときに住んでいたんだが、離婚後、扶養料と彼の株に手をつけるかわりに、彼女にゆずって、ローンと税金を払うことに同意したのさ」

「だれが資産を相続するんだい？」

「いい質問だ。スターギルは遺書があるとは思ってなかったし、二人とも保険には加入していなかったと主張している。保険証書は見つかっていない。クレアは三十九歳だったし、おそらく死ぬとは思ってなかっただろう。弁護士なら、遺言の検認手順のあつかいはお手のものだ——彼は、ローンを払っているのだから一部の所有権はあると主張するかもしれない。だけど、相続するとしたら、まず彼女の両親じゃないのかな。ああいった家は、どのくらいの価値があると思う？」

「三十万くらいかな。彼の純資産額は？」

「ミスター・協力的がずっと協力的でいてくれたら、あした、わかるだろう……彼は彼女の請求書を払うのがいやになったのかもしれないな、え？」

「いらだちのもとかもしれないね、とくに再婚したいまは。とくに、金銭問題を抱えているとしたら。彼の財政状態がどうなっているか、わかるといいな」

「彼に会いたいんだったら、十時にあの家にこいよ。ハイディ・オットの留守番電話にメッセージを残したけど、まだ返事はきていない。それから、研究所は指紋に関する報告書をまた送ってきた。まちがいなく、クレアの指紋だけだ。彼女は完全にひとりでやっていたみたいだな」

　翌朝、ぼくは郡立病院のドクター・マイロン・シアボウルドに電話をかけて、ヴォイスメールに伝言を残してから、車でケープ・ホーン・ドライヴに向かい、九時四十五分に着いた。マイロの覆面パトカーはすでに到着していて、縁石のところに駐まっていた。濃い灰色のBMWセダンの最新モデルがガレージのまえに駐まっており、屋根にはスキー・キャリーがのっていた。

　家の玄関ドアには錠がおりていなかったので、ぼくはなかに入った。マイロはまたからっぽのリヴィング・ルームのまんなかに立っていた。キッチン・カウンターのそばに、青いスーツ、白いシャツ、黄色いピンドットのネクタイを身につけた四十代の男が立っている。身長は六フィート弱、カールした赤毛の髪を短く刈りこみ、おなじ色のあごひげは白髪まじりだ。左手首には細長い金の腕時計をしており、結婚指輪には小さなダイヤモンドがちりばめられ、みがきこんだ靴はくすんだ濃赤色のウィングチップだ。

マイロがいった。「こちらはドクター・デラウェア、われわれの心理学コンサルタントです。ドクター、こちらはミスター・スターギル」

「ジョー・スターギルです」手が伸びてきた。乾いた手のひらだったが、はしばみ色の眼は落ちつきがなかった。声はわずかにしわがれている。視線がぼくを通りすぎて、からっぽの部屋に向けられた。彼は首を振った。

「たったいま、ミスター・スターギルから聞いたんだが、家はすっかり様変わりしているらしい」

スターギルがいった。「われわれが住んでいたときとちがっています。床一面にカーペットを敷いていたし、家具をおいていたんです。あそこには大きな革のソファがありました。あの壁にはクロームのキャビネットがおいてあった――飾り棚(エタジェール)、と呼んでいたんじゃなかったかな。クレアが教えてくれたんですよ。わたしが独身のときに二つ三つ買ったんですが、クレアはそれをいっぱいにしました。陶器、置物、マクラメ編み、そういったものです」彼はふたたび首を振った。「彼女はそうとう変わってしまったにちがいないな」

「彼女と最後に話したのはいつですか、サー？」と、マイロがいった。

「わたしがユーホールのトラックで荷物を運びだしたときです。最後の判決がでる半年くらいまえかもしれない」

「ということは、離婚するまえに別居していたんですね」

スターギルはうなずき、あごひげの先に手をふれた。

マイロはいった。「となると、最後に接触したのは二年半くらいまえになりますね」

「そのとおりです」

「離婚について話し合わなかったんですか？」

「ええ、まあ。ときどき、こまかい点を電話で話しました。直接の会話、という意味ですよね」

「ええ」と、マイロはいった。「で、離婚したあとは、ここにもどってきたことはないんですね？」

「そんな理由はありませんでした」と、スターギルはいった。「クレアとわたしは終わっていたんです――おおやけにするずっとまえに終わってました。じつをいえば、始まってもいなかったんです」

「結婚はすぐにだめになった」

スターギルはため息をついて、ジャケットのボタンをとめた。両手は大きくて血色がよく、ビール色の毛でおおわれている。「だめになったとかいう問題じゃないんです。すべてが本質的にまちがっていたんです。これをもってきました。けさ、見つけたんです」

彼はクロコダイルの財布をとりだして、小さな写真をひっぱりだした。マイロはじっくりながめ、ぼくに手わたした。

クレアとスターギルが腕を組んでいるカラーのスナップショットで、背後には〝新婚ほやほや〟という横断幕がかかっている。彼は黄褐色のスーツと褐色のタートルネックを身につけており、ひげは生やしておらず、眼鏡もかけていなかった。むきだしの顔は骨ばっていて、笑みはためらいがちだ。

クレアは、薄紫色のパンジーをプリントした青いノースリーヴのロング・ドレスを着ており、白いバラの花束をもっていた。長いストレートの髪をまんなかで分けて、顔はぼくが見た顔写真よりやせていて、頬骨がかなり目立っている。

満面に笑み。

「なんでこれをもってきたんだろう」と、スターギルはいった。「なんでもっていたのかすらわからない」

「どこで見つけたんです？」

「わたしのオフィスで。けさはやく、ここにくるまえに車で行って、クレアとわたしが二人でつくった書類をあさってみたんです。離婚の書類とか、家の所有権の移転とか。みんな外の車のなかにあります——好きなものをもっていってください。その写真は、ページのあいだからでてきたんです」

スターギルはぼくのほうを向いた。「心理医なら分析できるんでしょうね——まだそれをもっていることを。意識下レヴェルのなにかを意味しているのかもしれませんけど、意識的に手放さなかったのかどうかはまったくおぼえてないんです。また見るのは妙な気分ですね。しあわせそうでしょ？」

ぼくはさらにじっくり写真をながめた。新婚カップルのあいだに、まだらに光っているお粗末な祭壇が見えた。壁では赤いハートがいくつもきらめいていて、ディジー・ガレスピーなみに頬がふくらんだピンクのキューピッドの小立像がある。

「ヴェガスですか？」と、ぼくはいった。

「リノです」と、スターギル。「いままで見たなかで最高にけばけばしい結婚式用の礼拝堂でしたね。結婚式を司宰したのは変なじいさんで、目の不自由な酔っぱらいでした。わたしたちが街に着いたときは、午前零時をたっぷりまわってました。変なじいさんは店じまいするところだったので、二十ドル札を握らせて、てっとりばやい式をあげてくれと頼んだんです。彼の奥さんはもう家に帰ってしまっていたので、どこかの用務員——これもじいさんでした——が立会人になりました。二人とももうろくしていたと、クレアとわたしはあとで冗談をいったものです——おそらく合法的ではなかったのでしょう」

彼はカウンターに両手をつき、ぼんやりとキッチンを見つめた。「ここに住んでいたときは、そこらじゅうに電気製品がありました——ジューサー、ミキサー、コーヒー・メーカー、その他なんでも。クレアは発明されたありとあらゆるものを欲しがりました……そういったものはどうしたんだろう——すべてとりのぞいてしまったみたいだな」

「彼女がなんでそういうことをしたのか、心あたりは？」と、ぼくはいった。

「いや。さっきもいったように、わたしたちは連絡をとりあってませんでした。正直いって、いっしょにいたときでも、彼女がなんでいやな女になってしまったのかは説明できなかったでしょうね。彼女がほんとに好きなのは映画だけで——一晩に一本は見てました。ときどき、スクリーンになにが映っているかはどうでもよくて、映画館にいること自体が気に入っているみたいに思えましたよ。ほかには、彼女のことはまったくわかりませんでした」

「お二人はどこで出会ったんですか？」

「これまたじつにロマンティックな話でね。ホテルのカクテル・ラウンジです。具体的にいえば、空港のマリオット・ホテルです。わたしはそこで極東からの依頼人と会うことになっていたんですが、彼はついに現れませんでした。クレアは心理学の大会に参加していたんです。わたしはバーにすわっていて、その依頼人にしょっちゅうそんなまねをされるのでいらだっていました。半日を棒に振ってしまったんです。そこにクレアが元気そうに入ってきて、二つ三つはなれたスツールに腰をおろしたんです」

彼は写真を指さした。「おわかりのように、当時の彼女は美人でした。わたしのいつものタイプとはちがいましたけど、だからうまくいったのかもしれません」

「ちがうとは、どんなふうに？」と、ぼくはいった。

「わたしがデートしていたのは、法律事務所の秘書、弁護士補助職員、モデル、女優志望などです——いってみれば、ファッション、化粧、全身美容に興味がある女の子たちですね。クレアはまさに見たとおりの女性でした。学者です。みごとな体でしたが、ぜんぜんおかまいなし。あの日の午後はおばあちゃん眼鏡をかけて、プリントの長いドレスを着てましたよ。もっている衣装は、そういった長いドレス、ジーンズ、Tシャツだけです。化粧っけはなし。ハイヒールもはいてませんでした——あけっぴろげなサンダルで、彼女の足を見おろしたのをおぼえていますよ。ほんとにきれいな足をしていて、ほれぼれするくらい白いつまさきでした。わたしが足をじっと見つめているのを見て、彼女は笑いましたね――低いくすくす笑いで、じつにセクシーだったな。それから眼鏡ごしに見てみると、いい女でしたね。彼女はジンジャー・エールを注文したんですけど、わたしはブラディ・マリーでけっこう酔ってました。自由奔放なパーティ・ガールかと思ったとかなんとか、からかったんです。彼女がまた笑ったので、わたしはさらに身を寄せ、あとはご存じのとおりです。二ヵ月後に結婚しました。最初のころ、わたしは死んで、天国に行ったのかと思いましたね」

彼は赤毛特有の乳白色の顔色をしていたが、いまやピンクにそまっていた。

「お恥ずかしい、みじめな話ですよ」と、彼はいった。「なんでここにきたのかわかりませんけど、ほかに何もなければ――」

「死んで、天国に行った？」と、マイロがいった。

ピンクがばら色に変わった。

「肉体的にね」と、スターギル。「下品にはなりたくありませんけど、なんらかの力にはなれるかもしれません。クレアとわたしを結びつけたのは、たったひとつのことです。セックス。結局、わたしたちはマリオットに部屋をとって、真夜中までいました。彼女は――まあ、いってみれば、彼女みたいな女性には会ったことがなかったし、信じられないくらい相性がよかったんです。彼女と会ったあとは、ほかの女はみんなマネキンに見えましたよ。失礼になるといけないので、このくらいでやめておきましょう」

「でも、その相性も長続きはしなかった」と、ぼくはいった。

彼はジャケットのボタンをはずして、片手をポケットにつっこんだ。「性急にやりすぎたのかもしれません。ありとあらゆる炎が燃えつきてしまったんでしょう、よくわかりませんけど。責任の一部は、まちがいなくわたしにあります。もっとあるかもしれない。彼女は最初の妻ではありませんでした。わたしは大学時代に結婚していたんです——そのときは、一年も続きませんでしたが。どうやら、わたしは結婚にはむいてなかったらしい。いっしょに暮らしはじめてからは……なにかが失速してしまったみたいでした。けんかはなかった、ただ……情熱もなかった。二人とも自分の仕事に没頭して、いっしょにすごす時間はあまりなかったですね」

唇の下に生えているひげがわずかに震えた。「けんかは一度もしてません。彼女は興味をなくしただけみたいでした。彼女のほうが先に興味をなくしたんだと思いますけど、しばらくすると、わたしはそのことで思い悩まなくなったんです。見知らぬ人と暮らしているような気分でした。ずっとそうだったのかもしれません」

もういっぽうの手もポケットのなかに入った。うつむき加減になっている。「で、わたしはいまここにいて、四十一歳、三番目の妻とがんばっている。いまのところはしあわせな蜜月時代ですけど、なんともいえませんね」

ぼくは彼が自分自身に焦点を移したことに気づいた。自己中心的になっているのか、意図的に注意をそらしているのか。

ぼくはいった。「そして、クレアは仕事に没頭していた。それはいつか変わったんですか?」

「わたしが見るかぎり、変わりませんでした。でも、わからなかったでしょうね。わたしたちは仕事の話はしませんでしたから。なにも話しませんでした。妙ですよね——結婚して、ハリケーンのようなセックスをして、やがておたがいに仕事に精をだす。わたしはやってみました。二、三度、彼女をオフィスに誘ったんですが、彼女はいつも忙しかった。わたしは一度も彼女の研究室に誘われませんでした。一度、とにかく、予告もせずにふらっと立ち寄ってみたことがあります。酔っぱらいがふらふら歩きまわっていて、まさに動物園でしたよ。彼女はわたしを見て、うれしそうな顔はしませんでした——わたしが押し入ってきたみたいな表情でしたね。最終的に、わたしたちは完全に避けあうようになったんです。二人とも週に七十時間働いていたから、いとも簡単でした。わたしが家に帰れば、彼女はすでに寝ていました。彼女は早起きして、わたしがシャワーを浴びるころにはすでに病院に着いていました。二年のあいだ結婚していたのは、忙しすぎて——あるいは怠惰すぎて——書類を提出する時間がなかったというだけの理由です」

「最後はどちらが書類を提出したんですか？」と、ぼくはいった。

「クレアです。彼女がそれを告げた日を、いまだにおぼえていますよ。わたしは遅く帰宅したんですが、彼女はまだ起きていて、ベッドでクロスワード・パズルをしていました。書類の束をひっぱりだして、〝そろそろ潮時だと思うんだけど、ジョー。どう思う？〟。ほっとしたのをおぼえています。でも、傷つきもしました。彼女はきちんと解決しようともしなかったんですからね。それに、わたしにとっては二度目だったから、うまくやれているかどうか心配だったんです。わたしは出ていきましたけど、じっさい、彼女は六ヵ月も書類を提出しませんでした」

「理由に心あたりは？」と、マイロがいった。

「時間がなかった、と彼女はいってました」

「財政的な合意はどうだったんです？」と、マイロ。

「礼儀正しいものでした」と、スターギルはいった。「もめごとはなかったです。すべて、一回の電話で解決しました。クレアはじつにフェアにやってくれました。というのも、彼女は弁護士を雇うのを拒んで、わたしを無一文にするつもりがないことを教えてくれたんです。それに、資産がありましたから、わたしは攻撃されやすかった――投資、年金計画があったし、不動産もいくつかやっていました。彼女はわたしの人生をみじめなものにすることができたのに、家の譲渡、ローンの完済、固定資産税の支払いしか求めませんでした。あとはすべてわたしのもとに残ったんです。わたしは彼女に家具を残し、服と法律書とステレオをもって家をでました」

彼は眼をこすって顔をそむけ、なにかいおうとして咳払いをした。「事務処理は簡単でした——共同で所得申告をやってませんでしたから。彼女は名前を変えなかった。フェミニストだからだと思ってましたけど、いまは、わたしといっしょに暮らす気があったのかどうか疑っています」

「そのことで悩んだんですか？」と、マイロはいった。

「そんな必要はないでしょう。結婚全体が結婚じゃないみたいだったんですから。一夜だけの情事が長びいた感じでしたね。人間としてクレアを尊敬していない、といってるわけじゃありません。彼女はすばらしい女性でした。思いやりがあって、やさしくて。それだけが残念です。わたしは彼女が好きでした——人間として。それに、彼女がわたしを好きだったのも知ってます。最初の妻がわたしのもとを去ったのは二十歳のときでした。十一ヵ月いっしょにいましたが、彼女はわたしを死ぬまで奴隷にしようとしたんです。クレアはとても慎みがありました。彼女とは友だちでいてもよかったんです。でも、そうはならなくて……なぜだれかが彼女を傷つけたかったのか、どうしても理解できません」

彼は眼をこすった。

「いつサン・ディエゴに引っ越したんです？」と、マイロはいった。

「離婚した直後です。就職のチャンスがめぐってきたし、ロスアンジェルスにはうんざりしていたので、一刻もはやく脱出したかったんです」

「スモッグに食傷したんですか？」

「スモッグ、混雑、犯罪。ビーチのそばに住みたかったので、デル・マーの近くに小さな貸家を見つけました。最初の一年、クレアとはクリスマス・カードを交換しましたが、それっきりやめてしまいました」

「クレアには、あなたが知っている敵がいましたか？」と、マイロ。

「まさか。彼女がだれかを怒らせたのは見たことがありません――郡立病院にいた頭のおかしなやつがなにか考えついて、彼女をストーキングかなにかしたのかもしれない。あの酔っぱらいたちの狡猾な眼つき、ゲロのにおい、歩きながらもらしていた小便を、いまでも思いだしますよ。どうしてクレアがあんな連中と仕事ができるのか、わたしにはわかりませんでした。でも、彼女はその点に関してはまったくビジネスライクでしたね――彼らに一連のテストをして、研究していました。まったくうんざりはしてませんでした。わたしは専門家じゃありませんが、郡立病院に注意を向けますね」

彼がハンカチを折りたたんだほんの一瞬、マイロとぼくは視線をかわした。スターギルは、彼女の職場がスタークウェザーに変わったことを知らないのだ。あるいは、知らないと思わせたいのか。

マイロは首を振った。〝いま、その件をもちだすなよ〟

彼は、「家の借金はどのくらいあるんですか、ミスター・スターギル？」といった。

すばやい話題の転換。人は平静を失う。じっさい、スターギルはあとずさった。

「五万くらいでしょう。いま、支払いはほとんど元本だけです。完済してしまおうと思っていました」

「どうしてです？」

「もう課税控除があまりないんです」

「ドクター・アージェントが亡くなった場合、家はだれのものになるんですか？」

スターギルはマイロをしげしげとながめた。ジャケットのボタンをはめる。「わかりません」

「ということは、あなたと彼女はいっさい合意していなかったんですか――彼女が死んだ場合、家はあなたにもどると」

「いっさいしてません」

「それから、いまのところ遺書は見つかっていません——あなたは遺書を書いてますか、サー？」

「書いてます。どうしてそんなことが関係あるんですか、スタージス刑事？」

「念のためです」

　スタージルの鼻孔がひろがった。「わたしは前夫だから容疑者なんですか？　いい加減にしてくださいよ」彼は笑った。「動機はなんなんです？」ふたたび笑って、彼は両手をポケットにつっこみ、かかとに体重をのせて体をゆらした——法廷のジェスチャーだ。「たとえわたしが家を手に入れても、純資産額はせいぜい三十万でしょう。サン・ディエゴに引っ越してやったことのひとつに、海辺の不動産投資があります。純資産で六、七百万はありますから、あと三十万、しかも税込みのためにクレアを殺すのはいかにもばかげていますよ」

　彼はむきだしのキッチン・カウンターまで歩いていって、フォーマイカの表面をこすった。「クレアとわたしが敵対したことはありません。あれ以上の前妻は望むべくもないのに、どうしてわたしが彼女を傷つけるんですか？」

「サー」と、マイロはいった。「こういった質問はしなければならないんです」

「もちろん。いいでしょう。きいてください。クレアのことを聞いて、胃がむかつきました。なにかをしなければという、ばかな衝動を感じたんです——役に立ちたいという。だから車できて、書類もみんなもってきたんです。あなたがわたしを容疑者とみなしていると考えるべきでしたが、でもそれは……」肩をすくめながら、彼はぼくたちに背を向けた。「わたしにいえるのは、あなたがたの仕事で、わたしの仕事でなくてよかった、ということです。ほかになにか質問は？」

ぼくはいった。「クレアの家族のバックグラウンドについて、彼女の社交生活について、なにをご存じですか？」

「なにも」

「彼女の家族について、なにもご存じないんですか？」

「会ったことがありません。わたしが知っているのは、彼女が生まれたのはピッツバーグで、ピッツバーグ大学で学部を終え、ケース・ウェスタンで博士号をとったということくらいですね。それを知っているのも、彼女のオフィスで卒業修了証書を見たからです。彼女は過去を話すのを拒みました」

「拒んだんですか？　避けたんですか？」と、ぼくはいった。

「両方です」

「で、彼女は家族についていっさい話さなかったんですか？」

スターギルはかかとに体重をかけてくるっと回転し、じっとぼくを見つめた。「そのとおりです。彼女は謎でした。きょうだいはいないといってました。両親はなにか店をやっていたそうです。それ以外は、いっさい知りません」

彼は首を振った。「わたしは家族のことをあれこれ話し、彼女は聞いていました。あるいは、聞くふりをしていたんでしょう。でも、彼女もわたしの家族に会っていません。わたしの意志で」

「どうしてです？」と、ぼくはいった。

「わたしが家族を好きじゃないからです。母はいいんですが――静かな酔っぱらいでした――わたしがクレアと会ったときには、もう死んでいました。父は暴力をふるう酔いどれでした。新婦に紹介するなんてとんでもない。兄についてもおなじです」

彼は不気味な笑みを浮かべた。「おわかりでしょ。わたしはアルコール中毒者の家庭で育ったアダルト・チルドレンのひとりだったんです。わたし自身に飲酒の問題は起こりませんでしたが、気をつけていますし、母が自殺したあとでは、最後までセラピーをうけました。クレアがジンジャー・エールを注文するのを見たとき、彼女にもアルコールにまつわる過去があるのかもしれない、わたしたちには共通点があるのかもしれない、と思いましたよ。結局、わたしは波乱にとんだ背景を話したんです」ほほえむと歯が見えた。「彼女はジンジャー・エールが好きだっただけ、とわかりました」

「二年にわたる結婚生活で、家族の話はいっさいしなかった」と、ぼくはいった。

「さっきもいったように、よくある結婚じゃなかったんです。こちらが個人的な話をしようとするたびに、彼女は話題を変えました」彼は頭皮をこすり、口の両端をつりあげた——外にあらわれた笑みのしるしだったが、彼の気持ちを読むのはむずかしかった。「それに、彼女は興味ぶかい方法で話題を変えたんです」

「どんなふうに?」と、ぼくはいった。

「わたしをベッドにひっぱりこみました」

「驚きですね」

9

スターギルは帰りたがったが、マイロは彼を説得して、ほかの部屋を案内した。バスルームではなにも意見がでなかった。オフィスに入ると、彼は、「ああ、ここはまったく変わってないな。ここはクレアの場所で、彼女はいつもここですごしてましたよ」といった。

「あなたのオフィスは？」と、マイロはいった。

「わたしは仕事を家にもって帰らなかったし、ベッドルームにある小さなデスクを使っていました」

その部屋にくると、彼は眼を見ひらいた。「ここには思い出の品がひとつも残されていない。キング・サイズのベッド、真鍮の天板、羽根ぶとん、アンティークのナイトスタンドがあったんです。クレアはどうしても変えたかったにちがいないな」

彼の表情を見るかぎり、まだ自分へのあてつけと解釈しているようだった。彼はからっぽのクローゼットをのぞきこんだ。「服はどこにあるんだろう？」

「犯罪研究所です」と、マイロはいった。

「ああ、なんと……ここから出ないと」すがるようにひげをつかみながら、彼は部屋をあとにした。

外にでると、彼はBMWから文書のはいっている段ボール箱をとりだし、こちらに手わたした。それから騒々しくエンジンをかけて、猛スピードで丘をくだっていった。

「やつをどう思う？」と、マイロはいった。

「彼にはそれなりに問題があるけど、どうもぴんとこないな。それに、彼がいうほどクレアが財政的に慈悲ぶかくないかぎり――あるいは、彼がそれほど裕福でないかぎり――どこに動機があるんだい？」

「税引き後の三十万だって、そうとうな金額だぜ。それに、大きな純資産をもってる連中はやはり面倒を起こしやすい。彼の財政状態を急いで調べてみるよ。ところで、それなりの問題ってなんだ？」

「公然と同情を誘う――われわれのまえで生活史をしゃべった。クレアはそこに惹かれたのかもしれない。自分の考えに夢中だったから、彼は彼女を理解しようとしなかった。二人の結婚は、見知らぬ人への熱情という夢物語がだめになったように聞こえる。それは、性的にもその他でも、クレアの衝動的な面を物語っている。スターギルは、結婚しているあいだはほとんどたがいに避けていたといっていたから、二人とも浮気をしていた可能性がある。クレアは何年も見ず知らずの連中とデートしていて、最終的に邪悪な人物に出会ってしまったのかもしれない」

「近所の連中はだれも見てないんだ」

「近所の人たちはすべてに気づくわけじゃない。だれかとバーで知りあって、夜遅く車でつれてきたら、だれにもわからないだろ。あるいは、彼女は家じゃないところで関係をもっていた。それなら、家には彼女の指紋しかなかったことと符合する。スターギルは、彼女のことをほかのみんなとおなじようにいっていた。すばらしい人間だけど、超然としている」ぼくは続けた。「でも、彼はひとつだけいいそえている。ちょっとした支配欲。彼女は彼の家に引っ越してきて、オフィスを占領する。彼のデスクはベッドルームにある。彼は過去を話すけど、彼女は自分の過去を話すことを拒む。彼に飽きると、彼女は離婚しようと決めてしまう。和解の内容までもね。スターギルが彼女にいっさい強要しなかったという事実で、彼に関することがわかる」

「従順な弁護士か？　あらたなコンセプトだな」

「仕事と遊びを分けている人びともいる。具体的な和解条件を考えてみるといい。クレアは最終的に家を手に入れて、彼にローンと税金を払わせ、彼は彼女が欲をかかなかったから感謝している。最初の出会いだっていびつな感じがするよ。彼女はしらふで、彼はそうじゃない。彼女は支配していて、彼はそうじゃない。彼は大酒飲みの父と兄の話、なんとか抑えこんでいる自分自身のアル中体質を打ち明けている。彼女とは正反対だ。あらゆる会話をセラピーにしてしまう。興味を失う女もいるかもしれない。クレアは彼といっしょに階上へ行き、彼に一生に一度の楽しいひとときをあたえる。その後、彼を黙らせたいときはいつも、セックスを武器にする。彼女は深刻な問題を抱えた人びとにあきらかに惹かれていた。彼女が郡立病院を辞めたのは、もっと大量の病理が必要だったからかもしれない」

「そして」と、マイロはいった。「彼女は病院をでた頭のおかしなやつを見つけて、彼を支配し、まちがったボタンを押したのかもしれない――この六ヵ月でスタークウエザーを釈放されたやつがいるかどうか、調べてみないとな。だが、なにも浮かびあがってこなかったらどうする？」

彼は疲れきっているようにみえた。

ぼくは、「きみに頼まれたから、仮説を立ててみたんだ。車の強奪がこじれてああなった、という可能性だってあるさ」といった。

ぼくたちはセヴィルまで歩いていった。

「ほかのなにか」と、彼はいった。「彼女は家族について話すことをおおいなるタブーとしていた。おれには腐敗したバックグラウンドに思えるな。ただし、スターギルとちがって、彼女は包帯をとらなかった」

「彼女の両親はいつ出てくるんだい？」

「二日後。おれといっしょに会うか？」

「もちろん」

ぼくは車に乗りこんだ。

マイロはいった。「彼女は基本的にすばらしい女性として出発したのに、いまやおれたちはある種の支配的な女と考えている……で、おれがしなければならないのは、彼女のクレジット・カードを手放していない、サディスティックな傾向がある、きわめて情緒不安定なやつを見つけることだ。カードといえば、ＶＩＳＡに電話したほうがいいな」

彼は振り返って家を見た。「彼女をたずねてきた連中はいて、だれも見ていなかったのかもしれない。あるいは、病的な若い色男がひとりいて……彼女のリヴィング・ルームは大いなるベビー・サークルだったんじゃないか。ころげまわれるスペースがたっぷりあった——床は赤ん坊みたいにすべすべだったぜ。木に体液のあとはついてなかったけど、なんともいえないな」

「ラッカーを塗った硬木より掃除が簡単なものは？」と、ぼくはいった。

「たしかに」と、彼はいった。「カーペットなら何かをもたらしていたかもしれない」

「彼女はカーペットを取り払った、とスターギルはいっていた」

マイロは顔をこすった。「元患者か前科者で、コントロールできると彼女が思いこんでいる悪党」

「彼女が自分の車のなかで見つかったという事実は、どちらにもあてはまる。自分の車をもっていないだれか」

「またしても、彼女は運転席にすわる」弱々しい笑みが浮かんだ。「深夜のナンパ――スターギルの話を聞いたから、彼女がナンパされることをいやがっていなかったのはわかっている。二人はどこかへ行き、事態がこじれる。彼女の体内から精液はでてこなかったから、セックスまでは到らなかった……悪党は彼女を切り裂き、ごみ袋に入れ、トランクに隠し、ウェスト・ロスアンジェルスまで車で運ぶ。車を盗まなかったのは、まちがいなく逮捕されてしまうからだ。賢い。綿密だ。スタークウェザーの患者じゃないな」マイロは顔をしかめた。「てことは、おれはあそこで時間をむだにしてたわけだ。はじめからやり直しってことか」

彼の携帯電話が甲高い音をたてた。ベルトからさっとはずし、「スタージス……ああ、ハーイ……ええ、ありがとう――ほう？　どうして？　ぜひ教えて――オーケイ、もちろん、いいですよ、道順を教えてください」といった。

電話をあごにはさみながら、彼はメモ・パッドをとりだし、なにかを書きつけた。

電話をきる。

「若きミス・オットさ。きょう、スタークウェザーで夜勤だから、そのまえに話がしたいんだと」

「なんの話を？」

「いわなかったけど、声でおびえているのがわかったよ」


彼女はウェスト・ハリウッドのプラマー・パークで会いたいといっていた。ぼくはマイロのあとからローレルに入り、メルローズで東にまがった。途中で、キック・ボクシング・ジムの広告板のまえを通りすぎた。スポーツ・ブラをしたとびきりの美人が、グラヴをうしろにひいて大きなパンチをくりだそうとしている。広告のコピーは、〝死んだら休める〟となっていた。どこもかしこも神学だらけだ。

公園には低木が生い茂っていて、混雑しており、かわされることばは英語よりロシア語のほうが多かった。いるのはほとんどがベンチにすわっている老人で、この暑さにもかかわらず厚手の服を着ている。自転車に乗った二、三人の子どもが中央にある楕円形の乾いた芝生の周囲をまわり、眠そうな顔をして犬の散歩をしている人びとがひもにひっぱられ、デザイナーTシャツと安っぽい靴を身につけただらしない連中が、公衆電話のそばでモスクワ・マフィアのような雰囲気をまきちらしている。

ハイディ・オットは、悲しげなキャロットウッドの下にひとりで立っており、腕組みをしながらあらゆる方向に視線を走らせていた。ぼくたちを見つけると、彼女は小さく手を振り、ひとつだけ空いているベンチに向かった。そばで山になっている新しい犬の糞が、なぜ空いているのかを物語っていた。彼女が鼻にしわを寄せて歩きつづけると、ぼくたちはあとからブランコの近くまで行って、古いニレケヤキの木陰にはいった。まわりの芝は傷んでいて、もつれあっていた。若い女性がひとり、ブランコに乗った幼児の背中を何度も押して、やさしく弧を描かせている。彼女も子どもも、その動きにすっかり魅了されているようだった。

ハイディはニレケヤキに寄りかかり、母子をじっと見守った。ぼくが意識的に恐怖の徴候を探していなかったら、気づかなかったかもしれない。ごくわずかな徴候で、不安の膜のようなものが張っていて、両手を結んだり開いたりしている。眼は、一心すぎるくらい一心にブランコの子どもを見つめていた。

「会ってくれてありがとう、マーム」と、マイロがいった。

「どういたしまして」と、彼女はいった。「ルームメイトが寝ていなければ、あたしのところへきてもらったんですけど」

彼女は舌で唇をしめらせた。股上の浅いジーンズ、スカラップ・ネックでハイカット・スリーヴの白い畝織りのTシャツ、先がとがってない褐色のブーツという格好だ。髪はスタークウェザーで会ったときとおなじくうしろにやっているが、アップにはしておらず、ポニーテイルだ。精巧な銀のイヤリングをつけていて、アイ・シャドーが少々とリップ・グロス。病棟では気づかなかったが、頰にそばかすが浮いている。爪はみじかく切ってあり、清潔そのものだ。Tシャツは体にぴったり合っていた。肉はあまりついていないが、腕はたくましい。

彼女が勇気をふりしぼって話そうとして咳払いをしたとき、背が高い長髪の男が、荒い息をした犬をつれて通りすぎた。ロットワイラーが混じっている犬だ。男は黒ずくめで、硬い髪はにぶい黒檀色だった。彼はじっと地面を見つめた。犬の鼻はさがっていて、一歩すすむごとに緊張を増しているようだった。

ハイディは男と犬が通りすぎるまで待ち、やがて不安げな笑みを浮かべた。「あたし、あなたの時間をむだにしているのかもしれない」

「なんでもいい、ドクター・アージェントについてなにか話してくれれば、そんなことはないですよ」

ほそめた彼女の眼のまわりにしわが寄ったが、こちらを向いたときには消えていた。「まず、ひとつきいてもいいですか？」

「もちろん」

「クレア――ドクター・アージェント――は、眼になにかされてました？」

マイロが答えをためらっていると、彼女は木の幹に背中を押しつけた。「されていたんでしょ？　ああ、やっぱり」

「どうして彼女の眼のことが気になるんです、ミズ・オット？」

彼女は首を振った。手をうしろにまわし、ポニーテイルをひっぱる。犬をつれた男は公園をはなれようとしていた。彼女の視線はつかのま彼を追い、すぐにブランコに乗っている子どもにもどった。若い母親がその子をブランコからひきはがし、折りたたみ式のベビー・カーに押しこむと、彼は金切り声をあげた。が、彼女はついにベビー・カーを押してその場をあとにした。

舞台が一掃されたかのごとく、ぼくたち三人だけになった。小鳥たちの歌声が聞こえる。遠い、外国語の早口。フラー・アヴェニューから流れてくる車の音。

マイロはハイディを見ていた。彼が意図的にあごの力を抜くのがわかった。片脚をまげ、さりげないふうをよそおっている。

彼女はいった。「オーケイ、変に聞こえるでしょうけど……三日まえ、患者のひとりが――ドクター・アージェントがあつかっていた患者です――あたしにあることをいいました。ドクター・アージェントが殺される前日でした。夜、あたしは二交代制で働いていて、ベッドのチェックをしていました。そうしたら突然、彼があたしにしゃべりはじめたんです。彼はほとんどしゃべりませんから、それ自体が珍しいことでした。まったく話さなかったんですよ、ドクター・アージェントとあたしが始めるまでは――」

彼女は口をつぐみ、ポニーテイルをまえにひっぱった。肩にのった髪の端をもてあそび、しぼりあげる。「あたしはあてにならないと思うでしょうね」

「そんなことはない」と、マイロはいった。「きみはまったく正しいことをしている」

「オーケイ。こういう状況なんです。あたしが彼の部屋をはなれようとすると、その男がぶつぶついいはじめました。祈るか、詠唱するみたいに。彼はふだんほとんど話をしないので、あたしは注意をはらいました。でも、彼はやめてしまったので、あたしはまた部屋を出ようとしたんです。すると、突然、彼が彼女の名前をいったんです――〝ドクター・A〟。あたしは、〝なあに？〟といいました。彼はもう少し大きな声でくりかえしました。〝ドクター・A〟。あたしは、〝ドクター・Aがどうしたの？〟といいました。すると彼は、奇妙な笑みを浮かべて――いままで、ほほえんだことすらないのに――〝ドクター・A、箱のなかに悪い眼が〟というんです。あたしは、〝なんですって？〟といいました。彼はまたいつものように自分の膝を見おろして、もう何もいわず、あたしはもういちど聞きだすことができませんでした。だから、また帰ろうとしてドアのところまでくると、彼はあの音を立てました。二、三回聞いたことがある音で、吠えるみたいに、ル・ル・ルって。意味はわかりませんけど、いまでは笑っているという感じはわかります——あたしを笑っていたんです。やがてそれもやんで、彼はもとにもどってしまったので、あたしは部屋をあとにしました」

マイロは、「〝ドクター・A、箱のなかに悪い眼が〟。だれかにこの話をしたことは？」といった。

「いいえ、あなただけです。クレアに話そうと思ったんですけど、見つけられなくて。というのも、翌日……」彼女は唇を嚙んだ。「病院でだれにも話さなかったのは、ばかばかしい話だと思ったからです。だれかのばかげた話にいちいち注意をはらっていたら、まったく仕事にならないでしょう。でも、その翌日、クレアが職場にあらわれず、午後遅くなってニュースを聞いたとき、あたしはひどく衝撃を受けました。それでもだれにも話さなかったのは、どこに行っていいかわからなかったからです——それに、どんな関係があるかもわからなかったし。あとで新聞を読んだとき、彼女は自分の車のトランクのなかで発見されたと書いてあったから、〝箱づめにされる〟というのは車のトランクのことかもしれない。恐ろしい、と思ったんです。でも、新聞には彼女の眼のことは一言も書いてなかったので、〝悪い眼〟は彼女が眼鏡をかけていたことで、ばかばかしい話だったのね、と思いました。でも、ふだんはまったくしゃべらないのに、どうしていきなりそんな話をしたのかしら？　だから、ずっとそのことを考えていて、どうしていいかわからなかったんですけれど、きのうあなたたちを見かけたとき、電話すべきだと思ったんです。で、いま、彼女は眼になにかされていたのがわかったわけでしょ」

彼女は息を吐きだし、唇をなめた。

マイロは、「そうはいってませんよ、マーム。どうしてドクター・アージェントの眼に興味をもったのか、ときいただけです」

「ああ」彼女は意気消沈した。「オーケイ、あたしが大騒ぎしてるだけです。すみません、時間をむだにさせてしまって」

彼女が歩き去ろうとすると、マイロは大きな手を彼女の手首においた。

「謝ることはないですよ、ミズ・オット。きみは正しいことをしているんだから」メモ・パッドをとりだす。「その患者の名前は？」

「彼を追いかけるんですか？　ねえ、あたしは波風を立てたくないん――」

「この段階では」と、マイロはいった。「なにも排除するわけにはいかない」

「ああ」彼女は木の幹から樹皮をはがし、指の爪をじっとながめた。「病院の管理部は表ざたになるのが好きじゃありません。あたしは褒められないわ」

「どうして表ざたになるとまずいのかな？」

「ミスター・スウィッグは、〝便りのないのはよい便り〟と信じています。あたしたちは資金面で政治家にたよっていますし、うちの患者は好意的にみられているので、目立たなければ、それだけ予算がカットされなくてすみます」彼女は爪の下から樹皮をとりのぞいた。ほっそりした指が、ふたたびポニーテイルをもてあそぶ。肩をすくめた。「缶のふたをあけて、あたしはなにを期待していたのかしら。べつに大したことじゃないわ、いずれにしろ、ずっと辞めようと思っていたんだから。スタークウェザーは、あたしが思っていたようなところではなかったんです」

「どんなふうに？」

「くりかえしが多すぎます。基本的にいって、あたしは大の男たちのベビーシッターなんです。もう少し臨床的なものを期待していました。学校にもどって、臨床心理医になりたいと思ってるんですけど、いい学習体験になりました」

「ドクター・デラウェアは臨床心理医でね」

「だと思いました」といって、彼女はぼくににっこり笑いかけた。「ハタースンが、彼はドクターだといったときに。だって、外科医を病棟に案内したりしないでしょ」

「その患者だけど」と、ぼくはいった。「彼がドクター・アージェントに注意をはらう特別な理由があるんですか？」

「まったくありません、彼女が彼を担当していたことをのぞけば。あたしは彼女を手伝っていました。あたしたちは彼の言語量を高め、周囲の人びととともっと話をさせようとしていたんです」

「行動改良？」と、ぼくはいった。

「それが究極のゴールでした――一種の報酬システムです。でも、そこまでは行きませんでした。基本的にいって、彼女は彼と話をするだけで、親密な関係をきずこうとしていました。彼女はあたしにも彼と時間をすごさせました。孤立した状態から抜けださせるために。ほかのだれも、彼にかまいませんでした」

「どうして？」

「だれもそうしたくなかったんでしょうね。彼にはやっかいな……癖があるんです。寝ているときに騒音をたてるし、お風呂に入るのが好きじゃありません。見つけると虫を食べるし、床のごみも拾って食べます。もっとひどいものも。そのせいで、ルームメイトがいません。スタークウェザーでも、彼はのけ者なんです」

「でも、クレアは彼のなかに何かものになりそうなものを見つけた」と、ぼくはいった。

「でしょうね」と、彼女。「彼はひとつの挑戦よ、といってました。じっさい、彼はちょっと反応したんです――この二、三週間、あたしは彼に注意をはらわせることができて、イエスかノーで答えられる質問をすると、ときどきうなずいてくれました。でも、ちゃんとしたセンテンスはだめでした。あの日、彼がいったようなことは」

「〝ドクター・A〟、箱のなかに悪い眼が〟」

彼女はうなずいた。「でも、彼はどうして知っていたんでしょう。つまり、意味をなさないでしょ。なんでもないですよね？」

「たぶん」と、ぼくはいった。「その男は、クレアを傷つける計画を立てられるだれかと関係があったのかな？ 釈放されただれかと」

「まさか。彼はだれとも関係してませんでした、それだけです。それに、あたしが勤めはじめてからは、だれも釈放されていません。スタークウェザーの外にでた人は、ひとりもいないんです」

「どのくらい勤めているんです？」

「五ヵ月です。クレアがきた直後でした。いいえ、あの男には友人はひとりもいないでしょうね。さっきもいったように、だれも彼とつきあわないんです。精神的な問題に加えて、彼は肉体的にもそこなわれていました。遅発性ジスキネジア」

「なんでだい、それは？」と、マイロがいった。

「副作用です。抗精神病薬の。彼の場合はひどいんです。歩行が不安定で、しょっちゅう舌をつきだしたり、首をまわしたりします。ときどき元気になって、その場で行進するしぐさをしたり、こんなふうに首を傾けたりするんです」

彼女は首をかしげてみせた。やがてまっすぐにもどし、また木の幹に背中を押しつけた。「あたしが知っているのはそれだけです。よかったら、もう行きたいんですけど」

マイロが、「彼の名前は、マーム」といった。

彼女はまたポニーテイルをひっぱった。「名前をいってはいけないことになっているんです。うちの患者に関しても、守秘義務はあります。でも、そうもいってられないんでしょうね、事情が事情だから……」彼女は腕をだらんとたらし、恥骨の下あたりで手を組んだ。おなじ場所で指をからませ、大切な核を守るかのように。

「オーケイ」と、彼女はいった。「彼の名前はアーディス・ピーク、聞いたことがあるかもしれません。クレアは、彼は悪名高いし、新聞にはニックネームがのっていたといってました。モンスターです」

10

マイロのあごはあまりになめらかだった。無理にリラックスしているのだ。「ピークについては聞いたことがある」

ぼくも聞いていた。

大昔。ぼくは大学院生だった——少なくとも十五年まえだ。

ハイディ・オットの落ちつきは本物だった。彼女は小学生だったはずだ。両親が詳細を知らせないようにしたのだろう。

ぼくは新聞にのった事実をおぼえていた。

ロスアンジェルスから一時間ほど北にある、トレッドウェイという農業の町。クルミとモモ、イチゴとピーマン。美しい土地で、人びとはいまだにドアの鍵をおろさない。新聞各紙はそのことを大げさに書きたてた。

アーディス・ピークの母親は、町でも傑出した農場ファミリーのひとつで、メイド兼コックとして働いていた。若いカップルの家。富、すばらしい容姿、三階建ての大きくて古い木造家屋を受け継いでいた——彼らなんという名前だったかな？　ピークの名前はすぐに知れわたった。なんと書いてあっただろう？

ぼくは略歴を断片的におぼえていた。ピークは、北のオレゴン州にある木材切りだしキャンプで生まれ、父親はだれかはわからなかった。母親は木こりたちのコックとして働いていた。

一般に知られているかぎりでは、アーディスの子ども時代、彼女と少年は海岸にそって南や北にさまよっていた。学校の記録は見つからなかったし、ピークと母親がグレイハウンドのバスでトレッドウェイにやってきたとき、彼は十九歳で、読み書きができず、異常に引っ込み思案で、明らかにいっぷう変わっていた。

ノーリーン・ピークは酒場の床をごしごし洗って生計をたて、ようやく農場の仕事にありついた。彼女は母屋に、キッチンのはずれにあるメイド・ルームに住みこんだが、アーディスはモモ園の裏にある一部屋だけの小屋に入れられた。

不器用で、頭がにぶく、非常におとなしかったから、町の住民の多くは彼が唖者だと思った。仕事につかず、時間をもてあましていたので、彼が悪さをしないほうがおかしかった。だが、彼のただひとつの罪は、シンクレアの店の裏でペンキを嗅ぐことくらいだった。しかも無謀にも白昼堂々とやるので、知的障害があるという評判を裏づけるだけだった。農場の所有者たちは、最終的に彼にちょっとした仕事をあたえた。ネズミ、ジリス、ヘビの捕獲処分である。テリアのかわりに人間にやらせたのだ。

彼の受け持ち区域は、家にじかに接している五エーカーだった。けっして終わることのない仕事だったが、彼は熱心にこなし、とがった棒と毒物をもって夜遅くまで働くこともしばしばだったし、ときには泥のなかを這いまわった——文字どおり、地面に鼻をこすりつけながら。

犬の仕事が人間に割りあてられたわけだが、だれに聞いても、ピークは得意分野を見つけだしていた。

涼しく、心地よいある日曜日の朝、夜明けの二時間まえに、すべては終わった。

まず、彼の母親が発見された。でっぷりした幅広の女性で、色あせたハウスドレスを着てキッチン・テーブルにつき、眼のまえにはグラニー・スミスのリンゴの皿があった。芯を抜いて、皮をむいたものもあった。そばのカウンターには、砂糖のボウル、白い小麦粉、バターの塊がおいてあったので、パイを焼く日だったことがわかった。オーヴンにはポット・ローストが入っていて、コールスロー用に二玉のキャベツが刻まれていた。ノーリーン・ピークは不眠症で、一晩じゅう料理をしていることも珍しくなかった。

今回の料理は完成をみることがなかった。彼女は首を切り落とされていた。きれいな切り口ではなかった。首は椅子から数フィートはなれた床のうえにころがっていた。近くには、まだキャベツのかすがついている肉切り包丁があった。おなじセットに入っていたもう一本のナイフ——もっと重くて、大きなもの——は、ラックから消えていた。

　血まみれのスニーカーのあとが、使用人専用階段のほうへ続いていた。若い農場主とその妻は、三階のベッドに横たわっていた。ベッドカヴァーをわきに押しのけて、抱擁しながら。二人の首はまだついていたが、切断された頸動脈と気管は、その努力がなされなかったわけではないことを物語っていた。大きなナイフは肉を切り裂いたものの、骨をたたき切ることができなかったのだ。つぶれた顔の傷は恐怖を倍加させた。血糊がついた野球のバットが、ベッドの足板のそばの床にころがっていた。夫のバットだった。彼はハイスクールのスラッガーで、チャンピオンだった。

　新聞各紙は、生前の夫妻がいかに美しかったかを書きたてた――なんという名前だったろう……アーデュロだ。ミスター・アンド・ミセス・アーデュロ。ゴールデン・カップルで、すべてが生きがいだった。二人の顔は跡形もなかった。

　廊下の奥には子ども部屋があった。年上の五歳の女の子は、クローゼットのなかで発見された。彼女はなにかを聞きつけて隠れたのだろう、と検屍官は推測した。彼女には、かなりまがっているが無傷な大きなナイフが使われていた。新聞各紙はそれよりくわしいことは読者に知らせなかった。

　彼女の部屋と赤ん坊の部屋はプレイルームで隔てられていて、そこにはおもちゃが散乱していた。

赤ん坊は八ヵ月の男の子で、ベビー・ベッドはからっぽだった。

スニーカーのあとは色あせながら階下の洗濯室へと続き、裏のドアから外にでて、まがりくねった石畳の小道についた斑点となり、家庭菜園との境界になっている土のなかに消えていた。

アーディス・ピークは小屋のなかで発見された——小割板とタール紙でできた建物で、千匹分の犬の悪臭が漂っていた。が、そこに動物は住んでおらず、ピークしかいなかった。簡易ベッドのうえで裸で意識をなくしており、まわりにはペンキの空き缶や接着剤のチューブが散乱し、安いメキシコのウォッカのラベルが貼ってあるポケット瓶には小便がつまっていた。簡易ベッドの下から、白い結晶のかすで霜がおりたように曇っているプラスティックの箱が見つかった。メタンフェタミンだった。

ネズミ捕り男の口は血でよごれていた。両腕は肘のところまで赤くそまっており、髪と寝具は暗紅色になっていた。髪のなかから見つかった灰色がかった白い小片は、人間の大脳組織であることが判明した。当初、彼もまた犠牲者と考えられていた。だが、小突かれると、彼は眼をさました。のちに、すべては洗い落とすことができた。

熟睡していたのだ。

焦げるような悪臭が充満していた。

小屋にガス・レンジはなく、古い車のバッテリーで電力を供給するホット・プレートがあるだけだった。シチュー鍋がわりに使われているブリキのくずかごが火にかけられていた。金属はうすかった。底は溶けかかっていて、黒焦げになったブリキの強烈な悪臭が、くず肉、腐った食べ物、洗っていない服のにおいに重なっていた。ほかのなにかもあった。すさまじい臭気。シチュー。

床には赤ん坊のパジャマがあって、蝿がたかっていた。

アーディス・ピークは料理をするような男ではなかった。料理はいつも彼の母親がやっていた。

その日の朝、彼は料理をしていた。

ハイディ・オットは、「スタークウェザーにくるまで、彼のことは聞いたことがありませんでした。あたしよりずっとまえの話です」といった。

「ということは、彼がなにをしたか知ってるんだね？」と、マイロはいった。

「ある一家を殺した。彼のカルテに書いてあります。彼の仕事をたのんでくるまえに、クレアが話してくれました。収容されてからの彼は暴力的ではないけれど、あたしはどんな患者をあつかうかを知っておくべきだって。彼がやったのは恐ろしいことですけど、万引をした人間がスタークウェザーにくるわけじゃありませんから。そもそもあたしがこの仕事についたのは、終点に興味があったからです」

「終点？」

「究極です――人はどこまで落ちられるのか」

同意を求めるかのように、彼女はこちらを見た。

「究極はあたしたちに多くを教えてくれると思います。つまり、あたしがほんとに精神衛生の仕事に向いているのかどうか、見てみたかったんです。スタークウェザーをあつかえればなんにでも対処できる、と思って」

マイロはいった。「でも、仕事はくりかえしばかりだった」

「日課がたくさんあります。魅力的なものが見られると思っていたなんて、あたしはうぶだったんですね。投薬と心身障害で、ほとんどの収容者は疲れはてて――無気力になっています。ベビーシッターといったのは、そういう意味です。あたしたちは、彼らが食事をあたえられているか、そこそこ清潔にしているかを確認して、もめごとから遠ざけ、彼らがかんしゃくを起こしたときは外にでる時間をあたえます。小さな子どもにしてやることとおなじです。おなじことを何度も何度も、シフトごとに」

「ドクター・アージェントはその仕事ははじめてだった」と、ぼくはいった。「彼女が気に入っていたかどうか、なにか心あたりは？」

「みたいでしたね」

「どうして郡立総合病院から移ってきたか、なにかいってましたか？」

「いいえ。彼女はあまり話しませんでした。仕事に関することだけで、個人的なことはいっさい」

「彼女はアーディス・ピークを担当させられたんですか？　それとも、自分から彼を選んだのかな？」

「選んだんだと思います——ドクターたちには多くの自由があります。あたしたち専門職員は、日課にがんじがらめに縛りつけられています」

「どうしてピークの仕事をしたかったのか、彼女は理由をいってました？」

彼女はポニーテイルをもてあそび、背中を弓なりにそらした。「彼に関していったことでおぼえているのは、彼はひとつの挑戦だ、ということだけです。彼はかなり機能が低下していたから。彼の行動レパートリーを高められれば、だれにでも適応できます。あたしはそこに興味をひかれました」

「究極から学ぶ」

「そうです」

「〝日常生活の技術〟に関しては？」と、ぼくはいった。「そこでの彼女のゴールはなんだったんです？」

「男たちがさらに自立することを学べるのかどうか、彼女は知りたがっていました

——身づくろい、基本的なマナー、他人が話しているときに注意をはらうこと。仲間の精神病患者に対しても」

「グループの男たちは、どうやって選ばれたのかな？」

「クレアが選びました。あたしは手伝っただけです」

「進歩はあったんですか？」

「ゆっくりと」と、彼女はいった。「セッションは七回しかやりませんでした。あしたで八回目です」彼女は眼を強くたたいた。

「グループのなかで、特別な訓練上の問題は？」

「変わったものはなにもありません。彼らはかんしゃく持ちです。こちらは断固たる態度で、首尾一貫している必要があります。彼女が彼らにうらまれていたかということだったら、まったくそんなことはありません。彼らは彼女が好きでした。みんな」

ポニーテイルをぐいっとひっぱる。頰の内側を嚙んで、ふたたび背中を弓なりにそらした。「ほんとにぞっとします。彼女はすばらしい教師で、とても我慢づよかったんです。だれかが彼女を傷つけたいと思うなんて、とても信じられません」

「個人的なことはしゃべらなかったといっても」と、マイロはいった。「きみになにか仕事以外のことを話さなかったかな？」

「いいえ。すみません——つまり、すわってコーヒーを飲むというようなことはなかったんです」

それでも、彼女はクレアのことをファースト・ネームで話していた。X世代（一九六〇年代なかばから七〇年代なかばに生まれた世代）だから、すぐに親しくなれるのだろう。

彼女はいった。「もっと話せるといいんですけど。ピークのことは——なんでもないんでしょ？」

「たぶん」と、マイロはいった。「でも、彼と話してみたいな」

彼女は首を振った。「彼とは話せません。ふつうの方法では。ほとんどの時間、彼は完全にぼーっとしています。彼に注意をはらわせるだけでも、クレアとあたしは何カ月もかかりました」

「まあ」と、マイロはいった。「どうなるか見てみよう」

彼女は手を伸ばして木の葉を一枚とり、指のあいだにはさんでつぶした。「そうくると思ってました。スウィッグから小言をいわれる覚悟をしたほうがいいんでしょうね。まず彼に話をとおしておけばよかった」

「わたしがまえもって処理しようか？」

「いえ、自分でなんとかできます。少なくとも、正しいことをしたのはわかっていますから——いずれにしろ、そろそろ潮時なんです。子どもたちの仕事をちょっとやるかもしれません」

「学校はあとどのくらい？」と、ぼくはいった。

「学士まであと一年で、それから大学院があります。すべての学費を払うから、時間がかかるでしょうね。スタークウェザーでいいのは、給料が高いところです。でも、どこか探します」

マイロは、「ということは、きっぱりと辞めるんだ？」といった。

「そうしない理由がないから」

「残念だな。きみはもっと力になれるかもしれないのに」

「なんの力に？」

「もう一度、ピークにしゃべらせる」

元気すぎる笑い声だった。「けっこうです、スタージス刑事。もうかかわりたくありません。それに、彼はあたしとしゃべってはくれなかったんです」

「クレアが殺される前日に話してくれたじゃないですか」

「あれは——なんだったのか、さっぱりわかりません」と、彼女はいった。

マイロはにっこり笑った。「気は変わらないんだね？」

彼女はほほえみ返した。「と思います」

「究極についてもっと学ぶんだと思えばいい——ひとつの挑戦だよ」

「いま挑戦するんだったら、ロック・クライミングをやるわ」

「クライマーか」と、マイロはいった。「高いところは苦手だな」

「慣れる。それがポイントね。あたしはあらゆる種類の挑戦――肉体的なもの――が好きなんです。クライミングとか、パラセーリングとか、スカイダイヴィングとか。スタークウェザーのようなところで働いていると、肉体を動かすことがとくに重要になってくるんです。いつも気をつけてないといけないのに、運動不足になって、動かなくなってしまう。とにかく……」彼女は腕時計に眼をやった。「ほんとにそろそろ行かないと、いいですか？」

「もちろん」

彼女はぼくたちと握手をかわし、ゆったりしたアスリートの足どりで歩き去った。

マイロはいった。「で、この件とピークはいったいどう関係しているんだろう？」

「おそらくなにも関係ないと思うよ」と、ぼくはいった。「彼はなにかをつぶやいた。ふつうだったら、ハイディは気づかなかっただろう。クレアが殺されたあとだったから、彼女は脅えていたんだ」

「ミズ・向こうみずが？」

「飛行機から跳びおりることと殺人はちがう」

「〝ドクター・A、箱のなかに悪い眼が〟」と、彼はいった。「それがたわごとじゃなかったら、どうなるんだ？　ピークに釈放された仲間がいたら？　そいつが彼に、クレアに悪さをするつもりだと話したんだとしたら」

「ピークには仲間がいなかったみたいじゃないか。ハイディの話では、彼はひとり部屋に入っていて、だれも彼とつきあいたがらなかった。でも、かもしれないな。彼をもっとよく見てみよう」

「アーディス・ピーク」と、彼はいった。「彼が事件を起こしたのは大昔だ。十六年たつ。なんで正確に知っているのかといえば、おれが殺人課にきたばかりのとき、最初にわたされたのが迷宮入りの殺人事件だったんだ。汗を流して取り組んだんだが、どうにも結果がでなくて、まちがった仕事についてしまったんじゃないかと思ったものさ。数日後、ピークがなんたら町で事件を起こし、田舎の保安官がその日のうちに解決したんだ。ついてる連中もいるんだな、と思ったのをおぼえているよ。あほうが、付け合わせつきでわが身を大皿にのせてさしだす。数年後、クアンティコでVICAP（凶悪犯逮捕プログラム）のコースをとったとき、FBIの連中はピークを教材に使っていたよ。彼は典型的な無秩序殺人者で、おおむねプロファイルを定義した、といっていた。衛生意識が低い、荒れくるう心神喪失者で、精神がくずれ、犯行をこれっぽっちも隠そうともしない。〝箱のなかに悪い眼が〟――で、いま、彼は変人から予言者になったのか？」

「あるいは、彼はべつの患者がなにかいってるのを耳にして、それをくりかえしたのかもしれない。彼がクレア殺しにかかわっているとは思えないな。なぜなら、彼は支離滅裂だからね。ボーダーラインの知性しかない。それに、だれがクレア――そしてリチャード――を殺したにしろ、そいつは綿密に計画を立てていた」

「ピークがほんとにそこまで頭がおかしい、と仮定すればばな」

「彼はずっとそのふりをしてきたと思ってるのかい？」

「おれにはわからんよ――ありうるのか？」

「なんだってありうるけど、まあ、まずないだろうな。彼が殺意をもった二人組の片割れだといってるのかい？　だったら、彼はどうしてそのことを吹聴したんだ？　いっぽうの見方をすれば、そういうひきこもった男はけっしてしゃべらないから、彼は注意をはらってないのかもしれないと思って気をゆるめ、なにか興味ぶかいことをいってしまう人間もいるだろう。もしそうだとしたら、ピークはそれがだれかを話せるくらいに集中できるかもしれない」

「精神病院に逆もどりか」と、彼はいった。「すばらしい」

ぼくたちは公園をあとにして、車のほうへ向かった。

ぼくはいった。「クレアに関して、ひとつだけ首尾一貫していることがある。彼女がプロジェクトにピークを選んだのは、重い病理が必要だったからだ。でも、途中でなにかほかのことが起きたらどうだろう。ピークに心をひらかせようとしていて、自分自身が心をひらいてしまう――誤った判断で自分のことを話してしまうんだ。セラピストの専門用語では自己暴露と呼んでいて、気をつけろと教わったよ。でも、人はいつだって混乱する――患者ではなくて、自分たちに集中してしまう。クレアは神経心理学が専門だった。心理療法医としては初心者だった」

「彼女はけっして個人的なことをしゃべらなかったが、ピークといっしょにいるときは話したのか？」

「まさにそのとおりで、それはピークがことばを返せなかったからさ」

「だから」と、彼はいった。「彼女は彼に箱のこと、悪い眼のことを話した……それがなにを意味するんでもな。で、彼はしゃべり返した」

「箱はなんらかのボンデージ・ゲームのことかもしれない」

「支配欲に逆もどりか……ほんとに彼女をそんなふうにみてるのか？」

「思いつきを口にしているだけさ」と、ぼくはいった。「クレアがピークを選んだのは、おおいなる同情心だったのかもしれない。ロビンは、クレアの家に関するぼくの印象には異議を唱えている。クレアはプライヴァシーが欲しかっただけ、といってるよ」

「ほかのなにか」と、彼はいった。「ハイディがピークの名前をいったとき、なにかがおれの小さな心臓をぽろんぽろんと鳴らしたんだ。クアンティコで、彼の事件梗概がまわされた。比較的年季の入った連中が写真を見て、うなり声をあげていたのをおぼえてるよ。二人、部屋をでていってしまった。あれは虐殺なんてもんじゃなかったぜ、アレックス。おれはまだ冷酷な人間じゃなかった。ざっとしか眼をとおせなかったな」

彼がいきなり足をとめたので、ぼくは数歩、追い越してしまった。

「どうしたんだい？」

「あの写真の一枚」と、マイロはいった。「子どもたちのひとり。年上の子。ピークは両眼をえぐりとっていたんだ」

ウィリアム・スウィッグは、「それがなにかを意味していると思ってるんですか？」といった。

11

午後四時をまわったばかりで、ぼくたちは彼のオフィスにもどっていた。マイロの覆面パトカーはガス欠だったので、公園に置き去りにして、ぼくの車でスタークウェザーまで行った。

途中、彼は携帯電話を二回かけた。カリフォルニア州トレッドウェイの保安官にかけた電話は、ルートを変えて、バンカー・プロテクションという民間の警備会社のヴォイスメール・システムにまわされた。数分待たされてから、ようやくつながった。みじかい会話が終わると、彼は首を振った。

「だめだ」

「保安官が？」

「町全体だ。いまは退職者コミュニティになっていて、フェアウェイ・ランチと呼ばれている。バンカーが警備している。偉そうなロボコップと話したよ。〝そういった類の質問は、シカゴにある全国本部に照会しなければなりません〟だとさ」

スウィッグへの電話はつながったが、病院の正面ゲートに着いたとき、守衛はぼくたちのことを聞いていなかった。またスウィッグのオフィスに電話をかけたものの、フランク・ダラードが現れるまでしばらく待たされてしまった。彼は庭を横ぎって案内してくれたが、今回はあまり歓迎していないようだった。さしせまった夕刻も、熱気をやわらげていなかった。庭にいるのは三人だけで、そのひとりがチェットだった。空に向かって話をしながら、大きな両手を乱暴に振りまわしている。

最後のゲートを通りぬけたとたん、ダラードは身をひき、ぼくたちだけが灰色の建物にはいった。スウィッグはドアのすぐ内側で待っていて、ぼくたちを急いでオフィスまで案内してくれた。

いま、彼はテントのように手を組んで、デスク・チェアにすわって体をゆらしていた。「箱、眼――あきらかに、精神病患者のたわごとですね。どうして深刻に受けとめているんです、ドクター？」

「精神病患者も、なにかいいたいことがある可能性はあります」と、ぼくはいった。

「そうですか？　これがそうだとは思えませんね」

「大した手掛かりではないかもしれません、サー」と、マイロがいった。「でも、追いかけてみる価値はあります」

スウィッグのインターコムが鳴った。彼がボタンを押すと、秘書の声が、「ビル？

タック上院議員です」といった。

「かけなおすといってくれ」ぼくたちに向かって、「で……これはすべてハイディ・オット経由でお聞きになったんですね？」といった。

「彼女は信頼性に問題があるんですか？」と、マイロはいった。

またインターコムが鳴った。スウィッグはいらだたしげにボタンを押した。秘書が、「ビル？　タック上院議員は、折り返しの電話はかけなくていいといっています。こんどの日曜日、あなたのおばさまの誕生パーティがあることの念を押しておきたかっただけだそうです」

「わかった。わたしへの電話はつながないでくれ。頼む」電話を撃退すると、スウィッグは脚を組んでぼくたちに足首をみせた。青いズボンの下には、白いスウェット・ソックスと、褐色のゴム底の靴をはいている。「タック州議会議員は、わたしの母の姉と結婚しているんです」

「資金調達で助かりますね」と、マイロはいった。

「どうしてどうして。タック州議会議員はこの場所を好意的な眼で見てくれなくて、うちの患者はみんな外にひっぱりだして、銃殺すべきだと思っています。選挙の年になると、その問題に関する見解はますます勢いを増す」

「さぞや活発なファミリー・パーティになるんでしょうね」

「大爆発ですよ」彼は苦々しい口調でいった。「どこまで話しましたっけ……そうだ、ハイディだ。ハイディに関して忘れてならないのは、彼女は新人ということで、新人は影響を受けやすいものです。彼女はなにかを聞いたのかもしれないし、聞かなかったのかもしれないが、どちらにしろ、わたしには重要なこととは思えませんね」

「たとえアーディス・ピークに関することでも？」

「彼であろうと、ほかのだれであろうと。要は、彼はここにいるのです。安全に収容されている」スウィッグはぼくのほうを向いた。「彼はひきこもっていて、きわめて非社交的、極端な運動障害で、多くの陰性症状があり、めったに部屋をはなれない。ここにきてからは、危険性の高い行動のきざしはいっさいみせていません」

「彼は郵便物を受けとっていますか？」と、マイロはいった。

「どちらかといえば、ないでしょうね」

「でも、受けとっているかもしれない」

「どちらかといえば、ないでしょう」スウィッグはくりかえした。「彼がはじめて収監されたときは、たしかにいつものがらくたも届きました——頭のおかしな女性たちがプロポーズしてきたり、とかなんとか。でも、いまの彼は過去の人です。人目につかないようにしておくべきでしょう。ひとつ、いっておきます。わたしがここにいる四年間で、彼をたずねてきた人はひとりもいません。彼がなにかを盗み聴きしたという点に関しては、ほかの患者のなかに彼の友人がいないということを、わたしやほかのスタッフは知っています。でも、もしいたら？　彼が盗み聴きした人物も、ここに収監されているんでしょうね」

「最近、だれかが釈放されていないかぎり」

「クレア・アージェントがこの一員となって以来、だれひとりとして釈放されていません。調べました」

「ありがとうございます」

「どういたしまして」と、スウィッグはいった。「わたしたちのゴールはおなじです。市民の安全を守る。ほんとです、ピークはだれにとっても脅威ではありません」

「そのとおりなんでしょう」と、マイロはいった。「でも、彼が郵便物を受けとっているか出しているとしても、スタッフのだれも監視してないんですね。電話に関してもおなじことが――」

「ピークが感情をあらわにしないかぎり、公式にはだれも中身を監視しませんが――」スウィッグは指を立て、電話の四つの数字を押した。「アルテュロ？　ミスター・スウィッグだ。最近、患者番号３８４４３のところになにか郵便物――手紙、小包、葉書――が届いたのを知っているか？　ピーク、アーディスだ。ダイレクト・メールでもなんでも……確かか？　おぼえているかぎり、なにもないんだな？　眼を光らせていてくれ、いいね、アルテュロ？　いや、そこまでの権限はないんだ、なにか届いたらわたしに知らせてほしい。ありがとう」

彼は電話をおいた。「アルテュロはここに三年います。ピークは郵便物を受けとってません。電話に関しては証明できませんが、きっとなにもないはずです。彼は部屋からでてこないんです。話をしません」

「きわめて機能が低い」

「地の底くらい」

「ドクター・アージェントがピークを選んだ理由に、なにか心あたりは？」

「ドクター・アージェントは多くの患者をあつかっていました。ピークに特別な注意をはらっていたとは思えませんね」彼はまた指を立てた。さっと席を立ち、オフィスをあとにして、ドアを勢いよく閉めた。

マイロは、「いやいやだけど、まあ、役に立つ男だな」といった。

「ハイディがいっていたように、彼はおおやけになるのは命とりだと思っているんだ」

「どうしてこんなに若いやつが責任者になったんだろうと思っていたんだが、いまわかったよ。上院議員のおじさんはここに好意的じゃないかもしれないが、甥っ子が仕事にありついていることへの関与に、いくら賭ける？」

ドアがあいて、褐色の厚紙のフォルダーを手にしたスウィッグが、はずむような足どりで入ってきた。マイロをよけてぼくに手わたし、腰をおろす。

ピークの臨床カルテだった。予想していたようりうすい。十二ページ、大半はさまざまな精神科医がサインしている投薬記録で、遅発性ジスキネジア（TD）に関する記述もいくらかあった。〝TD、変化なし〟。〝TD、強化、さらなる舌の突きだし〟。〝TD、不安定な進行〟。

スタークウェザーに到着した直後、ピークは制吐薬のソラジンをあたえられ、それから十五年、ずっとその薬を投与されていた。彼は副作用のために数種類の薬もあたえられていた。炭酸リチウム、トリプトファン、塩酸ナロキソン。

〝変化なし〟。〝行動上の変化なし〟。ソラジンをのぞくすべての薬が徐々に減らされて中止されていた。

最後の二ページは、ほぼ毎週のようにおなじ記述が、四ヵ月にわたってこまかい器用な字で書かれていた。

〝個別セッション、ことばを監視。社交性。行動評価。計画。H・オットの援助。C・アージェント、哲学博士〟。

ぼくはカルテをマイロにわたした。

「おわかりのように、ドクター・アージェントは彼の話す能力を監視していたのであって、治療していたわけではありません」と、スウィッグはいった。「おそらく、薬物治療に対する反応のようなものを測定していたのでしょう」

「彼女はほかに何人の患者を監視していたんですか？」と、マイロはいった。

スウィッグは、「総数はわかりませんし、広範囲にわたる再検討手続きを踏まないと、特定の名前をお教えするわけにはいきません」といった。彼はフォルダーのほうへ手を伸ばした。

マイロはちょっとページを繰り、フォルダーを返した。

「ドクター・アージェントは、かなり機能が低下した患者たちを見つけだしたんですか？」と、マイロはいった。

スウィッグは椅子をまえにころがし、デスクに両肘をついて、煙草の一服のような短い笑いを吐きだした。「対立するものとしてですか？　ここには軽い神経症患者は収容されていません」

「ということは、ピークはみんなとおなじなんですね」

「スタークウェザーには、みんなとおなじ人間はひとりもいません。危険な男たちです。それぞれ個人としてあつかっています」

「わかりました」と、マイロはいった。「お時間をさいていただいて、ありがとうございました。ところで、ピークに会えますか？」

スウィッグは顔を紅潮させた。「なんの目的で？　ほとんど機能していないといっているんですよ」

「捜査の現段階では、いかなるものでも手に入れておきたいんです」マイロはにっこり笑った。

スウィッグはふたたび煙草の煙を吐きだすような音をたてた。「あなたが仕事熱心なのはわかりますが、仮説が浮かびあがるたびにここにきてもらうわけにはいきません。多くの混乱が生じますし、きのうもいったように、ドクター・アージェントが殺されたことはどうみてもスタークウェザーとは無関係です」

「混乱させるつもりは毛頭ありませんが、これを無視してしまったら、わたしは職務怠慢になってしまう」

スウィッグは首を振ってほくろをつつき、禿げた頭のてっぺんのふわふわした毛をなでつけた。

「手短にすませます、ミスター・スウィッグ」

スウィッグは頭皮に爪を立てた。てかてかした白い皮膚に、三日月形のしるしが浮かびあがる。「これで最後と思えれば、協力するんですが。でも、あなたは何がなんでもここで解決しようとしているのがはっきりわかるんです」

「そんなことはありません、サー。周到にやる必要があるだけです」

「わかりました」スウィッグは怒りをこめていった。体が跳びあがったようにみえた。

ネクタイをいじってから、鍵が鈴なりになっているクロームのリングをとりだす。

「さあ、行き（ピーク）ましょう」鍵がジャラジャラと大きな音をたてた。「ミスター・ピークをのぞきに」


エレヴェーターであがっているとき、マイロがいった。「ハイディ・オットは窮地に立たされるわけではありませんね、サー？」

「どうして彼女が？」

「ピークについてわたしに話したことで」

スウィッグは、「わたしが懲罰をあたえるということですか？　ああ、いや、もちろんそんなことはありません。彼女は市民の義務をはたしたんです。わたしは光栄な院長以外のなにものでもありません」といった。

「サー――」

「ご心配なく、スタージス刑事。心配しすぎると、心によくありませんよ」

C病棟でエレヴェーターをおりた。スウィッグがダブル・ドアをあけ、ぼくたちはなかに入った。

「一五号室のS&Rです」と、彼はいった。

廊下はまだ混みあっていた。ぼくたちが近づくと、被収容者たちの何人かはわきによけた。スウィッグは彼らにいっさい注意をはらわず、きびきびした足どりで歩いた。廊下のなかほどまでくると、彼は立ちどまってキー・リングを調べた。半袖を着ているので、前腕の筋肉が発達しているのがわかる。太い、筋肉質の腕で、公務員の腕ではない。

二重の本締めボルトがドアをしっかりと閉ざしていた。ハッチもキー・ロックになっている。

マイロが、「一五号室、S&R。抑制と拘束ですね？」といった。

「彼にはそれが必要だからではありません」と、スウィッグはいった。まだ鍵を探している。「S&Rの部屋は小さめなので、患者がひとりで入るとき、ときどき使うんです。彼がひとりで暮らしているのは、いつも衛生状態がよくないからです」スウィッグは鍵を選びはじめた。ようやく探していたものを見つけ、両方の錠につっこんだ。タンブラーがカチッと鳴った。彼はドアを六インチあけ、なかをのぞきこんだ。

彼はドアを大きくあけ、「さあ、どうぞ」といった。

六×六フィートのスペースだった。廊下とちがって、天井が高い——十フィートかそれに近いだろう。

部屋というよりチューブという感じだ。

壁の高いところには、太い金属のリングがとりつけられていた——いまは漆喰に巻きつけてある鉄の拘束具の留め金は、さながらテクノ彫刻だ。

ピンクがかった白のやわらかな壁で、光沢のない発泡体でおおわれている。かすかについているすり傷は、引き裂けない材質であることを物語っていた。

薄暗い。光はプラスティックの小さな窓からさしているだけだった。部屋とおなじように、縦長で幅がせまい長方形の窓だ。まるいふたつの天井灯は埋めこみ式になっていて、厚いプラスティックのカヴァーがついているが、スイッチは入っていなかった。内部にスイッチはなく、外の廊下にあるだけだ。片隅にはふたのないプラスティックの便器がある。事前に切ってあるトイレット・ペーパーが床に散乱していた。

ナイトスタンド、本物の家具はなく、発泡体の壁にはめこまれたふたつのプラスティック製の引き出しがあるだけだった。成型したものだ。金属製品はない。

天井のどこかから音楽が聞こえていた。あまったるい弦楽器とほとばしる管楽器——とっくの昔に忘れ去られた四〇年代の長調のポップ・ミュージックで、気の入っていないバンドが演奏している。

高くなったプラスティックの台にうすいマットレスが敷いてあって、そこに……なにかがすわっていた。

上半身は裸だ。

蒼白な肌、青筋、無毛。深く落ちくぼんだ肋骨は、感謝祭の翌日の七面鳥の残骸を思いださせた。

カーキ色のズボンが下半身をおおっている。ひょろっとした脚にはだぶだぶで、手彫りの杖のように節くれだった膝のうえで伸びている。裸足の足はきたなく、爪の手入れはしておらず、褐色だ。頭はきれいに剃っている。あごと頬には黒い無精ひげが生えている。頭のてっぺんにごくわずかに短い毛が生えているということは、ほとんど禿げてしまったのだ。

頭は奇妙な輪郭をえがいていた。上部がきわめて広く、禿げた頭頂部はたいらで、子どもが指を立てて白いパテに線をひいたかのように、数ヵ所に溝がついている。秀でた額の下で、眼は月面の火口のような眼窩のなかに沈んでいる。灰色のまぶた、へこんだ頬。頬骨弓の下で、顔はとがらせすぎた鉛筆のように急に先細になっている。

部屋にはすさまじい悪臭が漂っていた。酢のような汗、鼓腸、燃えているゴム。死んでいるなにか。

音楽はまだ続いていた。四分の三拍子の元気なダンス曲だ。

「アーディス？」と、スウィッグがいった。

ピークはうなだれていた。ぼくはかがみこみ、彼の顔をながめた。小さな口はゆがみ、唇がなかった。突然、それがあらわれた。黒っぽい濡れた舌の先が肝臓色をした楕円形の姿をみせた。舌がひっこむ。ふたたび姿をみせる。ピークの頬がへこみ、またふくらんだ。左に首を傾ける。眼を閉じ、口をあける。歯はほとんどなかった。

スウィッグはベッドから三フィート以内まで近づいた。

ピークはうなだれ、ふたたび床を見おろした。鼻は低くて、非常にほそく——せいぜい軟骨の楔というところだ——左上方にまがっている。ここにもパテにひいた線のような溝があって、子どもが気まぐれにひねったみたいだった。大きいが耳たぶのない耳がはりだしている。血管の浮いたほそい手の先には触手そっくりの指があって、巻きつくように膝をおおっている。

生ける骸骨。こういった顔をどこかで見たことがある……。

ピークはふたたび舌をつきだした。ゆれはじめる。首を左右に動かす。首をまわす。断続的に瞬く。さらに舌をつきだす。

口はおとなしくなり、平面的になっていた。唾液で湿った唇がくっきりと浮かびあがった——三角形の中央にあるポート・ワイン色の割れ目が、蒼白い肌を背景にあざやかに浮かびあがっている。

ふたたび口があいて、舌がめいっぱい伸びた——洞窟に棲んでいるナメクジさながら、分厚く、紫色がかっていて、まだらだ。

だらんとさがっている。巻きあがる。左右に動く。さっともどる。

またつきだす。ひっこむ。

さらに首をまわす。

どこでこの顔を見たのか思いだした。大学時代のポスターだ。エドヴァルト・ムンクの『叫び』。

髪がない哀愁をそそる男が、原始的な苦悶の表情を浮かべ、両手で顔をはさんでいる。あの絵は、ピークがモデルなのかもしれない。

両手は膝のうえにおかれたままだったが、上体がゆれ、震え、二、三度ひきつり、つんのめりそうになった。やがて、体の動きがとまった。まっすぐになる。

ぼくたちのほうを見た。

彼がアーデュロ一家を惨殺したのは十九歳のときで、いまは三十五歳だ。すっかり老けこんでいる。

「アーディス？」と、スウィッグはいった。

反応がない。ピークはこちらを見ていたが、眼を合わせようとはしなかった。彼は眼を閉じた。首をまわす。さらに二分、遅発性ジスキネジアのバレエが続いた。

スウィッグはむっとした表情になって、手を振った。〝あなたがたが頼んだんですよ〟とでもいいたげに。

マイロはそれを無視し、近づいた。ピークはさらに速くゆれはじめた。唇をなめ、舌をつきだし、巻きあげ、ひっこめる。左足の指が何本か、びくっと動いた。左手がぱたぱたとゆらめいた。

「アーディス、ミスター・スウィッグだ。お客さんだよ」

なにも反応がない。

スウィッグはいった。「どうぞ、刑事さん」

〝刑事〟ということばにも反応がなかった。

ぼくはかがみこみ、ピークと視線の高さをおなじにした。マイロも倣った。ピークは眼を閉じたままだった。小さな波が立っているようだ――灰色の皮膚の裏で、眼球をぐるぐる回転させているのだ。白い胸に胸毛は生えておらず、吹き出物が点々と浮いている。灰色の乳首――一対の小さな灰の山だ。近づくと、ゴムが燃えているようなにおいはさらに強烈になった。

マイロは驚くほどやさしい声で、「なあ」といった。

あらたに肩が二、三度ひきつり、舌が柔軟体操をおこなった。ピークは首をまわし、右手をあげて宙にとめ、どさっとおろした。

「なあ」マイロがくりかえした。「アーディス」ピークの顔のすぐそばまで顔を近づける。ぼくも接近した。まだ燃えているようなにおいはしていたが、ピークの体から熱気は感じなかった。

「わたしの名前はマイロ。きみにドクター・アージェントのことをききにきたんだ」

ピークの動きは続いていた。意図的ではなく、自動的に。

「クレア・アージェントだよ、アーディス。きみのドクターだ。わたしは殺人課の刑事なんだ、アーディス。殺人課」

不規則なまばたきすらない。

マイロはかなり大きな声で、「アーディス！」といった。

なにも起こらなかった。たっぷり一分がたってから、まぶたがあがった。半分ひらき、やがて眼がすべてあらわれた。

黒くて細長い溝。中央部分にごく小さな光が見えるが、虹彩と白目の区別がはっきりつかない。

「クレア・アージェント」と、マイロはくりかえした。「ドクター・アージェント。箱のなかに悪い眼」

眼がぴたりと閉じた。ピークは首をまわし、舌で空気をさぐった。足の指が一本、びくっと動いた。こんどは右足だった。

「悪い眼」マイロはほとんどささやくようにいったが、声はこわばっていた。必死になって声を落としているのがわかった。「箱のなかに悪い眼だ、アーディス」

十秒、十五秒……三十秒。

「箱だ、アーディス。箱のなかのドクター・アージェント」

あいかわらず、ピークの神経障害性のバレエは続いた。

「悪い眼」マイロは声をやわらげた。

ぼくはピークの眼をじっとのぞきこみ、感情のかけらがあらわれているかどうかをさぐった。

単調な黒い溝。光は消えている。

精神障害に関する残酷な表現が心に浮かんだ。〝だれも家にいない〟。

昔むかし、彼はある一家全員を殺しました。スピーディに、元気よく。たったひとりの災いのごとく。

眼をえぐりとって。

いま、彼の眼は、どこへも行かない船の一対の舷窓だった。

だれも家にいない。

だれか、あるいは何かが、体と心をつないでいる線を切ってしまったかのように。

ふたたび、彼の舌が勢いよくとびだした。口はあいているが、音はでなかった。ぼくは彼をじっと見つめつづけ、なんらかの反応を手に入れようとした。彼はぼくを見て見ぬふりをした——いや、それでは努力してそうしているように聞こえてしまう。

彼がいて、ぼくがいた。接点はない。

二人ともそこに実在していなかった。

あくびでもするように、彼の口があいた。あくびではない。ただ口をぽかんとあけているだけだ。そんなふうに口をあけたまま、彼は首を伸ばした。母親の乳首をさがしている生まれたばかりの齧歯類が思いだされた。

天井からの音楽は『ペルフィディア』に変わっていて、演奏はゆっくりすぎた。はでなパーカッションは、トランペットのワウワウ音に遅れているようだ。

マイロはもう一度やってみた。もっとおだやかに、もっと切迫した口調で。「ドクター・アージェントだ、アーディス。箱のなかに悪い眼」

遅発性ジスキネジアの動きは、でたらめに、不規則に続いていた。スウィッグはいらだたしげに足を踏みならした。

マイロが立ちあがると、膝がポキッと鳴った。

ぼくが立ちあがると、壁の鎖が眼にとびこんできた。眠っているニシキヘビさながら、とぐろを巻いている。

部屋の悪臭がきつくなった。

ピークはいっこうに気づいていなかった。

〝行動上の変化なし〟。

12

部屋の外にでると、スウィッグがいった。「満足されましたか？」

マイロは、「ハイディにやってもらえませんか？」といった。

「冗談ですよね」

「だといいんですが、サー」

スウィッグは首を振ったものの、廊下の向こうに立っていた職員に声をかけた。

「ハイディ・オットを呼んできてくれないか、カート」

カートが急いでその場をあとにすると、ぼくたちは被収容者――患者たちにかこまれて待った。彼らをなんと呼ぼうと、違いがあるのだろうか？　ぼくはさまざまな遅発性ジスキネジアの徴候――こちらで身震い、あちらで唇の動き――に気づきはじめたが、ピークほどひどいものはなかった。何人かは順応しているようだった。あとはべつの惑星にいるも同然だ。紙スリッパをはいてひきずっている足。服についている食べ物のしみ。

スウィッグはナース・ステーションのなかに入り、電話を使って、腕時計にちらっと眼をやった。彼が引き返してきたとき、ハイディ・オットがダブル・ドアを通り抜けてやってきた。

「やあ、ハイディ」

「なにか？」

「きみが提供した情報にもとづいて、スタージス刑事はアーディス・ピークと話をしようとしたんだが、どうしてもうまくいかなかった。きみは実績もあるようだし、やってみてくれないか」

「サー、あたしは――」

「心配しなくていい」と、スウィッグはいった。「きみの義務感に関してはまったく申し分ない。重要なのは、真相を究明することだ」

「あたしは――」

「部屋に入るまえに、ひとつ確認しておきたい。実際に、ピークはきみに話しかけたんだね――うなり声ではなく、ちゃんとしたことばで」

「はい、サー」

「正確には、彼はなんといったんだ」

ハイディは話をくりかえした。

「で、それはドクター・アージェントが死ぬまえの日だったんだね」

「はい、サー」

「ピークは以前もきみに話しかけたのかい？」

「ドクター・アージェントに関しては、話してません」

「彼はなんといったんだ」

「たいしたことはいってません。ほとんどが不明瞭なつぶやきです。ああ、ノー、うなずき、うなり声。こちらが彼に質問をしたときに」ポニーテイルをひっぱる。「話してませんね、実際は。だから注意をはらったんです、彼が話しはじめたとき——」

「彼の話しぶりを監視していたんだね」

「はい、サー。ドクター・アージェントは、彼の言語量を高められるかもしれないと期待していました。彼の行動量はふつうです」

「なるほど」と、スウィッグ。「彼女がそれをやりたかった特別な理由があるのかな？」

ハイディはぼくたちをちらっと見た。「こちらのお二人にもお話ししましたけど、彼女はひとつの挑戦だといってました」

かすかにこするような音が大きくなったので、ぼくたち全員が向きなおった。紙の底がリノリウムをこすっていた。廊下にいた数人がいつのまにか近づいてきていた。スウィッグが見ると、彼らは足をとめ、後退した。

彼はハイディににっこり笑いかけた。「いま、きみも挑戦することになるわけだ」

彼女はひとりでなかに入り、二十分とどまった。やがて、首を振りながら姿をあらわした。「どのくらい長くやればいいですか？」

「もういい」と、スウィッグはいった。「おそらく、一度きりのできごとだったんだろう。意味のないおしゃべり。われわれの知るかぎり、彼はひとりになるとそれをするんだ。ありがとう、ハイディ。仕事にもどってもかまわないよ。みんな、仕事にもどったほうがいいようだな」

ぼくが運転して構内からでるとき、マイロがいった。「いったいどうしたら人間はあんなになれるんだ？」

「それに答えられたら、ノーベル賞がとれるよ」

「だけど、生物学的なことだろ？　最大限のストレスがかかっても、ああはならないぜ」エア・コンディショナーはオンになっていたが、彼の鼻からは汗が落ち、ズボンにしみをつくっていた。

「強制収容所の連中でさえ、苦悩で気がふれることはめったにないんだ」と、ぼくはいった。「それに、ほぼどんな社会でも、統合失調症はおなじように存在している――二から四パーセントだね。文化的な要因は狂気のあらわれかたに影響するけど、その原因とはならない」

「となると、なんなんだ——脳の損傷、遺伝か？」

「研究結果はいくつかあるけど、どれもたしかな話じゃない」

「ちくしょう」と、彼はいった。「運がわるいのかもしれないな」

彼はティシューで顔をぬぐい、パナテラをとりだした。セロファンをやぶり、口にくわえたが、火はつけなかった。

「ちょっとおかしな親戚が二人いるんだ」と、彼はいった。「二人のおばさん——母親のいとこさ。ルーニー・レティシアは料理にとりつかれていて、ノンストップでやってたよ。毎日、クッキーをつくるんだ、しかも何百と。有り金すべてを小麦粉と砂糖と卵に注ぎこんで、わが身を顧みなくなり、近所の人たちから材料を盗もうとした。結局、彼女は病院に入れられたよ」

「統合失調症というより、躁病的な行動に思えるな」と、ぼくはいった。「彼女はリチウムをあたえられていたのかい？」

「もう何年もまえの話なんだ、アレックス。彼女は施設で死んだ——夕食を喉に詰まらせたんだけど、わるい冗談みたいだろ？　それから、ルネおばさんがいて、近所をふらふら歩きまわっていたな、おかしな格好をして。彼女はすごく長生きして、どこか郡の施設で亡くなった」

「ぼくには統合失調症のいとこがいた」と、ぼくはいった。ぼくより二歳年上のブレットで、父の兄の息子だった。子どものころ、ぼくたちはよくいっしょに遊んだ。ブレットは猛烈に競争し、常習的に不正をはたらいた。大学生時代には、若き共和党員からSDS（民主社会のための学生連合）のリーダーに変身した。四年生のときには不潔でおとなしい隠遁者になって、麻薬で何度も逮捕された。やがて、五年にわたって世間から姿を消し、最終的にはアイオワにある食事つきの保護施設にたどりついた。まだ生きていると思う。ぼくたちはもう二十年以上も没交渉だ。父親同士の仲がよくなかったし……。

マイロはいった。「スタークウェザー、さあ、着いたぞ」

「スタークウェザーは選ばれた少数のためだけにあるんだ」

「ところで、彼らは、なんで暴力的になるんだ？」

「それもわかればノーベル賞ものだね。いちばん大きな要素は、アルコールとドラッグ、それに強い妄想をひきおこすシステムだ。でも、かならずしも妄想症というわけじゃない。いつも殺人を犯す精神病患者は、攻撃から身を守ろうとしないんだ。彼らは、超常現象や宗教的な妄想に反応しやすい――サタンとの闘いに挑んだり、宇宙人と戦争したり」

「ピークの使命はなんだったんだろう」

「神のみぞ知るだね」と、ぼくはいった。「薬と酒はあきらかに影響をおよぼしている。彼は、アーデュロ一家は冥王星からきたカマキリだと思っていたのかもしれない。あるいは、十九年にわたるゆがんだ性的衝動がついに爆発したのか。それとも、脳のでたらめな回路がショートしたのか。一部の精神病患者がなぜ爆発してしまうのか、われわれにもわかっていないんだ」

「すばらしい。おれが失業することはないわけだ」彼の声はうつろになった。

「ある意味では」と、ぼくはいった。「ピークは典型的なんだよ。精神的に不安定になることは、成人期初期にもっとも起こりやすい。ピークの場合はそのずっと前に統合失調症の徴候をみせている——ちょっと変わっているという人はたくさんいるけど、なかには本格的な統合失調症になってしまうものもいる」

「ちょっと変わっているヤツか」と、マイロはいった。「公園を散歩していたり、レストランをでてきたときなんか、あまってる小銭を欲しがる奇妙な連中がいるよ。どんなやつが肉切り包丁を振りまわしはじめるんだ？」

　ぼくは答えなかった。

　彼はいった。「ピークになんらかの思考システムがあるのなら、おれたちがきょう見たよりははるかにましな状態になってたにちがいない」

「たぶん。でも、あらゆる遅発性ジスキネジアの徴候の裏では、なんらかの思考がすすんでいるかもしれないんだ」

「遅発性ジスキネジア.っていうのは、正確にはどういう意味なんだ?」

「発症が遅い。ソラジンに対する反作用さ」

「改善することは可能なのか?」

「いや。せいぜい、現状維持だね」

「で、彼はいまだにおかしいわけだ。だったら、ソラジンは彼にどんな望ましい結果をもたらしているんだ?」

「神経弛緩薬は、妄想、幻覚、奇矯なふるまいをコントロールするのに最適なんだ。精神科医は統合失調症の陽性症状と呼んでいる。陰性の患者——低い言語能力、生気のない気分、無感動、注意力の問題——は、ふつうは反応しない。失われたものを薬でとりもどすことはできないんだ」

「行儀のいい植物状態」と、彼はいった。

「ピークが極端なケースであるのは、彼がもともとあまりすぐれた知性の持ち主ではなかったからだろうな。彼のTD(遅発性ジスキネジア)も非常に深刻だ。でも、ソラジンはそれほどのんでいない。ダラードが大量投与についていっていたにもかかわらず、ピークの処方は五百ミリグラム以内にとどまっている。十分に許容範囲だ。大量投与が必要なかったのは、彼が行儀よくふるまったからだろうな。ほとんど反応を示さない。心理学的にいって、彼は存在しないんだ」

　マイロは葉巻を口からはずし、両方の人さし指ではさんで、煙草の橋ごしにため息をついた。「ソラジンの投与をやめたら、ピークはもっと話せるようになるか？」

「その可能性はある。だけど、崩壊するかもしれないし、また暴力をふるうかもしれない。それに忘れないでほしいのは、彼がハイディに話したのは、ソラジンをのんでいたときだ。だから、彼がしゃべれるのは、投薬されているときということになる。箱のなか、ということをまだまじめに受けとめているのかい？」

「いいや……眼の件からはなれられないんだろうな――なあ、妄想を抱いているのはおれで、ピークは真の予言者なのかもしれないな。サタンは冥王星のカマキリを派遣したのかもしれん」

「まあね」と、ぼくはいった。「でも、彼はピークにそれを知らせるかな？」

　マイロは笑い、さらにまた葉巻を噛んだ。「〝箱のなかに悪い眼が〟」

「おそらく、クレアは彼に彼の犯罪について話して、なんらかの記憶を刺激したんだろう。〝箱のなか〟は彼自身の監禁を意味しているのかもしれない。あるいは、ほかのなにか。あるいは、なんの意味もないのかもしれない」

「わかった、わかった、もういいよ」といって、彼は葉巻をポケットにしまった。「基本にもどろう。クレアとスターギルの財政状態を調べてみるよ。リチャードのフアイルも、もう一度ひっくり返してみる。百回目だけど、なにか見落としてたことがあるかもしれないからな。忙しくなければ、おたくが郡立病院のドクター・シアボウルドに会うにはいい時期なんじゃないか。二人のうちのどちらかが、事実とされていることに多少はちかいなにかを見つけだせるかもしれない」

彼はにやっと笑った。

「それが見つからなければ、刺激的な妄想で我慢するさ」

13

ぼくはドクター・マイロン・シアボウルドのオフィスに電話をかけて、翌朝の十時十五分に会う約束をとりつけた。九時四十五分には、インターステイト一〇号線の追い越し車線に乗って、インターチェンジの徐行運転に耐えながら、サン・バーナーディーノのほうへ流れるスモッグとともに動き、頭をすっきりさせようとしていた。二つ三つあとの出口でおりて、イースト・ロスアンジェルスのソト・ストリートに入り、郡の死体公示所のまえを通りすぎて、灰褐色の大本山である郡立総合病院の正面玄関に車を乗り入れた。

慢性的に資金不足で、過剰なストレスにさらされているというのに、郡立総合病院はなんとも不思議なところだ。疲れた人びとや貧しい人びとに最高の医療をほどこし、絶望的な人びとや混乱した人びとが最後にたどりつく場所。ぼくはここで臨床訓練を受けたし、たまにセミナーで教えているが、病院構内に足を踏み入れるのは二年ぶりだった。外観はほとんど変わっていない――大きくてあかぬけない建物が不規則にひろがり、制服を着た人びとがひっきりなしに行進し、病人たちが足をひきずって歩いている。

暑く、どんよりと曇った日で、すべてが朽ちはててみえるが、スタークウェザーを訪れたあとでは、郡立総合病院は新鮮で、活気にあふれているといってもいいように思えた。

シアボウルドのオフィスは、複合建築物の裏に追加で建てられた六棟ある簡素な別館のひとつ、点滴ユニットの三階にあった。茫然とした表情の男女が、背中にボタンがついたパジャマを着て、白いタイル貼りの廊下をぶらぶらと歩いていた。容赦のない二人のナースが、大きな黒人女性につきそって、あいているドアのほうへ行った。女性の両腕には点滴がつながっている。彼女の頬についている涙のあとは、アスファルトに落ちた露さながらだった。見えないどこかで、だれかが吐こうとした。頭上にある無線呼出し用スピーカーが感情のこもらない声で名前を復唱した。

シアボウルドの秘書は、ピークの独居房とあまり広さの変わらないスペースを占領しており、暗灰色のファイリング・キャビネットにかこまれていた。引き出しの取っ手には、猫のガーフィールドのぬいぐるみがしがみついている。椅子にはだれもすわっていなかった。メモに、〈十五分でもどります〉と書いてあった。

シアボウルドはぼくが入ってくるのを聞きつけたにちがいなかった。というのも、彼は奥のドアから顔をつきだしたのだ。「ドクター・デラウェアだね？　どうぞ、入って」

二、三年まえに彼に会ったことがあったが、あまり変わっていなかった。六十がらみ、中肉中背、白髪まじりの金髪、白いあごひげ、大きな鼻、飛行士がかけるような眼鏡の奥には幅がせまい褐色の眼。アイス・ティの色をした襟幅が広いヘリンボンのスポーツ・コート、青いチェックが入ったベージュのヴェスト、白いシャツ、青いネクタイという格好だ。

ぼくは彼のあとからオフィスに入った。精神医学会の副議長で、尊敬をあつめている神経化学の研究者であるのに、彼のスペースは秘書のものとたいして変わらない広さだった。投げ捨てたようにでたらめに家具がおかれており、いくつものファイル・ケース、褐色の金属家具、山のような本がこれ見よがしに存在を主張している。気分を変えるためにおかれた偽物のナヴァホのラグは、とうの昔に役に立たなくなっていた。ラグの糸はほどけ、カラー・バンドは色あせている。デスクのうえには書類が散乱していた。

シアボウルドが身をよじってデスクの奥に入りこむと、ぼくは偽ナヴァホにしわを寄せている二脚の金属の椅子のひとつに腰をおろした。

「ところで」と、彼はいった。「ずいぶん久しぶりだね。まだ公式に教授会のメンバーなんだろ？」

「親切な教授会です」と、ぼくはいった。「給料はありませんけど」

「ここにきていたのは何年まえになる?」

「二年です」と、ぼくはいった。親しみのこもった表情を浮かべようとすると、顔のしわが深くなった。「会っていただいて、ありがとうございます」

「どういたしまして」彼は電話のまわりをきれいに片づけた。書類が飛んだ。「きみがこんなに興味ぶかい生活をおくっているとは、夢にも思わなかったよ——警察のコンサルタントね。報酬はいいのかい?」

「メディカル(カリフォルニア州の医療保険制度)とおなじくらいです」

彼はかろうじて忍び笑いをもらした。「ということは、ほかに何をやってきたんだ? まだ、ウエスタン小児病院にいるのか?」

「たまに。コンサルティングをやっていて、ほとんどが法律関係です。数人、短期治療の患者もいます」

「HMO(保険維持機構)には対処できるのか?」

「できれば避けています」

彼はうなずいた。「で……かわいそうなクレアの件でここにきたわけか。わたしがあまり話さなかったから、あの刑事は、きみになら秘密を打ち明けると思ったんだろうが、じっさいにあれ以上の話はないんだ」

「彼は、正しい質問を知ることがより大切だと感じたのでしょう」

「なるほど」と、彼はいった。「ねばり強いタイプだな、スタージスは。見た目以上に頭がいい。階級意識をくすぐってわたしの警戒心を解こうとしたよ――〝わたしはつまらない勤労階級の刑事で、あなたは賢い大物ドクターです〟。面白いアプローチだな。効果はあるのかね？」

「彼は高い解決率を誇っています」

「たいしたものだな……問題は、彼がわたしに演技力を向けてむだにしていることだ。わたしはなにも隠していない。クレアに関する内部情報はないんだ。研究者としての彼女を知っているのであって、個人として知っているわけではない」

「彼女に関しては、だれもがそういうみたいです」

「まあ、だったら」と、彼はいった。「少なくとも、わたしは首尾一貫しているわけだ。ということは、だれも彼女のことはよく知らないんだね？」

　ぼくはうなずいた。

「まあ、わたしなんだろうな――わたしのプロジェクトのやりかただ」

「どういうことですか？」

「わたしは自分が人間味のある管理者だと思いたい。すばらしい人びとを雇い、彼らを信頼して仕事をまかせ、ほとんど干渉しない。彼らの個人的な生活にはかかわらない。だれの親がわりにもなりたくないんだ」

ぼくにそれに関する裁断をくださせたいかのように、彼はことばをきった。

ぼくはいった。「クレアはあなたのもとで五年間働いていました。それが気に入っていたにちがいありません」

「だろうな」

「どうやって彼女を見つけたんですか？」

「助成金を申請したら、彼女が神経心理学の職に申し込んできたんだ。ケース・ウェスタンで博士課程修了後の研究をしあげているところで、大学院生のときは、単独でふたつの論文を発表していた。地球をゆるがすほどのことじゃないが、励みになる。彼女の興味は──アルコール中毒者には事欠かない。彼女は自分で自分の資金を調達できるだろうと思ったし、まさにそのとおりだったよ」

すべて、クレアの履歴書に書いてあった事実だ。

「ということは、彼女はあなたのもとで仕事をしながら、自分自身の研究もしていたんですね」

「彼女は時間の二十五パーセントを自分自身の研究にあてていた。残りは、わたしの抗精神病薬の成果に関する縦断的研究に使っていた──NIMH（国立精神衛生研究所）の助成金で、三つの実験的薬剤と偽薬（プラシーボ）、二重盲検法（医療効果を調べるため、被実験者にも研究者にも知らせないでおこなう方法）だ。彼女は患者たちをテストし、データの整理を手伝ってくれた。わたしたちはさらに五年の更新をしたばかりだった。彼女の後継者をちょうど雇ったところでね――スタンフォード出身の聡明な子で、ウォルター・イーだ」

「その研究では、ほかにだれが働いていたんですか？」

「クレアのほかに三人の大学の研究員だ――医学博士が二人と、薬理学者の哲学博士がひとり」

「彼女はそのなかのだれかと親しかったですか？」

「ちょっとわからないな。さっきもいったが、わたしは干渉しないから。勤務時間外に親しくまじわるという状況ではなかったんだ」

「五年の更新」と、ぼくはいった。「ということは、彼女は財政的な理由で去ったわけではないですね」

「それはまったくない。おそらく、自分自身のものも更新できただろう。ＮＩＨ（国立衛生研究所）からアルコール中毒に関する金をもらっていて、辞めるまえは最後の研究をすすめていた。決定的な結果はでていなかったが、よくやっていたし、チャンスはかなりあった。でも、彼女は申請しなかった」彼はちらっと上を見た。「助成金を捨ててしまうとは、一言もいっていなかった」

「ということは、しばらくまえから辞めるつもりだったんでしょうね」

「のようだな。彼女がじつにもどかしかったよ。続けたがらないなんて。意志を伝えようとしないなんて。わたしは自分にもうんざりした。連絡をとりあわなかったなんて。彼女がわたしのところにきてくれたら、専任に昇格させるか、ほかのなにかを見つけてやっていただろうな。彼女は有言実行だった。信頼できたし、ぐちをこぼさなかった。わたしはドクター・イーをなんとか専任にしたんだ。だが、彼女はわざわざ――きみのいうとおりなんだろうな。彼女は辞めたかった。理由はさっぱりわからない」

「彼女はぐちをこぼさなかったんですね？」

「一度も。辞めるとわたしに告げたときも――個人的に会ったわけじゃない。データの要約といっしょにメモをおくってきただけで、助成金は終わりました、と書いてあったよ。で、彼女も終わった」

ぼくは彼女がジョー・スターギルと離婚したときのやりかたを思いだした。

「彼女自身の助成金に関しては、だれといっしょに仕事をしていたんですか？」

「共同資金でパートタイムの秘書を雇い、自分で研究をやって、自分でデータを分析していた。それももどかしかったな。彼女なら補助的な助成金を申請できて、部局にもっと金をもってこられたにちがいないんだが、彼女はいつもひとりで仕事をしたがった。わたしは感謝すべきなんだろうな。彼女は自立していて、けっしてわたしを煩わせなかった。わたしがいちばん勘弁してもらいたいのは、懇切な指導を求めてくる人物だ。それでも……もっと注意をはらっておくべきだった」

「一匹狼だったんですね」

「だが、われわれはみんなそうだ。わたしのグループは。社交的ではない人物を雇っているとは思わなかったが、たぶんあるレヴェルでは……」にっこり笑った。「わたしが分析医として出発したのを知っていたかね？」

「そうなんですか」

「そうさ、古典的なフロイト派で、カウチにすわって。これは」──彼はあごひげに手をふれた──「かつては分析的思考にたけたやぎひげだったんだ。医学実習生を終えたあとで専門講座に出席して、半分までやってから──何百時間もついやして、正しい〝ふーむ〟を身につけたよ──自分には向かないことに気づいたのさ。わたしの見るところでは、おそらくウディ・アレン以外、だれにも向かないだろう。いまの彼を見てみるといい。わたしは辞めて、南カリフォルニア大学の生化学部に入学したんだ。そういった選択は、なにか精神力学的なものなんだろうが、それがなにかを考えて時間をむだにしたくはなかった。クレアもおなじに思えたよ──科学的で、現実に集中していて、冷静。だが、ここはひどくつまらなかったにちがいないな」

「どうしてですか？」

「あんな場所へ移ったんだ。行ったかい？」

「きのう、行きました」

「どうだった？」

「非常に組織だっていました。大量の投薬治療をおこなっています」

「あらたな世界に勇敢に挑戦する」と、彼はいった。「クレアがなぜそんなことをしたがったのか、わたしにはわからない」

「臨床的な仕事がしたかったのかもしれません」

「ばかばかしい」彼はきっぱりといった。すぐに、謝るようにほほえんだ。「わたしがいいたいのは、彼女はここでも好きなように臨床の仕事ができたということだ。いや、わたしはなにか見落としていたにちがいないな」

「ほかの人たちと話をしてもかまいませんか？」

「いいとも。ウォルト・イーはもちろん彼女を知らなかったし、シャーシー・ラクスマンも知らなかっただろうな——彼は薬理学者で、べつの建物に研究室をもっている。だが、彼女は医学博士たち——メアリー・ヘルツリンガーとアンディ・ヴェルマン——と交流があったかもしれない。まず、シャーシーに電話してみよう」

電話でほんの少し話しただけで、ドクター・ラクスマンはクレアと一度も会ってないことが確認できた。ぼくたちは階段で二階の研究室までおり、パソコンに入力しているドクター・ヘルツリンガーとドクター・ヴェルマンを見つけた。

二人の精神科研究員は三十代で、白衣を着ていた。メアリー・ヘルツリンガーは下に短い褐色のドレスを着ていた。彼女はほっそりしていて、短くしたプラチナ・ブロンドの髪、アイヴォリー色の肌、形はいいがひび割れている唇をしていた。アンドリュー・ヴェルマンは白衣のボタンを上まできっちりとめており、黒いシャツの襟とかたく結んだレモン・イエローのネクタイがのぞいていた。彼は小柄で肩幅が広く、黒髪はウェーヴし、左耳には金の鋲をつけていた。

ぼくは彼らにクレアのことをきいた。

まず、ヴェルマンが話した。歯ぎれのいい声だ。「事実上の他人ですね。わたしはここにきて二年になりますが、彼女とはほとんど話していません。彼女はいつも忙しくて、むだな時間をすごしている暇はないようでした。それに、わたしは研究に関する質問方式の臨床的インタヴューをしていますし、彼女は神経心理学のテストをしていましたから、いつもおたがいにちがう患者と接していました」

「どうしてここを辞めてスタークウェザーの仕事に移ったのか、彼女はなにかいってましたか？」

「いいえ」と、彼はいった。「メアリーから聞くまで、そのことを知りませんでした」

ヘルツリンガーをちらっと見る。シアボウルドもそうした。

彼女は片手で白衣をかきあわせた。「辞める二、三日まえ、彼女は話してくれました」低い、なめらかな声だ。「あたしは階下にほんとに小さなオフィスをもっているんですが、彼女は、自分のオフィスを使わないかといってきたんです。あたしは見にいって、使わせてほしいといいました。それから、箱をいくつか彼女の車まで運ぶのを手伝ったんです。助成金がきれたので、更新しなかった、といってました。ドクター・シアボウルドに短い手紙を書いたばかりだって」

「理由はなんだったんだい、メアリー？」と、シアボウルドはいった。

「なにも」

「話をしたとき、彼女はどんなムードだったんですか？」と、ぼくはいった。

「すごく落ちついてました。興奮してなかったし、動揺もしてませんでした……落ちついていて、じっくりと考えぬいていた、としかいえません。ずっと計画してきたことで、やすらかな気持ちでいるみたいでしたね」

「そろそろ潮時である」と、ヴェルマンがいった。

「彼女とつきあいがあったんですか？」ぼくはヘルツリンガーにきいた。

彼女は首を振った。「アンディとおなじです――ほとんど接触がありませんでした。あたしはここにきてまだ一年です。カフェテリアで顔をあわせて、コーヒーを飲んだだけです。三、四回かしら。ランチをいっしょに食べたことはありません。彼女がランチを食べているのは、見たことがないわ。ときどき、カフェテリアに行くときに彼女のオフィスのまえを通りかかると、あいているドアごしにデスクで仕事をしている彼女が見えました。〝すばらしい勤労意欲ね、すごく創造的な人にちがいないわ〟と思ったのをおぼえています」

「いっしょにコーヒーを飲んだとき」と、ぼくはいった。「二人でどういった話をしたんですか？」

「仕事、データ。彼女があんな目にあったのを知ったあとで、いかに彼女のことを知らなかったかがわかりました。グロテスクな事件です――警察は犯人になにか心あたりがあるんですか？」

「まだありません」

「おそろしい」と、彼女はいった。

ヴェルマンがいった。「スタークウェザーとなにか関係があるにちがいない。彼女が関係していた患者群を捜せばいい」

ぼくは、「問題は、患者たちは外に出られないということです」といった。

「一度も？」

「と、彼らはいっています」

彼は眉をひそめた。

「スタークウェザーに行くつもりだと、彼女はお二人のどちらかにいってましたか？」

ヴェルマンは首を振った。

メアリー・ヘルツリンガーは、「あたしにはいってました。箱を運んだ日に。びっくりしましたけど、質問はしませんでした──彼女はそういう人だったんです。個人的に親しくはありませんでした」といった。

「彼女、理由をいってましたか」と、ぼくはいった。

「理由とはいえないけど」と、彼女はいった。「なにかいってました……柄にもなく軽薄な口調で。車に箱を積みこんだ直後でした。あたしにお礼をいって、幸運を祈るわといったあとで、彼女がほほえんだんです。気どっているといってもいい感じで」

「なにがおかしかったんだい？」と、シアボウルドがいった。

「そこなんです」と、ヘルツリンガーはいった。「あたしは、〝将来の計画が気に入ってよかったわね〟というようなことをいいました。そうしたら、彼女はこういったんです。〝気に入っているとかいう問題じゃないのよ、メアリー。常軌を逸した連中が多いのに、時間がないの〟」

14

「彼女は、精神病患者の仕事を大急ぎでやりたがっていたのかな？」と、マイロはいった。

正午だった。ぼくたちはウェスト・ロスアンジェルス署の向かい側、バトラー・アヴェニューに駐めたセヴィルの横に立っていた。

「精神病患者は郡立病院にいくらでもいた」と、ぼくはいった。「彼女は常軌を逸した連中が欲しかったんだ」

「どうして？　彼らからもう二言三言しぼりだすためにか？　勝手にしてくれや、アレックス、おれは当分のあいだ退屈な仕事に集中してるから。彼女の銀行で、貸し金庫が見つかったよ。じっさいは、死亡診断書を使って、うまくごまかして探しあてたんだけどな。現金はなし、薬はなし、サドマゾのビデオ・テープはなし、頭のいかれたペンパルからのばかな手紙はなし。完全にからっぽだった。ということは、なにか秘密の生活をおくっていたとしても、彼女はじつにみごとに隠していたわけだ」

「もっとさかのぼったほうがいいのかもしれないな――大学院、彼女がロスアンジェルスにくるまえまで。ケース・ウェスタンでだれかと話してみることもできる」

「それもいいけど、あしたはもっとましなチャンスがあるかもしれないぞ。彼女の両親が今夜の深夜便で飛んでくるんだ。モルグで朝の八時に会う約束をしている。彼らは遺体を見る必要がないから、説得してやめさせようとしたんだが、どうしてもといいはるんだ。そういったお楽しみがすんだら、彼らと話しあうつもりさ。場所と時間を電話で知らせるよ。たぶん、午後の遅い時間になると思う」

数人の若い警官が通りすぎた。マイロはしばらく彼らを見守ってから、セヴィルの屋根をじっと見つめ、ビニールについていたごみをはじきとばした。「リチャードのファイルを見直していると、反省しきりだったよ。記憶にあるより、ファイルが少ないんだ。おれが話したのは、リチャードの女大家、両親、彼が働いていたレストランのスタッフだけだった。〈既知の友人〉の欄にはなにも書かれていなかった。聞きおぼえがあるだろ？　リチャードがオーディションを受けていたかもしれない映画会社を、もう一度たどろうとしてみたんだ――シン・ラインさ。いまだに痕跡すら見つかっていない。どんなちっぽけな会社でも、どこかにあとを残すもんなんだがな」

「映画に関するなにかがひっかかるのかい？」

「映画のセットには大工がいるだろ？　ありとあらゆる道具があって、そのなかにはのこぎりもふくまれる」

「レストランにもナイフがたくさんある」

「そこにもどるのかもしれないな」

「シン・ラインに関して、ひとつ可能なアングルがある」と、ぼくはいった。「あてにならない会社でも、機材は必要だ。小さな会社は所有するより借りるんじゃないかな。レンタル会社を調べてみたらどうだろう」

「たいへん結構」と、マイロはいった。「ありがとうよ、サー」彼は笑った。「ほかの事件だったら、映画のことは手掛かりの半分にも考えないんだが。だけど、あのふたりは——犠牲者を非難したくはないが、アレックス、せめて二人ともだれかと親しい関係にあってくれたらな」

クレアの履歴書をもういちど見ておきたかったので、ぼくたちは通りをわたって署に行き、刑事部屋まで階段をあがった。マイロは、クレアの家からもってきた資料の箱をとりにいった。証拠室に預けていないということは、自分で再検討するつもりだったのだ。ぼくが探し物をしているあいだ、彼はコーヒーをとりにいった。

履歴書はなかほどで見つかった。きちんとタイプされて、ホッチキスでとめられている。修正液で消した〈結婚歴〉の欄は粉っぽい菱形になっていた。彼女はピッツバーグ生まれで、大学を卒業するまでそこに住み、それからクリーヴランドへ行ってケース・ウェスタンに通っていた。

アリゾナで子ども時代をすごしたリチャード・ダダとは何千マイルも離れている

し、つながりがある見込みはほとんどないだろう。

やがて、彼女がはじめて発表した論文が見つかった——マイロン・シアボウルドを感動させた学生時代の研究だ。

彼のいっていたとおり単独で発表していたが、最初のページのいちばん下に、非常に小さな活字体で謝辞が書かれていた。〝供給品とデータ分析を提供してくれたケース・ウェスタン卒業生基金に。わたしが教育を受けているあいだ確固たる支援をさしのべてくれた両親、アーネスティン・アンド・ロバート・レイ・アージェントに。そして、思慮ぶかい指導をしてくださった博士論文責任者、ハリー・I・ラカーノ教授に〟。

ロスアンジェルスが午後一時ということは、クリーヴランドは四時になる。マイロの電話を使って、216の番号案内にかけた。民間人が市のものを使っても、ほかの刑事はだれも注意をはらわなかった。ケース・ウェスタンの心理学科の番号を書きとめてから、電話をかけ、ラカーノ教授をたのんだ。

電話の向こうの女性は、「申し訳ありませんが、そういった名前の者はこちらにはおりません」といった。

「かつて教授会にいたんです」

「教授名簿を調べてみます」しばらく経過した。「いえ、申し訳ありません、サー、現在の名簿と名誉教授のリストにはありません」

「どなたか、十年まえに学科で働いていたかたはいませんか?」

静寂。「少々お待ちください」

さらに五分が経過してから、こんどはべつの女性が、「どういったご用件でしょうか?」といった。

「ロスアンジェルス市警から電話しているんですが」嘘ではない。「残念ながら、そちらの卒業生のひとりであるドクター・クレア・アージェントが殺されまして、クリーヴランド時代の彼女を知っていたかもしれない人物を捜しているんです」

「えっ」と、彼女はいった。「殺された……ああ、なんて恐ろしい……アージェント。いえ、わたしはここにきてまだ六年ですから、わたしのまえの時代でしょうね——恐ろしい、調べてみます」紙がかさかさ鳴る音が聞こえてきた。「ああ、ありました、卒業生名簿に。で、彼女はラカーノ教授の教え子なんですか?」

「ええ、マーム」

「えー、残念ですが、ラカーノ教授もお亡くなりになっています。わたしがここにきた直後に。癌です。いいかたでした。いつも教え子をささえていました」

寛大にもクレアが単独で論文を発表することを許したのをみても、おおらかな性格であるのはわかった。

「ドクター・アージェントを知っていたかもしれない人物はいますか、ミズ……?」

「ミセス・バウシュ。うーん、悪いんですけど、いま、建物には人が多すぎて。教授のひとりが賞をとったので、大講堂で大きなシンポジウムがおこなわれているんです。いろいろききまわって、折り返し電話します」

「ありがとうございます」ぼくはマイロの名前を告げた。受話器をおいたとたん、ベルが鳴った。マイロの姿はどこにもなかったので、ぼくは電話をとった。「スタージス刑事のデスクです」

聞きなれた声が、「スタージス刑事にメッセージを残したいんですけど」といった。

「ハイディ？　ドクター・デラウェアです」

「ああ……ハーイ――きょうはピークからなにも聞きだせなくて、すみません」

「心配しなくていいんだ」

「スウィッグからも信頼されなくなってしまいました。あなたがたが帰ったあとで、彼はあたしをオフィスに呼んで、全部をくりかえさせたんです。ピークがなんといったのか、いついったのか、あたしがちゃんと聞いたのか」

「面倒な思いをさせてしまって、すまなかった」

「なにか証明できればよかったんですけど……とにかく、電話したのは、スタージス刑事にスタークウェザーを二週間後に辞める決心をしたことを伝えたかったんです。

でも、ほかになにか必要なことがあったら、いつでも電話してください」

「ありがとう、ハイディ。彼に伝えておくよ」

「ということは」と、彼女はいった。「あなたは実際にそこで働いているんですか？　警察署で」

「いや。きょうはたまたま」

「面白そうですね。それはそうと、ピークとはこれからも続けてみます、なにかわかるかもしれないから」

「危ない橋はわたらないように」

「なんですか、アーディスからですか？　彼の状態はごらんになったでしょ。まったく危険はありません。といって、警戒はおこたりませんけど――クレアは警戒をおこたったんだと思いますか？」

「わからないな」

「ずっと彼女のことを考えているんです。彼女の身になにが起きたのか。なにかが彼女の心を動かすことができたなんて、とても不思議です」

「どういう意味かな」

「彼女はああいう人たちのひとりに見えました――自分の世界に閉じこもっている人に。ひとりでいるのがいいみたいでした。ほかのだれも必要なかったんです」

15

署をあとにするまえに、ぼくは家に電話をかけた。ロビンは外出していたので、ぼくを待っているのは書類仕事だけだった——すでに確定している子どもの監護権に関する最終報告書。自分の声が流れてくる留守番電話に、五時までには帰ると吹きこんだ。

自分自身に話しかける。

精神病患者の手に携帯電話をにぎらせれば、彼は正常であるふりをすることができる。

アーディス・ピークとの出会いが、いまだ頭から離れなかった。

〝モンスター〟。

口をきかないやせこけたあの男を、一家を惨殺できた人物と結びつけるのはむずかしかった。

ミスター・スウィッグのきわめて組織的なシステムを推薦する、もっといいことばはなんだろう？

〝いったいどうしたら人間はあんなになれるんだ？〟。

マイロに手短に説明したら、彼は礼儀正しく文句をいわなかった。だが、ぼくには正しい答えなどなかったのだ。だれにもありはしない。

どんな研究課題がクレアをスタークウェザーへ導いたのだろう。そして、ピークへ導いたのだろう。仕事についてまもなく、彼女は彼に引き寄せられた。あれだけ常軌を逸した男たちがいるのに、なぜ彼の病理が彼女をひきつけたのだろう。

ほかにぼくを悩ませていたのは、ピークがアーデュロ家の幼い女の子の眼をえぐりとったことだった。彼がハイディにいったわけのわからないことを、ぼくはあまりに性急に軽視しすぎたのだろうか。

あるいは、もっと単純なことかもしれない。クレアは眼のことを知って、彼と話しあった。それによって、彼のなかのなにかが顕在化したのだろうか——罪、興奮、恐ろしいノスタルジアが？

〝箱のなかに悪い眼が〟。箱とは棺なのだろうか？　死んだ子どもに関するピークの心象。快楽殺人鬼たちがやるように、犯罪を追体験し、記憶から情報を得たのか？

すべては、クレアについてもっと学べるかどうかにかかっていた。が、いまのところ、彼女の亡霊はなかなかつかまろうとしなかった。

もつれた男女関係も既知の友人もなし。彼女の世界に大きな衝撃はなし。

いっぽう、アーディス・ピークは昔はスターだった。

ぼくは車でウェストウッドまで行き、UCLAの研究図書館のコンピュータを使って、アーデュロ一家皆殺しについて調べた。その殺人事件は一週間で全国に知れわたっていた。定期刊行物記事索引には半ページにわたって列挙されていたので、ぼくはマイクロフィッシュを見にいった。

記事の大半はほぼおなじ表現で、通信社の報告をそっくり引用していた。逮捕時の顔写真には、やせた顔、落ちくぼんだ頰の、若いときのピークが写っていて、長くよれよれの黒髪をこれ見よがしに見せつけている。

眼を見ひらき、びっくりしている、追いつめられた動物。エドヴァルト・ムンクの『叫び』。

左眼の下に、大きなあざがひろがっていた。顔の左側がはれあがっている。手荒く逮捕されたのだろうか？　だとしても、そのことは書かれていなかった。

事実はぼくのおぼえているとおりだった。複数の刺し傷、すさまじい頭蓋骨骨折、広範囲にわたる切断、残虐行為。記事には名前と場所があふれかえっていた。

スコットとテレサ・アーデュロは、それぞれ三十三歳と二十九歳だった。結婚してから六年で、二人ともUCデイヴィス校を卒業していた。〝裕福な農家の御曹子〟である彼は、ブドウ栽培兼ワイン醸造に興味をもっていたが、いまのところはモモとクルミの栽培に専念していた。

五歳のブリタニー。

八ヵ月のジャスティン。

つぎは、一家のしあわせな時期の写真だった。母親似の、じっとしていられない娘と手をつないでいるスコット、赤ん坊を抱いているテレサ。ジャスティンはおしゃぶりをくわえていて、丸々と太った頰をふくらませている。背景にフェリス観覧車が写っているから、なにかのフェアの会場だろう。

スコット・アーデュロは筋肉質で、ブロンドの髪をクルー・カットにし、自分は恵まれていると思っている人物特有の満面の笑みを浮かべている。ほっそりした妻は、まあ十人なみで、長い黒髪を白いバンドでまとめ、ハッピー・エンドに関しては夫よりわずかに確信がなさそうだった。

子どもたちの顔をもういちど見ることには耐えられなかった。

ノーリーン・ピークの写真はなく、キッチン・テーブルについているとき、どのように発見されたかの記事があるだけだった。ぼくの想像力が、リンゴ、シナモン、小麦粉のにおいを付け加えた。

テオドロ・アラルコンという名前の農場の管理人がノーリーンの遺体を発見し、やがてほかの人たちを見つけた。彼には鎮静剤があたえられた。

彼のことばは引用されていなかった。トレッドウェイの保安官、ジェイコブ・ハースは、「わたしは朝鮮半島で軍務についていたが、これは海外で見たいかなるものよりひどい。スコットとテリは親切心でこの連中を受け入れてやったのに、こんなふうに恩を仇で返すなんて。とても信じられない」といっていた。

匿名の町民たちが、ピークの奇妙な癖について話していた——ぶつぶつと独り言をいって、風呂にはいらず、路地をぶらつき、ごみ缶をあさり、ごみを食べる、と。みんな、彼が発射火薬のにおいを嗅ぐのが大好きなことを知っていた。だれも、彼が危険だとは思っていなかった。

あとひとつ、引用と考えられるものがあった。

「〝彼がおかしいのはみんなずっと知ってたけど、そこまでおかしいとは思ってなかったね〟と、地元の若者、デリック・クリミンズがいっていた。〝彼はだれともつきあいがなかったんだ。くさいし、サタンがどうのこうのとか、あまりに不気味だったから、だれもつきあいたがらなかったよ〟」

サタンの儀式についてはそれ以上の言及がなかったので、続報はないのだろうか、とぼくは思った。ピークは世間にでていなかったから、おそらくなかったのだろう。トレッドウェイは、〝静かな農業と農場のコミュニティ〟と呼ばれていた。

「〝ふだんは〟と、ハース保安官はいっていた。〝最悪でも酒場のけんかがせいぜいで、たまに農機具の盗難があるくらいだった。こんなことはなかったよ、こんなのはいっさいなかった〟」

それだけだった。

アーデュロ一家の葬儀に関する報道、あるいはノーリーン・ピークの葬儀に関する報道はなかった。

マイクロフィッシュを巻きもどしていると、『ロスアンジェルス・タイムズ』が二ヵ月後に、ピークがスタークウェザーに収容されたことを報道していた。

〝トレッドウェイ〟をキーワードに検索してみたが、殺人事件があった以降はなにも見つからなかった。

静かな町。死滅した町。

全コミュニティはいかにして死に絶えたのか？

ピークはコミュニティも殺してしまったのだろうか？

ぼくが朝のランニングにでかけているあいだに、マイロが留守番電話にメッセージを残していた。

「アージェント夫妻と、センチュリー・ブールヴァードにあるフライト・イン、一二九号室で午後一時に会う」

ぼくは書類仕事を片づけ、十二時半に出発して、セプルヴェーダ・ブールヴァードを空港のほうへ向かった。センチュリーは、南ロスアンジェルスを通りぬけている広くて悲しい通りである。フリーウェイから東にそれれば、ギャングがはびこる通りにたどりつき、車を強奪されるかもっとひどい目にあうかもしれない。西に行けば荒涼とした機能一辺倒の空港ホテル群、貨物倉庫、私設駐車場、トップレス・バーのまえを通り、やがてロスアンジェルス国際空港にいたる。

フライト・インはスピーディ・エクスプレスの保守作業場のとなりにあった。モーテルというには大きすぎるし、ホテルとしては成熟していなかった。白いペンキを塗ったブロックの三階建てで、黄色い雨樋と、飛行機にまたがったカウガールのロゴがあり、右側にある目立たない入口のうえにはピンクのネオンで〈空室〉のサインがでている。二層式のセルフ・パーキングが本館のまわりをとりかこんでいた。見るかぎり、駐車場にセキュリティ装置はなかった。セヴィルを地上レヴェルに駐めて、フロントのほうへ歩いていくとき、頭上で747が咆哮をあげた。

外の正面にかかっている横断幕は、キング・サイズのベッド、カラー・テレビ、ゴールデン・グースという店のハッピー・アワーの割引クーポン券を宣伝していた。ロビーには赤いカーペットが敷かれ、自動販売機では、櫛、地図、チェーンにディズニー・キャラクターがついているキー・ホルダーを売っていた。ぼくが白く塗ったブロックのロビーに入っていっても、カウンターについている黒人フロント係は見向きもしなかった。廊下にならんでいるドアの外には、ファスト・フードの箱がだしてある部屋もある。海からは何マイルもはなれているのに、空気には熱気と塩気がまじっていた。一二九号室は裏手にあった。

マイロがぼくのノックに応えた。疲れきった表情をしている。

進展がないのか、ほかのなにかが起きたのか。

部屋はせまい箱形で、装飾は驚くほどにぎやかだった。青い花柄のカヴァーがかかっているツイン・ベッドは新しそうで、ヘッドボードの上方には水に浮かんでいるマガモの版画が飾られ、植民地時代ふうのライティング・デスクには聖書と電話帳がこれ見よがしにおいてあった。硬い詰め物をした二脚の椅子があって、壁には十九インチのテレビがのっている。部屋の片隅には、ふたつの黒いナイロンのスーツケースがきちんとおかれていた。ベッドのほうを向いているふたつの合板のドアは閉じられており、下のほうが欠けている。クローゼットとバスルームだろう。

手前のベッドの端に腰をおろしている女性は、悲しみにくれる人物にしてはあまりに姿勢がよかった。美しい顔だちの六十代前半で、コールドパーマをかけた髪はうすいレモネード色をしており、金のチェーンがついた白い真珠光沢のある眼鏡を首にかけ、化粧は控えめだった。チョコレート・ブラウンのドレスはボトムにプリーツが入っており、カラーとカフスは白いピケだ。褐色の靴とハンドバッグ。小粒のダイヤモンドの婚約指輪、小さな金の結婚指輪、ホタテガイ形の金のイヤリング。

彼女はぼくのほうを見た。びっくりした、骨ばった顔だちは、けっして引力に屈していなかった。ひきしまった、威厳をそなえた既婚女性の姿を思い浮かべてしまった。

マイロが紹介役を買ってでた。アーネスティン・アージェントとぼくは、同時に、「お会いできて光栄です」といった。彼女の口の片端がつりあがり、すぐに唇がかたく閉ざされた——反射的なほほえみはすぐに消えた。ぼくはひんやりと乾いた手をとった。

合板のドアの奥で水の流れる音がすると、彼女は両手を膝のうえにおいた。近くのベッドのうえには、三角形にたたんだハンカチがおいてあった。

ドアがあいて、男がひとり、ハンドタオルで手をふきながらなんとかバスルームの外にでようとした。

苦労しているのは、ドアロを通りぬけるのがやっとだからだ。せいぜい五フィート七インチしかないのに、体重は四百ポンドちかくありそうだった。白い長袖のシャツ、灰色のスラックス、白い運動靴に身をつつんだ、ピンクの卵。バスルームはせまく、でるには横向きになって洗面台のまえを通らなければならなかった。荒い息をしながら、顔をしかめ、小さく数歩すすんでから、ようやく身をよじって通りぬけることができた。奮闘したせいで、顔が真っ赤になっている。タオルをたたんでカウンターのうえにぽんと放り、三角波に立ちむかうはしけよろしく、左右にゆれながら、非常にゆっくりと前進する。

　ズボンはしみひとつないポリエステルの綾模様で、クリップ式のサスペンダーで吊ってあった。運動靴は押しつぶされているようにみえた。一歩すすむごとに、ポケットのなかでなにかがジャラジャラ音をたてた。

　彼は妻とほぼおなじくらいの年齢で、豊かな黒いカーリー・ヘアが頭をおおっている。デリケートといってもいい繊細な鼻で、ふくらんだ頰のそばで厚ぼったい唇がつきだしている。三重あごで、ひげはきれいに剃ってあった。褐色の眼はほとんど肉に埋もれており、かろうじて一点だけ強烈な光を放っていた。彼は妻に眼をやり、ぼくをじっとながめてから、ふたたび歩きつづけた。

　頭のなかで脂肪をとりのぞいてみると、みごとな体つきを思い浮かべることができた。汗をかき、荒い耳ざわりな呼吸をしながら、彼はなおも前進した。ぼくのところまでくると、彼は足をとめ、ゆれながら体をまっすぐにして、豚足の燻製そっくりの腕をさしだした。

手は小さめで、乾いた力強い握手だった。

「ロバート・レイ・アージェントです」低い、呼吸するのがつらそうな声で、巨大な体腔の反響室から発せられた、低音の残響のようだった。一瞬、彼が空洞化し、膨張した姿を想像してしまった。が、その空想も、なんとか手前のベッドまでたどりつこうとしている彼の姿を見ると消え去った。一歩すすむたびにうすいカーペットのうえで大きな足音がし、手足はひとりでに振動しているようだった。額には玉の汗が浮かび、滴り落ちている。ぼくは彼の肘をとってやりたい衝動を抑えこんだ。

彼の妻がハンカチをもって立ちあがり、彼の額をぬぐった。

彼はつかのま彼女の手にふれた。「ありがとう、ハニー」

「すわって、ロブ・レイ」

ふたりとも、ピッツバーグ特有のかるい訛りがあった。

ゆっくりと動き、慎重に身をかがめながら、彼は体を低くした。マットレスがボックス・スプリングのところまで沈みこみ、きしんだ。ボックス・スプリングは床につきそうだった。ロバート・レイ・アージェントが腰をおろし、脚をひろげると、両方のふとももの内側がふれた。灰色のズボンの繊維はくぼみのある膝のうえでてかてかに伸び、カボチャそっくりの巨大な腹にひっぱられてぱんぱんに張りつめている。

彼は二、三度、息を吸いこみ、咳払いをすると、手を口にあてて咳をした。彼の妻はあいているバスルームのドアをじっと見つめ、歩いていって閉めると、ふたたびベッドに腰をおろした。

「で」と、彼はいった。「きみは臨床心理医なんだね、クレアみたいに」わきの下に黒っぽい汗じみができている。

「ええ」と、ぼくはいった。

なにかの合意に達したかのように、彼はうなずいた。ため息をついて、両手を腹のてっぺんにおく。

アーネスティン・アージェントが手を伸ばして彼にハンカチをわたすと、彼は自分でさらに汗を押さえた。彼女はハンドバッグから三角形にたたんだハンカチをまたとりだし、自分の眼を何度も押さえた。

マイロがいった。「アージェント夫妻に、捜査の経過をお話ししていたところなんだ」

アーネスティンが、心ならずも小さな泣き声をあげた。

「ハニー」と、ロバート・レイがいった。

「わたしはだいじょうぶよ」彼女はほとんど聴きとれない声でいった。ぼくのほうを向く。「クレアは心理学が大好きでした」

ぼくはうなずいた。

「あの娘は、ほんとにわたしたちのすべてだったんです」

ロブ・レイは彼女に眼をやった。顔の一部はプラム色になっていた。ほかの部分は、ピンク、ベージュ、白だった——さまざまな血の流れが原因でリンゴの皮のような斑点ができており、肌全体にひろがっていた。彼はマイロのほうを向いた。「あまり進展がないように聞こえるな。こんなまねをした悪魔を見つけられるチャンスはどのくらいあるんだね？」

「わたしはいつも楽観的なんです、サー。あなたと奥さまがクレアについて話してくれればくれるほど、そのチャンスは大きくなります」

「ほかになにがいえるんです？」と、アーネスティンがいった。「だれもクレアをきらっていませんでした。あの娘はとてもやさしい子だったんです」

彼女は泣きさけんだ。

ロブ・レイは妻の肩に手をふれた。

「ごめんなさい」ようやく、彼女はいった。「これでは役に立ってませんね。どういったことをお知りになりたいの？」

「そうですね」と、マイロはいった。「まず、基本的な時間枠を考えましょう。最後にクレアと会ったのはいつですか？」

「クリスマスだ」と、ロブ・レイがいった。「あの娘はいつもクリスマスには実家に帰ってきた。いつも家族で楽しくすごすんだが、去年もそうだった。あの娘は母親を手伝って料理をした。ロスアンジェルスでは忙しすぎて料理をしていない、缶詰やテイクアウトのものを食べている、といっていたよ」

ケープ・ホーン・ドライヴのキッチンのようすと一致している。

「クリスマス」と、マイロはいった。「半年まえか」

「そのとおり」ロブ・レイは左足をまげた。

「ちょうど、クレアが郡立病院を辞めてスタークウェザー病院に移ったころですね」

「のようだな」

「彼女は仕事を変わることについて話していましたか？」と、マイロはいった。

二人は首を振った。

「まったくなにも？」

さらなる沈黙。

アーネスティンがいった。「あの娘は仕事についてはくわしく話しませんでした。わたしたちはあれこれ詮索したくなかったんです」

二人は知らなかった。マイロが驚きを隠すのがわかった。ロブ・レイはベッドのうえで居ずまいを正そうとした。片脚が動きをあわせた。

マイロは、「クレアは、なにか問題を抱えていそうなことをいっていましたか？

職場かほかのどこかで、彼女を困らせているだれかがいると」といった。

「いや」と、ロブ・レイはいった。「あの娘に敵はいなかった。それはまちがいない」

「クリスマスに帰ってきているあいだ、彼女はどんなふうにふるまっていましたか？」

「元気だった。ふつうだ。われわれにとって、クリスマスはいつも楽しい時期だった。あの娘は家にいることを楽しんでいたし、われわれもあの娘がいてうれしかった」

「彼女はどのくらい滞在したんですか？」

「四日だ、いつもどおり。みんなでいやというほど映画に行ったよ。あの娘は映画が大好きだったから。ピッツバーグ・アイス・エクストラヴァガンザも見たな。小さかったころ、あの娘はアイス・スケートをやっていたんだ。最後の日、あの娘はわれわれの店にやってきて、ちょっと手伝ってくれた——ギフト商品をあつかっているので、休暇シーズンはあけておかなくてはならないんだ」

「映画」と、ぼくはいった。ジョゼフ・スターギルがおなじことをいっていた。

「そのとおり——うちの者は全員、映画が大好きだった」と、ロブ・レイはいった。

「あの娘は楽しくやっていて、なんの問題もありませんでした」と、アーネスティンがいった。「わたしたちにとって唯一の問題は、あまりあの娘に会う時間がなかったことです。でも、わたしたちは理解していました、あの娘には仕事がありましたから。わたしたちは旅行にでられないんです。お店がありますから」

「責任逃れをするわけにはいかない」と、ロブ・レイはいった。「それに、わたしはあまり旅をしないんだ——なにせ、この体だからな。だが、それがどうしたというんだ。これは、クレアが家に帰ってくることや、あの娘の問題とは関係ない。だれかがあの娘をうらむ理由はない。解き放たれている凶暴なやつと関係があるにちがいない——あの娘が働いていた場所からでて、どこかにいるんだろう」彼の肌は深紅になっていて、荒々しく息を吸いこむ合間にことばがあらわれた。「いいかい、あの娘を危険な目にあわせたやつを見つけたら、かならず——まあ、みじめな思いをするやつは多い、とだけいっておこう」

「ダーリン」といって、妻は彼の膝をかるくたたいた。そして、ぼくたちに向かっていった。「夫がいっているのは、クレアはやさしくて親切だったということです。だれもあの娘を憎めるはずがありません」

「どこまでもやさしかった」ロブ・レイが同意した。「ハイスクール時代、あの娘はいつも真っ先に申しでてて、ほかの人たちを助けていた。病院のお年寄り、シェルターにいる動物——なんでもよかったんだ、あの娘は列の先頭にならんでいたよ。とくに、動物が大好きだった。家では犬を飼っていたんだ、小さなスコティッシュ・テリアを。子どもはペットの責任をひきうけないで、だいたいいつも親が面倒をみるものだ。でも、うちはちがう。クレアはすべてをやった。餌もあたえたし、糞の後始末もした。あの娘はいつも治していたよ——虫の折れた羽でもなんでも。われわれはあの娘がなにかのドクターになるんだろう、おそらく獣医だろうなと思っていたんだが、べつに臨床心理医でもかまわなかった。成績はつねに優秀だった——つじつまが合わないな、スタージス刑事。モルグで——わたしたちが見たばかりのものは——わたしは……凶暴なやつにちがいない——このスタークウェザーというところは、凶暴な連中がいる場所にほかならないわけだろ？」

「そうですね」と、マイロはいった。「われわれはまずそう考えました。いまのところ、手掛かりはありません。どうも、被収容者たちは外にでていないようなんです」

「きっと」と、ロブ・レイはいった。「いつだって、だれかを外にだしてしまう失敗はあるんじゃないのかな。ばかなまちがいが」ゼリーのような彼の頬を、涙が静かに流れ落ちはじめた。

「そうですね、サー」と、マイロはいった。「でも、いまのところは、まだなにも浮上していません」

彼の口調はやわらいでいた。突然、ぐっと若返ったようにみえた。

「まあ」と、ロブ・レイはいった。「きみたちはいい人たちのようだ。出身はどこかな？　両親という意味だが」

「インディアナです」

満足げにうなずいた。「きみたちがやってくれているのはわかっている」

突然、丸太のように太い腕が驚くほどのスピードで伸びて、大男の顔のほうへ向かい、ハンカチを眼にこすりつけた。

「ああ、ロブ」と、彼の妻がいった。彼女もまた泣いていた。

マイロはバスルームに行き、二人に水をくんできた。

ロブ・レイ・アージェントは、「ありがとう、とにかく、わたしは大量に飲まなければならないんだ。関節をなめらかにしておくために」といった。肩をすくめるようなしぐさをみせると、さがっていた肩がこまかくゆれた。彼は肉のひだにはさまっていたシャツの生地をひっぱりだした。

「ということは、クレアはクリスマスのときだけ帰っていたんですね」と、マイロはいった。

「そうだ」

「それは彼女がロスアンジェルスに引っ越してからですか？　それとも、クリーヴランドの大学院に行っていたときからですか？」

「ロスアンジェルスだ」と、ロブ・レイはいった。「ケース・ウェスタンにいたときは、感謝祭、イースター、夏休みにも帰ってきた。夏休みは、わたしたちの店を手伝ってくれたものだ」

「ロスアンジェルスに引っ越してから、彼女はどのくらい頻繁に手紙をくれました？」

静寂。

「電話が多くて、手紙はあまり書きませんでした」と、アーネスティンがいった。

「いまは、長距離が安いですから。割引プランを利用していました」

ぼくはクレアの電話料金の請求書を思いだした。最近、ピッツバーグにかけた形跡はなかった。両親にはオフィスから電話したのだろうか？　それとも、彼女は二人にとって見知らぬ他人になっていたのだろうか？　ぼくたちがことあるごとに出くわす、見知らぬ他人クラブに二人をくわえたのだろうか？

「で、彼女は電話をかけてきたんですね」と、マイロはいった。

「そうです」と、アーネスティンがいった。「ときどき」

マイロは走り書きした。「彼女の結婚に関してはどうでした？　それに、離婚に関して。わたしが聞いておくべきことはありますか？」

アーネスティンは眼をふせた。

夫は長々と騒々しくひと息ついた。

「リノで結婚したといっていた」と、彼はいった。「式の直後に。電話で」

「彼女はそれを電話で報告してきたんですね」と、マイロはいった。「彼女、しあわせそうでしたか？」

「でしょうね」と、アーネスティンがいった。「まえもって話さなかったことを謝って、突然のことだったといってました――ひとめ惚れだって。夫はいい人だといってました。弁護士だと」

「でも、会われていないんですね」

「会うつもりだったんですが、クレアの結婚生活はあまり長くありませんでしたから」

二年間、まったく接触なし。

「で、結婚しているあいだも、彼女はクリスマスには実家に帰ったんですね」

「いえ」と、アーネスティンはいった。「結婚しているあいだは帰ってきませんでした。去年のクリスマス、あの娘はもう離婚していました」

マイロはいった。「なぜ離婚したのか、説明してくれましたか？」

「そうなったあとに電話をかけてきて、元気よ、なにもかも友好的だった、といっていました」

「そのことばを使ったんですか？」と、マイロはいった。「〝友好的だった〟と」

「あるいは、そのようなことを。あの娘はわたしを安心させようとしていたんです。クレアはそういう娘でした。ほかのみんなに気をくばるんです」

彼女は夫にちらっと眼をやった。

彼は、「奇妙に聞こえるのはわかってます――われわれが彼に会わなかったのは。みんなに祝福される、純白のウェディングドレスを着た結婚式じゃなかったんだ。でも、クレアはいつも自由を必要としていた。彼女は――それは――あの娘はそういう娘だった。自由をあたえると、あの娘はオールAをとる。いつもいい娘だった――すばらしい娘だった。なんの権利があって、あれこれ議論しているんだろう？　最善をつくしても、自分の子どもたちがどうなるのかなんてだれにもわからない。あの娘はすばらしい娘になった。わたしたちは彼女に自由をあたえたんだ」といった。ぼくはしゃべっているあいだ、彼はほとんどずっとぼくに眼の焦点を合わせていた。

はうなずいた。

「彼に会いたいといったんだ」と、彼はいった。「夫に。つれてくるといっていたが、実現しなかった。最初から、うまくいっていないという印象はあったよ」

「どうしてです？」

「あの娘が彼をつれてこなかったからさ」

「でも、彼女が結婚について不満をいっていたことは一度もないんですね」と、マイロはいった。

「しあわせじゃないとは、一度もいっていなかった」と、ロブ・レイはいった。「そういったことがききたいのであれば。どうしてだね？　彼がなにか関係していると疑っているのか？」

「いえ」と、マイロ。「できるかぎり知りたいだけです」

「そうなのか？」

「もちろんです、サー。現時点では、彼は容疑者ではありません。残念ながら、容疑者は皆無です」

「まあ」と、ロブ・レイはいった。「いれば、教えてくれているだろうからな。あの娘が彼について話すのは、ときどき会話の最後に、〝ジョーがよろしくって〟というだけだった。彼は弁護士だといっていた。法廷弁護士ではなく、ビジネス弁護士だと。あの娘が電話してくるとき、彼は家にいたためしはなかった。いつも忙しそうな感じだったな。あの娘も。いわゆる現代的な結婚だったんだ。おたがいに忙しすぎたから、ああいうことになったんだろう」

アーネスティンがいった。「あの娘は写真をおくってくれました。結婚式の――チャペルでした。だから、彼がどんな顔をしているかは知っていました。赤毛です。赤毛の孫ができるのかしらって、ロブ・レイに冗談をいったのをおぼえています」

彼女はまた泣きはじめたが、こらえ、小さな声で謝った。

ロブ・レイがいった。「彼女を理解するには、どんな娘だったかを知ってもらわないと。とても自立していた。いつも自分の身を自分で守っていた」

「ほかの人たちの面倒もみていた」と、ぼくはいった。

「そのとおり。だから、くつろぐ必要があるのはわかると思う。だから、ひとりで映画に行ってくつろいでいるんだ。あるいは、本を読んで。あの娘にとってプライヴァシーは重要なことだから、わたしたちはそれを尊重している。ほとんど、あの娘はひとりでなんでもやっている。いっしょに映画に行くときをのぞいて。わたしといっしょに行くのが好きなんだ――二人とも映画マニアだからな」

現在形になっていることに気づくと、ぼくの眼はうずきはじめた。

彼も気づいたのだろう。だれかに押しさげられたかのように、いきなり両肩がさがり、彼はベッドカヴァーをじっと見おろした。

「特別なジャンルの映画ですか？」と、ぼくはいった。

「いいものはなんでも」と、彼はつぶやいた。うつむいたままだった。「それがいっしょにしたことだった。無理にスポーツはやらせなかった。正直いって、わたしは体が大きくてあちこちつきあえないから、彼女があいった娘でいてくれてよかったんだ。じっとすわって、映画を見ていてくれる娘で」

「小さかったころでさえ」と、アーネスティンがいった。「あの娘はひとりで楽しんでくれました。最高にかわいい娘だったんです。ベビー・サークルのなかに入れて、わたしが家事をしていても、まわりでなにが起こっていても、あの娘はそこにすわって、なかにあるもので遊んでいました」

「自分の世界を創造していたんですね」と、ぼくはいった。

彼女はいきなりほほえんだものの、落ちつきのない笑みだった。「そうです、ドクター。まさにそのとおりです。まわりでなにが起こっていても、あの娘は自分だけの世界を創造していました」

〝まわりでなにが起こっていても〟。数秒のあいだに、おなじいいまわしを二度使っている。なにか家族の混乱を暗示しているのだろうか？

「逃避としてのプライヴァシー」と、ぼくはいった。

ロブ・レイは顔をあげた。眼に困惑がやどっている。ぼくが彼の注意をひこうとすると、彼は顔をそむけた。アーネスティンは夫を見守り、ハンカチをしぼった。

「クレアの結婚に関してですが」と、彼女はいった。「ロブ・レイとわたしは教会で大きな結婚式をあげたので、わたしの父は二年も借金を負っていました。いつも思うんですが、クレアの心のなかには、思いやりがあったんでしょうね」

「あの娘を駆りたてていたのは」と、ロブ・レイがいった。「思いやりだったんだ。人びとを助けること」

「ミスター・スターギルのまえ」と、マイロはいった。「クレアにほかにボーイフレンドはいましたか？」

「デートはしていました」と、アーネスティンはいった。「ハイスクール時代、という意味です。社交家ではありませんでしたけど、デートはしていました。地元の男の子たちで、ステディはいなかったですね。ギル・グレイディという男の子が、卒業記念のダンス・パーティにつれていってくれました。彼はいまは消防署の副署長をしています」

「その後は？」と、マイロ。「大学では？　大学院では？」

静寂。

「ロスアンジェルスに引っ越してからはどうでした？」

「まちがいなく」と、アーネスティンはいった。「デートしたければ、あの娘は選び放題だったでしょう。いつも、とてもかわいかったから」

なにか――おそらくいちばん新しい娘の記憶で、金属テーブルに横たわっている、灰色で損なわれた姿だろう――のせいで、彼女の表情がくずれた。両手で顔をおおう。

夫がいった。「こういったことがわれわれをどこに導いてくれるのか、わたしにはわからない」

マイロはぼくを見た。

「もうひとつだけ、お願いします」と、ぼくはいった。「クレアは、アートとかクラフトにかかわっていましたか？　絵画、木工、といったようなことです」

「クラフト？」と、ロブ・レイはいった。「ほかの子とおなじように絵は描いていたが、それだけだったな」

「だいたいは、読書や映画に行くことを好んでいました」と、アーネスティンがいった。「まわりでなにが起こっていても、あの娘はいつもひとりで静かな時間を見つけだすことができたんです」

ロブ・レイが、「失礼」といって、苦労しながら立ちあがり、重い足どりでバスルームのほうへ歩きはじめた。ぼくたち三人が待っていると、やがてドアが閉まった。木のドアごしに、水の流れる音が聞こえてきた。

アーネスティンが、静かに、だが必死にしゃべりはじめた。「あの人にはこれがとてもつらいんです。クレアの成長期、まわりの子どもたちは彼のことをからかいました。残酷な子どもたちです。先天的なもので、わたしより食べないときもあります」

ぼくたちに熟慮させるように、彼女は口をつぐんだ。「夫はすばらしい人間です。

クレアは彼を恥ずかしいと思ったことはありませんでしたし、敬意以外の気持ちで接したことはありません。クレアはいつも家族を誇りにしていました、たとえなにが——」

最後のことばはあまりに急に消えた。ぼくは続きを待った。彼女は唇を内側に巻きこんだ。唇を噛むと、あごがふるえた。「いま、わたしには彼しかいません。心配なんです、このことであの人がどうかなってしまったら——」

またトイレットの水が流れる音がした。しばらくするとドアがあき、ロブ・レイの大きな頭があらわれた。ふたたび苦労しながらそこを脱出して、荒い息をしながらベッドまでもどった。

ようやく落ちつくと、彼はいった。「クレアが、ずっと部屋に閉じこもっていた、変わった子どもだったと思ってほしくないんだ。あの娘はタフな娘で、自立していて、自分にとって悪いことは受けつけなかった。だから、これは誘拐にちがいないんだ。ある種の凶暴なやつのしわざだ」

燃料を補給したかのように、さらに大きな声で、さらに力強くしゃべっている。

「クレアはばかじゃなかった」と、彼は続けた。「クレアは身を守るすべを知っていた——知っていたにちがいない」

「それは、ひとりで暮らしていたからですか?」と、ぼくはいった。

「それは――ああ、そのとおりだ。わたしの娘は自立していた」

あとで、マイロといっしょにラ・ティジェラのコーヒー・ショップに腰をおろしているとき、ぼくはいった。「たいへんな苦しみだろうな」

「いやはや」と、彼はいった。「いい人たちのようだが、妄想だよ。しあわせな家族みたいなことをいっていたが、クレアは夫を実家につれていかなかったし、電話もかけていない。彼女は両親と縁をきったんだよ、アレックス。なぜだろう」

「家族の混乱について母親がいっていたことがひっかかっているんだ。〝まわりでなにが起こっていても〟という表現を、三回使っていた。クレアがうまく対応していたことを強調していたんだ。大きな混乱があったのかもしれない。でも、いまの二人はそれを話そうとはしていない。美しい記憶しかないんだ。それに、そのことはあまり重要じゃないだろ？」

彼はにっこり笑った。「突然、過去は関係なくなるのか？」

「いつだって、だれかの人生には関係あるさ」と、ぼくはいった。「でも、クレアの死とは関係ないかもしれない。少なくとも、ぼくにはあるとは思えないんだ」

「おやじさんがいっていたように、凶暴なやつのしわざか」

「夫妻は家族の秘密を隠しているのかもしれないけど、きみのじゃまをするとは思えないな」と、ぼくはいった。「クレアはもう何年もこっちにいる。ピッツバーグやクリーヴランドより、ロスアンジェルスのほうが関係あるんじゃないかな」

彼はぼくの後方、キャッシュ・レジスターのほうへ視線を投げ、手を振ってウェイトレスを呼んだ。独立したブースにすわっている眼の赤い二人のトラック運転手をのぞけば、客はぼくたちだけだった。

ウェイトレスがやってきた。若く、鼻声で、心をこめてもてなしてくれた。サンドウィッチの注文をとった彼女が立ち去ると、ぼくはいった。「彼女が混乱のなかで育ち、大人になったら静かに暮らしたかったんだったら、あのからっぽのリヴィング・ルームはやや意味をなす。でも、どうしてそれが彼女が犠牲者になるのに一役買ったのか、それはわからないな」

マイロは正面の門歯をこつこつとたたいた。「パパの体のサイズだけが混乱させたのかもしれない。子どもたちは彼をからかい、クレアはそれに対処しなければならなかった」彼はコーヒーを飲み、コーヒー・ショップの正面の窓ごしに外をのぞきこんだ。見えないジェット旅客機が頭上を通過すると、建物がふるえた。

「そういうことなのかもしれないな」と、ぼくはいった。「彼といっしょに育ったことで、ちがう人びとといると落ちつけたのかもしれない。でも、私生活となると、彼女ははっきりと一線をひいていた。騒がない、よごさない。子どものころとおなじように、孤独へと逃げる」

ウェイトレスがサンドウィッチを運んできた。マイロがほかに注文はないというと、彼女はがっかりした表情になった。彼が湿っぽいハムにかぶりついたとき、ぼくは自分のハンバーガーをじっくり査定した。うすく、てかてかしていて、乾いた泥の色をしている。ぼくはわきに寄せた。トラック運転手のひとりがテーブルに現金をぽんと放り投げ、足をひきずりながら正面のドアからでていった。

マイロはさらに二口、サンドウィッチにかぶりついた。「アートとクラフトの質問をはさんだのは上出来だったな。木工場の記憶に期待していたのか？」

「結果がよければよかったんだけど」

なにか気に入らないものを噛んだのだろう、彼はパンをもった手をめいっぱい伸ばし、やがてパンを皿にもどした。「モルグのシーンだ。検屍官はベストをつくして彼女を復元しようとしたんだが、かわいいとはほど遠い状態にしかならなかった。二人には見ないようにいったんだが、どうしてもといいはられてしまってな。じっさい、ママはなんとかもちこたえた。息が荒くなり、ビートのように真っ赤になって、壁に寄りかかったのは、パパのほうだった。またひとつ死体がふえるかと思ったよ。モルグの職員が、今週の怪物を見るような眼であわれな男を見つめていると、彼はほんとにぼーっとしはじめたんだ。おれは二人をその場からつれだした。ありがたいことに、彼は倒れなかったよ」

ぼくたちは二人ともしばらく口をきかなかった。トレーニングの奴隷であるぼくは、クレアの子ども時代に思いをはせていた。なにかから……逃れ……孤独に慰めを見つけた……なぜなら、孤独は何層もの空想をつむぎだしたから……心の劇場。現実の劇場。

ぼくはいった。「クレアは映画が好きだった。両親も、スターギルも、そういっていた。ただ見るだけじゃなかったとしたら？　彼女に演技願望をもたらしたとしたら？　オーディションに――リチャード・ダダとおなじやつに応募していたとしたら？」

「映画好きだったから、いきなりスターになりたくなったってか？」

「いいじゃないか」と、ぼくはいった。「ロスアンジェルスなんだから。クレアも『ブラッド・ウォーク』にちょい役ででていたのかもしれない。リチャードとの結びつきがでてくるじゃないか。殺人者は二人にセットで会った」

「この女性に関して判明したすべてが、彼女はプライヴァシー信奉者だったことを示している。彼女がみずからカメラのまえに立ったと思っているのか？」

「やたら恥ずかしがり屋の俳優を何人か知ってるよ。他人の身分をまとうことで、彼らは自由にふるまえるんだ」

「なるほどね」彼は疑わしそうにいった。「てことは、二人はセットでどこかの妙なやつに出会い、やつはだれも知らない動機で二人にねらいをつけようと決意する……だったら、殺人の間隔があいたのはどうしてだ？」

「あいだにほかの殺人があって、こちらが知らないだけかもしれない」

「似たようなやつは探したよ。車のトランクとか、眼に傷があるやつとか、のこぎりのあとがあるやつとか。いっさいなかった」

「オーケイ」と、ぼくはいった。「ただの仮説だよ」

ウェイトレスがやってきて、デザートはいかがですか、ときいた。

マイロが、「けっこう」とひと声吠えると、彼女はあとずさり、そそくさと立ち去ってしまった。

「ロール・プレイングのことはわかっているよ、アレックス。だが、おれたちはミズ・からっぽの部屋の話をしていて、彼女が感動するのはひとりでいることときているる。彼女がひとりでマチネーを見にいって、スターの卵のふりをしているというのはわかる。だけど、映画に行くのと映画にでるのはちがうぜ。ちくしょう、スタークウエザーとの結びつきがないのが、いまだに信じられんよ。その女性は殺人犯たちと仕事をしていたんだぞ、なあ。なのに、だれも釈放されていなくて、彼女を追いつめなかったという話を鵜呑みにしろっていうのか。いっぽう、おれたちはここにすわって、演技のお仕事に関する仮説をあれこれ考えている」

マイロは両方のこめかみを押さえた。頭痛が始まったのだ。

ウェイトレスが伝票をもってきて、めいっぱい手を伸ばしてさしだした。マイロは彼女に二十ドル紙幣を一枚押しつけると、アスピリンを買ってきてくれないか、お釣りはとっておいてくれ、といった。彼女はにっこり笑い、脅えた表情を浮かべながらあわてて立ち去った。

彼女が錠剤をもってくると、マイロは水なしでのんだ。「スウィッグとやつの裁判所命令なんか、くそくらえだ。そろそろ州の監察委員会へ行って、クレアがスタークウェザーで働きはじめてから、脱走者がいたことを話してもらえるかどうかを確かめる時期だな。そのあとは、むろん、映画のことでいいんじゃないか。おたくが提案していたように、機材のレンタルを」

アスピリンの包みをくしゃくしゃにすると、彼はそれを灰皿のなかに落とした。

「おたくがいったように、ロスアンジェルスだからな。ここでは、いつから論理がどうしようもないことを意味するようになったんだ」

16

コーヒー・ショップの駐車場で、マイロは携帯でサクラメントに電話をかけた。ロスアンジェルス市警に勘定をつけて。その許可がもらえるまで、しばらく時間がかかった。事務員から主任、ふたたび事務員にたらいまわしにされて、さらに時間がかかった。数秒ごとに、飛行機が地上に舞いおりていった。ぼくがぼんやり立っているあいだ、彼はおだやかな声をたもつことでカロリーを燃焼していた。ようやく忍耐が報われ、州の仮釈放事務所で優先的に記録の調査をしてもらえることになった。

「てことは、何週間ではなく、何日かでわかる」といって、彼はちかくの電話ボックスまで歩き、チェーンでつながっているイエロー・ページを棚からとりあげた。カヴァーには乾いたガムがへばりついていた。「主任はひとつだけ確認してくれたよ。スタークウェザーの連中は釈放される。めったにあることじゃないが、そういうことはある。五年まえにあったから、彼女は事実として知っているんだ——きびしい監視下におかれるはずのある男が、故郷にもどり、地元の床屋でピストル自殺をした」

「システムなんてそんなものさ」と、ぼくはいった。「だから、スウィッグは神経質になっていたのかもしれない」

「システムなんてたわごとさ。人びとは機械じゃない。サン・クエンティンやペリカン・ベイといった場所では、ありとあらゆる問題がもちあがる。完璧に監禁するか、やつらに好き勝手にやられるかのどちらかだ」彼は電話帳のページを繰りはじめた。「オーケイ、レンタル・ショップを探して、シネマ探偵をやろうじゃないか」

ほとんどの映画機材会社はハリウッドかバーバンクにあって、あとはヴァリーとカルヴァー・シティ周辺にぱらぱらとあった。

「まずはハリウッドだな」と、彼はいった。「ほかにないだろ？」

午後三時をまわったところで、ぼくはマイロの覆面パトカーのあとからインターステイト四〇五号線にのり、USハイウェイ一〇一に向かった。ぼくたちはサンセットでおりた。車の流れは少なかった。

ハリウッドの会社は、フェアファックス・アヴェニューとガウアー・ストリートのあいだ、その地区の西端にある倉庫や大きな店舗ビルのなかにあった。サンタモニカ・ブールヴァードに集中しているので、車を駐められたし、六軒を手ばやく調べることができた。シン・ライン・プロダクションズと『ブラッド・ウォーク』という名前をだしても、レンタル・ショップの店員からは、困惑気味の視線しか返ってこなかった。彼らのほとんどは、スラッシュ－メタル・バンドをクビになったような外見だった。

七軒目、ウィルコックス・アヴェニューに面した〈フリック・スタッフ〉という店では、巨大な黒い付け毛をして、唇にピアスをした、がりがりにやせた類人猿そっくりの若者が、乳首までの高さがあるカウンターの奥で前かがみになっていた。マイロのバッジを見ても、なんとも思っていないようだった。二十一歳くらいだろう。厭世的になるには若すぎる。彼のうしろにはダブル・ドアがあって、〈職員専用〉という標示がでている。その奥では、女性ヴォーカリストがパワー・コードに負けじと叫んでいた。ジョーン・ジェットか、彼女のまねをしているだれか。ビッグ・ヘアくんは、ぴっちりした黒いTシャツと赤いジーンズを身につけていた。Tシャツには、〈ダンスをしないのであれば、セックスはなし〉というスローガンが書かれている。彼の腕は白くて毛が生えておらず、筋肉より静脈のほうが多かった。湾曲部にごつごつした繊維組織の麻薬の傷あとがあるから、おそらく警察のお世話になったことがあるはずだ。

マイロがいった。「二十ヵ月まえ、ここで働いていましたか、サー？」

「サー」ということばを聞くと、若者はにやにや笑った。「不規則にね」彼はさらに前かがみになった。

まわりの壁には、価格表が画鋲でとめてあった。サンドバッグ、ウェスタン・ドリー、側壁、マグライナー、衣装ラック、カーデリーニ・ランプ、グリーンスクリーンの一日あたりの料金だ。驚くほど安い。スノー・マシンが五十五ドルで借りられる。

「シン・ライン・プロダクションズという会社に貸したのをおぼえているかい？」

あくびが返ってくるものと思っていたが、ビッグ・ヘアくんは、「かもね」といった。

マイロは待った。

「聞きおぼえがあるな。ああ、かもね。ああ」

「ファイルを調べてくれないかな」

「ああ、ちょっと待って」ビッグ・ヘアくんはダブル・ドアをあけて奥に消えると、一枚のインデックス・カードを振りながらもどってきた。いまにもつばを吐きそうだ。「ああ、いま思いだしたよ」

「なにか問題でも？」と、マイロはいった。

「大問題さ」ビッグ・ヘアくんは黒いTシャツで両手をぬぐった。威厳を傷つけられた表情を浮かべようとしているのだが、上唇を貫通しているきたない金属のリングがじゃまをしている。

「彼らはなにをしたんだい？」と、マイロ。

「うちから一万四千ドル分をだましとったのさ」

「大量の機材だな」と、ぼくはいった。

「スピルバーグにとってはそうでもないけど、ああいったばか野郎どもにとってはね。あいつらには、ありとあらゆるものを貸したよ。マイク、支柱、にせの血、フィルター、噴霧器、アイ・シャモア、コーヒー・メーカー、カップ、テーブル、いまいましい労働。大きいのはドリー一台とカメラ二台だね――古いやつで、どのスタジオも手をださないだろうけど、それでも損失には変わりない。十日間のレンタルのはずだったんだ。あいつらはうちと取引がなかったし、どうみても処女航海だったから、二倍のデポジットを要求したら、相殺できるだけの小切手をくれたのさ。身分証明書もみせてもらったし、すべて規則どおりにやったよ。あいつらは全額払わなかったばかりか、機材をもってずらかったんだ。デポジットの小切手を現金化しようとしたら、どうなったと思う？」

彼は歯をむきだした。驚くほど白い。その奥で、なにかがきらっと光った。ピアスをした舌だ。しゃべってもカチカチ音をたてない――経験で身につけた声。あらたな世代では、苦痛閾値があがっているのだろうか？　そのほうが海兵隊には役に立つのだろうか？

ぼくはいった。「どうして処女航海だと思ったんだい？」

「だらだらやってて、何をしてるかよくわかってなかったからさ。おれが頭にきてるのは、おれにあれこれ指導させたあげく、どうやったら金を最大限に使えるかまで教えさせたことだよ。で、ずらかって、おれをだましやがった」

「責められたのかい？」

「ボスは、処理をしたのはおまえだ、やつらを見つけろ、とりかえせ、といったよ。見つかりゃしない」

「〝やつら〟といったけど」と、マイロはいった。「何人だった？」

「二人。男と女」

「どんな連中だった？」

「二十代、三十代。女はまあきれいで、ブロンドだった——明るいブロンドで、マリリン・モンローとかマドンナみたいに見えなくもなかったよ。でも、長くて、ストレートだった。いい体をしてたけど、とくにどうってことはなかったね。顔はまあまあだったよ。男は背が高くて、彼女より年上で、粋がっていたね」

「年は？」と、マイロはいった。

「たぶん、三十代だろうな。女はもっと若かったと思うよ。あまり注意をはらってなかったんだ。女はあまりしゃべらなくて、ほとんど男がしゃべっていた」

「彼の背は？」

「おたくくらいだけど、やせてた。おれほどじゃないけど、おたくみたいでもなかったよ」にやっと笑った。

「髪の色は？」

「黒っぽかった。黒かな。長かったよ」

「きみみたいに？」

「こうしたかったんじゃないの。やつはパーマをかけたみたいなカーリー・ヘアで、このへんまであったかもしれないな」彼は自分の肩に手をふれた。

「彼女はプラチナ・ブロンドで」といいながら、マイロは書きとめた。「彼は長くてカーリー・ヘアだった。かつらかもしれないな」

「まちがいないね」と、ビッグ・ヘアくんはいった。「見分けるのはそんなにむずかしくないよ」

「二人はどんな服を着ていた？」

「ふつう。特別なもんじゃなかったね」

「ほかに特徴的な点は？」

ビッグ・ヘアくんは笑った。「額に〝666〟の悪魔の印がついていたとか？　いいや、なかったね」

「もういちど二人を見たら、確認できるかな？」

「さあね」ピアスをした舌が、上下の歯のあいだをすべった。身についた癖のせいで、悲劇の仮面が顔をしかめたような口になっている。「わからないだろうな。顔にはぜんぜん注意をはらってなかったから。どうやったらあいつらの金を最大限に使えるかに集中していたんだ」

「でも、わかるかもしれないだろ?」

「どうして? 写真でもあるの?」

「まだないんだ」

「じゃあ、手に入ったらもってきてよ。確約はできないけど」

「二人がかつらをかぶっていたことだが」と、マイロはいった。「変だな、と思わなかったかい?」

「どうして?」

「なにかを隠していたのかもしれないじゃないか」

ビッグ・ヘアくんは笑った。「業界では、みんななにかを隠してるよ。本物のおっぱいをもった娘はもう見かけないし、男の半分はかつらをつけてアイ・シャドーを入れてる。たいしたもんだ——あいつらは自分たちの映画にでて、そういったことをやってるんじゃないの。インディーズでは、みんなそうだよ」

「ふたりは映画のことをなにかいってたのかい?」

「こっちがきかなかったから、向こうもしゃべらなかった」

「『ブラッド・ウォーク』」と、マイロはいった。「スラッシャー・フィルム(人間を切りきざむ残虐場面を売り物にしている映画）みたいに聞こえるな」

「かもね」退屈さがもどっていた。

「彼らはにせの血を借りた」

「二ガロン。最高のものを選んでやったんだよ、ねっとりとしたやつを。そしたら、あんなふうに騙しやがって。ボスはあれを気に入っていたんだ」

「ポルノだった可能性は？」

「なんだってありさ」と、ビッグ・ヘアくんはいった。「ポルノの連中はだいたい知ってるけど、いつだってあらたなまぬけどもが参入してくるからね。でも、じゃないと思うよ。あいつらは処女ポルノって感じじゃなかった」

「処女ポルノという感じとは？」

「エクスタシーで超ハッピーになって、大冒険って感じかな。あいつらはあまりしゃべらなかった——考えてみると、ほとんど何もいってなかったよ」

「きみに彼らを捜させる以外に、ボスはなにか手を打っているのかな？」と、マイロはいった。

「どういう意味？」

「彼らのあとをたどったのかな？　集金代行業者を雇って」

「業者に依頼したけど、うまくいかなかったから、減価償却したんだ。この一年はもうかっているから、一万四千ドルも浪費できるんだろうな」

「こういったことはしょっちゅう起きるのかい？」

「詐欺が？　しょっちゅうじゃないけど、ああ、起きるよ。でも、ふつうはこんなに大がかりじゃないね。それに、ふだんはなにかは回収できる」

「彼らのファイルはまだあるかな？」

「捨ててはいないよ」

「みせてもらえないかな、ミスター……」

「ボナー。ヴィトー・ボナー」彼はふたたびTシャツで両手をぬぐった。「奥へ行って、調べてみるよ。あいつら、ほかのだれかを騙したんだろ？　だから、おたくらはここにきたんだよね」

「のようなものだ」

「ねえ」と、ボナーはいった。「ばかみたいだね。うちは近くのほかの会社に警告したんだよ。バーバンクとカルヴァー・シティにも」黒い付け毛の先端があごにふれると、彼はさっとはねのけた。「ヴァリーにも警告したような気がするな。だから、あのあとで貸したところは自業自得だね」

ぼくたちは覆面パトカーのなかにすわり、ファイルを調べた。ラベルには〈シン・

ライン。『ブラッド・ウォーク』、不良貸付〉と書かれていた。最初のページには、エンチノの集金代行業者からの手紙がはいっていて、広範囲にわたる調査と結果がでなかったことを報告していた。つぎはレンタルの申込書だった。シン・ラインの住所は、ヴェニスのアボット・キニー・ブールヴァードになっていた。ヴェニスの電話交換局のメモには、電話は公衆電話であったと書かれていた。

「ハリウッドからは車でかなりある」と、ぼくはいった。「とくに、レンタル会社が近くのサンタモニカにあるのに。すみかを発見されたくなかったんだ」

マイロは書式を熟読し、うなずいた。いちばん下にある署名は読みにくかったが、ファイル・ホルダーには黒い名刺がホッチキスでとめられていた。

グリフィス・D・ウォーク
プロデューサー／社長
シン・ライン・プロダクションズ

公衆電話の番号が左下隅にあった。黒地に白の文字で印刷されている。右下隅には旧式のカメラのロゴがあった。

「にせの電話」と、マイロはいった。「最初から信用詐欺をやるつもりだったんだな……ウォーク。いんちきくさい名前だ」

「グリフィス・D・W」と、ぼくはいった。「十中八、九、D・W・グリフィスを逆にしたんだろうな。〝D・W〟のWがウォークであることもほぼまちがいない。気づきにくいわけではないけど、ヴィトーにはわからなかった」

「ヴィトーは映画の歴史よりマグライトのほうがくわしいんだろうな」彼はつぎのページを繰った。「デポジットの小切手を銀行が確認している——バンク・オブ・アメリカで、パノラマ・シティの支店だ。この二人はいたるところに姿をみせているな」

彼はタイメックスに眼をやった。「支店長に電話するには遅すぎるな。車でヴェニスの住所に行って、実在するのかどうか確かめてくるよ。それから、ひょっとして悪党どもの古い潜在指紋が残っているかもしれないから、ファイルを研究所にもっていく。あしたは、郡のほかのすべての小道具店に電話して、ミスター・ウォークが調子を狂わせ、ほかのだれかと話していないかどうかを確かめる」

「いまは映画の線が気に入っているわけだ」と、ぼくはいった。

「手に入ったものをあつかう」と、彼はいった。「おれは古いタイプの猟犬なのさ。なにか悪臭がしたら、鼻を押しつけて嗅いでみる」

「オーディションの広告も詐欺かもしれない——俳優志望者たちに、金を払わせてオーディションを受けさせる」

「だとしても驚かないね。いずれにしろ、ハリウッド自体がひとつの大がかりな詐欺なんだ――なにはさておき、イメージ。たぶん、まともなものでもな。おれが強盗課にいたとき、初期のころの事件のひとつは――」彼は有名な俳優の名前をあげた。「彼は学生としてスタートし、大学の演劇科から盗んだ道具で芸術を気どった作品を撮ってきたんだ。最終的に、おれが逮捕したとき、やつは生意気な口をきいて、まったく反省しなかった。やつはすべて返すことに同意したから、大学はそれ以上追及しないことにした。数年後にテレビを見ていたら、そのばかがオスカー候補になっていたよ。刑務所の改善に関する社会派映画で、やけに偉そうなスピーチをしていたな。それから――」彼は大物監督の名前をあげた。「彼がスタジオのお偉方にコカインを売ってチャンスを得たのを、おれは知っている。ああ、このウォークってやつは、統合失調症患者にうってつけのものを見つけたんだな。だが、ただひとつの問題は、やつの悪さが、どこまでおれの事件に関係しているかってことだ」

ぼくは六時ちょっとすぎに家に着いた。ロビンのトラックはカーポートにあった。家のなかにはいいにおいがたちこめていた――チキン・スープの塩気のある香りだ。

彼女はレンジのまえに立ち、鍋の中身をかきまわしていた。ほどいた髪が背中までたれさがっている。黒いスエットの上下が、鳶色をひきたてている。袖は肘までまくりあげてあり、顔の化粧は洗い落としてあるようだった。スープからあがる蒸気で、汗がすこし浮いている。彼女の足もとにはスパイクがうずくまっていて、あえぎながら、おすそ分けに跳びかかる準備をしていた。テーブルには二人分の食器が用意してあった。

ロビンにキスをすると、スパイクはうなった。

「参加するんだったら行儀よくしろよ」と、ぼくはいった。

彼はさらにうなり、水のボウルのほうへよたよたと歩いていった。

「威嚇に成功したぞ」と、ぼくはいった。

ロビンは笑った。「家で食べようかな、と思ったの。最近はあまりあなたを見かけていないから」

「いいね。なにかつくろうか？」

「ほかになにか食べたいのでなければ、いいわ」

ぼくは鍋のなかをのぞきこんだ。黄金色のスープのなかで、ニンジン、セロリ、タマネギ、白い肉の小片、幅広の麺がぐつぐつと泡だっている。

「なにもないよ」ぼくは彼女のうしろにまわり、腰に両手をあてて、尻までおろしていった。彼女が逃げようとするのがわかった。

「これは」と、ぼくはいった。「おおいなる白昼夢のひとつなんだ——彼はたまたま彼女が料理しているのを発見し、好色な種馬である彼は……」

　彼女は笑い、おだやかに二回息を吐きだすと、ぼくにもたれかかってきた。ぼくは彼女の胸に手を伸ばした。スエットのうすいフリースから解放され、ふんわりとやわらかい。ぼくの手のひらは、彼女の乳首がかたくなるのを感じた。指を彼女のズボンのウエストバンドのなかにすべりこませる。彼女ははっと息を吸いこんだ。

「あなたたち臨床心理医は」といって、ロビンは自分の手をぼくの手のうえにおいた。下のほうへ導いていく。「白昼夢に時間をついやしすぎて、あまり現実を見ていないみたいね」

17

　翌朝、眼をさましながら、アージェント夫妻がいっていたことを考えた。クレアが心理学を選んだのは、人びとを保護したかったからです。でも、彼女は神経心理学を専門に選び、診断に集中して、治療をさけてきた。研究上の診断、図表とグラフ、科学の象形文字。彼女はめったに研究室からでようとしなかった。一見したところ、研究所は郡のデータをのぞいて、なにも保護していないようだった。

　六ヵ月まえまでは。そして、スタークウェザーに移っている。ロビンのいうとおりで、彼女が転職したのは愛他主義と渡りをつけたからかもしれない。

　でも、なぜいま？　なぜあそこに？

　なにかが符合しなかった。頭のなかに、でたらめなインデックス・カードがいっぱい詰まっているような感じだった。ぼくはオフィスをぐるぐる歩きまわり、順序正しくまとめようとした。ロビンとスパイクは出かけていたので、静寂がひしひしと身にしみた。昔むかし、ひとり暮らしにあまんじていたときがあった。愛のきずなと解放が、ぼくを変えた。クレアはどんな愛の経験をしたのだろう？

　電話のベルが、石にあたって割れたガラスのような音をたてて鳴った。

「まず、こまかいことからだ」と、マイロがいった。「ジョゼフ・スターギルは、自分でいっているほど金持ちじゃなかった。なぜなら、彼の資産の一部は抵当に入っているんだが、それでも四百万ドルを超える黒字をだしている。彼の弁護士の仕事は、年収十八万ドルくらいだ。彼が強欲な反社会性人格障害の人間か、クレアを心底憎んでいたんだとしたら、三十万というのは動機になるだろうが、どちらの証拠も見つかっていないし、検認弁護士がいうには、スターギルがその資産を手に入れるにはかなり時間をくうだろうとのことだ。遺書がなければ、州がそのほとんどをとり、残りがクレアの両親にいく。スターギルは容疑者リストから完全にはずれるわけじゃない。彼がだめな投資をやっているかどうか、嗅ぎまわってみないとな。だが、数段階降格したよ。

二番目。ミスター・ウォークやシン・ラインから搾取されたほかの小道具店はないから、彼は機材の大物詐欺師ではなく、自分の撮影用に機材を調達したかっただけで、終わったあともそれを手元においておくことにしたんだろう。あいかわらずウォークは見つかっていない。『ブラッド・ウォーク』の脚本はまったくどの組合にも登録されていないし、だれもシン・ラインのことを聞いたことがないし、映画が公開された形跡もない。フィルムがあればどこかで現像しているかもしれないから、あちこち現像所に連絡してみたんだ。なにもなし。パノラマ・シティのバンク・オブ・アメリカは、電話ではだめだといわれたから、行って令状をみせ、シン・ラインの口座をみせてもらうしかないな」

「忙しい一日だったね」

「見るべき成果はなし。この映画というアングルは、注意をそらそうとしているような気がしてきたぜ。とくに、三番目に関しては。ありがたいことに、州の仮釈放事務所の職員から電話があった。スタークウェザーの被収容者がひとり、七ヵ月まえに釈放されていることがわかった。ウェンデル・ペリという男だ。クレアが勤めはじめる三週間まえさ。可能性は低いが、ペリはまだなかにいる仲間に聞いて、クレアのことを知ったのかもしれない。あるいは、クレアがじっさいに彼に接触したか。考えてもみろよ。彼女が正式に仕事を始めたのはペリが釈放された三週間後だが、そのまえにスタークウェザーに行かなかったというのはいかがなものかな。ふつう、自分にあっているかどうか、調べてみるだろ。仮に、彼女がたまたまペリに出くわしたとしよう――釈放されるところだったんだから、彼は模範囚になっていた――ハタースンみたいにツアー・ガイドとして。彼女は人びとを助けるためにそこへ行くつもりで、そこにはサクセス・ストーリーがあった。彼女にとっては魅力的だったかもしれないじゃないか」

「ああ」と、ぼくはいった。「でも、七ヵ月まえというと、ペリはリチャード・ダダが殺された一ヵ月後に釈放されたことになる」

「だから、ダダはほかのだれかが殺った。それはつねにひとつの可能性だ」

彼の口調は、それ以上いうな、といっていた。

「ペリの背景は？」と、ぼくはいった。

「白人男性、四十六歳、シエラ・ネヴァダ山脈――ゴールド・カントリー――でガールフレンドおよび彼女の三人の幼い子どもを撃って、二十一年まえに拘束された。どうやら、ペリは鉱山で働いていて、しあわせな家族になろうとして彼女たちをつれてきたらしいんだが、酔っぱらい、彼女たちが彼の払い下げ請求地を奪おうとしていると思いこんで、暴れだしたんだ。診断は、妄想型統合失調症、ドラッグと酒の病歴あり、言動がおかしくて裁判には耐えられない」

「彼らはどうして彼を釈放したんだい？」

「仮釈放事務所には、スタッフの推薦としかわかっていない」

「スウィッグが釈放を許可した」と、ぼくはいった。「だから、いろいろ隠したんだ」

「いやなやつだな。どうも好きになれなかったんだ。やつの背景を調べてみるけど、さしあたってはペリの居所だな」

「彼は逃げているのかい？　釈放された被収容者は、カウンセリングと任意のドラッグ・テストを受けることになっているんだ」

「おかしいだろ? ペリはマッカーサー・パークに近いハーフウェイ・ハウス(出所者などの社会復帰施設)に寝泊まりしていた。運営者たちは、彼をこのひと月見ていない。彼らは、すぐに彼の保護観察官に知らせたといっている。その保護観察官に連絡をとろうとしているんだが、まだ折り返しの電話がないんだ」

「保護観察官はだれに知らせる義務があるんだい?」

「地元の警察だ。ランパーツ署。彼らは報告があったという記録を見つけられなかった。システムなんて、そんなもんさ」

「スウィッグは報告を受けたのかな?」

「たぶん。だとしたら、彼が隠しているのは何かほかのことだな。だけど、彼が現時点でおれたちの役に立つわけじゃない。ペリはスタークウェザーにもどりそうにないだろ」

「で、つぎはどうするんだ? 全州的な警戒態勢をとるのかい?」

「いいや」と、彼はいった。「それはテレビ向きだな。表向き、ペリはまだなにも悪さをしてないから、仮釈放事務所やほかのだれかさんは、プレスに嗅ぎつけられて、一般人をパニックにおとしいれたくない。ランパーツが報告を受けているとしたら、ペリの顔写真やデータが警察署の掲示板にのるだろうし、デスクがほんとに協力的なら、パトロールカーのダッシュボード用にフォト・メモを発行するだろう。てことは、ペリが公共の場で暴れたら、制服警官が駆けつけ、彼は逮捕されるということだ。だが、彼がなにも問題を起こさなければ、どこへともなく姿を消せるだろう」

「クレアがスタークウェザーのスタッフに参加する三週間まえに、通りに解放された」と、ぼくはいった。「きみのいうとおりかもしれない。彼女はペリに会って、彼は彼女の外来のプロジェクトになった」

「なあ」と、マイロはいった。「彼女はあの精神科医に、機が熟したといっていた。〝常軌を逸した連中が多いのに、時間がないの〟」

「そして、ペリとピークはなんらかの連絡をとっていたのかもしれない。二人は一種の親密な関係にあったから、ピークが彼に話したのかもしれない。二人には重要な共通点がひとつあった。どちらも一家を殺している」

「おれが聞いたなかでは最高の友情の土台だな」彼は悪態をついた。

「ハイディはペリが釈放されたことをいわなかった。でも、彼女がスタッフになったのはクレアのあとだから、聞いてなかったのかもしれない」

「とにかく、ハイディともういちど話してみないと」と、彼はいった。「いまのところ、彼女はあそこで唯一の協力的な人物だからな。彼女は三時にシフトにつくことになっている。おれは一日じゅう外出して、ペリのあとをたどるから、バックアップとしてておたくの電話番号を教えておいた。かまわないだろ？」

「ああ。ぼくもスタークウェザーのあの先任精神科医――アルドリッチ――に会って、ペリについてなにを知っているのかを確かめられるよ」

「いや、まだいい――慎重にやる必要があるんだ。ペリがわれらの悪党だと判明したら、彼の釈放を許可したやつは窮地に立たされるだろう。彼らに警告してやり、守りをかためる時間をあたえてやる理由はない。スウィッグが上院議員のおじさんに電話して、書類の防壁を解き放ってもらうチャンスをあたえるんだ」

怒っているように聞こえたが、マイロの口調は陽気だった。

「これに関してはいい感触をもってるんだね」と、ぼくはいった。

「それはわからんが、ひとつだけいっておく。映画やピークのちんぷんかんぷんな話に関するでたらめより、おれはずっと気に入ってるよ。おれがよく知っている世界だからな。悪いやつらが通りにでれば、悪いことが起きる……ひどい結末になるというおれの信念が、またしても実証されるんだろうな」

残っていたスープをあたため、硬いロールパンを噛みながら、ぼくはウェンデル・ペリに関するマイロの意気込みについて考えた。

ダダ殺しに関与していないことに加えて、ペリはナイフではなく銃を使っていた。

が、二十一年もたてば、殺しのスタイルは変わっているかもしれない。それに、彼はハーフウェイ・ハウスから逃げだした。

でも、マイロはもっともきらっていることに頼っていた。仮説。冷静に見ていれば、彼の意気込みもやわらいでいたかもしれない。ぼくは一言もいっていなかった。これからも、疑念は胸にしまっておこう。セラピーをやっていて、ひとつ学んだことがある。タイミングがすべてである。

応答サーヴィスが三時二十三分に電話をかけてきた。ハイディ・オットからの電話を待っていたのだが、交換手は、「郡立総合病院のドクター・ヘルツリンガーからです。彼女は、ドクター・アージェントに関してといっています」といった。

「つないでくれ」

カシャ。「ドクター・デラウェアですか？　メアリー・ヘルツリンガーです。スタージス刑事に電話したんですが、警察署でこの番号を教えてもらいました」

「彼は外出していて、ぼくにメッセージを聞いておくように頼んだんです。なにかありましたか？」

「あなたと彼が帰ったあとで、さらにクレアのことを考えていたんです。そうしたら、まちがったことをいったのではないかと思いはじめてしまって。彼女の、あの奇妙な別れぎわのせりふです――〝常軌を逸した連中が多いのに、時間がないの〟。クレアはそれをいったときに動揺していたか、とあなたがきいたとき、あたしは、いいえ、彼女はじっさいにほほえんでいた、といいました。でも、考えれば考えるほど、あまりにクレアらしくない意見だと思えてきたんです。だって、彼女は冗談なんかいったことがなかったし。ユーモアのセンスをみせたことは一度もありませんでした。悪い意味でいってるんじゃありません――彼女はすごくまじめな人でした。あたしは仕事をはなれると人を分析したりしないんですけど、わかっていただけるでしょ。あたしは例外に惹かれるんです」

「わたしもです。職業病でしょうね」

彼女はおだやかに笑った。「例外はあたしを不安にもさせます」

「クレアは職場を変わったことで不安になっていた、と考えているんですか？」

「あくまで推測です」と、彼女はいった。「でも、練習でもしたように、彼女はそのせりふを早口でいいました。ひとりで復唱していたんでしょう。だって、率直にいって、おかしかったですから。クレアの仕事は安全でしたし、ドクター・シアボウルドは彼女を気に入ってました。ただ荷物をまとめて、スタークウェザーのようなところへ行くんですか？　彼女は患者と仕事をしたことがありませんし、ましてや人を殺した精神病患者はもちろんです。まったく意味をなしません」

「ああいった研究をしたあとで、彼女はじかに人びとを助けたくなったのかもしれない」

「だったら、どうしてスタークウェザーへ？　あそこではだれが助かるんですか？」

「彼女はその決意に脅えていたけど、とにかく先にすすんだ、ということですか？」と、ぼくはいった。

「そうですけど、それも意味をなさないでしょ？　神経質になっていたら、どうして行ったのかしら。ドクター・シアボウルドのオフィスに行って、やはり気持ちが変わったと告げたら、彼はなにもきかずに、すぐにまた迎え入れたでしょうね。だから、混乱してしまうんです。ああいった箱を運んだとき、彼女はどんな態度だっただろう、と思い返してみました。あたしたちはなにを話していたんだろう、って。あまりおぼえていないんですけど、あることが記憶にあります。オフィスのクローゼットに資料を少しおいていくけど、午後になったらとりにくる、といっていたんです。あたしはずっとオフィスにいましたけど、彼女はもどってきませんでした。ずっと。あなたがたと会ったあとで調べてみたら、やっぱり、奥の隅にありました。彼女の名前を書いた段ボール箱がふたつ。ふたは閉まってましたけど、封はされてなかったので、ひとつをあけてみました——何かをだいなしにしてないといいんですけど」

「だいじょうぶ」と、ぼくはいった。「なにか興味ぶかいものが見つかりましたか？」

「ほとんどは機関誌の抜き刷りでした。クレア自身の発表したものと、アルコール依存症の研究に関したものです。でも、ビニール袋いっぱいにつまった新聞の切り抜きもありました。じっさいはコピーで、読んでみたら、スタージス刑事に電話しなければと思ったんです。すべて、十六年まえに起きた大量殺人の記事で——」

「アーデュロ一家」と、ぼくはいった。「アーディス・ピーク」

静寂。

「じゃあ、すでにご存じだったんですね」

「ピークはスタークウェザーに入っています。彼はクレアの患者のひとりでした」

「ああ、なんてこと……ということは、あそこに行くまえから、クレアは彼に興味をもっていたのね——彼女がその仕事についた理由のひとつは、彼かもしれない。でも、どうしてかしら」

「いい質問だ」と、ぼくはいった。「いま、その切り抜きはどこにあるんです？」

「ここ、あたしの眼のまえです——もうひとつの箱には手をふれてませんし、近づいてもいません。今夜の八時まえならいつとりにきてくれてもかまいませんし、あたしは午前七時ごろにもどってきます」

「ありがとう」と、ぼくはいった。「それから、電話をありがとう。スタージス刑事に連絡がとれしだい、伝えておきます」

「そのピークって男ですけど」と、彼女はいった。「まだそこにいる——監禁されているんですか？」

「ええ」

「となると、彼ということはないわね」ほっとしたような響きがあった。「あたし、切り抜きを読みはじめたんです。彼がしたことは……とにかく、そういうことです」

「もうひとつ」と、ぼくはいった。「クレアは映画が好きだといってましたか？」

「あたしにはいってませんでした。どうして？」

「彼女にとっては、それがおもなレクリエーションだと聞いたものだから」

「そう聞いても驚かないわ」と、彼女はいった。「そうね。わかります——彼女は空想に夢中になっていたから」

「彼女は空想的な暮らしをしている、と思っていたんですか？」

「空想的な暮らしに依存しているかもしれない、と思っていました。というのも、彼女は——酷ないいかたはしたくないんですけど、正直いって、あまり現実の暮らしをしていないようでした」

仕事につくまえから、彼女はピークに興味をもっていた。

彼女のプロジェクト。彼の言語量を高めようとした。

つまり、彼女はそういっていた。彼に関するなにが、じっさいに彼女の興味をひいたのだろう？

研究データといっしょに、新聞の切り抜きを隠しておいた。

切り抜きがデータと考えていたからだろうか？

ピッツバーグで育ち、クリーヴランドで大学院に行った、アルコール依存症を研究している者が、どうしてカリフォルニア州の農業の町で十六年もまえに起きた残虐行為に関心をもったのだろう？

もはや存在しない町。

ぼくはトレッドウェイがなくなったことに思いをはせた。全コミュニティが消失したのだ。アーディス・ピークの残忍な夜は、いかなる役割をはたしたのだろう。

ピークの血の歩み（ブラッド・ウォーク）……ぼくはもう少しその問題に取り組んだ。クレア、研究者は、なにかに出会う……。

三時四十分で、ハイディ・オットはまだ電話をかけてこなかった。ぼくは応答サーヴィスに電話を入れて確かめ、車で図書館に向かった。

18

　まず、きのう見つけた殺人に関する記事をコピーして、再検討した。あらたな洞察は得られなかった。〝アーデュロ〟と〝アーディス・ピーク〟をキーワードにして、犯罪の二十年まえにさかのぼり、五つの参照事項をひきだした。すべて『ロスアンジェルス・タイムズ』の記事だった。

一九二九年十一月二十四日
アーデュロ、インディアンズを
アメリカン・フットボールの勝利へ導く
　レッド・ショーエン、『タイムズ』スポーツライター

　日曜日におこなわれた手に汗握る試合で、第四クォーターで二回の記録やぶりのランをみせた花形クォーターバック、ヘンリー・〝ブッチ〟・アーデュロは、USベアーズを二十一―七でやぶり、スタンフォード・インディアンズを勝利に導いた。

すでにパスで名を馳せているアーデュロは、脚でもみせてくれた。それぞれ七十ヤードと八十二ヤード、妨げられることなきマーキュリーさながら、タッチダウン・ラインへの二回の疾走をなしとげた。満員の観客はスタンディング・オヴェーションで賞賛をあらわした。全シーズンを通じてアーデュロのすばらしいパフォーマンスに注意をはらってきたプロのスカウトたちは、たくましい三年生に注目しているという噂である。ブッチが肩をぽんとたたかれてスターダムにのしあがっても、しかもまだ学生のうちにそうなったとしても、だれも驚かないだろう。あつまったパロアルトの勇ましい男たちや卒業生にとってもっと重要なのは、レッドスキンズのためのローズボウルが保証されたも同然ということである。

一九二九年十二月八日
アメリカン・フットボールのスター
けがで出場ならず
レッド・ショーエン、『タイムズ』スポーツライター

きのうの練習中に大腿骨を骨折したスタンフォードの偉大なるヘンリー・〝ブ

ッチ〟・アーデュロは、ストレッチャーでフィールドから運びだされた。

パシフィック・カレッジ・リーグで高い得点能力を誇るクォーターバック、アーデュロは、インディアンズを率いて、きたるべきUSCとのローズボウルに出場する予定だった。けがをした三年生を診察した医師団は、彼のフットボール生命は終わったと公言した。

一九四六年八月十二日
農民グループ
移住労働者は州を養うために必要と主張
ジョン・M・ダーシー、『タイムズ』スタッフ・ライター

カリフォルニアの果樹栽培業者協会は、今週、ワシントンでクレメント・W・チェイス農務副長官と会い、増えつづけているメキシコからの不法入国者(ウエットバック)を容認するため、移民法の緩和を要求した。

カリフォルニア州トレッドウェイ出身で、モモとクルミを栽培している関連農業ネットワーク（AAN）のヘンリー・アーデュロ会長によれば、AANは、移民法が強化されれば、〝国内消費者を虐待する〟といってもいいくらいまで人件

費が高騰するだろう、と主張している。

「そういった人びとは」と、アーデュロはいった。「ここにくればメキシコ国内の十倍は稼げるうえ、われわれにすばらしい労働価値をあたえてくれます。彼らはほかのだれもやりたがらない仕事をしますから、アメリカ人労働者は傷つきません。いっぽう、主婦たちは食料雑貨店に行き、すばらしい、最高に栄養価の高い産物を、やはり健全な食生活をおくるしかないと思えるくらい安い値段でまとめ買いするのです」

反移民グループは適用除外措置に反対している。チェイス農務副長官は、請願書を考慮し、決定をくだします、といった。

一九六六年一月十四日
土地ブームの罠に屈しない
と栽培業者は語る
スティーヴン・バニスター、『タイムズ』ビジネス・ライター

農民たちは、高い市場価格で土地を売りたい誘惑に抵抗する必要がある、とカーン郡の著名な果樹栽培業者はいっている。なぜかといえば、農家の未来は危険

に瀕しているのだから、と。

「目先の利益はむずかしい誘惑を投げかけるし、農業がむずかしくなるかどうかは、政府があれこれ制限しているにもかかわらず、だれにもわかりません」カリフォルニア州トレッドウェイ出身で、モモとクルミを栽培し、独立した栽培業者の利益を代表するグループ、関連農業ネットワークの元会長であるヘンリー・アーデュロはいった。「でも、農場はカリフォルニアの魂です。この州はアメリカの穀倉地帯で、もしわれわれがあぶく銭の名のもとに手をひいてしまったら、子どもたちになにが残せるのでしょう？　ゴルフ・コースとカントリー・クラブはきれいですが、試しに自分の家族に芝草を食べさせてみてください」

アーデュロは、共和党の資金集めのパーティがおこなわれたサンフランシスコのフェアモント・ホテルで、このコメントを述べていた。演壇には、ウィリアム・グレベン州上院議員とルディ・トーレス州上院議員、不動産開発業者のシェリダン・クラフトが同席していた。

一九七五年三月五日
死亡記事
ヘンリー・アーデュロ

大学アメリカン・フットボールのスター、農業団体幹部

去る水曜日、ヘンリー・〝ブッチ〟・アーデュロが、カリフォルニア州トレッドウェイにある自宅大農場で亡くなった。スタンフォード大学のクォーターバックとして名を馳せ、ランニングとパスでいくつかの記録をやぶったアーデュロは、一九三〇年にビジネスの学士号を取得した。プロ・フットボール界にはいるとおおいに期待されていたが、けがで彼の選手生命は終わってしまった。

卒業後は、家族経営の大きなモモとクルミ農場で仕事についた。ナポリからの移民で、一八八三年にカリフォルニアにやってきた父親のジョゼフ（ジュゼッペ）・アーデュロが始めたものである。彼はサンフランシスコで果物の行商の仕事を見つけ、トレッドウェイのカーン郡コミュニティ周辺の不動産に利益を投資して、そこにイギリス、イタリア、ポルトガルで買いつけた数百本の果樹の親木を植えた。

一九四一年にジョゼフ・アーデュロが亡くなると、ヘンリー・アーデュロは家業の〈アーデュロ・AA・フルーツ〉を継いで、〈ベストバイ・プロデュース〉と改名して法人化し、土地を買いつづけ、中央渓谷南部地区に広大な私有地を保有した。一九四六年、第二次世界大戦後の独立栽培業者協会である関連農業ネッ

トワークの会長に選出されたアーデュロは、ワシントンで栽培業者の利益を代表し、その業績のなかには移民法の緩和もふくまれており、それによって大量の農場労働者がカリフォルニアに流入した。彼は、キワニス・クラブ、トレッドウェイ商工会議所、農場同盟のメンバーであり、共和党の寄付者であった。一九五三年から五六年までは、ユナイテッド・ウェイ（慈善福祉団体）の中央渓谷議長をつとめた。

一九三三年、彼はスタンフォード大学のクラスメイトでパロアルトの百貨店のオーナーの娘、キャサリン・アン・ステスソンと結婚した。彼女は一九六九年に亡くなった。息子のヘンリー・アーデュロ・ジュニアは、一九六〇年、ネパールで登山事故で死亡した。シニア・アーデュロの遺族は、もうひとりの息子で〈ベストバイ・プロデュース〉の副社長、スコット・ステスソン・アーデュロである。

〝農場はカリフォルニアの魂〟。

ヘンリー・アーデュロの悪夢の家が生まれるには、ひとりの常軌を逸した男の狂暴な行動を要した。

ひとつの家族が消え去った。ひとつの町が地図から抹殺された。いったん感傷性がなくなると、あとは高い不動産価値がしあげてくれた。

悲しいが、クレアや、アーディス・ピークの脳裡で怒りをあげている悪魔との結びつきはわからなかった。

彼女はアーデュロ家と家族的な結びつきがあったのだろうか？　彼女の両親はそのようなことはいっていなかった。二人が過去を秘密にする理由はないように思えた。でも、人びとはしばしば理由を隠す。読書室のすぐ外に公衆電話があったので、フライト・インに電話をかけて、アージェント夫妻の部屋につないでもらった。ロブ・レイの耳慣れた低音が、「はい？」といった。

「ミスター・アージェントですか？　ドクター・デラウェアです」

「ああ。やあ」

「何度もすみませんが、もうひとつおききしたいことがあるんです」

「われわれをつかまえられて、運がよかったな」と、彼はいった。「まさにドアをでて、家に帰ろうとしていたんだ」

「手ばやくすませます、ミスター・アージェント。カリフォルニアに親戚はいらっしゃいますか？　とくに、農業関係者に」

「農業？　いや」

「アーデュロという名前に聞きおぼえはありますか？」

「それもないな。なにか進展があって電話してきたのかと思ったよ——いったい、どういうことなんだね？」

「アーデュロというのは、クレアがちょっと興味をもっていた一家でした――彼女は彼らのことを調べ、新聞の切り抜きをずっと保管していました」

「一家でした？」と、彼はいった。「彼らになにかが起きたのかね？」

「残念ながら、殺されました。十六年まえで、クレアはその事件に興味をもっていたようなんです」

「殺された。一家全員が？」最後のことばはほとんど喉に詰まりそうだった。「それがどうした――彼らが殺されたからどうした、という意味ではない。で、クレアがどうしたって？　いや、わたしは彼らを知らないし、かつても知らなかった。おそらく、なにか……専門的なことじゃないかな。あの娘は仕事をしていたんだ。そろそろ行かないと。じゃあ」

「よいフライトを」

「えっ、ああ」と、彼はいった。「すばらしいフライトになるだろう――少なくとも、ろくでもない街を離れるんだからな」

　彼の怒りが頭のなかで鳴り響いたので、ぼくはですぎたまねをした気分で電話をきった。なにをなしとげたかったのだろう？　大金と土地取引がクレアの殺人にどう関与しているのだ？

いまはまともに考えていたので、切り抜きに関しては単純な説明がつくことに気づいた。スタークウェザーに転勤するのがわかっていたので、クレアは病院の名前をいくつかのデータ・バンクに接続したところ、ピークの血塗られた夜に関する記述をたまたま見つけた。実際にそこに行って、彼を調べてみると、植物状態に近いことがわかった。挑戦。

〝常軌を逸した連中が多いのに、時間がないの〟。

長いあいだ研究室にいたので、彼女は臨床的な生き物に――驚くべき犯罪的な狂気をじかに見ることに飢えていた。なんらかの進歩があったら、彼女はピークのことを論文に書くつもりだったのかもしれない。

彼女は狂気の世界に足を踏みいれたが――ウェンデル・ペリに対するマイロの熱意はべつにして――それは彼女の死となにか関係あるのだろうか。最初、ぼくの直感はこう告げていた。だれかきちんとした人物――心がゆがんでいるが、正常――が彼女の喉を切り裂いて、車のトランクに隠し、いまなお発見されていない財布に入っていた現金をもって逃げた。手掛かりを残さずに。

リチャードをばらばらにしたのと同一人物かもしれないし、ちがうかもしれない。ふたつの事件の類似性は、異常心理で説明できるかもしれない。精神病患者はそれほど独創的なわけではない。いやというほど邪悪に立ち向かうと、何度もおなじごみのにおいを嗅ぐようになる。

頭のなかで声が聞こえる、というのではない。ペリはいまはそれをやってのけられるくらい正常になっているのかもしれないし、そうではないかもしれない。いずれにせよ、ぼくたちはなにか冷淡で組織的なものと対峙している、と考えざるをえなかった。

戯れの殺人。プロダクション。

ほかにできることはなかったので、車で家に帰り、外で時間をすごした。草をむしり、枝を切り、コイに餌をやり、池の木の葉を網ですくって。

五時ちょっとまえ、応答サーヴィスがハイディ・オットからの電話をまわしてきた。

「ドクター？」彼女は元気な声でいった。「信じられないんですけど、ピークがまたしゃべっているんです。こんどは、スウィッグもあたしが理性を失っていると非難できないわ。テープに録りました！」

「ッ」

「それはなあに、アーディス？」

テープのブーンという音。ぼくは時間をはかった。二十二秒――。

「なんていったの、アーディス……？　何かいったでしょ……あたしと話がしたいからなんでしょ、アーディス……？」

三十二秒。

「アーディス？　眼をあけられる？　……お願い」

一分。九十秒、百秒……ハイディ・オットは指を一本立て、ぼくたちに我慢するように合図した。

19

午前零時直前だったが、彼女の眼は輝いていた。彼女とマイロとぼくは、署の取調室にいた――暑く、ライゾールのにおいがする黄色い小部屋で、かろうじて三人が入れる広さしかなかった。ハイディは髪を束ね、サメのクリップで留めていた。彼女はスタークウエザーからまっすぐここにやってきて、身分証明のバッジのクリップが胸のポケットからとびだしていた。レコーダーは黒い小型のソニーだった。

「もうちょっとです」といって、彼女は金属のテーブルを指でこつこつとたたいた。

テープに録音されている彼女の声がいった。「オーケイ、アーディス。じゃあ、あしたにしましょう」

三十三秒。

足音。

「ツ」

「ツ、アーディス？　ふたつなの？　ふたつがどうしたの？」

二十八秒。

「アーディス？」

「ツ・グ」

「行く（ツー・ゴー）ってこと？」

「ツ・グ・チューチュー・バンバン」

「ツー・ゴー・チューチュー・バンバン？　どういう意味なの、アーディス？」

十五秒。

「チューチュー・バンバンなの、アーディス？　なにかのゲーム？」

十八秒。

「アーディス？　チューチュー・バンバンって、なあに？」

三十、四十、五十秒。
「どういう意味なの、アーディス？」

八十三秒。

カシャ。

彼女はいった。「この時点で、彼は顔をそむけてしまい、眼をあけてくれませんでした。しばらく待ったんですが、もう無理だとわかってました」

「〝チューチュー・バンバン〟か」と、マイロはいった。

彼女は顔を赤らめた。「わかってます。ばかげていますよね。あたし、大騒ぎすべきじゃなかったんでしょうね。でも、少なくとも、なにかあるでしょ？　彼はあたしに話しかけたんです。このまま話しつづけてくれるかもしれません」

「レコーダーはどこに隠しておいたんです？」

「ポケットです」彼女は、椅子にかけてあるネイヴィブルーの写真家用のヴェストを指さした。「きのうもやったんですけど、なにも起きませんでした」

「〝チューチュー・バンバン〟」と、マイロはいった。「〝箱のなかに悪い眼が〟」

「なにか結びつきを探そうとしたんですけど」というと、ハイディは急に疲れきったような表情をみせた。「おそらく、あなたたちの時間をむだにしているんでしょうね。ごめんなさい」

「いや、そんなことはない」と、マイロはいった。「ご協力、感謝します。テープをお借りしたいんですが」

「どうぞ」

彼女はマシンからテープをとりだしてマイロに手わたすと、レコーダーをヴェストのポケットにしまい、ハンドバッグを手にとって立ちあがった。

マイロは手をさしだし、二人は握手をかわした。「ありがとう」と、彼はいった。「ほんとに。どんな情報でも助かります」

彼女は肩をすくめた。「あのう……これからも録音しますか？」

「規則に違反するようなことはやってもらいたくないな」

「録音が違反だという規則は聞いたことがありません」

「ふつう、相手が知らないあいだに録音するのは違法なんですよ、ハイディ。囚人はプライヴァシーの認定の根拠を失うが、それがスタークウェザーの男たちにも適用されるかどうか、ちょっとわからないな」

「わかりました」と、彼女はいった。「だったら、もうやりません」彼女は肩をすくめながらドアのほうへ向かった。「なんだか変ですね。彼らを保護しているなんて。それも、とどまりたくない理由なんです」

「どうしてです？」

「スウィッグはいつも、思いやりのあるケアをしなさい、彼らも人間なんだ、といっています。でも、あたしは彼らにあまり同情を感じないし、どちらかといえば、自分の関心がある人たちと仕事をしたいんです――少なくとも、彼らは出られません。それが肝心なことなんでしょうね」

「そういえば」と、マイロはいった。「彼らのひとりが釈放されていたんです」ハンドバッグの柄をつかんでいる彼女の指のつけねが白くなった。「聞いてません。いつですか？」

「あなたがスタッフになるまえです」

「だれなんですか？　彼の名前は？」

「ウェンデル・ペリ」

「知らない」と、彼女はいった。「聞いたことがありません――どうして、彼はクレア殺しの容疑者かなにかなんですか？」

「いや」と、マイロはいった。「まだです。いまは万全の準備をしています。ペリに関しては、あなたが調べてくれるすべてが役に立ちます。たとえば、彼とピークは仲間だったのか、とか」

「やってみます……あたしがスタークウェザーにいるかぎり」

「あと二週間でしたね」

「そうですけど、あたしになにかできることがあると考えているなら……そのペリって人のことを、ピークがしゃべっていたというんですか？　ペリがピークと意志を通わせていたと。彼にメッセージをおくって、ピークがそれをあたしにわけのわからないことばで話していたって」

「仮説が立てられるくらいわかっていればいいんですけどね、ハイディ。いまは、ありとあらゆるものを調べている段階です」

「わかりました……できるだけやってみます」ポニーテイルを強くひっぱった。不安そうな表情でドアをあける。マイロとぼくは、下の通りまで彼女といっしょに歩いていった。彼女の車は縁石のところに駐めてあって、街灯の薄明かりに照らされていた。古い、傷だらけのクライスラーのミニヴァン。バンパーのステッカーには〈登山者は自然にハイになる〉と書かれていた。

マイロは、「いままでに登ったいちばん高い山は？」といった。

「あたしは山人間というより崖人間です。切りたった地表で、垂直であればあるほどうれしくなります」彼女はにっこり笑った。「だれにもいわないと約束してくれます？　最高のものは合法じゃなかったんです。ネヴァダの州境に近い発電所でした。午前三時に登って、パラシュートで降りました」

「アドレナリンが高くなっただろうな」

「ええ、もちろん」彼女は笑ってヴァンに乗りこみ、走り去った。

「若い女捜査官を雇ったら」と、ぼくはいった。「彼女はあらたなアドレナリンの源を見つけるだろうな」

「ああ、やけに活動的な娘だな。だけど、少なくとも協力的だ……ところで、ピークの最新の独白をどう思う？」

「なにか深い心理学的な意味があるんだとしても、ぼくには理解できないよ」

「〝チューチュー・バンバン〟」彼は笑った。「まさに機関車だな」

ぼくたちは強盗・殺人課の部屋にもどった。ダンキン・ドーナツのテイクアウト用の箱がマイロのデスクを占領していた。

「ロビンのもとに帰るんじゃないのか？」と、彼はいった。

「時間がかかるかもしれないといってある」

彼は取調室で書いたメモをじっくり読んだ。

「ハイディ」と、彼はいった。「われらが登山娘。彼女が見つけだしたものはすべてなんの価値もないだろう、というのは残念だな……〝チューチュー・バンバン〟か。つぎはなんだろう？　ピークはスース博士（アメリカのユーモア作家、挿し絵画家、漫画家）の選集を読んだのかな？」

彼は眼をこすると、書類を積み重ね、親指で隅をきちんとそろえた。

「まずい判断だったと思うか?」と、マイロはいった。「彼女にペリを調べてくれと頼んだのは」

「彼女が用心深ければ、そんなことはないよ」

「スウィッグが見つけて、腹をたてたら、最悪の結果になる。大げさに騒ぎたてるわけには——悪評をたてるわけにはいかないからな」

「ペリの居所に関して、なにかあらたにわかったのかい?」

「なんにも。ランパーツ署は保護観察官から報告を受けていたから、前向きなところはある。それをのぞけば、保護観察官はあまり役に立たなかった。何百件と抱えているんだ。彼にとって、ペリはひとつの数字にすぎなかった。人込みのなかだったら、見分けもつかないだろうよ」

マイロはジャケットから折りたたんだ紙をとりだし、ぼくによこした。ロスアンジェルス市警の容疑者警報。ペリの特徴が書いてあって、写真ものっているが、暗くてぼやけているので、役に立つとは思えなかった。きれいにひげを剃った白人のまるい顔しかわからないし、顔だちははっきりしなかった。やせていて、明るい色の髪。きまじめな口元。犯罪については報告されていなかった。

「彼らはこれを使ってるの?」といって、ぼくは紙をデスクのうえにおいた。

「ああ、わかってる――とてもカルティエ－ブレッソン（フランスの写真家）とはいかないさ。でも、少なくとも、彼らは見ている。おれも見ている。近所を車でまわって、マッカーサー・パーク、ラファイエット・パーク、路地、ぼったくりバー、おれが知っているほかの悪党のたまり場を調べている。ハーフウエイ・ハウスも行ってみたよ。古いアパートメント・ビルで、正面には前科者たちどもがたむろしていて、経営しているのは韓国人だった――そこそこまじめなやつで、ソウルでソーシャル・ワーカーをしていたといっていた。だけど英語がほとんどしゃべれなくて、基本的には、居住者を収容し、不規則に、おそらく年に三、四回、ドラッグ・テストをやるだけだ。カウンセリングといっても、前科者たちに元気かどうかをきくだけさ。おれが見たぶらついている連中は、とても洞察力がありそうにはみえなかったね。ペリに関してその韓国人がいえるのは、おとなしくて、問題は起こさなかった、ということだけだった。前科者たちどもは、彼については何もおぼえてなかったよ。もちろん彼はかたくなったシナモン・ロールに手を伸ばした。「いまごろ、やつは千マイルかなたにいるのかもしれないな。スターギルの投資記録に関しては、まったく進展がないんだ。ニューポートの資産運用者たちはおれに話してくれなかったし、彼らはおれがききまわっていることを彼に教えた。彼はかんかんに怒って電話してくるな。おれは、あなたの疑いを晴らしているだけです、自発的に株券のポートフォリオをみせてもらえないか、という。すべて調査したら、きりあげましょう、と。彼は考えてみましょうというが、きっと考えないだろうな」

「なにかを隠しているから？」と、ぼくはいった。

「あるいは、たんにプライヴァシーを守るためだ——だれにもプライヴァシーがあるだろ。赤ん坊を料理して食うやつらにも。スチール・テーブルのうえにのっている市民をのぞく全員に。白衣を着た人びとが彼らの顔をはがし、Y字切開して、内臓をいないいないばーする。そこにプライヴァシーはないさ」

20

午前一時、ベッドのロビンの横にすべりこんでも、彼女は身じろぎもしなかった。ピークの犯罪が幻覚となって見えたし、あまりマイロの力になれなかったことがわかっていたので、しばらく眠れなかった。心臓が早鐘を打ち、筋肉が硬直した。深呼吸をしてわが身を落ちつかない休眠状態に追いやり、ようやく眠りについた。夢にじゃまされたとしても、朝には記憶がなかったが、なにかから走って逃げていたように、脚が痛んだ。

午前九時には、コーヒーを飲んで、ロスアンジェルスではテレビ・ニュースとして通用しているものを見ていた。歯にかぶせ物をした冗談好きたちが、芸能界のゴシップ、ばかな市議会議員たちの最新のどじ、はやっている健康不安についてふれまわっていた。きょうの健康不安はメキシコ産のイチゴだった。みんな、腸の病気で死ぬらしい。かつてぼくが子どもたちをあつかっていたころは、ホラー映画よりニュースに脅える子どもたちのほうが多かった。

スイッチをきろうとしたとき、にやにや笑ったブロンドがまくしたてた。「さて、列車事故に関してもう少し」

その話には三十秒分の価値があった。身元不明の男性が、市境の東にあるメトロレイルの線路に横たわっていたが、そこはまさに空の旅客列車の通り道だった。機関士は彼に気づき、非常ブレーキを踏んだが間に合わなかった。

〝チューチュー〟。

ぼくはマイロに電話をかけた。

彼はすぐに電話にでた。「ああ、ああ、あの列車のはずがないぜ。たぶん、なんでもない。もしくは、ピークはほんとに予言者で、おれたちは彼を収監するかわりに崇めるべきなのかもしれないな。やることがあまりなかったから、検屍官に電話してみたんだ。死んだのはエルロイ・リンカーン・ビーティという男で、黒人男性、五十二歳。ケチな前科がある――ほとんどが、麻薬の不法所持、酩酊、風紀紊乱だ。おれが興味をひかれたのは、ビーティがしばらく精神病院に入っていたことだけだな。十三年まえ、カマリロで、当時はまだそういったことをやっていたんだ。スタークウェザーのことは書かれていないが、なんともいえないな。事故はニュートン署の管轄で起きている。マニー・アルヴァラードが事件の担当だったらよかったんだが、彼は引退していて、新しいやつは折り返しの電話すらくれない。おれは昼まえにモルグへ向かうつもりだ。いっしょに行きたいんだったら、かまわないぜ。腹が減ったら、あとでランチを食ったたっていい。でっかいレア・ステーキとかな」

「基本的に、頭と脚だけですね」と、職員はいった。小柄な、がっしりした体つきのヒスパニックで、アルバート・マルティネスという名前だった。クルー・カットで、やぎひげを生やし、レンズが分厚い眼鏡は彼の眼を拡大し、輝かせていた。首にさげている十字架は金の手造りで、なんとなくビザンティンふうだった。

検屍局は二階建ての四角い建物で、光沢のあるクリーム色の化粧漆喰が塗ってあり、隅々まで手入れが行きとどいていた。イースト・ロスアンジェルス。郡立病院。クレアのかつてのオフィスは二、三ブロック離れたところにあった。いままで気づかなかったが、彼女はぐるっと一周したのだ。

「彼のほかの部分は、ほとんどグーラーシュ（ハンガリーのビーフシチュー）ですよ」と、マルティネスはいった。「個人的にいえば、残っているのが驚きですね。列車は、そうだな――時速四、五十マイルでぶつかったんじゃないかな」

部屋はひんやりしていて、汚れひとつなく、においもしなかった。排液用の流しがついているからっぽのスチール・テーブル、頭上のマイク、スチール・ロッカーの壁。中学生でも、すべてわかるだろう。テレビ番組が多すぎて、ショックがうすらいでいるのだ。だが、テレビがロッカーの中身をちらっとみせることはめったにない。テレビにでてくる死んだ人間は、無傷で、きれいで、やすらかに眠っている、血の気のない小道具である。

　ぼくがここにきたのは研修医のとき以来だし、あまり楽しい気分ではなかった。

「どうやって身元を確認したんだ？」と、マイロがいった。

「生活保護のカードがポケットに入っていたんです」と、マルティネスはいった。

「脚にはまだズボンの一部が残っていて、ポケットは無傷でした。彼がもっていたのは、そのカードと二、三ドルだけでした。おもしろいことに、彼はまだ酒のにおいがしましたよ。あれだけほかの体液があるのに。つまり、それくらい強烈だったんです。それほど強烈だったのは、出産中に死んだあの女性だけだったな。あの晩はワインを二本飲んでいたにちがいなくて、分娩台のうえで死んだんです。羊水は真っ赤でした——ほら、ワイン・レッドっていうのかな。ほとんど紫色でしたね。安ワインのサンダーバードかなにかで酔っぱらっていたにちがいない。赤ん坊は死んでましたよ、どう見ても。たぶん、運がよかったんだろうな」

　マルティネスは十字架に手をふれた。

「ビーティの検屍のスケジュールは？」と、マイロはいった。

「なんともいえませんね。いつもの未処理分があるから。どうしてです？」

「あることと関係があるかもしれないんだ。で、ビーティはかなり酔っぱらっていたにちがいないというんだな」

「あれだけくさかったんですからね。もちろん。許容量をはるかに超えていたでしょう。おそらく、酔っぱらって、ふらふらと線路のうえにでて、ちょっと横になってひと寝入りしたら、ドッカーン」マルティネスはにこっと笑った。「ところで、おれは刑事になれますかね？」

「なんでわざわざ」と、マイロはいった。「おたくの仕事のほうがよほどおもしろいんじゃないかな」

マルティネスはくすくす笑った。「あの線路――なんとかすべきなんですよ。フェンスはないし、操車場に近くなってもガードレールがない。おれはあのへんで育って、よく線路で遊んだもんだけど、当時は列車が走ってなかったですからね。先月のこと、おぼえてますか？ 学校から家に歩いて帰る途中で、小さな子どもがふらふらと入りこんだじゃないですか。ビーティが轢かれたところからそう遠くない場所ですよ。あの子の場合は、まったく識別できなかった。フェンスをつくるとかなんとかしないとね……で、ほかになにか？」

「ビーティを見たいんだ」

「ほんとに？ どうしてです？」

「彼をひとりの人間として考えてみたい」

マルティネスは、親指と人さし指で十字架の下のほうをはさんだ。「ひとりの人間として、ね。まあ、彼を見るのは正しい方法じゃないかもしれませんよ」

マイロは、「頼む」といった。

マルティネスはロッカーまで歩いていって、引き出しを静かにひっぱり、白いシーツをはずした。

顔は灰色で、左頬についている藁のような裂傷をのぞけば無傷だった。生前のエルロイ・ビーティは黒人だったから、灰白色だ。あごに生えている縮れた白い綿くずのような無精ひげは、四、五日というところだろう。刈りこんでいない白髪まじりの大量の髪。眼はあいていて、どんよりとくもっており、唇にはピンクがかったかさぶたができていた。死んだ顔に共通している、あのうつろな表情。生きているときにＩＱがいくつであろうと、魂が飛んでいってしまえば、人は間の抜けた表情になる。

首の下はなにもなかった。気管と頸静脈の二つ三つの末梢部分、つきだしているたくましい筋繊維をのぞけば、きれいな断頭だった。テーブルの二フィート下には白い包みがあって、マルティネスは必要もないのに〝脚〟だと説明してくれた。

マイロは、かつてはエルロイ・ビーティの意識をささえていた灰白色のかたまりをじっと見つめた。瞬かず、身じろぎもせずに。彼は何度ここに足を運んだのだろう、とぼくは思った。

マルティネスが、「いいですか？」といったとき、ドアがあいて、ひとりの男が大

また に入ってきた。手術着、ヘアネット、紙のスリッパを身につけ、首のまわりには
ゆったりしたマスクをつけている。ビーティくらいの年齢で、背が高く、ちょっと猫背で、日に灼けた顔と黒いゆたかなあごひげを生やしている。

彼はぼくたちをちらっと見てから、右手にもったインデックス・カードを読み、二列はなれたスチール・ロッカーのほうへ向かった。

やがて、エルロイ・ビーティの頭を見ると、彼は怒りで顔を紅潮させた。「いったいどうなってるんだ？」

マルティネスがいった。「なにか問題でも、ドクター・フリードマン？」

「まちがいなくそういうことだろうな。だれがわたしの遺体を切りきざんだんだ？」

「あなたの遺体？」と、マルティネスはいった。

「そうだ。耳が聞こえないのか、アルバート？」フリードマンはマイロのほうを向いた。「で、きみはいったいだれだ？」

「ロスアンジェルス市警です」

「ウィリス・フックスがこの件の担当だと思ったが」

「いえ」と、マイロはいった。「フックスはセントラル署です。これはニュートン署の事件で、刑事はロバート・アギラールです」

「なんだって？」といって、フリードマンはカードをつきだした。「書類では、セン

トラル署、フックスとなっている。きみはいつからこの件を担当しているんだ、ミスター・アギラール」

「わたしはスタージスです、ドクター。ウェスト・ロスアンジェルス署の」と、マイロはいった。

　フリードマンは眼をしばたたいた。「いったいどう――」彼はエルロイ・ビーティの頭に近づいた。「いっておくが、刑事さん、だれかがとんでもないことをやらかしたんだ。わたしはこの遺体を検屍する予定になっていたのに、だれかが彼の首を切り落とした！　ここにいることになっているのに、あの引き出しのなかでなにをやっているんだ？」フリードマンはカードを振った。

「だれも彼を動かしてません、ドクター・フリードマン」と、マルティネスはいった。「彼はただちにここにおさめられました。それに、だれも彼を切りきざんでいません、これは――」

「でたらめだ、アルバート！　でたらめもいいところだ――銃弾では首は切断できない！　銃弾では――」

「これはビーティの遺体です」と、マルティネスはいった。「彼は――」

「だれかはわかっている、アルバート！」またカードを振った。「ビーティ、リロイ。頭に銃創があり、ゆうべ運ばれてきて――」

「ビーティ、エルロイ」と、マルティネス。

「リロイだ、アルバート。ここにそう書いてある」カードがマルティネスの顔に押しつけられた。「事件番号９７１１３２。受け渡し時間、午前三時十六分」

マルティネスはビーティの脚をおおっているシーツを少しまくりあげた。つまさきについているタグをひっぱりだし、読みあげた。「エルロイ・ビーティ、列車にはねられる。死亡時刻午前三時四十二分、事件番号９７１１３５」

フリードマンは頭を見おろした。つぎに、カードを。それから、スチールの引き出しの番号を。ひとつをひっぱりだす。

なかには無傷の死体がはいっていた。裸で、灰色の死体が。

エルロイ・ビーティとまったくおなじ灰色。

おなじ顔。

ぼくたち四人はじっと見つめた。

ぼくは死体から死体に視線を移した。ささやかな相違が見えてきた。リロイ・ビーティはエルロイより頭頂部の髪がちょっとうすいが、襟足の部分は多い。濃い白髪のあごひげ。顔にひっかき傷はないが、ケロイド状の傷で右のあごにしわが寄っている。おそらく、ナイフの古傷だろう。

額にあいているこぎれいで黒い穴は、とても彼の命を奪ったとは思えないほど無害そうにみえた。衝撃で顔がゆがんでいた――鼻のまわりが腫れあがり、眼の下がむくんでいる。暗赤色の眼球は、地獄の火を長く見つめすぎたようだった。

いまやフリードマンの頭もまわっていた。

「双子だ」と、マルティネスがいった。「エルロイ、リロイに会う」

フリードマンは彼にくってかかった。「冗談なんかいうんじゃない、アルバート。いったいどうなってるんだ？」

「いい質問です」と、マイロがいった。


すべてをまとめるのに二時間かかった。無能な連中と話しあわなければならないとつぶやきながら、ドクター・フリードマンはとっくの昔に姿を消していた。

ぼくはマイロといっしょにモルグの会議室にすわっていた。まず、ニュートン署のロバート・アギラール刑事があらわれた。若いハンサムな男で、黒髪を額からこぎれいになであげ、均整のとれた体にあわせて誂えたグレーのピンストライプのスーツを着ていた。爪にはマニキュアをしている。ちょっと早口すぎるきびきびした口調で、陽気に話そうとしているが、うまくいっていなかった。彼が新人で、一級刑事ということは、マイロから聞いていた。おそらく、これは彼にとってはじめての事件なのだろう。

最後に到着したのは、セントラル署のウィリス・フックスだった。ぼくは、彼がサウスウェストで仕事をしたときに会ったことがあった。身障者の連続殺人事件で、ぼくがあらたな卑劣な世界をかいま見たときだった。

フックスは四十代前半の黒人で、五フィート九インチ、がっしりしており、こぎれいな頭、ブルドッグのような頬で、たれさがった濃い口ひげを生やしていた。ネイヴィブルーのブレザーは、胸板の厚い男たちにときどき見かけるように、だぶだぶでちょっと長すぎた。靴はほこりだらけだった。

「マイロ」といって、彼は腰をおろした。「ドクター・デラウェア。おなじ部屋にいるのは運命なんだろうな」

アギラールはじっと見守って、耳を傾けていた。フックスのムードを推し量っているのだろう。自分がだれと手を組むのかを知るために。

「運命か、たんなる不運だろうな、ウィリス」と、マイロはいった。

フックスは耳ざわりな声で笑い、テーブルのうえにずんぐりした指をひろげた。

マイロが、「ウィリス、こちらはロバート・アギラール」といった。

「ニュートン署です」と、アギラール。

「はじめまして」と、フックスはいった。「そっちは列車だろ」

「ええ」と、アギラールはいった。「エルロイ・リンカーン・ビーティ、黒人男性、五十二歳」

「こっちはリロイ・ワシントン・ビーティ、黒人男性、五十二歳。遠い親戚かな？」

アギラールが答えるまえに、フックスはウインクをしていった。「こっちが死んだのは、午前三時前後だな」

「こっちもです」と、アギラール。

「こういうのはどうかな？」フックスはマイロのほうを向いた。「だれかがビーティ一家に悪意を抱いていたみたいじゃないか。ほかに兄弟がいるかどうかを調べたほうがいいかもしれないな。ビーティは街じゅうにもっといるかもしれない――ちくしょう、これはビーティ・ホロコーストかもしれないな。そうじゃないとしても、せめて彼らに警告しないと」

アギラールは眉をひそめた。クロスの金のペンをとりだし、メモ帳に書きはじめる。

フックスがいった。「なにか考えが浮かんだのかい、刑事さん？」

アギラールは顔をあげた。唇はかたく結ばれていた。「データ・フローを図にしているだけです」

フックスが唇をすぼめると、口ひげが逆立った。「ほう、それはけっこう。ところで、話してくれないか、スタージス刑事。おたくは、この似た者同士といったいどう

「いった関係があるんだ?」

「とても信じてもらえないだろうな」と、マイロはいった。

ぼくたちは十二時半にモルグをあとにした。ミッション・ロードは歩行者であふれかえっていた。空気はフライド・チキンのようなにおいがした。

「脂」と、マイロはいった。「たまらんな。ランチにするか?」

「そんなムードじゃないよ」

「それだけ強い性格なのに」

彼は覆面パトカーを、ほかの警察車とおなじく、建物正面にある進入禁止の車まわしに駐めていた。ぼくは近くの駐車場に入れていた。検屍官の白と青のヴァンがぼくたちのまえで旋回し、通りにでていった。

マイロがいった。「〝チューチュー・バンバン〟。列車と銃」彼は覆面パトカーのフロント・バンパーに片足をのせた。「〝箱のなかに悪い眼〟。両方とも、ピークがまえの日にしゃべっている。あの野郎はいつサイキック・ホットラインを始めて、大金を稼ぎだすんだろう?」

「そのニュースが伝えられたら、法執行官たちはきっと彼とスパーゴでランチをとるんだろうな」

マイロはむっとした。「で、それはどういう意味なんだ、アレックス？」

「二人のホームレスの男、ひとりの心理学者、ひとりのウェイター」と、ぼくはいった。「幅広い年齢層で、両方の性、黒人、白人。つながりがあるとしても、わからないな。ウェンデル・ペリは一部の背後に潜んでいるのかもしれない。でも、彼はダダを殺っていない。だから、ダダが構成要素のひとつだとすると、殺人者は二人以上いることになる。ビーティ兄弟が同時に殺されたのだとしたら、やはりおなじことがいえる」

「はい、はい、危ないやつは山ほどいるからな。おそらく、ピークはリチャードについてもしゃべっていたが、クレアがあらわれるまで、まわりにだれも聞く人間がいなかったんだろう。問題は、ピークがいったいどうして知っているのかということだな」

「ただひとつ、論理的にありえるのは」と、ぼくはいった。「彼には外とのつながりがある、ということだ」

「ペリだろうな」と、彼はいった。「あるいは、べつのスタークウェザーの卒業生か。そういった連中は、線路とリロイが撃たれた路地のような、大酒飲みが行きそうな場所をよく知っている。酒と精神障害。おたく自身がそういっていたじゃないか。よくない組み合わせだ。それに、ペリの病歴はあてはまる。ガールフレンドと彼女の子どもたちを撃ったとき、彼は泥酔していた。いま、彼はふたたび通りで暮らしている。ビーティ兄弟は、まさに彼が出くわしそうな連中じゃないか」

「なんで列車を使ったんだろう？」と、ぼくはいった。「どうして二人とも撃たなかったんだろう？」

「そいつは頭がおかしいんだ。声が、そうやれと告げたのかもしれないな。チューチュー・バンバン。肝心なのは、ここにはあるパターンがあるってことだ」

ぼくは答えなかった。

「ペリになにか問題があるのか？」と、彼はいった。

「いや。リチャード・ダダを構成要素から排除しても、クレアとビーティ兄弟のあいだに概念的なつながりが見えないんだ」

「ビーティ兄弟はアルコール依存症だった」と、彼はいった。「クレアはアルコール依存症患者と仕事をしていた。二人は彼女の患者だったのかもしれん」

「郡立病院の患者の特徴にはあてはまるけど」と、ぼくはいった。「それでも、二人を殺す動機が見えてこないんだ。なにかピークと関係があるはずだ。彼の犯罪――クレアが手放さなかった、あの新聞の切り抜きと。彼女が彼にねらいをつけたのは、彼について学びたいことがあったからだ。あるいは、彼から学びたいことが。新聞のファイルをさかのぼって調べてみたら、アーデュロ一家の背景が少しわかったよ。スコットの父親は農業界の大物で、頑として農地を開発業者に売ろうとしなかった――何年も口説かれていたのに、拒否したんだ。やがて彼は死に、スコットと家族が殺され、アーデュロ家の土地はすべて売却された。だれが相続したかがわかったら、おもしろいだろうな」

「なんだって？」と、彼はいった。「まったくちがう方向にそれるのか？　アーデュロ一家は利益のために殺され、ピークはどこかの企業の殺し屋だってか？　おいおい、アレックス、ピークは意のままに塀を通りぬけて、人びとを殺し、おかしなやつらがいるねぐらにまたもどれる、といわれたほうが信じられるぜ」

「ピークが支離滅裂なのはわかっているけど、大金はつねにべつの一面をつけくわえるからね。きみは少なくともトレッドウェイ――フェアウェイ・ランチをたずねたほうがいいのかもしれない。おぼえているだれかが残っているんじゃないかな」

「おぼえてるって、なにを？」

「犯罪。なにか。徹底的にやるんだよ」

「いまのところ、徹底的にやるのはウェンデル・ペリを見つけることとだ」

マイロは覆面パトカーのボンネットに両手をついて検屍局の建物をじっとながめ、やがて乳白色の空に視線を移した。ぼくたちのうしろには、大型ごみ収納器、送水ポンプ、古いふたつの病院の建物の裏口があった。彫刻がほどこされたコーニスと凝ったモールディングが、くずれかけた煉瓦のうえにのっている。イースト・ロスアンジェルスというより、ヴィクトリア朝時代のロンドンという趣だ。切り裂きジャックなら居心地のよさをおぼえていただろう。

「オーケイ」と、ぼくはいった。「即決でいこう。動機はあるよ。ビーティ兄弟はほぼおなじ時刻に死んでいる。なんとなく儀式の香りがする――ゲームだ。思うに、お楽しみの殺戮だろうな。それだと、第二の殺人者がいたというシナリオにも符合する。先例はいくらでもある。レオポルドとローブ、ビアンキとブオーノ、ビタカーとノリス。それで、リチャード・ダダを犠牲者リストにもどすことができる。ペリの仲間が、ペリが釈放されるまえにダダを殺した。でも、わずかひと月まえだから――犯罪はまだ心理的に新鮮だ。その仲間がどうやったかをことこまかに話したから、ペリを刺激して、殺人ゲームに逆もどりさせてしまった」

「で、そのもうひとりは、ペリがハーフウェイ・ハウスで仲間になったやつかもしれないぞ、アレックス。おれはあそこにいる連中を見てるんだ。キワニス・クラブじゃなかったよ。よーし、もういちど行って、もうちょっと積極的にやってみよう。ひとりでランパーツ署の管轄のパトロールも続ける。ペリと彼のいかれた仲間、あるいはどちらかがよそで悪さをしてるかもしれないから、ほかの署や近くの街とさらに電話ごっこをしてみるさ。だけど、ビーティ兄弟が殺された場所を考えると、二人はまだ地元で暮らしていたんだろう。それでつじつまは合う。彼らはおそらく車をもっていないから、フリーウェイには行けない」

それで、ぼくはあることを思いだした。「リチャードのことをはじめて話しあったとき、車をもっていない人物のことをいったじゃないか。バスの利用者かもしれないって。クレアの幻のボーイフレンドにも、おなじことがいえる」

「またか」と、彼はいった。「バスを使っている変人たち。彼はおかしそうにはみえない、とおたくはいっていたな。いま、そのことをどう感じているんだ？」

「ほとんどおなじだよ」と、ぼくはいった。「四件の殺人は、すべて計画的で細心の注意をはらっている。だれがリチャードとクレアを殺したにせよ、そいつは彼らの車を盗もうとはしなかった。そして、ビーティ兄弟をおなじ夜に殺しているから、またべつのレヴェルの熟慮が加わる。演出だ。だから、ペリが関与しているんだとしたら、進行中の精神病患者じゃないだろうな。少なくとも、外から見るかぎりでは。忘れないでほしいんだけど、彼らは彼を外にだしているんだ。彼は首尾一貫しているとみえたにちがいない」

「殺すときはきれいにやっている。ますます気分が晴れるぜ」首を振りながら、マイロは車のドアに手を伸ばした。

「じゃあ、トレッドウェイの件は、完全に棚あげかい？」

「あきらめたくないのか？」

「どうもあの切り抜きが気になるんだ、マイロ。このなかでペリの役割がなんであれ、クレアとピークのあいだには何かがあった。彼女は彼を探しだし、研究課題にした。彼は彼女の殺人を予言した。十六年まえ、彼はブリタニー・アーデュロの眼をえぐりだした。クレアの眼もねらわれた。彼はふたつの犯罪を結びつけようとしていたみたいじゃないか——代理人を利用して、なんとか過去を追体験するみたいに」

「ビーティ兄弟の眼はなんともなかった」

「でも、リチャードの眼はえぐりとられていた。ヴァリエーションが多すぎるし、符合しないものが多すぎる。ピークがただひとつの環なんだ。彼について——彼の病歴について——もっとわかれば、ペリにもっと近づけるかもしれない。それに、ほかにだれが関与しているかも」

マイロはさっとドアをあけた。「おれには時間がないんだ、アレックス。でも、おたくがそこに行きたいんであれば、それはかまわない。努力に感謝するよ——おれはバンカー・プロテクションに電話して、協力してくれるかどうか確かめてみる。そのいっぽうで、ここらの通りであほどもを捜さないとな」

「幸運を祈るよ」

「運だけじゃうまくいかないみたいだぜ」マイロはドアから手をひっこめ、ぼくの肩のうえにおいた。「おれはいやな野郎だろ。すまん。あまり寝てないし、むだな努力が多すぎるんだ」

「毒づかないほうがいい」

「とにかく、謝るよ。悔い改めるのは魂にいいからな。それに、いろいろ時間を割いてくれてありがとう。ほんとに」

「ぼくは、きみがいい成績をおさめて、部屋を片づけてくれたら感謝するけど」

マイロは笑った。かなり大きすぎる声で。でも、役に立ったのかもしれない。

21

ロスアンジェルスの北二十マイルでは、すべてがからっぽになる。

ぼくは家にとどまって、図書館でコピーした記事をとりだしてこまかく調べ、コーヒーを飲んでから、またフリーウェイにもどった。インターステイト五号線からUSハイウェイ一〇一号線を経由し、最終的にはインターステイト四〇五号線にのって、こんどは北に向かった。最後のファスト・フード店の看板のまえを通りすぎて五マイル走ると、干し草を運んでいる平床トラック、長距離ドライヴァー、変わった車、低速車線を騒々しく走っている二、三台のウィネベーゴとフリーウェイを分かちあっていた。

ぼくはアクセルを強く踏みこんで、褐色でしわの寄った毛布におおわれたような山脈、ヒイラギガシやマツやカリフォルニア・コショウボクの木立、たまに草をはんでいる馬のまえを勢いよく通りすぎた。熱気はやわらいでいなかったが、空にはきれいな雲が浮かんでいた——ラヴェンダー・グレーの渦巻きで、サテンのようにきらめき、古いウエディングドレスが世界をおおっているかのようだ。

切り抜きのおかげで、連絡できるかもしれない人物が三人いた。遺体を発見した牧場の管理人、テオドロ・アラルコン。ジェイコブ・ハース保安官。そして、ほかにただひとり、アーディス・ピークの奇妙なふるまいについて匿名ではなく話している、デリック・クリミンズという子ども。アラルコンやクリミンズという名前はなかったが、ジェイコブ・B・ハースはフェアウェイ・ランチの住所になっていた。彼の番号に電話をかけてみると、録音された元気な男性の声が、ジェイクとマーヴェルは出かけていますが、ご自由にメッセージを残してください、と告げた。ロスアンジェルス市警の仕事でこれからそちらに行きますので、ハース保安官にちょっと時間を割いていただけるとうれしいのですが、とぼくはいった。

ハイウェイが分岐して、トラック・ルートが右に延びており、三車線から車をどんどん吐きだしていた。レーダー監視の警告がいたるところにあるが、眼のまえにどこまでもひろがる道の魅力には抗しがたく、ぼくはセヴィルを八十五マイルにたもって、ソーガスとキャスタイックの交差点、エンジェル・クレスト国有林の西尾根、テホン山道をとばし、やがてカーン郡の郡境にでた。

十一時ちょっとすぎ、ぼくはグレープヴァインで降り、ガソリンを少し入れた。フリーウェイ・マップにはフェアウェイ・ランチへの道順がでていたが、念のために眠そうな顔の従業員に方向を確認した。

「老人向けのところですよ」と、彼はいった。十九歳くらいで、クルー・カット、日灼けしていて、にきびだらけ、左の耳たぶには四つのイヤリングをつけている。

「祖母をたずねるんだ」と、ぼくはいった。

彼はセヴィルをじろじろ見つめた。「すごくいいところです。お金持ちでね、ほとんどが。みんな、ゴルフばかりやってます」ごみ箱のそばに駐まっている、大きなタイヤとレディオヘッドのバンパー・ステッカーがついているミニトラックは、おそらく彼のものだろう。ワックスをかけたばかりだ。なおもじっとセヴィルを見つめながら、彼は眼をほそめた。ぼくは車をいい状態にたもとうとしているが、なんといっても七九年モデルだし、限界があった。

「ここらはべつの町だった」と、ぼくはいった。

彼の視線は退屈そうだった。

「トレッドウェイ」と、ぼくはいった。「農場、牧場、モモとクルミの栽培さ」

「そうなんですか?」まったくの無関心。「かっこいい車だな」

ぼくは彼に礼をいって出発し、せまい北東の道を通ってテハチャピ山脈のほうへ向かった。すばらしい山並みだった——高くて鋭い峰々がたがいにみごとにならび、どんなアーティストの構図より完璧に配置されている。下のほうの丘は灰褐色で、上の尾根はまさにビーティ兄弟の死に顔とおなじ灰白色だった。もっと遠い峰の一部は、霧深い紫色のなかに消えていた。この季節でも冬の色をしているが、熱気はロスアンジェルスよりすさまじく、雲をティシュー・ペーパーのように溶かしてしまうほどだった。

道は急勾配でのぼっていた。これは亜高山帯だ。とても農地とは思えない。やがて十マイルすすむと、〈フェアウェイ・ランチ。計画コミュニティ〉という標識が、花崗岩の壁をするどく切り裂いている左手の山道を指していた。もうひとつの標識――〈急な坂道。スピード落とせ〉――は遅すぎた。ぼくはもう少しでローラーコースターのコースを猛スピードでくだるところだった。

たっぷり二マイルはある下りコースだった。いちばん下は緑色のパッチワークさながらで、中央にダイヤモンドのように輝く淡青緑色の湖があった。湖は不定形だ――あまりにみごとに不格好なので、みずから人造湖と叫んでいるようなものだった。湖の両側にはそれぞれゴルフ・コースがあって、羽毛のような梢の石灰色の木々に縁どられている――カリフォルニア・コショウボクだ。計画的に開発された区画に、赤い屋根の家々があつまっている。スパニッシュ・タイルを貼ったクリーム色の化粧漆喰の家が、台形の緑のなかに点在している。全体のレイアウト――五マイル幅くらいだろう――は白く縁どりされていて、外にでるのをこわがっている子どもが線をひいたようだった。

近づいてみると、白は梁と支柱でできた腰高のフェンスであることがわかった。百ヤード走ると、さっきとまったくおなじ〈計画コミュニティ〉という標識があらわれ、その下にある小さめの板には、バンカー・プロテクションが敷地内をパトロールしていると書かれていた。

ゲートはなく、平坦できれいな道が開発地のなかに通じていた。制限速度は時速十五マイルで、ゆっくり走っているゴルフ・カートに気をつけるように警告がでていた。みごとにひろがるライグラスのなかを、這うようにゆっくりと走らざるをえなかった。さらなるコショウボクが波のうねりよろしく生い茂っていて、そのわきには多彩なツリフネソウの花壇があった。

千フィート走ると、クルミらしいどっしりした黒っぽい木の幹にまた十個以上の標識がとりつけられていて、フェアウェイ・ランチのレイアウトを集中的に頭につめこめるようになっていた。

北にはバルモラル・ゴルフ・コース、南にはホワイト・オーク・ゴルフ・コース、真正面にはリフレクション湖。北にはピナクル・レクリエーション・センターとスパ、南にはウォルナット・グローヴ・フィットネス・センター。中央にはピカディリー・アーケイド。

ほかの矢印は六つのちがう住宅区画らしきものを指していた。チャタム、コッツウォルド、サセックス、エセックス、ヨークシャー、ジャージー。

山々は二、三マイルはなれているのに、もっと近く感じられる。きらめく色とナイフの刃のような細部が見えるのは、空気が澄んでいるということだ。

木の幹の向こうに、小さな立方体の建物がひとつあった。まるみのある角と日干し煉瓦ふうのけばけばしい質感。さらなるスパニッシュ・タイル。

セヴィルをアイドリングさせながら、ぼくはあたりを見まわした。何エーカーもの芝生とまたしてもカリフォルニア・コショウボク、葉が枯れてまるまったモモの木の木立が二つ三つ。何本かあるもっと太い幹の樹皮は、案内標識とおなじ色と質感をしているので、クルミの木にちがいない。実や花はついていない。枯れた枝と先端を切った梢。

肥料のにおい、機械の騒音、太陽でまだらになった列を移動している採取者たちのことを想像しながら、ぼくはけっして売るまいとしたヘンリー・アーデュロの決意に思いをはせた。

遠くに、寄りあつまっている家々が見えた――赤いタイル屋根の角砂糖。ハーフ・ティンバー、煉瓦、スレート、木の屋根はいっさいない。

サセックス、エセックス……イギリスの名前、南西部の建築。カリフォルニアでは、論理を避けると自由という意味になることもある。

エンジンのかかる音が聞こえた。あわいブルーのフォードのセダンが、立方体の建物のそばに駐まっていた。車はゆっくりと前進し、ぼくのすぐ横で停まった。運転席側のドアには、控えめな楯のかたちをしたロゴがついていた。〈BP株式会社。警備会社〉という文字のうえに、交差したライフルが描かれている。屋根に赤い回転灯はついていないし、武器も見えていない。

運転席についているのは口ひげを生やした若い男で、あわいブルーの制服を着て、ミラー・グラスをかけていた。

「おはようございます、サー」こわばった笑み。

「おはようございます。チャリング・クロス・ロードのジェイコブ・ハースをたずねてきたんです」

「チャリング・クロス」ぼくを品定めできるよう、彼はそのことばを伸ばして発音した。「ずっと向こうのジャージーですね」

ぼくは、「アトランティック・シティかニューアークは?」といってやりたい誘惑を抑えこんだ。

「ありがとう」

彼は咳払いをした。「ここははじめてですか」

「ええ」

「ミスター・ハースのご親戚?」

「知人です。彼は保安官でした。ここがトレッドウェイだった当時」

一瞬ためらってから、彼は、「なるほど」といった。ガソリン・スタンドの従業員とおなじ、無関心な表情。トレッドウェイは、彼にとってもなんの意味もないのだ。彼はこの地区の歴史をなにも知らなかった。いったい何人が知っているのだろう？

ぼくは彼の背後にあるモモとクルミの木を見た。いまはただの木の記念碑になっている。農場時代のものは、ほかになにも残っていなかった。もちろん、アーデュロ農場の大量殺戮をほのめかすものは何ひとつ。ジェイコブ・ハースがいなかったり、会うのを拒んだりしたら、ぼくは時間をむだにしたことになる。たとえ彼が話してくれるとしても、いったいなにが学べるのだろう？

警備会社の自動車電話が鳴ると、彼は電話をとり、ぼくにうなずきかけて、いった。「ジャージーはいちばん奥です――湖のほうへまっすぐ行って、右折。ホワイト・オーク・ゴルフ・コースを指している標識が見えます。そのまま進めば着きますよ」

車を発進させ、バックミラーで見守っていると、彼は三点ターンをしてバルモラルのほうへ向かった。

ピカディリー・アーケイドは小さなショッピング・センターで、警備会社のオフィスの真東にあった。郵便局とATMがある食料雑貨店、ドライ・クリーニング店、ゴルフ・ウェアとヴェロアのジョギング・スーツが主力商品の衣料品店が二軒。二軒目の外にでている標示には、今夜の映画は『トップガン』と書かれていた。

ジャージーへの道すがら、完璧に設備がととのった公共建築物——クラブハウス、スパー——テニス・コート、スウィミング・プールのまえを通った。家々は遠くからながめたときよりりっぱにみえた。

地区によって大きさはさまざまだった。エセックスはシックな地区だった——せまい敷地に、独立した中二階がある二階建ての牧場ふうの建物が建っており、庭もそこそこ手入れされ、キャデラックやリンカーンが数多く駐まっていて、サテライト・アンテナもいくつかあった。湖がよく見わたせる。白髪の人びとは元気そうで、スポーツウェアを着ていた。さらに奥にすすむとヨークシャーがあらわれ、四、五軒がつらなっている日干し煉瓦ふうのタウン・ハウスがならんでいた。花と灌木に関してはちょっと乏しいが、それでも汚れひとつなかった。

コショウボクのせいで、ここからは湖がよく見えなかった。木々は耐寒、耐乾性のもので、きれいだった。何年かまえ、サン・フェルナンド渓谷にトラックで運びこまれたもので、チャパラル（カリフォルニア南部の低木林）を占領し、自生のオークを滅ぼす一因にもなっていた。木陰になった道路を四分の一マイルすすむと、ジャージーがあらわれた。

トレーラー型の移動住宅が屋外の駐車場にならんでいる。ユニットは一様に白で、傷はなく、大量の緑樹が基礎部分をカムフラージュしているが、プレハブであるのは一目瞭然だった。周辺には木が二、三本しかなく、湖にじかには行けなかったが、荘厳な山々はながめわたせた。

見かけた数人も健康そうで、ちょっと田舎っぽい感じがした。移動住宅のまえに駐まっているのは、シヴォレー、フォード、日本のコンパクト・カーだ。たまにRV車もあった。区画を二分している道路は、あらたにアスファルト舗装されたばかりだった。簡素ながら、全体的には清潔で管理が行きとどいており、年輩の人びとはいかにも満足げだった。

奥のほうの十ある公共スペースのひとつに車を駐めると、チャリング・クロス・ロードはすぐに見つかった——右側の最初の通りだった。

ジェイコブとマーヴェル・ハースは、正面ドアのうえにとりつけた焦がした木の表札で、ハッピー・トラヴェラーの所有者であることを告げていた。二台の車——ビュイック・スカイラークとダットサンのピックアップ・トラック——があるので、だれかが家にいるのかもしれなかった。ユニットにはいくつか改良が加えられていた。緑色のキャンヴァス地でつくった窓の日よけ、手彫りらしいオークのドア、入口まで続いているコンクリートのポーチ。そのうえには鉢植えのゼラニウムとサボテンがあって、ならんでいるからっぽの金魚鉢にはまだカーボン・フィルターが入っていた。ドア・ノッカーは真鍮のコッカー・スパニエルだった。犬の首には小さなタカラガイの首輪がかかっていた。

ぼくは犬をもちあげ、脳震盪が起きるくらい強くドアに打ちつけた。

「ちょっと待って」という声が聞こえた。

ドアをあけた男は、思っていたより若かった——いまのところ、ぼくが見かけたどの住民より若い。六十代、鉄灰色の髪をオールバックにして、するどい眼もおなじ色だった。半袖の白いニットのシャツ、ブルー・ジーンズ、黒いローファーという格好だ。肩幅は広いが、腰も広い。脂肪のひだがベルトのバックルにおおいかぶさっていた。腕は長くて、毛は生えておらず、重そうな手首をのぞけば細い。顔は幅がせまく、あちこちにそばかすが浮いていて、眼のまわりにたるみはなく、骨の線にそってたるみがあったが、だれかがやさしくみがいたかのように、肌はつやつやしていた。

「ドクター・デラウェアだね」彼は留守番電話とおなじ元気な声でいった。が、表情は調和していなかった——用心ぶかく、おずおずとしている。「メッセージは聞いたよ。ジェイコブ・ハースだ」

彼の握手はしぶしぶという感じだった——ほとんど手をふれずに、ぼくの指をさっと握り、すぐに手を放して家のなかにひっこんだ。

「どうぞ入って」

　ぼくは、キチネットに通じているせまい正面の部屋に入った。窓のエア・コンディショナーがブーンとうなった。なかは涼しくはなかったが、最悪の熱気だけはなんとか遠ざけていた。節の多いパイン材、額に入った訓戒、トレーラー・パークにありがちなものはいっさいない。濃い灰色のカーペットが移動住宅の床をおおっていた。白いコットンのソファ、おそろいの安楽椅子二脚、ガラスと真鍮のコーヒー・テーブル、藍色の花瓶にいけられたスイセンの台として使われている青と白の中国製ガーデン・ベンチ。

　あわいサーモンピンクのペンキを塗った仕切り壁に、ピカソの版画が何枚か掛かっている。黒いラッカーを塗った本棚には、ペーパーバックと雑誌、ＶＣＲつきの三十五インチのテレビ、ステレオ装置、ＣＤを満載した縦長の黒いラックがおさまっている。フォー・シーズンズ、デュエイン・エディ、エヴァリー・ブラザーズ、トム・ジョーンズ、ペチュラ・クラーク。

　ロックンロールはそろそろ引退してもいい時期だ。

　部屋はシナモン・バンのにおいがした。

　ソファにすわっていた女性が立ちあがった。「マーヴェル・ハースです、はじめまして」ネイヴィブルーのポロシャツ、白いスラックス、白いサンダルを身につけており、夫とおなじくらいの年齢にみえた。彼よりしわが多いが、ひきしまった体をしている。背は低く、波打つ髪をマホガニー色に染めていた。

彼女の握手は力強かった。「ロスアンジェルスからはいいドライヴでした?」

「とても。きれいな景色ですね」

「ここに住んだらもっときれいですよ。なにかお飲みになります?」

「いえ、結構です」

「だったら、あたしは出発するわ」彼女は夫の頬にキスをし、腕を彼の肩にまわした
――守っているみたいだな、とぼくは思った。「じゃあ、男同士でどうぞ」

「べつに楽しいことじゃないさ」と、ハースはいった。「気をつけて運転するんだよ、ハニー」

彼女はドアのほうへ急いだ。腰を振りながら。何年もまえ、彼女は美しかった。いまもまだ美しい。

彼女がうしろ手にドアを閉めると、ハースはひとまわり小さくなったようだった。身ぶりで椅子を示す。ぼくたちは腰をおろした。

「彼女はベイカーズフィールドにいる妹をたずねることにしたんだ」と、彼はいった。「きみがいるあいだは、ここにいたくないらしい」

「すみません――」

「いや、いや、きみのせいじゃない。気まずいのが好きじゃないんだ」彼は脚を組み、片手で髪を梳かしつけて、ぼくをじっと見つめた。「わたし自身、こんなことをしたいのかどうか確信がないんだが、警察には協力する義務があるような気がしてね」

「ありがとうございます、保安官。願わくは、気まずくならないことを」

ハースはにっこり笑った。「もうずいぶん〝保安官〟はやってないよ。アーデュロの件の直後にやめて、義父のもとで保険を売りはじめたんだ。二年後、保安官がいる必要はなくなった——町そのものがなくなったんだからね」

「だれが閉鎖したんですか？」

「ＢＣＡ・レジャーというグループが、すべての土地を買ったんだ。多国籍企業のひとつさ——日本人、インドネシア人、イギリス人。アメリカ人のパートナーは、デンヴァーの土地開発グループだ。当時、彼らはつぎつぎに土地を買い占めていた」

「住人から反対はあったんですか？」

「これっぽっちもなかった」と、彼はいった。「農業というのはいつだってつらい生活だし、トレッドウェイでは農業で本格的に生計を立てているのは二軒だけだった。アーデュロ家とクリミンズ家だ。その二軒で、土地の九十パーセントを所有していた。残るわれわれはここにいて、彼らのビジネスを維持するだけだった——物納小作人みたいなものさ。だから、いったん彼らが売り払ってしまうと、あとはたいしたことがなかった。とにかく、保安官の仕事はパートタイムだった。わたしはすでにベイカーズフィールドで暮らしていたんだ、姻戚たちのそばで。義理の父親のもとで帳簿をつけていたのさ」

「いつ、ここにもどってきたんですか?」

「五年まえ」彼はふたたびほほえんだ。「いまもいったように、姻戚のそばにいたんだ。まじめな話、どこかにひっこんで楽にやっていけるだけの手段を手に入れたと思ったとき、辞めようと決めたんだ。それに、ベイカーズフィールドはロスアンジェルスみたいになりはじめていた。州の外、ネヴァダあたりに行こうかと考えていたら、このユニットの話がもちあがったのさ――運がよかったよ、というのも、フェアウェイのユニットはほとんど空きがでないんだ。わたしたちは、いいじゃないか、といった。空気はきれいだし、すばらしい釣りができて、映画もやるし、買い物はすべてここだけですむ。半年は旅にでるから、せまい場所がぴったりなんだ。移動しなければ、こいつはほかの家とおなじように根をおろしている。飛行機も使う。見たいショーがあれば、ヴェガスへ行く。アラスカ、カナダ。今年は大旅行をしたよ。イギリスのロンドンへ。マーヴェルが花好きだから、チェルシー・フラワー・ショーを見てきたんだ。美しい国だったな。向こうで緑っていうと、ほんとに緑なんだ」

彼の口調はくつろいでいた。ぼくは自分のしなければならないことがいやでたまらなかったし、遠まわりで仕事をするつもりだった。「アーデュロ家とクリミンズ家。デリック・クリミンズという少年の話が、犯罪に関する記事で引用されていました」

「カースン・クリミンズの息子だ。若いほうの——彼には息子が二人、デリックとカースン・ジュニアのクリフがいた。ああ、ほかの子どもたちといっしょに、二人とも犯行現場をうろうろしていたな。デリックがプレスに話していたのはおぼえていないが、やつがべらべらしゃべっている姿は眼に浮かぶよ。いつだって、よくしゃべっていたからな。——で、警察はどうして臨床心理医をおくりこんで、モンスターの話をしたがるんだね？　まさか、なんらかの鑑定をして、やつを釈放しようと考えているんじゃないだろうな」

「ちがいます」と、ぼくはいった。「彼はしっかり収監されていますし、近々釈放される予定はありません。ぼくは会ったばかりです。ひどく衰えていました」

「衰えていた」と、彼はいった。「たとえば、植物状態の患者みたいに？」

「近いですね」

「それはいい。あいつは生きているべきじゃないんだ……衰えていた——村の愚か者、だれもがそうみなしていたよ。わたし自身もふくめて。彼は親切に、あわれみをもってあつかわれていた。小さな町の住人は偏見にみちていて、寛容じゃないし、

『ジェリー・スプリンガー・ショー』にでてくるあほみたいなものだ、というのは大都会の嘘だよ。モンスターは、トレッドウェイではロスアンジェルスより親切にされていた。やつとやつの母親は。二人は流れ者で、ポケットには一セントも入っていなかったが、ある日ふらっとやってきて、受け入れられたんだ」

ハースは口をつぐみ、コメントを待った。

ぼくはうなずいただけだった。

「彼女、ノーリーンは、チャーム・スクールを出たような女じゃなかった。それに、やつはどうってことのない男だった。でも、だれも二人を餓死させるようなまねはしなかった」と、彼はいった。

「彼女はむずかしい人間だったんですか？」

「むずかしくはなかったが、愛想がいいとはいえなかったな。見てくれはだらしなかったし、顔は一晩じゅう泣きあかしたみたいに腫れていた。話しかけると、彼女はうなだれてぼそぼそつぶやくんだ。二人ともおかしかったのかときかれれば、彼女はアーディスほどじゃなかったというしかないな。やつのほうがひどかったけど、彼女にとりえがあったわけじゃない。彼女とアーディスを受け入れたのは、テリ・アーデュロ家の親切心以外の何物でもなかったんだ。彼女は料理ができたが、アーデュロ自身も料理はうまかった。純然たる慈善行為だったのさ。二人が尊厳を失わないように」

「スコットとテリは慈悲深かったんですか？」

「地の塩だったよ。スコットはいい男だったが、理想を追求していたのはテリだったな。信心深くて、教会の活動にはすべてかかわっていた。教会は、ブッチ・アーデュロ――スコットの父親――が寄付した土地にあった。ブッチはカトリックの家庭に生まれたんだが、妻のキャシーは長老派だったから、ブッチは改宗して、彼女のために教会を建てた。悲しいできごとだったな。あの教会を壊したのは。ブッチと仲間が自分たちで建てたんだ――ソルヴァングにいるデンマーク人がつくった木彫りの刳形と尖塔がある、美しい白板の建物だった。ブッチの家もたいしたものだったよ。やはり白板の三階建てで、大きな石のポーチがあって、土地はありとあらゆる方向にひろがっていた。商売でクルミとモモを栽培していたんだが、裏には小さな柑橘類の果樹園があった。はるか幹線道路まで、花の香りが漂ってきたものだ。彼らはほとんどのオレンジとレモンをただで配っていた。クリミンズの家もおなじくらい大きかったが、それほど趣味はよくなかったな。ふたつの屋敷は、渓谷をはさんで向かいあっていた」

彼の眼がくもった。「子どものころのスコットをおぼえているよ。果樹園のまわりを駆けまわっていて、いつも元気だった。しあわせな一家だったな。金持ちだったけど、足が地についていた」

彼は立ちあがり、冷蔵庫に入っていた瓶からグラスに水を注いだ。「ほんとに飲み物はいらないのか？」

「ありがとうございます、いただきます」

彼は大きなグラスをふたつ、コーヒー・テーブルまで運んできた。二口飲むと、彼のグラスはからになった。

「補給時間だ」と、彼はいった。「干しぶどうみたいにしなびたくないんでね。もっと熱量のあるエア・コンディショナーが必要だな」

彼はまたキチネットに向かった。グラスの水をきり、縁に指を這わせてから、甲高い声で、「まだ、きみがここにきた理由を聞いてなかったな」といった。

ぼくはクレアが殺されたことから話しはじめた。彼女の名前に聞きおぼえがあるふうではなかった。ピークのわけのわからない話をくわしく伝えると、彼は、「そんなことでわざわざきたなんて、信じられんな」といった。

「いまのところ、ほかに手をつけられるものがほとんどないんです、ミスター・ハース」

「彼は衰えているといっていたが、だったら、彼のいうことなどどうでもいいじゃないか。わたしがどんなことで役に立てると思っているんだね？」

「ピークについて話していただけるなら、なんでもいいんです。あの晩のことを」

彼はさっと両手を伸ばし、組み合わせた。指のつけねに食いこんでいる指先が赤みをました。爪が固形クリームのように白くなった。

「長い時間をかけて、あの晩のことを忘れようとしてきたんだ。わたしにまたつらい思いをさせるに足る理由を、きみがもっているとは思えないが」

「すみません」と、ぼくはいった。「むずかしいようでしたら――」

「やけに喉が渇く」といって、彼は勢いよく立ちあがった。「糖尿病かなにかかもしれないな」

22

ハースはさっきよりさえない顔でもどってきたが、あきらめたようだった。

「事件は夜に起こったんだが」と、彼はいった。「朝までだれも発見できなかった。テッド・アラルコンがわたしに電話してきたんだ――彼はスコットの農場管理人のひとりだった。スコットとテッドは、朝はやく車でフレズノまで行って、農機具を見てまわることになっていた。スコットがテッドを拾う予定だったが、こなかったので、テッドは家に電話してみた。だれもでなかったから、車で家まで行って、なかに入ったんだ」

「ドアはあいていたんですか？」

「ドアに錠をおろすやつなんていなかったよ。テッドは、スコットは寝すごしたんだろうと思い、階上へ行って、ベッドルームのドアをノックしたほうがいいかもしれないと考えた。スコットがどういう男かわかるだろ――メキシコ人管理人は気楽に階上へ向かった。が、途中で、テッドはキッチンを通りぬけ、見てしまったんだ。彼女を」彼は唇をなめた。「その後、彼がどう力をふりしぼって階上へ行ったのか、だれにもわからない」

「新聞には、血のついたスニーカーのあとをたどっていった、と書いてありました」

「テッドは肝のすわった男で、ヴェトナム帰りだし、実戦をまのあたりにしていた」

「どこへ行けば彼を見つけられるか、わかりますか？」

「フォレスト・ローン共同墓地だ」と、彼はいった。「二年後に死んだ。癌で」彼は胸骨をかるくたたいた。「五十歳だった。煙草は吸っていたが、ショックで健康を害したのではないとはいいきれないな」

わが身の強靱さを確認するように、彼は背筋を伸ばした。

「で、テッドは階上へ行き、残りを見て、あなたに電話したんですね」

「わたしはまだ寝ていたし、太陽はのぼったばかりだった。電話が鳴り、だれかが荒い呼吸をして、あえいで、おかしなことを口走っていた。さっぱり意味がわからなかったし、マーヴェルは、〝いったいどうしたの？〟といっていた。ようやくテッドの声だとわかったんだが、あいかわらず何をいっているのかわからなくて、〝ミスター・スコット！　ミス・テリ！〟という声が聞こえた」彼は首を振った。「なにかよからぬことが起きたのだけはわかった。わたしがそこに着いたとき、テッドはフロント・ポーチにすわっていて、眼のまえには大量に吐いたものがたまっていた。彼は浅黒い男だったんだが、あの朝は真っ青だったよ。ジーンズと靴には血がついていたから、最初は、彼がなにかばかなまねをしたんだと思った。やがて、彼はまた吐きはじめて、なんとか立ちあがろうとしたが、すぐに倒れそうになってしまった。支えてやらなければならなかった。そのあいだじゅう、彼は泣きながらうしろの家のほうを指さしていた」

膝を合わせると、ハースは体をまるくして、カウチのうえで身を低くした。「わたしは銃をとりだし、なかに入った。いっさいだいなしにしたくなかったから、足を踏みだすときには注意したよ。キッチンの明かりはついていた。ノーリーンが椅子にすわっているのが見えた──彼女だと断言はできないんだが、わたしにはわかったんだ。服装のせいかな──」彼はぎくしゃくと手を振った。「血の海のなかにテッドのブーツのあとがついていたが──彼はウェスタン・ブーツをはいていた──ほかの足跡もあった。スニーカーだ。まだだれかがいるかもしれなかったので、わたしは静かに歩いた。そこらじゅうの明かりがついていて──犯人は自分のやったことを見せびらかしているみたいだったな。スコットとテリはならんでいた──たがいに抱きあいながら。わたしが廊下を走って横ぎると……女の子が見つかったんだ……」

彼は、オイルのきれたギアが軋むような低い音をだした。「FBIはわたしにインタヴューして、調査のためにくわしく書きとめた。ロスアンジェルス市警のボスたちのところへ行けば、コピーが見つかるだろう」

ぼくはうなずいた。「あなたはどうしてピークの小屋へ行ったんですか?」

「血さ、いうまでもなく。痕跡はうすくなっていたが、裏階段へ続いていて、裏口から外にでていた。小さな点にすぎなかったが、スニーカーの足跡はかすかに見えた。小道を二十ヤードくらい続いていたかな。やがて、完全に消えていた。その時点では、ピークを探しているとは思わなかったし、小屋にもどったほうがいいと思ったんだ。スニーカーはピークのドアのすぐ内側にあった。安物雑貨店の店員は、二、三週間まえにピークはそれを万引しようとしたが、見つかると、なにかぶつぶついっていくらか払ったので、そのまま持ち帰らせた、といっていた」

ハースはするどい眼つきになった。「そこが問題だったんだ。みんな、彼にやさしくしすぎたのさ。彼はばかみたいな幽霊そっくりの顔をして町を歩きまわっていた。トレッドウェイでは犯罪らしい犯罪は起きなかったし、われわれは彼の正体が見抜けなかった。平和なところだったから、わたしのようなパートタイマーでも法の仕事ができたんだ。わたしがしていたことといえば、人びとがなにかを修理するのを手伝ったり、寝たきりの病人をチェックしたり、だれかが泥酔して車を運転しないように気をつけたりするのがほとんどだった。たんなるソーシャル・ワーカーにすぎなかったよ。だが、ピークは……彼はいつもおかしかった。われわれは信頼しすぎたんだ」

ハースはせわしなく両手を動かしていた。そろそろ休息の機会をあたえたほうがいいのだろう。

「トレッドウェイが閉鎖になったとき、町の記録はどうなったんですか?」と、ぼくはいった。

「箱につめて、ベイカーズフィールドに送られた。だが、なにか見つかるとは思わないほうがいい。地図や配置図で、しかもたいしたものではない。わたしには、きみがむだな努力をしているように思えるな、ドクター。ロスアンジェルスにもどって、こういった心理学的なことは忘れたほうがいい、とボスたちにいえばいいじゃないか。ピークは収監されている、それが肝心なことだ」

彼は手首を見た。腕時計はなかった。立ちあがり、本棚のうえにある腕時計を見つけると、腕にはめて文字盤をながめた。

「時間を割いていただいて、ありがとうございました。あと二つ三つおききしたいのですが。ぼくが読んだ新聞記事には、あなたが眠っていたピークを発見したと書いてありました」と、ぼくはいった。

「まるで――」彼の口がふるえた。「赤ん坊みたいに、といおうとしたんだ。ちくしょう――ああ、やつは寝ていたよ。あおむけになって、胸のうえで両手を組み、いびきをかいて、顔は血だらけだった。最初、彼も殺されたんだと思ったが、近づいてよく見てみたら、ただの返り血だったから、わたしはやつに手錠をかけた」

彼は頬の汗をぬぐった。「あの場所。外からながめたことはあったが、なかに入ったことはなかったんだ。豚小屋さ——ドッグ・ランよりひどいにおいだった。ごくわずかなピークの持ち物は、すべてごちゃごちゃになって、投げだされていた。腐った食べ物、大量の袋、からの酒瓶、スプレー・ペイントの缶、接着剤のチューブ、ポルノ雑誌。最後のものは、たぶんどこかよそで手に入れたんだろう。というのも、トレッドウェイで売っているものじゃなかったからな。だれもピークが出かけるのをおぼえていなかったが、出かけたにちがいない。薬もそうだった。やつはありとあらゆる錠剤をもっていた——スピード（覚醒剤）、鎮静剤、フェノバルビタール（睡眠剤）。処方箋薬局はテハチャピにあるんだが、処方箋の記録はいっさいなかった。だから、通りで買ったものにちがいない。ピークみたいなやつは、どんな種類のものでも手に入れられる」

「あの晩、彼は薬で恍惚としていたんですか？」

「にちがいない。手錠をかけて、顔のそばで叫び、鼻の下に銃をつきつけたら、やっと起きたくらいだったからな。意識が消えたりもどったりをくりかえして、ほんとにばかみたいな笑みを浮かべていたが、そのうち眼を閉じて、また夢の国へもどってしまった。その場でやつを撃たないのが、わたしにできる精いっぱいのことだった。やつのやったこと——やつの小屋のなかで見つけたもののせいだ」彼は顔をそむけた。「ホット・プレートのうえ。やつは女の子を殺ったナイフをもっていて、男の赤ん坊をベビー・ベッドからひったくり、それから――」

彼はまた勢いよく立ちあがった。「ちくしょう、だめだ、とてもできない。長い時間をかけて、ああいったイメージを頭のなかから消したんだ。さよなら、ドクター――もう何もいわないでくれ、さよならだ」

彼はドアのほうへ急ぎ、あけて押さえた。

ぼくは彼に時間を割いてくれた礼をいった。

「ああ、どういたしまして」

「あとひとつだけ」と、ぼくはいった。「スコットとテリの財産はだれが相続したんですか？」

「州のいたるところにいた大勢の親戚さ。彼女の身内はモデストの出身で、スコットはまだサンフランシスコに一族がいたんだ、母方の。担当した弁護士は、二十数人の相続人がいるといっていたが、争いにはならなかった。だれも相続にまったく関心がなかったし、どういうことで金がころがりこんでくるかについては、みんながっくりしていたよ」

「弁護士の名前をおぼえていますか？」

「いや。なんでそんなことが重要なんだ？」

「重要ではないでしょう」と、ぼくはいった。「それに、スコットの母親はすでに死んでいます」

「何年もまえにな。心臓の病気だった。どうして？」

「念のためです」

「まあ、もういいだろう」彼はドアを閉めはじめた。

「ミスター・ハース、このあたりに、だれかすすんで話してくれるほかの人はいますか？」と、ぼくはいった。

「なにを？」彼の口調ははげしかった。「まだ十分じゃないのか？」

「ここにきた以上、万全の準備をしておきたいんです――あなたは法執行官でしたし、どういうことかおわかりでしょう」

「いや、わからないな。それに、わかりたいとも思わない。忘れてくれ。昔の連中はだれもいない。フェアウェイは、年輩の都会人が平和と静けさを求めてやってくる場所なんだ。わたしはそこにいるただひとりのトレッドウェイの田舎者だ。だから、彼らはわたしにトレーラーを押しつけたのさ」彼の笑いは冷ややかだった。

ぼくはいった。「デリック・クリミンズがどこにいるか心あたりは――」

「クリミンズ家は、ほかのみんなとおなじようにいなくなった。カースン・シニアと妻が土地を売った金を手に入れたあとで、彼らはフロリダに引っ越した。ボートを買って、セーリングをしていると聞いたが、それだけしか知らないな。生きているとしたら、かなりの年だろう。少なくとも彼は」

「奥さんのほうが若かったんですか？」

「彼女は二人目の妻だった」

「彼女の名前は？」

「おぼえてないな」彼はあまりにすぐに答えた。声はこわばっていて、ドアはわずか五インチの隙間を残すところまで閉められていた。半分だけ見える彼の顔は不気味だった。「クリフ・クリミンズも死んだ。ラスヴェガスで、オートバイの事故だ——新聞にでてたよ。モトクロス、スタント運転、パラシュート、サーフィンなど、スピードと危険をともなうものはなんでも夢中になっていた。二人ともああいった性格だったのさ。あまやかされた子どもたちで、いつも注目を浴びてなければ気がすまなかった。カースンは二人が欲しがるものはなんでも買ってやった」

ドアは閉まった。

ぼくはほかのだれかさんのストレス・レヴェルをあげてしまった。とんでもない臨床心理医だ。

手段を正当化する目的もなかった。

二番目のミセス・クリミンズの話題になったときに、彼はとくにはげしく反応したのだろうか。それとも、ぼくは彼の感情的なポンプにすでに呼び水をさしていたので、なにをいっても彼の血圧はあがってしまったのだろうか。

歩いて車にもどりながら、ストレス・レヴェルがあがったのはたぶん前者のせいだろうと思った。町でいちばん金持ちの女性のひとりの名前を忘れるだろうか？　ということは、ミセス・クリミンズのなにかが彼を悩ませたのだ……でも、それがどうしたというのだ。彼は彼女をきらっていたのかもしれない。あるいは、愛していたのかもしれない。あるいは、彼女に欲情していたが本懐を遂げられなかったのか。

それはぼくが追い求めているものと関係がある、と考える根拠はない。

ぼくは自分がなにを追い求めているのかすら知らなかった。

〝空井戸〟。

まだ正午(ひる)まえで、ぼくはむなしい気分だった。ハースはトレッドウェイの住民はもういないといっていたが、それは真実かもしれない。でも、なにか落ちつかない気分だった――彼の態度に関することだ――なぜ、彼はぼくに会うことに同意し、友好的に始めたのに、やがて態度が変わってしまったのだろう？

おそらく、恐怖がよみがえったのだ。

でも、ここにきた以上……すでにアーデュロ家の殺人に関する大きな情報源は調べつくしていたが、小さな町には地元の新聞があるから、トレッドウェイの新聞は大量殺戮についてくわしくあつかっているかもしれない。記録はすべてベイカーズフィールドへ送られていた。たいしたものはない、とハースはいっていた。だが、町の図書館は古いニュースの価値を尊重するものである。

セヴィルにもどったとき、警備会社のあわいブルーのセダンがトレーラー・パークからゆっくり顔をだした。運転席についているのはさっきとちがう警備員だったが、やはり若くて口ひげを生やしている。それがバンカー・プロテクションのイメージなのかもしれない。

彼はぼくの横にやってきて、最初の男とおなじように車を停めた。じっと見つめる。驚いていない。ぼくのことはすでに聞いているのだ。

「いい一日を」と、ぼくはいった。

「そちらも、サー」

走り去るとき、ぼくは制限速度の三倍のスピードをだしていた。

グレープヴァインのガソリン・スタンドにもどって、電話を二、三本かけると、カーン郡の参考図書館はベイカーズフィールドにあるビール記念館であることがわかった。

さらに四十五分のドライヴだった。ビール記念館はすぐに見つかった。街のいい場所にある、築十年、現代的な砂色の建物で、裏には二百台分の駐車場があった。なかはいい香りのするアトリウムになっていて、効率的な雰囲気だった。参考文献デスクにいるにこやかな司書に探しているものを告げると、彼女はジャック・マグワイア郷土史室を教えてくれた。そこに行くと、もうひとりの愛想のいい女性が、コンピュータのデータベースを調べてくれて、『トレッドウェイ・インテリジェンサー』というものが二十年分あります。ハード・コピーで、マイクロフィッシュではありません」といった。

「みせてもらえますか?」

「全部ですか?」

「よければ」

「調べてみます」

彼女はドアの奥に姿を消し、五分後、中くらいの段ボール箱をふたつ乗せたドリーを押してあらわれた。

「運がよかったですね」と、彼女はいった。「週刊新聞で、小さなものですから、これで二十年分です。部屋の外にはもちだせませんが、六時まで開館しています。ごゆっくりお読みください」

眉をつりあげもしなければ、立ち入った質問もなかった。司書たちに神の祝福あれ。ぼくはテーブルまでドリーを押していった。

たしかに小さな新聞だった。『インテリジェンサー』は七ページの新聞形式の広告で、二箱目は半分しか入っていなかった。一九六二年一月から始まっている新聞は、一ダースごとに綴じてあり、ビニール袋におさまっていた。発行者兼編集長はオートン・ヘツラーという人物で、編集主任はワンダ・ヘツラーだった。ぼくは二人の名前を書きとめ、読みはじめた。

行間のあいた紙面で、びっくりするほど鮮明な写真が二、三枚のっている。第一面には天気予報があった。カリフォルニアといえども、農民にとって天気は重要なのだ。ハイスクールのダンス、豊作、科学プロジェクト、4Hクラブ（農村青年の実用的技術の教育を目的として設立された機関）、ボーイスカウトの遠征、カーン郡品評会に関する楽しそうな記事（〝ピーチ・パイ早食いチャンピオンのラース・カールスン、またまた登場！〟）。二ページ目はほとんどおなじで、三ページ目は、その日の国際的なできごとを要約している通信社のベタ記事と社説のためのページだった。オートン・ヘツラーはヴェトナムに関してはかなりのタカ派だった。

ブッチ・アーデュロの名前はしばしば登場したが、だいたいは農業経営組織における彼の指導力に関するものだった。フレズノのチャリティ舞踏会に出席している夫妻の写真では、ブルドッグそっくりの顔をした白髪まじりのクルー・カットの大男が、すらりとした上品な顔だちの黒髪の女性を見おろすように寄りそっていた。くじ運的な遺伝学は、スコットに父親の体格と母親の顔だちをあたえていた。

スコットは運動能力も受け継いでいた。はじめて彼の名前を見つけたのは、フットボールのヒーローたちのグループ写真の下だった——カーン郡のオールスター・ゲームのために選ばれた選手たちは、ゴールポストのまえに膝をつき、にこやかに笑っていた。スコットはテハチャピ・ハイスクールのハーフバックで、みごとに責任をはたしていた。

テリ・アーデュロの写真はなかったが、それは無理もなかった。彼女はトレッドウェイの生まれではなく、モデスト育ちだった。

カースン・クリミンズの名前も定期的にあらわれた。町のもうひとりの金持ち。判読したかぎりでは、クリミンズは自営農家のための闘いでブッチ・アーデュロの盟友として出発したが、七〇年代前半に方針を変えて、クルミの安値と経費の高騰に対して不満を表明し、〝本格的な最高値入札者〟に売ってもかまわないと告げた。

彼の写真はなかった。ブッチ・アーデュロからのコメントはなかった。『インテリジェンサー』はどちらかの肩をもつことを避けた。

一九六九年三月。全紙面がキャサリン・ステスソン・アーデュロの葬儀にあてられていた。"長びく病気"と、数年まえ、長男のヘンリー・ジュニアがハイキング中に死んだことに言及していた。記事には、古い家族のスナップショットと、墓地のわきでうなだれているブッチとスコットの写真が追加されていた。

一九七四年八月十日。オートン・ヘツラーはニクソンの辞任を悲しんでいた。

その年の十二月、ひどい霜がアーデュロ家とクリミンズ家の農作物に損害をあたえた。ブッチ・アーデュロは、「冷静になって、よいときも悪いときも乗りきらなくてはならない」といった。カースン・クリミンズからのコメントはなかった。

一九七五年三月。ブッチ・アーデュロの死。追悼号には二ページが追加されていた。今回は、スコットがひとりで墓地に立っていた。カースン・クリミンズはいった。「われわれは意見の不一致があったが、彼は男のなかの男だった」

一九七六年六月。クリミンズが結婚したという告知。「相手は、ロスアンジェルスの、旧姓シビル・ヌーナン。われわれ全員が知っているミス・ヌーナンは、シェリル・ノーマンの芸名で演じている女優で、ミスター・クリミンズとはバハマ行きのクルーズで出会った。結婚式はベヴァリー・ヒルズのベヴァリー・ウィルシャー・ホテルでおこなわれた。花嫁の付添は花嫁の妹、チャリティ・ヘルナンデスがつとめ、新郎の付添人はミスター・クリミンズの息子たち、カースン・ジュニアとデリックがつとめた。新婚夫婦はケイマン諸島にハネムーン中である」

二枚の写真。ようやく、カースン・クリミンズにおめにかかれた。ブラック・タイだ。最初の一枚で、彼と新妻は五段のケーキを切っていた。六十歳前後だろう。長身で猫背、禿げており、小さすぎる顔はわし鼻に完全に圧倒されていた。鼻は、うすい上唇に不気味にのしかかっている。ほそい口ひげが、映画にでてくる悪党のようなニュアンスを加えていた。小さくて黒い眼は、どこか左のほうを見て——花嫁からはそむけられていた。彼の笑みは痛々しかった。タキシードに身をつつんだ用心深いフクロウ。

二番目のミセス・クリミンズ——ジェイコブ・ハースの眼をせばめさせ、声をこわばらせた女——は、三十代後半で、背が低く、肉づきのいい腕をしており、官能的な体をシルクの袖なしのタイトなウェディングドレスにつつんでいた。よく日に灼けているようだ。刺々しいティアラが、プラチナ色の大量の髪のうえにとまっている。あふれんばかりの歯、口紅、アイ・シャドー、気前よくみせている胸の谷間。彼女の千ワットのほほえみに、ためらいはなかった。真の愛だったのかもしれない。ことによると、彼女の指で光っているダイヤモンドはそれと関係があるのかもしれない。

二枚目の写真には、新婚夫妻の両側にならんでいるクリミシズの息子たちが写っていた。左はカースン・ジュニアで、十七歳くらい。ハースはデリックのほうが若いといっていたが、なんともいえなかった。ふたりともやせてひょろっとしており、目立つ鼻と父親ゆずりの鳥を思わせる顔をしていた。父親より男前で——父親より力強いあご、幅の広い肩をしている。唇はおなじようにうすい。カースン・ジュニアはすでに父親とおなじ身長で、デリックはそれより少し高かった。ジュニアのブロンドのカーリー・ヘアは乱れており、デリックはまっすぐな黒髪を肩の下まで伸ばしていた。その日は二人ともうれしそうではなかった。ティーンエイジャーや犯罪者の顔写真に特徴的な、あのゆるぎない不機嫌な表情を浮かべている。

一九七八年四月。第一面には、レジャー・タイム開発という会社がトレッドウェイをおとずれた記事がのっていた。カースン・クリミンズが招いたのだ。スコット・アーデュロは、「自由の国だ。だれでも所有しているものを売れる。だが、勇気をみせ、農業の伝統を固守することもできる」といった。その後の進捗を報告する記事はなかった。

一九七八年七月。スコット・アーデュロとテレサ・マッキンタイアの結婚。花嫁衣装は、「十フィートのすそと手刺繍をほどこした流れるようなドレスで、ベルギーのレースと淡水真珠を使っており、サンフランシスコからもちこまれたものだった」。ここでは胸の谷間は披露されていなかった。テレサ・アーデュロは長袖とすべてを隠すことを好んでいた。

ぼくはつぎの新聞の束に移った。

開発業者がおとずれた半年後、土地の売却や交渉、ほかの会社からの申し入れに関する記述はまだなかった。

クリミンズの提案が受け入れられなかったのは、スコット・アーデュロが土地を売るのを拒み、だれも半分の取引をしたいと思わなかったからだろうか。

だとしても、クリミンズは公式のコメントを発表していなかった。一九七八年七月、彼とシビルは、バハマ行きのクルーズ船にのった。デッキにいる彼女のスナップショット。片手に氷のはいった飲み物のトール・グラスをもって、花柄のビキニに十分に持ち味を発揮させていた。記事には、彼女は、「ミュージカルのなかの歌とブロードウェイの傑作のように陽気な演出で、ほかの客を楽しませた」とあった。

一九八〇年一月五日、フレズノのシルヴァー・サドル・ロッジで催された「農場連盟の新年舞踏会と資金集めのパーティ」の記事を見つけるまで、興味ぶかいものはいっさいなかった。

ほとんどが、ぼくの知らない人たちの写真だった。四ページ目のいちばん下にたどりつくまで。

スコット・アーデュロが踊っていたが、妻とではなかった。

彼の腕のなかにいるのは、シビル・クリミンズだった。白っぽいブロンドの髪は長く、むきだしの日灼けした肩のうえで流れていた。彼女のドレスは黒で、ストラップがなかった。スコットの糊のきいた白いシャツの胸に押しつけられた彼女のバストは、ぴっちりしたボディスのなかにかろうじておさまっていた。彼女の指は彼の指とからまりあい、大きなダイヤモンドが彼の指のあいだできらめいていた。彼は見おろし、彼女は見あげていた。彼の眼のなにかがちがっていた。まじめな若いビジネスマンというイメージに反し、熱気と輝きが多すぎて、ちょっと愚かな感じがした。まぬけな陥落。

飲みすぎていたせいかもしれないし、妻ではない女を抱いて、彼女のあたたかな吐息を顔に感じる珍しさのせいかもしれなかった。あるいは、盛大なパーティだったので、二人は暗い麝香のにおいがする部屋で楽しんでいるなにかをひけらかす機会をあたえられたのかもしれない。

シビル・クリミンズについて話したとき、ジェイコブ・ハースが緊張したのはそのせいかもしれない。彼がずっと賞賛してやまなかった青年が、ロスアンジェルス出身のプラチナ・ブロンドのいかがわしい女といちゃついていたからか？

その写真をじっと見つめていると、熱気の波を発しているように感じられた。千のことばより雄弁に。『インテリジェンサー』がそれを掲載したのは驚きだった。三週間後の社説に、それを説明してくれるかもしれないことが書かれていた。

崇高にも――あまりに非現実的な傾向がある、という人もいるだろう――大きな政府の力のみならず、自然にも立ち向かう人びとの勝利と苦労をこの眼で見ただけでなく、おおいなる内省を積み重ねた結果、本紙は、理性と自衛本能をもつ人びとの側に立たなければならないと思う。

裕福な生まれの人びとが、自営農場の尊厳といった抽象的な理念を高らかに主張するのはたいへん結構である。だが、大部分の住民にとって、肥沃な土地、実もたわわな枝、収穫物を満載したトラックを維持するために日々のつらい労働を委託されている、頑丈ではあるが腰のまがった人びとにとっては、話はまるでちがう。

トレッドウェイの平均的農民――あえていえば、すべての農業コミュニティ――は、固定給で日々せっせと働き、安全、利益、長期投資などの保証はいっさいない。たいていの場合、裏のわずかな小作地と家がすべての所有物である。ときには、それすらどこかの金融機関の手にわたっていることもある。平均的農民は将来の計画を立てるのが好きだが、たいていは現在に打ちのめされてしまって、それもままならない。ゆえに、土地の価値の上昇というかたちとなって幸運がほほえみかけて、平均的農民にもうけ話のチャンスがころがりこんできたとき、もっと裕福な人びとが生得権とみなしている安全と快適さを家族にあたえてやる機会をとらえたからといって、彼らは非難されるべきではない。

良識と個人の権利が普及しなければならないときもある。

このまえのキワニス・クラブの昼食会の席で、ミスター・カースン・クリミンズは当を得た発言をしている。「進歩はジェット機のようなものだ。それに乗って飛ぶか、滑走路に立って吹き飛ばされる危険を冒すか」

もっと裕福な一族ではあるがあまり先見の明がない人びとは、この点を理解したほうがいいだろう。

時代は変わり、彼らは変わらなければならない。この偉大なる国の歴史は、自由意志、私有財産、独立独歩という基礎にもとづいている。

未来の声に耳を傾けるのを拒む人びとは、停滞という罪深い状態におちいっているわが身を見ることになるかもしれない。

時代は変わる。勇敢で聡明な男たちは時代とともに変化するのだ。

O・ヘツラー

スコット・アーデュロは、編集者から好感をもたれなくなってしまった。でも、あの写真はカースン・クリミンズをも困惑させたのではないだろうか。

社説に対する文書の返答があるだろうと思いながら、ぼくはその後の記事を読んだ。なにもなかった。彼は気にしなかったのか、『インテリジェンサー』が彼の手紙を印刷することを拒んだのだろう。

五週間後、オートンとワンダ・ヘツラーの名前は新聞の発行人欄から消えていた。そこには、装飾的な渦巻き文字が印刷されていた。

シビル・クリミンズ
発行人、編集人、主任記者

紙面はピンクに変わって、ページは三ページに減り、スーパーマーケットの郵便広告なみの薄さになっていた。もう電送写真はのっていなかった。その場所には、プレス・リリースを書き写したような映画評、地元のできごとに関するあまり洗練されていない記事、はっきりした落ちがない素人くさい漫画がひしめいていた。大きすぎる署名は〈デリック・C〉となっていた。

二十ヵ月後、見出しが絶叫しているときでも、かろうじて三ページが埋まっているだけにすぎなかった。

アーデュロ農場で大量殺戮！
ネズミ捕獲人のピーク、逮捕さる！
シビル・ヌーナン・クリミンズ記
発行人、編集人、主任記者

トレッドウェイにもっとも暗い時間が訪れてしまいました。つまり、ジェイコブ・ハース保安官が〈ベストバイ・プロデュース〉のテオドロ・〝テッド〟・アラルコン管理人からの電話を受けて農場へ行き、信じがたい規模の恐ろしい大量殺戮を見つけたとき、そうなったかに思われました。二人で家のなかに入ったとき、ジェイコブ・ハース保安官は数体の遺体を発見しました。すなわち、鬼畜から信じがたい非人間的なあつかいを受けたミス・ノーリーン・ピークでした。階上には、ほかの遺体がありました。父親のブッチ・アーデュロから受け継いだ農場主のスコット・アーデュロ、スコットの妻であるテリ、二人の娘で五歳くらいのブリタニー。なにもかもが恐ろしいものでした。しかし、家族のもうひとりが見あたりませんでした。赤ん坊——ジャスティンです。われわれはみな、テリが難産で彼を産んだのをおぼえていますし、彼が無事であればよかったのですが。

でも、恐怖は続きました。ハース保安官が血のあとをたどって家の裏にまわり、当時、ノーリーン・ピークの息子であるアーディスが住んでいた小屋まで歩いていくと、そこでジャスティンが見つかったのです。良識にしたがって詳細は書きませんが、小さな赤ん坊にあんなまねをする人間は、信じがたい悪魔のような心をもったやつであるとだけいっておきましょう。こんなことはうんざりです。

アーディス・ピークは酔っぱらっており、あらゆるドラッグでハイになっていました。彼は農場のネズミ捕獲人で、あらゆる種類の齧歯類と害虫も駆除していました。ゆえに、あらゆる種類の武器と毒物をもっているのでしょうが、かわいそうな人びとに彼がなにを使ったのかはまだ判明していません。

わが町のように小さくて平和な場所でこういったことが起こりうるとは、恐ろしく、信じがたいのですが、世の中はそのようなものらしいです。マンソン・ファミリーがいい例で、彼らは、金があってゲートの奥に住んでいるから安全だと思っていた人びとを襲ったではありませんか。いまの音楽では、だれも愛とロマンスを歌いません。すべて汚らわしいもので、どんどんひどくなっています。

メッセージは、神を信じるのだ、彼だけがあなたを守ってくれる、ということなのでしょう。

ハース保安官は、ふだんはこんな事件をあつかったことがないので、ＦＢＩとベイカーズフィールドの警察に連絡して相談しました。朝鮮半島にいたことがあるが、こういったものは見たことがない、と彼はわたしに語りました。

情報源によれば、アーディス・ピークはいつも気味が悪かったようです。ときどき、人びとは彼を助けようとしました——わたしの息子たち、クリフとデリックもおなじで、スポーツ活動や演劇プロジェクトなど、あらゆることに誘っていました。彼が孤独だと思ったので、彼を小屋からつれだせることにはなんでも。でも、彼は聞く耳をもちませんでした。ひとりで小屋にひきこもり、ペンキや接着剤などを吸引していました。情報源によれば、彼は自分自身に没頭しすぎていて他者と心を通わせることができず、なんらかの重い心の病を患っていたようです。

その彼が、なぜ突然、このような恐ろしいことをしでかしたのでしょう？

その理由は解明されるのでしょうか？

だれもがアーデュロ一家を愛していました。彼らはこの土地に長く住んでいましたし、農産物の価格があまりに低いので利益がでるかどうかわからないときでも、勤勉に働きました。でも、勤勉に働いたのは、彼らは労働を信じており、彼らが地の塩で、働くのが好きだったからです。

どうしてここで——トレッドウェイでこんなことが起きたの!?

アメリカで！！！？？？

でも、精神がおかしくなれば、そういったことが起きるのでしょう。

答えがあればいいのですけれど、わたしは一介のジャーナリストで、予言者ではありません。

神がわれわれにも理解できるようにしてくれるといいのですが――赤ん坊や子どもが、なぜこのように苦しまなければならないのです？　いったい何が、彼にこんな恐ろしいことをさせたのでしょうか？

疑問、疑問、疑問。

なんらかの答えが手に入りしだい、そのつどお知らせします。

S・N・C

彼女は知らせなかった。

これが『インテリジェンサー』の最終号だった。

23

資料室にもどると、ぼくはアーデュロ一家大量殺戮に関する、サンフランシスコ、ベイカーズフィールド、フレズノのマイクロフィッシュを借りだした。ロスアンジェルスでは報道されていなかったのだ。

『モデスト・ビー』に、テリ・マッキンタイア・アーデュロの死亡記事がのっていた。〝はやすぎる死〟と報じられていて、殺人に関する記述はなかった。略歴は短かった。ガールスカウト、赤十字のボランティア、モデスト・ハイスクールの優等生、スペイン・クラブとシェイクスピア協会の会員、UCデイヴィス校で文学士。

彼女は、両親であるウェインとフェリース・マッキンタイア、姉妹であるバーバラ・マッキンタイアとリン・ブラントより先にこの世を去っていた。モデストに、ウェイン・マッキンタイアという名前があった。ぼくはこそ泥みたいな気分で電話をかけ、応えた年輩の女性に、ペンシルヴェニア州にいるアージェント家の親戚を捜している者です、スクラントンで催される第一回アージェント家の再会の集いをまとめています、と告げた。

「アージェント?」と、彼女はいった。「で、どうしてわたしたちが?」

「あなたのお名前がコンピュータのリストで見つかったんです」

「そうなんですか？　残念ながら、あなたのコンピュータのまちがいでしょうね。あたしたちは、いかなるアージェントとも関係ありません。ごめんなさい」

怒っていなかったし、防衛的にもなっていなかった。

クレアがピークのなにに興味をもったのか、まったく見当がつかなかった。

ぼくは、彼が部屋にいて、顔をゆがめ、ひきつらせ、自閉症的に体をゆらしている姿を思いえがいた。混乱した前頭葉のひだのあいだで、わけがわからない衝動が渾然一体となると、でたらめな爆発がはてしなく起きる。

ドアがあき、にこにこ笑った女性が入ってきて、しきりに助けたがる。

新しいドクター。十六年間で、はじめて彼に興味を示してくれた人物。

彼女は彼のかたわらに膝をつき、なだめるように話しかける。彼を助けたがって……彼は助けを欲しがっていない。彼を怒らせてしまう助け。

彼女を箱のなかに入れる。悪い眼。

クリミンズ一家の記事を探すため、ぼくはマイアミの新聞を調べにいった。死亡記事は日々の目玉商品だ。『ヘラルド』には、カースンとシビル・クリミンズは、十二年まえ、南フロリダ沖で起きたヨットの爆発事故でいっしょに死んだ、と書かれていた。名前が公表されていない乗組員もひとり、死亡していた。カースンは〝不動産開発業者〟となっていて、シビルは〝元エンターテイナー〟となっていた。写真はなかった。

つぎは『ラスヴェガス・サン』のカースン・クリミンズ・ジュニアに関する記事で、二年後、ネヴァダ州ピムのそばでオートバイ事故で死んでいた。弟のデリックに関するものはなかった。残念です――彼は一度だけ公式に発言していた。彼を見つければ、すすんで思い出を語ってくれるかもしれない。

『インテリジェンサー』の元発行人、オートン・ヘッラーが、『サンタモニカ・イヴニング・アウトルック』の裏ページで追悼されていた。彼はそのビーチ・タウンで、八十七歳で〝自然死〟を遂げていた。ぼくの家からほんの数マイルの距離だ。追悼式はシーサイド長老派教会でおこなわれ、花のかわりにアメリカ心臓学協会に献金がなされていた。未亡人はワンダ・ヘッラーだった。

彼女はまだサンタモニカで生きているかもしれない。が、彼女を見つけたとしても、なにをきけばいいのだ？　ぼくはアーデュロ一家とクリミンズ一家の財政戦争をあばき、べつのタイプの争いをほのめかす一枚の写真をもとにシャーロック・ホームズを演じていた。だが、アーデュロ家の大量殺戮は常軌を逸した男の血の饗宴ではないなにかの結果である、と示唆するものはなにもなかった。

ぼくは襲撃の突然性に思いをはせた。アジア文化圏には、そういったいわれのない凶暴性をあらわすことばがある。〝逆上（アモク）〟。ピークのアモクに関するなにかがクレア・アージェントの興味をひき、その彼女はいまは死んでいる。ほかの三人の男とともに……そして、ピークはそのうちのふたつの殺人を予言している。独房に閉じこめられた運命の予言者。なにか共通のテーマがあるにちがいなかった。

ぼくは定期刊行物の記事索引をあきらめ、コンピュータのデータベースでワンダ・ヘツラーとデリック・クリミンズを探した。近い名前の人物がひとりだけ見つかった。デレク・アルバート・クリミンズ、ニューヨーク・シティ・ウェスト一五四丁目。図書館の公衆電話でかけてみたら、かなり年輩で、きわめて礼儀正しい男がでて、九十秒におよぶ混乱した会話をかわすはめになってしまった。訛りからいって、おそらく黒人だろう。

W・ヘツラーはサンタモニカの電話帳にのっていて、住所はなかった。録音された女性の声はやはり年輩者らしかったが、やさしい声だった。ぼくは留守番電話にハースにいったのとおなじ話を吹きこみ、あとで立ち寄ると告げた。

ぼくはベイカーズフィールドをあとにするまえにマイロに電話した。彼はデスクを離れていて、携帯電話にもでなかった。ニューホールをすぎた直後、ルート5は渋滞しはじめた。事故で北行きのレーンが閉鎖になっていて、反対車線では野次馬があふれかえっていた。複数の管区からやってきた警察車やフリーウェイにななめに駐めている救急車など、十数個の赤色灯が点滅していて、報道関係のヘリコプターが上空を旋回している。ひっくり返ったトラックが、いちばん近い上りランプの入口をふさいでいた。前輪から数インチのところに、赤とクロームのかたまりがあった。ハイウェイ・パトロール警官が手を振って通してくれたが、カタツムリの歩みのように遅々としてすすまなかった。ぼくはチャンネルをKFWBに合わせた。事故は大騒ぎになっていた。自家用車の運転手同士がなんらかの口論をはじめ、ランプのはずれでカー・チェイスが始まったのだが、いきなりUターンしたので、追いかけていた車が逆の道路に入ってしまったのだ。路上の逆上、と呼ばれている。あたかも、ラベルを貼ればなにかが変わるとでもいうように。

ロスアンジェルスに帰り着くのに二時間以上もかかってしまい、ウェストサイドに着いたときには、空はオレンジ色を下に敷いた炭色のしみのように暗くなっていた。年輩の女性をたずねるには遅すぎる。ぼくはサンセットとラ・ブレアの交差点でガソリンを入れ、ふたたびワンダ・ヘツラーに電話をした。

こんどは、彼女自身が電話にでた。「いらっしゃい、お待ちしているわ」

「ほんとに遅すぎませんか？」

「あなた、朝型人間だなんていわないでね」

「じつをいうと、ちがいます」

「よかった」と、彼女はいった。「朝型人間は牛の乳をしぼるしかないのよ」

遅くなることを告げるために、ぼくは家に電話をかけた。ロビンのメッセージは、八時までスタジオ・シティにいて、レコーディング・セッションの現場で修理をしている、となっていた。活動亢進の同時発生だ。ぼくはサンタモニカまで車を走らせた。

ワンダ・ヘッツラーの住所はウィルシャーの南、イェール・ストリートだった。ラヴェンダー、ワイルド・オニオン、タチジャコウソウ、数種類のサボテンにおおわれた土地の奥に、化粧漆喰のバンガローが建っている。警備会社の標識がハーブのあいだからつきだしているが、土地をかこっているフェンスはなかった。

ぼくが車を駐めおわったとき、彼女は縁石のところに立っていた。大きな女性――六フィート弱で、健康そうな肩と太い手足をしている。髪は短い。外の暗がりでは、髪の色まではわからなかった。

「ドクター・デラウェアね？　ワンダ・ヘッツラーです」きびきびと握手した。「いい車ね――あたしはオートンが死ぬまではフリートウッドをもっていたんだけど、もう石油会社を援助するのがいやになってしまったの。念のために身分証明書をみせてくださる。それから、なかへ入って」

家のなかはせまく、暖かく、明るかった。トネリコの羽目板がめぐらしてあり、少なくとも三種類の褐色のペイズリー模様のカヴァーをかけた椅子があふれかえっていた。壁には、カリフォルニア外光派のくすんだ油彩数点とともに、ジョージア・オキーフの複製画が掛かっていた。あいているドア口から見通せるキッチンでは、カウンターのうえにやわらかな人形がならんでいた——さまざまな民族衣装に身をつつんだ子どもたちで、支えられてすわっている。小さなぬいぐるみの幼稚園だ。古くて白い、二口のガス・レンジ。躍っている青い炎のうえにあるシチュー鍋を見ると、子ども時代の記憶がよみがえった。寒い午後、缶詰の野菜スープの香り。ぼくはピークが料理に手をだしたことを努めて考えまいとした。

ワンダ・ヘツラーはドアを閉めた。「どうぞ、くつろいでちょうだい」

ぼくがペイズリー模様の肘かけ椅子にすわっても、彼女はその場に立ったままだった。彼女は、白いタートルネックのうえに濃緑色のVネックのプルオーヴァー、ゆったりしたグレーのパンツ、褐色のスリップオンという格好だった。髪は白髪まじりの黒。七十歳から八十五歳のあいだ、というところだろう。顔は幅が広くて、バセットハウンドのようにたれさがり、使用済みの包み紙さながらにしわくしゃだった。うるんだ青緑色の瞳は、ぼくの眼を吸いこんでしまいそうな力をもっていた。彼女はほほえんではいなかったが、面白がっているのは感じられた。

「なにか飲み物は？　コーク、ダイエット・コーク、五十度のラム」

「ぼくは結構です、どうも」

「スープは？　あたしは少し飲もうかと思っているの」

「いえ、結構です」

「手ごわい相手ね」彼女はキッチンに入ってマグにスープを注ぎ、もどってきて腰をおろすと、スープを吹きさましてから飲んだ。「トレッドウェイはひどいところだったわ。いったいどうしてあそこのことを知りたいの？」

予言についてはふれず、治療の関係がおかしくなったことを強調しながら、ぼくはクレアとピークについて話した。ほかの殺人に関してはふれなかった。

彼女はマグをおいた。「ピーク？　彼は知的障害があるんだとずっと思っていたわ。暴力的だと見抜けなかったんだから、あたしがなにを知っているというの？　あたしが学んだ唯一の心理学は、前世紀にサラ・ローレンス大学でとった入門コースだけよ」

「きっとよく知っていらっしゃることでしょう」

彼女はにっこり笑った。「どうして？　あたしが年寄りだから？　赤面しないでね、あたしは年寄りなんだから」彼女はしわが寄っている片方の頬に手をふれた。

「真実は肉体にきざみこまれている。サミュエル・バトラーがそういってなかった？　それとも、あたしがでっちあげたのかしら。とにかく、残念ながら、ピークについてはなにも話してあげられないわ。彼のことをわかっていなかったから。となると、あなたは帰るんでしょうね。残念だわ。あなたはいい男だし、あたしはこれを楽しみにしていたのに」

「トレッドウェイについて話すことをですか？」

「トレッドウェイをけなすことを」

「そこにはどのくらい住んでいらしたんです？」

「長すぎるくらい。あの場所はずっと我慢ならなかったの。殺人があったとき、あたしはベイカーズフィールドで働いていたわ。商工会議所で。国際都市というわけじゃなかったけど、少なくとも文明らしきものはあった。夜になると、夫を手伝って、新聞を一段落させていたの。たいしたものじゃなかったけど」

彼女はマグをもちあげ、飲んだ。「新聞は読んだ？」

「二十年分」

「おやまあ。どこで見つけたの？」

「ビール記念館図書館です」

「やる気十分なのね」彼女は首を振った。「二十年分。オートンはショックをうけるでしょうね。彼はどこまで落ちぶれたかを自覚していたから」

「彼は発行するのが好きではなかったんですか？」

「とても好きだったわ。『ニューヨーク・タイムズ』のほうがよかったでしょうけど。ダートマスの出身だったの。『インテリジェンサー』――東海岸の感性がぷんぷんにおわない？　不幸にして、彼の政治学はジョゼフ・マッカーシーより右で、戦後はまったくはやらなかったわね。それに、彼にはちょっとした問題があったの」彼女はパントマイムで酒をあおるまねをした。「五十度のラム――太平洋で軍務についていたときに、好きになったのよ。とにかく、八十七歳まで生きたわ。口蓋癌になって、治って、つぎは白血病になって、一時的に回復して、それから肝硬変になったけど、それですら彼の命を奪うまでに数年かかったわ。彼の肝臓のX線写真を見た主治医は、医学の奇蹟だといっていた――彼はあたしよりずっと年上だったの」

彼女は笑いながらスープを飲みおえると、席を立っておかわりを注ぎ、またもどってきた。「『インテリジェンサー』は、オートンが落ちるところまで落ちたものよ。『フィラデルフィア・インクワイアラー』が彼の仕事の出発点だったんだけど、あとの人生は下り坂になってしまったの。トレッドウェイはあたしたちの終点ね――その新聞をただ同然の値段で買って、圧倒的な退屈さと優雅な貧乏生活に慣れていったのよ。まったく、あんな場所は大きらいだったわ。どこを見てもおばかさんばかり。社会ダーウィン主義なんでしょうね。賢い人たちは大都会へ行ってしまい、おばかさんだけが残って子孫をふやすのよ」また笑った。「オートンはそれを、積極的にペダルを逆に踏む力と呼んでいたわ。彼とあたしは子孫をふやさないことに決めたの」

ぼくはキッチンにある人形を絶対に見ないようにした。

彼女は、「あたしがあそこにとどまった理由はただひとつ、あの人を愛していたからよ――いい男だったわ。あなたよりいい男だった。精力的でもあったわ」といった。

彼女は脚を組んだ。まつげがぱちぱち動いているのだろうか？

「アーデュロ家はおばかさんではないようですね」と、ぼくはいった。

彼女は軽蔑するように手を振った。「ええ、わかってるわ。ブッチはスタンフォードへ行った――彼は聞いてくれる人にはだれにでも話してた。でも、彼が入ったのはフットボールのおかげよ。ほかのみんなは彼が好きだったけど、あたしはそうじゃなかった。外面的には、十分に愛想がよかったけど。女にもてるという自信があったから、円卓の騎士ギャラハッド気どりのひとりだったわ。男の自信過剰っていうのは、人に好かれる特徴じゃないでしょ。ブッチには輝きがなかった――感情をみせようとしないで、遮眼帯をした馬みたいにひたむきだったのよ。方向を示してやれば、そっちへ行ったわ。それに、あの奥さん。ヴィクトリア朝の記念品のようにとってもデリケートでね。いつも病床についていたわ。でたらめにちがいないと思って、あたしはミス・憂鬱症と呼んでいたの。でもそのうち、驚いたことに、ほんとになにかで死んでしまったわ」

彼女は肩をすくめた。「意地がわるいと、そこが困るわね――ちょくちょくまちがえて、悔いあらためたいというつらい衝動が浸透してくるのよ」

「スコットは？」

「ブッチよりお利口だったけど、すぐれているとはいえなかったわね。土地を相続して、天候が許せば果物を育てていた。アインシュタインとはちょっとちがうでしょ？　だからといって、彼の身に起きたことでショックを受けなかったり、うんざりしなかったというわけじゃないわ。それに、かわいそうな奥さん――かわいい人で、読書が好きだったから、どこかに知的な傾向が隠れているのかもしれないと、いつも思っていたの」

彼女は唇をふるわせた。「最悪だったのは、あの赤ん坊たち……あれが起きたころ、オートンとあたしは新聞を売ったばかりで、ここに引っ越していた。『タイムズ』で殺人について読んだとき、オートンは吐いたわ。それからデスクについて、記事を書いたのよ――いまだにジャーナリストみたいにね。すぐに書いたものをやぶいて、また吐いて、一晩じゅうダイキリを飲んで、二日間意識を失っていた。気がついたときは歩けなくなっていて、死ぬんじゃないとわかるまでにさらに一日かかったわ。おおいに失望したでしょうね。酒の飲みすぎで死ねたらと思っていたのよ、感じやすい人だったから。あの人の大きなまちがいは、世の中を深刻にとらえていたことね——でも、あんなときはしょうがないでしょうね。あたしでさえ泣いたわ。赤ん坊たちのために。じつは、あたしは子どもが苦手だったの——こわいし、あまりに傷つきやすいし、あたしみたいな大女には、ああいった小枝のような骨は向いてないのよ。ピークのやったことを聞いて、確信したわ。長いあいだ、よく眠れなかった」

彼女はマグを振りまわした。「もう何年も考えたことはなかったし、あばきたてたら面倒なことになると思ったけど、赤ん坊たちのことを考えるのはべつにして、むしろ楽しいわね。二十年間、あたしたちは新聞社の事務所の階上に住みこんで、広告を探しまわったり、なんとか暮らすためにアルバイトをしたりしたの。オートンはみんなの帳簿をつけて、あたしは驚くほどばかな子たちに英語の家庭教師をして、商工会議所の田舎者のためにプレス・リリースを書いたわ」

「ということは、ピークとはあまり接触がなかったんですね」

「だれかは知っていたけど——ちょっと目立つ男で、路地をこそこそうろついて、ごみをあさっていた——そうね、ことばはいっさいかわしてないわね」彼女は脚を組みかえた。「なかなかいいわ。まだいくつかおぼえているってわかるのは——古いマシンにも多少の活力が残っているのね。ほかになにが知りたいの？」

「クリミンズ家——」

「おばかさんたちね」彼女はさらにスープを飲んだ。「アーデュロ家よりひどかった。成りあがり者。カースンはブッチと似ていたけど——創造力がなくて、ドルにとりつかれていた——魅力は劣っていたわね。クルミのほかにも、レモンを育てていた。でも、彼は楽しんではいないようだ、とオートンはいっていたものよ。なにをやっても喜びを味わえないみたいだった——あなたたちには、なにか専門用語があるんでしょ」

「無快感症」

「それそれ」と、彼女はいった。「中級心理学をとっておくべきだったわ」

「シビルについてはどうです？」

「ふしだら女。金めあての女。おつむの弱いブロンド。できの悪い映画にでてきそうな」

「クリミンズの金をねらっていた」と、ぼくはいった。

「彼のルックスじゃなかったことは確かね。船旅で出会ったなんて、やめてよ、なんて月並みなの。カースンに脳みそがあったら、海に飛びこんでいたでしょうね」

「彼女は彼になにか問題をもたらしたんですか？」

間があいた。まばたき。「低俗な女だったわ」

「女優と自称していました」

「だったら、あたしはブルネイのサルタンね」

「彼女はどんな面倒を起こしたんです？」

「ああ、わかるでしょ」と、彼女はいった。「あれこれひっかきまわしたのよ――町に着いたとたんに、なんでもやりたがったわ。スターに変身してね。じっさい、演劇グループを結成しようとしたのよ。カースンに、小屋のひとつにステージをつくらせて、ありとあらゆる種類の機材を買いこんだわ。オートンはその話をするときに大笑いしたから、もう少しで、架工義歯をなくすところだったの。〝だれが引っ越してきたかわかるか、ワンダ？　ジーン・ハーローさ。嘘っぱちのハーロー〟」

「シビルはだれといっしょに芝居をしようとしたんですか？」

「地元の田舎者たち。彼女はカースンの息子たちも巻きこもうとしたわ。どっちだか忘れたけど、ひとりはささやかな絵の才能があったから、彼女は彼にセットのペンキ塗りをさせたの。彼女はオートンに、二人とも〝スターの素質〟をもっているといったのよ。彼女がオーディションの広告をもって事務所にきたのをおぼえているわ」

彼女はぼくのほうへ身をのりだし、陽気な少女のような声でしゃべった。「〝ねえ、ワンダ、あらゆるところに隠れた才能があるのよ。だれもが創造的だから、それをひきだしてあげないとね〟。彼女はカースンまでも巻きこもうと考えていて、礼儀正しくしているのは彼に対するパフォーマンスだったたわ。彼女がどんな芝居を計画していたか、わかる？　『わが町』よ。彼女が頭がよければ、ちょっとした皮肉と思えたでしょうね。『わがごみ捨て場』とでもすればよかったのよ。すべては失敗に終わったわ。だれもオーディションにあらわれなかった。カースンが一役買っていたのよ。広告をだす前日、彼はオートンに二倍のキャンセル料を払ったわ」

「初舞台の不安？」

彼女は笑った。「時間と金のむだだ、と彼はいったわ。小屋をまた干し草のために使いたい、ともね」

「それは典型的なことだったんですか？」と、ぼくはいった。「クリミンズが欲しいものを買うのは」

「富と力をもっている連中をあつかうとき、オートンは不正をはたらいていたか、ときいているのね？　答えは、もちろん」彼女はセーターのしわを伸ばした。「弁解はしないわ。カースンとブッチがあの町を牛耳っていたのよ。生き延びたかったら、協力しないとね。ブッチが死んだとき、スコットが半分を受け継いだ。町ですらなかったわ。共同の領地で、残るあたしたち使用人は、彼らのあいだに張られたワイヤーのうえでバランスをとっていたわけ。オートンはちょうどまんなかだったわ。七〇年代の後半には、どっちにしても、あたしたちは出ていこうと決心していたの。オートンには社会保障給付を受けとる資格があって、あたしのもそろそろだったし、あたしはおばから年金保険を相続していたわ。あとは印刷機械を売って、新聞の所有権でいくらかの金が入ってくればよかったのよ。スコットのほうがあつかいやすいと思ったから、オートンはまず彼に接近したんだけど、スコットは耳も貸そうとしなかったわ」

胸をたたきながら、彼女はゴリラそっくりの顔をしてみせた。「〝おれは農民だから、ほかのことはなんにもやるつもりはない〟。父親とおなじくひたむきで、強情だった。だから、オートンはカースンのところへ行ったのよ。驚いたことに、カースンは考えてみようといったわ」

「カースンが創造的じゃなかったから驚いたんですか？」

「それに、カースン自身がトレッドウェイを出たがっているのを、みんな知っていたから。毎年、あらたな土地取引の話がもちあがっていたの」

「どのくらい続いていたんですか？」

「何年も。問題は、スコットが聞く耳をもたなかったから、半分の土地は開発業者にとっては魅力的じゃなかったことね。オートンがカースンに使ったアプローチは、新聞はシビルにとっていい事業かもしれない、彼女を面倒から遠ざけておける、というものだったわ」彼女は指をぱちんと鳴らした。「うまくいったのよ」

これで、『インテリジェンサー』の編集人がいきなりクリミンズに移った理由がやっと理解できた。

「シビルは、ほかにどんな面倒に巻きこまれていたんですか？」

ワンダはいたずらっぽくほほえんだ。「なんだと思う？」

「彼女とスコットが踊っている写真を見ました」

彼女の笑みはためらっていたが、やがてコースを変えて徐々にひろがり、歓喜で満面に笑みが浮かんだ。

「ああ、あの写真ね」彼女は歌うようにいった。「二人の裸の写真をのせたほうがましだったかもね。オートンはのせないつもりだったのよ、最後まで紳士だったから。でも、あの晩は酔っぱらっていたから、あたしが最後まで新聞の編集作業をしていたの」

深く息を吸いこむと、彼女は楽しみながら吐きだした。

「どんな影響がでたんですか？」と、ぼくはいった。

「おおやけなものはなにも。直接の関係者たちは緊張したでしょうね。テリ・アーデュロはいつも怒りをためこんでいるような印象だったけど、手斧をもってシビルを追いかけたりしなかったわね。アーデュロ家は、内輪の恥をさらすようなタイプじゃなかった。カースンもそうだった」

「使用人たちはそれについてなんといっていたのですか？」

「なにも聞いてないわ。ちゃんと食べていきたいのであれば、貴族階級を敵にまわすのは割りにあわない。それに、スコットとシビルのことをまだだれも知らない、というふうでもなかったわ」

「その情事は周知の事実だったんですか？」

「何ヵ月かは。シビルの作品が失敗してからは、まちがいなく。彼女にはべつの役が必要だったんじゃないかしら」彼女は首を振った。「あの二人はおそまつな隠れみのを使っていたのよ。まず、スコットのトラックが猛スピードで町をでる。一時間後、ふしだら女のサンダーバードがうなりをあげて走り去る。彼女がいつも先に帰ってきたわ、たいてい買い物袋をもって。ときどき地元の店に農民たちをたずね、手に入れたものをみせびらかすのよ。そのうち、案の定、スコットのトラックが勢いよく通りすぎる。ばかばかしい。どうして、見つからずにやってのけられると思ったのかしらね」

「ということは、カースンは知っていたにちがいない」

「知らないはずがないわ」

「それでいて、まったく反応しなかったんですか？　一度もやめさせようとしなかったんですか？」

「カーソンはシビルよりずっと年上だった。もう役に立たなくて、ほかのだれかがたまに彼女を夢中にさせても気にならなかったのかもしれない。だから、シビルに気晴らしを見つけたほうがいいという、オートンの能書きを信じたんでしょうね。あたしたちは、確かに彼を利用しようとしていたわ――彼女が引き継いでからの新聞は読んだ？」

「境界性人格障害の患者なみの首尾一貫さでした」

「あなたは寛大な若者ね」彼女は伸びをした。「ねえ、これはとっても面白いわ」

「ジェイコブ・ハースについては、なにを話していただけます？」と、ぼくはいった。

「善意の人だけど、まぬけね。保安官になるまえは、ベイカーズフィールドで簿記係として働いていたのよ。彼が職についたのは、朝鮮半島で軍務についていて、短期大学で法執行のコースをとり、だれにも逆らわなかったから」

「つまり、ブッチともカーソンとも提携していなかったということですね」

「つまり、どちらの子どもも留置場に入れなかったってこと」

「その可能性はあったんですか？」

「スコットに関してはなかったけど、カーソンの坊やたちはあったわね。二人の鼻もちならない小僧――あまやかされきっていた。カーソンが高速車を買いあたえると、二人はメイン・ストリートで競走しはじめたわ。二人が酒とドラッグをやってるのは常識だったから、だれかを殺さなかったのは運がよかったとしかいえないわね。数年後、どちらかが無謀さのツケを払うことになった――オートバイで死んだの」

「酔っぱらい運転のほかに、なにか違反はありましたか？」

「一般的な性格の悪さね。摘みとりの季節が終わると、方針を切り換えて、地元の女の子たちを追いかけまわした。移民たちを汚物みたいにあつかった。移民の女の子たちを困らせていた。ある晩、すごく遅く、新聞の仕事を終えて、外の空気を吸いにでたとき、車がブロックで悲鳴をあげて停まったのをおぼえているわ。サイドにストライプが入った改造車で、すぐにだれの車かわかった。後ろのドアがあいて、だれかが外にころがり落ちて、車は勢いよく走り去ってしまったの。その人はつかのまその場に横たわっていたけど、すぐに立ちあがって、メイン・ストリートのまんなかをごくゆっくりと歩きはじめたわ。メキシコ人の女の子――せいぜい十五歳で、英語がしゃべれなかった。泣いていたせいで顔はむくみ、髪と服はめちゃくちゃで引き裂かれていた。話しかけようとしたんだけど、彼女は首を振るばかりで、わっと泣いて、走り去ってしまったわ。一ブロック行くと通りは終わっていて、彼女は農場のなかに姿を消してしまったの」

「だれの農場です？」

彼女は眼をほそめ、やがて閉じた。「ちょっと考えさせて……北。スコットのアルファルファ畑だったわ」

「ということは、クリフとデリックは責任をとらなかったんですね」

「そう」

「彼らは継母とどうやって仲よくやっていたんですか？」

「二人が彼女と寝ていたか、ときいているの？」

「じっさい、ぼくの想像力はそこまでたくましくなってません」

「どうして？　トーク・ショーは見ないの？」

「じゃあ、シビルは――」

「いいえ」と、彼女はいった。「あたしはそういうことは一言もいってないわ。ただ、思いをめぐらせているだけ。だって、彼女はだらしのない女で、二人は健康で大きな坊やたちだったのよ。フェアな眼で見て――ふつうはそんなことは好きじゃないわ――なにかとても不愉快なことにうすうす感づいていたわけじゃないけど……彼らがどうやって仲よくやっていたか？　継母を好きになる人なんている？　それに、シビルはまるで母親らしいタイプじゃなかったわ」

「でも、彼女はなんとか二人を芝居にかかわらせた」

「ひとりだけよ――描いていたほう」

「デリック」と、ぼくはいった。「彼女は『インテリジェンサー』のなかでそのことを書いてました。でも、あまやかされた青年は、いやなことはやりません」

彼女はおとなしくなった。「そうね……彼は楽しんでいたにちがいないわ。どうしてクリミンズ一族についてばかりきくの？」

「殺人に関する新聞記事に、デリック・クリミンズの名前がでていたんです。ピークが変だったことをコメントしていました。ハースをのぞけば、公式にしゃべっているのは彼だけだったので、見つけようと思ったんです」

「見つけても、よろしくいわないでね。もちろん、彼はピークを笑いものにするチャンスにとびつくでしょうね。あの兄弟はピークを痛めつけることを楽しんでいたから——それも彼らの犯罪ね」

「どんなふうに痛めつけていたんです？」

「あまやかされた坊やたちの定番よ——いびって、小突いて。あの二人とほかの仲間が、あたしたちのオフィスの裏の通りにあつまっているのを、一度ならず見たわ。ピークもそこでぶらぶらしていたの。ごみ缶をあさったり、ペンキの缶とかなんとかを探したり。クリミンズの悪ガキたちと仲間は退屈していて、なにか気晴らしを求めていたにちがいないわ。彼らは彼をかこんで、笑って、ちょっと殴ったり、煙草をくわえさせるんだけど、火をつけさせなかったりしたの。ついに我慢できなくなったから、あたしが卑猥なことばを使いながら路地にでていったら、彼らはちりぢりに逃げていった。といっても、ピークは感謝したわけじゃないけど。こちらを見ようともしないで、ふっと背を向けて歩き去ってしまったわ。あたしは二度と気をもんだりしなかった」

「笑いものにされて、ピークはどんな反応を示しました？」

「こんなふうにその場に立っていたわ」彼女は顔の筋肉をゆるめ、眼をうつろにした。「まともじゃなかったわね」

「怒らなかったんですか？」

「ぜんぜん。ゾンビーみたいだった」

「彼が爆発して暴力に走ったとき、驚かれましたか？」

「そうね」と、彼女はいった。「でも、いまなら驚かないでしょうね。彼らはいつもいってるでしょ――〝おとなしい連中です〟って。だれがそうなのか、教えてもらいたいわ」

「彼がなぜアーデュロ一家を殺したのか、なにか心あたりは？」

「彼は頭がおかしかった。あなたは臨床心理医なんでしょ、頭がおかしな連中はなんでおかしなまねをするの？」

ぼくは礼をいって立ちあがりかけたが、彼女は手を振って制した。「心あたりが欲しいんでしょ。運が悪かったというのはどう？　悪いときに、悪い場所にいた。縁石をはずれて歩いていたら、バスに轢かれてしまったとか」

彼女の唇がひきつり、いまにも泣きだしそうな表情になった。「簡単じゃないのよ――生き延びるのは。あたしはなにかが起きるのを待っているんだけど、あたしの運はずっと黒字なの。ときどき運が激怒することもあるけど――でも、つぎの日になると、またいつもどおり」また手を振った。「もういいわ、帰って。放っておいてちょうだい。とにかく、お役には立てなかったわね」

「とても役に立っていただけ――」

「ああ、やめて、そんなことないわ」が、彼女は手を伸ばし、ぼくの手をとってくれた。冷たく乾いた肌で、無機的に思えるくらいすべすべしていた。「心にとめておいてね、ドクター。長生きは地獄でもあるのよ。ものごとがかならず腐敗するのはわかっているんだけど、それがいつかがわからないの」

24

午後八時ちょっとすぎに辞去したとき、ウィルシャー・ブールヴァードは黒真珠のような空の下できれいなヘッドライトの流れとなっていた。頭が痛かった——過去と手掛かりがいっぱいつまっている。トレッドウェイには、思っていたより憎悪と陰謀が渦巻いていた。だが、いまだにクレア・アージェントとの結びつきは見つからなかった。仕事を終えようとして、ぼくは駐車場の公衆電話から応答サーヴィスに電話をかけた。

数多くの情報。ロビンは十時まで遅れるとのことだったし、とくに鼻もちならないエンシーノの弁護士が、うんざりするような子どもの監護権に関する事件でぼくの助けを借りたがっていた。彼はぼくが裁判所の仕事しかやらず、紛争調停役はやっていないのを知っているうえ、去年、ぼくがやったコンサルタントの料金を払っていなかった。妄想はいたるところにある。

五番目のメッセージはマイロからのものだった。「七時三十分までデスクにいるから、連絡してくれ」

交換手は、「とってもいらいらしているみたいでしたよ、お友だちの刑事さんは」

といった。

ぼくは署まで車をとばして、受付デスクで名乗り、職員が強盗・殺人課に電話をかけてくれるあいだ待った。制服警官たちが出入りしていた。ぼくが指名手配者のポスターをながめていても、だれも注意をはらわなかった。数分後、階段室のドアがあいて、額にかかった髪をはらいながら、マイロがはずむような足どりで姿をあらわした。

「外へ行こう、空気が吸いたい」彼は足もとめずにいった。スーツは凝固したオートミールの色で、右の襟にはなにか緑色のしみがついていた。ネクタイをきつく結んでいるので首が苦しそうで、全国高血圧症週間のポスターのモデルのようだ。

ぼくたちは歩道にでて、バトラー・アヴェニューを歩きはじめた。乾いたとげとげしい熱気が漂っていて、ぼくはなにか冷たいものが飲みたかった。

「ペリに関してはまだなにもない」と、彼はいった。「だから、きかないでくれ。きょうは双子のビーティで手いっぱいだったんだ。リロイはみんなに、演技の仕事があるといっていたよ」

「みんなって?」

「仲間の飲んだくれたちさ。きょうの夕方、ウィリス・フックスとおれは殺人現場に行ってきたんだ。リロイがほかのワイン中毒者たちとたむろしていた酒屋からそう遠くなかった。仲間の二人の話では、リロイは映画スターになると吹聴していたらしい」

「いつの話だい？」と、ぼくはいった。

「あの連中にとって時間はどうでもいいことなんだが、三、四ヵ月まえといっている。リロイは飲み仲間に、弟を映画に参加させるともいっていたらしい――双子とわかったら、ディレクターがもっと金を払うといったんだとさ。ワイン中毒者どもは、彼がばかげた話をしているだけだと思った。というのも、リロイにはたっぷり飲むとそういう傾向があったんだ。彼らは、リロイに双子の弟がいることすら信じていなかった。エルロイについて話したことはなかったんだ」

「リロイは撮影のあとでそのことを報告したのかい？」

「いや。彼は一週間後にもどってきたんだが、怒りっぽくなっていて、その話はしようとしなかった。現金を手に入れたんだとしても、だれも見ていない。彼は飲み騒いで、みんな食道のなかに消えてしまったんだろう、と仲間たちは考えた」

「あるいは、ミスター・グリフィス・D・ウォークがほかのだれかを騙したか」ぼくの心臓ははげしく鼓動していた。過去の断片がいっしょになって……ひとつひとつがぴったり合い……。

「それはおれも考えたよ」と、彼はいった。「背の高い白人がリロイに話しかけているのを見た者はいなかった」

「エルロイの飲み仲間は、映画についてなにもいってなかったのかい？」

「アギラールはまだエルロイの仲間をひとりも見つけていない。彼は一匹狼の双子らしくて、鉄道線路のそばでひとりで暮らしていた。車掌のひとりが、ふらふら歩いている彼をときどき見かけたのをおぼえている。いつもひとりごとをいってたから、頭がおかしいと思っていたんだ」

マイロは鼻の横をかいた。「で、またしても映画のアングルから離れられないわけだ。ダダと双子のあいだにはつながりがあるのかもしれないが、クレアとの関連はまだない。彼女がよく映画を見にいっていたという事実をのぞけばな。ちくしょう、おれが彼女の両親にそのことを説明している姿が見えないか？　飲んだくれどもに彼女の写真をみせたんだが、見おぼえのあるやつはいなかった。無理もない、なんで彼女がサウス・セントラルにあるワイン中毒者どものねぐらに行くんだ。おれは今夜、リチャードがウエイターをやっていたトルカ・レイクのあの店――オーク・バレルに行ってみる。一か八かの賭けだが、クレアはそこで食事をしたことがあるかもしれん。おそらく、ミスター・ウォークは二人ともそこでつかまえたんだろう――ちなみに、ウォークがD・W・グリフィスのミドル・ネームというおたくの説は正しかったよ。ということは、このあほうは自分を映画界の大物とみなしているわけだ」

彼は頭をかいた。「まさに、おれがあつかいたくない種類のたわごとだぜ。なんでウォーク――あるいは、ほかのだれでもいいが――は出演者を殺すんだ？」

「予算を抑えるためかな」

「スタジオには教えないほうがいいな。まじめな話、ここではなにが起きているんだ？　それに、ロボットみたいなピークが、どうやって――そして、どうして――情報をあたえられるんだ？」

「ウォークは殺人を撮っているのかもしれない」

「殺人（スナッフ）ポルノか？」

「それか、その変形――かならずしもセックスに関するものじゃない。不自然な死の年代記――文字どおり、血の歩み（ブラッド・ウォーク）だ。地下マーケットのために。それだと、台本がなぜ登録されなかったのか、ウォークがなぜ機材を借りて勘定を払わなかったのかの説明がつく。それに、犠牲者の多様性と手口の説明もつく。儀式趣味も。ぼくたちは、自分をスプラッター映画監督と思っているやつを相手にしているのかもしれない。役――実在の人びと――を手配することで神を演じ、やがて彼らを殺す。犠牲者の人格を奪う反社会性人格障害者。ウォークは究極の降格をなしとげていたのかもしれない。〝出演者〟を無理やり原型（プロトタイプ）にまでおとしめているんだ。双子、俳優、といったものに。残酷で、原始的な思考だ――まさに子どもが怒りを行動にあらわす方法だよ。怒れる子どものなかには、けっして成長しないのがいる。ピークに関するかぎり、ウォークが彼を巻きこみたかったから巻きこまれたのかもしれない。なぜなら、ウォークはピークの過去から生まれているからなんだ。ウォークはピークの犯罪に強く影響されていた。いま、彼は自分のプロダクションをつくって、ピークをそのプロセスに統合したがっている。そして、ウォークの有力な候補者がひとりいる。デリック・クリミンズという男だ」

ぼくはトレッドウェイについて学んだことをすべて彼に話した。アーデュロ家とクリミンズ家の長年にわたる争い、スコットとシビルの情事、クリミンズの息子たちの反社会的なふるまい、失敗に終わったシビルの演劇グループへのデリックの関与。

「彼は継母をとくに愛していたわけじゃないけど、彼女とかかわりつづけた。というのも、演劇——創作という考えに個人的に惹かれていたからさ。彼は、ヴィトー・ボナーがいっていたウォークの身体的特徴にもあてはまるし——長身でやせている——年齢もあっている。デリックはいまごろは三十代なかばになっているはずだ」

マイロは長い時間をかけてそのことを考えた。ぼくたちは暗い住宅街を歩いていて、靴が歩道をぺたぺたとたたいた。「てことは、このデリックをのぞいて、クリミンズ家はみんな死んでいるのか？」

「父親、継母、兄、みんな事故死だ。おもしろいだろ？」

「で、彼も一家殺しなのか？」

「事故を仕組むのは創作の一形態とみなせるかもしれない——さまざまなシーンを準備する。デリックはモデル市民とはほど遠い存在だった。ワンダ・ヘッラーは彼ら兄弟のことを、あまやかされたガキで、強姦魔の可能性があるといっていた」

ぼくは足をとめた。

「どうした？」と、彼はいった。

「たったいま、ほかのことを思いついたんだ。ハース保安官の話では、殺人のあと、ピークは多くのドラッグとともに小屋で発見されて、そのなかには違法な処方薬、フエノバルビタール（睡眠剤）もふくまれていた。トレッドウェイの薬局で紛失したものはなかったし、アーデュロ家のなかに処方箋をもっている者はいなかった。だから、ハースは町で手に入れたものにちがいないと確信していた。でも、だれもピークがトレッドウェイを離れるのを見ていなかった。となると、町に薬の供給源がいたのかもしれない。ワンダは、デリックと仲間がピークとつきあっているのを見ているけど、だいたいは彼にいやがらせをしていたんだ。ピークは文句をいわず、まったくの無抵抗だった。クリミンズの息子たちがドラッグを供給していて——村の愚か者といっしょに楽しんでいたんだとしたら？　大量殺戮の夜、ピークはひどくハイになって、精神がおかしくなり、アーデュロ一家を惨殺した。で、デリックと兄は、間接的に一役買ってしまったことを悟った。ほかのだれかなら愕然としたかもしれないけど、クリミンズ兄弟にはスコット・アーデュロを憎む理由がいくらでもあった。彼が土地を売るのを拒んだので、二人の父親は何年も大きな取引をじゃまされた。そして、スコットは彼らの継母と寝ていた。二人が、ピークのしたことを喜んだとしたら？　自分たちの手柄にしてしまったら？　それに、ある意味では、成功という結果をもたらした。土地取引はまとまり、一家はふたたび裕福になった。そういった高揚感は、すでにかなり深刻な反社会的傾向をみせていた子どもにとって、かなり影響力があったかもしれない。数年後、デリックはもっと直接的なことを試してみる。パパと継母のボートを吹っとばすのさ。で、またしても、彼はまんまと罰を逃れる」

「あるいは」と、マイロはいった。「ボートの件はほんとうに事故で、ほかのだれかがピークに薬をあたえ、ウォークはデリックじゃなくて、デリックはただのプレイボーイで、パーム・ビーチの太陽で黒色腫になりながら、ピーニャ・コラーダを飲んでいただけかもしれない」

「そうかもしれない」と、ぼくはいった。「でも、議論する以上は、もっと踏みこんでくれよ。デリックとクリフの関与は疑似体験以上のものだった。彼らはピークに薬をあたえて、意図的に妄想につけこんでいた。彼を刺激して、アーデュロ一家を殺させたんだ。彼らは支配的で、攻撃的だった。ピークはアーデュロ一家にうらみを抱いていたから、二人はそれを利用した。おそらく、彼らはまさかああなるとは思っていなかっただろうし——薬をのんでぶらぶらしている十代の話だからね——ピークが逆上してあばれたとき、二人は最初はぎょっとした。びっくりした。で、喜んだ」

マイロはこぶしで眼をこすった。「そんなふうに考えるなんて、子どものころになにがあったんだ?」

「ひまをもてあましていたんだよ」〝アルコール依存症の父親、落ちこんでいる母親、階上の騒音から逃れるために地下室で悶々とし、自分だけの世界をきずこうとしていた暗い時間……〟。

「おいおい」

「せめて」と、ぼくはいった。「デリックの住んでいる場所、彼の財政状態、なんらかの前科があるかどうかを捜したほうがいいんじゃないか」

「わかった」と、彼はいった。「わかったよ」

強盗・殺人課にもどると、彼はコンピュータとたわむれた。デリック・クリミンズでは指名手配や令状はなかったし、性犯罪者の名簿やＦＢＩのＶＩＣＡＰ（凶悪犯逮捕プログラム）ファイルにも名前はなかったし、調べたかぎりでは、彼はカリフォルニアのどの刑務所にも入っていなかった。

州自動車局の警察情報ラインに電話してみたところ、その名前で登録されている車は一台もなかった。

グリフィス・D・ウォークもおなじだった。電話帳には数人のD・クリミンズがでてきたが、デリックはなかった。G・D・ウォークもなかった。

マイロはいった。「あした、社会保障を追いかけてみる。おれが気にかけている証拠として、クリミンズ家の死亡証明書も調べてみよう。正確にいって、ボートの件はどこで起きたんだ？」

「南フロリダの沖、ということしかわかっていないんだ」と、ぼくはいった。「クリフはネヴァダ州ピムのモトクロス・レースでクラッシュした」

彼は書きおわるとメモ帳を閉じ、体が重そうに立ちあがった。「このウォークがだれにしろ、彼はどうやってピークに接触しているんだろう？」

「いともたやすいかもしれない」と、ぼくはいった。「彼がスタークウェザーで働いているとしたらね」

マイロは顔をしかめた。「てことは、人事記録を見てみる必要があるな。お友だちのミスター・スウィッグは……この『ブラッド・ウォーク』が最高の殺人ポルノだとしたら、ウォークは本気でそれを売る気だと思うか？」

「または、自分の楽しみのためにとっておくか。彼がデリックで、大金を相続し、金が必要ないんだったら、きわめて病的な気晴らしなのかもしれない」

「ゲームだな」

「いつも思うんだけど、殺人というのは、彼らにとってゲームみたいな性質をもっているんだろうな」

「おたくが」と、彼はいった。「愚か者でありさえすれば、そんな気まぐれは無視できるんだがな……わかった、初心にもどろう。オーク・バレルだ」

「よかったら、いっしょに行くよ」

彼はタイメックスを見た。「あたたかい家庭（ハース・アンド・ホーム）はどうするんだ？」

「暖炉（ハース）に火を入れるには暑すぎるし、家庭（ホーム）はあと二、三時間はからっぽなんだ」

「好きにしろよ」と、マイロはいった。「運転はおたくだ」


トルカ・レイクは、ノース・ハリウッドとバーバンクにはさまれた美しい秘密の場所である。メイン・ストリートはカーヴしながら東に延びているリヴァーサイド・ドライヴで、控えめな店がならび、その多くは四、五〇年代当時のファサードをもっていた。住居は、ガーデン・アパートメントから大邸宅までさまざまだった。ボブ・ホープはここに住んでいたことがある。ほかのスターはいまだに住んでいて、そのほとんどは共和党好みだ。偉大なる西部劇の多くは、近くのバーバンク・スタジオやそのまわりの丘陵地帯で撮影された。NBCの本部とおなじく、乗馬センターのエクストリアン・コンプレックスは車ですぐの距離だ。

リヴァーサイドをどちら側にすばやくまがっても、夜は人通りのない静かな通りで、許可車のみの駐車場があり、警察が注意ぶかく警戒している。トルカ・レイクのレストランは薄暗くてゆったりしており、欧風料理として知られる、あのわけがわからない食事を供することが多い。かつてはロスアンジェルスではやり、いまやローレル・キャニオンの西ではほとんど消滅しているものだ。白髪を見てもウェイターたちは冷笑しないし、マティーニは一時のレトロな流行ではなく、ピアノ・バーはずっともちこたえている。

ぼくはときどきバーバンクの法廷で証言し、白黒テレビ時代の典型的な郊外を思い浮かべながら、ここまでやってくることがある。モダンな家具、ずんぐりしたセダン、くすんだ色の口紅。飲んでいるジャック・ウェッブが、セットでの長かった一日の緊張をほぐしながら、冷たい眼でビニール樹脂をつめたバンパーを見つめていた。すぐそばには、ワード・クリーヴァー役をしていた、なんとかいう名前の男がいたかもしれない。

リヴァーサイド・ドライヴのレストランは、二、三軒は行ったことがあるが、オーク・バレルははじめてだった。それは煉瓦と化粧漆喰を積み重ねたじみな建物で、街灯の薄明かりに照らされて、南東の隅に身をひそめており、玄関先の屋根のうえにある緑色のネオンのなかで、大樽とふたつき大ジョッキのロゴが控えめに輪郭を浮かびあがらせていた。駐車場はレストランの二倍の広さがあるので、四〇年代後半か五〇年代前半につくられたものだ。駐車係はおらず、多くのスペースがある、明るいアスファルトのフライパンのようなかたちで、四分の一は埋まっていた。リンカーン、キャデラック、ビュイック、さらなるリンカーン。

正面のドアはオークで、気泡ガラスのパネルがはめこまれていた。なかに入ると正面に格子のついたてがあり、それをまわりこんだ小さな受付エリアの奥がカクテル・ラウンジになっていた。四人の客が飲んでいる。ボトルがずらりとならんだ壁のうえで、テレビのニュースが瞬いていた。音は消してある。空気は冷たく、繊細すぎるピアノ音楽でやわらげられており、明かりはかろうじて顔の色がわかる程度だった。だが、立っている給仕長の明るいグリーンのジャケットのおかげで、なんとかうす暗闇のなかをすすむことができた。

彼は背が高く、少なくとも七十歳にはなっており、つややかな白髪、ローマ人のような顔だちで、黒縁の眼鏡をかけていた。彼のまえにあるオークの書見台のうえに、予約帳がひらいておいてあった。空いている欄が多い。格子が彼の左手にあるダイニング・ルームのながめをさえぎっていたが、銀食器のガチャガチャいう音、会話の単調な声は聞こえた。ピアノ奏者は『レディ・ビー・グッド』をメヌエットに変えていた。

給仕長が、「こんばんは、いらっしゃいませ」といった。大きな笑みで、はっきりしたことば遣いにはイタリア訛りがあった。ぼくたちがさらに近づくと、彼は、「ああ、刑事さん。またお会いできて光栄です」といった。ジャケットについている小さな金の長方形には〈ルー〉と刻まれていた。

「やあ、おぼえていてくれたんだ」マイロは、本物かもしれない陽気さでいった。

「まだ記憶はたしかです。それに、ここに、警察のかたはあまりいらっしゃいません。で、今回はお食事ですか？」

「酒ですよ」と、マイロはいった。

「どうぞ、こちらへ」グリーンの袖が勢いよく伸びた。「リチャードに関して、なにか進展はありましたか？」

「あったといいたいんだけど」と、マイロはいった。「そういえば、この女性がここにきたことは？」マジシャンの鳩さながら、彼の手のなかにはクレアの写真があった。

ルーはにっこり笑った。「〝そういえば〟ですか？　情報ではなく、飲みにいらしたんでしょ？」

「もちろん。もしあれば、ビールを」

ルーは笑い、写真をのぞきこんだ。「いえ、残念ながら、彼女を見たことはありません。どうしてです？　彼女はリチャードを知っていたんですか？」

「それを知りたくてね」と、マイロはいった。「わたしが最後にここにきたときから、ほかになにか思いついたことは？」

給仕長は写真を返した。「いいえ。リチャードはいい子で、静かでした。働き者でした。うちではふつう、いわゆる人たちは雇わないんですが、彼はだいじょうぶでした」

「いわゆる人たち」と、ぼくはいった。

「いわゆる俳優、いわゆるディレクターです――おおむね役立たずで、必要以上に教育を受けていると思いこんでいて、相手に恥をかかせます。十人のうち九人はパン皿すら運べなかったり、常連客に生意気な口をきいたりで、わたしがみんなの後始末をしなければなりません」

彼は背中に手を伸ばした。

「わたしたちは年輩者を好みます」と、彼はいった。「すぐれたプロを。わたしのような。でも、リチャードは若いわりにはだいじょうぶでした。礼儀正しく――〝みなさんがた〟ではなく、ちゃんと〝マダム〟と〝サー〟を使いました。いい子、とてもいい子でしたから、たとえ彼が俳優志望でもわたしは雇ったんです。それに、彼に泣きつかれたんです。どうしても金が必要なんだと。わたしの判断はまちがっていませんでした。よく働いたし、注文をまちがえなかったし、不平をいわなかった――さあ、まいりましょう、お飲み物をご用意いたします」

バーは漆を塗ったクルミ材でできた巨大なパラボラ・アンテナ形で、赤い革で縁どられていた。真鍮のカウンター、真鍮の脚がついた赤いスツール。客は四人とも生彩のない眼をした中年男で、スポーツ・コートを着ていた。ひとりはネクタイを締めており、三人は幅広のラペルのうえにスポーツ・シャツの襟をだしている。彼らのあいだにはかなり距離があった。紙のコースターにのったトール・グラスをじっと見つめ、太い手を、ナッツ、オリーヴ、ロースト・ペッパー、ソーセージの塊、ゆでてカールしたピンクの小エビを赤いプラスティックの爪楊枝に刺したものをのせた皿に伸ばしていた。バーテンダーは六十歳ちかい男で、浅黒い肌と豊かな髪をしており、木彫りのティキの神そっくりの顔だちをしていた。ルーがぼくたちをバーの奥まで案内すると、バーテンダーと二人の客は顔をあげたが、一秒後には全員がまたアルコール性の催眠状態にもどっていた。

ルーがいった。「ヘルナンド、こちらのお二人に……」

「グロルシュを」と、マイロはいった。ぼくもおなじものを頼むと、ルーは、「わたしは予備のソーテルヌをもらうが、ほんの少しでいい」といった。

ヘルナンドの両手はカンフー映画のヒーローのような動きをみせた。彼が飲み物をおいて、カウンターの中央にもどると、マイロはいった。「ウォークという名前の客をおぼえていますか？」

「ワーク？」

「ウォーク」マイロはスペルをいった。「三十代なかばから後半、背が高く、やせていて、黒髪はカールしているかもしれない。自称、映画プロデューサー」

給仕長の眼は笑っていた。「自称の人たちは大勢いますが、いいえ、ウォークという名前に記憶はありませんね」

マイロはビールをひと口飲んだ。「クリミンズは？　デリック・クリミンズ。女性をつれていたかもしれなくて、もっと若く、長いブロンドの髪」

「〝かもしれなかった〟、〝かもしれない〟――これもまだリチャードに関することなんですか？」

「かもしれない」と、マイロはいった。

「すみません、クリミンズもおぼえがありませんが、予約なしでいらっしゃるかたもいるので、その人たちの名前はわかりません」

「八、九ヵ月まえの話でね。いくらすばらしい記憶力をもっていても――すべての名前をおぼえてるんですか?」

ルーは気分を害した表情になった。「予約帳を調べたほうがよろしいんでしたら、よろこんで調べますが、そういった変わった名前でしたら、まちがいなくおぼえています」彼は眼を閉じた。「背が高くて、やせているんですね。リチャードの客なんですか?」

「かもしれない」

「ひとり思いあたるのは、名前を告げずに入ってきて、席につきたがったお客さまですが——いえ、女性づれではなく、ひとりでした。はっきりと記憶にあるのは、彼が問題を起こしたからです。リチャードの時間を独占して、彼がほかのお客さまに料理を運べなくなってしまったんです。お客さまはウェイターの助手たちに文句をいいはじめ、ウェイターの助手たちはわたしに愚痴をこぼしたので、なんとか対処しなければならなくなりました。もうひとつ、なぜおぼえているのかというと、リチャードに問題があったのはそのときだけだったからです。といって、彼がわたしに生意気な口をきいたわけではありません——彼の問題ではなく、あの男の問題でしたし、リチャードにまとわりついたので、彼としてはどうしていいか途方に暮れてしまったのでしょう。ここで働きはじめて、まだ二、三週間でしたし。われわれは、つねにお客さまが正しいとたたきこんでいますから、リチャードはある状況に追いこまれてしまったのです。おわかりですね？　ですから、わたしが最善をつくして丁重に対応したのですが、納得してもらえませんでした。だれに向かってものをいっているんだ、というような顔をされてしまいました」

「彼がなにを話していたか、リチャードはいってましたか？」

「いってませんが、その男がいってました。〝なあ、おれは彼の収入源になるかもしれないんだぞ、彼はここでずっと働きたがっていると思ってるのか？〟とかなんとか。リチャードはべつのテーブルの世話をしていて、眼の隅でわたしを見ながら、そんなことはいってません、と知らせていました。わたしはその男に無料のワインを提供したのですが、彼はなにか下品なことをいうと、金を投げつけ、出ていってしまいました。ぎりぎりの代金で、リチャードのチップはあまり残ってませんでした。シーザー・サラダ、パルメザン・チーズ入りの子牛肉、ジャーマン・チョコレート・ケーキ」

「で」と、マイロはいった。「ピアノはなにを奏でていたんです？」

ルーはにやっと笑った。「たぶん、『ユー・トーク・ツー・マッチ』でしょう」肩をすくめる。「運よく、いつも記憶力がいいので、ニワトコとかイチョウの世話になったことはありません。正直いって、楽しくないときもあります。二人いる元妻が忘れられないんですよ」痰がからんだような笑い声だった。「そのウォークという男の写真があるんでしたら、同一人物かどうかすぐにわかるんですが」

「まだなくてね」と、マイロはいった。「彼の特徴を教えてもらえますか？」

「六フィート二インチか三インチで、やせがた、いわゆる人たちが着ている黒ずくめの服でした。わたしの時代は、葬儀に行く格好でしたね」

「髪は？」

「長くて、黒。でも、カールはしてませんでした。ストレートで伸ばしていて――かつらみたいでしたね。そういえば、かつらだったんでしょう。大きな鼻で、眼は小さく、唇のうすい小さな口でした。いい男じゃなかった。飢えているような。わかりますか？　それに、日灼けしていました――ランプの下で焦がしたみたいに」

「彼はここに何回きました？」

「あのとき一回だけです。ひとつ役に立つかもしれないことがあって、わたしは彼の車を見ました。コルヴェットです。新しい車ではなく――フロントがスーッとなったスタイルっていうんですか。明るい黄色でした。タクシーみたいに。なぜ見たのかといえば、彼が帰ったあとで、ドアを少しあけて、ほんとに帰ったのかどうかを確かめたんです。彼は、リチャードが殺されたこととなにか関係があるんですか？　あんちくしょうは」

「わかりません」といって、マイロはビールを飲みおえた。「とても参考になりました。どうもありがとう。今夜、働いている人のなかで、ほかに彼をおぼえている人はいるかな？」

ルーはワイングラスに指を這わせた。ソーテルヌは真鍮を思わせる金色だった。彼はまだ口をつけていなかった。「アンジェロがおぼえているかもしれない——調べてみます。おかわりは？」

「いや、結構。まさかコルヴェットのナンバー・プレートは見てませんよね？　二つ三つの数字だけでも」

「おやおや」と、給仕長はいった。「あなたもばかばかしい楽天家のおひとりなんですか？　歌にもあるじゃないですか——ドリスのところへ行って、あの歌をかけてもらおう」

25

アンジェロは、ルーと同い年くらいの、小柄で禿げたウェイターで、顔を赤くしながらふたつの大きなテーブルのあいだをあわただしく走りまわっていた。給仕長が手招きすると、顔をしかめた彼の鉛筆のようにほそい口ひげは逆Vの字になった。小声でぶつぶつぶつぶやきながら、彼はこちらに近づいてきた。マイロは数ヵ月まえに彼とも話をしていたが、彼はそのときのことをぼんやりとしかおぼえていなかった。黒ずくめの厄介者については、彼は肩をすくめただけだった。

「リチャードに関することなんだ」と、ルーはいった。

「リチャードはいいやつでした」と、アンジェロはいった。

マイロは、「彼に関して、ほかになにか話してもらえることはありますか？」といった。

「いいやつでした」と、アンジェロはくりかえした。「映画スターになるといってました――もうもどらないと。みんなから、ソースにマッシュルームが少ないと文句をいわれてるんです」

「キッチンによくいっておこう」と、ルーはいった。

「それがいいですね」アンジェロはその場をあとにした。

ルーは、「すみませんでした、彼の妻は病気なんです。名刺をいただければ、予約帳を見る機会があったときにお電話します」といった。

車で街にもどる途中で、ぼくはいった。「オーク・バレルでのミーティングは、リチャードのオーディションだったのかもしれない。リチャードはキャスティングの広告に応募して、ウォークはきみの職場で会おうという。自然な環境で会いたいんだ、と。獲物をねらうハンターみたいにね。そうすれば、ウォークは正式なキャスティングの場所をさがす必要もなくなる」

「リチャードはころっと騙されやすかった」

「彼はスターになりたかったんだ」

マイロはため息をついた。「カーリー・ヘアのかつら、ストレートのかつら――ただならなくなってきたな。こうなったらミスター・ウォークを見つけて、楽しくお話ししないといかんな」

「いまは車がわかってるじゃないか。黄色いコルヴェットだったら、目立たないどころじゃないよ」

「自動車局には色のリストはなくて、製造元、モデル、年だけだ。だが、コルヴェットが盗まれたんじゃないとしたら、驚きだな。あるいは、登録されてなかったら……大きなフェンダー——おそらく、七〇年代のモデルだろう」彼はちょっと上半身を起こした。「それにコルヴェットなら、リチャードがどうして自分の車のトランクに押しこめられたかの説明もつく。コルヴェットにはトランクがないんだ」

「ほかのだれかさんのことを考えてみよう」と、ぼくはいった。「ブロンドのガールフレンド。彼女は第二の運転手にあてはまる。ウォークがリチャードのフォルクスワーゲンを始末するまで近くで待っていて、ウォークを拾い、車で走り去る。あとをたどれなくなる。二人をリチャードと結びつける根拠がなくなる」

「あらゆるプロデューサーにはふしだらな女が必要なんだろ、え？　おれは彼女の偽名すらわかってないんだ」葉巻をとりだすと、彼は窓をあけて咳をし、その点について考え直した。眼を閉じると、肉づきのいい顔だちが茫然自失といってもいい表情になった。ぼくはリヴァーサイド・ドライヴを走りつづけ、西に向かった。コールドウォーター・キャニオンにきても、マイロはまだなにもしゃべらなかった。が、眼をあけた彼は不安そうな表情だった。

「なにかがしっくりこないのかい？」と、ぼくはいった。

「そうじゃなくて」と、彼はいった。「映画というアングルさ。長年にわたって家畜小屋を手入れしてきて、ついにショービズの世界に突入か」

朝になっても彼から連絡がこないので、ロビンとぼくはサンタモニカのビーチの近くまで朝食をとりにいった。十一時、彼女とスパイクは工房にもどり、ぼくは鼻もちならないエンシーノの弁護士からの電話をうけていた。おもねるような口上を聞いたとたん、ぼくはいっしょに仕事をするつもりはないと伝えた。彼は気分を害したような口調になったが、すぐに敵意をむきだしにし、最後は電話をたたきつけた。それで、ぼくはいくらか元気になった。

二秒後、応答サーヴィスから電話がかかってきた。「電話をかけていらっしゃるあいだに、ドクター、フロリダ州フォート・マイヤーズ・ビーチのミセス・ラカーノからお電話がありました」

フロリダと聞いて、クリミンズのボート事故が思い浮かんだ。が、すぐに、その名前にぴんときた。ドクター・ハリー・ラカーノ、クレアの指導教授だ。二日まえ、ぼくはケース・ウェスタンに電話して、彼についてきいていた。ぼくは番号を書きとめ、電話してみた。きびきびした声の女性が応えた。

「ミセス・ラカーノですか？」

「アイリーンです」

「ロスアンジェルスのドクター・デラウェアです。お電話、ありがとうございました」

「ああ」彼女は用心深くいった。「ケース・ウェスタンのメアリー・エレンから、あなたがクレア・アージェントのことで電話をかけてきたと聞きました。彼女にいったいなにが起きたんですか?」

「誘拐され、殺されました」と、ぼくはいった。「いまのところ、理由はまったくわかっていません。ぼくは事件に関するコンサルティングを頼まれたんです」

「どうしてハリーが役に立つと考えたんですか?」

「クレアに関して、わかることはなんでも知りたいと思っているんです。ある新聞にご主人の名前がでていました。指導教官なら、学生のことをよく知っているでしょうから」

「ハリーはクレアの論文監督官でした。二人ともアルコール依存症に興味をもっていました。わたしたちはときどきクレアを家に招待していました。魅力的な娘でした。とても物静かで。彼女が殺されたなんて、とても信じられません」

口調がはやくなっている。なにかを気にしているのだろうか?

「クレアはこちらでアルコール依存症の仕事をしていました」と、ぼくはいった。

「でも、殺される数ヵ月まえ、彼女はちょっと唐突に仕事を辞めて、スタークウェザー病院に移ったんです。触法精神障害者のための州の施設に」

沈黙。

「ミセス・ラカーノ？」

「そのことは知りませんでした。クレアがクリーヴランドを離れて以来、連絡をとっていませんでしたから」

「彼女は殺人を犯した精神病患者に興味をもっていましたか？」

彼女のため息が、回線を通して空電のように聞こえてきた。「彼女のご両親には会ったんですか？」

「ええ」

「それで……でも、もちろん、お二人はなにもいわなかったでしょうね。ああ、ドクター・デラウェア、あなたは知っておいたほうがいいわ」


彼女は基本的な事実を教えてくれた。ぼくは研究図書館に行き、新聞のファイルでこまかい点を調べた。

二十七年まえの『ピッツバーグ・ポスト＝ガゼット』だったが、どの大新聞でもかまわなかっただろう。その話は全国的に報道されていた。

若者暴走、一家惨殺

心配した近隣住民からの電話で、けさ、警察がピッツバーグの西にある家に入ったところ、一家全員の遺体と、地下室に隠れていた、彼らを殺したとおぼしき若者を発見した。

ジェームズ・アンド・マーガレット・ブラウンリーと、夫妻の子どもである五歳のカーラと二歳のクーパーは、オークランドにある自宅のキッチンにあったナイフと肉たたきで刺され、たたかれて、死にいたった。三十五歳のブラウンリーは、清浄瓶詰め飲料水の配達管理者で、二十九歳の妻は主婦だった。早起きといわれている二人だが、きのうの正午になってもミスター・ブラウンリーが仕事に出かけず、ほかの家族も姿をみせなかったので、近隣住民が警察に連絡した。

容疑者のデントン・レイ・アージェント、十九歳は、ボイラーの火炉のそばにうずくまっているところを発見されたが、手にはまだ凶器をもっていて、血でびしょ濡れだった。両親と妹といっしょに、ブラウンリー家から三軒はなれたところに住んでいるアージェントは、変わり者で人を避けているといわれており、ハイスクールを中退し、数年まえに性格が一変していた。

「彼が十四歳くらいのときに始まったわ」と、匿名希望の女性は語った。「そのまえも、社交的とはいえなくてね――おとなしかったけど、家族全員がそうで、人づきあいを避けていたの。でも、ティーンエイジャーになったとき、彼は自重するのをやめてしまって、ひどくだらしなくなったわ。そこらを歩きまわったり、独り言をいったり、両手を振りまわしたり。みんな、彼がおかしいのは知ってたけど、だれひとりとしてここまでやるとは思っていなかったわね」

デントン・アージェントが一時期、ブラウンリー家で庭師をしていたという報告は、いまのところまだ確認されていない。アージェントは中央刑務所に勾留された。逮捕手続きはまだで、さらなる取り調べがおこなわれている。

デントン・アージェントの名前をコンピュータに入れると、犯罪についてくりかえしている記事がさらにいくつかあらわれた。その後ひと月はなにもなく、やがて三ページの記事がでてきた。

一家虐殺犯、病院に送られる

大量殺人の容疑者であるデントン・アージェントは、裁判所が任命した三人の精神科医によって、心神喪失であり、被告席につくのは無理であると判断された。ジェームズ・ブラウンリー夫妻と幼い二人の子どもを惨殺した罪で告発され、静かなオークランド地区と市全体に大きな衝撃をあたえたアージェントは、検察側と被告側双方が雇った医師たちによって鑑定がおこなわれた。

「明々白々です」と、スタンリー・ローゼンフィールド地区検事補はいった。「アージェントは重度の統合失調症で、完全に現実と遊離しています。裁判をしても、目的は達せられないでしょう」
ローゼンフィールドはさらに、アージェントは無期限で州立病院に送られると語った。「能力をとりもどしたら、彼を法廷に召喚することになります」

一週間後。

殺人者の家族は現住所にとどまり——無言を通す

一家虐殺犯デントン・アージェントの両親は、チェスナット・ストリートの手入れの行きとどいた自宅から引っ越す予定はないらしい。三軒向こうには、彼らの息子が一家四人を殺害した家がある。
アージェント、十九歳は、人格障害で、ジェームズ・アンド・マーガレット・ブラウンリーと二人の幼い子ども、五歳のカーラと二歳のクーパー殺害の告発において、被告席につくのは無理と判断された。彼の両親で、地元でギフト・ショップを経営しているロバート・レイとアーネスティン・アージェントは、報道機関に話すことを拒んだが、近隣住民は、彼らが〝デントンがしたことから逃げる〟のは不本意であると語っていた、と述べている。夫妻の店は三週間閉店していたが、その後再開され、伝えられるところによれば、売り上げはかなり落ちこんでいるという。だが、近隣住民の態度はおおむね寛大なものである。

「彼らは礼儀正しい人たちです」と、べつの近隣住民であるローランド・ダミンジャーは語った。「だれもがデントンがおかしいのを知っていましたし、もっと彼を助けるべきだったのでしょうが、彼が暴力に走るなんて思ってもいませんでした。だれがかわいそうかといえば、妹さんでしょうね。彼女はいつもひっこみがちだったけど、いまではまったく姿をみせてません」

アージェントの妹で、十二歳になるクレアは、公立の中学校を退学し、自宅で家庭教師の指導をうけていると伝えられている。

五年後。

一家虐殺犯、保護施設で死亡

当局の本日の報告によれば、大量殺人犯デントン・アージェントは、ファーヴュー州立病院の独房で脳の発作で死亡した。

アージェント、二十四歳は、五年まえの早朝、ある一家を惨殺した。精神的に不適格と判断された彼は、州の施設に収容され、無事にすごしてきた。かつて診断未確定になった癲癇か精神医学薬物治療のせいで発作を起こしたアージェントは、施錠された独房で深夜、自分の嘔吐物を喉につまらせて死亡した。遺体は翌朝に発見された。病院当局は殺人の疑いはないと報告している。

「ハリーは、クレアが大学院を卒業する最後の年まで知らなかったの」と、アイリーン・ラカーノはいっていた。「ショックでした。かわいそうに、あんな重荷をずっと背負わされてしまって」

「彼女はどんなふうに話をきりだしたんですか？」

「あれは博士論文の最終草案をしあげているときでした。いつだってストレスがたまる期間ですけど、クレアはとくにつらそうだったわ。彼女にとって書くのはやさしくなかったし、彼女は完璧主義者だったから、草稿を書いては書き直すのくりかえしでした。彼女はハリーに、口頭試問を通らないかもしれないと不安を打ち明けていました」

「その可能性はあったんですか？」

「彼女の成績はすばらしかったし、調査はしっかりしていました」

ぼくは語られていない〝でも〟を宙に浮かせた。

「当時、性格の問題は考慮されていませんでした」と、彼女はいった。

「ということは、ご主人はクレアの気性に懸念をもっていたんですね」

「彼女は魅力的な若い女性だけど……あまりに自閉的だと思っていました。それに、ああいった影におびえながら育つと……彼女は対処してこなかった、とハリーは感じていました。それがあとで問題になったのかもしれません」

「彼はどんなふうに見つけたんですか？」

「ある朝、彼が研究室に行くと、そこにクレアがいたんです。気分がわるそうで、徹夜で仕事をしたのは明らかでした。ハリーが、どうしてそんなに無理をするんだときくと、彼女は、そうするしかない、どうしても合格しなければならない、そのために生きてきた、といったんです。ハリーが、大学院をでてからも人生はあるんだというようなことをいうと、クレアは取り乱してしまったんです――泣きながら、先生はわかっていない、臨床心理医になるのがすべてなんだ、どうしてもならなければいけない、自分はほかの学生とはちがう、とハリーにいいました。ハリーが、どんなふうにちがうんだときいたとき、彼女はすべてを打ち明けたんです。そのあとで、クレアは椅子のうえで体をまるめ、ふるえていました。ハリーはジャケットをかけてやり、彼女が落ちつくまでいっしょにいました。その後、わたしたちはさらにクレアと心をかよわせて、夕食に招いたりしました。ハリーはすばらしい人でした。学生はみんな彼を愛していました。彼が名誉教授になって何年たっても、手紙やカードをもらいましたし、たずねてきてもくれました。でも、クレアからの便りはありませんでした。あのエピソードのあと、彼女は閉じこもってしまい、けっしてそのことを話そうとはしませんでした。ハリーは彼女にセラピーをうけろと迫りはしませんでしたが、強く勧めました。クレアはうけると約束したんですが、うけたという報告は聞いてません」

「ということは、彼女は試験に合格し、博士号を獲得し、わが道を行ったわけですね」

「じつをいうと」と、彼女はいった。「それがハリーを悩ませたんです。彼は、彼女をひきとめようとすら考えていました——ほんとに葛藤していたんです、ドクター・デラウェア。でも、倫理的にそれができないのはわかっていました。クレアは卒業の条件をすべて満たしていましたし、彼は、もし彼女の話をおおやけにしたら、彼女は二度と人を信じないだろうと感じていました。おかしかったのは、口頭試問をうけるとき、彼女は自信満々だったことです。チャーミングで、自制できていて、まるで何事もなかったかのようでした。ハリーはそれを治ってきた徴候と受けとめたがっていました。でも、いったん博士号を手にすると、彼女はわたしたちを完全に遮断してしまったんです。ここのケース・メディカル・スクールで奨学基金をもらったあとですら、彼女からの連絡はありませんでした。一年後、彼女がロスアンジェルスで仕事を見つけたという話を聞きました。ハリーは、〝クレアは西部の辺境地帯に向かっている〟といってました。そのできごとはハリーを困惑させたんです。もっと強くいって、罪に立ち向かわせるべきだったかもしれない、と思っていました」

「彼女は兄のしたことに罪の意識を感じていたんですか？」

「なんの根拠もない罪ですが、ええ、ハリーはそうみなしていましたし、あの人の洞察はだいたいいつもあたっていました。神経心理学はクレアにとって逃げ道だ、と彼は思っていたんです。テスト、数字、研究。感情にかかわらなくてすみますから。彼女は仕事を辞めるのではないだろうか、と彼は思っていましたが、いま、あなたからそうなったことを聞きました」

「彼女の兄は発作で死んだ」と、ぼくはいった。「クレアの職業選択は、彼女がデントンの犯罪の器質的な根拠をさがしていたことと関係があるかもしれない、とご主人は考えていたのでしょうか？」

「それもあります。でも、いつかあの防衛がくずれるのではないかと心配していました。というのも、彼女はシンプルな答えを見つけていなかったし、幻滅を感じながら育ったかもしれないからです。ハリー自身は神経心理学者でしたが、優秀な心理療法医でもありました。アルコール依存症の研究とともに、ＭＡＤＤ（飲酒運転に反対する母親の会）にもかかわっていて、飲酒運転の犠牲者の家族も治療していました。学生たちに、感情のバランスを維持することの重要性を教えていたんです」

「クレアにはそのメッセージが伝わらなかった」

「わたしたちが知っていたクレアには。彼女はとても……よそよそしい娘になってしまった。自分を駆りたてているみたいでした」

「どんなふうに？」

「研究一辺倒で、遊ばず、学部の行事には一度も出席しないで、ほかの学生とは友だちづきあいをしなかった。わが家での食事が、おもな社会との接点だったんでしょうね、きっと。彼女の部屋の家具ですらそうでした、ドクター・デラウェア。学生の部屋はゴージャスなものではありませんが、ほとんどの学生は大学からもらったもので なんとかしようとします。ある晩、とくに寒かったので、ハリーとわたしは車で彼女を家まで送ったんです。わたしたちは彼女の暮らしぶりにショックをうけました。ベッドとデスクと椅子しかないんです。わたしはハリーに、独房みたいね、といいました。彼女は象徴的に兄の運命を共有しようとしているのかもしれない、とハリーは考えていました」

クレアがなぜ夫のジョー・スターギルに家族の話をしたがらなかったのか、いまのぼくにはわかっていた。

クレアがロブ・レイとアーネスティンを人生から締めだそうとしたとき、二人がすすんでそうさせた理由が理解できた。とてつもない恥辱。

〝まわりでなにが起こっていても……〟。

家族の混沌に思いをはせてみたが、ぼくの想像力は十分にたくましくなれなかった。

助けをあたえる分野に入りこむ多くの人とおなじく、クレアはわが身を癒そうとしていた。確かなデータと研究の陰に隠れて、まず、遠くから接近しようとした。生化学の博士号のために精神分析を捨てた男、マイロン・シアボウルドのもとで働いた。〝わたしは自分が人間味のある管理者だと思いたい……彼らの個人的な生活にはかかわらない。だれの親がわりにもなりたくない〟。

自分を変わり者のままにしておいてくれるから、クレアはシアボウルドのもとにとどまった。

で、なにかが変わった。

ラカーノ教授は、職業的な逃亡はいつまでも続かないと思っていたし、彼の思ったとおりだった。去年、クレアは答えを探しにいった——独特の学究的な偏見のなさで歩きまわり、兄とおなじような凶暴な行動に関する図書館のファイルを調べた。

なぜ、いまになって？　おそらく、なにかが彼女の防衛を弱くしたのだろう……思いつくのは離婚しかなかった。なぜなら、ジョー・スターギルとの結婚は正常性に対するもうひとつの悲しい挑戦で、それは失敗してしまったから。

ぼくは、彼女とスターギルがどのように出会ったかに思いをはせた。あの日の午後、マリオット・ホテルのバーで、リノの結婚式とおなじように、衝動的に。だが、結局、スターギルとペアになるためのクレアの動機づけは性急なものではなく、無意識といってもおかしくなかった。自分の問題だけに集中してくれて、彼女には干渉しないことが期待できる、アルコール中毒者たちの自己完結的な息子を選択することによって、彼女は青春期からわが身をおおってきた秘密を守ったのだ。

行きあたりばったりのナンパ、信じがたいほどすばらしいセックス。うわべだけの肉体関係で、探りあいというさまたげはなかった。スターギルは結婚のことを、二人の忙しいルームメイトの平行運動といっていた。

ほんの少し、クレアは部屋と生活を飾りたてようとしたことがある。スターギルが出ていったあとで、家を丸裸にしたのだ。落ちつきをとりもどすためではない。独房にもどすために。

ラカーノ教授が疑っていたように、わが身を罰していたのだ。またしても無意識のうちに、彼女の発育期を汚した兄と親密なきずなを結ぶために、どういうわけか、デントン・アージェントの荒涼とした運命をくりかえそうとしていた。

デントンがブラウンリー一家を惨殺したとき、彼女は十二歳だった。だが、もっとずっと幼いときに、たったひとりの兄に関して、なにかがちがう――危険なまでにちがう――と理解していたのかもしれない。それをだれかに話さなかったことで、彼女はわが身を責めたのだろうか。

それとも、モンスターと遺伝子的につながっていることをたんに恥じていただけなのだろうか。

ぼくはアージェント家が引っ越しを拒んだことに思いをはせた。おなじブロックにとどまることは、彼らにとって苦痛だったにちがいない。隣人たち全員にとっても。残る子ども時代、クレアはずっと人を避けていたのだろうか。

デントンが致命的な発作を起こしたとき、クレアは十七歳で、まだ自宅で暮らしていた。トラウマ、恥、喪失で両端をおおわれた生い立ち。青春期は、アイデンティティの探究という特徴を帯びている。クレアの個性の自覚になにが起きたのだろう？

彼女はデントンの保護施設をおとずれたことがあるのだろうか？　つまり、両親は接触を許したのだろうか？　ある時点で、彼女は兄と彼の犯罪について話をするつもりだったのか？　説明がつかないできごとの意味を理解するために。

だとしたら、デントンの死はあらゆる希望を打ちくだいた。

数年後、彼女はとにかく答えを探す決意をした。アーデュロ家の殺人を学ぶことは、救済に思えたにちがいない。

ふたつの事件の類似点に、ぼくは血も凍る思いだった。マイクロフィッシュを巻きもどしていたクレアが、アーディス・ピークにデントンの分身を見てしまったときにどう感じたか、ぼくは想像することしかできなかった。

最初は、ショックだろう。やがて、不快なおなじみの感覚が、最悪のかたちをとった感情移入がひろがる。

最後は、一時的な救済。大きな疑問に取り組む最後のチャンス。

いま、ぼくは自分がしたことをわかっていたので、クレアがスタークウェザーに移ったこと、彼女がアーディス・ピークにぴたりと照準を合わせたことは、もはや謎でもなんでもなかった。

〝常軌を逸した連中が多いのに、時間がないの〟。

じっさい、選択肢はなかった。痛みという振付に裏づけられた、心理学的に運命づけられているダンス。

必然のこと。

26

「だめだった」と、マイロはいった。

「なにが？」

「すべて。コルヴェット、ウォークやデリック・クリミンズの目撃情報。ウォークに関する社会保障の記録はなかったし、クリミンズが最後に税金の書類を提出したのは十年まえだ。フロリダで。ずっと法廷に釘づけになっていたので、その先はたどれていない。三人の判事それぞれから、ピークの郵便物と電話の捜索令状をとろうとしていたんだ。だめだった。予言では彼らの心を打つことはできなかったよ。三人目は笑っておれを部屋から追いだし、手相師に相談しろ、といいやがった」

五時ちかかった。彼は数分まえにわが家のドライヴウェイに車を駐めた。いまは冷蔵庫をあさっていて、深く腰をかがめながら低い棚をながめている。勤務用リヴォルヴァーの隆起部と胴部が、きつすぎるツイードのジャケットからつきだしていた。

「クレアのピークとの関係はどうでもいいのかい？」と、ぼくはいった。

彼は首を振ると、マヨネーズ、からし、ぼくが忘れかけていたコーンビーフのかたまりをとりだし、やはりおなじくらい古いコーン・ライ・ブレッドをパン・ケースからだした。しなびたサンドウィッチをそそくさとつくり、腰をおろして、半円形にがぶりと噛みつく。

「鍵となることばは〝らんぷんかんぷん〟だったよ」と、彼はいった。「そして、〝精神病患者特有にとりとめがない〟。みんな、ピークはせいぜい重要参考人だといっていた。もしそうなったらの話だがな。それに、彼の精神状態では重要な情報を提供できそうにないから、理論的説明はくずれる、と」

またひと口、サンドウィッチにかぶりついた。「ウォークのバンク・オブ・アメリカの口座は進展していない。架空の人物が八ヵ月まえの殺人と理論的に関係しているかもしれないというだけでは、証拠としての力はない」

「ママ」と、ぼくはいった。「大きくなったら警察官になりたいよ」

彼の笑顔は殺伐としていた。「じゃあ、いいニュースだ。ウェンデル・ペリはもはや容疑者ではない。少なくともビーティ兄弟の容疑者では。ウェンデル・ペリは死んだ。たっぷり一週間以上まえ――チューチュー・バンバンのまえだ。彼の死体は、六日まえ、レノックスにある郡の廃棄物処理場で発見された。保安官補がたまたまおれのだした電報を読んで、電話してくれたんだ。処理場は組織化されているから、ペリがどこの荷物にまじってやってきたのか特定することができた。洗濯屋の裏にある民間のコンテナだ。発見される三日まえにあつめられたんだが、うじ虫の大群が発生していたから、ペリはしばらくそこにいたと思われる。遺体に暴力の形跡はなかった。大型ごみ容器のなかで寝てしまい、ごみといっしょに送られてしまったようだな」

「押しつぶされて死んだのかい？」

「いや、圧縮するまえに見つけたんだ——彼の名残を。死因は極度の脱水症と栄養不良。やつは飢えていたのさ。ハーフウェイ・ハウスを運営している韓国人に電話したよ。彼は、ああ、ペリは逃げるまえからあまり食わなかった、といっていた。当時は百二十ポンドだったろう、とな。いや、彼はそれを危険を知らせる徴候とは思っていなかったよ。ペリはなにも問題を起こしてなかったし」

「まさに自己処罰だな」と、ぼくはいった。「ランパーツからレノックスまで、ペリははるばる歩いていったのかな？」

「たぶん、物騒な路地から路地を通りぬけて、最後の休息所を見つけ、まるくなって死んだんだろう」

「暴力の形跡はなかったって？」

「そういうことだ、アレックス。彼らは明白な自殺としてファイルしている。報告書を読んだけど、じつに明快だったよ。乾燥、悪液質、低いヘモグロビン数、肝臓の化学的性質は、彼が長いあいだ適正な栄養をとっていなかったことを示していた。傷はなかったし、骨折もなかった。首の骨は無傷で、頭蓋骨もおなじだ。唯一のダメージは、うじ虫がつけたものだった」

サンドウィッチの残りをじっと見つめ、ためらっていたが、彼はそれを食べ、顔をぬぐって、ビールを飲んだ。

「考えてもみろよ、アレックス。ひどく意気消沈していれば、ごみのなかに身を投げたくもなるぜ」

「クレアに関しては、彼はまだ可能性があるかもしれない」

「彼とクレアが会っていることを、おれが証明できればな。だが、彼は死んでるんだぜ。それに、彼がダダやビーティ兄弟をやってないという事実を考えると、おれの熱意はかなり冷めたな。はしゃぎすぎていたよ。ミスター・ディランもいってるように、あまりになにもなさすぎる」

彼は冷蔵庫にもどり、リンゴをとりだして騒々しくかぶりついた。

「ちょっと元気づけてあげられるかもしれない」と、ぼくはいった。「真偽のほどはわからないけど、クレアがなぜピークを捜しだしたのかを知っているんだ」

ぼくはデントン・アージェントの凶行について話した。マイロの嚙むスピードがゆっくりになった。話しおえると、彼はリンゴをおいた。「彼女の兄貴。その件は聞いたことがなかった」

「ぼくもさ。二十七年まえの事件なんだ」

「おれはヴェトナムにいたな……それで、ピークをつかまえて、彼女はなにを学びたかったんだ？」

「彼女の意識的な動機は、精神病による暴力を理解したかったんだろう。臨床心理医として――そして研究者として――それを正当化したんだ。でも、じつのところは、どうして彼女の家庭――彼女の子ども時代――がだいなしになったのかを理解したかったんじゃないかな」

「で、ピークはそれを彼女に話してくれたかもしれないのか？」

「いや」と、ぼくはいった。「でも、彼女は自分の動機を否定できたのかもしれない」

「だから彼女はピークに執着して、彼がなにをしたのかを打ち明けさせようとする」

「させようとしただけではすまなかったかもしれない」と、ぼくはいった。「彼の心をこじあけられるとしたら、それはクレアだったろう。というのも、彼が収容されているあいだ、いっしょに意義ぶかい時間をすごしたのは彼女だけなんだから。彼女は気にかけていた。彼女が成功して、ピークが彼女を危険にさらすようななにかを彼女に話したとしたら？」

「たとえば？」

「彼はひとりで行動したわけじゃない。クリミンズ兄弟にせっつかれた。つまり、彼はそう信じていた。あるいは、ピークはまだクリミンズと連絡をとっていて、クレアの好奇心が強くなりすぎてきたと彼にいったのかもしれない。で、クリミンズは問題を解決しようと決意した。だからピークは、クレアが殺されたことを一日まえに知っていた」

「もし知っていたんだとしたら」と、彼はいった。「〝箱のなかに悪い眼が〟では、証拠にはならない。きょう、三回も念を押されたよ」マイロはリンゴを手にとり、柄をもってくるくるまわした。「きわめて創造的だけど、アレックス、なんともいえないな。すべて、ピークが会話をしたかどうかにかかっている。頭がいかれているふりをしているかどうかに」

「彼の精神的沈滞が精神障害のせいじゃないとしたら？」と、ぼくはいった。「大部分が投薬によるものだとしたら？　彼の遅発性ジスキネジアの症状のはげしさと、投薬量が五百ミリグラムから変わっていないという事実は、彼が適量のソラジンに強く反応することを示している。たとえば、クレアは実験するつもりで、明快さをとりもどすために薬をあたえるのをやめたとしよう。そして、効き目があった」

「彼女がひそかに変更したのか？」

「強い動機づけがあったんだ。ピークのそばに行くためだけに、仕事をあきらめた女性。ソラジンを控えれば彼が心をひらいてくれると考えたのであれば、かならずやるだろうね。彼自身のためだといって、彼女は正当化できただろう——薬は彼の神経の問題をふやしてしまうし、もっと少なくてもやっていける、といって。明らかな危険は彼の暴力衝動が増大することだろうけど、彼女はなんとかできると確信していたのかもしれない」

「ハイディも彼をあつかっていたじゃないか」と、マイロはいった。「彼女は疑わなかったのか？」

「ハイディは医学的にも心理学的にもうぶだった。クレアは彼女に知らせたいことだけを話した。いかなる変化もかすかなものだったかもしれない——ときどき、二言三言。それも、クレアの刺激に反応したときだけだったかもしれない。クレアはピークと一対一の緊張した時間をすごし、きわめて慎重に刺激した。彼女は自分がなにを求めているのかわかっていた。ピークの暴力を知る機会だ。そして、その延長線上にあるデントンの暴力を知る機会。ピークがハイディになにかいったとしても、彼女に理解できるはずがない。あるいは、気にかけられるはずがない。クレアが死んだことがわかるまで〝悪い眼〟の復唱を忘れていたように、ちんぷんかんぷんな話として忘れてしまうだろう」

「で、クレアが死んで、ピークはふたたびもとの投薬量にもどる」

「で、支離滅裂になる」

「オーケイ」と、彼はいった。「すべてを把握させてくれ……ピークがべらべらしゃべる、クレアはほかのだれかが関与していることに気づく……で、ウォークがからんでくるのは、彼とピークはどういうわけか接触があって――」

「ウォークがスタークウェザーで働いているから――」

「はいはい、まとめてみると……ピークはめざめる――彼はもっと暴力的になったのかもしれない。あるいは、少なくとも、ウォークに対して喧嘩腰になった。彼は脅す――〝このドクターはおれにすごく興味をもっている。おまえがおれをモンスターにしたといったら、彼女はおれを信じるし、おれをここから出してくれるだろうな〟。クレアがそういわなかったとしても、ピークは信じたかもしれない――思いちがいをして。彼はまだ頭がおかしいんだろうか？」

ぼくはうなずいた。

「それでも」と、マイロはいった。「年とったモンスターにとっては、すさまじい量のおしゃべりなんだろうな」

「彼が偽っているのでないかぎり」

「おれは最初にその話をもちだした。おたくは、ありそうにないといったじゃないか」

「文脈が変わったんだ」

　彼は椅子からさっと立ちあがり、コートのボタンをかけたりはずしたりしながら、部屋のなかをせかせかと歩きまわった。「ウォークが脅されていたんだとしたら、なんでピークを殺さなかったんだ？」

「どうしてわざわざ」と、ぼくはいった。「もとの投薬量にもどれば――あるいは、だれかが逆方向にしてしまって多くなれば――ピークは脅威ではなくなる。彼はS＆Rの部屋で生涯をおくることになり、遅発性ジスキネジアの症状がはげしくなって神経がへたばり、ある日だれかが入ってみると彼は死んでいる。デントンとおなじように」

「クレアにそんなまねができたのか？」と、彼はいった。「だれにも気づかれずに薬をやめさせるなんて」

「スタークウェザーはスタッフにかなり自由裁量をあたえている。ドクター・アルドリッチはクレアの名義上の監督者で、彼女の患者に関してはあまり知らないようだった。スウィッグも。その点に関して、スタークウェザーで働くことは、シアボウルドとの仕事と似ていた――ひとりでいることが多かった。彼女は子どものころからそのスタイルに慣れていた」

「となると」と、マイロはいった。「おれはまたそこへ乗りこんで、職員のファイルをみせてくれと頼むわけだ。スウィッグは大歓迎してくれるだろうな」

「パブリシティの脅威を利用できる──令状を申請すれば、メディアが嗅ぎつける。彼には、判事たちが協力していなかったと知る由はない。クレアのグループの男たちと会いたい、といえばいい。きわめて理にかなっているだろ。そこにいるあいだに、職員記録を調べるんだ」

彼はさらに歩きまわった。「あとひとつ。ビーティ兄弟だ。クリミンズ、つまりウォークは、なんでピークに彼らを殺すことについて話したんだ？　逆にいうと、ピークが彼を悩ませていたなら、ピークには絶対になにも知られたくないだろう」

「そのとおり」と、ぼくはいった。「となると、これはAのケースかもしれないな。ピークとクリミンズはまだ結託している。ピークの血塗られた事件までさかのぼれる同盟を、ずっと維持している。それで楽しんでいるんだ──フィルムに記録して」胃がこわばった。「あることを思いついたよ。眼の傷だ。カメラのレンズをなんというう？」

マイロは足をとめた。「眼（アイ）」

「すべてお見通しの眼。不可視で、全知で、神のような指導者。一連の犯罪は力とコントロールに関するものだ。被験者としての俳優。服従させられる。カメラの観察は一方的にしかおこなわれない。こちらからは見えて、向こうからは見えない。向こうに眼はない」

「だったら、ビーティ兄弟はなんで眼をやられなかったんだ？」

「すでに損なわれていたからかもしれない。酔っぱらい――泥酔（ブラインド・ドランク）していたんだろ？」

「狂ってるな」と、マイロはいった。「また精神病院に逆もどりか。向こうにいるあいだに部屋を借りて……わかった、あしたにそなえて準備しよう。おたくにもきてもらって、ほかになにが見つかるかみてほしいな。いっぽう、おれはクリミンズに関してもっと追いかけ、彼が最後に実名で浮上した日がわかるかどうか、家族の事故に関してさらに判明するかどうかを調べてみる」

太い指が、心臓のうえにひろがっているウォッシュ・アンド・ウェアのシャツをつついた。マイロはたじろいだ。

「だいじょうぶかい？」と、ぼくはいった。

立っているのがつらそうだった。「ガスがたまっただけさ――こんどはもっと健康的なものを食わせてくれよ」

27

ピーチ・ピンクに塗られた光沢のある壁は、残念ながら不愉快な印象をあたえていた。色のうすい十二個の模造木のスクール・デスクが、六個ずつ二列にならんでいる。正面の壁は、汚れひとつない黒板でほぼ埋めつくされていた。プラスティックの枠は縁をまるくしてあった。チョークはなく、やわらかな黒板ふきがふたつあるだけだった。

黒板のすぐまえにはオークのデスクがあって、床にボルトで固定されていた。デスクのうえには何ものっていない。右側の壁に貼ってある二枚の世界地図は、正積図法とメルカトル図法だ。壁に貼ってあるポスターは、テーブル・マナー、栄養摂取、民主主義の基礎、ブロック体と筆記体のアルファベット、アメリカ合衆国大統領の年代記に関する学術論文さながらだった。

ポスターはダクト・テープで貼ってあった。画鋲はない。

部屋の隅にあるアメリカ国旗は、プラスティックの旗竿にうすいビニールをつけたもので、やはりボルトで固定されていた。

外面的に飾りたてた教室。生徒たちはカーキ色の制服を着ており、うすい色のデスクについてかろうじて準備をととのえていた。

六人の生徒。

前列にすわっている老人は、美しいブロンドの白髪をしている。下剤のコマーシャルにでてくる、やさしいおじいちゃんという風情だ。彼のうしろには三十代の黒人が二人いた。ひとりは暗褐色で、そばかすがあり、がっしりした体格で、コークの瓶のような眼鏡をかけ、吹き出物とまちがえそうなあごひげを生やしている。もうひとりはやせていて、荒削りな縞瑪瑙のような顔をしており、大草原を見わたすハンターさながら、ぎらつく眼で警戒している。

つぎの列の先頭にいるのは二十代のやせほそった男で、頬はこけ、眼はなにかにとりつかれたようで、唇は青ざめていた。灰色のこぶしがこめかみに押しつけられた。身を低くしているので、あごがデスクの表面にくっつきそうだ。よれよれの褐色の髪が、灰色のストッキング・キャップの下からたれている。眉毛のところまで帽子をさげているので、頭が小さくみえる。

彼のうしろにいるのは巨大なチェットで、あくびをし、手足をまげ、鼻を鳴らし、指で口のなかをさぐっている。あまりに大きいので横向きにすわり、キリンのような脚をわきの通路に伸ばしている。カーキ色のズボンで隠されている骨ばった恐ろしいものは、まったくわからない。彼はすぐにマイロとぼくに気づき、ウインクをして手を振ると、うなり声をあげて、「よう、兄弟、おれの相棒はベークド・アラスカのジュノーを振って焼いていて、しみったれはおれをばかにしないし、あんたも、ぶさいくなホモがおれのケツをファックしたんだ」といった。

やせた黒人がにらみつけた。

ぼくたちがはじめてイエットに会った日、フランク・ダラードは彼がクレアのグループの一員だったとはいっていなかった。きょうのダラードはほとんど何もしゃべらず、部屋の隅に立って、被収容者たちをにらみつけていた。

最後の男は、小柄で血色のわるいヒスパニックだった。頭をつるつるに剃りあげ、脂でよごれた口ひげを生やしている。部屋のエア・コンディショナーは死体置き場なみに温度をさげているのに、彼は汗をかいていた。しきりに両手をこすりあわせ、首を伸ばし、唇をなめる。

さらなる遅発性ジスキネジアの症状。ぼくは部屋を見まわし、ほかの神経系のダメージを探した。おじいちゃんの両手がちょっとふるえたが、年齢のせいかもしれなかった。そばかすの黒人はぽかんと口をあけているのだろうが、精神病特有の知覚麻痺か、ゆがんだ白昼夢かもしれない……。

フランク・ダラードが偉そうに部屋の正面まで歩き、オークのデスクについた。

「おはよう、諸君」

十五分まえに内側のゲートでぼくたちに会い、腕組みをしたときより声にあたたかみがなかった。

「またきたのか」錠をあけるそぶりもみせずに、彼はついにそういった。

マイロは、「離れがたくてね、フランク」といった。

ダラードはむっとした。「いったい何をやりとげたいんだ?」

「殺人事件を解決したいんです、フランク」マイロの手が錠にふれた。

ダラードは長い時間をかけてキー・リングをとりだすと、鍵を探しだし、錠にさしこんでするどくひねった。かんぬきが解放された。彼はさらに数秒かけて鍵をポケットにしまった。ようやく、ダラードはゲートを押しあけてくれた。

ぼくたちがいったんなかに入ると、彼は苦々しい笑みを浮かべた。「いまもいったけど、いったい何をやりとげたいんだ?」答えを待たずに、彼は口ひげをなでつけ、庭を横ぎって歩きはじめた。ぼくたちのまえにひろがっている土は、牛肉を包む紙のように褐色でなめらかだった。

マイロとぼくは彼のあとにしたがった。ダラードはどんどん距離をひろげていった。熱気と光がすさまじかった。被収容者たちがじっと眼を凝らした。彼らのひとりが背後から襲いかかってきたら、ダラードはなんの役にも立たないだろう。

三人の専門職員が立って庭を監視していた。二人のヒスパニックとがっしりした白人で、デリック・クリミンズの身体的特徴とは似ても似つかなかった。

ダラードが奥のゲートの錠をあけると、ぼくたちは本館に近づいた。彼はドアの数フィート手前で足をとめ、キー・リングをジャラジャラ鳴らした。

「ミスター・スウィッグには会えないよ。ここにはいないんだ」

「どこにいるんです？」と、マイロ。

「病院の仕事さ。日常生活の技術のグループに会うのは十五分だけ、といっていた。それだけだ」

「時間をさいてくださって、ありがとうございます、フランク」マイロは控えめすぎる口調でいった。「お手数をかけて恐縮です」

ダラードはまばたきをして、鍵をポケットにしまった。庭を振り返って、歯をかちっと合わせる。「連中は訓練された動物みたいだから、刺激応答を大きく変えることはできない。おたくらがここに入ると混乱を招くんだ。それよりも何よりも、意味がない。ここにいるだれも、ドクター・アージェントとはいっさい関係ない」

「だれも外に出られないから」

「とりわけな」

「ウエンデル・ペリは出た」

ダラードはふたたび眼をしばたたいた。下唇の内側で舌が動いた。「それとなんの関係があるんだ？」

「おかしなやつが外に出て、数週間後に彼の精神療法医のひとりが死んだんですよ」

「ドクター・アージェントが彼の精神療法医だったことは一度もない。ばったり出会ったこともないいんじゃないかな」

「ペリはなんで釈放されたんです？」

「だれかドクターにきいてもらわないとな」

「なにか考えはないんですか、フランク？」

「おれは考えるために給料をもらってるわけじゃない」と、ダラードはいった。

「最初のときもそういってましたね」と、マイロはいった。「でも、おたがい、それがたわごとなのはわかっている。ペリはなにをして外に出たんです？」

ダラードの革のような肌が紅潮し、両肩がつりあがった。突然、彼はくすくす笑いだした。「どちらかというと、彼はなにもしなかったからさ。おかしなふりをする。彼はずっとおかしくなかったんだ」

「医学の奇蹟ですか？」と、マイロはいった。

「おれにいわせれば、やつはそもそも精神病なんかじゃなくて、ただの酔っぱらいだったのさ。だれかを騙していたといってるわけじゃない。最初に収容されたときを知っている連中は、やつは取り乱していたといっていた――幻覚を起こしてあばれたから、ある時点で監禁したんだ。でも、一、二ヵ月もすると、薬をあたえなくてもすべておさまった。だから、おれにいわせれば、ひどいアル中だったのが治ったのさ」

「だったら、なんで裁判にもどされなかったんです？」

「彼が逮捕されたときは、精神状態の問題で罪に問われなかったからさ。彼は窮地を逃れることができた」

「運がよかったんだ」と、マイロはいった。

「それほどよくはない——ここに二十年あまり閉じこめられていたんだからな。お務めをするはずだった期間より長い。アルコールのせいだけじゃなかったのかもしれないな。ペリは何年も鉱山で働いていた。体内でなんらかの重金属中毒を起こしていた可能性はある。あるいは短期的におかしくなっただけで、幻覚を起こしたが治っただろう。いずれにしても、彼に神経弛緩薬は必要なくて、抗鬱薬だけでよかった。年を追うごとに、彼は症状もなくぶらぶらすごすようになり、彼らは筋がとおらないと思ったんじゃないかな」

「抗鬱薬か」と、マイロはいった。「要領がわるいやつだったんですか？」

「どうしてそんなに興味をもつんだ？　やつは外で問題を起こしたのか？」

「自分の問題だけでしたよ、フランク。彼は飢え死にしました」

ダラードの口がぴくっとひきつった。「食うのが好きじゃなかったが……で、彼はどこで発見されたんだ？」

「廃棄物処理場です」

「廃棄物処理場」ダラードは思い浮かべるような口調でいった。「大げさに同情しているように聞こえるだろうが、やつはそれほど悪い男じゃなかった。少なくともおれが彼と話したときは、ガールフレンドとその子どもたちにしたことを深く後悔していたよ。外に出たがってもいなかった。それで許されるわけじゃないが……」彼は肩をすくめた。「ちくしょう、みんな、いつかは死ななくちゃいけないんだ」

「彼のドクターはだれだったんです？」と、ぼくはいった。

「アルドリッチだ。アージェントじゃない」

「彼がドクター・アージェントと接触がなかったのは確かですか？」

ダラードは笑った。「死と税金をのぞけば、確かなものなんてなにもないさ。つぎの質問に答えておくと、彼は周知のピークとも接触がなかった。ペリはB病棟にいて、ピークはいつもC病棟だった」

「庭ではどうだったんですか？」

「おれが見るかぎり、二人とも庭には出なかった。ピークはあの部屋を一歩もはなれなかったよ」

「となると、ピークはだれと接触していたんです？」

ダラードの眼が冷ややかになった。「このまえ、おたくらがここにきたときに答えただろ、ドク。だれとも接していなかった。彼はゾンビーだったんだ」彼は腕時計に眼をやった。「それに、おたくらはおれの時間をむだにしている。さっさと終わらせよう」

向きを変えると、彼はずんぐりした首をまえに傾け、大きな灰色の建物のまえを足音も荒く通りすぎた。人のよく通っている土の道は右に方向を変えた。建物の西側に着くと、まがりくねった土の道は、太陽を浴びてうだっている、ベージュの三つの平屋建ての建物へ続いていた。

標識には〈A、B、C別館〉と書いてあった。小さめの建物のうしろには、正面とおなじくらい広い褐色の庭がひろがっており、錠がおりていて、だれもいなかった。さらなる金網とうっそうとした森。入口のようなユーカリ樹ではない。もっと密集していて、黒っぽい緑色で、なにかマツかヒマラヤスギだろう。

「あれはどこへ通じているんですか？」と、マイロがいった。

「どこにも」

「建物はひとつしかないと思っていた」

「これらは建物じゃない、別館さ」といって、ダラードはにっこり笑った。彼はぼくたちを急かして別館Aのまえを通りすぎた。二重に錠をおろしたドア、プラスティックの窓。窓ガラスの向こうは暗闇で、人が住んでいる気配はなかった。外にはプラスティックのピクニック・ベンチときれいに掃除されたコンクリートのパティオがあった。静寂は、たまに中央の庭から聞こえてくる叫び声でやぶられた。小鳥のさえずりも虫の鳴き声もなく、車のかすかな断続音すら聞こえなかった。

別館Bもからっぽだった。背後になにかを感じて、ぼくは肩ごしにちらっと振り返った。朝の太陽から守られている本館は、炭色の影になっていた。

やがて、ぼくの右眼の隅で、なにかが動いているような錯覚が起きた。頭のなかがざわついて、ほんの一瞬、めまいを感じた。

ぼくは足をとめずに振り向いた。なにもない。が、その短い合間に、建物全体が、基礎が耐えきれなくなって前傾したかのようにみえた。いま、建物はいつものように静止しており、単調な黒い窓の列は、空白のスコアボードさながらにがらんとしていた。

ダラードは別館Cに急ぐと、ドアのまえで足をとめて、二人一組で警備に立っている専門職員にうなずきかけた。二人の黒人だった。ウォークではない。彼らはぼくたちをチェックしてからうしろにさがった。ダラードは自分の鍵でドアを大きくあけ、なかをのぞきこむと、入ろうとしたマイロの眼のまえで鋼鉄で補強したパネルをひいた。

「おはよう、諸君」と、ダラードはくりかえした。

だれも挨拶を返さなかった。

ダラードは、「誓約をやろう」といって、復唱しはじめた。だれも立ちあがらない。ダラードの声は退屈そうだった。チェットとおじいちゃんとやせた黒人が参加した。

「さあ、愛国者諸君」終わると、ダラードはそういった。

「アメリカ合衆国に生まれ」といってから、チェットはぼくたちに向かって、「ご機嫌いかがですか、朝はイオンをみんな通したエレクトラになって、イオニング・ボードはすべてをスムーズに保ち、プレスするんだ、フレンチ・カフスも、ロドニー・キングに手錠をかける殴りあいも、よお、兄弟」といった。

やせた黒人はチェットのほうへ顔を向け、うんざりと首を振った。だれも大男のとりとめのない話に注意をはらっていないようだったが、おじいちゃんの両手はさらにはげしくふるえていた。

「オーケイ」といって、ダラードはオークのデスクの端に腰かけた。「ドクター・アージェントはもうここで働いていないから、諸君があつまるのは久しぶりだが――」

「彼女なんかくそくらえだ」汗をかいているヒスパニックがいった。「彼女なんか、絶対にくそくらえだ」

「パズ」ダラードがこわばった声でいった。「下品なことばを使うんじゃない」

「彼女なんかくそくらえ」と、パズはいった。「きれいな顔でおれたちにかまっておきながら、手をひきやがって」

「パズ、彼女は辞めたんじゃないと説明しただろ、彼女は——」

「彼女なんかくそくらえ」パズはなおもいいはった。あごから汗がしたたり落ちた。いまにも泣きそうだ。「大失敗じゃないか、なあ……フェアじゃないぜ」彼は仲間の生徒たちを見た。だれも注意をはらわなかった。

「彼女なんかくそくらえだ」彼は弱々しい声でいった。「あんなふうに人をあつかっていいわけがないんだ」

「ばか野郎」チェットが楽しそうにいった。「みんな何もかも『カーマストーラ』のプレッツエルを焼いて、そろそろここで楽しくオーラル・ラヴ、オーラル・ロバーツ、口腔衛生（オーラル・ハイジーン）だ」

「彼女なんかくそくらえ」パズは悲しげにいった。眼を閉じる。息を吐くたびに胸がふるえた。ふるえがゆっくりになった。数秒後、彼は寝てしまったようだった。

「おやすみ」と、チェットがいった。「蒼ざめた馬に乗った神のもとにおける自由がある、あらゆる権利と責任と参加民主主義のための全員の平等——」

「もういい」と、やせた黒人がいった。疲れきった感じはあったが、はっきりした静かな声で、親らしい声といってもよかった。

「そのとおりだ、ジャクスン」といってから、ダラードはチェットに向かって、「もういい、大男」といった。

チェットはあいかわらず楽しそうだった。黄色いあごひげはパンくずで汚れ、眼は充血していた。しわがれた、馬そっくりの笑い声をあげた。「もういいはもうたくさんで、それが逆説じゃないかぎり十分じゃないから、十分はなんでもありうるんだ、大きさによって――」

「なあ、おい」ジャクスンは姿勢を正した。「みんな、あんたが学校へ行ったのは知っているし、あんたは天才だけど、でも頼むぜ。わかったな？」彼はチェットに向かって歯をむきだした。

チェットはいった。「おれは天才じゃなくて、天才で、種で――」

「はい、はい、はい、ママで、息子で、ペンテコステ派の信者の幽霊なんだろ」と、ジャクスンはいった。「なあ、頼むぜ。落ちついてくれよ、な？」ヒョウのようなにやにや笑いを浮かべる。

チェットはいった。「なあ、なあ、なあ兄弟は、あんたはだれがなあ、なあ、なあか知っていて、おれはオーケイで――」

ジャクスンは椅子のなかでまえに移動した。

「チェット」と、ダラードがいった。

「チェット」と、ジャクスンがいった。

「チェット」チェットがくすくす笑った。デスクをぴしゃりとたたいて、手を下に伸ばし、損なわれた脚をむきだしにして、皮膚におおわれた棒そっくりの骨に手を這わせた。

ダラードが、「隠せ」といった。

ジャクスンはわれ関せずで、じっと天井を見つめていた。やさしいおじいちゃんは両手を組んで親指を交互にまわし、にこやかにほほえんだ。

パズがげっぷのような大きな音をだした。

チェットは脚に指を這わせるのをやめなかった。ゆっくりと笑みがひろがると、黄色いあごひげが逆立った。

パズがまたげっぷのような音を発した。

「隠せ」と、ダラードがいった。

チェットは笑い、いいつけに従った。

がっしりした、そばかすのある黒人の頭がだらんとたれた。彼も寝ているようだった。おじいちゃんがぼくの視線をとらえ、にっこりと笑みを投げた。頬は新鮮なリンゴそっくりだ。髪についている櫛のあとは、製図台で描いたようにきちょうめんだった。

ただひとり動いていないのは、ストッキング・キャップをかぶった、蒼白いやせた男だった。両手のこぶしはこめかみに貼りついたままだ。

ダラードがいった。「諸君、ここにいるのは警察の人たちだ。で、ドクター・アージェントに関して、お二人はきみたちに質問がある」

おじいちゃんとチェットだけが、マイロがデスクまで歩いていくのをじっと見守った。ダラードは、道をゆずりたくなさそうにしばらくその場にとどまった。が、やがて彼はわきによけた。

「けいさつ」と、チェットがいった。「いい人、警察は、くずとかすとやつらとアメリカ合衆国で生まれたボスから社会を守るために、ふたつの武器をもつ権利があるんだ！　おれはけいさつ（ポリス）で、礼儀正しく（ポライト）て、ポー・エドガー・アラン・ライトは特殊部隊とチャック・イエーガーとアナベル・リーとボビー・マギーといっしょに訓練して――」

「そう」と、マイロはいった。「われわれはできるかぎりの助けを必要としています。ドクター・アージェントに関して――」

耳ざわりなささやきが前置きをさえぎった。「ユダヤ人がやったんだ」

ストッキング・キャップだ。彼は動いていなかった。顔色はまさに脱色した流木そのものだ。

「一理ある」と、チェットがいった。「カール・マルクスは暴力的で、セム族（セマイト）、記号論（セミオティックス）、抗生物質（アンティバイオティックス）、ちがう、あれはフラマン人でユダヤ人じゃない、スコットランド――」

「ユダヤ人がやったんだ」ストッキング・キャップがくりかえした。

ダラードが、「もういい、ランドル」といった。

チェットがいった。「正当な切り裂きジャックが壁に書いているかもしれない、ユダヤ人はそれをやってなくはない連中か、なにか二重三重否定で、平行宇宙パラレル・システム平行四辺形十二面体、なんでも可能とはかぎらない――」

「ランドルは人種差別野郎だ」と、ジャクスンがいった。「なにもわかっちゃいないし、おまえもだ」彼はふたたび歯をみせ、爪の甘皮をとりはじめた。

ダラードはぼくたちをにらみつけた。〝おまえたちが何をやったか、見てみろ〟。

「ランドルはくそったれ人種差別野郎だ」ジャクスンが感情をこめずにいった。

ランドルは反応をみせなかった。

パズとそばかすのある黒人はあいかわらず寝ていた。

「あと一言でもしゃべったら、ジャクスン」と、ダラードがいった。「S&R行きだぞ」

ジャクスンは数秒のあいだそわそわしていたが、沈黙は守った。

ダラードはマイロのほうを向いた。「さっさと終わらせてくれ」

マイロはぼくを見た。ぼくは彼のとなりに行った。「ドクター・アージェントはきみたちと仕事をしていた」

やさしいおじいちゃんがいった。「あのかわいそうな女性になにが起きたのか、ちゃんと教えてもらえるかね？」

ダラードがいった。「その話はすでにしたじゃないか、ホルツマン」

「それはわかってますよ、ミスター・ダラード」と、ホルツマンはいった。「彼女は殺された。悲劇だ。でも、こまかい点がわかったら、このおまわりさんたちを助けられるかもしれない」

おだやかな声だった。きらきら光る青い眼。話の筋は通っている。彼はなにをしてここに入っているのだろう？

「きみたちが知っておくべきこまかい点はすべて話した」と、ダラードはいった。

パズが眼をあけた。また閉じる。だれかが屁をすると、においが部屋じゅうに漂い、やがて消えた。

ランドルがわずかに頭をあげた。こぶしを頭蓋骨に食いこませはじめる。ストッキング・キャップは汚れきっていた。片手が少しすべり落ちると、こめかみのまわりの皮膚が赤むけしているのが見えた。ところどころかさぶたになっている。

　ぼくはいった。「なにかあったら――」

「どんなふうだったんだい？」と、ホルツマンおじいちゃんがいった。「彼女は撃たれたのか？　だとしたら、拳銃だったのか？　長銃だったのか？」

「彼女は撃たれたんじゃない」と、ダラードはいった。「それに、諸君が知っていればいいのは――」

「じゃあ、刺されたのか？」と、ホルツマンはいった。

「それがどうしたというんだ、ホルツマン？」

「まあ」と、老人はいった。「われわれが助けることになってるんだったら――」チェットがいった。「手口はいつだって手掛かりで、プロファイルに関する心理学的な筆跡はいわば告白している――」

「彼女は刺されたのか？」ホルツマンがそういって身をのりだすと、デスクが腹に食いこんだ。

「ホルツマン」と、ダラードはいった。「そんなことを知っておくべき理由は――」

「彼女は刺されたんだ！」老人は叫んだ。「骨まで切られた、ハレルヤ！」両手でジッパーをおろすと、彼は一物をさらけだし、半狂乱になってしごきはじめた。「刺されて、刺されて、刺されて、殺された。あばずれを三つにしてやった！」

ダラードは彼の肩を乱暴につかみ、ドアのほうへ押していった。

ぼくたちに向かって、「おたくらもだ。外に出て。ミーティングはもうおしまいだ」といった。

ぼくたちが部屋をあとにすると、チェットが叫んだ。「おれが解決するまで待て、事件の裏に女あり（シェルシェ・ラ・ファム）、事件の裏に女あり（シェルシェ・ラ・ファム）――！」

外に出ると、ダラードは別館のドアに錠をおろし、ホルツマンをほかの二人の専門職員にひきわたした。老人は照れ笑いを浮かべていたが、興奮しているようだった。

背が高いほうの職員がいった。「そいつをしまえ。さあ」

ホルツマンはいわれたとおりにし、両手をわきにたらした。

「会えてよかったよ」ふたたびやさしいおじいちゃんにもどっている。「ミスター・ダラード、気にさわったら――」

「もう一言もしゃべるんじゃない」ダラードは彼にそう命じてから、専門職員たちに向かって、「おれがこの二人に応対しているあいだ、やつらをなかに入れておいてくれ。ミルズを応援にこさせる」といった。

専門職員たちはホルツマンを壁に移動させ、漆喰のほうを向かせた。「動くんじゃないぞ、じいさん」ドアを指さしながら、ひとりがいった。「なかにいるやつらはだいじょうぶなんですか、フランク？」

「チェット・ボダインは壊れたトイレみたいにしゃべり続けていて、ジャクスンは彼に文句をいった。ランドルにも——彼はユダヤ人排斥のたわごとをいっている」

「そうなんですか？」職員はかるい口調でいった。「しばらく聞いてなかったから、おさまったのかと思ってましたよ」

「ああ」と、ダラードはいった。「なにかが全員を緊張させたにちがいないな」


本館にもどると、ダラードがいった。「納税者の金をたっぷり使ってしまったな」

マイロは、「ピークに会いたいんです」といった。

「で、おれはシャロン・ストーンとファックしたいよ——」

「ピークのところへ案内してください、フランク」

「やけにあっさりというな。いったい何様——」ダラードはふたたび怒りをおさめた。くすくす笑う。「許可がいるんだよ、刑事さん。つまり、ミスター・スウィッグの許可で、いったように、彼はいない——」

「電話してください」と、マイロはいった。

ダラードは片脚をまげた。「おれに命令してるのか？」

「一時間後、本格的な応援とあなたに対する司法妨害の令状をもってもどってくることもできるんですよ。わたしのボスたちはこの件に神経質になってるんです、ダラード。スウィッグはいつかはあなたを守ってくれるかもしれないが、ここにいないことを考えると、あなたが正式な手続きを踏むのを止めることはできないでしょうね。セントラル署での手続きになります。あなたは警察官だったし、正規の手続きはわかっているはずだ」

ダラードの顔はレアのステーキの色になっていた。きびきびしたことばが、ゆっくりと口をついてでる。「どんな厄介ごとに首をつっこんでいるのか、わかってないな」

「きわめつけの考えがあるんです、フランク。メディア・ゲームをやりましょうか。サウンドトラックとカメラをもったテレビばかりの大群。わたしが彼らに述べる意見は、警察は発作を起こしそうな殺人事件を抱えていて、あなたは全力をつくしてじゃましようとした、というものです。それから、あなたたち天才はある大量殺人犯が正常であると判断し、彼を釈放する許可をあたえ、やがて彼はわが身をごみに変えることで正常であることを立証した、という情報も追加しましょう。それが大スキャンダルになったとき、あなたはともかく、上院議員のおじさんはスウィッグを助けてくれると思いますか？」

ダラードはあごをつきだした。つまさきで土を蹴る。「いったいなんでこんなことをしてるんだ？」

「まさにこちらがきこうと思っていたことですよ、フランク。あなたが態度を変えたことには戸惑ってしまいますね。元警官だから、なにかちがうことを期待してました。おかしいですね、フランク。もっとちゃんとあなたを見るべきなのかもしれないな」

「好きなだけ見ればいい」といったものの、ダラードは顔をひっこめ、声には確信がこもっていなかった。斜視の眼で空を見あげる。「好きなようにしろよ」

「なんで変わったんです、フランク？」

「変わってないさ」と、ダラードはいった。「おたくらが最初にここにきたのは特別あつかいで、二回目は寛容だった。今回、おたくらは混乱だ――あの連中にしたことを、よく考えてみろ」

「殺人は混乱です」と、マイロはいった。

「何度もいうが、この殺人はいっさい関係が――もういい。いったいおれに何をしてほしいんだ？」

「ピークのところへつれていってください。そのあとは、いずれわかるでしょう」

ダラードはつまさきでさらに土をかきまぜた。「ミスター・スウィッグは重要な予算会議に出席していて、だめなん――」

「次席はだれです？」

「いない。回診の許可をだせるのはミスター・スウィッグだけだ」

「だったら、彼にメッセージを残してください」と、マイロはいった。「五分あげます。それをすぎたら、わたしはここを出るから、まったくちがうゲームになりますよ。指紋を採るため、最後に指をころがしたのはいつですか？」

ダラードはふたたび空を見あげた。だれかが庭で遠吠えした。

マイロはいった。「オーケイ、ドク、帰ろう」

ぼくたちが十歩あるいたとき、ダラードがいった。「勝手にしろ。十分、ピークと会っていい。さっさとやってくれ」

「いえ、フランク」と、マイロはいった。「わたしは思いどおりにやります」

28

ぼくたちは本館の建物に入った。マイロが最初にドアにたどりつき、ダラードのリズムを狂わせた。リンディーン・シュミッツがフロント・デスクについていて、電話でしゃべっていた。彼女はマイロを見て笑みを浮かべはじめたが、ダラードに一瞥されて思いとどまった。

ぼくたちは黙ってC病棟にあがった。ダブル・ドアの向こうでは、四人の被収容者がぶらぶらしていた。ステーションにいるナースたちが楽しそうにしゃべっているのが見えた。テレビ室からは、うすっぺらで耳ざわりな笑い声がもれてきた。

ダラードは足音も荒くピークの部屋に向かうと、のぞき穴の錠をはずし、明かりのスイッチをぱちんと入れ、顔をしかめた。両方のボルトをはずし、注意ぶかくドアをあける。ちらっとなかをのぞきこむ。「ここにはいない」いらだった声をだそうとしているが、困惑がとってかわった。

「これはすごい」と、マイロはいった。「彼は自分の部屋をはなれないはずなのに」

「嘘じゃない」と、ダラードはいった。「彼は部屋をはなれないんだ」

「テレビを見ているのかもしれない」と、ぼくはいった。

大きな部屋に行って、顔をざっとながめわたしてみた。カーキ色に身を包んだ二十数人の男たちが、じっと画面を見つめている。録音された笑い声が箱からあふれてきた——連続ホーム・コメディだ。部屋のなかではだれも笑っていなかった。男たちのなかにピークはいなかった。

廊下にもどると、ダラードはふたたび顔を紅潮させていた。まちがいと立証された独断家の怒り。「徹底的に調べてみる」

ナース・ステーションに向かいかけたとき、にぶい、耳ざわりな音を聞きつけて、彼は足をとめた。

シュッシュッ……シュッシュッ……シュッシュッ……響線つきの小太鼓がスロー・ダンスの中低音を奏でているような音だ。数秒後、ナース・ステーションの左側をまわりこんでピークが姿をあらわした。

シュッ……紙のスリッパがリノリウムの床をこすっている。

ハイディ・オットに肘をささえられたまま、彼はまえによろめいた。まぶたはなかば閉じており、一歩あるくたびに、三角形の頭が車の後部ウィンドーに飾ってある犬のぬいぐるみよろしくひょこひょこゆれた。廊下の無慈悲な蛍光灯に照らされて、頭と顔にわずかに生えている毛は不ぞろいな吹き出物にみえた。頭についている溝は痛ましいほど深そうだった。脊椎がくずれてしまったかのように、大きく腰がまがっている。ハイディがしっかりつかんでいなければ、引力に負けてしまいそうだ。

彼女は彼をうながし、ささやきながら励ましているので、二人ともぼくたちに気づかなかった。

ダラードが、「おい」というと、ハイディは顔をあげた。髪はうしろにきつくまとめてあり、表情はおだやかだった。ピークはなにかの病人で、彼女はじっと耐えている娘、といってもおかしくない。

彼女は彼をひきとめた。ピークはゆらいで眼をあけたが、まだぼくたちの存在に気づいていないようだった。彼は首をまわした。ナメクジのような紫色の舌がゆっくりと現れ、カールし、数秒とどまってからまたひっこんだ。

「なにをやってるんだ?」と、ダラードはいった。

「お散歩です」と、ハイディはいった。「ちょっと運動したほうがいいかもしれない、と思ったんです」

「なににいいんだ?」と、ダラードはいった。太い腕を胸のまえで交差させ、指でたくましい二頭筋をさぐっている。

「どうかしたんですか、フランク?」

「いや、万事順調で、めでたいよ——彼らはまた彼に会いたがっているんだ。彼がいるべき場所にいてくれればよかったんだがな」

「すみません」といって、ハイディはぼくのほうをちらっと見た。「彼は外出制限だったんですか？　聞いてなかったものですから」

「いや、まだそういうわけじゃない」と、ダラードはいった。「さあ、さっさと彼をつれもどすんだ」それからマイロに向かって、「好きにしてくれ、おれは十五分でもどってくる」といった。

彼は腕を組んだまま歩き去った。

ハイディは不安げな笑みを浮かべた——爆発したパパに戸惑っている十代の娘さながらに。「オーケイ、アーディス、運動の時間はおしまいよ」

ピークの片方の眼が大きくあいた。充血していて、焦点が定まっていない。彼は唇をなめ、また舌を伸ばして、両肩をまわした。

「だれも彼を外に出してあげようとしないんです」と、ハイディはいった。「だから、いいんじゃないかなと思って……ね」

「言語量にとって」と、ぼくはいった。

彼女は肩をすくめた。「わるい考えじゃないと思ったんです。さあ、アーディス、もどりましょ」

彼女は彼をつれて廊下を横ぎり、部屋にもどって、ベッドまで導いてすわらせた。

彼は彼女がすわらせた位置を動かなかった。数秒のあいだ、だれも何もいわなかった。ピークはしばらく身じろぎもしなかった。やがて、舌のつきだしが再開された。両眼をぱちぱちさせて、なんとかあけたままにしようとしたが、うまくいかなかった。

ハイディがいった。「どちらか、明かりを消してもらえますか？　彼は気にしているんだと思います」

ぼくがスイッチをきると、部屋は灰色になった。腰をおろしたまま、ピークは唇をなめて、首をまわした。おならと炭化した木のにおいは、このまえより強烈になっているような気がした。ぼくたちが入ったことで、悪臭の引き金をひいてしまったのだろう。

ハイディはマイロのほうを向いた。「フランクはどうして怒っていたんですか？　なにかまずいことでも？」

「フランクは機嫌がわるいんだ。ところで、きみが録音して以来、ピークは多少なりとも話したかい？」

彼女は首を振った。「いいえ、すみません。やってるんですけど、ぜんぜん。だから、なにか運動をしたほうがいいと思って……」

ピークは首をまわした。前後にゆれる。

マイロが、ベッドからはなれるように身ぶりで示した。ぼくたちはドアロのほうへ移動した。

マイロはいった。「ということは、〝チューチュー・バンバン〟に関して、詳細はわかっていないわけだ」

ハイディは眼を見ひらいた。「ほんとになにかを意味してるんですか？」

マイロは肩をすくめた。「ききたいんだが、ピークはほかに何かをいったことはあるのかい——たとえば名前とか」

「どんな名前です？」

「ウォーク」

彼女はその名前を非常にゆっくりとくりかえした。「名前みたいに聞こえないですね……犬の吠え声みたい」

「となると、彼はそれを口にしたが、きみはただのたわごとと考えてしまったかもしれないんだね？」

「かもしれません……でも、いいえ、彼はそんなことは口にしてません」彼女は手を伸ばしてポニーテイルをひっぱろうとした。が、そこには何もなかった。彼女は手をあげ、きつく巻きあげた髪にふれた。「ウォーク……いえ、彼は一度もいってません。どうしてです？　だれなんですか？」

「ピークの友人かもしれない」

「彼に友人はひとりもいません」

「昔の友人さ」と、マイロはいった。「きみはまだ録音してるのかい？」

「やってみました……できるときに。フランクはどうしてあんなにいらいらしているんですか？」

「なにかをしろといわれるのが好きじゃないんだ」

「あっ」と、彼女はいった。「じゃあ、彼をほんとに働かせたんですね」

「フランクは働くのが好きじゃないのか？」

彼女はためらった。ドアに近づいて、のぞき穴ごしに外を見る。「ほんとじゃないかもしれませんけど、仕事中に寝ていて、どこかの警察署をクビになったと聞いたことがあります。あるいは、似たようなことで」

「だれから聞いたんだい？」と、マイロ。

「病棟の噂です。彼は性差別主義者でもあって――あたしを職員あつかいしてくれないんです。あの態度を見たでしょ――つまり、散歩に行ったことがない人間をつれだして、どこがいけないんです？　ほかの患者はみんなテレビを見ているし、だれかがほったらかしにされているわけじゃないんですよ」

「フランクは、きみに対してなにかほかに問題を起こしてきたのかな？」と、ぼくはいった。

「要するに、見てのとおりです——あの態度。スウィッグに気に入られているから、彼はあまり雑用をする必要がない」

彼女はピークのほうをちらっと振り返った。彼はあいかわらずベッドにすわっていて、ゆれて、空気をなめていた。

「ピークにはじっさいに友人がいた、といってるんですか？ 過去に」

「信じられないかな？」と、ぼくはいった。

「もちろん。彼がだれかと接触しているのを見たことがありません」

マイロが、「郵便もなかったのかい？」といった。

「あたしが知るかぎりは。電話も。彼は部屋をはなれたことがなかったんです」

「きょうまで」と、ぼく。

「ええ、そうです。あたしは役に立とうとしてきました。そのウォークという人は、なにをしたんですか？ どうなってるんです？」

「なんでもないだろうな」と、マイロはいった。「あらゆるアングルを調べているだけでね。大量に井戸を掘って、たまに水が滴ってくることを願う」

「あまりにゆっくりすぎるような気がするけど」と、ハイディはいった。「気をわるくしないでください」

「発電所から飛びおりるのとは大違いだ」

彼女はにっこり笑った。「ほとんどのことは」

ぼくたちがピークの部屋をあとにすると、彼女は錠をおろした。

マイロがいった。「職員リストはどこで手に入るか、心あたりは？」

「正面のオフィスじゃないかしら。どうしてです？」

「ほかにだれと話したらいいか、調べたくてね」

「ピークのことだったら」と、彼女はいった。「あたししかいないでしょうね。クレアがいなくなったので、ほかのだれも彼に注意ははらってません」

「彼女はどのくらいの時間をついやしていたんです？」と、ぼくはいった。

「うーん。わからないわ。あたしがシフトのときに、彼女はあそこに一時間もいたことがあったから。毎日のこともありました。たいてい毎日。彼女はそんなふうでした――のめりこんでいたんです」

「みんなと？」

「いいえ」と、彼女はいった。「そういうわけじゃありません。つまり、一般的にいって、彼女はほかのドクより患者とすごす時間が多かったんです。でも、ピークは……彼女はとくに彼に興味があるみたいでした」

「彼女の患者といえば」と、ぼくはいった。「日常生活の技術のグループの男たちと会ったんだ。きみのいったとおり、身体機能が低かった。彼女がどんな基準で彼らを選んだのか、なにか思いあたることは?」

「あたしたち、その話はしませんでした。あたしはただの専門職員です。たいていは見張りをして、供給品を受けとります。正直いって、あのグループは一度も目的を達成していません。クレアは、彼らを訓練するというより……観察しているみたいでした。グループがあつまったのはたったの七回で、彼女は……」彼女は首を振った。あげている髪をなでる。「ときどき思うんです。いったい彼女になにが起きたんだろうって」

「彼らに関する背景情報を知っているんですか? なにをやって、ここに収容されたのかを」

「ええっと……エザード・ジャクスンがいたわ——やせた黒人です。彼は妻を殺しました。自宅で彼女をしばり、家に火をつけたんです。ホルツマンもおなじです——あの老人になにか犯罪ができるとは思えないでしょ。彼は妻を切りきざみ、断片を冷凍庫で保管して、肉屋がやるみたいに部位を書きこんだんです——わき腹肉、腰肉って。ランドルは両親を撃ちました——彼はナチに夢中で、両親がシオニストの陰謀に加担しているという妄想を抱いていたんです……あとは……もうひとりの黒人。プリティ。それが彼の名前なんです——モンロー・プリティ。四人の自分の子どもたち、幼い子どもたちを殺しました。バスタブで溺死させたんです、ひとりずつ。サム・パズ――メキシコ人――は、兄弟の結婚式でおかしくなりました。お兄さんとお母さんとほかの列席者を撃ったんです。全部で六人が死んだんだと思います。大男のチェット・ボダインは、世捨て人みたいに暮らしていました。ハイカーたちを殺したんです」

〝常軌を逸した連中が多いのに、時間がないの……〟。

ぼくはいった。「チェットをのぞいて、全員が家族を犠牲にした」

「じつをいうと、チェットはグループに選ばれていませんでした」と、彼女はいった。「彼はそのことを聞きつけて、参加させてほしいとクレアに頼んだんです。彼はよくしゃべるので、ほかの人たちの刺激になるかもしれないと思い、彼女は同意しました。ええ、あなたのいうとおりですね。考えたことがなかったけど、彼女は家族殺しに興味をもっていたにちがいないわ」

マイロが、「理由に心あたりは?」といった。

彼女は髪からボビー・ピンを抜きとり、またすべりこませた。「はっきりいって、あまり意味はないでしょうね。ここにいる男たちの多くは家族殺しなんです。異常に興奮したとき、おかしな連中はたいていそれをやるんじゃないですか? たとえばピークは、まず母親を殺したんでしょ? 少なくとも、クレアはあたしにそう話してくれました」

「ピークの犯罪に関して、クレアはほかになにを話してくれました？」

彼女は鼻の先に手をふれた。「彼のしたことだけです。自分のママと一家全員。それとクレアが殺されたことと、どんな関係があるんですか？」

「ないかもしれない」と、マイロはいった。「で、きみはこれからもピークの仕事を続けるのかな？」

「と思います。あなたがそうしてほしいなら。といっても、そんなにやれるわけじゃありませんけど」

「面倒に巻きこまれないでくれよ、ハイディ。きみのしてくれることはなんでもありがたいんだ」

「もちろん」といって、彼女は唇を噛んだ。

「なにか問題でも？」

「このまえもいったように、そろそろ潮時だと思っているんです。あなたがたがクレア殺しの真相を解明するまで待っているようなものです」

「すぐだといえるといいんだけど、ハイディ」と、マイロはいった。「それはそうと、ドクター・デラウェアがここにいる以上、ピークを試してみたほうがいいな」

「ああ、もちろん」と、彼女はいった。「なんでも」

空気がもれるシューッという音とともに、ぼくの背後でドアが閉まった。

ぼくはドアとベッドの中間に立ち、ピークをじっと見守った。ぼくの存在に気づいているとしても、表情にはあらわれていなかった。

ぼくは見守った。彼は舌の柔軟体操をした。ゆれて、首をまわして、まぶたをふるわせる。

じっとその場に立って、灰色の光を浴びていると、自分の体がかたちも重量もないような気がしはじめた。鼻は悪臭に慣れていた。ピークの両手から眼をはなさずに、ぼくはじりじりと近づいた。さらに二、三分、観察していると、彼の動きのリズムがつかめたように思えた。

舌をつきだして、カールさせ、停止させて、ひっこめる。首を時計まわりにまわし、やがて反対方向にまわす。

およそ十秒の連続技を、一分間に六回くりかえし、つねに上半身をゆらしながらってのけた。

ぼくはべつのこまかい点に気づいた。

彼のベッドはメイクされていなかった。一度もメイクされたことがないようにみえる。両手は、しわくちゃで汗じみのついたカヴァーのうえにおかれている。左手の指はシーツにかかっていて、なかば隠れていた。

おびただしい被害をもたらした両手……ぼくはベッドから数インチの位置に移動し、しばらく彼を見おろすように立った。

手順に変化はない。ぼくは膝をついた。体をピークの眼の高さにもっていく。彼の眼はかたく閉じられていた。隅に緊張があらわれているので、まぶたをしっかり閉じているのがわかる。さっき、ハイディといっしょのとき、眼は半分あいていた。あのちょっとした刺激に反応しているのだろうか？　さらにひきこもり、また孤立してしまったのだろうか？

下のほうからコツコツという音が聞こえてきた。見おろしてみる。彼の足だった。裸足だ――ぼくが気づかないうちに、紙のスリッパを脱いでいた。

ほそくて白い両足。特大の足。不自然に長いつまさき。上半身の動きよりはやく床をたたいており、遅発性ジスキネジアのダンスのせいで調子ははずれている。動きはやたら多いが、意図的な感じはなかった――生気なくぶらさがっているあやつり人形。

タップを踏んでいるあいだじゅう、彼の眼は閉じられたままだった。これだけ近いと、まつげに点々とこびりついている緑色っぽい乾いた目やにが見えた。

「アーディス」と、ぼくはいった。

タップのリズムはなおも続いた。

ぼくはもういちど呼びかけてみた。なんの反応もない。

二、三分後。「アーディス、ドクター・デラウェアだ。ドクター・アージェントのことで話がしたい」

なにもなし。

「クレア・アージェント」

反応はない。ぼくはまたくりかえした。ピークの眼は閉じられたままだったが、チックが始まった——まぶたの収縮と解放をくりかえし、皮膚の下で横方向に動くのがわかった。緑色の小片が二つ三つ、膝のうえに落ちた。

反応しているのだろうか？　それとも、でたらめな動きなのか？

ぼくはさらににじり寄った。彼がその気になれば、ぼくにキスすることも、眼をえぐりだすこともできたろう。

「アーディス、わたしはドクター・アージェントのことできたんだ」

またしてもまぶたがぴくっと痙攣した——痙攣の波がひとつ、紙のようにうすい皮膚の下をすすんだ。

明らかな反応だ。ある程度、彼は集中することができる。

ぼくはいった。「きみはドクター・アージェントにとって重要だった」

チック、チック、チック。

「彼女はきみにとって重要だったんだ、アーディス。なぜかを教えてくれないか」

直流電気の実験をされているカエルさながら、彼のまぶたがふるえた。ぼくは遅発性ジスキネジアの時間を測った。一回、二回……十回。

十二回。二分。彼は動きをとめた。

主観的には、百二十秒より長く思えた。退屈どころではなかったが、時間はいっこうにすすまなかった。ピークは何分かけてあばれまわったのだろう、とぼくは思いはじめていた。アーデュロ一家はちゃんと気づいていたのだろうか？　ぐっすり眠っていたのだろうか？　あるいはその中間で——死んだときはなかば意識がうすれていて、すべては悪夢だと思っていたのだろうか？

ぼくはふたたびクレアの名前を口にした。ピークの眼がひきつった。が、それ以上はなにも起こらなかった。

ぼくは彼が逮捕されたときの写真を、その眼にやどっていた恐怖を思いかえした。と、あることが思いだされた——ぼくが少年だったころにいた一匹の猛犬。大量の血を流させたくせに、最終的に野犬捕獲人に追いつめられると、身をまるくして、飢えた子犬のようにクンクン鳴いていた……。

どのくらいの暴力が、世の中に投げ返された恐怖からきているのだろう？　諸悪の根元は臆病なのだろうか？

いや、そんなことはないだろうし、クレア殺しの犯人は権力と支配という立場で行動を起こしたのだ。

お楽しみ。

ピークは血の歩み(ブラッド・ウォーク)を楽しんでいたのだろうか？　いま彼を見ていると、彼がなにかから楽しみを得ている姿を想像するのはむずかしかった。

じっと見守っていると、この男が自分の母親の首を切り落とし、手に血だらけのナイフをもったまま階段をゆっくりとあがり、苦悶と死をあたえながら部屋から部屋へ走りまわることは、とてもありえそうになかった……。

やさしいミスター・ホルツマンが妻を切断し、冷凍したのとおなじくらい、ありえそうになかった。

この場所では、論理はなんの意味ももたない。

ぼくは、「箱のなかに悪い眼が」といってみた。

まぶたの下に痙攣は走らなかった。

「チューチュー・バンバン」

なにも起こらない。

もう一度やってみた。おなじく、反応はなし。

基本にもどろう。クレアの名前だ。

「ドクター・アージェント」と、ぼくはいった。

なにも起こらない。彼をうんざりさせてしまったのだろうか？

「ドクター・アージェントはきみを心配していたんだ、アーディス」

五回の遅発性ジスキネジア、六回……両眼がひきつった。

「ドクター・アージェントはどうして死んだんだい、アーディス？」

十一回、十二回……チック、チック、チック。

「ウォークはどうだい？」十四回……「グリフィス・D・ウォーク」

十六回、十七回。なにも起こらない。

「血の歩み（ブラッド・ウォーク）」

動かないまぶた。

チックにはなんの意味もなくて、ぼくが神経のでたらめな刺激になにか意味があると思いちがいをしていただけなのかもしれない。

妄想はいたるところにあって……。

ピークと会えるのはこれが最後になるかもしれないとわかっていたので、ぼくは前進をつづけることにした。簡潔にやろう。

彼の耳にささやけるくらいまで接近する。「ドクター・アージェント。クレア・アージェント」

まぶたがぴくっと痙攣すると、ぼくは心臓をどきどきさせながらひっこんだ。彼は体を凍りつかせた。数秒間、さらなる遅発性ジスキネジアは起きなかった。眼があいて、灰色がかった白の細長い裂け目があらわれた。こちらを見つめている。見ているのだろうか？　確信はなかった。眼が閉じられた。

「ドクター・アージェントは心配していた」と、ぼくはいった。

眼の動きはない——が、首の腱がこわばった。ぼくのほうへ首を伸ばす。ふたたび、ぼくは無意識に身をひいた。

ぼくを見ることはできないのに、こちらを向いている。彼はぼくの……関心をひこうとしていると感じざるをえなかった。彼の口がさらに大きくひらいた。舌は見えなかったし、窒息したような喉づまりの音を発している。突然、彼は頭をまえにつきだした。口のなかで舌がヘビのようにさっと動き、また一度、まぶたがはげしくひきつった。

こわいもの見たさでながめていると、彼は首を上に向け、考えられないほどぴんと伸ばした。彼は小さな下あごで天井をさした。

ぼくはさらに一歩さがった。彼は両腕をあげはじめた。ゆっくりと。つらそうに。彼の眼があいた。閉じない。大きく、非常に大きくあいている。天井をじっと見つめている。

漆喰のなかに天国があるかのように……なにかに祈るかのように。

彼は喉をゴロゴロ鳴らし、さらに詰まったような音を発した。食道のどこまで筋肉のかたまりをひっこめているのだろう？

両腕がさらに高くあがった。懇願……。

彼は音を立てずに咳をした。首の回転がふたたび始まり、さらにはげしく、てんかんの発作のようにはやくなっている。また喉をつまらせた。落ちくぼんだ胸が上下する。独房で、脳の発作で死んだデントン・アージェントのことを考えると、ぼくはなにかをすべきなのだろうかと思った。

だが、ピークの呼吸は正常にみえた。発作はない。あらたな動きのパターンだ。

彼はさらにはやくゆれはじめた。胸を上につきだすと、骨ばった尻がマットレスから浮いた。

わが身をささげている。

右手が口のほうへさがった。指四本がなかに押しこまれた。

指を抜くと、舌があらわれ――解き放たれ――デッキのうえの魚よろしくばたばたと跳ね、停止して……。

最初の遅発性ジスキネジアが復活した。つきだして、カールし、停止して、ひっこむ。だが、尻はベッドのうえ数インチのところに残っていて、足はかろうじて床にふれていた。不自然な姿勢だし――緊張しているにちがいない――痛みすら感じているのではなかろうか?

と、突然、その動きがやみ、いつもどおりにうなだれ、両腕はベッドカヴァーのなかにもどって、リズムは続き……。

遅発性ジスキネジアが一回、二回……。

ぼくは彼といっしょにさらに五分間すわり、ささやいたりなだめたりしたが、効果はなかった。

クレアの名前をいっても、彼は黙りこくったままだった。あらたなアプローチをすれば、驚いてまた活発になるかもしれない。

「ビーティ兄弟」と、ぼくはいった。「エルロイ。リロイ」

反応なし。

「チューチュー・バンバン」

なにもなし。

「ひとりは銃で、もうひとりは列車に轢かれて」

聞こえない、見えない、しゃべらない。

でも、クレアの名前は彼を刺激した。彼といっしょにいる時間がもっと必要だったが、そう多くないのはわかっていた。

前進を続けよう。

遅発性ジスキネジアが一回、一回……。

ぼくはささやいた。「アーデュロ一家」

変化なし。

「アーデュロ一家──スコット・アーデュロ、テリー──」よし、よし、よし、きたぞ。まぶたが痙攣した。さっきよりはやく、ずっとはやく、眼球がジェット機のスピードで回転しているかのように、まぶたがはげしくふるえている。

「テリとスコット・アーデュロ」と、ぼくはいった。

眼があいた。いきいきしている。

じっとこちらを見つめている。

眼をさましている。

はっきりした意図。なにをするのだろう？

彼はぼくをじっと見つめた。まったく身じろぎしない。

周到な注意をはらっているのだろうか？　ぼくに。

とりあえず成功しているが、ぼくは背骨にそってサソリにダンスをされているような気分だった。

ぼくは彼の両手に注意をはらった。あの両手に。シーツのなかでこわばっている。急な動きがないかどうか、警戒を続ける。

「スコットとテリ」と、ぼくはいった。

凝視。

「スコットとテリ。ブリタニーとジャスティン」

凝視。

「ブリタニーとジャスティン」

彼は瞬いた。一回、二回、六回、二十回、四十回――まぶたの痙攣はやまなかった――あるいは、やめられないのか。

規則正しくて、眠気を誘う。ぼくは吸いこまれそうだった。〝なんとか避けろ、彼の両手に注意するんだ……〟。

ピークの両腕がふたたびもちあがった。ぼくは恐怖に駆られてさっと立ちあがり、あとずさった。

彼は気づいていないようだった。

自分で立ちあがった。

不安定だが、なんとかまっすぐに立っている。廊下で見たときより、ハイディにささえられていたときより、力強くみえる。

まだじっと見つめている。両手がゆっくりカールしてこぶしになった。背筋を伸ばす。

こちらへ足を踏みだす。

〝オーケイ、やったぞ、デラウェア。成功だ！〟

彼はさらに一歩踏みだした。ぼくは気持ちをひきしめ、どう防御するか思いをめぐらせた。武器をもたず、あんなにやせて、衰弱している彼は、どこまでダメージをあたえられるのだろう。

また一歩。彼は両腕を伸ばし、抱擁をうながすような格好になった。

ぼくはドアのほうへ後退した。

彼の口がひらき、ゆがんだ――舌のつきだしはなく、すさまじい苦労をしながら、唇のない口のかたちを変えようともがき、しゃべるか叫ぼうとしていた……必死になって、なんとかがんばって――。

突然、甲高い乾いた音がもれた。静かで、かぼそく、反響している――静かだが、ぼくの耳を打ちのめし――。

両腕がふたたびゆっくりとあがりはじめた。肩と平行になると、はためいた。鳥のように。猛禽ではなく、やせて、ゆったりとしていて、きゃしゃな鳥――ツルだ。

なんの前ぶれもなく、彼はぼくに背を向けてぐらついた――まだ腕をはためかせていて、飛ぶまねをしている――部屋の遠い隅のほうへ。

壁に背を押しつけながら、両腕を伸ばしつづける。頭が右にかしいだ。

彼の頭上では、壁に埋めこまれた金属の拘束鉤が警告よろしく浮いていた。

眼はまだあいていて――大きく――無理に見ひらかれている。周辺部のいたるところが濡れたピンク色になっている。涙に濡れた眼。涙がほとばしり、あふれ、こけた頬を流れ落ちた。

左脚が右脚に重なり、彼は一本脚で立つ格好になった。

さらに鳥の姿勢をたもつ――ちがう、ちがう、なにかほかのものだ――。

ポーズをとっている。

まぎれもないポーズ。

彼の体は十字架をかたちづくっていた。

見えない処刑台の磔。

大量の涙が顔を流れた。どうにもならない、無言の泣きじゃくり。はげしい発作。

涙がほとばしるたびに、きゃしゃな体は濡れた子猫さながらにふるえた。

涙を流すイエス。

29

彼はその姿勢をたもった。ずっとそのまま。

ぼくはどのくらいそこにいたのだろう？　敵意たっぷりで短気なダラードは、もうすぐもどってきて、外に出ろと命じるだろう。

五分後、そうはなっていなかった。

ピークは壁に寄りかかったままだった。涙の落ちるスピードはゆっくりになっていたが、とまってはいなかった。

悪臭がもどっていた。ぼくは肌にかゆみを感じた。感覚がもどり、強くなっている。外に出たかった。

褐色の金属ドアをたたいても、弱々しい音がするだけだった。外の廊下に聞こえているのだろうか？　外の音は独房のなかにはまったく聞こえてこなかった。ぼくはのぞき穴をためしてみた。錠がおりている。外からしかあかないのだ。外からあくドアの窓。感覚遮断。すでにダメージを受けている心に、それはなにをもたらしたのだろう？

もう一度、もっと強くノックしてみた。なにも起こらなかった。

ピークはあいかわらず磔のポーズをとっており、見えない大釘で拘束されていた。彼が殺した犠牲者の名前をならべたてたら、涙をさそった。自責の念か、それとも自己憐憫か。

あるいは、ぼくが理解したいと思えなかったなにかか。

彼がアーデュロ家のキッチンに入ったこと、自分の母親を見つけたこと、頸椎を切断したときに要した力について考えてみた……階上へ行って、スコット・アーデュロの野球のバットを振りまわす。

子どもたち……。

彼らの名前を聞いて、イエスのポーズをとった。

殉教者のポーズ。

自責の念はまったくなかったのか？

わが身を殉教者とみなしているのだろうか？

突然、ぼくは自分のしていることの不条理とむなしさに襲われた――罪と救済をすんなりと変形してしまう病んだ心をこじあけ、情報を得ようとしているのだ。だれかに、なにかの役に立つのだろうか？

クレアはおなじようにしてピークを刺激したのだろうか？　とにかく、その好奇心ゆえに死んでしまったのだろうか？

せまい部屋がぼくに迫りはじめてきた。ぼくはドアを背にして、白い、ゆらゆらした生き物から十分に距離をとれなかった。

涙の量はほんの少しになっていた。

自分のために泣いている。

モンスター。

苦悩のなかの静けさ。

彼の首がゆっくりと回転した。わずかに頭がもちあがる。ぼくと顔を合わせた。彼の眼には、見たことのないなにかが浮かんでいた。

鋭さ。明確な目的。

彼はうなずいた。わけ知り顔で。ぼくたち二人はなにかを共有しているかのように。

ぼくはドアに背を押しつけた。

背後にスペースがあいて、ぼくはうしろ向きに倒れそうになった。

ハイディがいった。「ごめんなさい！　まずのぞき穴をあけて、注意すべきだったわ」

ぼくはバランスをとりもどし、ひと息ついてにっこり笑い、落ちつこうとした。ダラードと三人組のドクター——アルドリッチ、スティーンバーグ、スウェンスン——

といっしょに、マイロがぼくをじっと見守っていた。三人ともスポーツ・シャツを着ており、ゴルフ・コースからもどってきたばかりのようだった。遊んできた、という表情はしていなかったが。

ハイディがドアを閉めようとしてなかをのぞきこみ、顔色を変えた。「彼、なにをしてるんですか？　どうなってるんです？」

ほかのみんなも駆けつけ、じっと見つめた。ピークは完全にイエスのポーズにもどっていて、頭が右にかしいでいた。が、涙は流していなかった。

ぼくはいった。「彼は二、三分まえに立ちあがり、自分からああいったポーズをとったんです」

アルドリッチがいった。「なんと、なんと……彼は以前にもこんなことをしたのか、ハイディ？」

「いえ。一度も。彼はベッドからも離れませんでした」おびえているような声だった。「ドクター・デラウェア、彼は自分で動いたというんですか？」

「ああ」

スティーンバーグとスウェンスンは顔を見合わせた。

「おもしろい」と、アルドリッチ。おどけた声と紙一重の重々しい口調だった。自分のまったく知らない患者に対して権威をふるおうとしている。

フランク・ダラードがいった。「あんなふうになるなんて、いったい彼になにをいったんだ?」

「なにも」と、ぼくはいった。

「彼と話さなかったのか?」

マイロがいった。「いったいなにを騒いでるんです? 彼は自分が植物状態だと思っていて、それがいまイエスに変貌しただけじゃないですか」

ダラードとドクターたちはマイロをにらみつけた。

「精神障害は病気です」と、アルドリッチはいった。「笑いものにするのは穏当とはいえない」

「失礼しました」と、マイロはいった。

スウェンスンがいった。「彼はいままでに宗教のテーマに関することを話したのかい、ハイディ?」

「いいえ。そのことをお話ししようと思っていたんです。彼はあまり話をしません、以上です」

スウェンスンは瞑想的になり、ベルトのバックルのうえで手を組んだ。「なるほど……ということは、まったく新しいことなのか」

ダラードはぼくのほうへ首をつきだした。「彼になにを話していたのか、教えてくれたほうがいいな。彼が無意識の行動に移ったときにそなえて、おれたちは知っておく必要がある」

　アルドリッチがいった。「なにか問題があるのか、フランク？」

「この人たちは問題ですよ、ドクター・アルドリッチ。ここにやってきて、混乱させ、ピークを攻撃する。ミスター・スウィッグは〝日常生活の技術〟のグループと十五分会っていいという許可をだしただけで、ピークとの時間はとってなかった」彼はドアの向こうを指さした。「あれを見てください。ああいった連中は、なにが起こるかわからないんです。それに、なんのためですか？　彼がドクター・アージェントとなにか関係あるはずがないんだ。おれは二人にそういって、おたくらも二人にそういって、ミスター・スウィッグも二人にそういって——」

　アルドリッチがマイロのほうを向いた。「あなたがここにきた目的はなんなんですか、刑事さん？」

「ドクター・アージェント殺しの捜査です」

　アルドリッチは首を振った。「それでは答えになっていない。なぜ、ピークに質問をしているんですか？」

「彼はドクター・アージェント殺しを予言しているかもしれないことをいったんです、ドクター」

「予言？　いったいなんの話です？」

マイロは彼に説明した。

「〝箱のなか〟」といって、アルドリッチはハイディのほうを向いた。スティーンバーグとスウェンスンも倣った。「彼はいつきみにそんなことをいったんだ？」

「それが起こるまえの日です」

「お告げだって？」と、スティーンバーグ。「まったく、いい加減にしてくれよ。で、いま、彼はイエスになった――的はずれという流れが見えているのは、わたしだけかな？」

スウェンスンがいった。「少なくとも、これは独創的だ。かなり独創的だ。いまや自分がイエス・キリストという患者はあまりいないからな」彼はにっこり笑った。「エルヴィス・プレスリーは多いが、イエスはほとんどいない。それはわれわれの文化における罪深い状態なのかもしれないな」

だれもおもしろがっていないようだった。

スウェンスンはあきらめなかった。「ミルトン・エリクソン博士が自称イエスの連中にしたことを、ここでもやってみることはできる――彼に大工道具をあたえて、なにかを修理してもらうんだ」

アルドリッチが顔をしかめると、スウェンスンは顔をそむけた。

「刑事さん」と、アルドリッチはいった。「明確にしておきましょう。このはっきりした証拠のない……発言を根拠に、ここにもどってきたんですか？」

「未解決の殺人事件なんですよ、ドクター・アルドリッチ」

「たとえそうでも……」アルドリッチはドア口に近づき、なかをのぞきこんだ。ピークは動いていなかった。アルドリッチはドアを閉めた。

ダラードがいった。「この二人は〝日常生活の技術〟のグループでも騒ぎを起こしたんです。ハーマン・ランドルはすっかり興奮して、部屋でナチのたわごとを叫んでいた。薬の量をふやさないといけないかもしれない」

「そうなのか？」と、アルドリッチはいった。ハイディのほうを向く。「昼食のあとできみと二人で会って、ミスター・ピークのファイルを再検討しよう。これがなんらかの退行じゃないことを確認するんだ」

「まさに正反対でしょう」と、ぼくはいった。「彼は移り気と感情的な反応を示しています」

「感情的な反応？」

「彼は泣いていたんです、ドクター・アルドリッチ」

アルドリッチはふたたびなかをのぞきこんだ。「まあ、いまは泣いてないな。きわめて退行した状態でじっとしている。わたしには強硬症（カタレプシー）（受動的にあたえられた姿勢を長時間保持するもので、統合失調症患者な顕著）にみえる」

「彼の薬を減らす見込みはあるんですか？」と、ぼくはいった。

アルドリッチの眼が大きく見ひらかれた。「いったいなぜ、われわれがそんなことをするんだ？」

「彼は言語的に解放されるかもしれません」

「解放される」と、スウェンスンがいった。「そいつはありがたいかぎりだな、解放されたイエスか」

カーキ色に身をつつんだ二人の人物がテレビ室からふらふらとでてきた。被収容者たちはぼくたちをじっと見つめ、こちらに向かって歩きはじめた。スウェンスンとスティーンバーグが足を踏みだした。男たちは向きを変えて逆方向に歩き、テレビ室のドアのそばで身を寄せて、またなかにもどった。

アルドリッチがいった。「ご意見をありがとう、ドクター。しかし、あなたと刑事さんはただちにおひきとり願いたい。わたしかミスター・スウィッグの許可がないかぎり、ミスター・ピークやほかの患者たちにはもう接触しないでもらいたい」スティーンバーグとスウェンスンに向かって、「そろそろ行ったほうがいいな。予約は一時だ」といった。

庭を横ぎるとき、ダラードはかなり前方を歩いた。ビッグ・チェットは庭にでていて、こちらにやってこようとした。身ぶり手ぶりをまじえ、笑い、よちよち歩きの幼児のように自分の髪をひっぱっている。

ダラードは手のひらをさっとつきだして制した。「さがれ！」

巨人は足をとめて唇をすぼめ、頭からひとつかみの髪を抜いた。黄色い糸状のものが、タンポポの花びらよろしく地面に舞った。

彼の表情は、あんたがおれに何をさせたか見てみろよ、といっていた。

「ばか」と、ダラードはうなった。

チェットの眼がほそくなった。

ダラードが手を振ると、二人の専門職員が庭を横ぎってゆっくり走ってきた。チェットは彼らを見ると身を凍らせ、ついにこそこそと引き返してしまった。彼は四歩すすんでから足をとめ、肩ごしにこちらを振り返った。

「おれのいうことを忘れるなよ」と、彼はどなった。「事件の裏に女あり（シエルシエ・ラ・ファム）、シャンゼリゼ！」

ダラードは一言もしゃべらずに勢いよくゲートをあけて、ぼくたちが通りぬけるとばたんと閉めた。

マイロの銃とぼくのナイフを返してくれるのを待っているとき、ぼくはいった。

「なにかが彼を悩ませたにちがいない」

「気になるんだろ?」と、彼はいった。セヴィルにもどったとたん、彼は携帯電話をかけ、ヘメット警察署の番号をきいた。彼が話しているあいだ、ぼくは車をアイドリングさせていた。車のシートはフライパン状態だったので、エア・コンディショナーを北極なみに強くした。マイロは六回ほど電話をまわされ、そのつど同僚同士で励ましあっていたが、その表情はなにかぬるぬるしたものを飲みこんだようだった。車内の空気が冷えて、ぼくの顔にあたり、汗をひんやりとさせた。マイロはびしょ濡れだった。

彼は電話をきった。「やっと話をしてくれる郡政執行官を見つけたよ。ハイディのいうとおりさ。ダラードはメジャー・リーグ級のなまけ者だった。自分の地区の電話を無視し、勝手に休暇をとって、根拠のない超過勤務手当を申請していた。起訴できるほど深刻なものはなにも見つからなかった——見つけたくなかったんだろうな。彼に辞めてくれと頼むほうが楽だったのさ」

「いつの話だい?」

「四年まえ。彼はまっすぐスタークウェザーにきた。郡政執行官は気のきいたことをいってたよ。いかれた連中はフランクが手を抜いても文句をいわないから、やつにはぴったりの仕事だって」

「スウィッグは彼を気に入っている」と、ぼくはいった。「スウィッグに関するなにかを語っているだろ」

「なんでもかんでも基準が高い」

ぼくは駐車場から車をだした。アスファルトからは熱気が立ちのぼっていた。

「なにをやったら、ピークは学校劇のイエスを演じるようになったんだ？」

「アーデュロ一家の名前をつぎつぎにだしたのさ。クレアの名前に反応したあとで――眼が痙攣して、緊張したよ。ブリタニーとジャスティンの名前を耳もとでささやいたら、彼は跳びあがって壁まで走り、あのポーズをとったんだ。彼は無気力で知覚麻痺だと思っていたけど、その気になれば迅速に動ける。とびかかってきたら、きっと不意をつかれていただろうな」

「てことは、完全な植物状態じゃないんだ。卑劣なやつで、おれたち全員をもてあそんでいるのかもしれんな。彼がどんなふうに母親と出くわしたかを考えると、つじつまが合う。彼女がそこにすわってリンゴの芯を抜いていると、彼は彼女のうしろにまわる。彼女は彼がなにをするつもりなのかさっぱりわからない」

「彼はアーデュロ一家も驚かした」と、ぼくはいった。「ハース保安官は、彼らはドアをあけっぱなしにしていたといっていた」

「だれにとっても悪夢だな。スプラッター映画から抜けだしたみたいだ」

ユーカリ樹の木立があらわれ、あくびをしている道路が大きな灰色のクマを裂くように割れていった。

「で」と、彼はいった。「彼はほんとの涙を流していたのか?」

「大量にね。でも、自責の念かどうかは確信がないんだ。彼が向きなおってこちらを見たとき、ぼくはなにかほかのものを感じはじめた。自己憐憫さ。イエスのポーズはそれにも符合している。わが身を殉教者とみているかのように」

「異常な野郎だな」

「あるいは」と、ぼくはいった。「子どもたちの名前を聞いて、圧倒的な記憶が呼びさまされたのかもしれない。ひとりで行動を起こしたのではない記憶が。クリミンズ兄弟が彼をそそのかしてやらせたなにかの罪をかぶったことが。彼はそのことをクレアに伝えたのかもしれない。彼がしゃべったといえるようなものはいっさいなかったけど、投薬量を減らせば……」

マイロはエア・コンディショナーの通気孔に両手をあてて冷やした。「ダラードはなんであんなに友好的じゃなくなったんだと思う?」

「ぼくたちの再訪に神経質になっているんだろうな。なにか隠していることがある」

マイロは答えなかった。木立を抜けると、夏の光がフロントガラスを白くそめた。焦がされた木々がゆらめく。熱気がじりじりと勢いを増しているのが感じられた。

「なにか病院の詐欺事件というのはどうかな?」と、ぼくはいった。「財務不正。あるいは、処方薬の不正取引。クレアはそのことを発見し、危機におちいった。ピークも知っていたのかもしれない。だれかがクレアを傷つけようとしているのを知って、〝予言〟という方法で彼女に知らせたんだ」

ぼくたちは病院の敷地をあとにして、ぬかるんだ庭と貨物小屋のほうへ向かった。別館の裏にあった森はどこに通じているのだろう、と思ったが、ここからは高くて黒い木々は見えなかった。

「ピークはどうやって知ったんだろう?」と、彼はいった。

「締まりのない唇。だれもが彼は植物状態で、歩けないと思っている。それが真実でないのは、きょう、この眼でいやというほど確かめたよ。なにか違法なことに関与しているんだとしたら、ダラードはなにかをいったかやったかして、ピークはそれに気づいたのかもしれない」

「そんな不注意を?」

「だれかの不注意のおかげできみが解決した事件はいくつある?」

「ピークはクレアに警告する」と、彼はいった。「いまや彼はヒーローか?」

「あるレヴェルで、彼はクレアときずなを結んでいたのかもしれない。クレアが気づかってくれたことに感謝していた」

「だったら、なんでハイディに警告したんだ?」

「クレアはその日は仕事をしていなかったから、ピークは次善の策をとった。助手に話したのさ。はっきりしたメッセージじゃなかったのは、ソラジンでもうろうとした状態で話そうとしたのと、神経的な問題があったからだ」

「だれもがピークを壁紙みたいにあつかっているけど、彼は情報を吸収している」

「彼は十六年にわたって壁紙のような役目をはたしてきた。あまんじているのは、そうむずかしくはなかっただろう。だから、ピークがイエスを演じているのを見て、ダラードは動転した。いまの彼は、ピークはもっとやれると思っている。神経質になっていて、ぼくたちにもどってきてほしくない。アルドリッチにぼくたちの悪口をならべたてていたじゃないか。そして、アルドリッチはそれを鵜呑みにしていた。あるいは、アルドリッチも加担しているのか」

「大物スタッフが不正をはたらいているってか?」

「きみがいったように、きちんと管理されているわけじゃない。いずれにしろ、ダラードは欲しいものを手に入れていた。裁判所命令がなければ、もう二度とあのゲートをくぐれないだろうな」

「〝箱のなかに悪い眼が〟」と、彼はいった。「それでピークは、だれかがクレアの眼をえぐり、どこか閉ざされた場所に隠すつもりでいることを知る。ダラードはクレアを殺すことをだれか仲間に漠然としゃべってしまった、という説もありうるが、こまかな点まで説明したというのがわからんな」

ぼくにはそれに対する答えがなかった。彼はノートをひっぱりだしてメモをとり、眼を閉じた。まどろんでいるようにみえた。やがて、フリーウェイに着いた。ぼくはセヴィルのアクセルを踏みこみ、追い越し車線に入ってインターチェンジに向かい、インターステイト一〇号線を西に走って、ダウンタウン周辺部にある古い煉瓦造りの建物群のまえを通りすぎた。驚いたことに、大地震にも耐えて生き残ったもののひとつに、映画の大きなポスターがペンキで描かれていた。超人的な能力をもつ肥大した警官が、銃身になった関節から火を噴いていた。あれくらい楽ならいいのだが。

マイロがいった。「ダラードが詐欺師で……われらがミスター・ウォークが彼のパートナーか。しかし、リチャード・ダダ、ビーティ兄弟はどうなる？　彼らは病院の不正とどう結びつくんだ？」

「わからない」と、ぼくはいった。「でも、ウォークがデリック・クリミンズだとしたら、彼があそこで働いていることはもうひとつのレヴェルでつじつまが合う。クレアとおなじく、彼はピークの存在に惹きつけられる。なぜなら、ピークの狂暴な行動は彼に強烈な印象をあたえたからだ。で、十六年まえ、彼がピークのドラッグ供給源だったというぼくの推測が正しいとすれば、不正はドラッグがらみだったという点もつじつまが合う。ダラードは調合薬をこっそりもちだしてウォークに手わたし、彼はそれを通りで売る。ヴィトー・ボナーが小切手の確認で電話をかけたとき、ウォークのバンク・オブ・アメリカの口座には機材を借りられるだけの金が入っていた。彼はある種の現金供給源をもっていたんだ。詐欺の手助け役であれば、クレアを待ち伏せして殺すには、ウォークは申し分のない選択肢でもある。ダラードはウォークを待機させ、職員ファイルから盗んだクレアの住所をウォークにわたす。ウォークは彼女をつけまわして、ウエスト・ロスアンジェルスで殺し、彼女の車に押しこんで捨てる。だれもそれとスタークウェザーを結びつける理由はない。あそこの連中は、みんなおなじ呪文をくりかえしていたじゃないか。〝彼女の仕事と関係あるはずがない〟。きょう、病院で、ウォークの外見にあてはまる人物を探してみたんだ。背が高くてやせているのはアルドリッチだけだったけど、彼は年をとりすぎているし、ウォークが医者になりすますとは思えないな――危険すぎる。でも、あそこには百人を超すスタッフがいるし、ぼくたちが出会ったのは二十人くらいだろう」

「で、おれたちには職員記録への接近手段がない」マイロはダッシュボードにかるくパンチを入れた。腕を伸ばしたままだ。彼がもっと強くたたきたいのはわかっていた。

「べつの方法で接近するのは?」と、ぼくはいった。「当初、ピークの存在がウォークをスタークウェザーにひきつけたと仮定しよう。でも、彼は金も必要としていたから、仕事はすぐに就けるものでなければならなかった。となると、広範囲のトレーニングをともなうもの——ドクター、臨床心理医、ナース、薬剤師——は除外されて、違う種類のものが残る。コック、管理人、庭師、専門職員だ。落ちぶれた自称プロデューサーは、最初の三つの仕事は自分より下とみなしていたかもしれない。いっぽう、専門職員にはそれなりの地位があって、ドクターも同然と解釈できなくもない。それに、専門職員は州の認可をもらう。医学委員会が名簿をもっている」

マイロの笑みは非常にゆっくりとひろがった。「やってみるだけの価値はあるな」

映画のポスター壁画が、ぼくの脳裡でひらめいた。「もうひとつ、ウォークがその仕事を選んだ理由がある。彼が自分のことを邪悪な面がある映画監督と思っているのなら、血塗られたプロットを見つけだすのに、スタークウェザーほどいい場所はないだろう。それで、リチャード・ダダとビーティ兄弟の説明がつく。彼らはウォークの映画ゲームの一部だったんだ」

「またしても豪華殺人ショーか——どこもかしこも、そればっかりだな」

「きみがいっていたように、いくつか井戸を掘って……」

マイロはこめかみをマッサージした。「わかった、わかった、話はもういいから、なにか行動に移さないとな。けさ、マイアミとネヴァダ州のピムに電話をかけたんだ。もどったら、だれかから折り返しがあったかどうか確かめよう。それから精神医学委員会にかけて、例の専門職員名簿をみせてもらう。だが、役に立ってくれるためには、ウォークがその名前かクリミンズ、あるいはそれに近い名前で登録してくれていないとな」彼は顔をこすった。「一か八かだ」

「なにもしないよりはましさ」

「ときどき疑いたくなるぜ」

30

午後二時、ぼくは刑事室にもどっていた。

金曜日。ほとんどのデスクに人はいなかった。デル・ハーディのデスクはマイロのとなりにあり、マイロは身ぶりでデルの椅子を示した。デルがマイロと組んでいたのはもう何年もまえだ——初期の同盟は、たがいへの敬意と共通の疎外感でかためられていた。デルはラ・ブレアの西に割りあてられた最初の黒人刑事のひとりだった。いまの彼には多くの黒人の仲間がいるが、マイロはあいかわらずワンマン・ショーをくりひろげている。それが二人を疎遠にさせた理由かもしれない。あるいは、デルの二番目の妻かもしれない。彼女はほぼなんにでも断固とした見解をもっている女性だ。マイロはけっしてその話をしようとしなかった。

デルの電話を使って精神医学委員会にかけると、電子音が鳴って待たされた。マイロのデスクはきれいなもので、メッセージ票が一枚、金属にテープでとめてあるだけだった。それをはがして読むと、彼の眉がつりあがった。

「フロリダ州オーランドからの折り返しの電話だ。カストロという男が、デリック・クリミンズについて喜んで話してくれるとさ」

彼は番号の数字を押し、ネクタイをゆるめて腰をおろした。

性別のよくわからない録音された声が、この電話は交換手が空きしだいつながります、とぼくにいった。見守っていると、電話がつながったマイロの両肩がこわばった。

「スタージス刑事ですが、カストロ刑事を」と、マイロはいった。「ああ、ハーイ。折り返しの電話をどうも……そうなのかい？　そいつは興味ぶかいな——なあ、電話に第三者を入れてもいいかな？　心理学のコンサルタントなんだ……ああ、たまにやっているんだ……ああ、役に立つよ」

送話口を手でおおいながら、マイロはいった。「受話器をとって、おれの内線番号を押してくれ」

録音された声が割りこんできて、お待たせして申し訳ありません、といった。ぼくは電話をきって会議用の回線に切り換え、自己紹介をした。

「ジョージ・カストロ」向こう側で太い声がいった。「準備はいいのかな？」

「ああ」と、マイロがいった。「ドクター・デラウェア、カストロ刑事は、だれかからデリック・クリミンズに関する電話がかかってくるのを待っていたといってるんだ」

「ずっと待っていたんだ」と、カストロはいった。「夏にクリスマスがきたようなもんだな。正直いって、おれはあきらめていて、やつは死んだのかもしれないと思っていたよ」

「どうして？」

「おれが見つけたどんな犯罪リストにもやつの名前はあらわれなかったけど、悪党どもはあきらめないからな。で、あのガキは正真正銘のワルだった。複数の殺人をまんまとやりおおせた」

「やつの両親」と、マイロがいった。

「ご明察」と、カストロ。「やつと兄の——クリフ。クリフのほうが年上なのに、デリックのほうが悪賢かった。とんでもないペアだったよ。両親を殺したメネンデス兄弟よりはるか以前のメネンデス兄弟みたいなもんで、逮捕できる気配すらなかったのはクリミンズ兄弟だけだった。おれの災いのもとだったよ。それからずっと、しゃくの種だったんだ。あの野郎に関して、知ってることを教えてくれ」

「はっきりしたことはなにも知らないんだ」と、マイロはいった。「まだ見つけてすらいない。いまのところ、詐欺と殺人のようなんだ」

「まあ、まさにそういうやつだよ、あいつは。いやはや、思いだしてしまった。おれはまだマイアミ・ビーチにきたばかりなんだ。詐欺課で一年やって、それから殺人課にきた。一年まえにブルックリンから太陽を求めてやってきたんだけど、カストロという名前がマイアミでなにを意味するのか、考えてもみなかったよ」彼は笑いを待つかのように口をつぐんだ。「しかも、おれはプエルト・リコ人で、キューバ人じゃない。とにかく、北ではつまらない仕事ばかりだったんだ。ベッド-スタイ、クラウン・ハイツ、イースト・ニューヨーク。だけど、あの兄弟ほどおれを悩ませたくずどもはいなかったね。金のために身内を殺す——じっさい、パパと継母だぜ。ボートが爆発したのが水上だったから——半マイル沖——沿岸警備隊の仕事だったけど、おれたちは陸の仕事をやった。汚れ仕事にちがいなかったからな。だれかが燃料タンクにパイプ爆弾をしかけて、すべてが木っ端みじんになったんだ。じっさい、三人が死んだよ。おやじのクリミンズ、その妻、船長として雇ったキューバ人の坊や。彼らはマカジキ釣りにいった。ドッカーン。こなごなになった骨、といったところさ」

「クリミンズ兄弟が爆弾をつくったのか？」

「はっきりしないんだ。いくつか説があってね——こっちには爆弾の経験がある連中がかなりいる。犯罪組織とつながっているタイプ、麻薬常習者、キューバ難民（マリエリト）。アリバイで六人のばかどもまでしぼった。全員を呼びだしたけど、だれもしゃべらなかった。だれの銀行口座も、いきなり太ったりしていなかった。おれはとくに二人に眼をつけたんだ——隠れみのでドライ・クリーニング屋をやっている、ドミニカ人のペアに。以前、衣類倉庫でほぼおなじような爆発を起こして逮捕されたんだが、証拠不十かったよ。巨額の支払いだったんだろうな」

「坊やたちは金をもっていたのかい？」

「たっぷりの小遣いをな――それぞれ、年に五万。当時は、百ドルもあればだれかを消せた。千から五千で有能なやつ、一万五千もあれば完全なプロが雇えた。兄弟の銀行口座を洗ったら、爆発の数週間まえにかなりの額の現金が引き出されていたんだが、それでなにかを証明することはできなかった。というのも、それは彼らのふつうの暮らしかただったからな。おやじは年のはじめにやつらに五万ずつやって、やつらは必要なときに金を引き出す――月に四、五千だ。あり金残らず使う。で、そのパターンに変化はなかった。やつらは生意気な口をきく弁護士を雇っていて、余分なことは一言もしゃべらなかった」

「彼らにすぐに眼をつけたのは、相続の観点か？」

「もちろん」と、カストロはいった。「第一戒、だろ？　蜜のようにあまい手掛かりを追え。継母が死ねばおやじの相続人はやつらだけで、数百万ドルが手に入ることになっていた。それに、やつらのアリバイはあまりに完璧だった。二人とも街にいなかった、あいつらはまずそのことの念を押したよ。ほんのちょっと悲しんだふりをしてから、〝ああ、ところで、おれたちはタンパにいて、オートバイに乗ってたぜ〟とにたな。参加していたレースの入場券をみせながら――すべて準備してたのさ。で、にた笑って――おれをいらつかせたよ。というのも、おれたちは以前に接触があったんだ。おれが詐欺課にいた当時に。やつらに眼をつけたのは三度目さ。あいつらはずっと悪ガキだった。詐欺師だ。さっきもいったように、殺人と詐欺ならみごとにあてはまる」

「詐欺って、どんな？」と、マイロはいった。

「はなばなしいものじゃない。やつらはビーチをうろついて、もうろくした年寄りを選び、別荘地といってどこかの湿地まで車でつれていくのさ。で、標的の銀行へ向かって、彼らが頭金をおろすまで待ち、それからいんちき信託証書をわたして、とっととずらかる。ほんとにぼけた老人を犠牲にしていたよ。ほとんどの場合、標的は自分たちが騙されたことすらわかっていなかった。それに、引き出し額はたいしたものじゃなかったから――五、六百ドル――銀行も気づかなかった。ある老婦人の息子――地元の外科医だ――が気づいて、やっと終わったのさ。彼はママといっしょにビーチに行って、彼女がデリックを指さすまで待ち伏せしたんだ」

「彼らは刑期をつとめたのか？」

「いいや」カストロは怒りをこめていった。「起訴すらされなかったよ。パパが弁護士を雇ったからな――ボートの件でやつらを守った、例の生意気な口をきく男だ。弱点は身元確認だった。その弁護士は、証人席で老人たちと楽しくやれるだろう——彼らは信頼できる証人としては痴呆がすすみすぎていることを立証できるだろう、といったんだ。地区検事は危ない橋をわたりたくなかった。二人の銀行の出納係は身元を確認できると思っていたんだが、結局は確信がもてなかった。というのも、デリックとクリフは変装していたのさ——かつら、つけひげ、サングラスで。ばかばかしいくらい素人っぽいやつで、あらゆる標的が気づくフィデル・カストロにでもなれただろうよ。いんちき信託証書も、やつらまでたどることはできなかった——お粗末なもので、謄写版で印刷したやつさ。なにからなにまで低レヴェルだから、あれほど残酷じゃなければ冗談ですんだだろう。最後はおやじが損害賠償して、一件落着さ」

「賠償の額は？」

「六、七千じゃないかな。たいした詐欺じゃなかったけど、いいかい、たったひと月の話だし、二人のガキは二十代前半だったんだ。そこが怖いところだな。そんなに若いのに、そこまで冷酷になれるとは。おれの経験では、年齢とは関係なく暴力的なガキは山ほどいるけど、ふつう、あれほど冷ややかな詐欺に慣れるには二、三年かかる。やつらは賢いというわけじゃなかった——二人とも大学に行ってなかったし、どちらもビーチをぶらぶらしていただけだ。クリフは掛け値なしのまぬけだった。それでも、やつらはあれだけの詐欺をやってのけた。運もよかったのさ。一回でもちゃんと身元が確認できれば、逮捕できたかもしれなかったんだ——少なくとも、保護観察までは」

彼はふたたび笑った。「運がいい野郎たちだ。やつらの言い訳はばかばかしいなんてものじゃなかったよ。おおいなる誤解で、年寄りたちは精神障害があったから現実と空想の区別がつかなかったんだ、土地の話はまともに受けとられるとは思っていなかった、だとさ。信用詐欺に関する映画を撮っていて、すべてその一部だったんだ、とな。脚本の下書きまでみせてくれたよ。たった一ページのたわごとで——信用詐欺と盗難車——『スティング』と『キャノンボール』を合わせたようなものさ。ハリウッドに売るんだといっていた」彼はまた笑った。「で、やつらは実際にそこへ行ったんだろ？」

「デリックはなんとか」と、マイロはいった。「クリフは、パパと継母の二、三年後に死んだ。ピムのそばで、オートバイ事故で」

「なんとね」と、カストロはいった。「おもしろいな」

「とっても」

「さっきもいったけど、冷酷だね。おれはいつもデリックがアイディアをだしていると思っていた。クリフは遊び人だった。デリックよりいい男で、よく日灼けして。ウォーター・スキーの名人で、女を追いかけまわしていたよ。そうそう、オートバイもやってたな。やたらともってたよ。コレクションしていたんだ。ふたりとも。だから、デリックが不正を仕組んでいるにちがいないと思って……白状するとしたらクリフだと思ったから、おれは仲間割れさせられるかどうか確かめようと計画した。でも、弁護士がやつらに近づかせなかったんだ。最後にあいつらと話したときのことは忘れないよ。礼儀正しいふりをして質問していたら、あの二人は弁護士を見たんだ。彼がおれに、二人は話す必要はないといったら、やつらはにたにた笑った。最後におれが帰ろうとしたら、デリックがドアまでおくっていくといった。古くてでかい家で、家具が山ほどあって、やつと兄貴がそのすべてを手に入れることになっていた。やがて、やつはまたおれにほほえみかけた。〝おれはわかってる、おまえもわかってる、くそ食らえ、ばか野郎〟みたいにな。唯一の慰めは、やつらが思っていたほど金持ちになれなかったことだね」

「やつらはどのくらい手に入れたんだ？」と、マイロはいった。

「それぞれ八万で、大半は家を売った金だった。屋敷は何重にも抵当にはいっていたし、相続税、手数料、その他諸々を払うころには、たいして残らなかった。やつらは父親が莫大な現金のうえにすわっていると思っていたが、不利な投資をしていたことがわかったんだ――じつをいうと、土地取引だった。おかしいだろ？　借入金が多かったんだ。なにかのローンのために、保険証券すら担保としてさしだしていた。ほかの資産は、家具、三年もののキャデラック二台、ゴルフ・クラブとゴルフ・カート、継母の宝石だけだったよ。その宝石も半分は模造品で、残り半分の新しいものも、いったん買ってしまうと価値がさがるものばかりと判明した。もうひとつ面白いのは、ボートは借りたものじゃなかったことかな。どうやら、おやじの大のお気に入りだったらしくて、係船料とメインテナンス料はきっちり払っていた。写真で見るかぎり、なかなかいいボートだ。おやじは家じゅうに魚の剝製を飾っていたよ」彼はさらに大きな声で笑った。「最低でも五万の価値があって、担保にもなってないボートを、やつらは爆破したんだ。で、デリックがそっちでなにをしたのか教えてくれるかい？」

マイロはざっと説明をした。

「なんとね」と、カストロはいった。「不気味な殺人で、まったくあらたなレヴェルだな……つじつまは合ってるんだろうな。まんまとやりおおせつづけて、自分は神だと考えはじめる」

「おれが興味をもってるのは」と、マイロはいった。「われわれの見るところ、デリックは裕福に暮らしているわけじゃない。車は登録されてないし、しゃれた地区に住所はなかったから、偽名で低賃金の仕事についているのかもしれない。だから、その八万ドルは投資してないな」

「だろうね。食いつぶしてしまったんだろう、ほかの社会病質者とおなじように」

「社会保障の記録は、彼がマイアミに住んでいたときのものしか見つかっていない」と、マイロはいった。「ということは、本名では仕事をしてないいな。彼がいままでなにをしていたか、なにか心あたりは？」

「いや」と、カストロはいった。「やつは殺人があった九ヵ月か十ヵ月後に街をでた。二人とも、跡形もなくいなくなったよ。事件は公式には継続中だが、だれも実際には取り組んでいない。ひまなとき、おれは金を追いかけて、やつらがたむろしていたあちこちのクラブに行ってみた。そんなある日、郡の記録課にいる情報源から電話があった——土地の処理がすんだら連絡をほしいといっておいたんだ。そのとき、やつらが手に入れる額の少なさを知ったのさ。移転先の住所はユタ州だった。パーク・シティ。たどってみたよ。私書箱だった。そのころにはもう冬になっていた。あのガキどもは遺産をもってスキーにでも行ったんだろう、と思ったよ」

「信用詐欺、殺人、映画」と、ぼくはいった。「既知の住所はなし。もっとぴったりあてはめる必要があるかい？」

マイロは首を振った。ぼくはいま学んだことに刺激を受けていたが、彼は気落ちしているようだった。

「どうしたんだい？」

「デリックはまず両親を殺し、つぎに、おそらく八万ドルの取り分の件でクリフを消した。これは本物の邪悪だ」

「クリフの取り分の残りだね」と、ぼくはいった。「カストロがいっていたように、彼らは食いつぶしていたんだろう。デリックのほうがはやく食いつぶしてしまったのかもしれない」

「支配者のデリック……傲慢だ、おたくがいっていたように」

「有能な犯罪者のうぬぼれ」と、ぼくはいった。「無理もないな。悪事をはたらいて、まんまと逃げおおせる。彼は一家皆殺しをやったことがあるのかもしれない」

「アーデュロ家」と、彼はいった。「ピークを刺激して——まあ、おたくの推測はかなり正しいな、え？」

「やめてくれよ」と、ぼくはいった。「いまぼくたちがすべきなのは、デリックを捜すことだ。ぼくは精神医学委員会の線にもどるよ」

「わかった。おれはもう一度ピムをあたってみる。それと、パーク・シティだ。デリックはそこでも土地の信用詐欺をやっているかもしれん」

「よければ、ほかにもいくつかの可能性があるんだ」

「なんだ？」

「アスペン、テルライド、ラスヴェガス、タホー。彼は遊び人だ。お楽しみのあるところへ行く」
ふたたび気落ちした表情がもどってしまった。「そのての記録のチェックには数週間かかる」と、彼はいった。「やつはここにいて、おれの街を汚染しているのに、手掛かりすらつかめない」

いくつか電話をかけると、精神科専門職員のライセンスは十三ヵ月から二十四ヵ月で取得できることがわかった。個人名は確認できたが、全リストを送ってほしいという依頼は前代未聞だった。やっと、名簿をファクスで送ってくれるという管理者が見つかった。さらに二十分が経過すると、部屋の向こうにある悲しそうな顔をしたマシンから用紙が巻きもどされはじめた。

紙がほぐれるそばから読んだ。どのページも名前だらけだったが、クリミンズもウオークもなかった。

べつの偽名を使っているのだろうか？
グリフィス・D・ウォーク。映画の巨匠の名前を改竄している。心理操作が好きで、もったいぶっていて、傲慢。そして、妙に子どもっぽいところがあって——偽りのゲームをしている。
自分をハリウッドの大物プロデューサーに見たてている。彼がなにも生みだしていないという事実をみても、矛盾しているのがわかるが、有名デザイナーの服を着てスパーゴの席を占領している大勢の軽蔑すべき連中にもおなじことがいえる。

反社会性人格障害者は矛盾と折り合いをつけられる。

反社会性人格障害者は不安レヴェルが低い。

そのうえ、ほかのタイプのものを生みだしている。

『ブラッド・ウォーク』

箱のなかの悪い眼。

ヘビのような人間に関するほかのなにか。彼らには感情的な深さがなく、人間愛をよそおっている。くりかえしたがる。パターン。

だから、ウォークはほかの巨匠たちを勝手に使ったかもしれない。ぼくは映画通ではないが、いくつかの名前が心に浮かんだ。アルフレッド・ヒッチコック、オーソン・ウェルズ、ジョン・ヒューストン、ジョン・フォード、フランク・キャプラ……

専門職員のリストをざっとながめてみる。そういった名前はなかった。

が、ウォークはD・W・グリフィスのミドル・ネームだ。ヒッチコックのミドル・ネームはなんだったろう？

大学の研究図書館に電話をかけて、参照デスクを呼びだし、なにを知りたいかを説明した。司書は戸惑ったにちがいないが、奇妙な要求は彼らの仕事であるし、ありがたいことに、彼女は文句をいわなかった。

五分後、ぼくは必要としていたものを手に入れていた。アルフレッド・ジョゼフ・ヒッチコック。ジョン・(ミドル・ネームなし)・ヒューストン。フランク・(ミドル・ネームなし)・キャプラ。ジョージ・オーソン・ウェルズ。ジョン・(ミドル・ネームなし)・フォード、本名シーン・アロイシアス・オフィーニ。

彼女に礼をいうと、ぼくは専門職員のリストにもどった。キャプラはなし、フォードは四人、ヒッチコックは一人、ヒューストンはなし、オフィーニはなし……どう考えても、ヒッチコックやフォードをうまく改竄できるわけがない……やがて、それはあった。

G・W・オーソン。

天才を選んでいた。

妄想はいたるところにある。

31

『市民ケーン』ならぬ、『市民変態男』だな」丸でかこった名前を見ながら、マイロはいった。

「G・W・オーソンは二十二ヵ月まえにライセンスを得ている」と、ぼくはいった。「彼が申請書に書いた住所をのぞけば、それしか手に入らなかったんだ」

彼は住所が書いてある小さな紙片をじっくりながめた。「サウス・シェナンドー・ストリート……一八番通りのあたりか。ウェスト・ロスアンジェルス署の管轄だ……クレアが捨てられていたショッピング・センターからほんの二、三ブロックしか離れていない」

「センターはクレアの家から遠いのに、彼女はなぜそこで買い物をしていたんだろう？　ほかのだれかといっしょに行ったのでないかぎり」

「クリミンズか？　彼らには関係があったのか？」

「もちろん」と、ぼくはいった。「オーソン――それにウォークは、どちらもクリミンズの偽名だったとしよう。まだ職歴は手に入ってないけど、クリミンズは専門職員だから、スタークウェザーで働いている、あるいは過去に働いていたと推測するのはそれほどの飛躍じゃない。彼はクレアと出会った。なにかが発展した。なぜなら、二人には共通の関心事があったから。映画とアーディス・ピーク。クレアがクリミンズにピークを研究課題に選んだことを話すと、彼はもっと知ろうと決意した。クレアが彼を脅かすかもしれない情報をさぐっていることを知ると、彼は『ブラッド・ウォーク』で彼女に役をふりあてることにした」

「彼女を殺し、フィルムにおさめ、捨てる」と、マイロはいった。「論理的にはつじつまが合うな。あとはどう立証するかだ。おれはショッピング・センターをまわり、彼女が殺された日に働いていたすべての店員に彼女の写真をみせて歩いた。だれも彼女を見たおぼえがなかったよ、ひとりの姿も、だれかといっしょの姿も。広い場所だから、あまり意味はない。クリミンズの写真が手に入ったら、また行ってみるさ。だが、直接会うことはできるかもしれないな」彼は住所が書いてある紙片に眼をやった。「これはおおいに役に立つ。まず、彼がコルヴェットを登録しているかどうか確認してみよう」

自動車局に電話したマイロは、左右に首を振った。「州のどこにもG・W・オーソンの車はない」

「ロスアンジェルスに住んでいるけれど、合法的な車はもっていない」と、ぼくはいった。「それだけで、彼がうしろ暗いことがわかる。べつの改竄した監督の名前を調べてみよう」

「あとでな」といって、彼は住所をポケットにしまった。「これは現実のものだ。やってみよう」

そのブロックは静かで、とぎれとぎれに木が植わっていた。せまい土地に簡素な平屋がならんでおり、とりつかれたように植物を育てている家から草ぼうぼうの家までさまざまだった。鳥が甲高い声でさえずり、犬が吠えた。下着姿の男が芝刈り機をゆっくりと押していた。ぼくたちが通りすぎると、赤ん坊を散歩させていた肌の黒い女性が顔をあげた。不安、そして安堵。覆面パトカーは目立たないどころではない。数年まえ、このあたりは犯罪と白人の郊外への脱出で荒廃してしまった。土地の高騰はその流れの一部を押しもどし、その結果、緊張とためらいがちな誇りが反響する、人種の混在した地区が生まれた。

G・W・オーソンが二十二ヵ月まえに自宅と称していた場所には、淡緑色のスペインふうバンガローが建っていて、芝生はきちんと縁どられ、ほかに植物はなかった。芝生のまんなかには〈貸家〉の標識が杭で打ちこんであった。ドライヴウェイには最新モデルのオールズモヴィル・カトラスが駐まっている。マイロはそのブロックのなかほどまで車をすすめ、表札をざっとながめた。「TBL不動産、住所はラ・ブレアに近いウィルシャーになっている」

　彼はUターンし、淡緑色の家のまえに駐めた。となりのパークウェイに植えてある発育不良のモクレンの古木が、オールズモヴィルにちょっと影を落としていた。木の幹にはポスターが鋲でとめてある。ロットワイラーの血がまじった犬の不明瞭な写真だ。しきりに笑みを浮かべている。電話番号とタイプしたメッセージのうえに、〈バディを見かけませんでしたか？〉と書いてあった。バディはいなくなってから一週間たっていて、毎日、甲状腺の薬をのむ必要があった。彼を見つけた場合は百ドルの賞金をもらえることになっていた。どういうわけか、バディは妙におなじみの顔にみえた。なにを見ても、ぼくはなにかを思いだしていた。

　ぼくたちは淡緑色の家の玄関まで歩き、小さなパティオになっている低くて欠けている漆喰の塀をまわりこんだ。玄関ドアは光沢があって、つんとくるにおいがした――ワニスを塗ったばかりだ。正面の窓は白いカーテンでおおわれている。きらめく真鍮のドア・ノッカー。マイロはそれをもちあげ、手を放した。

　足音。アジア人の男がドアをあけた。六十代、やせこけて、日灼けしており、袖を肘までまくりあげたベージュのワーク・シャツ、おなじ色のコットン・パンツ、白いスニーカーを身につけている。スタークウェザーの被収容者が着ている服に不気味なほど似ている。ぼくは両手のこぶしをかためていたが、なんとかほどいた。

「なにか?」髪はまばらで、白く、眼は両方とも外科手術を受けている。片方の手にくしゃくしゃになった灰色のぼろきれをもっていた。

マイロはバッジをちらっとみせた。「ジョージ・オーソンのことできました」

「なるほど」疲れきった笑み。「驚かないよ。まあ、どうぞ」

ぼくたちは彼のあとから、せまくてからっぽのリヴィング・ルームに入った。となりはキッチンで、そこもからっぽだったが、褐色のタイル・カウンターにペーパー・タオルの六巻パックがのっていた。隅に立てかけてあるモップとほうきは、疲れきったダンスの長時間競技者そっくりだ。家にはからっぽの響きがあったが、よどんだにおい——料理した肉、かび、煙草——がたちこめていて、石鹸、アンモニア、ドアのワニスのにおいと勢力を競いあっていた。

からっぽなのに、クレアの部屋より人が住んでいる感じがする。

男は手をさしだした。「レン・イタターニです」

「所有者のもとで働いているんですか、サー?」と、マイロがいった。

イタターニはにっこり笑った。「わたしが所有者です」名刺を二枚さしだす。

ＴＢＬ不動産株式会社

社長　レナード・イタターニ

「社名は子どもたちからとりました。トム、ベヴァリー、リンダ。で、オーソンはなにをやらかしたんです？」

「彼と問題があったように聞こえますが、サー」と、マイロはいった。

「ありませんけど」といって、イタターニは部屋をざっと見まわした。「すみませんね、すわる場所がなくて。喉が渇いているんだったら、瓶詰めの水がありますよ。掃除をするには暑すぎるけど、夏は貸部屋のかきいれどきなんで、準備をしておかないとね」

「いや、けっこうです」と、マイロはいった。「オーソンはなにをしたんです？」

イタターニはシャツのポケットからティシュー・ペーパーをとりだし、禿げあがった広い額に押しあてた。ぼくはブロンズ色の肌が湿っていないことに気づいていた。

「オーソンはろくでもない野郎でしたよ。いつも家賃が遅れて、そのうちにまったく払わなくなったんです。隣人は彼がドラッグを売っていると文句をいってましたが、わたしはそれについては知らないし、打てる手はなにもなかった。彼女は、夜になるとありとあらゆる種類の車がやってきて、ちょっといて帰っていく、といってました。わたしは彼女に、警察に電話してくれといったんです」

「彼女は電話したんですか？」

「彼女にきいてください」

「どこの隣人です？」

「すぐとなりですよ」イタターニは南を指さした。

「マイロはメモ帳を閉じた。「ということは、あなたはオーソンとドラッグについて話していないんですね」

「最後は話すつもりでした」と、イタターニはいった。「わたしが彼と話したのは家賃のことです。最後は話すつもりでした。ドアの下にメッセージを残しました——面倒だから電話はもっていないといって、番号を教えてくれなかったんでね。そこで気をつけるべきだったんだ」

乾いている額をまたぬぐう。「たまっている家賃を払ってくれるまで、ドラッグの話をして脅かしたくなかったんですよ。もう少しで解約通知を送るところでした。でも、彼は出ていってしまいましたよ、夜中に。家具を盗んで。破損供託金は現金でもらってたけど、彼は供託金でカヴァーできる以上のものを壊していった——ナイトスタンドの煙草の焼けこげ、バスルームの割れたタイル、木の床にあいている穴——おそらく、カメラをひきずりまわしたんだろうな」

「カメラ？」

「映画のカメラですよ——でかくて重い。箱のなかには、ありとあらゆるものが入っていました。床のことは注意したんです。気をつけるといってたけど」彼は顔をしかめた。「百平方フィートのオーク板の表面を再仕上げして、一部は交換しなければならなかった。室内で撮影するのはやめてくれ、といったんです。おかしなビジネスをやってほしくなかったから」

「たとえばどんな？」

「ほら」と、イタターニはいった。「ああいう男は、映画をつくっているといいますけど、彼はここに住んでましたからね。最初は、成人向きのものだと思ったんです。ここでそんなまねをしてほしくないから、きちんといいましたよ。ここは住宅で、安あがりなスタジオじゃないんだって。オーソンは、ここで仕事をするつもりはない、あるスタジオと協定を結んでいる、機材を保管しておく場所が必要なだけだ、といってました。わたしは頭から信じてませんでした――スタジオと契約を結んでいたら、こんなところには住みませんからね。最初から、わたしは彼にはいい感情をもっていなかった――身元保証人がないくせに、しばらくフリーランスでやっている、自分のプロジェクトをすすめている、といってました。どんなプロジェクトだときくと、短編だというだけで、話題を変えるんです。でも、現金はみせてくれましたよ。一年のなかほどだったし、ずっと空き家になっていたから、確実に利益がでると思ったんです」

「彼はいつから借りはじめたんですか、サー？」

「十一ヵ月まえ」と、イタターニはいった。「彼は六ヵ月いて、最後の二ヵ月を踏み倒したんです」

「ということは、彼がいなくなってから五ヵ月たつわけだ」と、マイロはいった。

「その後、ほかの借家人はいたんですか？」

「もちろん。最初の二ヵ月は学生たちで、そのつぎがヘア・ドレッサー。オーソンと大差なかったから、どちらも追いださざるをえませんでしたよ」

「オーソンはひとりで住んでいたんですか？」

「わたしの知るかぎりはね。彼が二人の女といるところを見ましたよ。彼女たちをつれこんだかどうか、わたしは知りません。それで、彼がなにをしたから、あなたがたはここまできたんです？」

「二つ三つあるんです」と、マイロはいった。「その女性たちはどんな感じでした？」

「ひとりはロックンロール・タイプ――ブロンドの髪はつんつんで、分厚い化粧をしていたな。わたしが滞納している家賃の催促にきたとき、彼女はここにいました。オーソンの友人よ、彼はロケーションに行ってるの、メッセージは伝えておくわ、といってましたね」

「年齢は？」

「二十代、三十代、あれだけ化粧が濃いとなんともいえないな。柄がわるいとかなんとかいうんじゃなくて――実際、礼儀正しかったですよ。オーソンに伝えると約束してくれました。一週間たってもなにもいってこないので、また立ち寄ったんですが、そのときはだれもいませんでした。メモを残してから一週間たったら、オーソンは小切手を送ってきたんです。不渡りでした」

「どの銀行のものか、おぼえてますか？」

「サンタモニカ銀行です、ピコ・ブールヴァードの」と、イタターニはいった。「精算口座で、彼はそれを一週間しか維持してませんでした。三度目にきたとき、窓からのぞいたら、まだ彼の荷物があるのが見えたんです。そろそろ掲示をだしてもよかったんですけど、正式に書類を提出すると金がかかるんでね。少額裁判で勝っても、金を回収しなければならない。だから、わたしはさらに伝言を残しました。彼は電話をよこしましたが、いつも夜遅い時間で、わたしがいないのを知ってかけてくるんです」彼は指を折ってかぞえた。「〝すみません、旅にでていました〟、〝銀行が混乱したにちがいない〟、〝預金手形をわたします〟。翌月にはもらったけど、彼はいなくなっていた」

「二人目の女性はどうだったんです？」と、マイロはいった。

「彼女には会ったわけじゃなく、彼といっしょにいるのを見ただけです。彼の車に乗っているところを――あれは別物だな。彼の車は。黄色いコルヴェット。けばけばしかった。あれを買えるだけの金をもっていたんだ。二人目の女を見たのはおなじころでした――五、六ヵ月まえかな。家賃の催促で立ち寄ったら、家にはだれもいなかった。メモを残して走り去ったら、ブロックのなかほどでオーソンの車が見えたので、Uターンしたんです。オーソンは車を駐めておりてきた。でも、わたしに気づいたにちがいない。すぐに車内にもどって、走り去ってしまったから。すごいスピードですれちがったんです。わたしは手を振ったんですけど、彼はそのまま行ってしまった。彼女は助手席にすわっていたんです。ブルネット。すでにブロンドに会っていたから、〝家賃は払えないけど、ガールフレンドを二人もつ余裕はあるんだな〟と思ったのをおぼえてますよ」

「そのブルネットをガールフレンドと思ったんですね」

「真っ昼間にいっしょにいた。二人で家に入ろうとしていたんですよ」

「彼女について、ほかになにか？」

「あまりよく見えなかったんです。ブロンドより年上だった、と思うな。変わったところはなかったですね。すれちがったとき、彼女は窓の外を見てました。わたしのほうを。ほほえんでいた、とかいうんじゃなかったけど。そういえば、困ったような顔をしていたな――オーソンはなんで逃げるんだろう、みたいな。でも……彼女のことはなんともいえませんね。ブルネットだった、としか」

「オーソンはどんな外見でした？」

「背が高くて、やせがた。いつ見ても、黒しか着ていなかった。大きなヒールの黒いブーツをはいて、さらに背を高くみせてましたよ。それから、頭はつるつるに剃っていた——まさにハリウッドでしたね」

「剃りあげた頭」と、マイロはいった。

「ビリヤードの突き玉みたいにね」と、イタターニ。

「年齢は？」

「三十代、四十代かもしれないな」

「眼の色は？」

「それがわからないんです。いつもハゲワシを思いだしましたよ。鼻がでかくて、眼は小さかった——褐色だったような気がするけど、断言はできませんね」

「車に乗っていたブルネットの年齢は？」

イタターニは肩をすくめた。「さっきもいったように、すれちがったのはたったの二、三秒だったから」

「でも、たぶん、ブロンドよりは年上だった」と、マイロはいった。

「たぶん」

マイロは、郡立病院の職員名簿にのっていたクレアの写真をさしだした。

イタターニは写真をじっくりながめ、返しながら首を振った。「彼女じゃないとはいえないけど、それしかいえませんね。彼女、だれなんです？」

「オーソンの同僚かもしれません。そのブルネットがオーソンといっしょだったのは、五、六ヵ月まえだったんですね」

「えーっと……五ヵ月に近かったかな。彼がいなくなるちょっとまえだった」イタターニはまた顔をぬぐった。「いろいろ質問を聞いていると、彼はそうとう悪いことをやったにちがいないな」

「どうしてです、サー？」

「これだけの時間を費やしているんだから。わたしがもっているほかの物件でも押しこみとか強盗があるんですが、警察にきてもらって、報告書を書いてもらうだけです。あの男がおかしいのはわかってました」

マイロはさらにイタターニに詰め寄ったが、なにも得るところはなかった。やがて、ぼくたちは家のなかを歩いてまわった。ベッドルームふたつ、バスルームひとつ、すべて石鹸のにおいがした。塗ったばかりのペンキ。敷いたばかりの廊下のカーペット。床板を貼りかえたのは小さいほうのベッドルームだった。マイロは顔をこすった。ウォークがいたという物的証拠はとっくに消えていた。

マイロは、「オーソンはここに機材を保管していたんですか――電動工具類を？」といった。

「ガレージです」と、イタターニはいった。「まるごと工房にしてましたよ。そこにも映画の道具を保管してました。ライトやケーブルとかなんとかをね」

「工房にはどんな道具がありました？」

「ふつうのものでしたね」と、イタターニはいった。「パワー・ドリル、手工具、パワー・ソー。ときには自分でセットをつくる、といってましたよ」

ガレージは平屋根でダブル幅があり、せまい裏庭の三分の一を占領していた。家にくらべれば大きすぎる。

ぼくはそのことを口にした。

イタターニは金属のスライド扉の錠をあけ、押しあげた。「数年まえに増築したんですよ、家を貸しやすくなると思って」

なかは模造オーク材をはりめぐらした壁とコンクリートの床になっていて、梁がむきだしの天井には蛍光灯がぶらさがっていた。消毒薬のにおいで、鼻がひりひりした。

「ここも掃除したんですね」と、マイロはいった。

「真っ先に掃除しましたよ」と、イタターニはいった。「ヘア・ドレッサーが猫を飼っていたんでね。規則違反でした——ペットは飼えない契約でしたから。ペット用のトイレとかひっかくためのものが、そこらじゅうに散乱してました。悪臭を抜くのに何日もかかったんです」彼は鼻を鳴らしてにおいを嗅いだ。「やっとだな」

マイロはガレージを歩きまわり、壁、つぎに床を調べた。彼は奥の左隅で足をとめ、ぼくを手招きした。イタターニもついてきた。

うすいコーヒー色のしみがあり、八、九インチ四方のアメーバ状にひろがっていた。

マイロは膝をつき、壁に顔を近づけて指さした。おなじ色のしみが、羽目板に点々とついていた。褐色のうえに褐色のしみがついているので、ほとんど見えない。

イタターニがいった。「猫のおしっこですよ。やっと少しこすり落としたんです」

「こすり落とすまえはどんなふうでした？」

「もうちょっと濃かったかな」

マイロは立ちあがり、奥の壁にそって非常にゆっくりと歩いた。数フィートすすんで立ちどまり、メモ帳に書きこむ。小さめのしみがまたひとつ。

「なんです？」と、イタターニ。

マイロは答えなかった。

「なんです？」イタターニはくりかえした。「ああ——まさか——ああ、そんな……」彼ははじめて汗をかいていた。

マイロは犯行現場チームに携帯電話をかけると、きたるべき混乱についてイタターニに謝り、ガレージから出ているように頼んだ。やがて彼は覆面パトカーから黄色いテープをとりだし、ドライヴウェイを横ぎるように張りめぐらした。

イタターニは、「わたしにはまだ猫の排泄物にみえるんだが」といって、オールズモヴィルのなかに腰をおろした。

マイロとぼくは南側の隣家まで歩いていった。そこもスペインふうの家で、真っ白だった。玄関ドアのまえに敷いてあるマットには〈消え失せろ〉と書いてあった。クラシック音楽の大音響が、壁ごしにガンガン聞こえてきた。ドアベルを押しても返事はなかった。何度か強くノックすると、ようやくドアが二インチあいて、明るいブルーの片眼、白い肌の一部、赤い口のほんの一部があらわれた。

「なあに？」かすれた声がけたたましくいった。

マイロは叫びかえした。「警察です、マーム！」

「身分証明書をみせてちょうだい」

マイロはバッジをさしだした。ブルーの眼が近づいてきたが、昼の光にあたると瞳孔が収縮した。

「もっと近くに」と、声が要求した。

マイロはドアの隙間にバッジを押しつけた。ブルーの眼が瞬いた。数秒が経過し、やっとドアがあいた。

その女性は小柄で、やせており、少なくとも八十歳にはなっていて、カラスの羽のようにそめた髪をマリー・アントワネットふうの巻き毛にしていた。ぼくはブラッド・ソーセージを思いだしてしまった。チョークのように塗りたくった顔は、年をくった高級娼婦という印象をあたえていた。金の星をちりばめた黒い絹のドレッシング・ガウンを着て、首には大きな琥珀玉の三連のネックレスをつけ、巨大な真珠のイヤリングをしている。バックグラウンド・ミュージックは自己主張が強く、重々しかった――ワグナーかブルックナーか、軍国主義者なら楽しめるほかのだれかだろう。シンバルがすさまじい音をたてた。その女性はじろっとにらみつけた。彼女のうしろには大きな白いグランド・ピアノがあって、そのうえには本がうずたかく積みあげてあった。

「なんの用？」彼女はクレッシェンドに負けじと叫んだ。ガラスを砂でみがいたのとおなじくらい心地いい声だった。

「ジョージ・オーソンのことです」と、マイロはいった。「音量をちょっとさげていただけますか?」

　彼女は小声で悪態をつきながらドアをばたんと閉め、一分後にまたあけた。音楽は数目盛り小さくなっていたが、それでもまだうるさかった。

「オーソン」と、彼女はいった。「ろくでなしよ、なにをやらかしたの？　だれかを殺したのかい？」左をちらっと見る。イタターニは車をおりていて、淡緑色の家の芝生のうえに立っていた。

「いまいましい不在家主だね。だれに貸そうとお構いなしなんだから。で、あのろくでなしはなにをやらかしたの？」

「それを知りたいと思っているんです、マーム」

「それじゃ、ちんぷんかんぷんじゃないの。あいつはなにをやったの？」彼女は両手で腰をぴしゃりと打った。絹がヒューッと音をたてて、ドレッシング・ガウンの胸もとが割れ、白粉を塗ったぶついた肉があらわになった。骨ばった胸が二、三インチ見え、つやのあるこぶ状の胸骨が、象牙の柄よろしくつきだしていた。彼女の口紅は動脈血の色だった。「あたしから情報を得たいんだったら、くだらないことをいうんじゃないわよ」

「ミスター・オーソンは、あるドラッグの窃盗事件で容疑者になっているんです、ミセス――」

「ミズよ」と、彼女はいった。「シンクレア。マリー・シンクレア。ドラッグ。大びつくりね。そろそろ、あんたたちが捕まえてくれてもいいころよ。あのばかがここにいるあいだじゅう、夜になると車の出入りが絶えなかったんだから」

「警察を呼んだことはありますか?」

マリー・シンクレアはいまにも彼をなぐりそうにみえた。「まったく——たったの六回ね。いわゆるおまわりさんたちは、車でうかがいます、といったわ。きてくれたら、たくさんの善がなしとげられたでしょうね」

マイロは書きとめた。「オーソンはほかにどんなことで面倒をかけたんですか、ミズ・シンクレア?」

「車の出入りだけでは十分じゃないわね。あたしが練習していると、ヘッドライトがカーテンごしにまぶしく光りつづけるの。あそこよ」彼女はレースでおおわれた正面の窓を指さした。

「なんの練習ですか、マーム?」と、マイロはいった。

「ピアノ。あたしは教えていて、リサイタルをやるの」彼女はクモのような十本の白い指をまげた。爪は唇とおそろいの赤だったが、みじかく切ってあった。

「ラジオのお仕事をしていたの」と、彼女はいった。「生のラジオ——むかしのRKOスタジオでね。オスカー・レヴァントを知ってたわ。とんでもない変人で——やっぱり麻薬常習者だったけど、天才だったわね。あたしは〈ココナツ・グローブ〉ではじめて弾いた女性ピアニストで、モカンボを演奏し、ロクスベリー・ドライヴにあったアイラ・ガーシュウィンの店でパーティをやったのよ。まさに気おくれね——ジョージとアイラが聴いていたんだから。むかしは巨匠がいたの。いまはまぬけばっかりで——」

「オーソンはミスター・イタターニに、映画監督だといってました」

「ミスター・イタなんとかは」——彼女はせせら笑った——「だれに貸したってかまわないのよ。ろくでなしが出ていったら、だらしない坊やたち——正真正銘のブタ——につきまとわれて、そのつぎがホモの美容師。あたしがこの家を買ったころは——」

「オーソンがここに住んでいたとき、となりで撮影をしているのを見ましたか?」と、マイロはいった。

「そう、彼はセシル・B・デミルだったわ——ううん、まさか。車だけよ、出たり入ったり。あたしが練習してると、いまいましいヘッドライトがまぶしく照らしてね——」

「夜、練習していたんですか、マーム?」

「それがどうしたの?」と、マリー・シンクレアはいった。「法律に違反しているっていうの？」

「いえ、マーム、ただ――」

「ねえ」と、彼女はいった。両手は腰からはなれ、しっかり組み合わされていた。「あたしは夜型人間なのよ、よけいなお世話でしょ。長年にわたってクラブでやっていたから」彼女はポーチにのり、マイロに迫った。「夜は活気づくのよ。朝はおばかさんのためにあるの。朝型人間なんて、一列にならべて銃殺すべきなのよ」

「ということは、オーソンに対する基本的な不満は、そういったすべての車の出入りだったんですね」

「麻薬の出入りよ。ああいったいかがわしい連中は、どうやったら銃を抜かなくなるの？　ああいうまぬけどもは命中させることができないから、黒人やメキシコ人の若者がドライヴ‐バイでまちがって撃たれるって聞くわ。あたしがあそこにすわってショパンを弾いていたら、パーン！」

彼女はぎゅっと眼を閉じ、額をげんこつでたたき、頭をぐっとうしろにひいた。黒い巻き毛が躍った。ひらいた眼はさらにはげしく燃えていた。

マイロは、「オーソンの訪問者のだれかを、ちゃんと見たことがあるんですか？」といった。

「訪問者。はっ。いいえ、見てません。見たくもなかったし、知りたくもなかった。ヘッドライトだけでも冗談じゃないのに。あんたたちは何もしてくれなかったじゃないの。それから、ピアノを動かせばいいなんていわないでちょうだいね。七フィートのスタインウェイで、部屋にはあの置き方しかできないんだから」

「平均的な夜で、車は何台くらいきていたんですか、ミズ・シンクレア？」

「五台、六台、十台、わかるわけないでしょ、数えてたわけじゃないんだから。少なくとも、彼はしょっちゅういなかったわ」

「どのくらい頻繁にですか、マーム？」

「しょっちゅう。半分くらいかしら。もっとかもしれないわ。ささやかながら、ありがたいことにね」

「ヘッドライトのことについて、彼とじかに話したことは？」

「なんですって？」彼女は金切り声をあげた。「で、彼に銃を抜かせるの？　ろくでなしの話をしてるのよ。それはあんたたちの仕事でしょ。あたしは警察に電話したのよ。それで十分でしょ」

「ミスター・イタターニは、オーソンはガレージを機械工房にしていたといってました。のこぎりやドリルを使っている音が聞こえましたか？」

「いいえ」と、彼女はいった。「どうして？　彼はあそこで麻薬を生産していたと思ってるの？　それとも、混ぜものをしていたの？　なんだか知らないけど、そんなことをするんでしょ」

「なんでもありえます、マーム」

「いいえ、そんなことはありません、マーム」

「いいえ、そんなことはありません」と、彼女は断言した。「ありえるのはごくわずかよ。オスカー・レヴァントは生きかえらないわ。ジョージ・ガーシュウィンの天才的な脳の癌は、けっして――どうでもいいわ、あたしはなんで時間をむだにしてるのかしら。いいえ、ドリルの音ものこぎりの音も聞いてません。いっさい聞いてないのは、昼間、寝ているときは、音楽をかけているから――プログラムできるCDプレーヤーを買ったから、六枚のディスクをくりかえし演奏できるのよ。そうしないと眠れなくってね。小鳥や車といった、昼間の音を遮断しないと。彼があたしを悩ましたのは、あたしが起きているとき。ライトよ。音階を奏でようとすると、いまいましいヘッドライトが鍵盤に反射するの」

マイロはうなずいた。「わかります、マーム」

「でしょうとも」と、彼女はいった。「遅すぎるし、わかりかたが足りないわね」

「ほかにお話ししていただけることは？」

「これでおしまい。テストされるとは知らなかったわ」

マイロは彼女にクレアの写真をみせた。「彼女がオーソンといっしょのところを見たことがありますか？」

「いいえ」と、彼女はいった。「学校の教師みたいね。彼女が殺されたの？」

犯行現場チームは十分後に到着した。イタターニはオールズモヴィルのなかにすわり、みじめそうな顔をしていた。マリー・シンクレアは家のなかにもどっていたが、ほかの隣人が数人あらわれていた。マイロは彼らに質問をした。彼がそのブロックを歩いて、ドアをノックしてまわると、ぼくは彼にしたがった。あらたな事実はなにもでてこなかった。ジョージ・オーソンが麻薬販売をおこなっていたのだとしても、それに気づいていたのはマリー・シンクレアだけだった。

ミセス・ライバーという名前の愛想のいい老婦人が、迷子になった犬、バディの飼い主であることが判明した。ぼくたちが窃盗の捜査をしているのではないことを知ると、彼女は混乱し、がっかりしたみたいだった。バディは誘拐されたものと確信していたのだ。だが、彼女の家の横であけっぱなしになっているゲートは、ほかの可能性もほのめかしていた。

これからは眼を光らせます、とマイロは彼女に告げた。

「彼はとってもかわいいのよ」と、ミセス・ライバーはいった。「勇敢なんだけど、たちの悪いことはしないの」

ぼくたちは淡緑色の家にもどった。犯行現場チームはまだ道具を解いていた。マイロが主任技術者にガレージのしみをみせると、メリウェザーというその黒人の男は身をかがめ、鼻を近づけた。

「かもしれませんね」と、彼はいった。「だとすれば、かなり劣化しています。けずりとってみます。血であれば、基本的なＨＬＡ（ヒト白血球抗原）のタイプがわかるでしょうけど、ＤＮＡとなると話はべつです」

「血だったら教えてくれ」

「いまできますよ」

ぼくたちが仕事ぶりを見守っていると、彼は溶剤と試薬、綿棒と試験管をたくみに使いこなした。

数分で答えがでた。

「Ｏ型Rh陽性です」

「リチャード・ダダとおなじ型だ」と、マイロはいった。

「人口の四十三パーセントがそうです」と、メリウェザーはいった。「ここらと家のなかをけずりとれば一日の大半がつぶれてしまいますが、なにか面白いものが見つかるかもしれません」

覆面パトカーにもどると、マイロはふたたび自動車局に電話をかけて、シェナンドーの住所で車輛が登録されているかどうかを相互参照した。されていなかった。

マイロがエンジンをふかし、縁石をはなれると、タイヤが悲鳴をあげた。急いでいるというより、落胆だろう。ピコ・ブールヴァードにもどるころには、マイロもスピードを落としていた。

ドヘニー・ドライヴで赤信号につかまると、マイロがいった。「リチャードの血液型だ。オーソンが貸家で切断したとなると、リチャードがまっぷたつに切られて、クレアが切られなかった説明がつく。彼女を殺したとき、彼はもう工房を引き払っていて、準備する時間が——あるいは場所が——なかった……あの盗んだ映画のがらくた。彼はどこかに保管しなければならない。そろそろ倉庫会社を調べてみないとな……イタターニが、車に乗っていた女はクレアだったと身元確認をしてくれるとよかったんだが」

「だとしたら、イタターニは殺される直前の彼女を見たことになる。彼女とオーソンはセンターで買い物をして、だから彼は彼女をそこに捨てたのかもしれない。どんな店があるんだっけ？」

「モンゴメリー・ウォード、トイザらス、食べ物屋、彼女が裏で発見されたステレオズ・ガロール」

「ステレオズ・ガロール」と、ぼくはいった。「カメラを売ってるかな？」

彼はバックミラーをのぞきこみ、違法のUターンを決行した。

正面の駐車場は混みあっていたので、遠い端、ラ・シエネーガの近くに駐めなければならなかった。ステレオズ・ガロールは灰色のゴムの床を敷きつめた巨大な二階建てで、えび茶色のプラスティックで仕切られていた。大量のテレビが音もなく映っている。瞬き、鼓動するアミューズメント・センターが、相容れないさまざまなバックビートをぶちまけた。エメラルド・グリーンのヴェストを着た販売員たちが、茫然としている客たちに最新の目玉商品を指さす。カメラ売り場は二階の奥にあった。マネジャーはアルバート・ムスタファという名前で、背が小さくて肌の色が黒っぽく、途方に暮れたような表情をした男だった。きっちりした黒い口ひげを生やしており、分厚い眼鏡のせいで、淡褐色の虹彩は何マイルも彼方にあるようにみえた。彼はぼくたちを、カラフルな箱に入っている映画の大きなディスプレイの裏側、比較的静かな隅に案内した。階下で鳴っている不協和音が、ゴム・タイルごしにもれてくる。マリー・シンクレアならくつろげるだろう。

クレア・アージェントの写真をみせても、ぽかんとした表情しか返ってこなかった。マイロは彼に、ビデオの高額購入についてきいた。

「六ヵ月まえですか?」と、彼はいった。

「五、六ヵ月まえだ」と、マイロはいった。「ウォークかクリミンズかオーソンという名前を使っているかもしれない。ビデオ機器かカメラの高額購入者を捜しているんだ」

「高額ってどのくらいです？」と、ムスタファはいった。

「一般的な値段は？」

「そんなものはありませんよ。でも、カメラは五十ドルから百ドルちかくまであります。ベーシックなビデオだったら三百以下で提供できますけど、ハイテクものになるとかなりの額になりますね」

「売り上げはみんなコンピュータに入ってるんだろ？」

「のはずです」

「買い上げ額によって顧客を分類してるのかい？」

「いえ、サー」

「オーケイ」と、マイロはいった。「千ドル以上のビデオ購入者を、四ヵ月から六ヵ月まえまで調べてもらえないかな。まずはこの日付から始めて」彼はクレアが殺された日を暗唱した。

ムスタファは、「これが合法なのかどうか、よくわかりません、サー。本社に問い合わせてみないと」といった。

「どこにあるのかな？」

「ミネアポリスです」

「で、いまはもう閉まってる」と、マイロはいった。

「残念ながら、サー」

「とりあえずその日までさかのぼって、ミスター・ムスタファ、なにがでてくるか見てくれないかな」

「それはちょっと」

マイロは彼をじっと見つめた。

「仕事を失いたくないんです」と、ムスタファはいった。「でも、警察にはお世話になっているし……その日だけですよ」

その日、クレジット・カードでビデオ機器を購入したのは八人で、そのうち二人が千ドルを超えていた。クリミンズ、ウォーク、オーソン、それにアージェントもなかった。監督の名前を入れ換えたものも思い浮かばなかった。マイロが名前とクレジット・カードの番号を書きうつしているあいだ、ムスタファは不安そうに見つめていた。

「現金の売り上げは？　その記録はあるのかい？」

「お客さまが保証延長サーヴィスを購入していれば。住所を教えていただければ、顧客名簿にのせられますから」

マイロはコンピュータをこつこつと指でたたいた。「二、三日、さかのぼってもらえないかな？」

「まずいですよ」といいながらも、ムスタファはやってくれた。

その週はなにもなかった。

ムスタファがボタンを押すと、画面が消えた。

マイロが礼をいったとき、彼はすでに歩き去っていた。

32

強盗・殺人課にはさらに二、三人の刑事がもどっていた。ぼくはマイロのデスクのとなりまで椅子をひいてきて、彼が社会保障庁と営業税委員会にかける電話に耳をすました。二件、ヒットした。税金の還付がジョージ・オーソンに送られていた。雇用先。スタークウェザー州立病院。

「小切手はピコの住所に送られている——一〇五〇〇。商業地区で、ほぼまちがいなく郵便専用住所だな。それに、リチャードが捨てられた場所に近い……オーケイ、オーケイ、なにかが起きているな。もっと特定して、彼がまだスタークウェザーで働いているかどうかを確認しないと」

「受付のリンディーンはどうかな？」と、ぼくはいった。「彼女はきみが気に入っている。男らしい警官の香り（マスク）にちがいないよ」

彼は顔をしかめた。「ああ、おれはジャコウウシ（マスク・オックス）だよ……わかった、いいだろう」

彼は番号を押した。「もしもし、リンディーン？　マイロ・スタージスです。そう……ああ、どうにかこうにかね、そっちは……それはすばらしい、ああ、その件は聞いたことがあるし、おもしろそうだな、少なくともなにかが解決できる……うーん、まあ、どうなるかわからないけど……そう思うのかい？　ああ、オーケイ、ひまになったら——ドクター・アージェントの件を解決できたら……いや、だといいんだが……そういえば、ジョージ・オーソンという名前の専門職員は、まだそちらで働いているのかな？」彼は名字のスペルをいった。「たいしたことじゃないんだが、彼はドクター・アージェントの友人かもしれないんだ……それはわかっているけど、べつの連中から彼の名前を聞いて、彼らは彼がスタークウェザーで働いていて、彼女を知っていると……そうじゃないのかい？」彼は眉をひそめた。「できるかい？　それはありがたい」

彼は送話口をさげた。「その名前になんとなく聞きおぼえがあるんだが、顔が思い浮かばないらしい」

「百人の従業員がいるからね」と、ぼくはいった。「交換条件はなんなんだい？」

彼は答えようとして、また受話器を口の下にもどした。「ああ、まだいるよ……彼が？　いつ？　転送先は？」彼はペンをもっていたが、書きとらなかった。「で、彼はどのくらいのあいだスタッフだったんだい？」走り書きする。「なんで辞めたのか、心あたりは？　いや、そのことで彼に電話はしてないし、あらゆる手掛かりを調べているだけなんだ……なんだって？　そんなにはやく？　イエスといえればいいんだけど、事件が解決しないかぎり、かなり——え？　ああ、オーケイ、約束するよ……ああ、楽しいだろうな。おれもだよ。ありがとう、リンディーン。それから、この件でミスター・スウィッグをわずらわせることはない。必要なことはすべて聞けたから。もう一度、ありがとう」

彼は電話をきった。「交換条件は、彼女が所属している殺人ミステリー・クラブに行って、話をすることさ。彼女たちはいんちき犯罪を上演して、解決できたら賞品をだし、ナチョを食う。彼女は来月の会にきてくれというんだが、クリスマスのどんちゃん騒ぎまで延ばしたんだ」

「サンタを演じるのかい？」

「おいおい」

「やっぱり香り(マスク)だよ」

「ああ、こんどはまずシャワーを浴びて……オーソンに関する話は、彼は十五ヵ月まえにスタークウェザーに入り、正職員として十ヵ月働いてから辞めている」

「五ヵ月まえか」と、ぼくはいった。「クレアがそこに移ったひと月後。二人が出会う時間はたっぷりあったな」

「車に乗っていたブルネット」と、マイロはいった。「イタターニが二、三秒見ただけでは十分じゃないが、これがあれば……たぶん。オーソンのファイルでは、もっぱら五階で、頭がおかしいふりをしている犯罪者たちの仕事をしていたことになっている――いったいどうして出会えるのか？　でも、彼はときどき一般病棟で残業をしていたから、ピークに接近できる。違反も問題も起こしてないのに、自発的に辞めている。ファイルから彼の写真がなくなっているが、リンディーンは彼をおぼえているかもしれないと思っている――うすい褐色の髪をしていたような気がする、と。なんとか役に立とうとしているんだろう。あるいは、やつはかつらのコレクションをもっていたのかもしれない」

「衣装箱のなかにちょっと入って変身する」と、ぼくはいった。「彼はプロデュースして、監督して、演技をする。五ヵ月まえは、リチャード・ダダが殺された直後でもある。そのころ、オーソンはシェナンドーの工房をたたみ、機械工房の仕事をやめた。それからずっと、移動標的でありつづける。家賃を節約して、信用詐欺のスリルをおおいに楽しむ」

「彼とクレアの関係。ピークに対する興味以上のものになったと思うか？」

「わからないよ。彼はマイアミではあまり順調じゃなかったけど、演技をみがく時間はたっぷりあった、とカストロはいっていた。プライヴァシーを大切にしていたにもかかわらず、クレアは孤独で、傷つきやすかったのかもしれない。それに、彼女がセックスに積極的になれるのはわかっている。病理に関する彼女の興味は、仕事日だけにとどまらなかったのかもしれない。あるいは、オーソンは彼女を映画に出演させると約束したか」

マイロは指のつけねで眼を押し、ゆっくりと息を吐いた。「よーし、あのピコの住所を調べてみよう」

建物をあとにするとき、ぼくはいった。「ひとつ、こちらに有利なのは、彼は失敗するかもしれないということだ。というのも、彼のテクニックには頑固さと子どもっぽさがある。マイアミでの詐欺の計画の立てかた。彼はこっちでもおなじことをしていただろう。安全地帯にとどまって、クレアを自宅のそばに捨て、リチャードをべつの近所に捨てる。彼は自分を創造的な天才と思っているけど、いつもおなじみのものにもどるんだ」

「おおむね正しいようだな」と、彼はいった。「ショービズの人間だから」

個人用の郵便受ヘヴン。バリントンのすぐ西にあるみすぼらしい小規模ショッピング・センターの北東の隅にある、真鍮の箱がならんだ息苦しい密室で、濡れた紙のにおいがした。奥の部屋からあらわれた、赤毛で眼の澄んだ若い女性は、マイロがバッジをみせると晴れやかな表情になった。警察の仕事を〝すてき〟と思っているのだ。

ジョージ・オーソンの箱はもう一年以上もほかのだれかに貸しだされていて、もとの取引記録は残っていなかった。

「いいえ」と、彼女はいった。「記録はとっておかないんです。みんな、しょっちゅう出入りしてます。そういう人たちがうちを利用するんです」

ぼくたちは覆面パトカーにもどった。署に帰る途中で、リチャード・ダダのフォルクスワーゲンが捨てられていた場所のまえを通った。小さな工場、自動車整備工場、スペア・パーツ置き場。ここもまた工業団地で——スタークウェザーを予感させる荒涼としたひろがりだが、もっときれいで、こぢんまりしている。

落ちつける場所……。

ぼくたちは縁石に駐めたまま車内に腰をおろし、無言で男たちを見守った。シャツの袖をまくりあげた男たちが、荷物を運んで運転したり、ぶらぶらして煙草を吸ったりしている。柵のまわりにゲートはない。勤務時間外に侵入するのは容易だろう。からっぽで暗い地区。完璧なごみ捨て場。アルミニウムのパイプを満載した平床トラックが、地響きをたてて通りすぎた。白い側面に錆の浮いたケータリングのトラックがクラリオンのような音を響かせると、あやしいブリートもどきを求めて男たちが寄ってきた。

騒音はずっと続いていたのに、ぼくはいまはじめて気づいた。バチン、ポンという音を立てているコンプレッサー、コンクリートにあたってガチンと鳴る金属、のこぎりの刃が木材に食いこむ甲高い勝利の歓声……。

工場をつぎつぎにたずね、質問をするマイロについていったが、返ってくるのは退屈、困惑、不信の表情ばかりで、たまにあからさまな敵意もまじっていた。黒鳥のような顔で、木工をしている、長身痩軀の禿げた男についてきいてまわる。黄色いコルヴェットか古いフォルクスワーゲン。二時間にわたってききまわっても、化学物質のにおいしか手に入らなかった。

マイロに署まで送ってもらい、そこから家に帰る途中で、なぜかいきなり、にっこり笑っている迷子の犬のことを思い出していた。

夜は多くのものになりうる。

午後八時ちょっとすぎ、星ひとつない紫色の空の下、ロビンとぼくはデッキでピザを食べていた。ちょうどいい乾いた熱気がいすわっていて、なぐさめてくれた。静寂がありがたかった。

ロビンは一時間まえに車で帰ってきた。スタークウエザーからもどってきたのに、彼女に話をしないのはやましい気分だったので、ぼくはくわしく話して聞かせた。

「告白する必要はないのよ。あなたは無事にここに帰ってきたんだから」

彼女は疲れているようで、ぼくがウェストウッドまで車でピザを買いにいっているあいだ、バスタブに浸かっていた。ぼくはトラックを使い、ジョー・サトリアーニを大音量でかけた。車の流れを気にせず、まったくなにも気にしない。もどってビールを数杯飲んでも、不安は起こらなかった。ロビンは風呂ですっかり元気を回復していたし、テーブルごしに二枚目を食べる彼女を見つめているのは最高の時間つぶしだった。

覆面パトカーが家の正面に乗りつけたころには、ぼくはすっかりいい気分にひたっていた。

ヘッドライトがまぶしくて頭が痛くなった。今夜なら、マリー・シンクレアとぼくは気が合うだろう。

車が停まった。スパイクが吠えた。ロビンが手を振った。ぼくは動かなかった。

マイロが助手席の窓から首をつきだした。「ああ。これは失礼。それほどたいしたことじゃないんだ。あす、電話してくれ、アレックス」

スパイクの吠え声は大きくなっていて、いまや侮辱された猟犬さながらにうなっていた。ロビンが立ちあがり、手すりごしに身をのりだした。「なにいってるの。あがって、なにか食べていったら」

「いや」と、彼はいった。「おたくら恋人同士は、上質な時間をすごすべきだよ」

「あがって、坊や。さあ」

スパイクが階段を駆けおり、車まで一目散に走ってドアの下に陣どり、ジャンプをくりかえしはじめた。

「これはどう解釈したらいいんだ？」と、マイロはいった。「友人か？　敵か？」

「友人さ」と、ぼくはいった。

「ほんとか？」

「臨床心理医に絶対はないよ」と、ぼくはいった。「ぼくたちはただ確率を判断するだけさ」

「どういう意味だ？」

「彼がきみの靴におしっこをかけたら、ぼくがまちがっていた」

サンドウィッチが食べたいといったくせに、ビールを一杯半飲むと、マイロは興味津々の眼つきでピザをながめはじめた。ぼくは彼のほうへピザをすべらせた。四切れたいらげてから、マイロは、「こいつはおれにいいかもしれない――スパイスが体を浄めてくれる」といった。

「もちろん」と、ぼくはいった。「健康食だからね。解毒してくれるよ」

彼が五切れ目にかかると、スパイクは彼の足もとでまるくなり、彼のさげている左手から落ちてくるかけらをがつがつと食べた。ロビンとぼくがひそかなおすそ分けに気づいていないと思いながら、マイロはポーカー・フェイスを続けていた。

「デザートは？」と、ロビンがいった。

「どうぞおかまいなく――」

彼女はマイロの頭をかるくたたき、家のなかに入っていった。

「で、なにがたいしたことじゃないんだい？」と、ぼくはいった。

「ジョージ・オーソンの銀行口座がさらに四つ見つかった。グレンデイル、シルマー、ノースリッジ、ダウンタウン。すべておなじパターンだ。現金を一週間だけ預けて、小切手を書いた直後に引き出す」

「なんの小切手？」

「まだ見られないんだ。一定の時期――だれにもその長さはわからないらしい――がすぎてから、不渡り小切手は破棄され、データが本店のコンピュータに送られる」

「ミネソタか」

「おそらく。あの連中は書類仕事中毒で、みずからを助けたいとは思わないみたいだな」

「グレンデイル、シルマー、ノースリッジ、ダウンタウン」と、ぼくはいった。「オーソンは街じゅうに足を伸ばしている。彼は落ちつきのないドライヴァーである、ということも意味しているのかもしれない。楽しみで殺す犯人像とも一致している。だれか、彼をおぼえていたのかい？」

「ひとりも。犯罪の証拠はちゃんとあって、警察の報告書もファイルされているのに、だれも似たような事件をわざわざ調べてないし、追跡捜査にあまりエネルギーを費やしていない。つぎ。研究所は、ガレージのしみからＨＬＡ（ヒト白血球抗原）のタイプを解明した。おれはリチャード・ダダの血液を送って、比較してもらった。家のほかのところからは、なにもでなかった。ミスター・イタターニがきれいにしすぎたんだ――こっちが必要なときに、怠慢な家主はいない」

スパイクが、鼓動のような、カエルそっくりのしゃがれ声をあげた。マイロの左手がテーブルのうえをすべった。ピチャピチャ、ムシャムシャ。

「最後。愉快で社交的なミズ・シンクレアは、夜間の車の出入りについていてじっさいに通報していた。十二回の苦情があって、パトロールカーは七回出動しているが、警官たちが見たのはドライヴウェイにいる数台の車だけで、麻薬取引はなかった。警部補のひとりと話したよ。彼はシンクレアのことを変人と思っている。彼のことば遣いは訂正しておいたよ。どうやら、文句をいうのは彼女のおもだった趣味らしい。一度、午前二時に電話があって、木にとまっているマネシツグミがわざと調子っぱずれで歌っている、と文句をいったそうだ――鳥たちがピアノの演奏をじゃましようと企んでいる、とな。令状を申請するにあたっては、彼女の心理状態についてあまりくわしく書かず、〝近所の第三者〟とだけ書くのがいちばんだな。しかし、たいへんな仕事だな。おたくらが仕事にあぶれることは絶対にないね」

「ミセス・ライバーがなにも気づかなかったのは残念だな」

「ミセス・ライバーってだれだ？」

「犬がいなくなった女性だよ」

「ああ。彼女か。犬のことしか心配してなかったのさ」

「ぼくはずっと犬のことを考えている」

「どういう意味だ？」

「彼の顔が頭からはなれなくってね。理由はわからない。なんだか、まえに見たことがあるみたいなんだ」

「前世でか」

そうすべきだと思ったので、ぼくは笑った。マイロはモッツァレーラの長いかけらをスパイクにそっとあたえた。

ロビンがアイス・コーヒーとチョコレート・アイスクリームをもって現れた。マイロはピザを食べおえ、ぼくたちといっしょにコーヒーとアイスクリームにとりかかった。ほどなく、彼は椅子のなかで身をすべらせてほぼあおむけになると、眼を閉じ、椅子の背ごしに頭をのけぞらせた。

「あーあ」と、彼はいった。「いい生活だな」

やがて、彼のポケットベルが鳴った。

33

「スウィッグだ」といって、彼はキッチンからもどってきた。

「だれかが彼にピークのイエスのポーズのことを話して」と、ぼくはいった。「きみがそっとしておかないなら、彼はきみの生活をめちゃくちゃにするつもりでいる」

「どうしてどうして。個人的なご招待をいただいたよ。いますぐ」

「なんで？」

「理由は抜きで、〝いますぐ〟としかいわなかった。でも、命令じゃなかったよ。丁重なお願いだ。じっさい、お願いするといったぜ」

ぼくはロビンを見た。「楽しんでいてくれるね」

彼女は、「ええ、どうぞ。どうせ家のなかを歩きまわって、また眠れない夜をすごすんでしょうから」といってから、マイロに向かって、「ちゃんと面倒をみてね。さもないと、もうビールを飲ませないわよ」といった。

マイロは胸のまえで十字をきった。

ぼくはロビンにキスをし、彼といっしょに車へ急いだ。

彼がグレンをめざしてとばし、南に向かっているとき、ぼくはいった。「ロビンに隠したのかい？　それとも、彼はほんとに理由をいわなかったの？」

「後者だよ。ロビンのまえで口にしなかったことがひとつだけある。彼は怯えているようだった」


午後十時。夜は産業荒廃地にやさしかった。病院の警備員がわき道のすぐ外で待っていてくれて、懐中電灯の光をぼんやりと地面に向けていた。ぼくたちが接近すると、彼は覆面パトカーのナンバー・プレートを照らし、前進するように急きたてた。

「まっすぐです」と、彼はマイロにいった。「彼らは待っています」

「彼らって？」

「全員です」


近づくと、小屋のなかにいた警備員が遮断棒をさっとあげてくれた。ぼくたちは何もきかれずに通りぬけた。

「銃を預けなくていいのかな」と、ぼくはいった。「彼らはいつ、赤絨毯をひろげてくれるんだろう？」

「簡単すぎる」と、マイロはいった。「ものごとが簡単すぎるのは気に入らんな」

駐車場では、白髪まじりの黒人職員がいちばん近い駐車スペースを指示してくれた。

「彼にチップをやらないと」と、マイロはつぶやいた。

車からおりると、その職員がいった。「ハル・クリーヴランドです。ミスター・スウィッグのところへご案内します」

待たずに、内側のフェンスのほうへ急ぐ。ダラードのように先に立って、ぼくたちがついてきているかどうか、何度も振り返って確かめる。

「どうなってるんだ？」マイロが彼にきいた。

クリーヴランドは首を振った。「ミスター・スウィッグにきいてください」

夜で、庭に人影はなかった。ちがっているのは、地面には霜がおりていて、高電圧灯の下で青灰色にみえ、アイスクリームのようにところどころえぐれていることだ。クリーヴランドは小走りになっていた。精神病患者にとびかかられる恐怖を味わわずに庭を横ぎれるのは、じつにいい気分だった。それでも、ぼくはうしろを振り向いていた。

奥のゲートに着くと、クリーヴランドはすばやく鍵をひねって錠をあけた。本館はそれほどちがってみえなかった――あいかわらず灰色で醜く、はてしなく続く懇願する口さながらに、色つきのプラスティックの窓がぽかんとあいている。べつの警備員がドアをさえぎっていた。警棒と銃で武装している。敷地内で制服――あるいは武器

――を見たのははじめてだった。彼がわきによけると、クリーヴランドはぼくたちを急がせ、リンディーンの片づいたデスクのまえ、真鍮のきらめきを投げかけているボウリングのトロフィーのまえを通りすぎて、静かな廊下を通りぬけた。スウィッグのオフィス、ほかの管理室のドアのまえを通りすぎて、まっすぐにエレヴェーターに向かう。すばやく、直行でC病棟まであがった。クリーヴランドは隅に体を押しつけ、鍵をもてあそんでいた。

エレヴェーターのドアがあくと、あごひげを生やし、大柄でがっしりしたもうひとりの専門職員が真正面の位置についていた。彼はあとずさってぼくたちを通してくれた。クリーヴランドはエレヴェーターに残り、そのまま階下におりた。

あごひげを生やした職員は、ぼくたちを案内してダブル・ドアを通りぬけた。廊下のなかほどにウィリアム・スウィッグが立っていた。ピークの部屋のまえに。ピークの部屋のドアは閉ざされていた。制服姿の警備員がまた一組、数フィートはなれた位置についている。ひげ面の男は、化粧しあげをした壁に背を向けているほかの二人の専門職員のもとにぼくたちを残していった。

カーキ色の服を着た男たちはいない。エア・コンディショナーのブーンという低音をのぞけば、病棟は静まりかえっていた。

スウィッグはぼくたちを見ると、きびしい現実を否定するようにはげしく首を振った。ネイヴィブルーのポロシャツ、ジーンズ、ランニング・シューズという格好だ。頭頂部のうすい髪が妙な角度にふくらんでいる。頭上の蛍光灯が、顔のほくろと青ざめた肌のコントラストをきわだたせていた。ブライユ点字のような黒い点が、顔に書いてあるメッセージを強調している。

なにを伝えたいかに関して、あいまいなところはなかった。純然たる恐怖。

彼はピークの部屋のドアをあけ、たじろぎ、サーカスの演技主任そっくりの仰々しいしぐさをみせた。

血はあまりなかった。

一匹の深紅のニシキヘビ。

独房の右奥の隅から、こちらに向かってとぐろを巻いていた。ピークがイエスを演じていた場所から約三フィートはなれている。

それ以外、部屋の様子は変わっていないようだった。乱雑なベッド。壁の拘束具はおなじ位置にボルトでとまっている。おなじ燃えるようなにおいが、なにか銅のようなあまい香りといりまじっている。

ピークの姿はなかった。

血のあとは床のなかほど、死体があった位置の下でとまっていた。

がっしりした体が、うつぶせに横たわっていた。格子縞のシャツ、ブルー・ジーンズ、スニーカー。白髪まじりの剛毛におおわれた頭。伸びた両腕はリラックスしているようにみえる。太い前腕。皮膚はすでに灰色がかった緑色に変色していた。

「ダラード」と、マイロはいった。「いつです？」

「わからない」と、スウィッグはいった。「だれかが二時間まえに発見した」

「で、あなたは四十五分まえにわたしに電話をくれたんですか？」

「まず、われわれ独自の調査をしなければならなかったんだ」と、スウィッグはいった。ほくろをいじると、まわりがバラ色にそまった。

「で？」

スウィッグは顔をそむけた。「まだ彼を見つけていない」

マイロはなにもいわなかった。

「なあ」と、スウィッグ。「まず、われわれ独自の調査をしなければならなかったんだ。おたくに電話すべきだったのかどうか、いまだに確信がない。保安官の管轄区だ――じっさい、われわれの管轄区なんだ」

「わたしには好意で連絡をくれたんですね」

「おたくはピークに興味をもっていた。わたしは協力しようとしているんだ」

マイロは死体に近づいて膝をつき、ダラードのあごの下を見た。

ましたか？」

「横一直線に切られているみたいだな」と、マイロはいった。「だれか、彼を動かし

「いや」と、スウィッグ。「いっさい手をふれていない」

「だれが発見したんです？」

スウィッグは三人いる職員のひとりを指さした。「バートだ」

その男はまえに踏みだした。若い中国人で、きゃしゃな体つきだったが、ボディビルダーのような極太の腕をしていた。バッジについている写真は、茫然とした子どもそっくりだった。〈B・L・クワン、二種専門職員〉。

「話してくれないか」と、マイロは彼にいった。

「わたしたちは厳重に監禁していました」と、クワンはいった。「なにか問題があったからではありません。スタッフ・ミーティングのあいだはそうするのです」

「スタッフ・ミーティングはどのくらいの頻度で？」

「シフトごとに一週間に二回です」

「何曜日に？」

「シフトによります。今夜のシフトは十一時から七時でした。六時半でした。金曜日の夜で、週ごとの総括です。患者たちは厳重に監禁され、スタッフはそこに入ります」彼はテレビ室を指さした。

「病棟にスタッフはいなかったのかい？」と、マイロはいった。

「職員がひとり、外にいました。交代でやります。いままで問題はありませんでしたし、患者たちは全員、きちんと監禁されています」

マイロは死体に眼をやった。

クワンは肩をすくめた。

「で、今夜はダラードが外に立つ番だった」

クワンはうなずいた。

「でも、きみのポケットベルは鳴らなかったんだ」

「そうです」

「で、きみはどうして彼を捜したんだ？」

「ミーティングが終わって、わたしはダブル・シフトをしていたんですが、フランクが患者たちのことで話をしてくれることになっていました。データ——薬、気をつけることなど——をわたしてくれることに。姿をみせないので、わたしは彼は忘れたんだろうと思いました」

「よくあることなのかい？　フランクが忘れることは」

クワンは落ちつかない表情をみせた。スウィッグにちらっと視線を向ける。

「心配しなくていい」と、マイロはいった。「きみはもう彼にばつの悪い思いをさせることはないんだから」

クワンは、「ときどき」といった。

「ときどき、なんだい？」

クワンは両足の位置を変えた。マイロはスウィッグのほうを向いた。

「知っていることをすべて話すんだ」と、スウィッグはいった。かすれた声になっている。彼は指をまわし、またほくろをいじった。

「ときどき、フランクはものを忘れました」と、クワンはいった。「だから、あまり大騒ぎしなかったんです。といっても、カルテをとりにいったとき、一通が見つからなかったんです――ピークのものが。それで、ピークの部屋を見にいきました」

「カルテは見つかったのかい？」

「いいえ」

「ほかには？」と、マイロはいった。

「それだけです。フランクが見えて、ピークはいなかったので、ドアに錠をおろし、コード3の警戒態勢をとりました。すでに厳重に監禁していたので、楽でした。ミスター・スウィッグがきたので、外の警備員を病棟に入れて、大勢であらゆるところを捜しました。彼はどこかにいるはずです、意味をなしません」

「なにが？」と、マイロはいった。

「こんなふうにピークがいなくなることです。スタークウェザーでは、ただ姿を消すことはないんです」

マイロはピークの部屋の鍵を要求した。スウィッグの鍵を受けとると、ドアを閉めて錠をおろし、声が聞こえないところまで行って、携帯電話で保安官にかけた。話は長びいた。警備員や専門職員は、だれも動かなかった。

静寂は増幅されているようだった。やがて、静寂がゆらぎはじめた。褐色のドアの奥から、散発的なノックが聞こえてきた。ネズミの足音さながらにかすかな、くぐもったすり足。叫び声やうめき声は徐々にエスカレートしていったが、やがて苦悩している人間の声でしかありえない断片的な音に変わっていった。

叫び声のコーラス。警備員と専門職員は眼を見合わせた。スウィッグは気にとめていないようだった。

「ちくしょう」と、ひげ面の職員がいった。「静かにしろ」

スウィッグが廊下の奥へ移動した。だれも騒音をとめようとはしなかった。

独房のなかから聞こえてくる音はどんどん大きくなり、すさまじい音量になった。

被収容者たちは知っていた。なぜか、彼らは知っていた。

マイロは電話をポケットにしまい、もどってきた。「保安官事務所の犯行現場チームがすぐにやってくるでしょう。パトロールカーが、病院の敷地の外、半径五マイル以内を捜索します」正面にいる職員に、ゲートで止めないように伝えてください」

スウィッグはいった。「表ざたにならないようにしなければ──つまり、あわてて

やるまえに、いったいなにが起こったのか──」

「なにが起こったと思っているんですか、ミスター・スウィッグ？」

「ピークがフランクを驚かせ、彼の喉を切り裂いた。フランクは屈強な男だ。闇討ちだったにちがいない」

「ピークはなにを使って彼を切り裂いたんです？」

答えはなかった。

「心あたりはないんですか？」と、マイロはいった。「ダラード自身のナイフ、ということは？」

「職員は武装していない」

「理論的には」

「理論的にも、実際にもだ、刑事さん。自明の理で、われわれにはきびしい──」

マイロがさえぎった。「規則があって、鉄壁のシステムがある。で、職員やドクターは、われわれとおなじように、警備小屋で武器のチェックを受けるんですか？」

スウィッグは答えなかった。

「サー？」

「面倒なんだ。純粋な数は……」

マイロは三人の職員に眼をやった。証拠となるようなあいまいなしぐさはなかった。ひげ面の大男は反抗的な眼で見つめかえした。

「ということは、スタッフ以外の全員は、武器をあずけるように義務づけられているんですね？」

「スタッフは武器をもちこんではいけないことを知っている」

マイロはジャケットのポケットに手を入れ、勤務用リヴォルヴァーをひっぱりだして、人さし指の先にぶらさげた。「ドクター・デラウェア？」

ぼくはスイス・アーミー・ナイフをとりだした。警備員はふたりとも緊張した。

「今夜はだれもチェックしませんでした。ときどき、システムは崩壊するみたいですね」と、マイロはいった。

「なあ」スウィッグは声をはりあげた。息を吐きだす。「今夜はちがうんだ。おたくらが円滑に入れるよう、彼らにいっておいた。十分にわかっている——」

「ということは、ダラードは凶器となったナイフをもっていなかった、と断言なさるんですね？」

「フランクはきわめて信頼できた」

「彼がよくものを忘れても？」

「そんな話は聞いたことがない」

「いま聞いたはずです」と、マイロはいった。「フランクについてお話ししておきましょう。ヘメット警察署は、不正行為で彼をクビにしています。通報の無視、虚偽の超過勤務時間――」

「そんなことはまったく知らなかった――」

「知らないことが、ほかにもまだあるかもしれませんね」

「なあ」と、スウィッグはくりかえした。が、その後はなにもいわず、ただ首を振って、うすくなった髪をなでつけようとするばかりだった。喉仏が上下する。彼は口をひらいた。「なんでわざわざ？　すでに心をきめているんだろ？」

マイロは専門職員のほうを向いた。「わたしがきみたちのボディチェックをしたら、何かでてくるのかな？」

沈黙。

彼は廊下を横ぎった。バート・クワンが両足をひろげて戦闘の姿勢をとると、ほかの二人の男は胸のまえで腕を組んだ――きのう、ダラードがとっていた抵抗の姿勢だ。

「彼らに協力するようにいってください」と、マイロはいった。

「彼のいうとおりにするんだ」と、スウィッグはいった。

すばやく、手ぎわよく、マイロは専門職員たちの体を調べた。クワンや無言の職員――伏し目がちな年輩のほう――は何ももっていなかったが、ジーンズをはいたがっしりしたひげ面の男は、柄が骨のポケットナイフをもっていた。

マイロは刃をひろげた。みごとに研いである四インチのスチール。マイロは感心しながらひっくり返した。

「スティーヴ」と、スウィッグはいった。

がっしりした男は顔をふるわせ、「だからなんなんです？」といった。「ああいった連中と仕事をするんですから、自分の身は自分で守らないと」

マイロはナイフを調べつづけた。「どこで手に入れたんだ？　ホーム・ショッピング・ネットワークかな？」

「ナイフ・ショーさ」と、スティーヴはいった。「それに、ご心配なく。去年の冬、ハンティングに行ったときから使ってないから」

「なにかを殺したのか？」

「ヘラジカ数頭の皮をはいだよ。うまかった」

ナイフをたたむと、マイロはジャケットのポケットにしまった。

「おれのだぜ、なあ」と、スティーヴ。

「きれいだったら、あとで返す」

「いつ？　受取りをもらいたいね」

「黙るんだ、スティーヴ」と、スウィッグが命じた。「あとで話そう」

ひげ面の男の鼻孔が大きくひろがった。「ああ、わかりました。おれがこのごみ捨て場にとどまりたいと思っていたらね」

「それはきみしだいだ、スティーヴ。ところで、州はまだきみに給料を支払っているわけだから、よく聞け。AとB病棟へ行って、万事順調かどうか確認するんだ。きちんと巡回して、ドア・チェックもふくめた定期監視をおこなう。通知があるまで休憩はなし」

ひげ面の男は最後にマイロをにらみつけ、足音も荒くナース・ステーションの左側をまわりこんだ。

「彼はどこへ向かってるんです？」と、マイロはいった。

「職員エレヴェーターだ」

「見まわったとき、エレヴェーターは見なかったですけど」

「ドアには印がついてなくて、職員専用なんだ」と、スウィッグはいった。「われわれは調査を続ける必要がある。警備員たちを解放してやってもいいかね？」

「どうぞ」と、マイロはいった。

「行くんだ」スウィッグは制服姿の男たちにいった。

「どこへですか?」彼らのひとりがいった。

「ありとあらゆるところだ! 外の敷地から始めて、北と南の境界線まで。彼が木陰に隠れていないかどうか確認しろ」スウィッグは残っている二人の専門職員のほうを向いた。「バート、きみとジムはもういちど地下室を探せ。キッチン、洗濯室、すべての収納室を。すべてが最初に見たときとおなじようにきっちりしているか、よく確認しろ」

将軍さながらに命令をまくしたてている。全員がちりぢりになると、スウィッグはマイロのほうを向いた。「おたくがなにを考えているかはわかっている。われわれは小役人グループである。だが、わたしが就任して以来、逃亡にちかい事件はこれがはじめてだ。原則として、こういったことはいっさい——」

「なかには」と、マイロはいった。「原則を生きがいにしている人びともいます。わたしは例外をあつかっているんです」

ぼくたちはC病棟を歩きまわり、マイロはドアを調べた。数度、彼はスウィッグにのぞき窓をあけさせた。のぞきこむと、なかの音はやんだ。

「ここから部屋全体は見えませんね」といいながら、彼はのぞき窓の扉を指さした。

「すべての部屋をチェックした」と、スウィッグはいった。「最初に。なにもかも点検ずみだ」

ぼくは、「あの印がついてないエレヴェーターのドア。被収容者はそのことを知っているんですね」といった。

「わざわざそのことを説明はしていない」と、スウィッグはいった。「だが、知っているだろうな――」

「なぜそんなことをいったのかといえば、きのう、ピークとハイディがそちらの方向からきたんです。時間の長さにかかわらず、ピークが部屋をはなれたのをだれかが記憶しているのは、それがはじめてでした。彼はだれかがエレヴェーターに乗るのを見て、なにかアイディアが浮かんだのかな、と思ったものですから。エレヴェーターは各階に停まるんですか？」

「だろうな」と、スウィッグはいった。

「だれか調べましたか？」

「と思う」

マイロは彼に迫った。「確かですか？」

「わたしはあらゆる場所を調べろと命令した」

「あなたは銃を携帯するなと命令した」

「ぜったい――」と、スウィッグはいった。「わかった、勝手にしろ、みせよう」

褐色のドアは、被収容者の独房を封印しているものよりわずかに幅が広かった。二重のキー・ロックで、インターコムのスピーカーはない。スウィッグが上部ボルトにキーを入れると、かんぬきがカチッと音をたてた。ドアがひらき、もう一枚の褐色の長方形があらわれた。内側のドアだ。ハンドルはない。パネルの中央に錠がひとつだけついている。おなじキーで操作するようになっていて、スウィッグが手首をぐいっとひねると、ギアがまわる重々しい音が壁を伝って聞こえてきた。二、三フィート離れたところに小さめの扉があった。幅は約二フィートで、高さはその倍くらいだろう。

「箱はどこからくるんです?」と、マイロがいった。

「わからないな」と、スウィッグはいった。「ちょっと遅いけれど、まもなくやってくるだろう」

「はじめてここにきたとき」と、ぼくはいった。「フィル・ハタースンが階上に電話をかけてだれかと話すと、エレヴェーターが降りてきました。このエレヴェーターはそれができないんですね」

「そのとおり」と、スウィッグはいった。「中央エレヴェーターの連絡電話は、ナース・ステーションのなかにある。そこには専門職員がひとりいて、常時、医療関係者をモニターしている。ステーションの業務には、フロア間の輸送をモニターすることもふくまれている」

「フランク・ダラードはその業務をしたことがありますか?」

「もちろんあると思う。スタッフは交代で任務につくんだ。全員がすべての業務を少しずつやる」

「エレヴェーターが遠くでキーをさしこまれたとき、どこに停まるかはどうやって決まるんですか?」

「エレヴェーターがくるまでキーをさしこんでおくんだ。認可された人物――キーをもった人物――が乗れば、錠のメカニズムを解除し、エレヴェーター内のボタンを押すことができる」

「ということは、いったん錠が解除されたら、これはほかのエレヴェーターとおなじように動くわけですね」

「ああ」と、スウィッグはいった。「だが、キーがなければなにも解除できないし、キーはスタッフしかもっていない」

「錠をつくりなおすことはあるんですか?」

「なにか問題があれば」と、スウィッグはいった。

「そんなことはけっして起きない」と、マイロがいった。

スウィッグはたじろいだ。「こんな大問題が起きなくてもつくりなおしますよ、刑事さん。尋常ではないこと――キーが盗まれたという報告――があれば、ただちにタンブラーを交換する」

「やっかいだろうな」と、マイロはいった。「キーをすべて交換するのは」

「やっかいごとは多くない」

「最後にタンブラーを交換したのはいつです、ミスター・スウィッグ？」

「調べてみないと」

「でも、最近じゃないんですね、おぼえているかぎり」

「なにがいいたいんだ？」と、スウィッグ。

「あとひとつ」と、マイロはいった。「各病棟はああいったダブル・ドアで区切られている。通りぬけるときは、いちいち錠をあけなければならない」

「そのとおり」と、スウィッグはいった。「迷路だよ。それがねらいだ」

「迷路を通りぬけるには、職員はいくつのキーを持ち歩く必要があるんですか？」

「数個」と、スウィッグはいった。「数えたことがないな」

「マスター・キーはあるんですか？」

「わたしがもっている」

マイロはエレヴェーターの内側のドアからつきだしているキーを指さした。重々しい音は続き、エレヴェーターが近づいてくるとさらに大きくなった。「あれですか？」

「ああ。一階にあるデータ室の金庫のなかには、コピーもある。ああ、調べたよ。まだそこにあって、手はつけられていなかった」

ドアがうなりをあげてあいた。なかはせまく、照明がぎらついていて、からっぽだった。

マイロがのぞきこんだ。「あれはなんです？」

床に落ちているかけらを指さす。

「紙のようだな」と、スウィッグ。

「被収容者がはいているスリッパとおなじ紙ですか？」

スウィッグはさらに近づいて見た。「かもしれないな──血は見えない」

「どうして血が？」

「彼はフランクの喉を切り裂いて──」

「ピークの部屋に血のついた足跡はなかった」と、マイロはいった。「ということは、ピークはきれいな仕事をやってのけて、切り裂くと同時に身をひいた。頭がおかしな男にしては悪くない」

「信じられないな」と、スウィッグ。

「なにがです？」

「おたくのいったことさ。ピークにそんな技があったとは」

「このエレヴェーターを閉鎖してください」と、マイロはいった。「ロックして、だれも乗せないように。犯行現場チームがきたら、真っ先にあの紙をはがしてもらいます」

スウィッグは要求に応じた。

マイロが小さいほうの扉を指さした。「あれはなんですか？」

「ごみを捨てるディスポーザル・シュートだ」と、スウィッグはいった。「まっすぐ地下に通じている」

「レストランの小型エレヴェーターのように」

「そのとおり」

「かんぬきやキー・ロックは見あたらないですね」と、マイロはいった。「どうやってあけるんですか？」

「レヴァーがある。ナース・ステーションのなかに」

「みせてください」

スウィッグはナース・ステーションの錠をあけた。三面はガラスの壁になっていて、残る一面には錠のおりたスチールの仕切り棚がずらりとならんでいた。大きな公衆電話ボックスを思わせる部屋だ。スウィッグは金属の壁を指さした。「薬と必需品で、つねに錠がおりている」

ぼくはあたりを見まわした。デスクはなく、造りつけのプラスティック・カウンターがあるだけで、多重線電話、小さな電話交換器、インターコムのマイクロフォンがのっていた。正面のガラスには六インチの細長い穴があいていて、スライド式のスチール・トレイがついていた。

「手をつっこむにはせますぎる」プライドをちらつかせながら、スウィッグはむきになっていった。「彼らはならんで薬をもらい、運を天にまかせることはない」

「レヴァーはどこにあるんです？」と、マイロはいった。

スウィッグはデスクの下に手を伸ばし、探った。ぱちんという音が部屋を満たした。ぼくたちはステーションをはなれ、廊下にもどった。ディスポーザル・シュートの上部の蝶番がはずれており、小さな金属のひさしがあらわれていた。

「やせた男なら通れるな」マイロは首をつっこみ、鼻をくんくんいわせながらひっこめた。「ピークは肥満体とはいえない」

スウィッグがいった。「ああ、やめてくれ――」

「地下にはほかになにがあるんです？」

「サーヴィス・エリアだ――キッチン、洗濯室、食器室、収納室。嘘じゃない、すべて徹底的に調べた」

「納品は地下レヴェルからくるんですか？」

「ああ」

「となると、荷積みドックがあるはずだ」

「あるが――」

「ピークが汚れた洗濯物袋のなかに隠れていないと、どうしていいきれるんですか？」

「調べて、さらにもういちど調べたからさ。自分で行って、確かめてみるといい」

マイロはエレヴェーターのドアをかるくたたいた。「これは五階にも行くんですか？　――頭がおかしいふりをしている連中を収容している」

スウィッグは気分を害したようだった。「1368か。そうだ」

「中央エレヴェーターもそこへ行きますか？」

「いや。五階には専用エレヴェーターがある。一階から最上階まで直行だ」

「第三のエレヴェーター」と、マイロはいった。

「五階専用だ。安全面の理由で」と、スウィッグはいった。「1368は出入りがはげしい。中央エレヴェーターを使ってあれだけの量を運ぶと、かならずや運搬上の問題が起きるだろう。刑務所のバスは、１３６８の受付センターがある裏で彼らをおろす。彼らは手続きをうけて、まっすぐに五階へあがる。ノンストップだ――彼らは病院のほかの場所へは接近できない」

「職員専用エレヴェーターをのぞけば」

「彼らが職員専用エレヴェーターを使うことはない」

「理論的には」

「実際に」と、スウィッグ。

「五階を完全に隔離したいのであれば、どうして職員専用エレヴェーターでそこに行けるようにしたんですか？」

「病院自体がそう建てられているんだ」と、スウィッグはいった。「理にかなっていると思わないか？　五階でなにかあって、スタッフに支援が必要になった場合、われわれはすぐに行ける」

「すぐに行ける」と、マイロはいった。「遅いエレヴェーターで。五階では、どのくらいの頻度でなにかが起きるんです？」

「めったにない」

「数を教えてください」

スウィッグはほくろをこすった。「年に一、二度——それがどうしたんだ？　あくまで一時的な混乱であって、暴動ではない。自分がいかにおかしいかをわれわれに印象づけようとする１３６８はいる。あるいは、けんかもある。忘れないでもらいたいんだが、鑑定される連中の多くはギャングのメンバーだ」スウィッグはさげすむように鼻を鳴らした。どの社会にもカースト制度はある。

「五階を見てみましょう」と、マイロはいった。「受付センターを通って。あの紙片はだれにもふれてほしくないから」

「たとえあれが被収容者のスリッパだとしても」と、スウィッグはいった。「ピークのものとはかぎらない。被収容者全員には——」口をつぐむ。「そうだ、そうだ、スタッフだけだ——わたしはなにを考えていたんだ」

階下におりる途中で、彼はいった。「わたしはなにごとにも関心がない役人だと思ってるんだろうな。わたしがこの仕事についたのは、人びとのことが気にかかったからだ。わたしは二人の孤児を養子にしている」

ぼくたちは一階で降り、入ってきたドアから出て、スウィッグのあとから建物の左側をまわりこんだ。見たことがない側だ。聞いたこともなかった。

まったくおなじコンクリートの小道。屋上からの明るい光が五つの階を黄色くそめ、くもった窓を巨大なワッフルに変えていた。

またひとつ、中央入口とおなじドアがあった。

両面構造の建築物だ。

ペンキ書きの標示には〈収容および鑑定〉とあった。入口には警備員が立っている。十ヤード左にはせまい駐車場があって、金網で縁どられた小道で庭とへだてられていた。ぼくは広大なドッグ・ランを思いだしてしまった。小道は向きを変え、暗闇のなかに溶けこんでいた。中央の庭を横ぎったときには見えなかったものだ。中央入口からは接近できない。ということは、敷地に入るにはもうひとつの方法があって、まったくことなる入口があったのだ。

右手に、ホタルのように跳ねているサーチライト、きのう見た無人の庭の外側の境界線、別館の影が見えた。明かりが灯っていないし、遠すぎて細部までは見えなかった。別館の向こうまで捜索しているらしく、ホタルは松林とおぼしきあたりに群がっていた。

「病院の敷地に通じている道は何本あるんですか？」と、ぼくはいった。

「二本」と、スウィッグ。「実際は一本だ。おたくらが通ってきた」

「あれはなんです？」ぼくはせまい駐車場を指さした。

「刑務所のバス専用だ。特別な接近路で、東の境界線をまわりこんでいる。運転手たちは暗号化された車のキーをもっている。スタッフでも、わたしの許可がなければゲートに近づけない」

　ぼくは遠くのサーチライトを指さした。「あちら側は？　あの松林です。どうやったら入れるんです？」

「入れない」と、スウィッグはいった。「フェンスがめぐらしてあるから、西側からは接近できないんだ」彼が前進してうなずきかけると、警備員はわきによけた。

　収容センターの正面の部屋は、病院の入口の正面の部屋とまったくおなじ造りだった。リンディーンのものと同サイズの正面デスクは砲艦の灰色で、電話しかのっていない。ボウリングのトロフィーもなければ、気どったスローガンもなかった。郡が支給した長方形のスチール・デスクの奥には、リンディーンの代わりに弾丸頭の専門職員がすわっていた。新聞を読んでいたが、スウィッグを見たとたん、さっと新聞をおいて立ちあがった。

　スウィッグは、「なにか異常は？」といった。

「封鎖しているだけです、サー、あなたの命令によって」

「この二人を階上へおつれする」スウィッグはぼくたちを急かしてむきだしのホールを通りぬけ、べつのエレヴェーターに乗ってあがった。五階まではあっという間で、スウィッグはその間に、ウォーキー・トーキーで捜索の進展を確認した。

ドアがすべるようにあいた。

「続けてくれ」と吠えてから、彼は無線機をポケットに押しこんだ。彼のわきの下は濡れていた。左耳のうしろの静脈がどくどくと脈打っている。

ダブル・ドアが二組あって、それぞれにペンキ書きの標示があった。〈収容および鑑定、接近制限〉。なにに対してだろう？

ナース・ステーションがあったであろう場所は、からっぽのスペースになっていた。廊下は一本だけで、明るいブルーのドアがならんでいる。被収容者に対する職員の比率は高い。とりわけ大柄な十人を超す男たちがパトロールしていた。

マイロは独房のなかを見たいと頼んだ。

スウィッグは、「ここも部屋ごとに見てまわった」といった。

「とにかく一部屋をみせてください」

スウィッグが大きな声で、「点検！」と叫ぶと、三人の専門職員がかるい駆け足でやってきた。

「スタージス刑事が、１３６８はどんな様子をしているのかを見たがっている。ドアをあけてくれ」

「どのドアでしょう？」と、いちばん大柄な男がいった。サモア人で、名札には発音できない名前が書いてあり、やさしい、少年のような声をしている。

「選んでくれ」

サモア人はいちばん近いドアまで歩くと、のぞき穴の扉をあげてなかをのぞきこみ、青いドアの錠をあけて、六インチだけひらいた。首をつっこんでからドアをめいっぱいあけ、「これはミスター・リヴァーライトです」といった。

部屋は天井が高くてせまく、ピークの部屋とおなじ寸法だった。おなじくボルトでとまっている拘束具。たくましい黒人の若者が、裸でベッドにすわっていた。シーツは縞模様のうすいマットレスからはがされていた。びりびりに引き裂かれている。床においてある一組の青い紙スリッパのとなりに、くしゃくしゃになった紺青色のパジャマがまるめてある。スリッパの片方は紙吹雪にすぎなかった。

ぼくが足を踏みだすと、すさまじい悪臭が襲いかかってきた。囚人の足もとで、乾きかけた糞便が山になっている。小便の水たまりがあちこちできらめいた。ベッドのうしろの壁には褐色のしみがあった。

男はぼくたちを見てにやりとし、すぐにけたたましく笑った。

「きれいにするんだ」と、スウィッグがいった。

「やっています」サモア人がおだやかな声でいった。「一日に二回。彼は身をもって示しつづけているんです」

彼はリヴァーライトに向かってVサインをだし、笑った。「これからもどんどんやれよ、兄弟」

リヴァーライトはまたけたたましく笑い、息子をしごいた。

「さっさとやれよ、でも、へし折るんじゃないぞ、兄弟」と、サモア人はいった。

「ドアを閉めるんだ」と、スウィッグはいった。「すぐに彼をきれいにしろ」

サモア人は肩をすくめながらドアを閉めると、ぼくたちに向かって、「こういった連中はおかしいってことを知ってると思いこんでいるんですけど、ついやりすぎてしまうんですよ。映画の見すぎですね」といった。向きなおって、立ち去りかける。

マイロが彼にきいた。「最後にジョージ・オーソンを見たのはいつかな？」

「彼を？」と、サモア人はいった。「さあね、しばらく見てないな」

「今夜は？」

「いや。どうして見られるんです？　彼はもう何カ月もここにきてませんよ」

「だれの話をしてるんだ？」と、スウィッグがいった。

「彼は辞めてから顔をだしたかい？」マイロはサモア人にきいた。

「うーん、だしてないと思いますよ」

「彼はどんな男だった？」

「ふつうのやつです」リモア人はスウィッグに向かってほほえんだ。「話したいんですけど、くその始末をしないと」彼は足音もあらく立ち去った。

「ジョージ・オーソンとはだれなんだ？」と、スウィッグ。
「おたくのもと従業員のひとりです」と、マイロはいった。スウィッグの顔をじっと見つめる。
「全員はおぼえきれないからな。どうして彼のことをきくんだ？」
「彼はミスター・ピークを知っていたんです」と、マイロはいった。「古きよき時代に」

スウィッグはつぎつぎに質問を浴びせたが、マイロはさえぎった。ぼくたちは五階からエレヴェーターで地下におり、緊張しながら、キッチン、洗濯室、食器室、収納室を丹念に見てまわった。あらゆるものがちょっと腐った野菜のにおいがした。いたるところに専門職員と警備員がいた。オレンジ色のジャンプスーツを着た用務員が、彼らの捜索を手伝っている。キッチンのまえを通ると、白衣を着たコックたちがぼくたちをじっと見つめた。ナイフのラックがすっかり見わたせる。ピークが通りかかってちょっと試してみる姿を、ぼくは思いえがいた。古きよき時代。

マイロは風変わりなクローゼットの扉を四つ見つけ、それぞれを調べた。キー・ロック式だった。

「臨床スタッフのほかに、だれがキーをもっているんですか？」マイロはスウィッグにきいた。

「だれも」

「この人たちはもってないんですね」一組の用務員を身ぶりで示す。

「彼らも、患者のケアにはたずさわっていないほかのだれも、もっていない。それにつぎの質問に答えておくが、非臨床スタッフはほかのみんなとおなじように正面から入る。身分証明書はチェックされる」

「おなじみの顔もチェックされるんですか？」と、マイロはいった。

「それがうちのシステムだ」

「臨床スタッフはキーを家にもって帰るんですか？」

スウィッグは答えなかった。

「どうなんです？」と、マイロ。

「ああ、家にもって帰る。おびただしい数のキーを毎日チェックするのはやっかいなんだ。いったように、われわれは錠を取り換える。特別な問題が起こらなくても、毎年新しくするんだ」

「毎年」と、マイロはいった。彼がなにを考えているかわかった。ジョージ・オーソンは五ヵ月まえに辞めている。「それはいつでした？」

「調べてみないと」と、スウィッグはいった。「いったい何がいいたいんだ？」

マイロは彼の先にたって歩いた。「荷積みドックを見てみましょう」

幅が六フィートあるからっぽのコンクリートのスペースには、波形板金の六つのドアがついていた。

マイロが用務員にきいた。「どうやってあけるのかな?」

用務員は奥にある回路箱を指さした。

「外にもスイッチはあるのかい?」

「はい」

マイロはゆっくりした足どりで箱に近づき、ボタンを押した。左から二番目のドアが上にあがったので、ぼくたちはドックの端へ歩いていった。地上六、七フィートだ。大型トラック三、四台が同時に荷おろしできるスペースがある。マイロは下に降りた。五歩すすむと彼の姿は暗闇のなかに消えたが、歩きまわっている足音は聞こえた。しばらくすると、彼はまたあがってきた。

「配送路は」彼はスウィッグにきいた。「どこに通じているんです?」

「補助進入路だ。刑務所のバスが入ってくるのとおなじ場所さ」

「あの道は刑務所のバスしか入ってこないのかと思ってました」

「わたしは人のことをいっていたんだ」と、スウィッグはいった。「刑務所のバスに乗った囚人だけがあの道から入ってくる」

「ということは、車の出入りは多い」

「すべてスケジュールどおりで、事前に承認されている。すべての運転手は事前承認されていて、求めに応じて身分証明書をみせなければならない。道路には五十フィートごとにゲートがある。カード・キーは三十日ごとに変えている」

「カード・キー」と、マイロはいった。「ということは、身分証明書をみせれば、自分たちでゲートをあけられるわけだ」

「それはおおいに疑問だな」と、スウィッグはいった。「いいかい、われわれはうちのシステムを分析するためにここにいるのではなく、ピークを見つけたいからだ。もっと注意をはらうべきは――」

「専門職員はどうです？」と、マイロはいった。「彼らは進入路を使えるんですか？」

「むろん使えないさ。どうしてそのことを何度もくりかえすんだ？　それに、そのオーソンという人物とどう関係があるんだ？」

西のほうから叫び声が聞こえてきたので、ぼくたちは首をまわした。数匹のホタルが大きくなった。

捜索者たちが近づいてきた。マイロはふたたびデッキから跳びおり、ぼくも倣った。スウィッグはジャンプすべきかどうか考えていたが、その場にとどまった。ぼくがマイロの横に立ったときには、懐中電灯のうしろの人影が見分けられた。男が二人、こちらに走ってくる。

ひとりはバート・クワンで、もうひとりは制服姿の警備員だ。

突然、スウィッグがぼくたちのそばにいて、聞きとれるほど荒い息をしていた。

「どうした、バート？」

「破損個所を見つけました」と、クワンはいった。「西の境界線です。フェンスが切断されています」

その場所までは半マイルだった。穴は人が通れる大きさで、きれいに切りとられて、また元どおりにもどしてあり、ワイヤーはきちんとひねってあった。暗闇のなかでは、よほど注意ぶかく見ていないと気づかなかっただろう。

マイロは、「だれが見つけたんだ？」といった。

クワンといっしょにいた警備員が手をあげた。若くて、やせており、浅黒い。

マイロは彼のバッジをじっと見つめた。「どうしてこれがわかったんだい、ダルフエン警備員？」

「西の境界線をくわしく調べていました」

「ほかになにか見つかったものは？」

「いまのところはなにも」

マイロはダルフェンの懐中電灯を借り、フェンスぞいに光をあてた。「向こう側にはなにがあるんです？」

「未舗装道路だ」と、スウィッグはいった。「たいした道路ではない」

「どこへ通じているんです？」

「山麓の丘陵地帯だ」

マイロはワイヤーをほどいて穴をあけると、かがみこみ、通りぬけた。「タイヤのあとがある」と、彼はいった。「こちら側にゲートや警備員は？」

「そこは病院の敷地ではない」と、スウィッグはいった。「境界線があるはずだ、どこかに」

「山麓の丘陵地帯にはなにがあるんです？」

「なにもない。そこが問題だ。たっぷり三、四マイルは、どこにも行くところがない。毎年、郡は木とやぶを伐採して、隠れ場所がないようにしている。そこにいれば、ヘリコプターから丸見えだ」

「そういえば」と、マイロはいった。

ヘリコプターが旋回しはじめるころには、保安官事務所の車が九台と犯行現場チームのヴァンが到着していた。カーキ色の制服を着た保安官代理たち。スウィッグがさらに緊張するのがわかったが、彼はなにもいわず、ひとりで隅に行って、ときどきウオーキー・トーキーにつぶやきかけた。

最後に、二人の私服刑事が到着した。検屍官はダラードを調べおわったばかりで、ポケットをさぐっていた。からだった。マイロがドクターと話し合った。職員専用エレヴェーターのなかにあった紙片ははがされ、袋に入れられた。技術者がそれを運び去るとき、スウィッグが、「スリッパの一部みたいだな」といった。

「どんなスリッパです？」と、刑事のひとりがいった。三十代の金髪の男で、ロン・バンクスという名前だった。

マイロは彼に話して聞かせた。

バンクスのパートナーがいった。「てことは、シンデレラを見つければいいわけか」ヘクター・デ・ラ・トーレという名前の恰幅のいい男で、バンクスより年をくっており、はでな口ひげを生やしている。バンクスは深刻な顔をしていたが、デ・ラ・トーレはにやついていた。怖じ気づくこともなく、共通の知り合いの名前をだしてマイロに挨拶をしていた。「〈ムッソ・アンド・フランクス〉でパーティがあったんだ――リサ・ラムジーの件が終わったあとで。ここにいる同僚は、その件を解決した刑事と仲がいいんだ」

「ペトラ・コナーと？」と、マイロ。

「そう」

　バンクスは困惑しているようだった。「彼は心配しているんですよ、ヘクター」マイロに向かって、「彼はあのエレヴェーターで降りたのかもしれませんね」といった。

「被収容者は許可されていない」と、マイロはいった。「だから、あそこにスリッパがある理由がない。それに、ダラードのキー・リングがなくなっているのは、ピークが盗んだということだろう。ほかの専門職員はミーティングをしていたから、ピークがエレヴェーターで地下まで降り、外にでるドアを見つけ、一目散に逃げるのは容易だったろう。いっぽう、だれかの靴の底についていた断片にすぎないのかもしれない」

「エレヴェーターのなかに血痕はなかったんですか？」と、バンクスはいった。

「一滴も。唯一の血は、きみたちが部屋で見たものだけだ」

「きれいなもんだな、喉を切ったにしては」

「検屍官の話では、たいした切り傷ではないらしい。ピークは頸動脈を切ったというより軽い傷を負わせただけで、ほとばしったというより滴った程度だった。致命傷にはならなかった。ダラードがすぐに助けを求められれば、生き延びていたかもしれない。彼はショック状態におちいり、倒れ、血を流したまま横たわっていたらしい。血は飛びちらなかった——大半は彼の体の下にたまっていた」

「低圧の出血だな」と、バンクスはいった。

「軽い傷か」と、デ・ラ・トーレがいった。「運が悪いとしかいえないな」

「ピークはあまり腕力がなかった」と、マイロはいった。

「なんとか目的を達成することができた」と、デ・ラ・トーレ。「となると、だれがフェンスを切ったか。ピークはどこで道具を手に入れたんだろう？」

「いい質問だ」と、マイロはいった。「ダラードは自分を切ったナイフを身につけていたのかもしれない。いろんな道具がついているスイス・アーミー・ナイフを。でも、ダラードがよほどいい加減で、教えてやらないかぎり、ピークがそれを知っているはずがない。選択肢はあきらかだ。パートナー」

バンクスがいった。「これは本格的な計画殺人なんですか？　あの男は頭がおかしいんだと思っていたけど」

「頭がおかしいやつにも仲間はいる」と、マイロ。

「そのとおり」と、デ・ラ・トーレがいった。「つぎの市議会をじっくり観察してみるといい」

バンクスはいった。「その仲間に心あたりはあるんですか？」

マイロはスウィッグを見た。「どうぞオフィスへ行って、待っていてください、サー」

がある」と、スウィッグはいった。「この施設の長として、わたしには権限があるし、なにが起きているのかを知る必要がある」

「知らせます」と、マイロはいった。「なにかわかったら、真っ先にあなたに知らせますが、さしあたっては——」

「さしあたって、わたしに必要なのは——」スウィッグの抗議はポケットベルの音にさえぎられた。彼と三人の刑事はそれぞれベルトに手を伸ばした。

バンクスが、「ぼくのだ」といって、ながめながら声にだして読んだ。携帯電話をとりだすと、バンクスは名を名乗って、耳を傾け、やがて、「いつ？　どこで？」といった。デ・ラ・トーレに向かって小刻みに指を動かすと、彼はメモ帳を手わたした。バンクスはあごの下に電話をはさんでメモをとった。

残るぼくたちは、彼がうなずくのを見守った。

電話をきると、彼はいった。「あなたがたから電話をもらったとき、デスクに、近隣の変質者の犯罪に眼を光らせるようにいっておいたんです。正確には近隣ではないんですけど、いかにも変質者っぽいんです。ヴァレンシアに近いインターステイト五号線で、女性が発見されました」彼はメモを調べた。「白人女性、二十五歳から三十五歳、胴体と顔に複数の刺し傷、きわめて無惨。検屍官は二時間以内といってますし、やつが車をもっていれば可能です。近くにタイヤのあとがあるということは、だ

れかが車をもっていたということです。彼女はそこに捨てられただけではありません
——大量の血が流れています。彼女がどこで殺されたかはほぼ確実です」

「どんな顔の傷なんだ？」と、マイロはいった。

「唇、鼻、眼——現場に行った男は、きわめて残酷だった、といってました。符合するでしょ？」

「眼」と、マイロはいった。

「なんということだ」と、スウィッグ。

「彼女は北へ向かうインターステイト五号線で発見されたのかな？」と、ぼくはいった。

「ええ」と、バンクス。

全員がぼくを見た。

「トレッドウェイへ向かう道だ」と、ぼくはいった。「彼は故郷に向かっている」

34

最後のニュースを聞くと、スウィッグはしょげかえった。小さくなって、打ちひしがれ、大人の仕事を押しつけられた子どもそっくりにみえた。

マイロは彼に注意をはらわず、電話で話しつづけた。ハイウェイ・パトロールと話をし、トレッドウェイ近郊の街の保安官たちに情報を提供し、バンカー・プロテクションに警告した。最後の民間企業は、彼にあれこれ難題をふっかけたにちがいない。というのも、携帯電話をきったあとで、彼は壊れるのではないかと思うほど勢いよくたたんだのだ。

「オーケイ、なにが起きるか見てみよう」彼はバンクスとデ・ラ・トーレにいった。

スウィッグには、「ジョージ・オーソンの個人ファイルをみせてください」といった。

「階下の記録室にある」

「だったらそこへ行きましょう」

記録室の宝は、スウィッグのオフィスと隣接している無印のドアでさえぎられていた。せまいスペースで、黒いファイル・キャビネット群にかこまれている。フォルダーは所定の位置にあった。マイロが調べているあいだ、保安官事務所の男たちは彼の肩ごしにのぞきこんだ。

写真はなくなっていたが、ジョージ・オーソンの身体的数値はデリック・クリミンズと完全に一致していた。六フィート三インチ、百七十ポンド、三十六歳。住所は、バリントンに近いピコに面した郵便専用住所だった。電話番号はない。

「この男はほかになにをやったんです？」と、バンクスがいった。

「一連の信用詐欺、そしておそらく、両親と兄を殺しているだろう」

スウィッグがいった。「信じられない。うちが彼を雇ったなら、信用証明がきちんとしていたにちがいない。州は指紋を採っている――」

「知るかぎり彼には逮捕歴がないから、指紋はあまり意味がない」ファイルを手にとってぱらぱらとめくりながら、マイロはいった。「ここに、彼はオレンジ・コースト・カレッジで精神科専門職員のコースを修了したとある……これを追いかけても意味がないな。彼が学歴を詐称しても、だれも気にしない」スウィッグに向かって、「彼がじっさいにキーを返したという記録はあるんですか？」といった。

「彼のファイルはきちんと整っている。ということは、返したということだ。なにか異常があれば――」

「システムにひっかかる。わかってます。彼が返したとしても、むろん、毎日家にもって帰っていたことを考えると、コピーをつくる機会はいくらでもあった」

「どのキーにも〝複製不可〟とはっきり刻印してある」

「やれやれ」と、デ・ラ・トーレがいった。「怖ろしいな」

スウィッグはいちばん近いファイルに手をついて体をささえた。「そのことを心配する理由はなかった。危険は、だれかが押し入ることではなかったんだ。おなじことをくどくどしゃべってないで、どうして彼を捜さないんだ？　どうして彼がもどってくるというんだ？」

「ここの環境が気に入っているにちがいない」と、マイロはいった。「あるいは、新しいエア・コンディショニングかもしれないな」彼は天井の中央にある小さな格子を見あげた。「配管はどうなっています？　だれかが入れるくらいの幅があるんですか？」

「いや、いや、いや」スウィッグはいきなり自信たっぷりにいった。「絶対にありえない。設置するときにその点を考えて、せまいダクトを使ったんだ――直径が六インチのものを。技術的な問題があったから、あんなに時間がかかって――」彼は口をつぐんだ。「わたしが気がかりなのはピークだけだ。捜索を続けるべきなのか？」

「やめる理由がありますか？」と、マイロはいった。

「彼がその女性を殺したのなら、何マイルもかなたにいることになる」

「殺していなかったら？」

「いいだろう――そのとおりだ――行って、指示しないと」

「もちろん」と、マイロはいった。「やるべきことをやってください」

本館の外ではあいかわらずホタルが躍り、旋回しているヘリコプターの下向きの光線がときどきそれらを寸断していた。マイロは警備員に向かって叫び、外にだしてくれるように頼んだ。

彼とぼくと保安官事務所の刑事たちは、ふたたび駐車場の覆面パトカーの横にあつまった。パトカーや、バンクスとデ・ラ・トーレの車にちがいない黄緑色セダンとおなじく、検屍局の白いヴァンはまだおなじ場所に駐めてあった。

バンクスがいった。「で、どういう仮説になるんです？　そのオーソンとかなんとかいう男がどういうわけか侵入して、ピークを解放したというんですか？　動機は？」

マイロは手のひらをひろげ、ぼくのほうを大げさな身ぶりで示した。

「はっきりしていない」と、ぼくはいった。「ピークの本来の狂暴な行動と関係あるのかもしれない。クリミンズとピークは昔からの知り合いでね。なんらかのかたちでクリミンズが関与している可能性はある――たぶん、あるでしょう。じかにピークを促してアーデュロ一家を殺させたか、もっと微妙なことをしたか」ぼくはクリミンズ家とアーデュロ家の長年にわたる確執について、そしてピークの予言について話して聞かせた。

「金か」と、デ・ラ・トーレがいった。

「それもあるけど、もっとあるんです。すべての根底には権力と支配があります――犯罪的な大騒ぎが。オーソン――デリック・クリミンズ――は、自分を芸術家とみなしている。大量殺戮を最初の創造的な実績と考えているんでしょう。彼は『ブラッド・ウォーク』とかいう作品に取り組んでいる。少なくとも三人の人間がその映画とかかわり、死にました。ほかにもいる可能性は十分にあります。クリミンズはピークにある役を確保したんでしょうが、それがなにかはわかりません。いま、彼は、ピークにスポットライトをあてる時期だと決意した」

「たわごとに聞こえるな」と、デ・ラ・トーレがいった。

バンクスは庭を振り返った。「奇妙ですよ、ヘクター」それからぼくに向かって、「ということは、クリミンズも頭がおかしいんですか？　彼らは問題がある人物を職員に雇ったんですか？」といった。

「クリミンズは典型的な反社会性人格障害者に思えます」と、ぼくはいった。「正気であるが邪悪。反社会性人格障害者はときとして動揺するが、いつもではない。基本的には、彼は負け犬です——金を手もとに残せず、なにかを続けることができず、自分にはふさわしくないと思っている仕事につかざるをえなかった。それはかなり彼を怒らせる。彼はその怒りを他者に向ける。しかし、なにをしているかの自覚はあった——身元、住所を変えて、つぎつぎに詐欺をやってのけるだけの注意ぶかさがあった。すべて、理性的であることをほのめかしています」

「理性的ね」と、デ・ラ・トーレはいった。「人びとを殺すのが好きなことをのぞけば」彼が口ひげの両端をひっぱると、顔の下半分がゆがんだ。手を放しても、唇はゆがんだままだった。「オーケイ、で、ピークだ。基本的にいって、おたくは、彼は血に飢えた変人で、ここで薬を過剰に投与されたせいで植物状態になった、といっているわけだ。でも、逃亡に協力したということは、ペポカボチャよりかなりまともに考えられるんじゃないかな。おたくは、彼は自分がいかにおかしいかを装える、と思っているのかな？」

「五階にいる連中はつねにそれをやっている」と、マイロがいった。

「そして、めったに成功しない」と、ぼくはいった。「でも、ピークは正真正銘の統合失調症患者です。彼にとっては白黒のはっきりした問題ではなく、自分の精神障害のはげしさの問題でしょう。最適の量をあたえれば、ソラジンが彼の意識をもっと清明にするかもしれません。逃亡に協力できるくらい、はっきりと。クリミンズもある役を演じたのかもしれない。彼はピークの人生において重要な人物だった。彼が病棟にあらわれたことが刺激となってどんな幻覚を見たのかは、だれにもわからない」

「古きよき時代」と、マイロはいった。「とんでもない再会の集いみたいだな。で、クリミンズはここにきたとたん、システムがいかにお粗末かを見抜いたんだろう。純然たるお楽しみ。数週間で、あらゆるドアの鍵を手に入れたにちがいない。彼がピークの病棟をうろついて残業をしていたのはわかっている。つまり、バッジをつけて、好きなところに立ち寄っても、疑いはもたれなかった」彼は首を振った。「ピークはそれを救済とみなしたにちがいない」

「クリミンズはかつてピークを支配していたから、彼が受け身なのを知っている」と、ぼくはいった。「彼にナイフをそっとわたす。ピークは十六年も機能していなかったから、だれも彼の部屋で武器を探そうとはしなかった。クリミンズはピークに、いまだといってキューをだす。ピークはダラードにそっと近づいて、喉を切り裂き、職員用エレヴェーターに乗って立ち去る。ダラードは完璧な標的だった。規則に関していい加減だったから。それに、彼がクリミンズとのドラッグ詐欺に関与していたのなら、それも彼を殺す理由になっただろう。きみはスウィッグに、ダラードは薬のキャビネットに近づけるかどうかをきいたから、おなじことを考えていたはずだ。あるいは、クリミンズはみずから忍び寄って切り裂いたのかもしれない。ダラードだけを相手にすればいいとわかっていたので、スタッフ・ミーティングのあいだに病棟にやってきた」

「ドラッグ詐欺って？」と、バンクスがいった。

マリー・シンクレアを悩ませていた、ドライヴウェイに出入りする車について、マイロは仮説を話して聞かせた。「病院の薬ほど質がいいものはないだろ？　ダラードは内部の人間で、クリミンズは通りが縄張りだ。だから、おれたちがもどってきたとき、ダラードはあんなに神経質になったんだ。愚か者はささやかなサイド・ビジネスがだめになるのが心配だった。彼はクリミンズに不安をみせ、平静を保てないともらすことで、自分で自分の首を絞めてしまう。クリミンズにはやり残した仕事を片づける前歴があって、やがてダラードはほころびはじめる」

「これは」と、バンクスはいった。「なんとも……はでだな」

「事実が不足しているから、おれは誇張しているんだ」と、マイロはいった。

「詳細はどうあれ」と、ぼくはいった。「クリミンズはピークをあのエレヴェーターに乗せておろした、というのがいちばん妥当だな。彼はあのフェンスの穴から病院の敷地に入って、裏庭を横ぎり、別館のひとつに隠れたのかもしれない。山麓の丘陵地帯からやってくるのは、たいした問題ではなかっただろう。クリミンズはモトクロスのレースをやっていた。ダート・バイクかオフロード・バイクできたのかもしれない」

「犠牲者はどうからんでくるんですか？」と、バンクスはいった。「そのアージェントという女性は」

マイロはいった。「彼女はドラッグ詐欺を見つけてしまったのかもしれない。あるいは、ピークから思いがけないことを聞いてしまったか」

「あるいは、彼女もドラッグ詐欺に加わっていたか」

沈黙。

「どうして」と、デ・ラ・トーレがいった。「ピークは予言しはじめたんだろう？」

「彼はいまだに精神病患者だからです」と、ぼくはいった。「ピークは秘密を守るだろうと思って、クリミンズは誤って自分のしていることをもらしてしまった。いいですか、ピークは十六年にわたってアーデュロ一家殺しについて黙っていたんです。でも、最近になって、なにかが――おそらく、クレアが注目してくれたことでしょう――ピークの心をひらいた。彼はさらにしゃべるようになった。自分を犠牲者――殉教者とみなしはじめた。こちらがアーデュロの話をもちだしたときに、彼は磔のポーズをとった。あれで、彼がクリミンズにとって脅威となった可能性はある。クリミンズが彼にあたえようとしていた役は、犠牲者なんだろうな」

「彼がインターステイト五号線であの女性を切り裂いたのなら、それはない」

「かならずしもそうとはいえない」と、ぼくはいった。「この件では、モンスターと犠牲者はたがいに相容れないわけじゃない」

バンクスは両手で襟をなで、ヘリコプターを見あげた。

「あとひとつ」と、マイロはいった。「あのフェンスは、今夜切られたんじゃない。切り口のまわりがちょっと酸化していた」

「よく練習してあった」と、ぼくはいった。「ほかの作品みたいに。クリミンズは人生をそう見ているんだろうな。ひとつの大きなショーなんだ。彼はいつでもこられて、ステージをセットできた」

「とんでもないジョークだな」と、バンクスはいった。「こんな場所なのに、キーを家にもって帰れるなんて」

「そんなことはどうでもいいけど」といってから、デ・ラ・トーレはマイロに向かって、「薬と銃にあふれていない重警備刑務所を見たことがあるかい？　おれの義理のおふくろの家以外で」といった。

「冷酷な性格はやめられない」と、バンクスはいった。「で、いま、クリミンズとピークは故郷の町にもどっている。どうしてです？」

ぼくはいった。「考えられるのは、さらなる演技しかない。台本の一要素。わからないのは、クリミンズがなぜその女性をフリーウェイに置き去りにしていったのかということだ。トレッドウェイに注意を向けさせているとしか思えない。ということは、彼は悪化しているのかもしれない。あるいは、ぼくがまったくまちがっていて——逃亡は単独でやったことで、ピークはみんなを騙していたのかもしれない。彼は血を求める抜けめのないモンスターで、なにがなんでもそれを手に入れるために外にでた」

バンクスはメモを調べた。「アーデュロ殺しは金銭的な復讐かもしれない、とあなたはいっていますよね。どうして子どもたちを殺したんですか?」

「おまえはおれの家族を没落させたから、おれがおまえの家族を没落させてやる。古くさいけど、ゆがんだ正義。デリックが計画をたてたのかもしれないが、二十歳の彼には大量殺戮をやってのけるだけの意志と度胸がなかった。やがてピークが登場して、すべてがうまくいく。村の変人で、まさにアーデュロの農場に住んでいる。デリックとクリフはピークといっしょに時間をすごすようになり、ポルノ、ドラッグ、接着剤、ペンキの供給者になった。反社会性人格障害者は自分自身に対する洞察に欠けているが、他人の病理に神経を集中することには長けているから、デリックはピークのなかに潜んでいる暴力の種を見いだし、それを利用できる立場にわが身をおく。しかも、それはまったく危険のない立場だった。ピークが一度も無意識の行動を起こしてなかったとすれば、兄弟が彼を刺激したとはだれも思わない。たとえ彼がなにかいったとしても、だれが信じるだろう。でも、彼はやり遂げ、しかも大成功した。カースン・クリミンズは土地を売ることができた。一家は金持ちになってフロリダへ引っ越し、兄弟はそこでしばらくプレイボーイをやっていた。それはおおいなる正の強化だ。だから、ピークを、クリミンズはピークに対する大きな影響力と呼んだのさ」

「当時、クリミンズはピークが秘密をもらすとは心配しなかった」と、マイロはいった。

「だが、いまはちがう。だれかが聞いている」

「クレアはドラッグ詐欺に関与していたのかもしれないけど」と、ぼくはいった。「その証拠が見つからないかぎり、彼女が死んだのは、ピークから彼が単独で行動したのではないことを聞いたから、というのがぼくの意見だ。それに、彼女はピークを信じていた。彼を信頼していた。なぜなら、彼女がほんとに追い求めていたのは、兄の名誉を回復できるなにかを見つけることだった。象徴的に」

「象徴的に」と、デ・ラ・トーレがいった。「彼女がクリミンズを疑っていたのなら、あのコルヴェットに乗ってなにをしていたんだろう？」

「ピークが話しはじめるまえから、彼女はクリミンズにかかわっていたのかもしれない。クリミンズは自称、映画界の大物、奮闘している独立系の映画製作者で、狂気となんとかの深さを測ろうとしていた。彼は自分の会社をシン・ライン（細い線）と呼んでいた――正気と狂気の境界線を歩く、とでもいうみたいにね。彼は彼女に、テクニカル・アドヴァイザーになってくれと頼んだのかもしれない。やつは詐欺師だった。彼女がころっと騙されるのが眼に浮かぶよ」

「ほかのなにかだな」と、マイロはいった。「ピークがクレアにしゃべったのなら、それはデリック・クリミンズのことだろう。彼女が知っているのはジョージ・オーソンだ」

それを聞いて、ぼくの心臓は止まりそうになった。「そのとおりだ。クレアはクリミンズにすべてを話してしまった可能性がある。自分で自分の首を絞める情報をあたえてしまったんだ」

「眼の傷」と、マイロはいった。「アーデュロの子どもたちみたいに。彼だけが見る。ほかのだれも見ない」彼は顔をこすった。「あるいは、彼はみんなの眼をえぐるのが好きなだけかもしれない」

「邪悪、邪悪、邪悪」おだやかながらしっかりした声で、バンクスがいった。「そして、彼の居所はさっぱりわからない」

ヘリコプターの空のダンスは西に移動しており、白い光線は丘陵地帯とその向こうにあるなにかを照らしていた。

「燃料のむだだ」と、デ・ラ・トーレがいった。「やつは旅にでてるよ」

35

マイロと保安官補たちはさらに携帯電話をかけた。もっといいスーツを着ていれば、金儲けに夢中になっているブローカーにみえたかもしれない。最終結果はまたしてもゼロだった。ピークの目撃情報はなかった。

マイロは腕時計に眼をやった。「十時五十分か。リポーターたちがスキャナーで遊んでいたら、十分でニュースになるな」

「役に立つかもしれませんよ」と、バンクスがいった。「だれかが彼を見つけてくれる可能性がある」

「クリミンズが彼を外にだすとは思えないな」と、ぼくはいった。

「彼がクリミンズといっしょならね」

マイロがいった。「CHP（カリフォルニア・ハイウェイ・パトロール）は、フリーウェイの犠牲者は運ばれたといっている。モルグに行ってみるつもりだ」

「わかりました」と、バンクス。「電話番号を交換しましょう。また連絡します」

「ああ」と、マイロはいった。「ペトラによろしく」

「もちろん」といって、バンクスは赤面した。「会ったときには」

くるとき、マイロはユーカリ樹の並木を勢いよく通りぬけた。いまは覆面パトカーを時速二十マイルにたもち、ハイビームを使って、左右をちらちら見ている。

「ばかげているよな」と、彼はいった。「やつらがこのあたりにいるわけがないんだが、つい見てしまう。なんと呼んでるんだっけ？　強迫的儀式主義か？」

「習慣強度」

彼は笑った。「なんでも遠まわしにいえるんだな」

「オーケイ」と、ぼくはいった。「犬への変換だ。仕事はきみをブラッドハウンドに変えてしまった」

「いや、犬のほうがいい鼻をしてるぜ。よーし、途中で降ろしてやるよ」

「冗談じゃない」と、ぼくはいった。「いっしょに行くよ」

「どうして？」

「習慣強度」

死体は台車つき担架のうえでカヴァーをかけられ、部屋の中央におかれていた。夜勤の職員はリヒターという名前の男で、ほてい腹で白髪まじり、不釣り合いなほど日灼けしていた。ホイットワースというハイウェイ・パトロールの刑事が、すでに書類の記入をすませていた。

「彼とはすれちがいでしたね」と、リヒターはいった。ブロンズ色の肌が、モルグの男を演じている俳優のような印象をあたえている。それとも、ぼくはいたるところにハリウッドを見ているだけなのだろうか。

「彼はどこへ行ったんです？」と、マイロはいった。

「現場にもどりました」リヒターは台車つき担架の隅に手をおき、やさしい眼つきでシーツを見た。「彼女の引き出しを探そうとしていたところなんです」

マイロは犯行現場の報告書を読んだ。「後頭部に銃創？」

マイロはシーツをめくり、顔をあらわにした。顔の残骸を。深い傷が肉を十文字にえぐり、皮膚を切り裂き、骨と筋肉と軟骨をあらわにしている。眼があったところは、ふたつの特大のラズベリーのようになっていた。太くて淡い褐色の髪には血がこびりついておらず、スチールのテーブルのうえに扇形にひろがっている。ほっそりした首。血がはねているが、無傷だ。顔だけが残忍なあつかいをうけていた。眼……切り傷が深紅の格子模様をつけていて、焼きすぎたバーベキューの網そっくりだった。血糊のなかにそばかすが見えると、ぼくの胃はひっくり返りそうになった。

「あーあ」悲しそうな表情で、リヒターがいった。「まだ見てなかったんですよ」

「銃創のようにみえるか？」

リヒターは隅のデスクに急いでもどり、書類の山をあちこち動かして、ホッチキスでとめたものをひっぱりだし、ぱらぱらと繰った。「ここにもおなじことが……後頭骨に傷がひとつだけあり、銃弾はまだ回収されていない」

手袋をはめると、彼は台車つき担架にもどって、死体の首を注意ぶかくまわし、眼をほそめた。「ああ――なるほど」

頭蓋骨のうしろに、まぎれもなく深紅の穴があいていた。縁は黒いものでぼやけていて、ほそい首には点々と黒い点がついている。

「点描だな」と、リヒターはいった。「わたしは死体を運ぶだけですけど、これは至近距離の傷ですよね？」彼はそっと頭から手を放した。また悲しそうな表情を浮かべる。「彼女はまず撃たれて、それからやつらはナイフを使ったんだな。鉈かマチェーテみたいだ――刃が厚いやつでしょ？　でも、あまりしゃべらないほうがいいな。意見をいえるのは検屍官だけですから」

「今夜の検屍官は？」

「ドクター・パテルです。ちょっと出かけていますけど、すぐに賢明な意見をもって帰ってくるでしょう」

彼は死体の顔をおおい隠そうとしたが、マイロがシーツをつかんだ。「撃ってから切り裂いた。フリーウェイのすぐわきで」

「わたしからなにかを聞きだそうとしないでくださいよ」と、リヒターはいった。

「推測は御法度なんですから」

「いい読みのように聞こえるな。あとは、彼女の正体をつきとめるだけだ」

「ああ、それはわかってます」と、リヒターはいった。「彼らはすぐに彼女の指紋を採ったんです。指は無傷だったんで、簡単でした。ホイットワース刑事は、彼女は『プリントラック』にのっていたといってました――ちょっと待ってください」

　彼はデスクに駆けもどり、さらに書類をもってきた。「彼女には前科があったんです――ドラッグ、だったと思います……ああ、これだ。ヘディ・リン・ハウプト、白人女性、二十六歳……二年まえにＰＣ１１３５１・５――使用あるいは売買目的でのコカイン所持（ポゼッション・オブ・コカイン）ですよね？　――で逮捕されています。暗記しているのは、ここにはそういう連中が多いですから。彼女の住所もありますよ」

　マイロはリヒターとの距離を三歩で縮め、彼から書類を受けとった。

「ヘディ・ハウプト」といいながら、ぼくは身をのりだして彼女の顔を見た。だいなしになった肌から数インチのところまで顔を近づける。銅と砂糖の混じったような血のにおい、解放されたガスの硫黄そっくりのにおいを嗅ぐ……なにか、かすかな、花のような――香水だ。

　皮膚の血がついていない部分は、独特の灰色がかった緑色になっている。

顔のほとんどはなにか想像もつかないものになっており、口は血でべっとりと汚れ、上唇はななめに裂けていた。が、全体の構成はなんとか判別できた。見おぼえがある……鼻と額をおおっているそばかす。耳は切り刻まれておらず、灰色の貝殻さながらだ。

ぼくはシーツをさらにめくった。格子柄のブラウス。ブルー・ジーンズ。死んでもなお、体はほっそりと締まっていた。ブラウスの胸ポケットからなにかがつきだしている。白いゴムバンドの半円。ポニーテイル・バンドだ。

「これがだれか知っているような気がする」と、ぼくはいった。

マイロはぼくのほうを向いた。

ぼくはいった。「ヘディ・ハウプト、ハイディ・オット。年齢が一致するし、髪はおなじ色で、身長も合っている——右のあごを見てみろよ、あの力強い線を。絶対にそうだ。彼女だよ」

「いやはや」と、彼はいった。「またしてもキャスティングのメンバーか?」

「大男のチェットがなにを叫んでいたか、おぼえているかい?」と、ぼくはいった。

「二回とも集団で、庭を横ぎっていたときだよ。〝ジェルシェ・ラ・ファム〟。女を捜せ。彼はぼくたちに何かをいおうとしていたのかもしれない。おかしな連中は傾聴に値するんだろうな」

36

マイロは死体をもっとよく調べ、書類をくわしく検討したがった。じゃまになると思ったので、ぼくは部屋をはなれ、自動販売機で焼けるように熱くて有毒なコーヒーを買い、検屍室の向かいにある待合区域で飲んだ。コーヒーは胃の役には立たなかったが、両脚にしがみついていた寒けは退散しはじめた。

ぼくはそこにすわり、インターステイト五号線で殺され、切り裂かれたハイディに思いをはせた。

ピークとクリミンズにかかわった全員が、ごみさながらに処分されていた。特別な憎悪のにおいがした。

モンスターたち。

ちがう。それはピークのあだ名であるにもかかわらず、みんな人間で、いつも人間にたどりつく。

そのうちの二人を思い浮かべ、ぼくが理解すらしていないこと、ストーキング、切断、めった切り、射殺で結びつけようとした。

クリミンズの作品、最悪のドキュメンタリー。なんのために？　街にはあと何人の犠牲者が埋められているのだろう?

きびきびしたはやい足音を聞きつけ、ぼくは顔をあげた。完璧な身だしなみの四十代のインド人が無言でぼくのまえを通りすぎ、検屍室に入っていった。ドクター・パテルだな、とぼくは思った。公衆電話があったので、ロビンにかけてみた。留守番電話になっていた。寝ているのだ。よかった。あと二、三時間でもどる、心配しないで、とぼくは吹きこんだ。コーヒーを飲みおえる。冷めていたが、チコリのグレイヴィ・ソースでソテーした、こんがりと焼いたボール紙の味がした。

ハイディ。麻薬の前科。それはぼくをまったくあらたな方向へ動かしはじめた。新しい眼鏡をかけて人生をながめる……ドアが勢いよくあいて、マイロがとびだしてきた。額をぬぐい、急いで書いた読みにくい字で埋まった紙を振りかざしている。上部には死体の輪郭を描いたロゴ。ギフト・ショップで売っている検屍局の便箋だ。

「ハイディの自宅の住所だ」と、彼はいった。「行こう」

ぼくたちはエレヴェーターのほうへ向かった。

「彼女はどこに住んでいたんだい?」と、ぼくはいった。

「ウェスト・ハリウッド、オレンジ・グローヴの一三〇〇番台のブロックだ」

「プラマー・パークからそう遠くないな。そこで彼女に会ったじゃないか」

「おれの家からもそう遠くないんだ」彼はエレヴェーターのボタンを押した。「こいよ、こいよ、こいよ」

「管轄は？」と、ぼくはいった。「保安官事務所かい？　それとも、ハイウェイ・パトロール？」

「殺しそのものはハイウェイ・パトロールだ」と、彼はいった。「現場にいるホイットワースに連絡をとった。自由に彼女の家を調べてくれ、といってたよ。彼は現場にとどまって、車の通りが多くなるまえに、道路から物的証拠をこすり落としておきたいらしい」

「彼らは彼女を撃って、フリーウェイのその場でめちゃくちゃにしたのかい？」

「わき道だ。広いわき道。身を隠すには十分に遠いし、十分に暗い」

「クリミンズはその道をよく知っていたんだろうな」と、ぼくはいった。「トレッドウェイ育ちだし。それにしても、その場でというのは危険だな」

「てことは、彼らは気楽に考えているんだろう——おたくがいったように、感情のコントロールを失っているのかもしれない。ピークの大量殺戮は、考えぬかれたものではなかった。血だらけの足跡を残している。クリミンズも落ちつきをなくしはじめているのかもしれないな」

「なんともいえない。クリミンズは立案者だ。逃亡は、彼がまだきちんと計画的であることを示している」

マイロは肩をすくめた。「なんといっていいのか」エレヴェーターが着くと、彼はとびのった。

「検屍官はなにか追加事項を見つけたのかい？」と、ぼくはいった。

「銃弾はまだ体内にあるから、彼は探しつづけるだろう。やめるならいまだぜ」

「まさか」

「疲れきってるみたいじゃないか」

「きみこそ、はつらつとしてないな」

彼の笑い声は短く、乾いていて、しぶしぶだった。「チューインガムを食うか？」

「いつから持ち歩いているんだい？」

「持ち歩いてなんかいないさ。あの職員――リヒター――がひとつくれたんだ。やってくる警官のために嚙みはじめたらしい。来年、退職するつもりで、元気と新鮮な息を振りまきたいんだとさ」

モルグの外にでると、空気はあたたかく濃密で、ガソリンのにおいがした。この時間でも、フリーウェイの音はやわらいでいなかった。郡立病院では、救急車が悲鳴をあげながら出入りしていた。浮浪者と死んだような眼をした連中が、彼らよりあまり具合がいいとは思えない二、三人の白衣を着た従業員とならんで、通りを歩いていた。頭上の高架交差路では、車が輝点となって通過していた。数マイル北のインターステイト・ハイウェイは、十分に殺人現場となりうるほど静まりかえっていた。

車がいきなりわき道にそれるところを想像してみた――黄色いコルヴェットではない。三人がすわれる、もっと大きな車。

クリミンズとピーク。そして、ハイディ。いっしょに乗っていく。

囚われの身だったのだろうか？　それとも乗客だったのか？

麻薬の有罪判決。

ぼくはプラマー・パークで会ったことに思いをはせた。

〝ルームメイトが寝ていなければ、あたしのところへきてもらっていたんですけど〟。

オレンジ・グローヴの住所では、生きているルームメイトがぼくたちを待っていたのだろうか？　それとも……。

突然、ぼくの気持ちはフリーウェイの殺人にもどった。車からおりたハイディは、驚き、どうなっているの、ときく。あるいは、身動きできずに――縛られ、さるぐつわをされている――おびえている。

クリミンズとピークは彼女をひっぱりだす。彼女は力強い女性だが、彼らはいともたやすく彼女を支配する。

二人は彼女をフリーウェイからなるべく遠くまでつれていく。わき道の端まで行くと、全員が闇にのみこまれてしまう。

最後のことばはあったのか、なかったのか。

どちらにせよ、バン。焼けつくような光と痛み。

彼女は最後になにを聞いたのか? ブーンと通りすぎるトラックの音? 風? 早鐘を打つ自分の脈?

彼らは彼女が倒れるにまかせる。やがて、クリミンズが合図をおくると、ピークがまえに踏みだす。

刃物を手に。

呼びだされて。

カメラ。アクション。

カット。

覆面パトカーに乗りこむと、ぼくの内臓は跳びはねた。マイロになにかいうまえに、すべてを整理して、つじつまを合わせておきたかった。彼はエンジンをかけ、勢いよくモルグの駐車場をとびだした。ぼくたちは左折してミッション・ブールヴァードにのり、轟音をあげて走り去った。

オレンジ・グローヴには柑橘類が植えてある形跡はなかった。ロスアンジェルスの通りとおなじで、小さくて平凡な家がずらりとならんでいる。

その家は刈りこまれていないイチジクの生け垣の奥に隠れていたが、緑色の塀はアスファルトのドライヴウェイまで伸びていなかったので、ガレージまでずっと見わたすことができた。車の姿はなかった。マイロは百フィート先まですすみ、ぼくたちは歩いて引き返した。彼が銃を手にアスファルトまで行き、ガレージにもどり、側面が木でおおわれたバンガローの裏へまわるあいだ、ぼくは縁石のところで待っていた。暗闇のなかでも、ペンキについている傷は見えた。色はよくわからなかったが、おそらくベージュの一種だろう。家とイチジクの生け垣のあいだには、枯れた芝生のせまい区画があった。フロント・ポーチはたわみ、生け垣のほかに低木の植え込みはない。

マイロが銃をもったままもどってきた。息が荒い。「からっぽらしいな。裏口がちょろいから、そこから入る。おれがいいというまで、ここにいてくれ」

さらに五分、十分、十二分、見守っていると、彼のペンライトがシェードのおりた窓の奥で跳ねた。一匹のホタル。ようやく正面のドアがあいて、彼が手招きした。

彼は手袋をはめていた。あとをついていくと、彼は二つ三つ明かりをつけた。乏しいスペースがあらわになる。まず、ぼくたちは家全体を調べた。みすぼらしい洗面所もふくめ、せまくて汚い部屋が五つあった。あかでおおわれた黄色い壁。窓のシェードはひび割れていて、灰色のオイルクロスがダクト・テープでまだらに貼ってあった。

ぱっとしないレンタルの家具。

スペースが許す場所。バンガローはこぎれいな段ボール箱であふれかえっており、そのほとんどは封がされていた。外側には印刷されたラベルが貼ってある。〈天地無用、壊れやすい〉。テレビ、ステレオ、ビデオ装置、カメラ、パソコンの大量の段ボール。カセット、コンパクト・ディスク、コンピュータ・ディスク。ガラス製品、銀器、小さな器具。ビデオ・カートリッジとフジ・フイルムの山。誕生日パーティを千回は撮れるフィルムの量だ。

大きめのベッドルームの隅、整えられていないクイーン・サイズのマットレスのわきには、小さめの箱の山が押しこめられていた。ラベルにはソニー・マイクロレコーダーと書かれている。ハイディがピークの声を録音するときに使っていたようなものだ。

「ガレージには映画の道具があった」と、マイロはいった。「ドリー、ブーム、スポットライト、わけがわからないがらくただ。山のようにあって、ほとんど天井まで届きそうだ。のこぎりは見えなかったけど、あの道具の下に押しこめるからな。くまなく調べるには一チーム必要だ」

「彼女は関係していたんだ」と、ぼくはいった。

彼は答えず、バスルームに入っていった。引き出しをあける音が聞こえたので行ってみると、彼が流しの下のキャビネットから何かをとりだすのが見えた。

光沢がある白い靴箱だ。おなじような箱がさらに数個、パイプのとなりに積みあげてあった。

彼はふたをもちあげた。発泡スチロールの型のなかに、白いプラスティック瓶がずらりとならんでいる。彼はひとつひっぱりだした。「フェノバルビタール」

その箱に入っているほかの瓶には、どれもおなじラベルが貼ってあった。つぎの箱は各種の寄せあつめで、ほかのすべての箱もそうだった。

クロルプロマジン、チオリダジン、ハロペリドール、クロザピン、ジアゼパム、アルプラゾラム、炭酸リチウム。

「売人用の麻薬見本集だな。覚醒剤（アッパー）、鎮静剤（ダウナー）、オールアラウンダー」

マイロは箱の底を調べた。「スタークウェザーのスタンプがまだここに押してある」

「混ぜもののない薬」と、ぼくはいった。「価格があがる」

やがて、ぼくはあることを思いついた。

マイロは向こうを見ていたが、「なんだ？」といったから、ぼくはなにか音を立てたにちがいない。

「とっくの昔に思いつくべきだったんだ。迷子になった犬、バディのことを。彼のことが頭からはなれなかったのは、見たことがあったからさ。あの日、公園で、黒ずくめの背の高い男が、ロットワイラーの混血を散歩させて通りすぎた。ぼくたちがハイディとすわっていたすぐそばを。ハイディは彼を知っていたんだ。ルームメイトだったんだよ。寝ている、と彼女がいっていた。二人のささやかなジョークだったんだな。彼らは最初からぼくたちをもてあそんでいた。まあ、観察力もたいしたことはなかったな。いまさらわかっても役に立たないけど」

「なあ」メモ帳にドラッグの明細を記録しながら、彼はいった。「おれはいわゆる刑事だけど、その犬にはまったく気づかなかったよ」

「クリミンズはミセス・ライバーから犬を盗んだんだ。欲しいものを手に入れる。なぜなら、それができるから。彼にとっては、すべてが力なんだ」

マイロは書く手をとめた。「ここには犬の形跡がないな。家のなかには、餌もなければボウルもない」

「そのとおり」

「ハイディか」彼の声は急に疲れきっていた。

「彼女の話は一から考え直さないと」と、ぼくはいった。「ピークの予言。ピークの予言と思われていたこと」

　ペンを握っているマイロの手がこわばった。こちらをじっと見つめる。「これもまた信用詐欺か」

「にちがいない。ぼくたちがもっていた証拠は、ハイディの話だけだった」

「〝箱のなかに悪い眼が〟、〝チューチュー・バンバン〟」

「あのテープも」ぼくは彼の先にたって大きめのベッドルームにもどり、ソニーの山を指さした。「テープはつぶやき以外のなにものでもなかった。聞きわけられないつぶやきで、だれの声であってもおかしくない。でも、だれの声かはわかっている」

「クリミンズ」

「サウンドトラックをダビングしたんだ」と、ぼくはいった。「ジョージ・ウェルズ・オーソン。このまえもいったように、彼は映画監督だ。プロデュースして、監督をして、演じる」

　マイロははげしく毒づいた。

「クレアを殺してから」ぼくは続けた。「彼はピークをいんちき予言者にしたてて、自分の構想に趣をくわえた――なんともいえないけど、いつか使えると思ったのかもしれない。脚本を書いて、ハリウッドに売りこめる、とね。ぼくたちはそれを本気にした――おおいに愉快だったろうな、彼はまたしても法を踏みにじったんだから。フロリダのときとおなじように。それに、ネヴァダ。トレッドウェイ。だからビーティ兄弟を殺したとき、彼はふたたびやった。またしても、ハイディを使って。こんども、リスクなしで。ほぼ二十年ちかく、だれもピークがしゃべるのを聞いたことがない――録音されているのがピークの声ではないと、だれも断言できないだろ？　はじめてハイディに会ったとき、彼女は病院を辞めることをそれとなくほのめかした。それによって、彼女はきみのそばにいて、役に立てるようになった。彼女にすぐに信頼性をあたえた――警察からじきじきに招待されたんだからね。その時点から、彼女がピークとしていることをだれも疑わなくなった」

「おそらく、チェットをのぞいて」

「〝シェルシェ・ラ・ファム〟」と、ぼくはいった。「チェットはなにかに気づいたのかもしれない――ハイディに関して、なにかおかしなことに。たぶん、ピークとのかかわりかただろう。あるいは、彼女がナース・ステーションから薬を盗むのを見たのかもしれない。あるいは、彼女がダラードから受けとるのを。が、またしても、だれも彼のとりとめのない話には注意をはらわない。ハイディは好きなようにクリミンズの潜入スパイを続けられた。そもそも彼女がそこにいたのは、クリミンズがそうしてほしがったからだ――彼が辞めた直後に、彼女はスタッフになった。彼は彼女に複数の任務をあたえた。ドラッグの流れを止めないようにダラードといっしょに働き、ダラードにドラッグを盗ませないようにし、クレアにまとわりついて、彼女がピークについてなんといっているのかを報告しろ、と。というのも、彼はピークのことをクレアと話し合ったはずだから。それが彼らの関係の基本だったんだ」

「〝シェルシェ・ラ・ファム〟」と、彼はいった。「やつは女たち（ファムス）をあつめている」彼は禁制品の山を見わたした。「ハイディが今夜、彼とピークといっしょに移動していたということは、彼女はおそらく逃亡に関与していたんだろうな。彼女が潜入スパイなら、逃亡はスムーズになるだろ？　きのう、最後に出会ったとき、彼女はあの職員用エレヴェーターのすぐそばでピークを歩かせていた。今夜のリハーサルだったたんだ」

「にちがいないな。彼女とクリミンズがリハーサルをする必要があったのは、ピークの精神状態がどうあれ、彼は十六年も閉じこめられていたわけだし、どうなるか予測がつかなかったからだ。逃亡の予定がはやまったのは、きみが接近しているから、という可能性もある。あのおなじ日、ピークはウォークの名前を口にしたことがあるかときみがきいたとき、ハイディは一瞬のためらいをみせた。きみが偽名を見つけたことにショックを受けたんだろうけど、なんとか平静をたもった。おもしろい名前だ、名前じゃないみたいに聞こえる、といって。ぼくたちをウォークから徐々に遠ざけ、ダラードが不正行為でクビになったことを教えて、そちらに注意をそらした。ダラードが障害になっていたからだ。薬の詐欺のなかで、彼はつねに使い捨てのメンバーだった。クリミンズとハイディは一石二鳥の計画を考えついた。ダラードを始末して、ピークを解き放つ。ほかのなにか。ぼくたちにダラードのことを話した直後、ハイディはウォークに話題をもどして、あれこれ質問しはじめた。彼はだれなんです？ ほんとにピークの友人なんですか？ 彼女はどうして心配したのか？ こちらがどこまで知っているかを探りだそうとしていたからで、ぼくたちは彼女が味方だと思っていたから気づかなかった」

「女優だな」と、彼はいった。

「プレッシャーを受けても落ちついている――きわめて冷静な若い女性だ。こちらがいなくなったとたん、たぶんクリミンズに電話をかけたんだろう。きみが彼の分身を追いかけていることを教えたんだ。彼は行動を起こそうと決意した」

「冷静だな」と、彼はいった。「彼女にはなんの役にも立たなかったけど」

「冷静だけど、向こう見ずでもある」と、ぼくはいった。「コカインで有罪になっても、スタークウェザーから薬を盗むのをやめようとしなかった。危険と戯れることも、彼女がクリミンズに惹かれた理由のひとつだった。彼女はスリルが大好きだといっていたじゃないか。ロック・クライミング、発電所からのスカイダイヴィング――あれは違法だったと、確実にきみに教えていた。考えてもみろよ。彼女は罪を犯したことを警官に話していたんだ。にこにこ笑いながら。あれもささやかなゲームだった。彼女がそもそもクリミンズと組んだのも、危険を楽しみたかったからだろう。デリックと兄のクリフはスリルが大好きで、スピード狂だった、とカストロはいっていた。デリックとハイディはどこかの命知らずクラブで会ったんじゃないかな」

「アドレナリンのほとばしりを追求する」と、彼はいった。「やがてそれが古くなると、ちがう種類の高揚感へ移る」

「クリミンズの犯罪には利潤動機があるけど、ぼくはずっとスリルがおもな構成要素だといってきた。クリミンズの目的は、ゆがんだ世界を創りだし、それをコントロールすることなんだ。彼は演技の脚本を書き、役者を選び、彼らをチェスポーンのように動かす。いったん出番が終わると、彼らを始末する。反社会性人格障害者にとって、それはまさに至福以外のなにものでもない。ハイディには似たような動機づけがあったが、彼女はクリミンズと同類ではなかった。おもしろい経験だったけど、彼女のあやまちは、自分もただのエキストラなのに、パートナーと思いこんでしまったことさ。クリミンズがインターステイト五号線で車を寄せて、おりろといったとき、彼女は混乱したにちがいない」

笑いたいとは思わなかったが、どうしたことか、ぼくは笑っていた。

「どうした？」と、マイロはいった。

「あることを考えていただけさ。クリミンズが幸運にもハリウッドに参入していたら、こんなことは起こらなかったかもしれない」

彼が部屋をざっとながめると、ぼくは彼の視線を追った。せま苦しくて、みすぼらしく、壁にはなにも貼っていない。ハイディとクリミンズにとって、室内装飾は完全にほかのなにかを意味していたのだ。残酷なパズル、血まみれのシーン、心の潤色……。

「逃亡について整理させてくれ」彼はじつにおだやかな声でいった。「スタークウェザーへの二重の侵入。クリミンズは裏から、フェンスのあの穴を通って敷地に侵入する。ハイディはほかの夜とおなじく、正面ゲートから車で入る。彼女はさっさとC病棟まで行き、ピークの部屋に向かって、彼に用意をさせる。パトロールをしているダラードをのぞいて、専門職員は全員が週ごとのミーティングに出席していた。ハイディはダラードをピークの部屋におびき入れ——ピークが病気だとか幻覚状態になっているというだけだから、たいしたことじゃない——ふたたびイエスのポーズをとっていると思わせる。ダラードはなかに入り、ドアに錠をおろして——基本的な手順だ——ピークを調べにいく。ピークは彼に襲いかかったのかもしれないし、かからなかったのかもしれない。いずれしろ、ハイディはダラードを殺し、喉を切り裂く。あるいは、彼女はダラードを混乱させ、切るのはピークかもしれない……人目がないのを確かめると、彼女はピークを急かして、階数標示がでていない職員用エレヴェーターに乗せる……地下までおりて、さようなら」

「で、別館のひとつかすぐ近くに隠れていたクリミンズは、彼らと合流する」と、ぼくはいった。「ハイディとクリミンズはピークを案内して、裏のフェンスから外にだす。ハイディが引き返して、入ってきたときとおなじく正面から病院をあとにしているあいだに、クリミンズとピークは丘陵地帯に逃げこむ。その地域を脱出できる乗り物を隠しておいたんだ。ピークの体調はよくないが、クリミンズは山が得意で、その丘をすでに知りつくしている。ピークをつれていくのは大した問題じゃないだろう。そのハイディがダラードを切り裂いたんだとすれば、なぜ動脈にかるい傷があっただけで、スパッと切れてなかったのかの説明もつく。彼女はあまり分別のない、力強い女性だった。でも、実際にだれかの喉を切ったことがないなら、その経験のなさが露呈したんだろうな。人間の首を切断するには、意志の力がいるんだ。それに、噴きだす血の問題がある。彼女は返り血を浴びたくなかったから、切ると同時に跳びのかなければならなかったんだろう――クリミンズが彼女に稽古をつけている姿が眼に浮かぶよ。彼女は頸静脈が傷つくくらいしか刺さなかった。ダラードがくずれ落ちたので、彼女は片づいたと思った。彼はショック状態におちいって、血を流しながらその場に横たわった。またしても、彼らは運に恵まれた――だれも、彼の命を救えるほどはやく発見しなかった」

「クリミンズはそうとう運に恵まれてるみたいだな」

「報われない罪はない」と、ぼくはいった。「だから、彼は悪事を続けている」

「かるい傷は、ピークがやったという可能性もある」と、彼はいった。「長いあいだ精神病院に入れられていたから、筋肉が萎縮してしまった」

「ハイディの顔を切りきざんだんだとしたら、そんなことはないさ。あれだけの深傷を負わせるには力がいる。なんだと思う？　鉈かな？」

「パテルはそういっていたよ。あるいは、なんらかの肉切り包丁だろうと。ああ、おそらく、おたくのいうとおりなんだろう……ハイディがダラードを切って、ピークがハイディを切った」

「彼女がダラードを殺したことは、もうひとつの目的にかなっていた。ピークの部屋に凶器を隠し、発見される危険を冒す必要がなくなる。専門職員たちは携帯しているからね。きみが立証したばかりだ」

彼は携帯電話をとりだしてロン・バンクスにかけ、ドラッグと盗品のこと、ハイディの関与について話した。「ああ、みたいだな……なあ、おれはもうちょっと彼女の家を嗅ぎまわるけど、ウェスト・ハリウッドだから、おたくから何人かここにきて、テープを張ってくれないか。おれがここにいることと人相を伝えてくれれば、まちがえようがないだろう……ありがとう。そっちで何かあらたなことは？　……ああ、ときとして仕事は退屈さ……ああ、と思うよ。チッピーはまだ向こうにいる……ホイットワース。マイクル・ホイットワース」

マイロは真剣に探しはじめた。ベッドルームのクローゼットには、ブルー・ジーンズ、ブラウス、女性用のSサイズとMサイズのジャケット、ウエストが三十四インチ、股下が三十五インチの男ものの黒いジーンズ、XLの黒いTシャツ、セーター、シャツが入っていた。

「楽しいわが家だな」といって、彼はライトで床を照らした。はきつぶしたランニング・シューズや厚底のよごれたブーツ数足の山のとなりに、しわくちゃの下着と靴下でいっぱいのプラスティックの箱が三つおいてあった。隅にはシート・クッション大のくすんだオリーヴ色の容器が四つあって、ひもで結んである。アメリカ合衆国陸軍のステンシル文字。そのとなりには、スキューバの道具、スキー・セット一台、亜硝酸アミル——興奮剤のアンプル——の箱があった。もうひとつの箱はポリエステルの髪でいっぱいだった。女性用のかつらが四つ。長いブロンド。短くてつんつんのブロンド。濡れ羽色。トマト・レッドのカーリー・ヘア。男性用かつらも三つあり、すべて黒髪で、ふたつがカーリー・ヘア、ひとつがストレートだった。なかのラベルには、ハリウッド・ブールヴァードにある舞台用メイクアップ店の名前が書いてあった。

「おもちゃだな」と、マイロはいった。「フェアウェイ・ランチに行ったとき、いいクライミング・スポットがあったか?」

「開発地全体の裏にはテハチャピ山脈がある。でも、山麓の丘陵地帯をちょっと歩くのと、本格的なクライミングはちがうからね。クリミンズはピークの体調に左右されるだろう。ピークが植物状態のふりをしていたんだとしても、彼はエドマンド・ヒラリーじゃない。それに、クリミンズがトレッドウェイに帰ったんだとしたら、それは彼にとって心理的な意味をもっているからだ。だから、彼は故郷にとどまるかもしれない」

「どんな心理的な意味だ?」

「大量殺戮と関係あるなにか——彼はそれを再生しているのかもしれない。彼の映画のために。おおいなる勝利を書き直している——よみがえらせているんだ。彼が住んでいた当時、トレッドウェイは基本的にアーデュロとクリミンズの農場に分割されていた。ワンダ・ヘツラーは、デリックとクリフが車から放りだしたメキシコ人女性はアーデュロ家のほうへ走っていった、といっていた。北側へ。それで範囲を限定できるかもしれない」

「だが、彼はどっちへ行ったんだ？　大量殺戮がおこなわれたから、アーデュロ側のほうへ？　それとも、パパの家だったほうへ？」

「わからない」と、ぼくはいった。「そのどちらでもないかもしれない」

「いま、そこには何があるんだ？　農場があったところには」

「家並み。レクリエーション用の施設。湖」

「でかい家か？」と、彼はいった。「クリミンズがアーデュロの家を思いだすような」

「それほどよく見てないんだ。高級な開発地でね。クリミンズの頭のなかでなにかの引き金をひくかどうか、なんともいえないな」

「明らかに隠れられるような場所はあるのか？」

「すごくオープンな場所でね」と、ぼくはいった。「ゴルフ・コースがふたつ、湖がひとつ。彼らがだれかの家に押し入ったら、隠れる場所はいくらでもある。でも、たとえクリミンズが精神的にくつろいでいても、あまりにばかげている な……ひょっとすると、開発地の外かもしれないな。テハチャピ山脈のふもとのどこか。子どものときに登ったことがあるなら、デリックは特別な隠れ場所をもっている可能性もある」

マイロはふたたび電話をとりだし、バンカー・プロテクションにかけた。またしても、彼の会話は緊張していた。「ばかな警備員どもめ。今夜はなんの混乱もないし、あやしい人物もいません、あくび、あくび……オーケイ、おれがそのお屋敷街のほかの場所をゆさぶってやろう」

二番目のベッドルーム、ハイディとデリック・クリミンズが眠っていたスペースは、せまく、やはり個性に欠けており、クイーン・サイズのマットレスとふたつの安っぽいナイトスタンドでほぼいっぱいだった。右側のナイトスタンドのいちばん上の引き出しには、半分空のタンポンの箱、金色の紙に包んであるゴディヴァのチョコレート三個、栄養補助食品ふたつ、マリファナの小さな袋が入っていた。いちばん下には、女性用の下着、空のエヴィアンの瓶、グラシン紙の封筒に入っている白い粉があった。

「11351・5はあまり効果がなかったみたいだね」と、ぼくはいった。

「初犯で——おそらく保護観察になったんだろう。最悪でも」

「それでさらに自信をつけた。コカインと興奮剤のアンプルも役に立ったんだろうな」

彼はマットレスの下、ピローケースのなかを調べ、クリミンズのナイトスタンドのほうへ移動した。クールの箱、フォイルに包んだコンドームふたつ、マッチブックふたつ、そしてうすい赤のペーパーバックが一冊。『ハリウッドで名声と富を見つけよう——脚本を書く』、〝名声と富シリーズ編集人著〟。

発行人はヒーロー・プレスという会社で、私書箱の住所はカリフォルニア州ランカスターになっていた。見返しにはほかのシリーズがのっていた。『頭金なしで不動産を買う』、『頭金なしでオプション取引と商品取引をする』、『頭金なしでビジネスを始める』、『百二十歳まで生きる——ハーブで長寿』。

「詐欺師がついに詐欺にひっかかったか」といって、マイロは低い引き出しのまえに膝をついた。

なかには黒いビニールのルーズリーフが入っていた。彼はそれをひっぱりだし、タイトル・ページまで繰った。

上部に印刷してあるのは、

『ブラッド・ウォーク』
大型映画のためのシナリオ
D・グリフィス・クリミンズ

DGCプロダクションズ、シン・ライン・プロダクションズ社長兼最高経営責任者、経営者、監督、プロデューサー、映画撮影技師。

汚れてしみがついているつぎのページには、ボールペンで書いた右肩あがりの文字がならんでいた。奇妙にとがった筆跡で、あちこちが角ばっているので、象形文字を思いだしてしまった。

機材――問題なし。明白。
キャスティング――今月の病棟？　広告？　ひっかける？　特殊効果――騙す、裏の裏をかく。
カメラを計算に入れるか、ビデオを使うか。手間暇をかける価値はあるか。ビデオでも十分に機能する。
タイトル――ブラッド・ウォーク。ブラッド・ウォーカーズ。ウォーク・オブ・ブラッド。ブラッドバス。ザ・ビッグ・ウォーク。
タイトル候補――1モンスター帰る。2モンスター逮捕。3命知らずの復讐者――全員のための正義。4十四日の土曜日。5モンスターの帰還。6パーム・ストリートの恐怖。7マニア。8サイコドラマ。9究極の犯罪。10天才と狂気。11シン・ライン――だれが狂っていてだれが狂ってないと、だれがいえるんだ。

「もうひとつの脚本の概略だな、フロリダのように」と、ぼくはいった。「十二歳児の日記みたいじゃないか――三番目のタイトル候補を見てくれよ。『命知らずの復讐者――全員のための正義』。スーパーマンのファンタジーだね。彼は自分が危険を冒す人間で、世界をピークから救うヒーローと考えているんだ」

マイロは首を振った。「十一番のやつは、実際に自分の会社名に使ったものだ――だれが大ばか野郎で、どあほうだと、だれがいえるんだ？　おれがいってやるさ。それに、おたくもな」

彼はつぎのページを繰った。空白。

「やつはアイディアがつきたみたいだな」と、彼はいった。「このての才能なら、きっとスタジオで本格的なお仕事がもらえただろうよ」

部屋の光が変化した。なにかが窓のシェードを黄色くそめている。

ヘッドライトだ。家のとなりで車がアイドリングしている。ドライヴウェイで。

ぼくは気むずかしくて誇大妄想的なマリー・シンクレアのことを考えた。聞き耳を立てていると報われる。

マイロはすばやく動いて部屋の明かりを消し、ルーズリーフをもとにもどして、銃を抜いた。

ヘッドライトが暗くなった。エンジンが数秒のあいだ回転し、やがて止まった。シューッ、カチッという音がして、ドアが閉まった。足音がドライヴウェイをこする。

足音が小さくなった。

マイロは家のなかを走りぬけて玄関に向かい、ぼくになにかいった。

〝じっとしていろ〟といったんだ、とあとで説明してくれたが、聞こえなかったので、ぼくは彼のあとについていった。

彼はドアをわずかにあけ、外をうかがってから、大きくあけて走った。

ドライヴウェイにはレモン・イエローのコルヴェットが駐まっていた。

ぼくたちはイチジクの生け垣のまえを走った。男は通りの五十フィート先、北のほうにいた。腕を振り、さりげなく歩いている。

背が高い。やせている。大きすぎる頭――あまりに大きい。なにか帽子だろう。

マイロは彼のあとを追いはじめた。距離を縮め、大声でどなる。「警察だ、止まれ、動くな、警察だ、止まれ止まれ!」

男は足をとめた。

「両手を頭のうしろにあげて、そこにじっとしていろ」

男はしたがった。

「ゆっくりと歩道にうつぶせになれ――両手をもとの位置にもどせ――上だ、上だ、頭のうしろだ」

　完全に服従した。男がうつぶせになると、帽子が落ちた。

　マイロは瞬時に手錠をとりだし、男の腕を背中にまわしていた。

いとも簡単に。

　ほかのだれかが運に恵まれてもいい時期だ。

「ピークはどこだ？」と、マイロは詰問した。

「だれだって？」甲高い、緊張した声。

「ピーク。おれを怒らせるんじゃない、クリミンズ――」

「だれ――」

　男の後頭部に銃でねらいを定めながら、マイロはペンライトをとりだし、ぼくに放った。「こいつの顔にあててくれ――顔をあげろ！」

　男が反応するまえに、マイロは彼の髪を手いっぱいにつかみ、ひっぱりあげた。男は痛みで息をのんだ。ぼくは正面にまわり、彼の顔に光をあてた。

　やせた顔。長いブロンドの髪が縁どっている。髪には、歩道から二、三フィートのところに落ちている防寒帽のあとがついていた。

　近所の数軒で明かりがともったが、通りは静かなままだった。

　マイロが男のあごをささえ、ぼくが怯えた淡い色の眼を照らした。弱々しいあごで、生えたばかりのひげがふわふわしている。
吹き出物。
青春期のにきび。
坊やだった。

37

坊やの名前はクリストファー・ポール・ソームズで、それを証明する身分証明書をもっていた。

　あきらかに偽のカリフォルニア州の身分証明書とベルフラワー・ハイスクールの学生証で、三年まえの日付になっていた。当時、彼は二年生で、髪はいまより短く、肌はきれいだった。翌年の夏にドロップアウトしたのは、〝学校はむかつくし、仕事をしていた〟からだった。

「どこで？」と、マイロはいった。彼はソームズをイチジクの生け垣の奥にある芝生までひきずってきていて、彼のポケットを空にしていた。

「ラッキーズ」

「なにをしていた？」

「食品の箱づめだよ」

「どのくらいそこで働いていた？」

「二ヵ月」

「その後は？」

ソームズは肩をすくめたが、手錠にさまたげられてしまった。

彼のポケットには二十ドル札が一枚、マリファナ煙草の吸いさし、M&Mのピーナツのつぶれかけた袋が入っており、運転免許証はなかった。「でも、運転はできるよ、兄貴が海兵隊に入るまえに教えてくれたから」

マイロはコルヴェットを指さした。「いい車だな」

「ああ――こいつを外してくれないかな」

「もう一度いってくれるか、クリス」

「せめて、芝生からはなれていいかい？　濡れてるから、ケツが濡れるんだよ」

マイロは彼のベルト通しをひっぱってもちあげ、バンガローの正面ポーチまでひきずっていった。尋問はほぼ十分にわたって続いていた。保安官事務所の車がくる気配はまだなかった。

ソームズは両肩を動かした。「痛いんだよ。自由にしてくれよ、おれは何もしてないんだから」

「車を盗んだんじゃないのか？」

「ちがうっていっただろ」

「車のなかで住所を見つけて、車で家を荒らしにきたんじゃないのか？」

「まさか」

「どうやってキーを手に入れたんだ？」

「そいつがくれたっていっただろ」

「でも、そいつの名前は知らない」

「そうだよ」

「そいつは、ただコルヴェットのキーをくれたわけか」

「ああ」ソームズは鼻を鳴らした。骨ばった膝がふるえはじめた。

「そのおとぎ話はどこで起きたんだ？」

「アイヴァーとレキシントンの交差点といっただろ」

ハリウッドの裏通りだ。坊やのこけた頬は、まさにハリウッドを絵に描いたようなものだった。

マイロは、「やつは街角でおまえのところへやってきて、車のキーをくれたというわけか」といった。

「そうだよ」

「アイヴァーとレキシントンの交差点で、おまえは何をしていたんだ」

「なんにも。ぶらぶらしてたのさ」

「で、やつがコルヴェットでやってきて――」

「ちがう、彼は歩いてきたんだ。コルヴェットはどこかほかに駐めてあった」

「どこに？」

「二、三ブロック先だよ」

「で、おまえは彼をカモだと思った」

「ちがう——そんなばかなまねはしないよ。いまいったとおりのことが起きたんだ」

「そいつはどんな風体だった、クリス？」

「さあね」

「そいつはおまえに車のキーをくれて、おまえはそいつがどんな風体かも知らないのか」

「暗かったんだ——あそこはいつも暗いんだ、だからさ——自分で行ってみればいいじゃないか、いつだって暗いんだから」

「おまえの知らない、顔もわからないやつが、ただコルヴェットのキーを手わたして、家まで運転していってくれたら二十ドルをくれるといったのか」

「そのとおり」と、ソームズはいった。

「彼はどうしてそんなことをしてほしがったんだ？」

「本人にきいてくれよ」

「おまえにきいてるんだ、クリス」

「彼は車をもう一台もってたのさ」

「ああ」と、マイロはいった。「はじめて、おれにいい忘れたことができてきたな」

「やつは――おれは――」ソームズはぴたりと口を閉ざした。

「なんだ、クリス？」

「なんでもないよ」

「二十ドルには、だれにも何もしゃべらないこともふくまれてるんだろ？」

沈黙。

「おまえが自動車の重窃盗で逮捕されたときの保釈金の支払いについて、やつはなにかいっていたか？」

沈黙。

マイロは片膝をつき、眼の高さをソームズに合わせた。「おれはおまえを信じているといったらどうする、クリス？　おれはその男がどんな風体か知っているといったらどうする？　背が高くて、やせていて、大きなわし鼻。服は黒ずくめ。黒髪か、淡い褐色。かつらみたいな」

ソームズは眼をしばたたいた。

「どうだい？」

ソームズは顔をそらした。

「おまえは運がいい坊やだといったらどうする、クリス？　というのも、こいつはとっても悪いやつで、おまえはなにかゆゆしき事態に巻きこまれているかもしれないからさ」

ソームズは鼻にしわを寄せた。片方の鼻孔に乾いた鼻くそがこびりついている。眼がうるんできた。彼の服は、不潔で、古くて、妙に金属的なにおいがした。

「なにか信じがたいほどゆゆしき事態だ、クリス」

「ああ」

「おれがからかっていると思ってるのか、クリス？　おれにどうやって彼の風体がわかるんだ？　おれがどうしてここに、彼の家にいると思うんだ？」

ソームズはふたたび中途半端に肩をすくめた。

「殺人の共犯だ、クリス」と、マイロはいった。

「ああ」

「百パーセントまちがいない。この男は殺しが好きなんだ。痛めつけてやるのが」

「はったりだ」

「どうしておれがおまえにはったりをいうんだ、クリス？」

ソームズは、「あんたは――やつは――あんたたちはでたらめをいってるんだ」といった。

「そんなことはない」

ソームズの眼は濡れていた。唇がふるえている。

「なにか知ってるんだろ、クリス？」

「あんたたちはでたらめをいってるんだ」ソームズは哀れっぽい声をだした。「おれはやつにスージーをつれていかれたんだ」


スーザン・ガルベス。ヒスパニック女性、黒髪で眼は褐色、五フィート二インチ、百十六ポンド。生年月日を見ると、十四歳と七ヵ月だった。失踪届は、十八ヵ月まえ、ベルフラワーの地下鉄駅、となっていた。

「両親は彼女がボーイフレンドといっしょだと思っている」といって、マイロは携帯電話をポケットにしまった。「白人男性、ブロンドで眼はブルー、六フィートから六フィート二インチ、百四十五ポンド、クリスという通称。姓はない」

ソームズに向かって、「で、ミスター・姓なしくん、彼女は十二歳のときにおまえと逃げたのか？」といった。

「いまは十四歳だよ」

マイロは彼の襟をつかんだ。「彼女を十五歳にしたいんだったら、さっさとしゃべるんだ、クリス。さあ、くそったれ」

「わかったよ、はいはい、そいつを見たことはあるけど、知らないんだ、ほんとだよ。カモじゃないよ、ほんとに、たいてい車で流してるんだ。名前はない、一度も名乗ったことがないね」

「名前がなくて、コルヴェットでハリウッドを流している」と、マイロはいった。

「ちがう、ちがう」ソームズはいらだたしげにいった。「コルヴェットじゃないよ、コルヴェットは見たことがないし、ほかの車、黒いジープだ。スージーとおれは彼をマリリンと呼んでいたんだ、マリリン・マンソンみたいに。だって、マリリン・マンソンみたいに背が高くて、不気味なんだよ」

「彼はなんのために流していたんだ？」

ソームズの鼻が泡を吹いた。マイロはハンカチをとりだして拭ってやると、ふたたびソームズの顔をつかみ、眼をじっとのぞきこんだ。「そいつはなんの仕事をしているんだ、クリス？」

「ときどき、みんな――おれじゃないよ――は彼から薬を買っている。錠剤を。彼はやたら錠剤をもっているんだ、処方薬を。おれは買わないよ。スージーも。彼がほかのやつらに錠剤を売るのを見ただけさ。彼にはガールフレンドがいたんだけど、白髪の全身パンク・スタイルで、二人とも錠剤を売ってたよ――」

「今夜はなにがあったんだ？」

「おれとスージーはぶらぶらしていて、時計をもってないから何時だったかわからないし、時間のことなんかどうでもいいけど、ゴー・ジでバーガーをふたつ買って、泊まっているところにもどろうとしたんだ――住居侵入じゃないぜ、そこは空き家みたいだからいつも泊まっているんだ。そしたら、そのマリリンがやってきたんだよ。おれはストレートだって知ってるから、信用してるのさ。コルヴェットを家まで運転していって、キーを郵便箱に入れ、バスでハリウッドまで帰ってきてほしい、といったんだよ。二十ドルくれて、あすの朝、ゴー・ジでおれに会ったときにもう五十ドルくれることになってるのさ」

「あすの朝、何時だ？」

「十時。駐車場で会ったときに、五十ドルくれて、スージーを返してくれることになってるんだ」

「彼女をどこからつれてくるんだ？」と、マイロ。

「知らないよ」ソームズは泣き声になっていた。

「ただ彼女をつれていって、場所も理由もいわなかったのか？」

「あいつは彼女を借りてったんだ」

「映画を撮るためだろ？　やつがどんな映画をつくっているか、わかるか？」

ソームズのふるえていた膝がとまった。泣きはじめる。

マイロは彼をゆさぶって泣くのをやめさせようとした。「ほかになにがあるんだ、クリス?」

「なんにもないよ、これだけさ——彼女をほんとに痛めつけると思ってるのかい?」

「ああ」と、マイロはいった。「さあ、思いだすんだ、天才。やつは彼女をどこへつれていくといっていた?」

「知らないよ! ああ、たのむよ!」と、ソームズはいった。「ああ、たのむよ、ああ、たのむよ——コルヴェットの話がついたら、あいつはスージーを見て、すごくかわいいな、おれが撮っている映画に使えるよ、といったんだ。プロデューサーだといってた。どこに行くかはいってなかった、と思うよ。ああ、たのむよ、彼女のパパに殺される」

「どうして?」

「映画のことさ——わかってるだろ」

「彼はポルノ映画をつくってると思ったんだな」と、マイロはいった。

「ちがう」と、ソームズ。「おれは——彼は、〝心配するな、だれも彼女に手をださないから、ただの映画だよ〟といってたんだ」

「どんな映画なんだ? やつに彼女をひきわたして、なにもきかなかったのか?」

「おれは——あいつは——スリラーで、彼女は主役みたいなもんだし、夜に撮影しなきゃならない、といってたと思うよ。だって、スリラーだから。あいつはおれたちに――彼女に――百ドルくれることになっていた」

「五十ドルとはべつに？」

「ああ」

「気前がいいな」

「大きな役だといってたよ」

「で、おまえに一銭残らずくれるといったのか？」

「二人分だよ。おれたちはいっしょだけど、スージーは金にルーズだし、おれのほうが信頼できるのさ」


ようやく、保安官補たちが到着した。マイロは彼らにソームズの勾留をまかせ、彼とぼくは覆面パトカーに急いだ。

彼はすばやく発進し、北に向かってとばした。

「車が二台ということは、運転者が二人だ」と、ぼくはいった。「逃亡するまえに、クリミンズとハイディは会う手筈をととのえた。ハリウッドのどこかで。ところが、クリミンズはハイディが夜まで生き延びられないのを知っていたし、彼女が死んだら、二台目の車を運転する人物が必要だった。ほとんどのハリウッドの通りには駐車規制がある。彼は切符をきられる危険を冒すわけにはいかなかった。それに、コルヴェットはやたら眼につきやすい」

「やつはどうしてソームズみたいなあほうを信用して運ばせたんだ？」

「あほうは最後までやったじゃないか。いったように、クリミンズは人の心を読むのが得意なのさ。あるいは、彼はどうでもよかったのかもしれない——コルヴェットとは縁をきったんだ」

「そんなにあっさりと？　車を捨てるのか？　どうして車と縁をきったんだ？」

「今夜は彼の生涯におけるあらたなステージとなるからさ」と、ぼくはいった。「それに、金は彼にとって重要な問題じゃない。いままでもそうだった。少し手に入れても、なかなか貯まらない。彼はスピードのでるおもちゃで育ってきたし、悪銭身につかずだった。たやすく交換することもできた。映画の機材を盗むんだから、車をもう一台盗むくらいなんでもないさ。ジープも、ぼくたちが知っている名前では登録されていない。おそらく、どこかに自動車隊を隠しているんだろう」

「スーパー犯罪者だな。命知らずの復讐者」

「きちんと向きあおう、マイロ、天才じゃなくても、ロスアンジェルスで重罪をやってのけられるのはわかっている」

彼はぶつぶついってサンセットまで全速力で走り、右にまがった。どこに向かっているかわかっていたので、ぼくは眼を閉じ、シートに深くもたれかかった。しばらくして、車が方向を変えるのを感じて眼をあけると、フリーウェイの標識が見えた。USハイウェイ一〇一ノース。これだけ遅い時間だと車も少ないし、インターステイト五号線まではわずか数分だ。彼は覆面パトカーのスピードを時速九十、百マイルまであげた。

「スザンナ・ガルベス」と、彼はいった。「あのヘツラーという婦人はおたくに、デリックと兄貴はメキシコ人の女が好きだったといっていた」

「ノスタルジアだ」と、ぼくはいった。「まさに。すべてが、古きよき時代の再現なんだよ」

38

ハイディ・オットが殺された場所はすぐに見つかった。ハイウェイ・パトロールの照明装置のばら色の光は半マイルはなれていても見え、さながら地平線に落ちる照明弾だった。

接近するにつれて、赤い円錐形の標識の列がせまくなり、右側のレーンへの交通を遮断していた。マイロが標識のあいだに車をすすめ、制服警官にバッジをみせると、用心ぶかく品定めされた。カリフォルニア・ハイウェイ・パトロールのパトカー二台、カリフォルニア・ハイウェイ・パトロールのオートバイ一台、光沢がある、規格外のハーレー・ダヴィッドソン一台が、わき道に駐まっていた。

制服警官が、「オーケイ」といった。

「マイク・ホイットワースは？」

「あそこです」親指が、土手のそばに立っている三十代の大男を示した。数本のアーク灯が、テープを張られた区域を集中的に照らしている。遺体のあった場所を示す白い輪郭はわき道の遠い端、アスファルトと土手がまじわっているあたりから数インチのところにあった。ギフト・ショップで売っている便箋に描いてある死体の輪郭の実物。実物はアートを模倣する。

ホイットワースは円錐形の標識のすぐ外側に立っていた。若くてすっきりした体形をしているが、疲れきってみえる。血色のいいベビー・フェイスの中心には、ブロンドの小さな口ひげがあった。髪はごく短く刈りこんであるので、色はよくわからない。ピーナツバター色の革ジャケット、白いシャツ、黒っぽいネクタイ、灰色のスラックス、黒いブーツを身につけており、オートバイ用のヘルメットを手にしていた。

マイロは自己紹介した。

ホイットワースは彼の手をとり、つぎにぼくと握手をかわした。彼は地面を指さした。ルビー色のしみがいくつかついていて、最大のものは幅が一フィート以上あった。「骨の破片と軟骨も見つかりました。たぶん、鼻の骨の一部でしょう。殺人はいつだってあるし、ごみ袋のなかにはひどいものもいっぱい入っていますが、こういったダメージは……」彼は首を振った。

マイロは、「彼女を殺した連中は、もうひとりやるつもりだと思う」といった。デリック・クリミンズの前歴、ピークの逃亡、ハイディの関与の可能性について大急ぎで話し、最後はクリストファー・ソームズの話で締めくくった。スージー・ガルベスを採用したことについて。

「テハチャピ山脈ですか？」と、ホイットワースはいった。

「そこしかない。テハチャピ山脈は彼の故郷の奥にある。いまはフェアウェイ・ランチと呼ばれている。知っているか？」

「聞いたことがありませんね」と、ホイットワース。「わたしはアルタディーナに住んでいて、仕事のほとんどは街に近いところなんです。グレープヴァインの手前ですか？　向こうですか？」

「まさにそこだ」と、ぼくはいった。

「クリミンズには山登りの経験があるだろうが」と、マイロはいった。「ピークにはないし、もしその娘をつれているとしたら、エヴェレストみたいなことにはならないだろう。彼らはその開発地にいる可能性もある――だれかの家を乗っとって。フェアウェイをパトロールしている警備員たちは、そんなことはないというんだが、どうも納得できないんだ。山にいるとしたら麓だろうし、どこか風雨をしのげる場所――洞穴とか露出部かもしれない。いずれにせよ、調べてみないと」

「警備員たちとはだれで、どんな問題があるんです？」と、ホイットワースはいった。

「バンカー・プロテクションといって、シカゴの会社だ。気になる点があると教えてやるたびに、あいつらはそれがなにかを知ろうとしない。宣伝文句みたいなたわごとをくりかえすばかりさ――〝ここではまちがいは起きません〟」

「そうなるまでは」といって、ホイットワースはベルトのバックルをなでた。「オーケイ、行ってみましょう。管轄のことはわからないけど、まあ、どうでもいいか」彼は死体の輪郭をちらっと振り返った。「そろそろ店じまいするところでしたから、あの四人の州警官をつけられますし、三十分以内にもっと呼べます。わたしはオートバイで行きます——電話があったときは、非番になるところだったんです。ひとりで行きますから、向こうで会いましょう。バンカーなんたらが厄介なことをいってきたら、どやしつけてやります。ヘリコプターはどうします？」

マイロはぼくのほうを向いた。「どう思う？　騒音と光は彼をとめるかな？　あるいは、あおってしまうかな？」

「脚本になんと書いてあるかによるね」と、ぼくはいった。

「脚本？」と、ホイットワース。

「彼はある種の筋をたどっているんだ。直接の脅威に対して彼がどう反応するかに関する問題は、彼の刺激レヴェルに関して確実に予測できないことだな」

「刺激？　性的なことなんですか？」

「彼のふつうの精神状態さ。反社会性人格障害者は、緊張が高まるときをのぞけば、われわれよりおとなしいレヴェル——低い脈拍数と皮膚の電気伝導力、高い痛覚閾値——で機能する傾向がある。ふつうでないときは、彼らは大爆発する可能性がある。

クリミンズが比較的おとなしいとき——計画立案し、管理しているとき——に立ち向かえば、彼はテントをたたんで逃げるか、あきらめるかもしれない。でも、最高潮の瞬間につかまえようとすれば、はでな最期に突進するかもしれないんだ」

「コレシュ（アメリカの宗教家。集団自殺とみられる火災により多数の信者を道連れに死んだ）みたいだな」と、ホイットワースはいった。「その娘はいくつなんです？」

「十四歳」

「もちろん、やつがまだ彼女を殺してないという保証はない」

「ヘリコプターをスタンバイさせてくれ。あと二、三台、車を用意してほしい。おなじ方針で、ライトもサイレンも抜きで、フェアウェイまで車でそっと行く」といってから、マイロはぼくに向かって、「バンカーの連中はどこにたむろしているんだ？」といった。

「入口をすぎたところに警備小屋がある」

「オーケイ」彼はホイットワースにいった。「中央の入口で会おう。アレックス、道順を教えてくれ。実際にそこへ行ったのはおたくだけだからな」

淡青色のシャツを着た男たちはうれしそうではなかった。

39

スペインふうの警備小屋のなかで、腰をおろしている三人の警備員は驚いていた。ステレオはおだやかな音楽を奏でていた。シャツはプレスしたばかりだ。

外も内部もこざっぱりしたきれいな建物で、インテリアはこぢんまりしている。しみひとつないキチネット、オークのテーブルにはオークの椅子が四脚、ラックには青い帽子。テーブルにはテイクアウトのメキシコ料理の残りがのっている。ヴァレンシアの住所が書いてあるタコ・フィエスタ。食べかけのブリートのとなりには、トリヴィアル・パースートのゲーム盤があった。プラスティックの三つの小さなパイは、青、オレンジ、褐色で、最後のものには小さなプラスティックの楔が半分くらい入っていた。

ドアに錠はおりていなかった。マイロとマイク・ホイットワースとぼくが入っていったとき、三人の警備員は立ちあがり、そこにはない銃をつかもうとして手を伸ばした。部屋の向こうに金属のロッカーがあって、〈武器庫〉と書かれていた。そのとなりの飾り額には、バンカー・プロテクションの交差したライフルのロゴが描かれていた。

いま、ぼくたちは全員でモモの香りがする空気のなかにいて、星は驚くほどすくなかった。バンカーの警備員たちは、フェアウェイ・ランチの入口をふさいでいるカリフォルニア・ハイウェイ・パトロールのパトカーに視線をそそいでいた。暗いフロントガラスの奥の車内に、かろうじて男たちの輪郭が見えた。

車で入ってきたとき、マイロは低くて白いフェンスを見てつぶやいた。「ゲートがない。やつらはそのまま車で入れたかもしれんな」しばらくすると、マイク・ホイットワースがハーレーでやってきて、おなじ主旨のことをいった。

「ということは、まだ捜していないんだな」マイロはいちばん背が高い警備員、〈E・クリフ〉に向かっていった。マイロがとがめるように人さし指を立てて黙らせるまで、もっとも声高に抗議していた男だ。

「ええ」と、彼はいった。「もう午前一時をまわっていますし、住人を起こしたくありませんから。理由がありません」

「理由があれば気がつく、というのか？」と、ホイットワース。

「もちろん」といってから、クリフは吠えるように、「サー」といいそえた。

ホイットワースは、マイロにならってその巨体を彼のほうへ近づけた。「こういったやりかたでは、だれでも入ってこられる——Eはエドかい？」

クリフはあとずさりながらほほえもうとした。「ユージーンです。そんなことはありません。だれか入ってきたら、警備小屋から見えます」

「カーテンがあいていれば」

クリフは建物のほうへさっと首をまわした。「日ごろはあいています」

マイロは、「おれは日ごろはチャーミングだよ」といって、やはりクリフのほうへ移動した。「で、車で通りすぎた二人の殺人者はどんなカテゴリーに分けられるんだ？　スポーツとレジャーか？　アートとエンターテインメントか？」

「サー！」と、クリフはいった。「失礼なことをいわれる理由はありません。カーテンが閉まっていても、ヘッドライトが見えます」

「ヘッドライトがついていればな——わかってるよ、日ごろはついているさ」

「そんなことをいわれる——」

マイロはさらに近づいた。クリフは六フィートを超えているが、ひょろっとしていて、クマに立ち向かうヘラジカさながらだった。彼はほかの二人のバンカーの警備員に眼をやった。二人ともその場に立ちつくすばかりだった。

マイロはいった。「敷地を捜すありとあらゆる理由があるし、おれたちはそれをやるんだ、ただちに」

「すみません、サー、管轄の点に関して……」と、クリフはきりだした。マイロの鼻が半インチまで接近すると、声がかぼそくなった。「せめて、本部の許可を得ないと」

マイロはにっこり笑った。「ミネアポリスか？」

「シカゴです」ほかの警備員のひとりがいった。鼻にかかった声だ。「L・ボナフェイスです」

「電話してくれ」と、マイロはいった。「そのあいだに、おれたちは始める。ここの地図をくれないか」

「ありません」と、クリフはいった。

「一枚も？」

「座標のついた、ちゃんとしたものはありません。おおまかな配置図だけです」

「ちくしょう」と、マイロはいった。「まあ、北極探検じゃあるまいし、そいつでいい。電話をかけるまえに」

クリフはボナフェイスを見た。「とってきてくれ」

ボナフェイスは警備小屋のなかに入り、数枚の紙をもってもどってきた。

「仲間をつれてきます」と、彼はいった。

マイロは地図をつかみ、配った。コンピュータで描いた、一枚だけの大ざっぱな図だ。イギリスふうの通りの名前がゴシック文字で書いてあり、店やゴルフ・コースがあって、どまんなかにリフレクション湖があった。東にそびえている山脈は描かれていない。

ホイットワースがいった。「ゴルフ・コースをのぞけば、せまい地区です――われわれに有利だ……すでに六つのゾーンに分かれているし、五人の警官のほかにわたしがいる。なんとすばらしい宿命だ」

「宿命は信じるやつのものだ」と、マイロはいった。「だが、ああ、まずゴルフ・コースをやって、つぎに公共の建物と湖、それから戸別訪問をしよう。近くにジープのようなものが駐まっている場所を優先させよう。その車の後部に映画の機材が積んであったら、十分に気をつけてくれ。おれたちが正しくて、クリミンズがなにかを撮ろうとしているなら、証拠となるきざしがあるかもしれない」

ぼくはいった。「彼はメモに、フィルム・カメラの使いかたを学ぶか、ビデオですますかの問題を書いていた。地道に働くやつじゃないから、ぼくはビデオに賭けるよ。ということは、手でもつカメラを使っていて、目立たないようにしているかもしれない。それに、どちらのゴルフ・コースにもいないだろう。見通しがよすぎる」

「彼がここにいるとすれば」と、クリフがいった。

「ゴルフ・カートはあるんだろうな」と、ホイットワースがいった。

「もちろんありますけど、どれも——」

「法執行機関のものだよ」ホイットワースはマイロのほうを向いた。「山をやるつもりですか？」

「そこまで行けるなら。無線で連絡をとりあおう」

「どうやって行くつもりですか？」

「四輪駆動はあるのか？」マイロはクリフにきいた。

警備員は答えなかった。

「耳がよく聞こえないのか、ユージーン？」

「基本的にはサムライが一台、カートといっしょにゴルフ・ショップの裏においてあります。万一のための救助車両です」

「万一とは？」

「万一、外にでなければならないときです。老人が迷子になったときとか。でも、まだ一度もそんなことは起きてません。使ってないので、タイヤに空気が入っているか、ガソリンがあるか——」

「だったら、空気を入れて給油して」と、マイロはいった。「もってきてくれ」

クリフは反応しなかった。

マイロは歯をむきだした。「頼むよ、ユージーン」

クリフは、「行け」とボナフェイスにそっけなく命じた。ボナフェイスはふたたび急いで立ち去った。

マイロはホイットワースにヘリコプターの到着予定時刻をきいた。

「一機だけ手に入りました」と、ホイットワースはいった。「ベイカーズフィールドにいるから——五分から十分でしょう」

「ユージーン、フェアウェイから山に通じている道はあるのか？」

「たいした道じゃありません」

「どのくらいたいした道じゃないんだ？」

クリフは肩をすくめた。「おそらく、距離は四分の一マイルくらいでしょう。ハイキング・コースなんですが、住人はだれもハイキングをしません。どこかに通じているわけではなく、ただ終わっていて、あとは土と岩しかありません」彼はかすかににやっと笑ったものの、すぐに口を手でおおって隠した。

ホイットワースがマイロとぼくをひっぱり、彼から遠ざけた。「オットは撃たれたわけですから、彼らはなんらかの武器をもっています。防弾チョッキがありますけど、どうします？」

「ひとつだけ」といって、マイロはぼくを見た。「おたくはなしだ。すわって見ていてくれ」

「かまわないけど」と、ぼくはいった。「ぼくを利用することを考えたほうがいいんじゃないかな。二人の人質犯が人質をとっていて、それぞれことなる精神的状態にあり、どちらの男のこともよくわかっていない。ピークとクリミンズに関して、いまのところぼくがいちばん専門家にちかい」

「筋が通っている」と、ホイットワースはいった。「予備の防弾チョッキがあったと思います」

マイロは彼に鋭い視線を投げた。

ホイットワースはいった。「あなたにどうこうしろといっているわけじゃ――」

「もっと危ない目にもあってきている」マイロがなにを考えているかわかっていたので、ぼくはいった。去年、おとり捜査が泥沼にはまりこんでしまった。マイロはわが身を責めた。ぼくは彼に、ぼくはだいじょうぶ、最悪なのはきみがぼくを病人あつかいすることだよ、といいつづけた。

「ロビンに殺される」と、彼はいった。

「ぼくがひっかき傷を負った場合だけさ。いま、危険にさらされているのはスージー・ガルベスだよ」

マイロは空を見あげた。視線は開発地を通りすぎ、高く、黒く、不可解な山脈に向けられた。

「いいだろう」ようやく、彼はいった。「防弾チョッキがあれば」

　ホイットワースは小走りにパトカーの一台に向かい、大きな黒い包みを手にもどってきた。ぼくは防弾チョッキを身につけた。マイロくらいの体格をした人物用で、巨大なよだれかけのような感じだった。

「スタイリッシュじゃないか」と、マイロはいった。「よーし、行こう」

「すぐにチェックしたほうがいいかもしれない場所がある」ぼくはホイットワースにいった。「ハース保安官のトレーラーだ。ジェイコブとマーヴェル・ハース。彼は最初の大量殺戮のときにピークを逮捕しているし、過去への重要な環だ」

「彼はここに住んでいるんですか？」

「ジャージーの」ぼくは南を指さした。「チャリング・クロス・ロードに」

　ホイットワースがユージーン・クリフにいった。「正確な住所を教えてくれないかな——いや、直接そこに案内してもらおう」

　クリフは自分の胸をこつこつとたたいた。「わたしはどうなんですか？　体を守るものなしで？」

　ホイットワースは彼を地面にたたきつけそうにみえた。「五十ヤード手前までわたしをつれていって、あとは逃げればいい」

「突然、わたしはあなたの下で働くんですか？」

ホイットワースの腕がさっと伸びた。一瞬、ぼくは彼がクリフをなぐると思った。クリフもそう信じた。彼はあとずさり、身を守るように腕をあげた。ホイットワースの腕はさらにあがりつづけた。クルー・カットにした髪をなでつける。彼はオートバイまで駆けもどり、収納ボックスからもうひとつ防弾チョッキをとりだし、身につけた。

クリフの口はまだふるえていた。なんとかにやにや笑いのモードにもどす。「本格的なSWATの攻撃だな」

「おかしいと思っているのか?」

「時間のむだだと思っているんです。シカゴにはいま電話します」彼は一歩踏みだしてなにかいわれるのを待っていたが、なにも起こらないので歩き去った。残っていた警備員たちはあとにしたがった。十歩すすんでから、クリフは足をとめて振り返った。「いいですか。ここに住んでいるのは年配の人たちです。心臓発作を起こさせないでくださいよ。彼らはここに住むために大金を払っているんですから」

「で、どうなるか」と、マイロはいった。「ちょっとした無分別な暴力で、優雅な生活がだいなしになってしまう」

サムライは屋根があいていて、淡青色で、やかましかった。フロント・シートのうえに、自動車部品の流通市場でつけたロール・バーが弧を描いている。ボナフェイスがエンジンをかけたまま車をおりた。「タンクには半分入っています。でも、あっちで使ったらひどいだろうな。すさまじい音だし、ライトは一マイルはなれていても見えますよ」

　マイロはタイヤを調べた。

「それはだいじょうぶです」と、ボナフェイスはいった。すべすべしたピンクの顔、ブロンドの髪、猿顔、大きな青い眼をしている。「このバギーは向こうでは使えませんね。すぐに見つかってしまう」

　マイロは体を起こした。「その地区にはくわしいのか？」

「この地区はよく知りません。ピルで育ったんですけど、山に入ってしまえばどこもおなじですよ。岩と穴だらけです。車台がずたずたになってしまう」

「山のふもとには洞穴があるのか？」

「行ったことはないですけど、あっても不思議はないでしょうね。ところで、やつらはどんな連中で、どうしてここにいるんですか？」

「話せば長くなる」というと、マイロは運転席につき、シートを調整した。ぼくは助手席にのぼった。

　ボナフェイスはむっとしているようだった。「ヘッドライトをつけるんですか？」

　自分の名前が呼ばれているのを聞いて、彼はそちらを向いた。警備小屋のドア口でクリフがわめいていた。

「ばか野郎」と、ボナフェイスはつぶやいた。防弾チョッキをじっと見つめ、ぼくに向かってにっこりほほえんだ。「あなたにはちょっと大きすぎますね」

40

ぼくたちは開発地の中心を抜け、バルモラルのなだらかなうねりのまえを通りすぎた。北側のゴルフ・コースで、十二フィートの金網にかこまれている。サムライをできるかぎり静かにたもちながら、ゆっくりと移動する。ローギアがいちばんうるさいので、なかなか油断ならなかった。

ゴルフ・カートのブーンという低音が聞こえてきたが、たまにグリーンのうえで位置を変える影らしいものを感じるだけで、姿は見えなかった。ヘッドライトは消している。サムライもおなじだった。奇妙な、にごった濃いオレンジ色の光を投げかけているヴィクトリア朝ふうの街灯が、ぼくたちをかろうじて漆黒の闇から救っていた。

道の端に着いた。リフレクション湖を縁どっているコショウボクの木々。しめった土壌から養分をもらい、うっそうと茂っている。遠い上弦の月のかすかな明かりが、葉を灰色のレースに変えていた。からっぽのスペースでは、静止した水が黒く光沢を放ち、巨大なサングラスのレンズそっくりにみえた。

マイロが車をとめ、ぼくにじっとしていろというと、片手に九ミリ拳銃、もう片方の手に懐中電灯をもって、車をおりた。木立まで歩いていってあたりを見まわすと、枝をかきわけてのぞきこみ、最後は灰色の周辺部のなかに消えた。ぼくはそのまま腰をおろし、彼が膝のうえにおいていったライフルのあたたかな木の銃床にぼんやりと親指をこすりつけた。動物の音はしなかった。空気が動く気配もなかった。真空に密封されているような気分だ。ちがうときだったら、安らかな気分になれただろう。今夜は死んでいるようだった。

長いあいだひとりでいたような気がした。やがて、木々のうしろからこすれるような音が聞こえてくると、ぼくの喉はこわばった。こちらが動くまえにマイロが姿をあらわし、銃をホルスターにしまった。

「向こうにだれかいても見えないな」彼はライフルを見た。ぼくは無意識に武器をもちあげ、彼のほうへ向けていた。

両手の力を抜くと、ライフルはさがった。マイロは運転席についた。

ふたたび発進すると、彼はいった。「木立を抜けるとすごくひらけていて、向こう側にアシとなにか低いものが生えているだけだ。ジープやほかの車はいなかった。だれも撮影してなかったよ」にやっと笑う。「水中撮影で——『大アマゾンの半魚人』にあらたな工夫を加えたものじゃなければな……おそらく、彼らはもうここにきて、やりたいことをすませ、女の子を水のなかに捨ててしまったんじゃないか。あるいは、そもそもここにはきていないのか」

「きたと思うよ」と、ぼくはいった。「でないと、まっすぐフェアウェイに通じる道の途中でハイディを殺す理由がない。それに、クリミンズは金を払ってソームズにコルヴェットを家まで運ばせている——ハリウッドからほんの一、二マイルの距離だ。街にいたんだとしたら、自分でジープを家まで運転して、三十分で歩いてもどり、コルヴェットをとってこられる。遠くへ行くつもりじゃないかぎり、どうしてわざわざソームズを使ったりするんだい？」

「ソームズに対して計画があったからか？　すてきなスクリーン・テストか？」

「それもある。あしたの朝。でも、彼に車を預ける理由がない」

「彼はなんでハイディを殺したんだ？」

「彼女がもう役に立たなくなったからさ」と、ぼくはいった。「それに、殺すことができたから」

彼は唇を噛み、眼をほそめて、車のスピードを時速十マイルに落とした。地図によれば、ホワイト・オーク・ゴルフ・コースの南端ぞいに側道が走っていて、開発地の裏に通じているはずだった。街灯はいまやまばらになり、視界は腹だたしいくらいとらえにくい灰色の陰になっていた。

マイロは道をまちがえ、ぼくたちはいつのまにかジャージーの入口を示す標識のところにでていた。移動住宅の明かりはすべて消えている。ぼくは、区画を二分している通りがアスファルト舗装されたばかりだったことを思いだした。闇のなかに、人けのない光沢のある通りが伸びている。あまりに完璧で、コンピュータで描いたかのようだ。街灯もふたたび姿をあらわし、黒をバックに濃いオレンジ色の光が輝いている。毎晩がハロウィーンだ。

「ここにハースが住んでいるのか？」と、彼はいった。

「右へ行って最初の通り。トレーラーを教えるよ」

彼はトレーラー群のまえを通りすぎた。

「あそこが訪問者用の駐車場だ」と、ぼくはいった。「今夜は来客はいないな……そこがチャリング・クロス。ハースの家はユニットを四つ入ったところだ。コンクリートのポーチ、ビュイックのスカイラーク、ダットサンのトラックに注意して」

彼は二軒すぎたところで車を停めた。正面にはトラックしか駐まっておらず、そのうしろにはマイク・ホイットワースのハーレーがあった。

ライトは消えていて、ホイットワースの姿はなかった。マイロの顔がこわばるのがわかった。やがて、ハイウェイ・パトロールの男がトレーラーの裏からあらわれ、オートバイのほうへ向かった。

マイロが聞こえる程度の声でいった。「マイクか？　マイロだ」

ホイットワースは足をとめた。こちらを向いて、眼の焦点を合わせ、やってきた。

「近くにいたから」と、マイロはいった。「ちょっと寄ってみたんだ」

　その場の思いつきでいわれていることに気分を害していたとしても、ホイットワースは顔にはだしていなかった。「だれも家にいませんし、おかしな点はありません。未開封の郵便物が数通、テーブルのうえにありました――一日か二日分でしょう」

「車の一台がない」と、ぼくはいった。「彼らはベイカーズフィールドに親戚がいるんだ。訪ねているんだろうな」

「押し入る権限はあると思いますか？」と、ホイットワースがいった。

　マイロは首を振った。

「わたしも気がすすまないんです。よーし、うちの連中がホールインワンをやったかどうか確かめにいってこよう。もう、山に行く準備はできたんですか？」

「行くところさ」と、マイロはいった。

　ホイットワースは黒い峰々をながめた。漆黒の空を背景にしているので、ほとんど識別できない。田舎の空には星があふれるほど輝いているはずだった。どうして、今夜はでていないのだろう？

「昼間はきれいだろうな」といって、ホイットワースはハーレーをキック・スタートさせた。「ほんとに二人だけでいいんですか？」

「のほうがいいな」と、マイロはいった。「車一台でも、見つからないようにするのはむずかしいだろう」彼はこれ見よがしに携帯電話を示した。「連絡するよ」

ホイットワースはうなずき、ふたたびテハチャピ山脈をちらっと振り返った。彼はエンジン音を低くたもったまま走り去った。


サムライの向きを変えると、マイロはジャージーを抜けて引き返した。通りすぎるときに移動住宅の一軒の明かりがともったが、いまのところ、過度な注意はひいていなかった。マイロはエンジンをとめて惰力ですすみ、側道を探した。またしても迷いそうになってしまった。

標識はなく、コショウボクの木立に車一台がやっと通れる裂け目があいているだけで、上部は弧を描く枝におおわれていた。

サムライをアイドリングさせたまま、マイロは車をおりて、懐中電灯で地面を照らした。「硬いな……けずりとられた花崗岩かもしれない……タイヤの跡。だれかがここにきたってことだ」

「最近？」

「知るわけないだろ。おれは警察犬ジェブじゃないんだ」

彼はふたたび車に乗り、道にまがりこんだ。明かりはなく、北側ぞいにはさらなる金網、南側ぞいには高い路肩が伸びている。路肩に植わっているのは、かたちと香りからいってセイヨウキョウチクトウのようだった。サムライは路肩よりかなり低く、なんだかトンネルを抜けているような感じだった。

　四輪駆動車は荒っぽく走り、道がでこぼこするたびに硬いフレームを通して震動が伝わって、はずんだマイロの頭は危険なほどロール・バーに接近した。それから半マイルはなにも変わらなかった。さらなる金網と低木。やがて道はいきなり終わり、ダストシュートからころがり落ちたかのように、ぼくたちの眼のまえに空間がひらけた。

　もう灰色はなく、黒だけだった。フロントガラスごしにはなにも見えず、マイロはどうやってすすめるのだろう、と思ってしまった。彼は車と格闘しはじめた。小石がはねて小太鼓のように車台を打ち、ひづめの音そっくりの、うつろでもっと低い音が続いた。大きめの岩だ。サムライは左右にゆれはじめ、砂利のうえで足掛かりをさがした。床の下で、車台が弦をはじいたような音をあげた。

　つぎに沈みこむと、マイロの頭がロール・バーにたたきつけられた。

　彼は悪態をついてブレーキを踏んだ。

「だいじょうぶかい？」と、ぼくはいった。

　マイロは頭頂部をなでた。「ここに脳があったら、まずかったかもしれないな。おれはなにをやってるんだ？　こんな運転は無理だな。視界はゼロ。でかい岩にぶつかったら、こいつはひっくり返って、おれたちは首の骨を折るぞ」

パーキング・ブレーキをロックすると、彼はシートのうえに立ち、フロントガラスごしにじっと見つめた。

「なにも見えない」と、彼はいった。「まったくなにも」

ぼくは懐中電灯をとりだして車をおりると、山から顔をそむけ、レンズのうえに手をかざして、とぼしい光で地面を調べた。

乾いた緻密な土で、角ばった石やひからびた植物がちりばめられていた。たいらになっていて、山形の畝模様がついている。「跡はまだ続いている」

マイロはぼくの横にかがみこんだ。「ああ……オフロードで行ったのかもしれないな。ワイルドなカリフォルニアのライフスタイルだから」彼はきわめておだやかに笑った。「彼らは頭がおかしいはずなんだが、おそらくヘッドライトをつけたか、少なくともロー・ビームで行ったんだろう。いっぽう、おれは眼が見えない。それに、ヘッドライトを消していても、おれたちは無防備だ。これだけなにもない空間だと、こいつは山まではっきりと音が聞こえてしまう」立ちあがりながら、彼は眼をほそめてテハチャピ山脈のほうを見た。「どのくらいの距離だと思う?」

「二マイル」と、ぼくはいった。「三マイルかな。歩いていくといってるのかい?」

「ほかに選択肢はないだろ。おたくにその気があるなら——失礼、愚問だったよ。むろん、その気はあるよな。ランニングが楽しいと思っているんだから」

　彼はホイットワースに電話をかけようとしたが、つながらなかった。百フィート歩いてもどってもう一度かけてみたが、結果はおなじだった。電話のスイッチをきり、車のキーといっしょにポケットにしまう。懐中電灯は反対側のポケットにおさまった。彼はライフルを手にとり、九ミリ拳銃をぼくにくれた。

「一般市民におれの銃をわたすとはな」彼は首を振った。

「ふつうの一般市民じゃないよ」

「なお悪い。オーケイ、こいつはいらないな」彼はネクタイをひっぱってはずし、車のなかに放りこんだ。「こいつも」ジャケットを放りこむ。ぼくのジャケットも車のなかに消えた。

　タイヤの跡をたどりながら、ぼくたちは歩きはじめた。

　革底の靴はじつに歩きにくかった。昼間きたときにくっきり見えた山の峰々がぼんやりかすんでいるのをのぞけば、目印になるものはいっさいなかった。上弦の月は蒼白く、色がうすくなっている。子どもがあちこち消して、ティシュー・ペーパーなみのうすさになってしまったかのようだった。高く、山のはるか向こうにかかっているので、かすんだ月は銀河から逃げているようにみえる。地上までもれてくるわずかな光では、山頂の下のものはまったく見えなかった。

空間の手掛かりがまったくないので、とてつもなく広くて暗い部屋に入っていく感じだった。一歩すすむごとにめまいの恐怖に襲われた。

ぎこちない小さな動きにあまんじながら、じりじりと前進すると、靴の下で石がころがるのがわかった。大きめでするどい破片が革をとらえると、小さな寄生虫が穴を掘ってすすんでいるような気分がした。石がだんだん大きくなり、あたると痛くなってきた。不快感は通りこしたものの、あいかわらず自分の位置を確認することはできなかった。ためらいがちなぎこちない足どりで歩いていると、何度かつまずいてころびそうになったが、なんとか両腕でバランスをとってこらえた。数フィートまえにいるマイロは、ライフルがじゃまになるのでなおひどかった。彼の姿は見えないものの、荒い息づかいは聞こえた。ときどき吐く息がつまり、苦しい心臓が抜けてしまった脈拍を埋め合わせるかのように、もっとざらついた、はやい呼吸がまた始まった。

さらに十分歩いても、いっこうに近づかないようだった。前方に光はない。あるのは岩の壁だけだった。クリミンズがもどってきたという考えはまちがっているのかもしれない、という気がしはじめた。十四歳の娘が彼の手中にあって、ぼくたちは小刻みにむだ足を踏んでいる。

続ける以外に、ほかになにができるのだ？

ぼくたちは三回足をとめると、危険を冒し、懐中電灯を手でおおってすばやく道を照らした。タイヤの跡は続き、巨石があらわれはじめた。落ちてきた隕石さながら、地面に深く沈みこんでいる。だが、いまのところ、すぐ眼のまえに岩はなかった。ここはよく使われている開拓地だった。

ぼくたちはみじめなペースで歩きつづけた。老人よろしく足をひきずり、方向感覚をなくすと静かに怒りながら耐えた。ようやく月明かりがわずかに増し、花崗岩のひだや波形のしわが見えるようになった。しかし、まだ二フィート先も見えなかったので、足は縮こまったままで、尾骨のうえに緊張が走った。無重力である、夜気のなかに浮かぶことができるんだと思いこむことで、ようやくなんとか歩くことができた。マイロの呼吸はあいかわらずとぎれ、耳ざわりな音をたてていた。彼が倒れたときにそなえて、ぼくはもう少し彼に近づいた。

さらに百ヤード、二百ヤードすすむ。山の峰々がいきなり大きくなると、ぼくはショックを受けた。道路からちょっと眼をはなしたすきに衝突しそうになった気分だ。もう一度、フェアウェイの東端とテハチャピ山脈のあいだの距離を見直す。二マイル足らず、おそらく一マイル半くらいだろう。日中であれば、おだやかな自然のなかのそぞろ歩きにすぎない。ぼくは汗をかき、息も荒くなっていた。膝腱はピアノ線さながらにこわばり、バランスをとるために奇妙な前かがみの姿勢をとっていたせいで、両肩がどくどくと脈打っていた。

マイロはふたたび足をとめ、ぼくが追いつくのを待った。「なにか見えるか?」

「いや。すまない」

「なにを謝ってるんだ?」

「ぼくの仮説だよ」

「ほかのなによりもましだよ。そこに着いてもなにもなかったらどうするかな、と考えていたところさ。まっすぐ引き返すか、やつらが死体を捨てた場合にそなえて、さらに山ぞいにすすむか」

ぼくは答えなかった。

「おれの靴は石ころだらけだ」と、彼はいった。「脱いでださないと」

じりじりと歩くこと数千歩。いま山々はわずか半マイルの距離になり、空は銀色と化して、ぼくの視野を満たしていた。岩の壁ぞいの輪郭がはっきりしてきて、条線やしわ、黒を背景にしたダーク・グレーやもっと黒っぽいグレーが見分けられるようになった。

そして、ほかの何かも。

ごくごく小さな白い点がひとつ、タイヤの跡の左五、六十フィートのところに。

ぼくは足をとめた。眼をほそめて、焦点を合わせる。なかった。気のせいだったのだろうか？

マイロはそれを見ていなかった。ゆっくり着実に、彼の足どりは続いていた。

ぼくはさらに歩いた。しばらくすると、またそれが見えた。

白い円盤状のもので、岩にあたってはずみ、球形から楕円形に、乳白色から灰色、さらに黒になって、やがて消えた。

ひとつの眼。

眼。

マイロは立ちどまった。ぼくは彼に追いついた。ふたりともその場に立ちつくし、山の斜面を探し、待ち、見守った。

円盤がふたたびあらわれ、はずんで、ひっこんだ。

ぼくはささやいた。「カメラだ。彼女はまだ生きているかもしれない」

ぼくは駆けだしたかったし、マイロにはそれがわかっていた。ぼくの肩に手をおくと、彼は小声ながら早口でささやいた。「あれがなにを意味しているのか、まだわからないんだ。こちらから正体をあらわすわけにはいかない。応援が欲しいな。もう一度だけホイットワースに連絡してみよう。これ以上近づくと危険すぎる」

電話があらわれた。彼は番号を押し、首を振ってスイッチをきった。「オーケイ、ゆっくりと静かに。たどりつけそうになくてもな。なにかいいたくなったら、おれの肩をたたけばいいが、緊急事態じゃないかぎりしゃべるなよ」

前進。

円盤がまたあらわれ、消えた。おなじ場所を左まわりに回転している。なにに焦点を合わせているのだろう？　知りたくもあったし、知りたくなくもあった。

ぼくはマイロのすぐうしろにつき、彼に歩調を合わせた。

ぼくたちの足音は大きくなったような気がした。大きすぎる。歩くと足が痛んだし、静寂がさらに痛みをあおった。世界は静寂に包まれていた。

無声映画。

ぼくの脳裡にイメージがあふれかえった。ぎくしゃくしたアクション、コルセットを着けた女たち、セイウチのような口ひげを生やした男たちが、躁病的なピアノ音楽にのってとんでもない表情をつくっている。

やめろ、ばか。集中するんだ。

山から五十ヤード。四十、三十、二十。

マイロが足をとめた。指さす。

白い円盤がまたあらわれた。今回は尾をひいている——大きくて白い精子が岩ぞいにすべり、のたうちながら遠ざかっていった。

まだ音はしなかった。ぼくたちは山に着いた。冷たい岩が、乾いた低木と大きめの石で縁どられている。

ライフルを正面に抱えながら、マイロはじりじりと左にすすみはじめた。九ミリ拳銃はぼくの手のなかでずっしりと重かった。

円盤が頭上にあらわれた。乳白色で、跳ね、とどまり、跳ねている。消えた。音が聞こえた。

低い、顕著な音。

フラッシュ。ウィーン。カシャ。

オン。オフ。

人が争っているわけではない。声はしない。機械的な音だけ。

気づかれることなく山ぞいに前進し、二十ヤード以内に入るとそれが見えた。

高くてぎざぎざした岩の層――角が鋭い巨石の露出部で、母体の基部からでている石筍さながらに生えている。群れをなして重なりあい、十から十五フィートの高さがあり、二十フィートの幅でひろがっていた。

自然の楯。アウトドア・スタジオ。

カメラの音が大きくなった。ぼくたちは這って接近し、岩に抱きついた。あらたな音。低い、聞きとれないスピーチ。

マイロは動きをとめ、肘をまげて、巨石群の向こう端を指し示した。壁は凸状になり、なめらかで連続した半円形になった。裂け目が見えないということは、入口は遠い北側にあるのだろう。

マイロがふたたび指し示したので、ぼくたちは両手を岩にあてて踏んばりながら、じりじりと前進した。壁が完全にカーヴして視界がなくなり、一歩すすむごとに自信が消えていった。

十二歩。マイロがふたたび足をとめた。

岩からなにかが突きだしている。四角くて、大きくて、金属的なもの。

車の後部。花崗岩の壁の向こう側からは、フラッシュ、ウィーン。つぶやき。笑い声。

ぼくたちは車の後部タイヤまですすみ、うずくまって息をのんだ。

クロムの文字。フォード。エクスプローラー。黒かダーク・ブルー。後部フェンダーは砂で縞模様になっている。ナンバー・プレートはない。一部が裂けているバンパー・ステッカーは、〈親切な行為には手あたりしだいにたずさわれ〉と命じていた。

車の三分の一は岩の壁からとびだしていて、残りは内側に鼻をつっこんでいた。マイロは背筋を伸ばし、後部ウィンドーからのぞきこんだ。首を振る。着色ガラスだった。ふたたびかがみこむと、ライフルをしっかり握りしめ、エクスプローラーの運転席側にまわった。待つ。眼のまえにあるものすべてに、ライフルを向ける。

ぼくは彼に合流した。そのまま二人でトラックに体を押しつける。

開拓地の一部が見えた。明るい光は、棒にとりつけたスポットライトだ。ライトにつながっているオレンジ色の延長コードが、バッテリー・パックまで伸びている。電球は下を向いていて、ステージになっている十五フィートの壁よりかなり低い。

ステージは四十フィートのほぼ半円形で、灰色のたいらな地面のうえにあり、層になった高い岩にかこまれている。山がくずれてばらまかれた石のように、隅には巨石がいくつかころがっていた。

自然がつくった円形劇場。デリック・クリミンズはおそらく若いころにここを発見し、兄といっしょに車ででかけ、神のみぞ知るなにかを上演していたのだろう。

古きよき時代、彼は継母のためにセットを用意し、製作することが好きになった。

今夜、彼は最小限のものしか用意していなかった。開拓地には、ライトひとつ、釣り道具箱、横のほうにビデオカセットが数個あるだけだ。白いプラスティックの折りたたみ椅子が三脚。

左側に一脚だけ椅子があって、ほかの椅子から二十フィートはなれている。そこにすわっているのは、褐色の肌をした、若い不器量な女性で、黒髪をおさげにしており、両手足を太い麻ひもでしばられていた。身につけているのは、フリルのついたピンクのパジャマだけだった。ピンクの頬紅をして、こわばった口には赤い口紅をつけている。椅子にしばりつけている太い革ベルトが容赦なくウエストを締めつけているので、胸郭がまえに押しだされている。いや、ベルトではない——スタークウェザーで使われていたような、病院の拘束具だ。

彼女の頭は右にかしいでいた。顔と胸に青黒いあざがあり、鼻からあごまで乾いた血のあとがくねくねと続いている。光沢のある赤いゴム・ボールが口に押しこまれているので、おぞましい漫画にでてくるような驚愕の表情になっている。眼は同調することを拒んでいて、見ひらかれ、じっと動かず、恐怖で血迷っている。

まっすぐまえを見つめている。左側でおこなわれていることを見たくないのだ。

中央の椅子にはもうひとりの女性がとらわれの身になっていた。中年で、なかほどまで引き裂かれた薄緑色の家庭着を身につけている。裂け目は新しく、糸がほつれており、白い下着、たるんだ蒼白い肌、青い静脈があらわになっていた。鳶色の髪。少女とおなじようなあざとかすり傷がついている。片方の眼は紫色に腫れあがり、閉じられていた。彼女の口にも赤いボールが押しこまれている。

もう片方の眼は無傷だったが、やはり閉じられていた。

彼女の左こめかみに押しつけられている銃は小さく、角ばっていて、クロームめっきがほどこされていた。

彼女のとなり、右側の椅子にはアーディス・ピークがすわっており、武器を手にしていた。ぼくたちの位置からでは、彼の体は半分しか見えなかった。長くて白い指が引き金にかかっている。彼はスタークウェザーのカーキ色の服を着ていた。白いスニーカーは真新しそうだ。大きなスニーカー。特大の足。

鳶色の髪の女性を痛めつけているが、楽しんでいるふうはなかった。彼も両眼を閉じている。

楽しみを通りこして瞑想にふけっているのだろうか？

ビデオカメラを手にしている男が彼を小突いた。手持ちのコンパクトなカメラで、くすんだ黒、大きさはハードカヴァーの本とたいして変わりない。乳白色の光線をまきちらしている。

ピークが動かないので、カメラマンはさらに強く小突いた。ピークは眼をあけ、ぐるっとまわして、唇をなめた。カメラマンは彼の真正面に立ち、それぞれの動きをカメラにおさめた。ウィーン。ピークはまただらしない格好になった。カメラマンはカメラを体のわきにおろした。レンズを上に向けると、光線があがって岩の上部を照らし、山の斜面に眼のような点が映しだされた。カメラマンが移動すると、眼のような点は消えた。

マイロのあごがこぶ状になった。もっとよく見えるように、じりじりと移動する。

ぼくは彼のあとについていった。

開拓地にはほかにはだれもいなかった。カメラマンはあいかわらずこちらに背を向けていた。

長身でほそく、小さくて白くてまるい頭は剃りあげてあり、汗で光っていた。海賊ふうの袖を肘までまくりあげた黒いシルクのシャツ、黒いジーンズ、厚いゴム底のよごれた黒いブーツ。ジーンズの右のパッチ・ポケットには、なんらかのデザイナーのラベルがななめに走っている。左のパッチ・ポケットからは、もう一挺のクロームめっきしたオートマチックの床尾がのぞいていた。

マイロとぼくはさらにすすんだ。足の下で砂利がぶつぶついうと、身を凍らせた。カメラマンからはなんの反応もなかった。つぶやいたり、悪態をついたり、ピークを小突いたりするのに忙しいのだ。

ピークをあやつっている。

ピークの背筋を伸ばしてすわらせる。ピークの顔を小突いて、表情をつくらせようとする。ピークの手のなかの銃を調整する。

ピークの手にこだわっている。

透明なテープが、ピークのひょろっとした指に武器をしばりつけていた。手をささえるために用意された三脚のせいで、ピークの腕は不自然にまがっている。腕のまわりにはテープが巻かれていた。

強制的なポーズ。

マイロは眼をほそめ、ライフルをもちあげてねらいを定めたが、カメラマンがいきなり動くと手をとめた。

向きなおりかけて、なにかをさわっている。

暗いスペースを切り裂いている、下向きのぴんと張った糸。

ナイロンの釣り糸で、ごくほそいので遠くからは見えないも同然だった。

銃の引き金から、地面に打ちこまれた木の杭までつながっている。

たるみのある糸。勢いよくひけば、引き金にかかっているピークの指はうしろにさがり、銃弾は鳶色の髪をした女性の脳に直進するだろう。

特殊効果。

カメラマンは糸にそって指を這わせ、あとずさった。ピークの銃をもっている腕はこわばったままだが、あとの部分はぐんにゃりしていた。突然、遅発性ジスキネジアの症状があらわれ、彼は唇をなめ、首をまわし、まぶたをぴくぴくふるわせはじめた。糸がブーンと音をたてる程度に指を動かす。

カメラマンはそれが気に入った。女性に焦点を合わせる。銃に。また女性に。おもしろいショットをねらっている。

ピークが動きをとめた。糸がたわんだ。

カメラマンは悪態をつき、ピークの向こうずねを強く蹴った。ピークは反応しなかった。ふたたびだらんとしてしまった。

「やれ、くそったれ」低い、しゃがれた声。「やるんだ、おい」

ピークは唇をなめた。やめる。両脚がふるえはじめた。体のあとの部分は凍りついたままだった。

「オーケイ！　膝を動かしつづけろ――停めるんじゃない、変質者野郎」

ピークはカメラマンの声にふくまれるさげすみには反応しなかった。

完全に、どこかよそへ行っている。カメラマンは彼に近づき、平手打ちをくわせた。鳶色の髪をした女性が眼をあけ、身をふるわせて、すぐにまた眼を閉じた。

カメラマンはもうあとずさっていて、ピークに焦点を合わせていた。ピークの頭がのけぞり、小刻みにゆれた。口からよだれがたれた。

「くそったれのあやつり人形め」と、カメラマンがいった。

彼の声を聞いて、鳶色の髪をした女性が泣きはじめた。彼女がさらに泣きじゃくり、その瞬間を遮断しようとすると、無傷なほうの眼のまわりのしわが圧迫されてますます深くなった。カメラマンは彼女を無視し、すっかりピークに気をとられていた。

開拓地にほかに動きはなかった。褐色の肌をした娘はぼくたちが見える位置にいたが、こちらに気づいている気配はなかった。凍りついた眼。恐怖による麻痺か、ドラッグか、その両方か。

マイロはカメラマンの後頭部にライフルの照準を合わせた。太い指を引き金にかける。が、カメラマンは釣り糸からわずか数インチのところにいた。彼がその方向に倒れれば、銃は火を吹くだろう。

カメラをわきの下に抱えこみながら、映画製作者はさらにピークの位置を変えた。ピークの両腕がだらんとさがった。頭をもとの位置にもどす。またよだれがたれた。騒々しく息を吸い、咳をして、鼻水を飛ばした。

カメラマンはカメラをもちあげ、それを撮影した。ふたたびピークに平手打ちをくわせ、「たいしたモンスターだよ」といった。

ピークの頭ががくんとたれた。

縛られてはいない。自由に椅子から立ちあがれるのだが、大麻より強いなにかに束縛されているのだ。

カメラマンは撮影し、女性から銃へ、さらにピークへと注意を移した。まだ、しかけをした糸から数インチのところにいる。

ピークはさらに唇をなめ、首をまわした。まぶたがあがり、ふたつの白い楕円形があらわになる。

「よーし、よーし——もっと眼をみせろ、眼をみせるんだ」

カメラマンがいまや大きな声でしゃべっているので、マイロはその音にまぎれて開拓地に突進し、ライフルをもちあげた。

カメラマンの右のふとももがかるく糸にふれた。糸がさっと動いた。彼は気づいた。笑う。もう一度やって、ピークの手のひく力を見守る。

ピークは引き金をひくことができたが、遅発性ジスキネジアの動きでもそうはならなかった。

抵抗しているのだろうか？

また彼の頭ががくんとたれた。

カメラマンは、「必要なときに助けはいないのか」といった。ピークの耳をもって頭をひっぱりあげ、茫然としている視線をフィルムにおさめる。自分の人さし指で糸をやさしくなでながらカメラをパンさせ、しわのよった頭から特大の足まで、ピークの全身をゆっくり撮った。

不釣り合いな足。あやつり人形。

ぼくにはわかっていた。洞察には価値がない。

ぼくは銃の用意をしたが、その場にとどまった。マイロはカメラマンの後方、約十五フィートのところまで接近していた。彼は細心の注意をはらってライフルを肩までもちあげ、ふたたびカメラマンの首にねらいを定めた。狙撃者の標的。延髄。基本的な体の操作をコントロールする、下のほうにある頭脳組織である。きれいに一発命中すれば、呼吸はとまる。

カメラマンは、「よーし、アーディス、背景はもう十分だ。どっちにしろ、女をやってしまおう」といった。

鳶色の髪をした女性は、無傷なほうの眼をあけた。マイロを見る。吐きだそうとするかのように、赤いボールのまわりで口が動いた。ぼくは彼女がだれかわかっていた。ハース保安官の妻――マーヴェル・ハースだ。

テーブルのうえに郵便物が、一日分か二日分。車が一台なくなっていて、妻がひとりぽっちだった。

彼女ははげしくふるえはじめた。

若い娘は眼をどんよりさせたままだった。

カメラマンがマーヴェルのほうを向くと、こちらに横顔がすっかり見えた。唇のない口の横に、深いしわが刻まれている。ざらざらの日灼けした肌は、髪のない白い頭より数段階黒い。かつらに慣れている頭。小さいながら、負けん気の強そうなあご。かぎ鼻は血を流させるくらい鋭い。顔に脂肪はついていないが、頬はたるんでいて、首は筋ばっている。静脈が浮いている前腕。大きな手。きたない爪。

デリック・クリミンズは着実に父親に近づいていた。

彼の父親は気むずかしい貪欲な男だったが、欠陥のある人間以外のなにかであると思わせるものはなかった。

いま、ぼくの眼のまえにいるのは怪物だった。

彼を切開しても、ごくふつうの内臓があらわれるのだろう。彼の頭蓋骨のなかを跳ねまわっているのは灰色のゼリー状のもので、一見したところ聖人の脳と区別がつかないだろう。

人間——つねにひとりの人間に帰着するのだ。

マーヴェル・ハースはふたたび眼を閉じた。赤いボールの奥からすすり泣きがもれようとしていた。が、みじめな金切り声にしかならなかった。マイロはかがみこんで撃とうとしたが、クリミンズはまだ糸のそばにいた。

「眼をあけろ、ミセス・ハース」と、クリミンズはいった。「その眼をくれ、ハニー、さあ。その瞬間のおまえの表情をとらえたいんだ」

彼はピークの手のまわりのテープを調べた。マーヴェル・ハースの左のこめかみを撃ちぬけるよう、銃身を調整する。

彼女は悲鳴をあげた。

彼は、「さあ、プロに徹しようじゃないか」といって、彼女のほうへ移動した。釣り糸からはなれる。

「よく釣りをしたもんだよ」といって、彼は彼女の髪をととのえ、家庭着を裂いた。生地の下に手をすべりこませ、こすったりつまんだりする。「こいつは珍しい獲物だな」

まだ腕を伸ばせば糸にとどく距離だ。

「おれが釣りをしていたころ」と、彼はいった。「糸がひっぱられれば、なにかがかかったことを意味していた。今回は捨てるってことだな」

彼女は顔をそむけた。彼は左に移動し、じっと焦点を合わせてフィルムにおさめた。

糸からはなれた。たっぷりと。

「動くな！　両手をおろせ！　さあ、いますぐに！」

デリック・クリミンズは身を凍らせた。向きなおる。フクロウそっくりの顔は異様だった。驚いている――あからさまに。

すぐに怒りで顔を紅潮させた。「これはプライヴェートな撮影だ。入場許可はもってるのか？」

「手をおろせ、クリミンズ。さあ！」

「ほう」と、クリミンズはいった。「そういえばおれがいうことを聞くと思ってるのか、まぬけ」

「おろせ、クリミンズ、これが最後だ――」

クリミンズはいった。「オーケイ、わかった」

彼は肩をすくめた。唇のない口がつりあがった。「いやはや」

彼は糸に向かって突進した。

マイロはほほえんでいる彼を撃った。

41

エクスプローラーはハリウッド署の手配リストにのっていた。二ヵ月まえ、ウェスタンとサンセットの角にあるストリップ・モールから盗まれたものだった。後部の荷台には、五枚のナンバー・プレート、三通の偽登録証、二台のビデオカメラ、十個を超えるカセット、キャンディーの包み紙、ソーダの缶が積んであった。スペア・タイヤのケースには、バルビツール剤、ソラジン、メタンフェタミンが押しこまれていた。

ヘディ・ハウプトはアリゾナ州ユマの出身だった。父親は行方不明で、母親は社会福祉機関の職員、兄はフェニックスの消防署に勤務していた。ヘディは、ユマ・ハイスクールの最初の三年間の成績はBで、陸上競技とバスケットボールでは主役を演じていた。最上級生のときに〝悪い連中とつきあうようになって〟からは、成績ががたっと落ちて中退してしまい、GED（高卒と同等の証書）を獲得して、バーガー・キングで職につき、やがて逃げだした。その後八年間で、母親は彼女と二回会っていた。一回は五年まえのクリスマスで、もう一回は去年、一週間帰ってきたときだ。そのときはグリフというボーイフレンドがいっしょだった。

「彼にはいい感情をもてなかったの」ミセス・ハウプトはマイロにいった。「カメラをもち歩いていて、写真ばかり撮っていたわ。全身黒ずくめだったのよ、だれかが死んだみたいにね」

オレンジ・ドライヴのガレージで盗品の山を発掘しているとき、マイロとマイク・ホイットワースはテープを発見した。黒いプラスティック・ケースに入ったものが十六本で、デリック・クリミンズが操作を習得する意志あるいは能力がなかった数千ドル相当の映画機材の下に埋もれていた。

十六の死のシーン。

はじめて確認できた犠牲者は、四番目に見たものだった。若くてハンサムなリチャード・ダダは、なにが待ちうけているかも知らずに、仕事のプランを生きいきと語っていた。とばしてつぎのシーンへ。リチャードは髪をうしろにひっぱられ、喉をさらけだして切り裂かれるのを待っていた。胴体がバンド・ソーで二分された。殺人者の黒い袖の腕が見えたが、顔は映っていなかった。カメラは固定されており、ひとりでも殺人と撮影ができるようになっていた。ほかのテープは、二人の殺人者を必要とする移動レンズで撮影されたものだった。テープの撮影記録では、ダダが殺されたのは午前一時になっていた。

エルロイ・ビーティのテープは二回に分かれていた。最初は線路のそばで瓶から飲んでいるホームレスの男のショットで、やがて四ヵ月後、おなじ線路にうつぶせになって気を失っているビーティが映っており、そのあとは接近する急行列車のロングショットだった。お粗末なテクニックだ。カメラが跳ね、衝突の瞬間はぼやけていた。つぎは兄のリロイで、やはり二回に分かれていた。酔っぱらってにっこり笑い、ブルース・シンガーになりたいと語っていた。四ヵ月後、おなじようににっこり笑っていたが、額にステッカーそっくりの黒い穴があくとその笑みもとぎれ、彼はくずれるように倒れた。

兄弟はおなじ夜に殺されていた。エルロイが先で、その死は列車のスケジュールに合わせてあった。リロイはその二時間後だった。

半分くらいまで見ると、クレア・アージェントの最後の日があらわれた。ほかの人たちとおなじく、彼女も覚悟ができていなかった。クリミンズは、むきだしの白い壁のまえで彼女を撮っていた。彼女のリヴィング・ルームなのかどうかはわからなかった。彼女は心理学について語り、狂気に関してもっと学びたいといってから、彼女とカメラマンがまもなく始めるプロジェクトのことをほのめかしていたが、やがて、「あっ、ごめんなさい、あなたはここにいないことになっているのよね？」といった。

カメラマンはなにも答えなかった。

クレアはさらに狂気の起源について語った。結論を急がないようにしているのは、精神に疾患のある者もなにかを語ってくれるからだ、と。やがて彼女は眉毛をととのえ——カメラのための身づくろい——さらにほほえんだ。恥ずかしそうな笑みの五秒後、彼女は枕のそばで窒息させられていた。身じろぎしない彼女の体のロングショット。まっすぐな剃刀のクローズアップ……。

四人以外の十二本のホーム・ムーヴィーは、どれもラベルが貼ってなかった。女性が七人いた。ストリート・キッドの不安そうな表情を浮かべた十代の少女が五人、三十代の魅力的なブロンド女性が二人。男性は五人いた。痛ましいほどやせて、山羊ひげを生やした十六、七歳の少年がひとりと、四人の大人で、アジア人がひとり、黒人がひとり、ヒスパニックが二人。

空箱には、折りたたんだ二枚の紙が入っていた。

タイトル・ページ『モンスターは選んだ。彼はとめられない』

二ページ　キャスト

ぼくたちは長い時間をかけてそれを検討した。

〝ホモセクシュアルの俳優〟はおそらくダダで、〝オールドミスの教授〟はクレアだろう。ほかの呼称には〝アル中の双子（モンスターはお似合いの二人を見つける）〟と三つの項目――〝もったいぶったビジネスマン〟、〝コカイン中毒の売春婦〟、〝売春宿〟――がふくまれていたが、それらしいテープは見つからなかった。〝メキシコ人の田舎娘〟はスージー・ガルベス、〝保安官の情熱的な妻〟はマーヴェル・ハースにあてはまった。〝十代のヒモ〟は、胸を刺され、それから手足を切断された山羊ひげの少年かもしれなかった。だが、彼は〝街のちんぴら〟にぴったりなので、ぼくの推測ではクリストファー・ソームズだった。オーディションを受けなかったのだから、運がいい坊やだ。

ページのいちばん下には、〈もっと？？？？？？　もちろん。何人？？？？？？？？？？？〉と書かれていた。

特定できていない犠牲者の身元確認は、ロスアンジェルス市警の六人の刑事からなる特別捜査班と保安官事務所にまかされた。二ヵ月後、十代の少女のうち三人が、さまざまな行方不明者名簿にのっている家出人と一致した。少女たちは全員、ハリウッドの路上で暮らしていたと思われていた。ヘディ・ハウプトならその現場を理解していただろう。二人の少女と山羊ひげ少年はやはり名前がわからず、おそらく〝ストリッパー〟であろう若いほうのブロンドと、黒人の男（〝黒い絶倫男〟）もおなじだった。〝ラテン・アメリカ人1〟と〝ラテン・アメリカ人2〟は、エルナンド・アラスとサビーノ・レアルと判明した。エル・サルバドルからきたいとこ同士で、イーグル・ロックのペンキ屋の外に立って労働者の仕事を探していた。安い労働力を求める建設業者が、毎日のようにその店のまえを流しているのだ。だれがアラスとレアルを拾ったのかおぼえている者はいなかったが、ようやくユニオン・ディストリクトに住んでいる一族のメンバーがすすみでて、身元確認をしてくれた。

野球のバットでなぐられたエヴェレット・キムという韓国系アメリカ人のセールスマン――〝中国人〟――をたどると、デリック・クリミンズとヘディがはじめて会った、グレンデイルを本拠地にしているスカイダイヴィング・クラブのメンバーであることがわかった。〝ナース〟はほかのメンバーの元妻で、バーバンクの歯科衛生士、アリスン・ウィズノウスキーであると判明した。

四ヵ月後、あらたな身元は確認できず、遺体がひとつ見つかっただけだった。家出少女のひとり、十六歳のカレン・デサンティスが、ブーケ・キャニオンでハイカーたちに発見されたのだ。

エクスプローラーのなかでさらに一本のテープが見つかったが、光がとぼしいので、シーンはほとんど識別できなかった。ハイディ・オットことヘディ・ハウプトが、不安そうな笑みを浮かべて四輪駆動車からおりてきた。スクリーンに映っていないだれかにカメラを手わたしてから、背を向け、尻を傾ける。ゆっくりと、誘惑するように動く。妖婦役を演じている。振り返りながらほほえんでいる。

「どう――セクシー？」といった直後、彼女の頭はフラッシュの光のなかに消えた。リストに役名はのっていなかった。デリック・クリミンズは、彼女を〝コカイン中毒の売春婦〟と考えていたのだろう。ひょっとすると、これから役名を考えるところだったのかもしれない。

登場人物をつくりだし、彼らを皆殺しにする。

クリミンズが着ていた黒いシルクのシャツのポケットに、彼のナイトスタンドで見つけた『ブラッド・ウォーク』のタイトル・ページのコピーが、折りたたまれて入っていた。裏面に角ばった象形文字のような手書きの文章が数段落あって、製作メモ代わりになっていた。


モンスター。きわめて邪悪な狂気と、未来を予見できて人びとの頭に入っていける超常的な霊能力のコンビネーション。ハンニバル・レクターのように重警備施設に監禁されていた。彼もレクターのように阻止できず、壁を通りぬけることができて、ビームを発し、『スター・トレック』のエイリアンのように自分の分子を変える。意のままに存在し、意のままに殺しまわる。さまざまな人びと、ありとあらゆるタイプを。それが好きで、おおいに楽しんでいて、いつもおかしいわけではない。これは彼のすること、仕事、天職で、だれにも理解できない。なぜなら、次元がちがうのだから。そして、ジェイソン、フレディ・クルーガー、マイケル・マイヤーズとちがって、もはやだれにも阻止できない。〝命知らずの復讐者〟をのぞいて。その男が彼を理解しているのは、彼といっしょに育ち、おなじく霊能力をもっているが、永久に邪悪ではないからだ。かつては子どもだったが、いまは大人になり、長身で、筋肉質で、寡黙である。まさにジョン・ウェインやダーティ・ハリー・タイプだが、ユーモアのセンスがある。『トゥルーライズ』とジェイムズ・ボンドが合体したようなものだ。肝心なとき以外はアクションをむだ遣いしない。女たちはジェイムズ・ボンドのように彼を愛するが、彼には彼女たちに割いている時間がない。なぜなら、モンスターたちになにができるかを知っているのは彼だけだから、かならず起きる『ブラッド・ウォーク』をとめられるのは彼だけなのだ。

彼は黒を着るが、いい人である。ちがう着こなしで、創造的に着る。最後のアクションは、いつも彼とモンスターがくりひろげる。傑出した邪悪の闘い。どうなるかは最後の最後までわからない。最後のシーンで、モンスターは最悪の死を遂げる。燃えるか、なんらかのハンバーガー・マシンで挽きくだかれるかもしれない。あるいは酸か。いずれにしろ、やつは死ぬ。

死なないかもしれない。
そうなると、つねに続編がある。

「やつはそれで何をしようとしていたんだ？」と、マイロはいった。「スタジオのおばかさんとミーティングをしようとしてたのか？」

彼はプレッツェルを口につめこんだ。答えは期待せずに。

42

ぼくたちはマリーナからそう遠くないヴェニスの南端、パシフィック・アヴェニューにあるバーにすわっていた。ジミー・ブッフェのテープがかかっていて、日に灼けてざらざらした顔や日灼けどめを塗った鼻の連中が、スポーツの話をしながらプレッツェルを食べている。注文のほとんどは生ビールだった。

木曜日。きょうの午後も、今週のほかの毎日とおなじようにすごした。ベルフラワーでスージー・ガルベスと会って、障害をとりのぞこうとしていたのだ。彼女を救いだした直後に、マイロはぼくに治療してもらうといいと申し出ていた。左耳から肩甲骨にかけてひどい傷跡のある庭師、ミスター・ガルベスは、彼の申し出を断り、「自分たちのことは自分たちでやる」とどなった。

三週間後、ぼくはミセス・ガルベスから電話をもらった。控えめで、たどたどしく、ちょっと訛りのある声だった。そんな必要はないのに、彼女は申し訳なさそうな口調になっていた。スージーはまだ悪夢にうなされており、悲鳴をあげて眼をさましてしまう状態だった。二日まえ、彼女はおねしょをして親指をしゃぶりはじめていた。六歳のときからずっとしていなかったのに。

翌日、ぼくは車でたずねた。その家は白くペンキを塗ったばかりの柵の奥に建つ褐色の箱形住宅で、スペースのわりには花が多かった。ミスター・ガルベスはドアのところでぼくに挨拶をした。顔に傷跡があり、密造酒の樽そっくりの筋肉質な体形だった。握手は力強すぎた。あんたは万事抜かりがないと聞いている、と彼はいった。ぼくが帰るとき、彼は庭から切ってきたばかりの種々雑多な花の束をくれた。

マーヴェル・ハースは、ベイカーズフィールドでセラピストにかかっていると噂されていた。彼女も夫も、だれにも折り返しの電話をかけてこなかった。特別捜査班はまだ遺体を捜していて、ほかの街の警察に連絡をとって、デリック・クリミンズが何人殺したのかを割りだそうとしていた。アリゾナ、オクラホマ、ネヴァダの事件が見込みがありそうだった。デリックの兄のオートバイ事故に関する証拠は不十分だったが、クリフ・クリミンズの名前は犠牲者のリストに加えられていた。

マイロはさらにプレッツェルを口につめこんだ。だれかが大きな声でバドワイザーを頼んだ。バーテンダーで、左耳に四つのリングをしている黒髪のクロアチア人が、ビール・タンクの栓に手をふれた。ぼくたちはシングル・モルトのスコッチを飲んでいた。マッカランの十八年もの。マイロがその酒を頼むと、クロアチア人の眉がつりあがった。彼は注ぎながらにっこり笑った。

「すべてはなんのためだったんだろう？」と、マイロはいった。

「まじめな質問かい？」

「ああ、答えを必要としない質問は使いはたしたよ」

きかれて残念だった。ちょっとほかのことを考えていて、トーク・ショー向けの答えならいくらでもあったが、まじめなものは皆無だった。

マイロはグラスをおき、ぼくをじっと見つめた。

「すべては楽しみのためだったのかもしれない」と、ぼくはいった。「あるいは、クリミンズがいつか書けると思いこんでいた映画の準備だった。あるいは、彼はじっさいにテープを売っていたのか」

「そのてのがらくたの闇市場はまだ見つかってない」

「オーケイ」と、ぼくはいった。「じゃあ、その線は消そう」

「わかってるよ」と、彼はいった。「どんながらくたにも欲求はある。クリミンズを殺人ポルノ映画の取引に結びつけるものがまだ見つかってないといってるだけだが、本格的に調べたんだ。現金の貯え、銀行口座、長いコートを着たうさんくさい連中との密会、妙な雑誌の広告、そういったものがいっさいなくてな。それに、クリミンズの家にあったコンピュータはインターネットに接続されていなかった。うちの連中は、彼は使ったことがないんだろうといっている」

「たとえ技術オンチでも」と、ぼくはいった。「問題ない。ビデオは映画にまさるとも劣らない」

「おれがいってるのは、彼は金を追いかけてたわけじゃなさそうだってことさ。あれだけの機材を盗んでおきながら、売ろうとはしなかった。おれたちは、彼が麻薬で生計をたててたんじゃないかと思っている」

「それに、ハイディの給料」と、ぼくはいった。「彼女が不必要な存在になるまでは。銀行口座がないのは、二人は入ってきたものをすべて使っていたということだ。彼らは王族みたいに暮らしていたわけじゃないし、家賃を払っていなかったから、大半は彼女の鼻のなかに消えたんだろう」

「彼の鼻のなかにも。検屍官は彼の体内からコカインを検出した。少量のメタンフェタミンも。それから、ロラタディンとかいうものも」

「抗ヒスタミン剤だよ」と、ぼくはいった。「眠くならないんだ。クリミンズは砂漠アレルギーがあって、大がかりな撮影のためにエネルギー・レヴェルを高めておく必要があったのかもしれない」

マイロはふたたびグラスを満たした。「『ブラッド・ウォーク』」

「彼特有の動機づけがなんであれ」と、ぼくはいった。「しかも、動機づけはひとつだけじゃないかもしれないけど、彼の頭のなかではそれはメジャーな作品だったんだ。彼はその過程が好きだった。十六年まえは、神を演じることに夢中だった」

マイロはスコッチをいっきに飲んだ。「クリミンズが自分でアーデュロ一家を殺ったと、本気で思ってるんだな」

「彼ひとりか、兄といっしょに。ピークといっしょにじゃない。ピークは罠にかけられたんだ。立証はできないだろうけど、さまざまな事実が裏づけている。ピークの血液検査。わずかにソラジンが残っていただろ。ハイディはしばらく彼の投薬を減らしていた。おそらく、クレアとおなじように。でも、クレアの動機は、ピークに自分の犯罪についてしゃべらせることだった。それに、無意識にだけど、彼女は彼の心のなかに長所を見いだしたいと思っていた。それがお兄さんに関するなにかを語ってくれるかもしれないからさ。ハイディがピークの頭を十分にすっきりさせておきたかったのは、そうすれば彼が逃亡に協力できるし——もっと重要なのは——映画で演技できるからだ。本番の撮影でマーヴェルとスージーを殺す——モンスターがついに正体をあらわすのさ。でも、それはうまくいかなかった。彼は演技をしなかった。彼の状態を見ただろ。ソラジンをのんでようと、のんでいまいと、彼はひどく機能が低下していたし、何年もそうだったんだ。いちばんいいときでも、彼のＩＱはボーダーラインにすぎなかった。青年期にペンキや接着剤を吸ったりアルコールを飲んだりしていたので、さらに数ポイントさがった。ソラジンと遅発性ジスキネジアでさらに麻痺した。犯罪のやり放題を計画して指揮できる状態じゃなかった。ジェイコブ・ハースがアーデュロ家で発見した、無秩序な大量殺戮でさえね。彼はハイディの死やフランク・ダラードとはなんの関係もない。動機がないし、手段もない。アーデュロ家の場合もおなじだ」

「アーデュロ一家殺しは基本的な理由なき犯罪だった」と、彼はいった。「野放しになっている凶暴な男、動機は必要ない」

「デリックはみんなにそう思わせたかった」と、ぼくはいった。「で、彼は自分の思いどおりにやった。でも、つねになんらかの動機はある。反社会性人格障害者であろうとなかろうと。ピークは犯罪のスーパーマンではなく、ただ哀れを誘うだけだった。デリックがすべてを企んだんだ。善対悪。デリックはあたえ、デリックは奪う」

おかわりが注がれた。マイロは、〝命知らずの復讐者〟といった。

「デリックはある程度まで自分のＰＲを信じはじめていたんだろうな。身代わりのモンスターとしてのピーク、救済の天使としてのデリック。だが、ピークはいかなる人格障害の殺人者のタイプにもあてはまらない。残忍なものであろうとなかろうと、彼は妄想的な人格はみせていないし、大量殺戮のまえもあとも、暴力的なふるまいはしていない。彼は、進行した統合失調症、器質性脳損傷、アルコール痴呆の遅進者なんだ。クリミンズは彼をくそったれのあやつり人形と呼んだけど、まさにそうだったんだよ、最初から。デリックとクリフは彼を酔わせ、彼の靴を借りた——彼らのほうがずっと背が高かったけどだいじょうぶだったのは、ピークの足が不釣り合いに大きかったからだ。彼らのどちらか、あるいは二人は、ナイフを振りまわし、脅しながら、アーデュロ家を通りぬけた。殺人者は二人いたほうが楽だし、はやくすんだだろう。スニーカーの足跡はピークに注意を向けたし、彼の小屋まで続いていた。そういった証拠があれば、ほかにわざわざ捜すことはしないだろ。それに、だれが担当者だったか忘れないでくれよ。パートタイムの警官、ハースで、殺人事件の経験はまったくなかったんだ。やがてFBIがやってきて、犯行後のプロファイリングをやった」

マイロはさらに二杯飲んだ。

「もうひとつ」と、ぼくはいった。「あの夜、手を銃にテープで貼りつけられていたとき、ピークは何度も遅発性ジスキネジアを起こしていた。はげしく動いていた。たまたま引き金をひいてもおかしくなかった。でも、そうはならなかった。誓っていうけど、彼を見ていて、抵抗しているようにみえたときが何度かあったんだ。ピークは思いとどまろうとしていたんだよ」

マイロは飲み物を押しやった。スツールを回転させ、じっと見つめる。

「いまや彼はヒーローなのか?」

「好きに考えてくれていいよ」

さらに一杯。彼はいった。「で、おたくはどうするんだ?」

「なにができる? きみがいったように、証拠はないんだ。いずれにせよ、ピークは監禁する必要がある。スタークウェザーがどこよりもいいんだろうな」

「ポスト・スウィッグのスタークウェザー」と、マイロはいった。「彼のおじさんが彼に、だれかさんのスタッフの仕事を見つけてやったらしい」

「スウィッグは天才の仕事をしようとしている凡人だった。容易な解決法はないね」

「で、ピークはおなじ場所にとどまる」

「おなじ場所にとどまる」

「おたくはそれでよしとする」

「選択肢がないじゃないか」と、ぼくはいった。「ひと騒動起こして、彼をなんとか自由の身にしてやったとしよう。慈善家ぶった連中は、彼は通りにでて、またひとり哀れなホームレスがふえる、とみなすだろう。彼は自分で自分の面倒がみられない。一週間で死ぬだろうね」

「てことは、彼自身のために収容するわけだ」

「ああ」そういったぼくは、自分の声にふくまれる刺々しさに驚いた。「人生は公平だなんて、だれがいったんだろう」

マイロはまたぼくを凝視した。

「あの日、彼の部屋で」と、ぼくはいった。「ピークにアーデュロ家の子どもたちのことを話して、彼が泣きだしたとき、彼に対する判断を誤ってしまったんだ。すべては自己憐憫だと思ってしまった。でも、彼はほんとの苦痛を感じていたんだ。責められていたことにじゃない。起こったことに。その一部をクレアにみせて、だから彼女は彼に取り組みつづけたのかもしれない。あるいは、彼女は見ていないかもしれない。でも、あれはほんとだったよ、絶対に。あの直後、彼はとびあがって、イエスのポーズをとった。殉教者になったことを伝えていたんだ。他人の罪の報いを受けていた。しょげかえっていたんじゃない。それで満足していたんだ」

「なあ」と、マイロはいった。「いちじるしく機能が低下していても、彼は傾聴に値するわけか?」

「ああ、そうだね」と、ぼくはいった。「いつだって、耳を傾ければ報われる」

ぼくたちは長いあいだ黙ってすわっていた。だれかがジミー・ブッフェにとってかわったが、だれかはわからなかった。

ぼくはカウンターのうえに金をおいた。「帰ろう」

マイロは苦労しながら立ちあがった。「また彼に会うつもりか?」

「たぶん」と、ぼくはいった。

解説

香山二三郎（コラムニスト）

一九八〇年代のアメリカミステリー界を振り返って、まず目につくのは、ハードボイルド小説系の変動ではあるまいか。

ひとつは『フラッド』（ハヤカワ・ミステリ文庫）のアンドリュー・ヴァクスや『レクイエム』（同）のジェイムズ・エルロイの登場による暴力小説や犯罪小説への傾斜。もうひとつは、『サマータイム・ブルース』（同）のサラ・パレツキー、『アリバイのA』（同）のスー・グラフトン、『タロットは死の匂い』のマーシャ・マラーら女性作家の台頭——書き手も主人公も読者も皆女性という、いわゆる三F時代の到来である。

ふたつの潮流はその後もハードボイルドシーンを席巻していくことになるが、そんな中、正統派のハードボイルド作家としてデビューしたのがジョナサン・ケラーマンであった。

一九八六年、第一作『大きな枝が折れる時』（扶桑社ミステリー）でMWA——アメリカ探偵作家クラブ賞最優秀処女長編賞と世界最大のミステリー大会で選出されるアンソニー賞の最優秀処女長編賞をダブル受賞するなど颯爽たる登場ぶりであったが、それというのも、主人公アレックス・デラウェアのキャラクター造型と独自の医学ミステリー仕立てに因る。アレックスは幼児虐待やトラウマ治療を専門とする小児臨床心理医で、彼の患者を通して現代の家庭悲劇が浮き彫りにされていく。そうした作風がカリフォルニアハードボイルドの由緒正しい後継者として広く評価されたのは想像に難くない。知性的で鋭い洞察力を秘めたアレックスのキャラにしろ、家庭悲劇というテーマ設定にしろ、巨匠ロス・マクドナルドの作品世界を髣髴させずにはおかなかったわけだ（本書の献辞にあるケネス・ミラーはロス・マクドナルドの本名）。

ケラーマンはデビュー作でベストセラー作家の仲間入りを果たしたが、その後もアレックス・デラウェア・シリーズを軸に作品を重ね、二〇年後の今日も人気作家として活躍を続けている。ケラーマンの作品は『イノセンス　女性刑事ペトラ』がすでに講談社文庫に収録されているが、これはアレックス・デラウェア・シリーズのスピンオフで、後発の新シリーズ（最新作“Twisted”が二〇〇四年に刊行されている）。アレックス・デラウェア・シリーズこそがジョナサン・ケラーマンの小説世界の中核なのである。

本書『モンスター』（原題“Monster”）はシリーズ第一三作に当たり、原著のハードカバー版は一九九九年一二月、ランダムハウス社から刊行された。

アレックスは相棒のLA市警刑事マイロ・スタージスとともに殺人を犯した精神病患者を収容している「悪霊センター」ことスタークウェザー州立病院を訪れる。八ヵ月前、リチャード・ダダという俳優の卵が喉を切り裂かれ、眼もえぐり取られたあげく、体をふたつに切断されて車のトランクに押し込められていたのを発見されたが、犯人の目星もつかぬまま、今度はクレア・アージェントという女性心理医がやはり喉を裂かれ、眼をメチャクチャにされた姿で見つかった。そのクレアの勤務先がスタークウェザー病院だったのだ。

ふたりは病院関係者に聞き込みをするが、これといった収穫はなし。彼女の家を見て回り、別れた亭主からも話を聞くが手掛りは得られない。だがやがて同僚の女性職員から奇怪な証言を得る。クレアが殺される前日、ふだんは滅多に喋らない患者のひとりが「ドクター・A、箱のなかに悪い眼が」と語りかけてきたというのだ。患者の名前はアーディス・ピーク。一六年前、子供を含む一家四人を惨殺、新聞からモンスターというニックネームをもらった男だった……。

シリーズも巻を重ねるようになると、作者は物語にいろいろなバリエーションを施してくるもの。本シリーズでいえば、たとえばアレックスとその恋人、楽器職人のロビン・カスターニャの関係だ。本書ではふたりの関係はすこぶる順調だが、実は第四作『サイレント・パートナー』でいちど別居しており、第七作『デヴィルズ・ワルツ』で復縁しているのである。また第一〇作『パラダイスの針』では、何と舞台をいつものLA＝ロサンゼルスから南海の孤島に移し、そこで事件に巻き込まれたアレックスたちが密室の謎解きに挑むという異色の設定になっていた。

今回も従来にない趣向が凝らされており、それがモンスターと呼ばれる異形の精神病患者による連続猟奇殺人の予言という次第。

スタークウェザー病院は「コンクリート・ブロックと灰色の漆喰でできた五階建てのタワーで、電気を通した高さ二十フィートの有刺鉄線網でかこまれていた」とあり、名目上は病院だが、その実体は世間から隔離された厳重な収容施設。してみると、本書を〝プリズンサスペンス〟のバリエーションととらえてもあながち間違いではないだろう（モンスターの部屋はある意味、刑務所のそれより凄まじい）。

評論家の風間賢二によれば、「刑務所を舞台にした小説はパルプから純文学までたくさんあります」とのことで（スティーヴン・キング『グリーン・マイル6　闇の彼方へ』巻末鼎談）、「純文学だと、監禁状態での実存的苦悩とか権力に反抗する人間ドラマというパターン」がポピュラーなようだが、ミステリー系でもミッチェル・スミス『ストーン・シティ』やティム・ウィロックス『グリーンリバー・ライジング』（角川文庫）等、苦悩劇、反抗劇を軸に様々なプリズンサスペンスが描かれてきた。そんな中、異色の存在がスティーヴン・キングの『グリーン・マイル』（新潮文庫）である。舞台は一九三二年のアメリカ南部にある刑務所の死刑囚舎房。そこで起きた恐怖と奇跡のドラマの顚末が記されていくのだが、読んだことのある人なら、本書でモンスターの予言に触れたとき、真っ先に思い出すのはこの作品なのではなかろうか。

いやはやケラーマン先生、やってくれるよなあ、というのが筆者の偽らざる感想。モンスターの異様なキャラ造型からしても、ついその先に、病院に居ながらにして外で悪さが出来るような超自然趣向が繰り出されるのではと期待させられること請け合いだが、そこはやはりケラーマンマジック、ホラーなムードを高めるだけ高めたうえで、期待に胸を膨らませる読者を失望させることなく、現実的な着地点を提示してのける。

読みどころのもうひとつは、被害者の過去から浮かび上がるトラウマの悲劇。クレアは何故健全な結婚生活を維持出来なかったのか。はたまた、何故そこそこの地位についていた郡立病院を辞め、「悪霊センター」で殺人を犯した精神病患者を相手にしようと思い立ったのか。アレックスの調査から浮かび上がってくるクレアの秘密は、まさにケラーマン小説ならではのテーマに直結してくるのだ。今回は前半病院ホラーの装いで度肝を抜いてくれるが、ちゃんと押さえるべきところは押さえているというわけで、その辺の組み立て巧者ぶりもまた、二〇年間にわたって多くの読者を魅了している所以だろう。

そしてさらに、もうひとつの読みどころが犯人像。もちろんここでネタを明かすわけにはいかないから、その特異さについて詳述は出来ないが、連続殺人犯のタイプとしては実にユニークなのではないか。コリン・ウイルソン『連続殺人の心理』（河出文庫）には、「権力シンドローム」や「ローマ皇帝シンドローム」といった章が設けられ、被害者に権力者や暴君のように振る舞う殺人犯の諸例が紹介されているが、本書に登場する自称芸術家も実はそうした流れを汲んでいるように思われる。

ちなみに彼が偽名に借用したのは皆アメリカ映画史に残る監督で、D・W・グリフィスは『国民の創生』『イントレランス』等の大作で数々の革新的な撮影法を開発、今日の映画技術の基礎を築いたアメリカ映画の父でありパイオニア。またジョージ・オーソン・ウェルズは『市民ケーン』で大胆かつ斬新な手法を生み出した完璧主義の天才で、カリスマ性充分の巨匠。ふたりとも文字通り斯界のタイクーンであった！

さて、本書でのアレックスとマイロは地道な捜査探偵というキャラからあまり出ていない。「警察内でゲイの刑事であることを公言している」個性派のマイロも今回は少々抑え気味。ふたりの八面六臂の活躍に期待した人はいささか物足りないかもしれないが、モンスターといい、連続殺人犯といい、著者はこれまでにない強烈なキャラを配することによってそこをカバーしている。緩急自在というか、作品ごとにビミョーな変化を付ける采配テクニックも長寿シリーズならではの強みといえよう。

なお、アレックス・デラウェア・シリーズは現在、初期の二作（いずれも扶桑社ミステリーに収録）のみの在庫となっているが、幸い、新潮文庫に入っている各長編は古書店でまだ手に入りやすいはず。本書でこのシリーズに興味を覚えた人は、ぜひ最寄りの古書店、またはネット書店でお探しのうえ、アレックスとその仲間たちの軌跡を遡っていただきたい。

●アレックス・デラウェア・シリーズ

When the Bough Breaks (1985)『大きな枝が折れる時』（北村太郎訳）扶桑社ミステリー
Blood Test (1986)『歪んだ果実』（北村太郎訳）扶桑社ミステリー
Over the Edge (1987)『グラス・キャニオン』（北村太郎訳）扶桑社ミステリー
Silent Partner (1989)『サイレント・パートナー』（北村太郎・北澤和彦訳）新潮文庫
Time Bomb (1990)『少女ホリーの埋れた怒り』（北澤和彦訳）新潮文庫
Private Eyes (1991)『プライヴェート・アイ』（北澤和彦訳）新潮文庫

Devil's Waltz (1992)『デヴィルズ・ワルツ』(北澤和彦訳) 新潮文庫
Bad Love (1994)『わるい愛』(北澤和彦訳) 新潮文庫
Self-Defense (1994)『トラウマ』(北澤和彦訳) 新潮文庫
The Web (1995)『パラダイスの針』(北澤和彦訳) 新潮文庫
The Clinic (1996)『クリニック』(北澤和彦訳) 新潮文庫
Survival of the Fittest (1997)
Monster (1999)『モンスター』(北澤和彦訳) 講談社文庫　本書
Dr. Death (2000)
Flesh and Blood (2001)
The Murder Book (2002)
A Cold Heart (2003)
Therapy (2004)
Rage (2005)

|著者|ジョナサン・ケラーマン　1949年ニューヨーク生まれ。カリフォルニア大学ＬＡ校及び南カリフォルニア大学ＬＡ校卒。心理学博士。専門は小児臨床心理学。心理療法医、準教授等を経て、'85年に『大きな枝が折れる時』で作家デビュー、同作がアメリカ探偵作家クラブ最優秀新人賞を受賞。以後、臨床心理医アレックス・シリーズでベストセラー作家に。

|訳者|北澤和彦　1951年、東京生まれ。東北大学文学部卒。出版社勤務を経て翻訳者に。ケラーマン『パラダイスの針』『トラウマ』、リテル『最初で最後のスパイ』（以上、新潮文庫）、バルダッチ『運命の輪』、ホール『豪華客船のテロリスト』（ともに講談社文庫）など翻訳書多数。

モンスター　臨床心理医アレックス

ジョナサン・ケラーマン｜北澤和彦 訳

講談社文庫

定価はカバーに
表示してあります

2005年3月15日第1刷発行

発行者――野間佐和子
発行所――株式会社　講談社
東京都文京区音羽2-12-21　〒112-8001
電話　出版部（03）5395-3510
　　　販売部（03）5395-5817
　　　業務部（03）5395-3615

デザイン―菊地信義
本文データ制作―講談社プリプレス制作部
印刷―――豊国印刷株式会社
製本―――株式会社国宝社

Printed in Japan

落丁本・乱丁本は購入書店名を明記のうえ、小社書籍業務部あてにお送りください。送料は小社負担にてお取替えします。なお、この本の内容についてのお問い合わせは文庫出版部あてにお願いいたします。

ISBN4-06-275020-1

講談社文庫刊行の辞

二十一世紀の到来を目睫に望みながら、われわれはいま、人類史上かつて例を見ない巨大な転換期をむかえようとしている。

世界も、日本も、激動の予兆に対する期待とおののきを内に蔵して、未知の時代に歩み入ろうとしている。このときにあたり、創業の人野間清治の「ナショナル・エデュケイター」への志を現代に甦らせようと意図して、われわれはここに古今の文芸作品はいうまでもなく、ひろく人文・社会・自然の諸科学から東西の名著を網羅する、新しい綜合文庫の発刊を決意した。

激動の転換期はまた断絶の時代である。われわれは戦後二十五年間の出版文化のありかたへの深い反省をこめて、この断絶の時代にあえて人間的な持続を求めようとする。いたずらに浮薄な商業主義のあだ花を追い求めることなく、長期にわたって良書に生命をあたえようとつとめるところにしか、今後の出版文化の真の繁栄はあり得ないと信じるからである。

同時にわれわれはこの綜合文庫の刊行を通じて、人文・社会・自然の諸科学が、結局人間の学にほかならないことを立証しようと願っている。かつて知識とは、「汝自身を知る」ことにつきていた。現代社会の瑣末な情報の氾濫のなかから、力強い知識の源泉を掘り起し、技術文明のただなかに、生きた人間の姿を復活させること。それこそわれわれの切なる希求である。

われわれは権威に盲従せず、俗流に媚びることなく、渾然一体となって日本の「草の根」をかたちづくる若く新しい世代の人々に、心をこめてこの新しい綜合文庫をおくり届けたい。それは知識の泉であるとともに感受性のふるさとであり、もっとも有機的に組織され、社会に開かれた万人のための大学をめざしている。大方の支援と協力を衷心より切望してやまない。

一九七一年七月

野間省一

講談社文庫 最新刊

西村京太郎	特急「おおぞら」(ハイデッカー・エクスプレス)殺人事件	相棒の亀井刑事が息子の誘拐犯を刺殺した!? 絶体絶命の窮地を十津川警部は救えるのか?
森 博嗣	捩れ屋敷の利鈍 The Riddle in Torsional Nest	メビウスの帯構造の密室で発見される死体と消失する秘宝の謎に西之園萌絵が挑戦する。
笠井 潔	ヴァンパイヤー戦争(ウォーズ) 9〈ルビヤンカ監獄大襲撃〉	官能の秘儀を行う洞窟で起きた凄まじい事件。九鬼鴻三郎の前に呪われた魔人が立ちはだかる。
首藤瓜於	事故係 生稲昇太の多感	正義感たっぷりの22歳が交通事故解決を目指すが……。乱歩賞作家による警察小説の新境地。
高田崇史	QED〈式の密室〉	密室の変死体は式神(しきがみ)による殺人なのか? 陰陽道(おんみょうどう)と安倍晴明(あべのせいめい)の謎に迫るシリーズ第5弾!
岡嶋二人	クラインの壺	ヴァーチャルリアリティ・システム『クライン2』に上杉がゲーマーとして入り込むと……。
芦辺 拓	時の密室	明治、昭和、現代を結ぶ、精妙で完璧な謎。'02年本格ミステリ・ベスト10第2位の傑作!
和久峻三	京都東山「哲学の道」殺人事件〈赤かぶ検事シリーズ〉	殺害された日舞の家元と不倫関係だったのは赤かぶの相棒、行天燎子警部補の夫・珍男子(うずまろ)!?
松久淳+田中渉	四月ばーか	『天国の本屋』で多くの読者の共感を呼んだコンビが贈るやさしくて切ない大人の恋物語。
アーシュラ・K・ル=グウィン 村上春樹 訳	空を駆けるジェーン	女性の自立と成長を描いた、素敵なファンタジー。"空飛び猫"シリーズ待望の第4弾!
ジョナサン・ケラーマン 北澤和彦 訳	モンスター 臨床心理医アレックス	入院患者が殺人を予言した。犯人は誰なのか。臨床心理医アレックス・シリーズ最新長編。
ロバート・ゴダード 加地美知子 訳	悠久の窓(上)(下)	伝説のステンドグラスを巡る謎。十重二十重に仕掛けられた罠とは。ミステリーの大伽藍!

海外作品

小説

- グレッグ・アイルズ　雨沢　泰 訳　24時間
- グレッグ・アイルズ　雨沢　泰 訳　沈黙のゲーム(上)(下)
- グレッグ・アイルズ　雨沢　泰 訳　戦慄の眠り(上)(下)
- R・アンドルース　渋谷比佐子 訳　ギデオン神の怒り
- S・ヴォイエン　笹野洋子 訳　雪豹
- L・D・エスルマン　宇野輝雄 訳　欺き（あざむき）
- レニー・エアース　田中　靖 訳　夜の闇を待ちながら
- D・エリス　中津　悠 訳　覗く。(上)(下)
- チャールズ・オズボーン　羽田詩津子 訳　招かれざる客〈アガサ・クリスティー〉
- J・カッツェンバック　高橋健次 訳　理由(上)(下)
- ペイン・カー　高野裕美子 訳　柔らかい棘
- エイミー・ガットマン　坂口玲子 訳　不確定死体
- S・カミンスキー　中津　悠 訳　消えた人妻
- C・キング　翔田朱美 訳　盗聴
- W・キンソルヴィング　大澤　晶 訳　外交官の娘(上)(下)
- S・クーンツ　高野裕美子 訳　ザ・レッドホースマン(上)(下)
- S・クーンツ　高野裕美子 訳　イントルーダーズ(上)(下)
- S・クーンツ　北澤和彦 訳　キューバ(上)(下)
- ロバート・クラーク　小津　薫 訳　記憶なき殺人
- D・クロンビー　西田佳子 訳　警視の休暇
- D・クロンビー　西田佳子 訳　警視の隣人
- D・クロンビー　西田佳子 訳　警視の秘密
- D・クロンビー　西田佳子 訳　警視の愛人
- D・クロンビー　西田佳子 訳　警視の死角
- D・クロンビー　西田佳子 訳　警視の接吻
- D・クロンビー　西田佳子 訳　警視の予感
- L・グラス　翔田朱美 訳　刻印
- L・グラス　翔田朱美 訳　紅唇（ルージュ）
- W・グルーム　小川敏子 訳　フォレスト・ガンプ
- M・J・クラーク　山本やよい 訳　緊急報道
- ウィリアム・K・クルーガー　野口百合子 訳　凍りつく心臓
- ウィリアム・K・クルーガー　野口百合子 訳　狼の震える夜
- ロバート・クレイス　村上和久 訳　破壊天使(上)(下)
- D・クーンツ　田中一江 訳　汚辱のゲーム(上)(下)
- M・クーランド　吉川正子 訳　千里眼を持つ男
- J・ケラーマン　北澤和彦 訳　モンスター〈臨床心理医アレックス〉
- ダグラス・ケネディ　玉木　亨 訳　どんづまり
- テリー・ケイ　笹野洋子 訳　そして僕は家を出る(上)(下)
- エーリッヒ・ケストナー　山口四郎 訳　飛ぶ教室
- J・コーソル　公文俊平／藤原作弥 訳　ドル大暴落の日〈ハードランディング作戦〉
- P・コーンウェル　相原真理子 訳　検屍官
- P・コーンウェル　相原真理子 訳　証拠死体
- P・コーンウェル　相原真理子 訳　遺留品
- P・コーンウェル　相原真理子 訳　真犯人
- P・コーンウェル　相原真理子 訳　死体農場

講談社文庫 海外作品

P・コーンウェル 相原真理子訳 私刑
P・コーンウェル 相原真理子訳 死因
P・コーンウェル 相原真理子訳 接触
P・コーンウェル 相原真理子訳 業火
P・コーンウェル 相原真理子訳 警告
P・コーンウェル 相原真理子訳 審問(上)(下)
P・コーンウェル 相原真理子訳 黒蠅(くろばえ)(上)(下)
P・コーンウェル 相原真理子訳 痕跡(上)(下)
P・コーンウェル 相原真理子訳 スズメバチの巣
P・コーンウェル 相原真理子訳 サザンクロス
P・コーンウェル 矢沢聖子訳 女性署長ハマー(上)(下)
R・ゴダード 加地美知子訳 今ふたたびの海(上)(下)
R・ゴダード 加地美知子訳 秘められた伝言(上)(下)
R・ゴダード 加地美知子訳 悠久の窓(上)(下)
マイクル・コナリー 古沢嘉通訳 夜より暗き闇(上)(下)
ハーラン・コーベン 佐藤耕士訳 唇を閉ざせ(上)(下)

ジョン・コナリー 北澤和彦訳 死せるものすべてに(上)(下)
マーティナ・コール 小津薫訳 顔のない女(上)(下)
J・サンドフォード 北沢あかね訳 餌食
アーウィン・ショー 常盤新平訳 新装版 夏服を着た女たち
E・サンタンジェロ 中川聖訳 将軍の末裔
S・シーゲル 古屋美登里訳 ドリームチーム弁護団
S・シーゲル 古屋美登里訳 検事長ゲイツの犯罪〈ドリームチーム弁護団〉
クリスティーナ・シュヴァルツ 北沢あかね訳 湖の記憶
アイリス・ジョハンセン 北沢あかね訳 見えない絆
アイリス・ジョハンセン 北沢あかね訳 嘘はよみがえる
L・スコットライン 高山祥子訳 売名弁護
L・スコットライン 高山祥子訳 似た女
L・スコットライン 高山祥子訳 代理弁護
W・スミス 大澤晶訳 リバー・ゴッド(上)(下)
マーティン・C・スミス 北澤和彦訳 ハバナ・ベイ
ブラッド・スミス 石田善彦訳 明日なき報酬

マンダ・スコット 山岡訓子訳 夜の牝馬
ブルック・スティーヴンズ 細美遙子訳 タトゥ・ガール
ロバート・K・タネンボーム 菅沼裕乃訳 さりげない殺人者
リンゼイ・タウンゼンド 犬飼みずほ訳 スカルピア
L・チャイルド 小林宏明訳 キリング・フロアー(上)(下)
L・チャイルド 小林宏明訳 反撃(上)(下)
S・デュナント 小西敦子訳 フィレンツェに消えた女
ネルソン・デミル 白石朗訳 王者のゲーム(上)(下)
ネルソン・デミル 白石朗訳 アップ・カントリー(上)(下)〈兵士の帰還〉
マーク・ティムリン 北沢あかね訳 黒く塗れ！
ジェフリー・ディーヴァー 越前敏弥訳 死の教訓(上)(下)
アンドリュー・テイラー 越前敏弥訳 天使の遊戯
アンドリュー・テイラー 越前敏弥訳 天使の背徳
N・トーシュ 高橋健次訳 抗争街
リチャード・ドゥーリング 白石朗訳 ブレイン・ストーム(上)(下)
スコット・トゥロー 佐藤耕士訳 死刑判決(上)(下)

2005年3月15日現在